U0438830

"外国文学名著丛书"编委会

屠格涅夫中短篇小说选

[俄]屠格涅夫/著
田大畏/译

人民文学出版社
外国文学名著丛书

М. ГОРЬКИЙ
РАССКАЗЫ
根据 M. ГОРЬКИЙ:СОБРАНИЕ СОЧИНЕНИЙ В ТРИДЦАТИ ТОМАХ, ГОСЛИ-
ТИЗДАТ, MOCKBA. 译出

图书在版编目（CIP）数据

俄尔基短篇小说选：俄汉对照/（苏）高尔基著；巴金等译. 一2版. 一北京：人民文学出版社，
2020（2022.11重印）
（外国文学名著丛书）
ISBN 978-7-02-015100-4

I. ①俄… Ⅱ. ①高… ②巴… Ⅲ. ①俄语－小说—小说集－苏联 Ⅳ. ①I512.45

中国版本图书馆CIP数据核字（2019）第046157号

责任编辑 李丹丹
装帧设计 刘 静
责任印制 王重艺

出版发行 人民文学出版社
社 址 北京市朝内大街166号
邮政编码 100705

印 刷 北京盛通印刷股份有限公司
经 销 全国新华书店等
字 数 366千字
开 本 850毫米×1168毫米 1/32
印 张 17.25 插页3
印 数 8001—11000
版 次 1980年4月北京第1版
        2020年3月北京第2版
印 次 2022年11月第3次印刷
书 号 978-7-02-015100-4
定 价 59.00元

如有印装质量问题，请与本社图书销售中心调换。电话：010-65233595

高尔基

出版说明

人民文学出版社自一九五一年成立起,就承担起向中国读者介绍优秀外国文学作品的重任。一九五八年,中宣部指示中国科学院文学研究所筹组编委会,组织朱光潜、冯至、戈宝权、叶水夫等三十余位外国文学权威专家,编选三套丛书——"马克思主义文艺理论丛书""外国古典文艺理论丛书""外国古典文学名著丛书"。

人民文学出版社与中国科学院文学研究所,根据"一流的原著、一流的译本、一流的译者"的原则进行翻译和出版工作。一九六四年,中国社会科学院外国文学研究所成立,是中国外国文学的最高研究机构。一九七八年,"外国古典文学名著丛书"更名为"外国文学名著丛书",至二〇〇〇年完成。这是新中国第一套系统介绍外国文学作品的大型丛书,是外国文学名著翻译的奠基性工程,其作品之多、质量之精、跨度之大,至今仍是中国外国文学出版史上之最,体现了中国外国文学研究界、翻译界和出版界的最高水平。

历经半个多世纪,"外国文学名著丛书"在中国读者中依然以系统性、权威性与普及性著称,但由于时代久远,许多图书在市场上已难见踪影,甚至成为收藏对象,稀缺品种更是一书难求。在中国读者阅读力持续增强的二十一世纪,在世界文明交流互鉴空前频繁的新时代,为满足人民日益增长的美好生活的需要,人民文学出版社决定再度与中国社会科学院外国文学研究所合作,以"网罗经典,格高意远,本色传承"为出发点,优中选优,推陈出新,出版新版"外国文学名著丛书"。

值此新版"外国文学名著丛书"面世之际,人民文学出版社与中国社会科学院外国文学研究所谨向为本丛书做出卓越贡献的翻译家们和热爱外国文学名著的广大读者致以崇高敬意!

"外国文学名著丛书"编委会
二〇一九年三月

编委会名单

（以姓氏笔画为序）

1958—1966

卞之琳	戈宝权	叶水夫	包文棣	冯　至	田德望
朱光潜	孙家晋	孙绳武	陈占元	杨季康	杨周翰
杨宪益	李健吾	罗大冈	金克木	郑效洵	季羡林
闻家驷	钱学熙	钱锺书	楼适夷	蒯斯曛	蔡　仪

1978—2001

卞之琳	巴　金	戈宝权	叶水夫	包文棣	卢永福
冯　至	田德望	叶麟鎏	朱光潜	朱　虹	孙家晋
孙绳武	陈占元	张　羽	陈冰夷	杨季康	杨周翰
杨宪益	李健吾	陈　燊	罗大冈	金克木	郑效洵
季羡林	姚　见	骆兆添	闻家驷	赵家璧	秦顺新
钱锺书	绿　原	蒋　路	董衡巽	楼适夷	蒯斯曛
蔡　仪

2019—

王焕生	刘文飞	任吉生	刘　建	许金龙	李永平
陈众议	肖丽媛	吴岳添	陆建德	赵白生	高　兴
秦顺新	聂震宁	臧永清

目 次

译本序 ……………………………… 李辉凡 1

马卡尔·楚德拉 ………………………………… 1
叶美良·皮里雅依 ……………………………… 19
阿尔希普爷爷和廖恩卡 ……………………… 36
切尔卡什 ……………………………………… 66
伊则吉尔老婆子 ……………………………… 110
个儿小——小的！ …………………………… 140
科柳沙（速写） ……………………………… 148
可汗和他的儿子 ……………………………… 153
科诺瓦洛夫 …………………………………… 162
玛莉娃 ………………………………………… 228
因为烦闷无聊 ………………………………… 293
草原上 ………………………………………… 317
二十六个和一个（诗篇） …………………… 334
同志！（童话） ……………………………… 352
一个人的诞生 ………………………………… 360
莫尔德瓦姑娘 ………………………………… 375
吃人的情欲 …………………………………… 409

1

可笑的奇闻 …………………………………………… *431*
不平凡的故事 ………………………………………… *470*

译 本 序

"您觉得高尔基怎么样？这是个很有才气的人。我不是凭《福玛·高尔杰耶夫》作出这种判断，而是凭那些篇幅不大的小说，例如《草原上》《我的旅伴》等。"这是契诃夫在十九世纪末给友人的一封信里谈到的对于高尔基的评价。是的，高尔基从短篇小说开始写作，也是以短篇小说一举成名的。短篇小说在这位伟大的"无产阶级艺术的权威"①的整个创作中占有重要的地位。他那众多的、内容与形式丰富多姿、具有高度思想性和艺术性的短小作品，直至今天仍受到世界人民的喜爱和赞赏，其中不少作品已成了举世公认的文学名著。

高尔基一生写过几百个短篇。这本《高尔基短篇小说选》只收了其中的十九篇，显然难于概括其短篇创作的全貌。不过，入选作品大都是比较重要的代表作。下面我们试以这个选集为基础，旁及其他一些作品，对高尔基早期短篇小说进行一些分析。

---

① 《列宁全集》第十六卷第二〇二页，人民出版社。

一

　　高尔基的短篇小说大部分写于早期,按其风格说,一般地可以分为现实主义的和浪漫主义的两类,其中现实主义作品占的比重最大。这些现实主义作品的特点是深刻而真实地再现了俄国底层人民生活的画面。它们不仅使我们看到了十九世纪末俄国劳动人民水深火热的悲惨处境,而且也揭示了无产阶级革命前夜沙皇俄国的不可调和的阶级矛盾,及其一触即发的革命形势。

　　俄国是落后的资本主义国家,要挤进先进资本主义的行列,就不能不更残酷地压榨工人的血汗,因而更具有野蛮性质。沙皇俄国的工人生活是非常痛苦的:工作时间至少是十二个半小时,在一些企业中,"甚至长达十四至十五小时","根本没有什么劳动保护,结果造成工人大量的残废和死亡"。[①] 在农村中,情况也是这样。地主富农残酷剥削农民,使他们处于贫困和死亡的边缘,加之经常的歉收和饥荒,大批农民破产。这样,一方面是城市工人失业大军的日益增多,另一方面是每年几百万破产农民流入城市。这些人颠沛流离,踯躅于生活的最底层,汇成了一支庞大的流氓无产者队伍。"人多得不得了!挨饿的人都赶来了……"(《切尔卡什》)

　　高尔基——这位伟大的无产阶级作家,不仅是这个罪恶世界的目击者,而且自己就饱尝过地狱般底层生活的一切辛酸和痛苦。他熟悉底层人民的生活,同情他们的遭遇。因此,

────────

[①] 《联共(布)党史简明教程》,人民出版社一九七五年第一版,第六页。

底层人民的生活就成了他创作中永不枯竭的源泉。

高尔基早期现实主义作品的基本主题是:一方面无情地揭露资本主义制度的罪恶,批判私有者、剥削者和市侩的卑劣灵魂;另一方面又以真挚的同情,传达出底层人民反抗的呼声。这些作品的主人公大部分是失业工人、农民、流浪者、苦力,以及乞丐、小偷和妓女等处于最下层的人们。

《叶美良·皮里雅依》与《阿尔希普爷爷和廖恩卡》是高尔基较早的作品,主人公都是资本主义制度的受害者。失业、饥饿使他们走投无路,从而在他们的心灵里激起了对罪恶社会的强烈的仇恨。叶美良四十多岁了,但生活过得"比狗的生活还不如",不仅没有一个窝,连一块面包也没有。他长期没有工可以做,而且很明显,失业的人那么多,就算他愿干最脏最苦的活,以最贱的代价出卖劳动力,也不会有人雇用。他讥讽道:"仁慈的先生,非常可尊敬的强盗同吸血鬼,我们是来献上我们的皮请您饱餐的,您是不是高兴用一天六十戈比的代价来剥我们的皮呢?"几句话,把血淋淋的资本主义剥削制度揭露得淋漓尽致。农民的遭遇更为悲惨。因农村的破产沦为乞丐的阿尔希普祖孙二人,孤苦伶仃,贫病交加,流落异乡。他们预感到了自己的可怕命运,因而痛骂旧世界是一只吃人的"野兽"。果然他们很快就被这只野兽"一口吞下"了——一场暴风雨之后,祖孙俩都惨死在草原上。

高尔基揭露资本主义制度的作品从一开始就有一种独特的格调,比起同时代的批判现实主义作家的作品来,已有了明显的新特点。如果说,托尔斯泰的作品有"撕下一切假面具"的批判深度,契诃夫具有不动声色、冷酷而带忧伤的风格,那么高尔基则是用仇恨的熊熊烈火,力图把整个旧世界烧个精光。青年高尔基对资本主义制度的认识、对它的憎恨,无疑要比他同时代的俄国大作家们深刻得多、强烈得多。这一点在上述几个作品里已经可以看得出来。

不管周围的世界是如何的黑暗,生活是如何的艰难,也不管人们在精神上变得多么畸形,高尔基始终没有丧失对人民的信心。在描写被侮辱、被损害者的形象时,他不是以旁观的第三者的立场出现,而是在自己的主人公身上倾注了深厚而炽热的感情,并且总是看到他们某些可贵的品质。叶美良由于环境所迫,也出于对"富人"的仇恨,决定去干掉商人奥巴依莫夫。一个夜晚,当他手持铁棒正守候在桥头时,却偏偏来了一个悲痛欲绝、想去投河的失恋的少女。叶美良竟忘却了自己原来的打算,转而去劝说这位少女,使她恢复了对生活的信心。在《阿尔希普爷爷和廖恩卡》里,也有类似的情节。小廖恩卡在行乞途中突然遇到一个由于丢失了头巾而哭哭啼啼的小姑娘。他忘记了自己的乞丐身份,而去安慰小姑娘。又如《二十六个和一个》里的二十六个面包工人,他们尽管过着囚徒一样的生活:身上披着破烂,头上长着疥疮,但他们却真挚地爱着少女塔妮亚。这是一种纯洁的、"神圣"的爱。而那些衣冠楚楚的老板及其看家狗们却是灵魂卑鄙的家伙。在高尔基看来,一个人,不管他的处境多么坏,社会地位多么低,只要他的心灵中仍然保持着劳动者的高尚品德,他在精神上就比"富人"富有得多,高大得多。这就是高尔基肯定和赞扬叶美良、廖恩卡和面包工人的善举的基本出发点。在许多作品中,高尔基本人就是这类善举的实施者。《一个人的诞生》里那个在旅途中为产妇接生的青年,《吃人的情欲》里将一个醉妇从水洼里救出来并送她回家的那个过路客,都是作者本人。

如果要谈高尔基的人道主义的话,那么这就是他的人道主义精神。高尔基所同情和怜悯的是妇幼、弱小,或者就是与自己处于同等阶级地位、同样不幸的人。

在高尔基的现实主义短篇里,写得最多的是流浪汉的题材。从叶美良、切尔卡什、玛莉娃直至二十世纪初剧本中的人物,是一长列流浪汉形象的画廊,其中主要是来自劳动阶层的人们,也有资产阶级知识分子甚至个别贵族地主阶级的飘零子弟。这些人虽然都失去了原有的阶级地位,但或多或少总还带有本阶级的烙印,他们的性格和品质是各不相同的。在许多作品里,高尔基正是从这一角度来揭示流浪汉的精神面貌的。

《草原上》《我的旅伴》等是深受契诃夫和托尔斯泰赞誉的作品,契诃夫甚至称《草原上》为"王牌小说"。在这些作品中,高尔基以真正艺术家的彩笔,真实地刻画了几个不同类型的流浪汉形象,而主要锋芒是指向剥削阶级及其知识分子的卑劣行径和丑恶灵魂。《我的旅伴》中的沙克罗公爵是一个地主独生子,他是由于偶然的机会加入流浪汉行列的。作者通过旅途中种种事件、夏克洛对周围人和事的态度的描写,深刻揭露了这个地主少爷懒惰、贪生怕死、庸俗下流等寄生虫的阶级本质。在《草原上》里,作者以同样辛辣的笔触鞭挞了资产阶级知识分子——一个大学生的阴险、狠毒的可耻行为。这个大学生在草原上过夜时,趁别人熟睡之机,勒死一个生病的细木匠,抢劫了他的财物之后逃之夭夭。这个时期,高尔基接触马列主义的著作还不多。在这些作品中所表现的这种朴素的阶级分析,主要是从实际生活中得来的。

在高尔基描写流浪汉的作品中,最有代表性的要算《切尔卡什》和《玛莉娃》两篇。它们不仅深刻地反映了资本主义制度下人民生活的悲剧,而且极其真实地表现了来自劳动阶层的流浪汉的矛盾性格,十分细腻地揭示了他们的复杂的精神世界。在《切尔卡什》里,作者通过对两个流浪汉之间的矛盾冲突的描写,显示了两个迥然不同的性格。老流浪汉切尔卡什是一个独立不羁、精神世界比较丰富的人。他向往自由,热爱辽阔的大自然。"他那激烈的神经质的天性,渴望得到种种印象的天性"。他骄傲、有胆识,不屈从于任何人,也不看重钱;他鄙视贪婪的加弗里拉,认为自己尽管"是一个贼,一个和一切亲属断了关系的流浪汉",却绝不会像加弗里拉那样贪婪下贱。然而,切尔卡什并不是不知道自己的可怕处境。他内心有着无限的创伤和痛苦,只是不愿意面对现实,不愿意触痛心灵中这些创伤罢了。他喜欢黑夜,喜欢海,因为只有在黑夜里,在离开世俗的茫茫海面上,他的心才能产生一种"开阔的、温暖的感觉",才能"稍稍洗涤掉他灵魂中尘世的丑恶"。他珍视这种感觉,喜欢看见自己"在水天之间看到较为美好的自己",在这儿,关于生活的种种念头,以及生活本身都失去了"尖锐性",同时也失去了"价值"。切尔卡什对于罪恶现实的本质也是有所认识的。他懂得,资本主义制度下人与人的关系不过是:"今天你打我,明天我打你。"可见,切尔卡什虽然是一个畸形的被损害者的形象,却也是一个清醒的、有一定反抗精神的人,尽管这种反抗是盲目的,因而也是消极的。小说中的另一个人物——加弗里拉则是小私有者的典型。正如一切落后的个体农民一样,他身上有着两重性:一方面是劳动者,另方面又是小私有者。加弗里拉虽然自己种一小块地,甚至有时还外出打打短工,但他的私有观念是非常严重的,对金钱的欲望是无止境的。他幻想着赚一笔大钱,然后盖房子、买马、买女人、买庄园,最后当上老爷。当他看到切尔卡什一下子弄到那么多的钱时,激动得全身发抖,立即向切尔卡什下跪,乞求将所有的钱都给他;而当达不到目的时,便想下毒手干掉切尔卡什。通过这个形象,高尔基对那种贪婪的、被私有欲拨弄得发疯的灵魂进行了鞭挞。加弗里拉也是被损害者的形象,但同时又是一个贪婪、自私的小私有者的形象。

《玛莉娃》是同《切尔卡什》很相近的作品。落拓不羁的女主人公玛莉娃同切尔卡什一样,向往"像只海鸥,想飞到哪儿就飞到哪儿"的自由生活。她虽然放荡,却仍然保持着自己的独立和尊严;虽然生活艰难,却鄙视自私自利。她憎恶现实,心灵里有着许多的痛苦:有时候,她想远远地坐上船出海去,"永远见不到任何人";有时候,她"可怜所有人",可又觉得最可怕的是她自己;有时候又想"把大家杀死,然后自己……来个横死"。她的这种失常的、歇斯底里的心理,正是那个残酷的现实在她心灵里刻下的印记。

然而,不论是切尔卡什还是玛莉娃,他们都不敢正视现实。他们不是企图躲到隔绝现实的海面上去消除自己内心的苦闷和空虚,便是以一种玩世不恭的态度对待周围的事物。他们漠视一切,否定一切;他们虽然仇视现实,看到社会的罪恶,但却不能或不愿意去追究这些罪恶的原因,更不用说去寻找真正的出路了。他们追求自由,却不知道需要什么样的自由,他们企图反抗,又不知道应该反抗什么。当有人问玛莉娃:"你知道你想要的是什么吗?"她的回答是:"要是知道就好了!"可见,这些流浪汉在精神上也受到社会的毒害,没有什么生活目的,胡乱地混日子,无声无息地死去,如此而已。

诚然，在高尔基作品中也有一些人物形象表现了比较强烈的反抗精神，如《科诺瓦洛夫》《好闹事的人》等的主人公。柯诺瓦洛夫是个面包师，他不满于面包房里的窒息生活，向往自由，毅然离开面包房去当流浪汉。《好闹事的人》的主人公格沃兹杰夫是一个排字工人，他在给一篇报纸社论排字时，擅自更改社论的内容，加进了自己的话。他的这种莽撞的、公开的反抗行动，使报馆老板大为震惊，以致怀疑他是一个社会主义者。但尽管这样，他们同真正的革命者仍然相去甚远。正如高尔基指出的，"他们并不是英雄，只在稀有的场合才是临时的英雄。"①

对于高尔基作品中的流浪汉形象，批评界是一直存在着不同意见的。有些批评家把高尔基看作是歌颂流浪汉，宣扬个人主义、无政府主义的作家。这当然是歪曲。也有一些人对高尔基的作品采取不加分析的态度，甚至把流浪汉同革命者的形象等同起来。这也是非常错误的。

恩格斯在《〈德国农民战争〉序言》里写道："流氓无产阶级是主要集中于大城市中的、由各个阶级的堕落分子构成的糟粕，他们是一切可能的同盟者中最坏的同盟者。"②列宁也指出，"流氓无产阶级的特点，有时候是尖锐的冲突，有时候是异常不坚定和毫无战斗能力。"③高尔基对流浪汉的描写同这些马克思主义的分析基本精神上是一致的。高尔基正确地表现了流浪汉性格的双重性：一方面他们是受害者，有反抗性；另方面他们又落后，有盲目性和无政府主义。当然，高尔

---

① 《高尔基文学论文选》第二五九页，人民文学出版社。
② 《马克思恩格斯选集》第二卷，第二九三页，人民出版社。
③ 《列宁全集》第十五卷，第三五七页，人民出版社。

基在感情上偏袒流浪汉,这一点他并不讳言。"为什么我要写'流浪汉'?"这是因为,"我生活在小市民当中,我看见我眼前的许多人唯一的志愿就是用诈骗的手段来吸取人的血,把血凝成戈比,再用戈比铸成卢布。"①而流浪汉虽然比"平常的人"过得更坏,但是他们"并不贪心,不互相倾轧,也不积蓄金钱"。"我对流浪汉的偏爱就是出于我想描写'不平常的人',而不想描写干巴巴的小市民型的人的愿望。"②也就是说,流浪汉尽管有其种种缺陷,尽管不是英雄,但是同那些庸俗、猥琐的小市民比较起来,却是鹤立鸡群,高尚得多。这就是高尔基对待流浪汉的基本态度。

高尔基偏重于多写流氓无产者还有另一方面的原因,即他本人就曾生活在流浪汉中间,熟悉他们,而对大工业中的产业工人却接触不多,因此在早期作品中他没有能够更多地反映无产阶级的生活,描写无产阶级的英雄。有人认为这是高尔基的一个缺点。但是,我们能这样苛求于作者吗?

二

在创作现实主义小说的同时,高尔基还写了一系列具有强烈感情色彩的革命浪漫主义作品。这些作品在高尔基的早期创作中占特殊的地位。正是这些革命浪漫主义作品,寄托了作者崇高的革命理想和激情,也正是一系列高大的革命浪漫主义形象,才真正体现了"逐渐成长的"俄国革命者的

---

① 高尔基《论文学》第一九五页,人民文学出版社。
② 高尔基《论文学》第一九八页,人民文学出版社。

性格。

　　高尔基最早的浪漫主义作品主要有《马卡尔·楚德拉》《少女与死神》《小仙女与青年牧羊人》等。这一时期作品的思想特点是通过自由、爱情的主题反映社会的问题，表达作者的理想。

　　《马卡尔·楚德拉》(1892)是高尔基的处女作。作者以浓郁、豪放的浪漫主义笔触，通过讲故事的形式，刻画了两个坚强不屈的性格。左巴尔和拉达都是具有特殊精神力量的人物，对他们来说，世界上最宝贵的就是自由。他们彼此相爱，但他们更爱自由。在爱情、生命、自由三者的抉择中，他们选择了自由而抛弃了爱情乃至生命。

　　高尔基这篇作品反映了十九世纪末俄国无产阶级革命前夜人民精神的觉醒，人民对沙皇黑暗统治的反抗。作者号召人民起来打破奴隶的枷锁，争做自由人。作品一开头就讨论自由与奴隶的问题，决非偶然。"你们那般人真可笑，"——老茨冈感慨地说，"他们整天在做工，为什么？为了谁？没有一个人晓得。""他了解自由吗？……他生下来就是个奴隶，一辈子都是个奴隶，就是这样罢了！"作者借马卡尔之口说出这些话不仅为故事的主题埋下了伏笔，而且加深了作品的现实意义。正如作者稍后在致友人的一封信中指出的："在百般的疑虑中，在奴隶的胆怯的静默中，倾听一个高声歌唱自由、赞颂自由的人有力和勇敢的声音，这是多么了不起啊！"[①]

　　与《马卡尔·楚德拉》创作的同一年，高尔基还写了一篇美丽的爱情诗《少女与死神》。这个作品按体裁虽然是格律

[①] 高尔基《文学书简》上卷，第一〇四页，人民文学出版社。

诗,但就其主题思想来说,它同这一时期的浪漫主义小说却是不可分割的。在《少女与死神》里,高尔基以轻快、优美的笔触描写了一个无所畏惧的少女,她既不害怕沙皇,也不理睬死神,崇高而忠贞的爱情终于战胜了作为社会恶势力代表的沙皇,也驯服了代表自然界恶势力的死神。

高尔基的浪漫主义作品,从第一个起就含蕴着丰富的社会内容,饱和着崇高的理想。诚然,这些内容和理想表现得还比较抽象、隐晦。十九世纪九十年代初,俄国工人运动只是处在酝酿阶段,高尔基虽然接触到一些革命思想,但就世界观和美学观而言,都还是在探索的朦胧时期,革命的前景和道路在他还是模糊的。因此,在他那里,个人同社会的矛盾问题还不能作出真正的马克思主义的解决,还不能不带有一定的个人反抗的色彩和盲目性。在《马卡尔·楚德拉》和《少女与死神》里,或者是在相近时期的《叶美良·皮里雅依》和《切尔卡什》等现实主义作品里,我们都可以看到这种思想的反映。

随着俄国工人运动的展开,革命现实对作家的启发,高尔基作品里的社会主题和正面形象也渐趋具体化了。一八九五年高尔基在一篇文章中写道:"我们生活在畸形的、精力贫乏的时代里,生活在冷酷的、充满猜疑的晦暗的日子里,我们的责任就是纠正这种状况,用希望来美化生活,用行动来活跃生活,用思想使生活高尚起来,千方百计地使它变得更有理智、更有生气、更丰富。"[①]这一年,高尔基发表了《伊则吉尔老婆子》《鹰之歌》等许多重要作品。可以看出,这些作品的思想比起前几篇作品来,更深刻、更成熟了。

---

① 《高尔基三十卷集》第二十三卷,第一九页,俄文版。

《伊则吉尔老婆子》和《鹰之歌》的发表,标志着高尔基革命浪漫主义作品进入了新的阶段。在这些作品里,作者从前期的比较单纯地突出生活中的自由与爱情的主题转到了对生活意义的具体探讨,并且直接号召行动。

在《伊则吉尔老婆子》里,作者树立了两个对立的形象:腊拉和丹柯。腊拉是一个"贪得无厌,又强壮、又残酷"的极端个人主义者、暴徒。他把自己看作是世界上第一个人,而且除自己外,"什么都不放在眼里"。他的生活哲学是:"保持一个完整的自己,不愿意分一点给别人。"同个人主义者腊拉成鲜明对照的是丹柯的光辉形象。丹柯是一个勇敢、正直的青年,他为了大家的利益,可以牺牲自己,并且"不要一点酬报"。当大家面临困难,需要他的时候,他毫不犹豫地掏出自己燃烧的心来照亮道路,引导人民摆脱困境。

腊拉和丹柯是两个完全对立的典型。一个仇视集体,只为个人活着,结果受到集体的惩罚,一个热爱集体,为集体献出自己的生命,得到人民的尊敬和怀念。在《鹰之歌》里,作者同样刻画了两类截然不同的形象:革命者的英雄形象(鹰的形象)和自私保守的市侩形象(黄颔蛇的形象)。他们代表了两种人生哲学:黄颔蛇在生活中只求个人享乐,卑微、庸俗。在它看来,"不论飞也好,爬也好,结局只有一个:大家都要躺在地里,大家都要变做尘土……"因此,它要充分地享受目前的"又暖和,又潮湿"的生活。它不需要生活有任何的变革,更不需要什么斗争。与蛇相反,鹰却是积极向往行动,渴望改变现状的革命者。他认为生活就是战斗,为自由而战,就是最大的幸福。

高尔基这些革命浪漫主义的形象,鼓舞了俄国人民为自己的解放而斗争,帮助他们去争取伟大的胜利。丹柯为集体献身的心,雄鹰的勇敢战斗精神和革命乐观主义的气概,对于每一个革命者都是宝贵的、亲切的。

十九世纪九十年代中叶,俄国工人运动逐渐从自发的经济斗争走向自觉的政治斗争。一八九五年列宁领导的"工人阶级解放斗争协会"在彼得堡宣告成立后,俄国工人开始在有组织的领导下进行斗争。丹柯和鹰的形象的现实意义正在于它们体现了这一时期革命斗争的新特点。诚然,丹柯和鹰都还是浪漫主义的形象,还没有像后来《母亲》中的巴威尔的形象那样成熟、完善,这是与当时革命发展的具体现实相符合的。像巴威尔那样高大的革命英雄形象,只能在一九〇五年的革命之后出现。

一九〇一年高尔基写出了革命的檄文《海燕》。《海燕》的出现,说明俄国工人运动进入了新的高涨时期。在这里,高尔基把作品直接同革命联系了起来,庄严宣告:革命的暴风雨就要来临了!

三

高尔基作品中所表现的艺术手法和风格是极其丰富多样的。这里我们只就其早期短篇小说的艺术特点谈一点粗浅体会。

高尔基创作初期有过多次文体上的更替。开始时写诗(韵文),后来转写散文,同时又试图把两者结合起来,写"韵文体"散文。这种文体上的演变,一方面说明作者对艺术形式的紧张而多方面的探索;另方面也表明时代的发展已经给俄国文学提供了新的内容。十九世纪九十年代俄国工人运动蓬勃地开展起来后,整个国家都处在革命的变革和动荡之中。工人阶级和这一革命的现实必然要在文艺中得到反映。九十年代末,高尔基就明显地感觉到契诃夫式的现实主义手法已经不能表现时代的新内容,指出"这种形式已经落后于自己的时代了"①。这个时期俄国文坛上的大作家还有托尔斯泰、契诃夫、柯罗连科等,这一代老作家对旧制度的批判和对劳动阶层的同情是众所公认的。但是由于他们世界观上的局限性,与新兴的无产阶级革命运动却是格格不入的。一个艺术家要想听到新生活的声音,他本人首先必须是精神上的年轻人。高尔基与上述作家的根本区别,正在于他是一个精神上完全年轻的人,因此只有他才能敏锐地聆听出新时代的脚步声。高尔基在文学上的革新的本质也在这里。高尔基在这个时期给契诃夫的一封信中激动地写道:"真的,需要英雄人物的时代已经到来了:大家都希望有令人鼓舞的东西、开朗明快的东西,您知道,希望有不是酷似生活,而是比生活更高、更好、更美的东西。"②为了充分地表现新时代赋予文学的新的社会思想的内容,必然要求在描写方法上和艺术风格上有所革新。这样,新兴阶级艺术上的代言人——高尔基的崭新的艺术风格产生了。

俄国早期马克思主义文艺批评家沃罗夫斯基在谈到高尔基初期创作的风格特点时写道:"高尔基在他最初的短篇小说中就已经提供了一个他所特有的风格典范:明快、色彩鲜

---

① 高尔基《文学书简》上卷,第六五页,人民文学出版社。
② 高尔基《文学书简》上卷,第六六页,人民文学出版社。

艳,永远依恋地描写自然的背景,人物总是很突出、鲜明而具有特色。自然景色、登场人物和行文的语言在高尔基作品里永远是和谐的。"①是的,如果说,契诃夫的现实主义的风格特征是朴素、没有任何的夸饰、不动感情,读过他的作品后给你留下一种难言的忧伤或"淡淡的哀愁",那么,高尔基的特点则是色彩浓艳、明亮,使你感觉到一种遏制不住的感情洋溢。

高尔基在谈到自己初期创作情况时,也指出自己曾不由自主地被一种"有韵律的散文"所支配:"这种文体长期纠缠着我,它不知不觉不恰当地渗透到我的小说里去。我用一种歌唱似的词句来写小说。"②高尔基早期的许多作品不论是现实主义的还是浪漫主义的,确实都是一种"有韵律的散文",不仅像《海燕》《鹰之歌》等浪漫主义作品是这样,就是像《阿尔希普爷爷和廖恩卡》这种比较严格的现实主义作品,高尔基也发现,"其中有整整一页——描写草原上的暴雨的——正是用这种该死的'有韵律的散文'写出来的。"③可以说,"歌唱似的"风格是贯穿在他整个早期创作中的一个最明显的共同特点。

高尔基的短篇小说在人物性格的刻画方面也与旧现实主义有许多不同的地方。他的特点是:一般不以揭示人物的内心感受取胜。这并不是说,高尔基不写人物的性格发展和内心感受,但总的说来,却着重于运用对比、寓意等手法来突出人物的最重要的性格特征。在一个作品里,往往同时出现两个彼此对立的形象,例如,拿腊拉的自私、野蛮的行为同丹柯

---

① 《沃罗夫斯基论文集》第二七一页,俄文版,一九五六年。
② 高尔基《论文学》第一八六页,人民文学出版社。
③ 高尔基《论文学》第一八六页,人民文学出版社。

崇高的英雄行为做对比,拿切尔卡什的大胆、不看重金钱同加弗里拉的胆怯、贪婪做对比,拿庸俗、猥琐的黄颔蛇的市侩形象同勇敢战斗的鹰的革命者的形象做对比,拿害怕革命的潜水鸟和企鹅同迎接革命风暴的海燕做对比。相形之下,丑恶的显得更丑恶,崇高的显得更崇高。两类形象都因此而非常鲜明、突出。

高尔基的另一个特点,是着重用比喻和象征的手法。他是这样描写切尔卡什的:

> 由于他的模样酷似草原上的鹞鹰,由于他凶猛而瘦削的身材,以及貌似从容平静,内心却亢奋激动、聚精会神,就像和他相似的猛禽的飞翔似的攫食步伐,顿时引起人家的注意。

几句话和一个比喻,这个剽悍而机敏的流浪汉的身影就像一幅画一样显现在我们的眼前。

对拉达和左巴尔的美的描写,用的也是象征性的比喻手法:拉达的美——微妙的琴声;左巴尔的笑——火红的太阳。画龙点睛地把这两个人物的特点、音容笑貌突出地勾勒了出来。诚然,这样的人物素描是一种比较细腻、比较难于驾驭的艺术手段。它要求做到既是形似,又是神似,性格与外表都必须和谐、得体,而又不落俗套,还要给人留下想象的余地。只有像高尔基这样具有很高艺术造诣的艺术大师才能得心应手地做到这一切。

自然写生也是高尔基短篇小说的一大特色。高尔基是一位真正的风景画家。凡读他作品的人都有一个突出的印象:他对大自然的美的酷爱,对环境和景物描写的无限依恋。在他的笔下,有多少大海、草原、秋夜啊!高尔基的短篇小说大多是以讲故事的方式叙述的,故事之前,总是先有一番对自然背景的描写:"环绕在我们周围的秋夜……左面的一望无际的草原……"(《马卡尔·楚德拉》)或者是:"黄昏近了。远远地在海上黑暗诞生了……"(《叶美良·皮里雅依》)通过这种自然画面,先给人以一种静谧的感觉,然后他把你引进故事的世界。在叙述中,故事情节的开展与环境背景的变换也是密切配合的,他有时把故事中断,再插上一段自然景色的描绘,把现实与故事糅合在一起,寓情于景,情景交融,虚虚实实,大大加深了故事的逼真性与效果。故事讲完后又把你从故事的幻境里领回到现实中来。《马卡尔·楚德拉》《伊则吉尔老婆子》和《鹰之歌》等作品的故事安排都是这样。

在语言运用方面,高尔基的要求更是非常严格的。他强调"言简意深",达到形象性、准确性和音乐性,即做到"语言能表现出一幅生动的图画,简洁地描绘出人物的主要特点,让读者一下子就牢牢地记住被描写的人物的动作、步态和语气"[1]。为此,高尔基喜欢采用寓意、讽刺、象征等语言手段,形象地将某一人物的性格特征一笔勾画出来,给人以深刻、生动的印象。如"勇敢的鹰""高傲的海燕""蠢笨的企鹅";又如,腊拉——"模糊的影子",黄颔蛇——"生来爬行的东西"等等,这些象征性的或拟人化的用语既含义确切,又意味深长,富于哲理性。高尔基还要求作品的言辞"具有强烈的个性形式、格言形式,以便长期留在人们的记忆里,成为引用语、谚语和俗语"[2]。实际上高尔基作品中的许多句子已经成了

---

[1] 高尔基《论文学》第一八七页,人民文学出版社。
[2] 《高尔基三十卷集》第三十卷,第三九二页,俄文版。

精辟的警句和格言,并在生活中、文学中和政论中被经常引用了。列宁就曾不止一次地引用过高尔基的这些警辟的语句。

高尔基的短篇小说是用美丽的语言写的。这种语言的美和感人不只在于其辞采的绚烂、高亢,而且还在于它富于深刻的内在思想的含蓄性,在于语言的潜在力量能同作品的主题思想及其戏剧冲突缜密地结合起来,加深作品的艺术效果。《鹰之歌》《海燕》等语言生动,语调铿锵,形象性和音乐性达到了高度的和谐,人们不仅能够朗读、背诵它们,而且简直就可以唱起来。这些作品在革命的暴风雨年代里之所以能那么广泛地在人们中传播,而且至今仍不失其魅力,不用说,其语言的美和力量也是起了极其重要的作用的。

李辉凡

马卡尔·楚德拉*

从海上吹来潮湿、寒冷的风,把波浪冲击海岸的拍溅声和岸边灌木飒飒声的沉思般的旋律吹散在草原上面。一阵一阵的疾风时时带来一些枯黄的落叶,把它们卷进篝火里面,把火扇得更旺;环绕在我们四周的秋夜的黑暗颤抖起来,惊恐地退开了,一下子就露出来左面的一望无际的草原,右面的无边的大海,我的正对面是老茨冈马卡尔·楚德拉的身形,他在看守他那个浪游队①的马群;浪游队的帐篷离我们这儿有五十步的光景。

寒风吹开他那件高加索的上衣,露出他的毛蓬蓬的胸膛,毫无怜悯地吹打它,可是他一点儿也不在乎。他用一种漂亮的、有力的姿势斜斜地躺着,脸对着我,不紧不慢地抽他那只大烟斗,从口里、鼻里喷出一团一团的浓烟来,他的眼光越过我的头,一动也不动地凝望着草原上死一般沉寂的黑暗,嘴不停地跟我讲话,任凭疾风吹打,也不想法挡一挡。

"那么你就这样流浪吗?这很好!你给自己拣了一条挺

---

* 本篇最初发表于一八九二年九月十二至十四日《高加索报》。译自《高尔基三十卷集》第一卷。
① 茨冈,亦译吉卜赛人,是一种以占卜、卖艺为生的流浪民族。浪游队指他们的结伴流浪的队伍。

好的路,鹰①。就应该这样:到处走走,见见世面,看够了,就躺下来死掉——就是这么一回事。"

"生活?别的人?"他带着怀疑的神情听完了我对他那句"就应该这样"的反驳,便接着说下去,"哼!这跟你有什么相干?你自己不就是生活吗?别的人没有你也在活着,而且没有你也会活下去。难道你以为有人需要你吗?你不是面包,又不是手杖,谁也不需要你。

"你说,得学习,得教人吗?可是你能够学到怎样使人幸福吗?不,你不能够。你得先等头发白了,再来说什么教人的话。教什么呢?每个人都知道他自己需要什么。聪明一点的人看见有什么就拿什么,蠢一点的人便两手空空,什么也拿不到,每个人自己会学习的……

"你们那般人②真可笑。偏偏挤在一块儿,挤得紧紧的,可是你看世界上的地方有多少。"他伸出一只手向草原上大大地一挥,"他们整天在做工。为什么?为的谁?没有一个人晓得。你看见一个人耕田,你就会想:现在他把自己的气力跟汗水一块儿一滴一滴地耗费在地上,随后他就躺在地里,在地里烂掉。他连一点儿东西也没有留下来,他等不及看见自己的田里长出什么来,就死掉了,他死的时候跟他生下来的时候一样——是个傻瓜。

"怎么,难道他生下来是为了在地上挖来挖去,连自己的坟也来不及挖好就死掉吗?他了解自由吗?他懂得草原的辽阔吗?海浪的谈话会使他的心快乐吗?他生下来就是个奴

---

① 在俄国民间传说中,"鹰"是对男人的亲密称呼。
② 这是指俄罗斯人说的,因为说话的是一个茨冈。

隶,一辈子都是个奴隶,就是这样罢了!他又能够对自己怎么样呢?倘使他后来变得稍为聪明一点,也只好去上吊罢了。

"可是我呢,你看,在五十八年里头,我见过了那么多的事情,倘使要把它们全写在纸上,那么像你那个口袋①,就是有一千个也装它不下。喂,你说有什么地方我没有到过?你就说不出来。我到过的地方,有的你压根儿就不知道。应该这样地生活:走吧,走吧——就是这样罢了。不要在一个地方长住——那有什么意思呢?你瞧,白天同黑夜绕着地球互相追逐,跑个不停,你也得像那样地躲开生活的思虑,一直跑下去,省得让你自己厌倦生活。你要是多想一下,你就会厌倦生活了,事情总是这样。我也有过这样的事情。哎!有过的,鹰。

"我坐过牢,那是在加利西亚②。'我为什么活在世界上呢?'——我感到寂寞的时候就这样地想,——牢里真寂寞,鹰,唉,多寂寞啊!——我每回从窗里朝田野望出去,苦恼就抓住我的心,抓紧它,好像把它夹在钳子里一样。谁能够说出自己为什么活着?没有一个人说得出来,鹰!而且也用不着拿这个问自己。活着就是了。你只要在自己四周走动走动,到处看看,那么苦恼就绝不会抓住你了。那个时候,我差点儿用腰带吊死自己,真有这样的事!

"嘿!有一回我跟一个人谈过。他是个严肃的人,是你们的人,俄罗斯人。他说:'你不应当照你自己所想的那样去生活,你应当遵照上帝的意旨活着。你要服从上帝,你不论向

---

① 旅行用的袋子。
② 历史地区名,在今乌克兰东部。

他求什么,他会全给你。'可是他自己却穿一身破衣服,到处都是窟窿。我就对他说,让他求上帝给他一套新衣服吧。他却大发脾气,臭骂一顿,把我赶走了。他刚才还说过,应当宽恕人,应当爱人。即使我的话冒犯了他的尊严,他也得宽恕我啊。这也算是——教师!他们教你少吃一点儿,可是他们自己一昼夜就吃它十顿。"

他朝篝火里吐了一口痰,不作声了,又在装他的烟斗。风悲伤地低声呻吟,马群在黑暗中长嘶,帐篷里送出来柔婉而多情的抒情歌子。唱歌的是马卡尔的女儿,美人儿农卡。我熟悉她那低沉的胸音,不管她在唱歌或是单单说一声"你好",她的声音总是那么奇怪,那么不满,那么严厉。在她那张没有光泽的浅黑色脸上凝结着一种女王的高傲,在她那仿佛被一种阴影罩住的深褐色眼睛里闪露着她对她那种不可抗拒的美丽的自信,和她对自己以外的一切的蔑视。

马卡尔把烟斗递给我。

"抽烟!妞儿唱得好吧!是不是?你想有个这样的妞儿爱你吗?你不想?好极了!应该这样——不要相信妞儿,跟她们离远点儿。固然跟妞儿亲嘴比抽我这只烟斗更好,更快活,可是你跟她亲过嘴以后,你心里的自由就死掉了。她用一种看不见的东西把你绑在她身上,你挣不脱,你就把你整个的灵魂交给了她!真是这样的!要当心妞儿!她们永远在撒谎!她说:'我爱你胜过爱世界上的一切。'可是只要你拿别针刺她一下,她就撕碎你的心。我知道的!唉,我知道的多着呢!喂,鹰,你要我给你讲一个故事吗?可是你得记住它,只要你把它记住,你就会做一辈子自由的鸟。

"从前有过一个左巴尔,这是一个年轻的茨冈,叫作洛伊科·左巴尔。整个匈牙利和捷克、斯拉沃尼亚①以及所有的沿海各国都知道他,——他是个勇敢的小伙子!在那一带地方,一个村子里总有五个十个居民对天发过誓要杀死洛伊科。可是他仍旧活着,而且要是他看上了一匹马,你就是派一团兵去看住它,左巴尔还是要骑着马跑掉的!哼!难道他怕什么人?就是魔王带领所有的部下来抓他,他即使不把刀子戳进魔王身上去,一定也要扎实地臭骂'他'一顿,而且在小鬼们的丑脸上给它一顿脚踢的——一定会是这样的。

"所有的浪游队,不论是闻名或者见面,大家全知道他。他就只爱马,旁的他全不爱,就是马他也爱不多久——他骑了一阵子,就卖掉了,换来的钱,谁要就让谁拿去。他没有一件他挺宝贵的东西,你要他的心,他也会亲手把它从胸膛里挖出来给你,只要这个对你有一点儿好处。他就是这样的一个人,鹰啊!

"我们的浪游队那个时候正流浪到布科维纳②——这是大约十年前的事情。有一回在春天的夜里,我们大家正坐在一块儿:有我,有那个跟着科苏特③打过仗的老军人丹尼洛,有老努尔,还有别的一些人,还有丹尼洛的女儿拉达。

"你认得我的农卡,是不是?她不是女中皇后吗?然而可不能拿农卡跟拉达相比,——这未免太抬高农卡的身份了。关于她,关于这个拉达,你简直找不到话来形容。她的美,也许可以用提琴拉出来,可是也只有那个懂得提琴像懂得他自己的灵魂一样的人才拉得出。

---

① 原南斯拉夫历史上的省份,在克罗地亚东部。
② 古代地区名。北部为乌克兰的契尔纳维茨省,南部属于罗马尼亚。
③ 科苏特(1802—1894),匈牙利争取民族独立的爱国者。

"她烧干了多少年轻人的心,啊,真不知有多少呢!在摩拉瓦河①上,一个贵人,这是个蓄额发的老头儿,他一看到她,就不能够动了。他坐在马上,望着她,像发寒热似的浑身打战。他像过节日的魔鬼一样打扮得漂亮极了,'菇绊'②上绣着金线,只要马蹄在地上顿一下,他腰间挂的一把剑就像电光似的亮起来……这把剑全身镶满了宝石,他帽子上的浅蓝色天鹅绒就像一小块的天似的——这个老绅士真是神气极了!他望着,望着,随后就对拉达说:'喂,给我亲一下,我就给你一袋子钱!'可是她只把身子掉到一边去,就完了。'要是我得罪了你,请你原谅我,你不可以更和气点瞧我一眼吗?'那位老贵人立刻减了些威风,把钱袋扔到她的脚边——满满的一大袋,兄弟!可是她仿佛不经意地一脚把它踢到污泥里就完事了。

"'啊呀,这样的女孩子!'他叹息地说,于是举起鞭子打马——只见一阵尘土像云似的升腾起来。

"第二天他又来了。'她父亲是谁?'他响雷似的对着帐篷大叫。丹尼洛走了出来。'把你女儿卖给我,随便你要什么都成!'可是丹尼洛对他说:'只有潘们③才什么都肯卖,从他们的猪卖起,一直卖到他们的良心为止,可是我跟随科苏特打过仗,我不做什么买卖!'贵人大发脾气,伸手去抽他的剑,可是我们中间有人把燃着的火绒塞进马耳朵里,马跳起来,一下子就载着他跑掉了。我们也就收了帐篷,往前走了。我们走了一天,第二天,我们一看——他赶上来了!他说:'喂,你

---

① 多瑙河左面的支流。
② 从前波兰和乌克兰人穿的一种短上衣。
③ 革命前俄国西南部和波兰对绅士、主人、地主的称呼。

们,当着上帝,当着你们说,我的良心是干净的。把妞儿给我做妻子:我把我所有的东西都拿出来跟你们平分,我真的很有钱!'他激动得厉害,好像风里的茅草一样,在马鞍上摇晃个不停。我们在考虑。

"'好,女儿,你说吧!'丹尼洛翕动着他的胡髭,喃喃地说。

"'要是一只雌鹰自动地走进乌鸦的窝里去,她算是什么呢?'拉达向我们反问道。

"丹尼洛笑起来!我们大家都跟他一块儿笑了。

"'说得好,好女儿!听见没有,大人?没有办法!还是去找小鸽子吧,她们倒柔顺些。'于是我们又朝前走了。

"那位大人抓起他的帽子扔在地上,打起马跑了,跑得那么快,连地也直打战。拉达就是这样的一个女孩子,鹰!

"是的!有过这么一回,在夜里,我们都坐着,听见——音乐在草原上飘荡。很好听的音乐!它使我们的血沸腾起来,而且它在唤我们到什么地方去。我们都觉得,这音乐给我们唤起了一种渴望,我们渴望着什么东西,要是得到了它,连活着也没有意思了,除非是活着做全世界的王,鹰!

"一匹马从黑暗中浮现出来,马上坐着一个人在奏乐,他走到我们跟前。到了篝火旁边,他勒住马,停止奏乐,带笑地望着我们。

"'啊呀,左巴尔,原来是你!'丹尼洛快活地对他叫起来,这就是他,洛伊科·左巴尔。

"他的胡子垂到肩头,跟他的卷发混在一块儿,眼睛像明亮的星星似的在闪光,笑容呢,——上帝保佑,它就是整个的太阳!他连人带马都像是用一块铁铸出来的。他站在那儿,映着篝火的火光,好像全身涂着血一样,他露出发亮的牙齿在笑着!啊,即使他不跟我讲一句话,或者他简直不知道世界上还有我这么一个人活着,我也会像爱自己一样地爱他的,不然,我就是个大混蛋!

"不错,鹰,就有这样的人!他朝你的眼睛看一下,他就捉住了你的灵魂,你自己不但不觉得这是可耻的,你反倒因此骄傲起来。你跟这样的人在一块儿,你自己也会变好的。这样的人很少,朋友!啊,少,倒是对的。要是世界上好东西太多,那么好东西也就不会给人当作好的了。是这样的!你再听下去吧。

"拉达也说:'洛伊科,你拉得好啊!谁给你做的这只提琴,会拉出这么响亮、这么好听的调子来?'那一个却笑起来:'我自个儿做的!而且它不是用木头做的,它是用我热爱的一个年轻女孩子的胸脯做的,我拉的弦子是用她的心弦做的。提琴还不算太好,可是我知道怎样运弓!'

"谁都知道,我们的兄弟①想马上就蒙住妞儿的眼睛,免得它们烧他的心,反倒让它们为他的缘故罩上一层哀愁,洛伊科就是这样做的。可是他扑了一个空。拉达掉转身子,打了一个呵欠,说:'大家都说左巴尔聪明、灵活,——原来他们撒谎!'随后就走开了。

"'啊呀,美人儿,你好一副伶牙俐齿啊!'洛伊科闪一下眼睛,从马上跳下来,'你们好,兄弟们!我来看你们了!'

"'欢迎客人!'丹尼洛回答他道。大家亲嘴、聊天,后来就躺下来睡了。可是到了早晨,我们看见左巴尔的脑袋上缠

---

① "同胞""同族的人"的意思。

8

着一块布。这是怎么一回事？说是他在梦中给马踢伤了。

"哈,哈,哈！我们知道这匹马是谁,便在我们的胡髭下面暗笑,丹尼洛也微笑了。什么,难道洛伊科配不上拉达吗？不,没有这样的事！不管妞儿怎样美,她的灵魂总是窄狭、卑贱的,即使你挂了一普特①的金子在她的脖子上,也还是一样,不会使她比本来好一点。啊,得啦！

"我们就在那个地方住下来,那时候我们的事情很如意,左巴尔跟我们在一块儿。他真是一个好伙伴！他的聪明比得上一个老年人,什么事他都通晓,他还懂俄文和匈牙利文,能读能写。要是他开口讲起话来,你就一辈子也不想睡,只想听他讲！说到拉提琴——倘使世界上还有什么人拉得像左巴尔那样的话,就让雷打死我！只要他拿他的弓在弦上拉一下,你的心就会颤抖起来,再拉一下,心听着就停止跳动了,可是他一直拉着,还在笑。你听他拉的时候,不觉同时想哭又想笑。这一阵子你听见什么人在痛苦地呻吟,哀求帮助,好像拿刀子在割你的心似的。过一阵子是草原在对天空讲故事,悲伤的故事。再一阵子又是一个女孩子哭着送别她的年轻的情人！又一阵子是一个活泼的年轻人在唤他的妞儿到草原里去。于是突然间——嗨嚛,一阵自由、活泼的曲子像雷声似的响了起来,好像连太阳也跟着这个曲子在天上跳舞了！就是这样的,鹰！

"你身体里的每根血管都懂得这个曲子,你在身心两方面都做了它的奴隶。要是那时候洛伊科喊一声:'伙伴们,拿起刀子来！'不管他指着哪一个人,我们大家会一齐拿起刀子

---

① 一普特约合 16.38 公斤。

朝那个人身上冲过去。他能够随便叫人做任何一件事情,大家都爱他,爱他爱极了,只有拉达一个人连瞧也不瞧他一眼;倘使单单是这样,也还罢了,可是她还取笑他呢。她扎实地刺痛了左巴尔的心,啊,扎实地!洛伊科咬紧牙齿,揪自己的胡须,眼睛看来比深渊还阴沉,有时候也闪出一股叫人灵魂战栗的光芒。在夜晚,洛伊科远远地深入到草原里去,让他的提琴在那儿一直哭到天明,它哭着,它在埋葬左巴尔的自由。我们躺着,听着,心里想着:怎么办呢?我们知道,要是两块石头你朝我、我朝你地滚撞起来,你不可以立在它们中间,——会撞坏你的。事情就是这样。

"有一回我们大家围坐在一块儿,商量事情。谈得乏味了。丹尼洛便央求洛伊科道:'左巴尔,唱支歌,给我们快活快活。'左巴尔向拉达看了一眼,拉达躺在离他不远的地上,脸朝上望着天空,于是他拿起弓在弦上拉过。提琴开口讲话了,好像它真是少女的心一样。洛伊科唱道:

　　咳——咳!我心里燃着火焰,
　　多辽阔啊,这一片草原!
　　我的骏马风也似的奔跑,
　　我一双手啊,铁一样地坚。

"拉达掉过头来,用胳膊肘支起身子,望着唱歌人的眼睛微微一笑。他的脸红得跟朝霞一样。

　　咳,哈卜——咳!喂,我的伙伴们!
　　打起马儿向前飞奔?!
　　草原上罩着深浓的黑暗,
　　在那儿等我们的却是黎明!

咳——咳！我们飞去迎接白天。
在平原的上空飞翔！
只是请不要把那鬃毛
挨到娇美的月亮！

"他就这样地唱！现在已经没有一个人像这样地唱了！可是拉达却好像在滤水似的一个字一个字地说：

"'洛伊科，你不要飞得那么高，当心你会摔下来，鼻子陷在泥水塘里，把你的胡子给弄脏了。'

"洛伊科野兽似的望着她，什么话也没有说——这个小伙子忍耐下去了，他自己又唱：

咳——哈卜！白日突然来到，
看见我们仍在睡乡。
哎，咳，那时耻火燃烧，
我们羞得无处躲藏。

"丹尼洛说：'这才配叫作歌！我从来没有听见这样的歌；要是我说了一句谎话，就让魔王拿我去做他的烟斗吧！'

"老努尔也摸摸胡髭，耸耸肩头，我们大家都满意左巴尔的这支勇敢的歌子。就只有拉达不喜欢。

"'从前一只蚊子想学鹰叫的时候，它也是这样嗡嗡地吵着的。'她说，这好像把雪水泼在我们的头上一样。

"'拉达，也许你想尝尝鞭子的味道吧？'丹尼洛跳到她面前，可是左巴尔把帽子扔在地上，他的脸黑得像土地一样，他说：

"'等一下，丹尼洛！烈性的马需要钢的马衔！把你的女儿给我做妻子吧！'

"丹尼洛笑道:'现在话说出口了！只要你能够,你就娶她吧！'

"'好。'洛伊科说,随后他转身对拉达说:'喂,女孩子,请你听我说几句话,不要傲慢！我见过你们很多的姐姐妹妹,真的,很多很多！可是没有一个像你这样打动我的心。唉,拉达,你把我的灵魂捉住了！那么怎么办呢？要来的事终归会来的,并且……世界上也没有一匹这样的马,它可以驮着你躲开你自己的！……我凭着上帝,凭着我的名誉,在你父亲,在所有这些人的面前,娶你做我的妻子。可是,你当心,不要妨害我的自由——我是一个自由的人,我高兴怎样生活,就怎样生活！'他牙齿咬紧,眼睛发光,走到她跟前去。我们看见他把手伸给她——我们想,现在拉达已经把辔头套在这匹草原骏马的脑袋上了！突然我们看见他举起两只手,后脑袋着地,倒了下去！……

"这是怎么一件怪事？好像一颗子弹打中了这个年轻人的心似的。原来是拉达拿了根皮鞭一挥,绕在他的脚上,然后往自己跟前一拉,——所以洛伊科就摔倒在地上了。

"妞儿又躺在地上,不动一下,只是默默地微笑着。我们瞧着接下去会发生什么事情,然而洛伊科坐在地上,两只手紧紧抱住脑袋,好像害怕它会炸开似的。随后他静静地站起来,也不瞧谁一眼,就走进草原里去了。努尔轻轻地在我耳边说:'看住他！'我便跟在左巴尔后面,爬进草原里夜的黑暗中去了。就是这样,鹰！"

马卡尔敲出了烟斗里的灰,重新装进烟丝去。我把大衣裹得更紧些,躺着看他那张年老的、让烈日和寒风弄黑了的脸,他严肃而又严厉地摇着他的脑袋,喃喃地在自言自语;他的灰白的胡须飘动着,风在梳理他的头发。他好像一棵老橡树,虽然被闪电烧焦了,可是仍旧强健,结实,而且为了自己的力量在骄傲。海仍旧像先前那样地对着岸窃窃私语,风也仍旧把海的密语送到草原来。农卡已经不唱了,聚在天上的云使这秋夜显得更黑暗了。

"洛伊科一步一步地走着,头埋下,手像鞭子似的垂在两旁,他走到溪边一个峡谷里头,在一块石头上坐下,呻吟起来。他呻吟得那么痛苦,连我也因为怜悯伤心起来了,可是我并没有走到他身边去。空话对悲哀不会有用处——是不是?!唉,唉!他坐了一个钟头,坐了两个钟头,三个钟头——他坐在那儿,一点儿也不动。

"我躺在离他没有多远的地上。这是一个光辉的夜,明月把它的银光洒在整个的草原上,远处的什么东西都看得见。

"我突然看见:拉达从帐篷里急急地走过来。

"我高兴了!我想道:'啊,好极了!拉达真是个有胆量的妞儿!'她走到他跟前了,他却没有听见。她拿一只手放在他的肩头;洛伊科吃惊地打了一个战,放开手,抬起了脑袋。他跳起来,马上抓他的刀子!哎呀!我明白,他要杀妞儿了,我已经想向帐篷那边大声叫唤,想跑到他们跟前去了,可是我忽然听见:

"'扔掉它!不然我要打碎你的脑袋!'我仔细一瞧:拉达手里拿着一支手枪,对准了左巴尔的前额。真是个魔王的妞儿!我想:好的,现在他们两个势均力敌了,往后会出什么事呢?

"'听我说!'拉达把手枪插进她的腰带里去,对左巴尔说,'我不是来杀你,我是来讲和的,把刀子扔掉!'那一个扔掉了刀子,凶恶地望着她的眼睛。这真奇怪,兄弟!两个人站在那儿,像野兽似的你望着我,我望着你,然而他们俩又是一对这么出色、这么勇敢的人。只有明月跟我在旁边瞧着他们——就是这样罢了。

"拉达说:'喂,听我说,洛伊科,我爱你!'那一个只是耸了耸肩头,好像手脚都让人绑住了似的。

"'我见过不少的年轻人,可是你在灵魂上、在相貌上都比他们更勇敢、更漂亮。他们里头每一个人,只要我瞟他一眼,就会剃光自己的胡髭,倘使我要他们跪在我脚下,他们都会这样做。可是这有什么意思呢?他们本来就是不够勇敢的,可是我会把他们全弄得像女人一样!世界上勇敢的茨冈剩得真少,真少啊,洛伊科。我从来没有爱过任何一个人,洛伊科,可是我爱你。可是我仍旧爱我的自由!这自由,洛伊科,我爱它胜过爱你。可是没有你我就活不下去,犹如你没有我也活不了一样。所以我要你在灵魂上、在身体上都成为我的人,你在听吗?'——那一个微微笑起来了。

"'我在听!我很高兴听你讲话。喂,再说下去!'

"'可是我还有话说,洛伊科,不管你怎样躲闪,我总会征服你的,你要变做我的人。所以你不要白白浪费时间——我的接吻和拥抱在前面等着你……我要热烈地亲你、吻你,洛伊科!我的接吻会使你忘记你那勇敢的生活……还有你那使得年轻的茨冈个个欢喜的生动、活泼的歌声也不会再在草原上飘荡了……你只唱温柔的爱情歌子给我,给拉达听。……所以你不要白白浪费时间,——我已经说过了,那么你明天就服从我,像年轻人服从他的长辈一样。你当着全帐篷的人跪在我脚跟前,并且亲我的右手——那时候我就做你的妻子。'

"你瞧,那个魔鬼的妞儿耍的就是这一套!这连听都没有听说过;据老年人说,只有古时候在黑山①人里头才有这样的事情,可是在茨冈中间从来不曾有过!喂,鹰,你能够想出什么更可笑的事吗?你就是拼命想它一年,你也想不出来!

"洛伊科闪在一边,对着整个草原大叫一声,好像胸口受了伤一样。拉达打了一个战,可是她却不露声色。

"'好,那就明天见吧,明天你要做我叫你做的事。你听着吧?洛伊科!'

"'听着呢!我做。'左巴尔呻吟着,伸出两只手给她。她也不回头看他一眼,可是他却像一棵给大风吹断的树木似的摇晃了两下,倒在地上了,他又哭,又笑。

"你瞧,那个该死的拉达把这个孩子折磨到这个样子。我花了很大的工夫才使他清醒过来。

"唉!为什么魔鬼要人们痛苦到这个地步呢?谁高兴去听这伤心断肠的呻吟呢?你去想想看!……

"我回到帐篷里,把这一切都讲给那些年老的人听了。他们商量了一阵,决定等着瞧以后发生什么事情。事情这样发生了:第二天傍晚我们大家围坐在篝火旁边,洛伊科来了。他现出心神不定的样子,一夜来他瘦得多了,眼睛也陷下去了;他把两眼朝下,跟我们讲话的时候也不抬起它们来,他说:

"'伙伴们,就是这么一回事情:这一夜我查看过了我自己的心,我在它里面找不到一个地方容纳我从前那种自由的生活了。只有拉达一个人住在那儿——就是这样!就是她,

---

① 即门的内哥罗(照意大利文讲是"黑山"),从前是东南欧的一个王国。二〇〇六年黑山正式宣布独立。

美人儿拉达,她像女王似的微笑着!她爱她的自由比爱我更多,可是我爱她却远远超过我爱我的自由,所以我决定听她的吩咐,跪倒在她的脚跟前,让你们各位看见这个勇敢的洛伊科·左巴尔,在认识她以前一直是像老鹰玩弄鸭子一般地玩弄女孩子的人,现在怎样给她的美征服了。这以后她就要做我的妻子,她要拥抱我,亲我,所以我已经不想再唱歌给你们听了,而且我连我的自由也不爱惜了。是这样吗,拉达?'他抬起眼睛来,阴沉地望着她。她不响,只是严厉地点了点头,拿手指指她的脚。我们瞧着,一点儿也不明白。我们甚至于想走开,到别处去,免得看见洛伊科·左巴尔拜倒在一个妞儿的脚跟前——即使妞儿就是拉达。我们都觉得有点儿害臊,有点儿惋惜,有点儿难过。

"'喂!'拉达向左巴尔喊道。

"'啊,不要急,有的是时间,还够你厌烦的……'他笑了。笑得跟钢的声音一样。

"'伙伴们,事情的原原本本都在这儿了!还有什么要讲的呢?要讲的就是我要试一下究竟拉达的心是不是像她给我看的那样硬。我就来试一下——原谅我,兄弟们!'

"我们还来不及猜到左巴尔要做什么,可是拉达已经躺在地上了,左巴尔的弯刀齐刀柄插在她的胸口上。我们都惊呆了。

"拉达把刀子拔出来,扔在一边,拿一缕她的黑发堵住伤口,微微笑着,声音响亮、清楚地说:

"'再见,洛伊科!我知道你要这样做的!……'她就死了。……

"你懂得了这个妞儿吧,鹰?!她是个这样的——就让我永世受诅咒也罢,——魔鬼的妞儿!

"'啊!骄傲的皇后,现在我要跪在你的脚跟前了!'洛伊科大声叫着,他的声音响彻了整个的草原,他扑倒在地上,拿他的嘴紧紧贴住死了的拉达的脚,一动也不动。我们都揭下帽子,默默地站在旁边。

"对这件事情你怎么说,鹰?唉,唉!努尔倘使说:'应当把他绑起来!……'没有人的手会举起来绑洛伊科·左巴尔,谁的手也不会,努尔也知道这个。他把手一摆,就走开了。丹尼洛把拉达扔在旁边的刀子拾起来,看了它好一会儿,他的灰白胡髭一直在颤抖,刀子上面拉达的血还没有干,刀子是那么弯,那么尖。随后丹尼洛就走到左巴尔跟前,把刀子插进他的背,正巧刺在心上。老军人丹尼洛不愧是拉达的父亲!

"'做得好!'洛伊科回头看看丹尼洛,声音朗朗地说,他跟着拉达去了。

"我们望着。拉达躺在那儿,手里握着一缕黑发紧紧地按住胸口,她的一对睁开的眼睛凝望着蓝天,在她的脚边直挺挺地躺着勇敢的洛伊科·左巴尔。他的鬈发盖在他的脸上,他的脸也看不见了。

"我们站着,想着。老丹尼洛的胡髭一直在颤抖,他的浓眉皱紧了。他凝望着天空,不说一句话。然而头发全白了的努尔却把脸朝下伏在地上哭起来,直哭得他的老肩头一上一下地动个不停。

"这是值得一哭的啊,鹰!

"……你流浪,不过要走你自己的路,不要转到路边儿去。要一直朝前走。也许你不会白白地毁了自己。就是这么一回事,鹰!"

马卡尔住了嘴,把烟斗放进烟口袋里,把上衣在胸口上裹紧。雨一滴一滴地在落,风刮得更厉害了,海愤怒而低沉地咆哮着。马一匹跟着一匹地走到快要灭了的篝火旁边,用它们的聪明的大眼睛看我们,它们一动也不动地站住了,在我们的四周围成了一个密密的圈子。

"哈卜,哈卜,哎嗬!"马卡尔亲密地唤它们,他用手掌拍拍他那匹心爱的黑马的脖子,掉过头来对我说:"是睡觉的时候了!"于是他拉起上衣蒙住了头,蛮有劲地把身子在地下一伸,就睡着了。

我却不想睡。我望着草原上的黑暗,在我的眼前,空中浮现了拉达的皇后般美丽而骄傲的身影。她的手里握着一缕黑发,紧紧地按住她胸前的伤口,从她那浅黑色的细长的手指缝间渗出来一滴一滴的鲜血,像火红的小星星似的落在地上。

在她的背后,紧靠着脚跟,浮现了勇敢的年轻人洛伊科·左巴尔;他的脸给浓密的黑色鬈发盖住了,头发下面滴下来急骤的、冷冷的、大颗的泪珠……

雨落得更急了,海正在给这一对骄傲的茨冈美男子和美人儿——洛伊科·左巴尔和老军人丹尼洛的女儿拉达唱起阴郁而庄严的赞歌来。

他们两个轻快而沉默地在黑暗的夜空里飞旋着,美男子洛伊科怎么也赶不上骄傲的拉达。

巴　金译

叶美良·皮里雅依*

"除了到盐场去,再没有事情可做了!这个该死的工作实在太苦,可是你还得做,因为再像这样下去,说不定会饿死的。"

我的朋友叶美良·皮里雅依说完了这几句话,就从衣袋里掏出皮子做的烟口袋来,这已经是第十次了;等到他明白它还是像昨天那样的空袋子以后,不觉叹了一口气,吐了一口痰,转过身仰天躺着,望着散布暑气的无云的天空。我跟他两个人饿着肚子躺在离敖德萨①三俄里②光景的沙滩嘴上,我们因为找不到工作才离开了敖德萨。叶美良直挺挺地躺在沙滩上,头朝着草原,脚朝海,发出不太高响声的、冲上岸来的波浪洗着他那双肮脏的赤脚。太阳使他把眼睛眯缝起来,他一会儿像一只猫那样地伸个懒腰,一会儿又把身子朝海那面慢慢地往下滑,那个时候波浪差一点儿就打到他的肩头来了。他很喜欢这样。

我朝港口那面望去,在那个地方高高地耸立着树林一样

---

* 本篇最初发表于一八九三年八月五日《俄罗斯新闻报》。译自《高尔基三十卷集》第一卷。
① 黑海上的一个重要港口。
② 一俄里约合 1.067 公里。

的桅杆,厚厚的深蓝色烟球把它们包在里面,从那儿飘送过来锚链的听不清楚的响声和机车的汽笛声。我在那边看不到任何一个东西,可以使我那个逐渐消失的挣钱吃饭的希望再生起来,我就立起身子,对叶美良说:

"那么,怎样,我们到盐场去吧!"

"好……走吧!……不过你干得了这个吗?"他不相信地拖长声音问道,也不看我一眼。

"我们在那儿瞧吧。"

"那么,就是说,我们走吗?"叶美良又说了一遍,他连手脚都不动一下。

"是啊,当然啦!"

"啊哈!是啊,这是个主意……我们走吧!可是这个该死的敖德萨,让魔鬼吞掉它!它还是照样不动地留在原来的地方。一个海港城市!让它沉到地底下去吧!"

"好啦,快站起来,我们走吧;咒骂并没有一点儿用处。"

"我们到哪儿去?是到盐场去吗?……好吧。只是老弟,你看见吗?即使我们到盐场去了,在那儿也不会有什么好处。"

"你不是说过应当到那儿去吗?"

"我的确说过。我说过就说过;我不否认我自己说过的话。不过不会有什么好处,这也是的确的。"

"那为什么呢?"

"为什么?你以为那边有人在等着我们,会说:'请吧,叶美良先生和马克西姆先生,做做好事吧,做断你们几根骨头吧,收下我们这几个钱吧!'……不,不会是这样的!事情明明是这样:你我现在是我们皮肤的全权主人……"

"啊,好啦,得啦!我们走吧!"

"等一下!我们得去见这个盐场的经理先生,恭恭敬敬地对他说:'仁慈的先生,非常可尊敬的强盗同吸血鬼,我们是来献上我们的皮请您饱餐的,您是不是高兴用一天六十戈比的代价来剥我们的皮呢?'这以后才跟着……"

"喂,净说这种话,你起来,我们走吧。不到晚上我们就会走到渔场,我们帮忙拉网——人家也许会招待我们一顿晚饭。"

"晚饭?这倒是不错的。他们会招待晚饭的;打鱼的人都是好人。我们走吧,我们走吧……可是我的老弟,好处,你我是得不到的,因为——整整一个星期来你我碰到的全是倒霉事情,就是这么一回事。"

他站起来,浑身都湿透了,他伸了一个懒腰,把手插进他那条用两个面粉口袋缝的裤子的袋里,在那儿摸了一阵,然后伸出手来放到脸孔前面,幽默地看了看这两只空空的手。

"什么也没有!……这是第四天了,可是我仍旧什么也没有找到,我的老弟,就是这么一回事!"

我们沿着海岸走,偶尔交谈几句话。我们的脚陷在掺杂有贝壳的软软的沙子里面,冲上来的波浪轻轻拍打着贝壳,使它们发出悦耳的沙沙声。我们有时候碰到了一些给波浪扔到沙滩上来的胶质水母、小鱼同形状古怪的又湿又黑的木头片……从海上吹起一阵叫人感到舒畅的清凉的微风,给我们送来了凉爽,它扬起一串小小的沙尘的旋涡,吹进草原里去了。

一向高高兴兴的叶美良·皮里雅依现出了垂头丧气的样子,我注意到这一层就设法来提高他的兴致。

"喂,叶美良,讲点什么故事吧!"

"朋友,我很愿意跟你讲讲故事,不过舌头不灵活了,因为——肚皮空了。人的肚皮是主要的东西,任凭你去找哪一个畸形的怪物来看,你绝不会找到一个没有肚皮的,那是胡扯!可是肚皮安静的时候,就可以说是灵魂也活起来了;人类的一切活动都是从肚皮里产生出来的……"

他静了一会儿。

"唉,朋友,要是现在海给我扔过来一千卢布——吧嗒一声!我马上就开一个小酒馆;请你当伙计,我自己在柜台下面放一张床,在酒桶上安一根管子直接通到我自己的嘴里。我只要想从那个欢欣愉快的源头喝它一点儿的时候,我马上就命令你:'马克西姆,把龙头转开!'就咕嘟——咕嘟——咕嘟地对直流进喉咙去了。叶美利雅①,你痛快地喝吧!好事情,见它的鬼!可是这个乡下人,这个黑土的主人——嘿,你!——去抢他,剥他的皮!……把他的心肝五脏完全翻出来。他又来喝解醉酒:'叶美良·巴甫雷奇②,赊一小杯吧!'——'啊?……什么?赊账?我不赊!'——'叶美良·巴甫雷奇,发个善心吧!'——'好吧,赊给你:你把大车赶来,我给你一杯酒。'哈——哈——哈——我要把他这个大肚皮的魔鬼狠狠地刺一下!"

"喂,你怎么这样残忍!你瞧——这个乡下人,他正挨饿呢!"

"那又怎样,先生!他正挨饿?……我不是正挨饿吗?

---
① 叶美良的爱称。
② 教名加父名,这是一种客气的称呼。

我的老弟,我从生下来那天起就挨饿,可是这个并没有写在法律上。唔,不错,先生!他挨饿——为什么呢?收成不好吗?起先是他的脑袋里收成不好,后来就是田里收成不好!就是这么一回事!为什么别的帝国里面没有收成不好的事情?就因为在那些地方人们的脑袋不是专为给人搔后脑勺子才长出来的;在那些地方人们的脑袋是用来思想的——就是这么一回事!我的老弟,在那些地方,要是今天不需要雨,雨可以推迟到明天下,要是太阳太卖力气了,也可以把它向后面移动。可是我们有什么措施呢?一点儿措施也没有,我的老弟……没有,这是什么!这全是笑话。不过要是真有一千卢布同小酒馆的话,这倒不是开玩笑的事情了……"

他不作声了,习惯地伸手去摸烟口袋,掏出它,把它里朝外地整个翻过来,看了看,狠狠地吐了一口痰,就把烟口袋扔到海里去了。

波浪接住这只肮脏的小袋子,带着它离开了海岸,可是波浪仔细地看了一下这件礼物,便又不高兴地把它扔回到岸上来了。

"你不要吗?哼,你还是得收下的!"叶美良一把抓起湿淋淋的烟口袋,塞了一块石子进去,然后举起手,把烟口袋远远地扔到海里去了。

我笑了起来。

"喂,你露出牙齿干吗?……也有这样的人!他念书,他还把书带在身边,可是他却不会了解人!四只眼睛的怪物!"

他这番话是对我发的,根据叶美良管我叫"四只眼睛的怪物"这一点看来,我可以断定他生我的气生得很厉害:他只有在对现存的一切都怀着极大的憎恶和仇恨的时候,才会挖苦我的眼镜。大体上说来,在他的眼睛里,我这个并非出于自愿的装饰品,却给我增加了很大的分量同重要性,因此在我们认识的头几天里面他只能用"您"的称呼和十分尊敬的口气跟我讲话,虽然我跟他一块儿给一只罗马尼亚轮船装过煤,我们都是一样地穿得破破烂烂,满身擦破的伤痕,而且黑得像魔王那样。

我向他道歉,我想使他稍微安静一点,就对他讲起国外的那些帝国的事情来,我极力想使他明白他那些关于控制云和太阳的知识是属于神话的范围的。

"真有你的!……原来是这样呀!……啊!……对,对……"他偶尔插嘴说;我觉得他今天跟往常不同,对于国外的那些帝国和那儿的生活情况并没有多大的兴趣——叶美良差不多并没有听我讲话,他固执地望着前面远远的地方。

"是这么一回事,"他打断我的话头说,随便挥了挥手,"可是我来问你:要是我们现在碰到一个有钱的,而且是很有钱的人,"他从侧面朝我的眼镜底下偷偷地瞧了一眼,着重地说,"那么你为了获得你自己需要的一切,是不是会干掉他呢?"

"不,当然不,"我答道,"谁也没有权利拿别人的生命做代价去买自己的幸福。"

"啊哟!不错……这在书本上说得头头是道,不过这只是为着良心罢了,事实上就是那位最先想出这些话来的老爷,要是他碰到困难的话,只要机会方便,他为了保全自己的性命也会杀死人的。权利!这就是权利!"

叶美良的那个盛气凌人、青筋暴露的拳头在我的鼻子跟前神气地晃了一下。

"不管是什么人——只有方式不同——都永远受着这种权利支配的。什么权利不权利!……"

叶美良皱起了眉头,把眼睛深深地藏在他那褪了颜色的长眉毛下面。

我不答话,我根据经验知道:在他生气的时候,反驳他,是没有用的。

他把他的脚碰到的一块木头片扔进海里去,叹一口气,说,

"要是现在抽一会儿烟……"

我朝我们右面草原那边望了一下,我看见两个牧羊人①,他们躺在地上,正在瞧我们。

"你们好,潘们!"叶美良向他们大声招呼道,"你们有烟草没有?"

一个牧羊人把头掉向他的同伴,嘴里吐出来他嚼烂了的草叶,懒洋洋地说:

"他们要烟草呢,喂,米哈尔!"

米哈尔望了一下天,分明是在要求天允许他跟我们谈话,然后他就朝我们转过身来。

"你们好!"他说,"你们到哪儿去?"

"到奥恰科夫的盐场去。"

"嘿!"

我们不作声,在他们旁边的地上坐下来。

"喂,尼基塔,把口袋收起来,不要让寒鸦啄光了。"

尼基塔狡猾地暗笑着,收起了口袋。叶美良在那里咬牙

---

① 这里的两个牧羊人是乌克兰人。

切齿。

"那么说,你们是要烟草吗?"

"我们好久没有抽烟了。"我说。

"怎么会这样呢?你们本来应当抽点儿烟啊。"

"嘿,你这个鬼霍霍尔①!闭嘴!你愿意给,就给,可别捉弄人!你这个不成器的东西!你是不是在草原上荡来荡去连魂都荡掉了?我只要在你鬼脑袋上这样一下,你要叫也来不及了!"叶美良转动着眼珠大声嚷起来。

牧羊人大吃一惊就跳了起来,抓起他们的长木棒,两个人身子靠得紧紧的。

"嘿!小兄弟,你们就是这样求人的吗!……好,那就来吧!"

这两个鬼霍霍尔想打架,我看这是毫无疑问的。叶美良呢,照他捏紧的拳头和燃烧着怒火的眼睛看来,他也不会退让的。可是我却没有参加战斗的兴趣,我就出来给他们两方面调解。"朋友,等一下!我这个伙计脾气大一点——这不是什么大事情!不过是这样,你们要是不太可惜的话,请给点烟草,我们就会走自己的路。"

米哈尔望望尼基塔,尼基塔望望米哈尔,两个人都笑起来了。

"你们为什么不早讲呢!"

接着米哈尔把手伸进长外衣袋子里去,好容易才掏出一只很大的烟口袋来,递给我:

"好吧,拿烟草吧!"

---

① 这是革命前俄罗斯人对乌克兰人的轻蔑的称呼。

尼基塔把手伸进口袋里,拿出来一大块面包同一块撒了很多盐的猪油递到我的手上。我接了。米哈尔笑了笑,又给我添了一点烟草。尼基塔咕噜了一声:

"再见!"我谢了他们。

叶美良板着脸蹲下身来,声音相当高地骂了一句:

"鬼猪!"

两个霍霍尔跨着笨重、缓慢的步子走进草原深处去了,他们不断地回过头来望我们。我们坐在地上,不再去注意他们,拿猪油就着味道很好的半白不白的面包吃起来。叶美良嚼得很响,鼻子大声出气,不知道为了什么缘故他拼命躲开我的眼光。

黄昏近了。远远地在海上黑暗诞生了,它在海的上空飘来浮去,用浅蓝色的混浊东西盖住了海上的微波。在海的尽头升起了重重叠叠的镶着粉红色金边的紫黄色云片,朝着草原飞去,它们使得黑暗变得更浓了。可是在那边草原上,在很远很远的草原的边上,晚霞的紫红色大扇子打开了,它把天和地都染上一层柔和悦目的颜色。波浪拍打着海岸,海在这个地方是粉红色,在那个地方又是深蓝色,它显得非常美,非常雄伟。

"现在我们抽烟吧!魔鬼把你们这两个霍霍尔抓去吧!"叶美良这样把霍霍尔的事情结束了以后,畅快地吐了一口气,"你说我们往前走呢,还是在这儿过夜?"

我懒得往前走了。

"过夜吧!"我决定说。

"好,就过夜吧。"他伸直地躺在地上,出神地望着天空。

叶美良抽烟,吐痰;我在看我们的周围,欣赏这幅十分美妙的傍晚的图画。波浪拍岸的单调声音响亮地在草原上飘来荡去。

"不管你怎样说,对着有钱人的脑袋来一下,倒是非常痛快的;特别是在把事情安排得巧妙的时候。"叶美良意外地说。

"你不要再瞎扯啦!"我说。

"瞎扯?! 这怎么是瞎扯! 这件事情是要实现的,请你相信我的良心。我四十七岁了,二十多年来我就一直在绞脑汁想这个办法。我过的是一种什么样的生活? 狗的生活。没有一个窝,没有一块面包——比狗的生活还不如! 难道我是个人? 不,朋友,不是人,比虫、比兽都不如! 谁能够了解我呢? 没有人能够! 不过要是我知道人们能够好好地生活,那么——为什么我不能够这样生活呢? 唉! 让魔鬼抓了你们,这群鬼东西!"

他突然翻一个身,脸朝着我,急急地说:

"你知道吗? 有一回,我差一点儿要那个了……可是并没有成功……我该倒霉,该死,我做了傻瓜,我心肠软了。你要我讲出来吗?"

我连忙表示同意,叶美良抽了一口烟,就讲起来:

"这是在波尔塔瓦的事,我的老弟,……已经过了八年多了。我在一个木材商人那儿当伙计。我过了一年不算坏的顺利的日子;以后我就突然喝起酒来了,把老板的钱喝掉了六十多个卢布。我因此吃了官司,认真按照法律办事——关在苦工队里三个月。期满了我出来了,——现在到哪儿去呢? 城里大家都认得我;要到另外一个城市去,我没有钱,也没有衣服。我就去找我认识的一个走黑道儿的人;他开了一家小酒馆,干着偷盗的买卖,包庇各式各样的小伙子同他们的贼赃。他是个心肠好的年轻小伙子,正直得叫你吃惊,脑子又聪明。他的学问很渊博,书念得非常多,生活方面的知识也很丰富。我就是到他那儿去,我说:'喂,巴维尔·彼得罗夫,您救救我吧!'他说:'为什么不行呢,可以!只要是同类的话,人对人是应当帮忙的。你住下吧,吃吃喝喝,仔细地瞧瞧。'我的老弟,这位巴维尔·彼得罗夫脑子很聪明啊!我对他非常尊敬,他也很喜欢我。白天他老是坐在柜台后面,念那些讲法国强盗的书——他的书全是讲强盗的;你就听他念,听他念……他们全是些了不起的人,干的全是了不起的事情——却总是整个垮台。看起来,脑子同手都很不错——唉!可是书的结尾总是突然——吃官司了——给抓住了!够啦!一切都化成灰了。

"我在巴维尔·彼得罗夫那儿住了一个月,又一个月,听他念书,听他谈各种各样的事情。我看见——那些走黑道儿的小伙子到他那儿来,带来一些贵重东西:像表啦,镯子啦等等,我也看出来——他们这种买卖里面连一个钱也见不到。一样东西到手了——巴维尔就付出一半的价钱——朋友,他老老实实地付钱,从来不少一个——马上就,喂,来吧!……大吃大喝,拼命挥霍,叫嚣,结果——一个钱也不剩!我的老弟,这简直是些儿戏!一会儿这个落网吃了官司,一会儿那个又掉进去了……

"由于什么重大的原因呢?因为有破门偷盗的嫌疑,盗去的数目是一百卢布!——一百卢布!难道一个人的生命只值一百卢布吗?笨蛋!……我就对巴维尔·彼得罗夫说:

"'巴维尔·彼得罗夫,这一切都是傻事情,不值得干的。'他说：'哼！跟你怎样说呢？'他又说：'一方面，母鸡总得一粒一粒地啄谷子，另一方面在所有这种事情上面人们的确并不尊敬自己，要点就在这儿！'他又说：'一个明白自己价值的人难道肯让自己手上沾染窃盗二十戈比的污点吗？！绝不会的！'他又说：'现在，就像我这样一个用自己的智慧接触过欧洲文化的人，我肯为了一百卢布卖掉自己吗？'接着他就举了些例子向我说明，一个明白自己的人应当怎样干法。我们这样地谈了好久。后来我就对他说：'巴维尔·彼得罗夫，我很早就在想试一下我的运气，现在，您是个生活经验很丰富的人，请您帮助我跟我讲讲，究竟我应当怎样干而且干什么。'他说：'哼！可以！不过你干一桩小买卖，自己一个人来冒险，一个人来计划，不让人帮忙行不行？'他又说：'那么，比方说……那个奥巴依莫夫，他是一个人坐小马车从木场经过沃尔斯克拉河回家的；你是知道的，他身上总带得有钱，他在木场柜上拿到了进账。这是一个星期的进账；他们每天都有三百多卢布的生意。你觉得怎么样？'我在打主意了。奥巴依莫夫，就是我跟他做过伙计的那个商人。这个买卖——是一举两得：一则报他那样对付我的仇，二则可以搞到一块肥肉。我就说：'得考虑一下。'巴维尔·彼得罗夫答道：'当然得考虑考虑。'"

　　他不作声了，慢慢地在卷一根纸烟。霞光差一点儿全隐灭了，只有一根小小的粉红色的带子，一秒钟一秒钟不断地在褪色，一片绒毛似的云好像疲倦得不能动弹似的凝固在逐渐阴暗的天空。粉红色光带在它的边上稍微染了一点颜色。草原上是这样静，这样忧郁，从海上接连送过来的温柔的波浪拍溅声拿它那单调柔和的声音越发衬托出这种忧郁同静寂来。

在海的上空,小小的星星一颗接着一颗鲜明地亮了起来,星星是这样纯洁,这样新鲜,它们好像是昨天才做出来点缀天鹅绒一般的南方天空的。

"哦,老弟,我把这个买卖考虑了一下,当天夜里我就躲在沃尔斯克拉河边灌木丛中,身边带着一根大约七磅重的铁轴。事情出在十月,我记得是在月底。夜——是再适当没有的了:黑得像在人的心灵里一样……地点——用不着盼望更好的了。旁边就有一道桥,桥头有几块板掉了——这就是说,他得步行。我躺在那儿,等着,我的老弟,在那个时候我满怀仇恨,即使对付十个商人我也毫不在乎。我把这个买卖想得非常简单,再简单不过了:咚的一声!——就够了!……唔,不错!……我就这样躺着,你知道,我什么都准备好了。一下!——钱就到手了。是这样,吧嗒一下!就没事了。

"你也许以为人可以照自己的意思行动吧?老弟,这是胡扯!你讲讲你明天要做什么事情?废话!你无论如何也讲不出来明天往右还是往左走。我躺在那儿,等一个人,可是发生的完全不是那么一回事。完全没有料到的事情发生了!

"我看见:一个人从城里出来——好像喝醉了似的,身子摇摇晃晃,手里拿着一根棍子。那个人嘴里叽里咕噜地讲着什么,讲了些不连贯的句子,又在哭,又在呜咽……那个人走得更近了,我一看——原来是一个女人!我心里想:呸,倒霉!我要好好地给你一顿教训,你过来吧。她一直朝着桥走来,突然叫了一声:'亲爱的,为什么呢?'啊,朋友,她大声嚷起来了!我大吃一惊。我心里想:'怎么出了这样的怪事?'她一直朝我走来。我躺着,身子紧紧贴在地上,浑身发抖——我的仇恨躲到哪儿去了!眼看着她就到了我跟前,脚马上要踏在我身上了!可是她又大声哭起来:'为什么?!为什么?!'接着扑通一声,她一下子就扑倒在地上,差一点儿就躺在我旁边了。我的老弟,她哭得那么伤心,我简直没法跟你讲——我听着,我的心都碎了。可是我仍旧一声不响地躺在那儿。她还是在哭号。我苦恼得没办法。我心里想,我还是溜掉吧!可是就在这个时候月亮从云里钻出来了,非常清明,非常亮,真有点叫人害怕。我用胳膊肘支住身子稍微抬起头来看她……朋友,这个时候什么都化成灰了,我的全部计划都飞到魔鬼那儿去了!我一望——心就跳得厉害了:一个小妞儿,完全是个小孩子——皮肤白白的,鬈发披在两边小脸蛋上,眼睛这样地大——这样地望着……小小的肩头一耸一耸地,抖个不停,越来越大的泪珠一颗接着一颗地从她的眼睛里跑出来,跑出来。

"我的老弟,我动了怜悯心了。我就故意咳起嗽来:喀哼!喀哼!喀哼!——她叫起来了:'这是谁?谁?谁在这儿?!'这就是说,她给吓了一跳了……好吧,我马上就那个……站起身来,说:'是我。'她说:'您是谁?'她的眼睛睁得这么大,浑身抖得像肉冻一样。她说:'你是谁?'"

他笑了起来。

"我就说:'我是谁吗?小姐,首先请您不要怕我,——我不会害您的。'我又说:'我是个普通人,是从光脚队里面出来的。'不错。这就是说,我对她撒了谎;你这个怪人,我可不能对她说,我躺在这儿等着谋杀一个商人啊!可是她却回答我说:'我并不在乎,我是到这儿来投水自杀的。'听她说话的口气,我不由得起了寒战——我的老弟,事情已经非常严重了。啊,现在叫我怎么办呢?"

叶美良痛苦地举起双手,他望着我,爽朗地、好心地微微笑起来。

"我的老弟,这个时候,我突然讲起话来了。我讲了些什么——我自己也不知道;可是我讲得连我自己也注意地听起来了;我讲的大半都是这样的话:她年轻而且这么漂亮。我说她是个美人儿,她就真是我所说的那样,她就是——一个绝世美人儿!唉,我的老弟!啊,真是这样!她叫莉莎。我是说,我就这样讲了一阵;可是讲些什么——谁知道它呢——什么呢?这是我的心在讲话。不错!可是她一直在望我,这样严肃地、不转眼地望着我,她突然微微地笑起来了!……"叶美良大声吼着,整个草原都听得见他的声音,他的声音里、眼睛里都含有泪水,他在空中抡起捏得紧紧的拳头。

"我看见她笑起来,我的心就软了;扑通一声跪在她面前,我就说:'小姐,小姐!'我再也讲不出别的话了!可是,我的老弟,她却用两只手捧住我的脑袋,出神地望着我的脸,微微笑着,就像在画里面一样;她微微动一下嘴唇——要说什么话;后来她鼓起了勇气,说:'我亲爱的,您也是个像我这样的不幸的人!是吗?请告诉我,我的好人!'——唔,不错,我的朋友,就是这么一回事!不过这还没有完呢,朋友,她还在这儿我的前额上亲了一下——就是这样!你懂吗?这是的的确确的!唉,你,好朋友!你可知道,在我整整四十七年的生活里面就从来没有过比这更好的事情!啊?!就是这样啊!可是我干吗出来的呢?唉,你,这就是生活啊!……"

他把头埋在手上,不作声了。我给这个故事的怪诞性压得透不过气来,我也不说话,默默地望着像谁的宽胸膛一样在沉睡中发出均匀、深长的呼吸的海面。

"后来呢,她站起来对我说:'您送我回家吧。'我们就走了。我走着——并不感觉到自己还有一双脚,可是她一直在跟我讲她的事情,你明白吗?她是她爹娘的独养女儿,他们是商人,——唔,那个,这就是说,她是娇生惯养的;后来就来了一位大学生,这就是说,他在那儿教她念书,他们就恋爱了。后来他走了。她在等着他——据说,他在那儿念完他的课程就来结婚;他们是这样约定的。可是他并没有来,却寄了一封信给她,他说:你配不上我。妞儿当然觉得受了人欺负。这就是说,她现在要那个了……就是这样,她把这些全讲给我听了,我跟她就这样地走到了她住的地方。她说:'喂,好朋友再见!'她又说:'我明天就离开这儿,您也许需要钱吧?您说吧,不要不好意思啊。'我说:'不,小姐,我不需要,谢谢您!'她坚持地说:'啊,您,我的好朋友,不要不好意思,您说吧,您拿去吧!'我身上虽然穿得破破烂烂,可是我仍然说:'小姐,我不需要。'朋友,你知道,在这个时候无论如何,我想不到钱上面来,我跟她告别了。她非常亲热地对我说:'我永远忘不了你;虽说你是个完全陌生的人,可是你对我这样……'咳,讲下去有什么意思!"叶美良截断了自己的话头,又抽起烟来。

"她走了。我坐在门口长凳上。我忧郁起来了。守夜人走过来。他说:'你干吗老待在这儿,是不是你要偷点什么?'这些话扎实地刺痛了我的心!我就照他的狗脸——一个嘴巴!叫声,警笛声,……到警察分局去!好吧,又怎么样,到警察分局去就到警察分局去;即使到所有的警察局去,我也不在乎;我就再给他一下!我坐在条凳上,并不想逃走。我在那儿过了一夜;大清早他们就把我放了。我到巴维尔·彼得罗夫那儿去。他带笑问我:'你到哪儿玩去了?'我望着他——他还是跟昨天一样的人;可是我好像看到了新的东西。唔,不用说我把事情原原本本地对他讲了。他很认真地听着,过后他便对我说:'叶美良·巴甫雷奇,您是个傻瓜,又是个笨蛋;'他又说:'您好不好给我滚蛋!'——你瞧,这一下子怎么办?是不是他不对呢?我走了,事情也就结束了。兄弟,我那个小买卖就是这么一回事情。"

他不作声了,伸直地躺在地上,两只手放在脑袋下面,仰望着天鹅绒一般的布满了星星的天空。四周静极了。拍岸波浪的响声也显得更低、更柔和了,等它传到我们耳边来的时候,已经成了睡梦中的微弱的叹息。

巴　金译

阿尔希普爷爷和廖恩卡*

他们在等候渡船,两个人都躺在岸上悬崖的阴影里,一声不响地朝脚下库班河①流得很急的浑浊的波浪望了好久。廖恩卡打起瞌睡来,阿尔希普爷爷却觉得胸口有点痛,是一种迟钝的、压紧了的痛法,他睡不着。他们穿着破衣服的蜷缩的身体在大地的深棕色的背景上,只现出可怜的两个小块,一块大些,另一块小些;他们的疲倦的、晒黑了的、沾满尘土的脸跟褐色的破衣服完全是一样的颜色。

阿尔希普爷爷的瘦长身子横伸在窄小的沙滩上,这沙滩像一根黄带子沿着河岸在悬崖与河水之间伸展出去;正在打瞌睡的廖恩卡躺在爷爷的身边就像面包卷似的。廖恩卡人小,身体又弱,穿着破衣服,好像是一根从爷爷身上折下来的弯弯的树枝,爷爷就像一棵给河浪卷来扔到这儿沙滩上的干枯的老树。

爷爷稍微抬起头来,用胳膊肘撑着它,一面望着一片阳光的对岸,岸边寥寥地种了点枝叶稀疏的柳树;树丛中露出来渡船的黑色船边。对岸显得荒凉、空旷。路像一条灰色带子从

---

* 本篇最初发表于一八九四年二月十三、十六、十八、二十和二十三日的《伏尔加人报》。译自《高尔基三十卷集》第一卷。
① 在北高加索,高加索主要河流之一。

河边一直伸到草原深处去;它看起来是笔直、干燥,而且使人心烦。

他那对昏暗不明、眼睑红肿的发炎的老花眼一直不安地眨着,那张刻满了皱纹的脸带着痛苦不堪的表情僵住了。他时常忍不住要咳嗽,可是他看了一下孙子,就用手蒙住嘴。爷爷直咳得声音嘶哑,喘不过气,逼得他从地上稍微抬起身子来,而且在他的眼睛里挤出了大滴的泪珠。

除了爷爷的咳嗽声和波浪拍打沙粒的轻微声音外,草原上并没有任何响声……草原就在河的两岸伸展出去,是很大的两片:棕色,让太阳烤着,只有在老年人眼睛差一点看不见的远远的天边,金黄色的麦海起着很好看的浪涛,鲜明耀眼的明朗的天就紧紧压在麦海上面。麦海那儿隐隐约约地现出远远三棵白杨的细长身形:看起来好像它们一会儿缩小了,一会儿又长高了,可是天空和天空下面的小麦却时起时伏地一直在摆动。突然间所有这一切全隐在草原上蜃气①的灿烂的银色帷幕后面不见了……

这种流动的、明亮的、虚幻的帷幕有时候从远方流过来,差不多要挨到了河岸,那时它本身就像是一条突然从天空降下来,而且跟天空一样清澄、一样平静的河流。

阿尔希普爷爷平日没有见过这样的景象,这时候他擦了擦自己的眼睛,他痛苦地想,他脚上那点剩余的气力已经早让炎热和草原消耗尽了,现在他的眼力又给这炎热和草原耗费光了。

今天他比近来任何时候都更不好过。他觉得他快要死

---

① 空气的不透明体,霜气。并不是海市蜃楼。

了,虽然他把这件事情看得很淡,并不放在心里,就像看待应当尽的义务一样,可是他却愿意死在远远的地方,不在这里,是在家乡,而且他一想到他的孙子,他就更难过……廖恩卡到哪儿去安身呢?……

他每天总有好几次拿这个问题来问自己,每次他都觉得有什么东西紧紧压在他的心上,一下子就变冷了,而且使他起了一种非常厌恶的感觉,他恨不得马上就回家去,回到俄罗斯去……

可是到俄罗斯去,太远了……横竖走不到,会死在半路上。在库班①这儿,人们施舍起来倒很慷慨;他们虽然又严厉又爱挖苦人,可是日子过得很富裕。他们不喜欢讨饭的人,因为他们有钱……

爷爷用含泪的眼光望着孙子,他的粗糙的手小心地抚摩着孩子的头。

孩子动了一下,抬起他的浅蓝色眼睛望爷爷,这一对又大又深的眼睛带着跟小孩不相称的沉思的表情,在他那张配上一个尖鼻子和两片没有血色的薄嘴唇的又瘦又小的麻脸上显得特别大。

"船过来了吗?"他问道,一面用手护着眼睛朝反射着太阳光的河上望了望。

"还没有,没有过来。船不走了。它为什么要到这儿来?没有人叫船,它就不走了。"……阿尔希普爷爷慢慢地说,一面还在摸孙子的头,"你瞌睡了吗?"

廖恩卡含糊地扭一下头,就伸直身体躺在沙滩上面。他

---

① 旧俄高加索的一个省份,在高加索北部。

们沉默了一会儿。

"要是我会游水,我就去洗澡了,"廖恩卡不转眼地望着河水说,"河水流得真快!我们那儿就没有这样的河。为什么要这样急?就像害怕会迟到那样,拼命跑……"

廖恩卡不高兴地掉开眼睛不看河水了。

"那么这样吧,"爷爷想了一想就说,"我们解下腰带,把它们接起来,我拿它拴在你的腿上,你就可以下去洗澡了……"

"唔——唔!……"廖恩卡很懂事地拖长声音说,"你怎么想出这个来!难道你以为它不会把你也拖下水去?两个人都会淹死的。"

"这倒是真的!会给拖下水去。你瞧,跑得多快……春天的时候大概要涨大水——啊哟……那边的牧场——要倒霉了!那一片看不见边儿的牧场!"

廖恩卡不愿意讲话,他放下爷爷的话不回答,却把一块干土拿在手里,脸上带着一本正经的、精神贯注的表情,用手指把干土捏散成了粉末。

爷爷眯起眼睛望着他,一面在想心事。

"就是这样……"廖恩卡单调地、轻轻地说,一面抖落了手里的粉末,"现在这块土……我把它拿在手里,捏一下,它就成了尘土……只有一些眼睛差一点儿看不见细小的粉末……"

"喂,这是什么意思?"阿尔希普问道,眼光穿过满眼的泪水望着孙子的干燥地闪光的大眼睛,又咳嗽起来。"你为什么这样说?"他咳好了,又加一句。

"这样……"廖恩卡摇了摇头,"我是在说,它整个都是这样!……"他伸起手朝河对岸指了一下,"一切都建筑在它上面……我们走过了多少城市!多得很。到处都有多少人啊!"

廖恩卡捉摸不到自己的思想,便又不作声地沉思起来,一面朝四周看了看。

爷爷也沉默了一会儿,过后紧紧靠着孙子,爱怜地说:

"你是我的乖孩子!你说得对——一切都是尘土……城市,人,你我都是同样一种尘土。唉,你,廖恩卡,廖恩卡!……要是你认得字的话……你就有个好前程了。你以后会怎么样呢?……"

爷爷把孙子的头搂在怀里,亲了它一下。

"等一等……"廖恩卡把他的亚麻色头发从爷爷的打战的、弯曲的手指中间挣脱出来,有点兴奋地叫道:"你怎么说的?尘土?城市跟一切都是尘土?"

"不过那都是上帝安排好的,宝贝儿。一切都是土地,可是土地本身就是尘土。一切都死在土地上面……就是这样!所以人应当在劳动同谦虚中生活。你瞧,我也快要死了……"爷爷突然换了话题,痛苦地加上一句:"那个时候你没有我又到哪儿去呢?"

廖恩卡常常听到爷爷的这句问话,他已经讨厌谈论死亡了,他不作声地掉开了头,折下一根小草,把它放进嘴里,慢慢地嚼起来。

然而这正是爷爷痛心的地方。

"你怎么不作声!你说,你没有我,将来怎样?"他小声问道,就朝他的孙子弯下身去,又咳嗽起来。

"已经讲过了……"廖恩卡斜起眼睛看爷爷,漫不经心地、不高兴地说。

廖恩卡不喜欢这样的谈话,还因为他们谈到后来总是吵架了事。爷爷老早就在说他的死期近了。廖恩卡起初很注意地听爷爷说话,他还因为爷爷让他知道的这种新的情况害怕过,而且哭过,可是他渐渐地讨厌起来,只顾去想自己的心事,不听爷爷讲话了;爷爷看出了这一点,就生起气来,抱怨廖恩卡不爱爷爷,不重视爷爷的关心,最后还责备廖恩卡,说他就在盼望爷爷早死。

"你讲过——什么了?你还是个小傻子,你还不懂你自己的生活是怎么一回事。你生下来才几年?这不过是第十一年。你身体弱,不宜于做工。你到哪儿去好呢?你以为好心的人会帮助你吗?你要是有钱的话,他们倒会帮你花掉——就是这样的。至于求人施舍,连我这个老头子也觉得不好受。要向每个人鞠躬,向每个人哀求。他们骂你,有时候还要打你,赶走你……你以为人家会把讨饭的人当人看待吗?没有这种人!我讨饭讨了十年——我知道。连一块面包人家也看得跟一千卢布一样。他们给了你一点儿,就以为做了天大的好事了①。你想他们是为了什么多施舍一点呢?为了使他们良心平安罢了;就是因为这个缘故,孩子,并不是出于怜悯心!他们塞一块面包给你,自己吃起来就不害臊了。吃饱的人都是野兽。他从不可怜饥饿的人。吃饱的人跟饥饿的人是彼此不能相容的仇人,他们永远互相把对方看作眼中钉。所以他们不可能互相怜悯,互相了解……"

爷爷由于怨恨和苦恼激动起来了。他的嘴唇在打战,那

---

① 原文是:"就以为天堂的门马上为他们打开了。"

对昏花的老眼在睫毛和眼睑的红眶子里面转动得非常快,阴沉的脸上的皱纹也显得更深了。

廖恩卡不喜欢看见爷爷这样,他有点害怕起来。

"所以我问你,你将来在世界上怎样办?你是个软弱的小孩,世界却是一只野兽。它要把你一口吞下。可是我不愿意这样……我爱你啊,我的好孩子!我就只有你一个,你也只有我一个……我怎么可以死呢?我不能够死掉,孤零零地留下你一个……留给谁呢?……上帝啊!……为什么您不爱您的奴隶呢?我没有活下去的力量,可是我又不能够死,因为——有孩子,我得保护他。我抚养了他七年……在我……老年人的……手里……上帝啊,求您帮助我!"

爷爷坐着,把头埋在自己两只发抖的膝盖中间哭起来了。

河水急急忙忙地奔向远方,大声拍打河岸,好像它想用这种拍打的声音压倒老头子的哀哭。无云的晴天露出灿烂的笑容,它散布火一样的炎热,一面静静地倾听混浊波浪的喧闹声。

"够了,爷爷,不要哭了。"廖恩卡眼睛望着一边,声音严肃地说,过后他又把脸掉向爷爷,再说几句:"我们不是已经全讲过了吗?我不会完蛋的。我会到什么地方的小饭馆去找事做……"

"人家会打你的……"爷爷含着眼泪呻吟地说。

"也许,不会打的。决不会打的!"廖恩卡有点不服气地说,"那个时候又怎样?我决不会让每个人打!……"

廖恩卡说到这里,不知道为了什么缘故突然闭上了嘴,沉默了一会儿,才小声地说:

"不然我就进修道院……"

"你要是进得去修道院!"爷爷兴奋地叹息道,可是由于一阵使他透不过气来的咳嗽,他又把身子蜷缩起来了。

在他们的头上响起了人的叫声和车轮的响声……

"渡——渡船!……渡——喂!"什么人的响亮的声音把空气震动了。

他们跳起身来,拿起背包和拐杖。

一辆双轮马车在沙滩上跑过来,车轮发出尖锐的响声。车上站着一个哥萨克人,头朝后仰着,一顶毛茸茸的帽子歪戴在一边耳朵上;他准备大声叫唤,正张开嘴在吸空气,他的又宽又挺的胸膛显得越发挺了。他的黑胡子是从他那对充血的眼睛一直长下来的,在这个黑胡子的丝一样的框子里他的雪白的牙齿发着亮光。他那敞开的衬衫和随便披在肩头的上衣①下面露出来给太阳晒黑了的多毛的身体。他那又结实又高大的全身,那匹也是畸形地高大的、多肉的花马,那对装着厚车胎的高高的车轮——这一切都在散发一种饱满、力量和健康的气息。

"喂!……喂!……"

祖孙两个脱下头上的帽子,深深地鞠躬。

"你们好!"赶车来的人声音洪亮地、短短地答道,他朝对岸望了望,黑色的渡船从对岸树丛中慢慢地、不灵活地爬了出来,然后他仔细打量着这两个讨饭的人。

"从俄罗斯来的吗?"

"从那儿来的,恩人!"阿尔希普鞠一个躬回答道。

"你们那儿闹饥荒吗,是不是?"

---

① 这是一种短袖立领男衫。

他从车上跳下地来,动手拉紧车辄上套的东西。

"连蟑螂也饿死了。"

"哈,哈!连蟑螂都死了吗?这就是说连一点儿也不剩了,全吃光了吗?你们真能吃。可是做起工来一定很不行。因为要是好好地做工,绝不会有饥荒的。"

"救命的恩人,这儿主要的原因是土地啊。它不长东西。我们已经把土地吸干了。"

"土地,"哥萨克人摇了摇头说,"土地永远得长东西,就是为了这个用处才把它赐给人类。应当说:不是土地不行,是手,手不行。碰到好的手,连石头也不得不听话,也要长出东西来。"

渡船近了。

两个身体强壮的红脸的哥萨克人把他们的粗壮的脚在渡船船板上踏定,带着轧轧的响声推动渡船向河岸靠拢,身子摇了两摇,把缆绳从手里抛下水去,然后你望着我、我望着你喘起气来。

"热吗?"赶车来的人露着牙齿笑问道,他把马牵上了渡船,他伸手挨了一下自己的帽檐。

"唉!"船夫中间有一个回答了一声,就把手深深地插进马裤的裤袋里,走到马车跟前,看了马车一眼,拿鼻子闻了闻,用力吸了一大口气进去。

另一个却在船板上坐下来,哼哼唧唧地在脱靴子。

爷爷和廖恩卡上了渡船,身子靠在船舷上,望着那几个哥萨克人。

"喂,开船吧!"马车老板发出了命令。

"你带得有好喝的东西吗?"刚才看过马车的船夫问了一

句。他的同伴已经脱下了靴子,正眯起眼睛在看靴筒。

"一点儿也没有。可是什么?难道库班河里水很少吗?"

"水!……我不是讲水。"

"那你是讲烧酒吗?我没有带烧酒。"

"你怎么不带呢?"问话的人拿眼睛盯着渡船船板,在想什么。

"喂——喂,我们开船吧!"

哥萨克人朝手掌心上吐了口唾沫,就动手去收缆绳。那个客人帮他忙。

"啊,爷爷,你怎么不去帮忙?"那个一直在弄靴子的船夫对阿尔希普说。

"哪儿用得着我帮忙啊,亲人!"爷爷摇摇头,用诉苦的调子哼道。

"而且他们也用不着帮忙。他们自己对付得了!"

他好像要使爷爷相信他说的是真话,跟着就重重地跪下去,直挺挺地躺在渡船的甲板上。

他的同伴没精打采地骂了他两句,看见他不答话,便抵住甲板很响地顿了一下脚。

流水带着低沉的响声拍打渡船的两边,渡船迎着流水的冲击,颤抖着,摇晃着,慢慢地向前移动。

廖恩卡出神地望着河水,他觉得头在旋转,而且转得很舒服,他的眼睛给波浪的不停的奔流弄得很疲倦,现在瞌睡地睁不开了。爷爷的含糊的唧唧哝哝,缆绳的轧轧声,波浪的响亮的拍溅声把他催眠了;他瞌睡昏昏地想躺到甲板上去,可是突然间有什么东西把他震摇一下,他跌倒了。

他把眼睛睁得大大的,朝四面望。那些哥萨克人一面取

45

笑他,一面把渡船拴在岸边烧焦了的树桩上。

"怎么,睡着了吗？你身体太差。坐到马车上来,我把你带到村子①里去。还有你,爷爷,你也坐上来。"

爷爷故意做出一种难听的鼻音向哥萨克人道谢,哼哼唧唧地爬上了马车。廖恩卡也跳了上去,他们就在叫爷爷咳得喘不过气来的一股一股的黑色细尘中坐车走了。

哥萨克人唱起歌来。他唱得很古怪,常常把音符在中间截断,吹一下口哨来结束它们。听起来好像他把声音当作线一样从线球上放出来似的,一遇到打结,他就把它们割断了。

车轮诉苦地发出嘎吱的声音,尘土飞扬着;爷爷摇着头,不停地咳嗽,廖恩卡却在想,他们马上就要到哥萨克村子,得用难听的鼻音在窗子底下唱:主,耶稣基督……村里的小孩又要拿他开玩笑;女人又要拿关于俄罗斯的问话来麻烦他。在这个时候看爷爷,也叫人感到不舒服——爷爷咳得更厉害了,身子弯得更低,因此他自己就很不好过,很痛苦,加上他又用诉苦的声音说话,时时哭哭啼啼并且讲着在任何时候、任何地方都不曾有过的事情……他说,在俄罗斯,人们死在街上,就像这样地躺在那儿,也没有人来收尸,因为所有的人都饿昏了……事实上他同爷爷无论在什么地方都没有见过这样的事情。可是为了要人家多施舍,这些话都是少不了的。不过在这儿把施舍用到哪儿去呢？在家乡——那儿一普特总可以卖到四十戈比,说不定还卖得到半个卢布,可是在这儿却没有人要买。所以后来就只好把这一块一块的面包,有时候还是很好吃的,从背包里拿出来扔到草原上去。

---

① 这里提到的村子是哥萨克人的大村庄。

"你们就要去讨饭吗?"哥萨克人回过头去望望那两个蜷缩的身形,这样问了一句。

"自然得去啊,老爷。"阿尔希普爷爷叹了一口气回答他说。

"站起身子来,爷爷,我指给你看我住在哪儿;你们到我那儿去过夜吧。"

爷爷勉强站起来,可是马上就倒下去了,腰撞到马车边儿上,哼哼唧唧地呻吟起来。

"唉,你,老了!……"哥萨克人怜悯地咕哝道,"好吧,反正一样,用不着看;到过夜的时候你找乔尔内伊,安德列伊·乔尔内伊,那就是我。现在下去吧。再见!"

爷爷同孙子两个就站在一座小小的白杨和黑杨①的林子前面了。树干后面露出来屋顶、围篱,左面右面,到处都是这种耸向天空的树丛。它们的绿叶披上了灰色尘土的外衣,又粗又直的树干上的树皮因为天热发出响声裂开了。

在两个讨饭的人的正前面,两排篱笆中间,有一条狭巷,他们像走了很多路的人那样移动着脚步,摇摇晃晃地朝这条小巷走去。

"喂,廖尼亚②,我们怎么走法——一块儿走还是分开走?"爷爷问道,可是他不等回答又接着加上一句,"一块儿走好些——人们给你的太少。你还不会讨饭啊……"

"多了用到哪儿去?反正你吃不光……"廖恩卡朝四面看了看,心里不痛快地答道。

---

① 黑杨是白杨的变种。
② 廖尼亚和廖恩卡都是列奥尼德的爱称。

"用到哪儿去?你这个小怪人!……假如突然遇到一个人想买东西呢?那你就知道该用到哪儿去了!……他会付钱。钱是了不起的东西:你有了钱,我死了,你也不会受罪的。"

爷爷慈爱地笑了笑,伸出手摸摸孙子的头。

"你知道我一路上积了多少吗,嗯?"

"多少呢?"廖恩卡毫不关心地问道。

"十一个半卢布……你瞧!"

可是这个数目和爷爷的得意的口气并没有带给廖恩卡什么印象。

"唉,你,小孩儿,小孩儿!"爷爷叹口气说,"那么我们就分开走吧?"

"分开……"

"嗯……有事情,你到教堂来。"

"好吧。"

爷爷朝左面转弯,进了小巷,廖恩卡一直往前面走。他大约走了十来步光景,就听见刺耳的叫声:"行善的人们跟好心的恩人们!……"这个叫声很像一个人用手掌心在音调没有校准的古琴上乱摸,从最粗的弦一直摸到最细的弦所发出来的声音。廖恩卡打了一个战就加快脚步走了。他总是这样:一听见爷爷的乞讨声,就觉得不舒服,而且有点伤心;可是倘使别人不给爷爷钱,他还会胆小起来,担心爷爷立即会放声大哭。

爷爷声音的那种颤抖、可怜的调子好像在哥萨克村子的昏沉炎热的空气里迷了路似的,仍旧传到他的耳边来。四周清静得像在夜里一样。廖恩卡走到篱笆跟前,坐在一棵樱桃树的阴影里,树枝越过他的头上伸到了街心。在什么地方有蜜蜂的嘤嘤的叫声。

廖恩卡甩下了肩膀上的背包,又把头搁在背包上面,眼光穿过他头上枝叶的缝隙望了望天,就沉沉地睡去了,茂密的杂草和篱笆格子的影子给他挡住了过路人的眼光。

他让一种古怪的声音惊醒了,这声音在那因为接近傍晚而变得新鲜的空气中飘来荡去。离他不远的地方有人在哭。这是小孩的哭声——哭得很厉害,一直不停。哭声逐渐地变成了尖细的短调,可是突然又带着新的力量爆发了,而且越来越近地向他倾泻过来。他抬起头,从杂草的这一面朝大路望过去。

一个七岁光景的小女孩在大路上走着,她穿一身干净的衣服,有一张红红的、哭肿了的脸,她不停地用白裙子的边儿去揩脸上的眼泪。她走得很慢,一路上拖着她那双赤脚,扬起了大股的尘土,显然是她不知道要到哪儿去,去干什么。她有一对乌黑的大眼睛,这对眼睛现在却带着受屈的、忧愁的表情,而且是眼泪汪汪的;她那两只又小又薄的粉红色耳朵顽皮地从披到她前额、她脸颊和她肩头的蓬松的栗色鬈发下面露了出来。

尽管她淌着眼泪,廖恩卡仍然觉得她可笑——又可笑又快活……她一定是一个顽皮的女孩……

"你干吗哭?"她走过他面前的时候,他就站起来问道。

她吃了一惊,站住了,马上止了哭,可是还在轻轻地抽泣。过一会儿,她望了他几秒钟以后,她的嘴唇又颤抖起来,脸也皱起了,胸口一起一伏,接着她又放声大哭,走过去了。

廖恩卡觉得心里有块什么东西堵着,他突然也跟着她走了。

"你不要哭。你已经长大了——难为情啊!"他还没有走到她跟前就这样地说了,等到他赶上她的时候,他望着她的脸又问道,"喂,你干吗放声大哭?"

"是——是啊!……"她拖长声音说,"倘使你……"她突然拿双手蒙住脸,扑倒在大路的尘土上,伤心地哭起来。

"嘿!"廖恩卡瞧不起地挥了挥手,"女人……真是个——女人。呸,你!……"

可是这并没有给她或者他什么好处。廖恩卡看见一滴一滴的眼泪从她那细小的粉红色手指中间流下来,他心里也难过,真想哭起来了。他朝着她俯下身子,小心地举起一只手,差一点儿挨到她的头发;可是就在这个时候他却因为自己的大胆害怕起来了,连忙缩回手去。她还是在哭,一句话也不说。

"你听我说!……"廖恩卡沉默了一会儿,又说话了,他非常想帮助她,"你这是为什么?人家打了你,是不是?……这会过去的!……或者是别的事情吧?你说,小姑娘……喂?"

小女孩苦恼地摇了摇头,并不把手从脸上拿开,后来她耸了耸肩头,终于哭哭啼啼地回答他道:

"头巾……丢了……爸爸从市场带回来的……天蓝色,有花……我披着——就丢了。"她又哭起来,哭得更厉害,更响,她一面哭,一面用呻吟的声音叫着古怪的"哦——哦——哦!"

廖恩卡觉得自己没有力量给她帮忙,就胆怯地离开她一点,沉思地、忧愁地望着阴暗下来的天空。他觉得难过,很可怜这个小女孩。

"不要哭！……也许会找到的……"他小声地喃喃说,可是他发觉她并没有在听他这安慰她的话,他就离她更远一点,心里在想,她这回丢了东西,一定会受到父亲的责罚。他马上想象到：她的父亲,那个身材高大、皮肤带黑色的哥萨克人在打她,她满脸眼泪地在他脚跟前打滚,因为害怕和疼痛浑身都在发抖……

他站直了身子走开了,可是走了五六步又突然回转来,身子紧紧靠着篱笆,站在她面前,拼命想找出几句好意的、亲切的话来……

"小姑娘,你离开大路回去吧！你快不要再哭了！回家去吧,把事情全讲出来。就说,你丢了……你还难过些什么呢？……"

他起初用轻轻的、同情的声音讲话,等到他用愤慨的叫喊结束他的话的时候,他看见她从地上站起来,他觉得高兴了。

"这就很好！……"他笑了笑,兴奋地继续说下去,"现在就去吧。你要不要我陪你去把事情全讲出来？我保护你,不要害怕！"

廖恩卡朝四周看了看,骄傲地耸了耸肩头。

"不要……"她小声说,慢慢地抖掉衣服上的尘土,一面还低声哭着。

"那么——我就去？"廖恩卡像有了很充分的准备似的大声说,把他的鸭舌帽朝耳朵上面一挪。

现在他站在她的面前,两只脚大大地叉开,因此他身上的破衣服好像也英勇地挺起来了。他使劲地拿他的木棒敲地面,固执地望着她,他那对忧郁的大眼睛也射出了骄傲和勇敢的光芒。

小女孩揩着自己小脸上的眼泪,斜起眼睛看了看他,接着又叹一口气,说:

"不要,你不要去……妈妈不喜欢讨饭的人。"

她离开他走了,还回过头来望了两次。

廖恩卡觉得扫兴。他不自觉地用缓慢的动作改变了他那种坚决的、挑战的姿势,他又弯下身子,安静下来,把他在这个时候以前一直挂在胳膊上的背包甩到背上去,看见小女孩已经弯进了巷子的转角,便在后面对她叫了一声:

"再见!"

她边走边回过头来望望他,就不见了。

已经接近傍晚了,空气中有一种预报大雷雨消息的特别的闷热。太阳已经很低,白杨树的树梢也染上了一层浅红。可是在那紧紧包住树枝的傍晚的阴影里,不动的高高的白杨树却显得更密、更高了……树上面的天也阴暗了,变成了天鹅绒的样子,好像离地面更近了似的。远远地在什么地方,有人讲话,在更远的地方,不过是在另一个方向,有人唱歌。声音都很低,却很深沉,而且好像也浸透了闷热。

廖恩卡觉得更无聊,他甚至于害怕起来了。他要到爷爷那儿去,他看了看四周,就急急忙忙地顺着巷子往前走去。他不愿意向人乞讨。他走着,觉得胸口上心跳得这样快,这样快,使他特别懒得走,懒得想了……可是他却没有把小女孩忘掉,他一个人想着:她现在怎样了呢?倘使她是有钱人家的孩子,她就会挨打;有钱人全是吝啬鬼;不过倘使她是个穷家孩子,那么她也许不会挨打……穷人更爱自己的孩子,因为要靠他们长大去做工。这些思想一个接着一个地在他的脑子里不停地骚动,同时像影子一样跟着他思想的那种难堪的、折磨人的苦闷感觉,一分钟比一分钟地变得更沉重,而且更厉害地抓住了他。

傍晚的阴影变得更浓、更使人透不过气来了。男男女女的哥萨克人迎着廖恩卡走来,他们一点儿也没有注意到他,就走过去了,他们对于从俄罗斯拥来的逃荒人已经完全习惯了。他也懒洋洋地用他那开始有点看不清楚的眼光把他们那些吃得很饱的高大的身子瞥了一眼,急急忙忙地朝教堂走去,——教堂的十字架已经在他前面树丛背后放光了。

归栏的牲畜的喧闹声迎着他飘送过来。教堂已经在他面前了,又低又宽,有五个漆着天蓝色的圆顶;教堂四周都种有白杨树,树梢比教堂的那几个浴着晚霞在绿叶丛中发射浅红色金光的十字架还要高。

就在这儿,爷爷给背包压得弯下了身子,正向着教堂的台阶走来,他把手放到前额上,朝四面张望。

爷爷后面跟着一个村子里的人,帽子低低地扣在前额上,手里捏着一根木棒,迈着沉重的大步走来。

"怎么,你的背包空空的?"爷爷走到正站在教堂围墙旁边等待他的孙子跟前,问了一句,"你瞧,我有多少!……"他一边呻吟,一边把他那个塞得满满的麻布袋子从肩头扔到地上,"啊!这儿的人给得真多!啊哈,真多!……喂,你为什么这样板起脸孔?"

"头痛……"廖恩卡轻轻地说,他就靠着爷爷在地上坐了下来。

"喂?……你累了……你吃不消了!……我们马上就找地方睡觉去。那个哥萨克人叫什么名字?嗯?"

"安德列伊·乔尔内伊。"

"那么我们就这样问:说,安德列伊·乔尔内伊住在哪儿?现在就有一个人朝我们走来了……对……都是好人,吃得饱饱的!他们全吃小麦面包。您好,好心的人!"

哥萨克人一直走到他们跟前,慢吞吞地回答爷爷的问好:"你们好!"

过后他把两只脚叉得很开地站在那儿,他那对毫无表情的大眼睛盯在两个讨饭的人身上,一声不响地搔自己的头发。

廖恩卡好奇地望着他,爷爷询问地眨着自己的老花眼睛,哥萨克人还是不作声,后来他伸出半截舌头去捉他的胡子尖①。这个动作成功了,他把胡子拖进嘴里去,嚼了一下,又用舌头把胡子从嘴里推了出来,最后他才打破了已经变得叫人很难受的沉默,没精打采地说道:

"喂,我们到会议堂②去!"

"干吗去?"爷爷大吃一惊。

廖恩卡心里也震动了一下。

"可是应当去……有命令。喂!"

他掉转身把背朝着他们,正要动身走了,可是他回头一望,看见他们两个连动也不动一下,便又叫了一声,而且这一回他已经生气了:

"还要等什么!"

这个时候爷爷同廖恩卡连忙跟着他走了。

廖恩卡不转眼地望着爷爷,他看见爷爷的嘴唇和脑袋一

──────────
① 哥萨克人的上唇胡子,是一种很长的两撇八字胡。
② 村公所开会的屋子。

直在打战,看见爷爷害怕地东张西望,连忙在自己怀里摸什么东西,他就觉得爷爷又干了像以前在塔曼①干过的那种把戏。他想到塔曼的故事,就害怕起来。在那个地方爷爷在人家的院子里偷了一件衬衫,他跟爷爷一块儿让人捉住了。嘲笑、辱骂甚至于鞭打,最后是半夜里赶出村子去。他同爷爷只得在海峡岸上一个沙滩上面过夜,海整夜凶猛地啸个不停……沙滩让那些朝它冲过的波浪推动着,接连发出嘎吱声……爷爷整夜都在呻吟,小声向上帝祷告,把自己叫作贼,哀求饶恕。

"廖恩卡……"

廖恩卡的腰部给人一推,他不由得打了一个战,望了望爷爷。爷爷的脸拉长了,它变得更干瘪,更灰白了,而且一直在抖动。

哥萨克人走在前面五六步的光景,抽着烟斗,一面用木棒敲掉牛蒡的头,他并没有回过头看他们。

"这儿,拿去!……扔在……草里……看好扔在哪儿……以后好拿……"爷爷的声音轻得差一点儿就听不见了,他一边走,一边紧紧靠着孙子,把一块卷成一团的布片塞到孙子的手里去。

恐怖使得廖恩卡一下子浑身发冷,他打了一个战,稍微躲开一点,走近了墙边杂草丛生的围墙。他一边紧张地望着哥萨克解差的阔背,一边向旁伸出手去,他朝手里看了一眼,就把布片扔到杂草中间去了……

布片落下去的时候展开来了,在廖恩卡的眼里现了一下天蓝色的花头巾,可是它立刻就给那个哭哭啼啼的小姑娘的

---

① 高加索地峡上的半岛。

面影遮盖了。她像活人一样在他面前站了起来,把哥萨克人、爷爷和周围的一切全遮盖了……她的哭声又很清楚地在廖恩卡的耳朵边响起来了,他仿佛又看见亮晶晶的泪珠一滴一滴地落到地上……

他就在这种差不多是恍恍惚惚的状态中,跟在爷爷的后面,到了会议堂;他听见一阵不太响的嗡嗡声,这种声音他现在不能够而且也不想去辨别;他好像透过一层雾似的看见一块一块的面包从爷爷的背包里倾倒在一张大桌子上,这些块面包带着松软的、不太响的声音落下来;敲着桌面……过后就有许多戴高帽子的脑袋朝他俯下来;脑袋同帽子都是灰暗的、阴惨的,它们透过那层罩住它们的雾摇来晃去,发出可怕的威胁……后来爷爷突然声音嘶哑地咕噜了两句,就像陀螺一样在两个强壮的年轻人手里旋转起来了……

"冤枉,你们信正教的人啊!……我没有罪,上帝看见的!……"爷爷尖声哀号起来。

廖恩卡哭着,倒在地板上。

这个时候人们走到他面前。他们抬起他,放到一条长凳上去,把遮盖他小小身体的破衣服完全搜了一通。

"达尼罗夫娜撒谎,那个鬼女人!"有人大声说,好像用他那低沉的、发怒的声音在打廖恩卡的耳朵一样。

"也许他们藏在什么地方吧!"有人用更大的声音接嘴道。

廖恩卡觉得仿佛这些声音都在敲打他的脑袋,他非常害怕,后来就失掉了知觉,好像他突然掉进了一个在他面前张着无底大口的黑洞里一样。

等到他清醒过来的时候,他的头枕在爷爷的膝盖上面,爷爷那张可怜的、皱得比任何时候都厉害的脸正俯在他的脸上；从爷爷那对害怕地眨着的眼睛里小颗的浑浊的泪水滴到他廖恩卡的前额，顺着脸颊滚到颈项，使他觉得很痒……

"你好些了吗，好孩子?!……我们离开这儿吧。我们走吧，那些该死的东西把我们放了！"

廖恩卡站起来，他觉得好像脑袋里装满了什么重的东西，又觉得这个脑袋马上就要从肩膀上掉下来了……他用两只手捧住它朝左右两边摇晃了一阵，同时发出了小声的呻吟。

"头痛吗？我亲爱的孩子！……他们把你我两个折磨得好苦啊……这群野兽！你瞧，一把短剑丢掉了，还有一个小丫头丢了一块头巾，哼，他们就来欺负我们！……啊，上帝啊！……您干吗要惩罚我们？"

爷爷的尖锐的声音不知道怎样伤了廖恩卡，他觉得自己的心里燃起了强烈的火花，逼着他避开爷爷。他把身子移开一点，又朝四周望了望。

他们坐在村口一棵弯曲的黑杨树的浓荫下面。夜已经来了，月亮也升起了，倾注在浑然一片的草原空间的乳银色月光，仿佛把草原变得比它在白天里更窄，更窄，而且更荒凉，更忧郁了。在远处草原跟天相接的地方升起了朵朵的云，它们静静地在草原的上空浮动，把月亮遮住了，在地下投下了浓影。影子紧紧地贴在地上，慢慢地、沉思地在地上爬着，一下子就消失了，好像它们穿过那些由灼热的日光造成的裂缝钻到地底下去了一样……村子里传来了人声，在那儿有些地方燃起了灯火，它们好像在跟金光灿烂的星星交换眼色。

"我们走吧，孩子！……该走了。"爷爷说。

"再坐一会儿吧！……"廖恩卡小声说。

他喜欢草原。白天他在草原上走着的时候,他喜欢看前面,看天空靠在草原的宽胸膛上的地方……他想象着那儿有些非常好的大城市,住的都是些他从来没有见过的好人,用不着向他们讨面包——他们不等你要,自己会给的……可是等到草原越来越广阔地在他的眼前展开,突然给他送出来一个他早已熟悉的村子,这个村子,拿房屋和人来说,都跟他以前见过的所有的村子完全一样,那个时候他就感到悲哀,而且因为自己受骗又愤慨起来了。

现在他又沉思地望着远方,云正慢慢地从那儿爬了出来。他觉得云就是从那个他非常想看到的城市的几千根烟囱里冒出来的烟……爷爷的干咳声打断了他的沉思。

廖恩卡注意地望着正在拼命吸进空气的爷爷的那张满是泪痕的脸。

这张脸映着月光,罩上由破帽子、眉毛和胡子投到脸上来的古怪影子,再配上一张痉挛地动着的嘴和一对睁得大大的、闪露出一种暗中欢喜的眼睛,——这张脸显得可怕又可怜,它给廖恩卡引起一种完全新的感觉,使他跟爷爷更疏远了……

"好吧,我们坐一会儿,坐一会儿!……"爷爷喃喃说,他带着愚蠢的笑容在怀里掏了一阵。

廖恩卡掉转身子,又望着远方。

"廖恩卡!……你瞧啊!……"爷爷突然高兴地呜咽了一声,接着一阵透不过气来的咳嗽使他的全身蜷缩起来,他把一样长的、发亮的东西递给孙子,"银的!真是银子啊!……值五十个卢布!"

他的手和嘴唇都因为贪心和疼痛一直在打战,整个脸扭成了怪相。

廖恩卡打了一个寒噤,把他的手推开了。

"快藏起来!……啊,爷爷,藏起来!……"他恳求地小声说,连忙朝四周望一下。

"喂,小傻瓜,你怎么啦?你害怕吗,好孩子?……我朝窗里一望,它正挂在那儿……我一把抓住它,就放在衣服下面……后来又把它藏在灌木丛中。我们走出村子的时候,我故意落下帽子,就弯下腰去拾起它来……他们真是傻瓜!……我还拿了那块头巾——它就在这儿!……"

他用两只颤抖的手从自己的破衣服下面掏出了头巾来,拿它在廖恩卡的脸前抖了抖。

在廖恩卡的眼前,雾幕裂开了,现出了这样一幅画:他同爷爷两个拼命放快脚步在村子里街上走着,躲开迎面来的过路人的眼光,他们提心吊胆地走着,廖恩卡觉得每个人只要高兴,都有权打他们两个,唾他们,辱骂他们……他们周围的一切——围墙、房屋、树木都在一种古怪的雾中摇来晃去,好像给风吹动一样……什么人的严厉的、发怒的声音嗡嗡地响着……这一条艰难的路长得没有尽头,从村子出去到田野的路给密密层层一大堆摇摇晃晃的房子挡住了,这些房子一会儿向他们挨近,好像要压碎他们似的,一会儿又退到什么地方去了,却用它们那些黑洞洞的窗眼当面嘲笑他们……突然从一个窗口发出来响亮的喊声:"贼!贼!贼,小贼!"廖恩卡偷偷地朝旁边看了一眼,他在窗口看到了他刚才还看见她在哭,而且自己还想保护她的那个小姑娘……她碰到了他的眼光,朝他吐了吐舌头,她那对深蓝色的眼睛射出来凶狠的、锋利的光,像针一样地刺着廖恩卡。

59

这幅画又在小孩的记忆里出现了,可是一下子就消失了,只给他留下一个带恶意的笑容,他就把这笑容投到爷爷的脸上去。

爷爷老是在咕噜着什么,却常常给咳嗽打断了,他挥着手,摇着头,擦着他脸上皱纹里的大颗汗珠。

一朵拉破了似的、毛茸茸的浓云遮住月亮,廖恩卡差一点儿看不见爷爷的脸了……可是他却想象那个哭着的小姑娘就在爷爷旁边,他把她的形象唤到自己的面前,在想象中拿他们两个比较一番。身体虚弱的、声音吱吱嘎嘎的、衣服破破烂烂的、贪心的爷爷在那个受过他欺负的、哭哭啼啼的,但是身体健康的、鲜活的、美丽的小姑娘旁边,却显得是个不中用的东西,而且几乎就像童话里的科谢伊①那样恶毒,那样坏了。这怎么可能呢?他干吗要欺负她?他又不是她一家的人……

可是爷爷又在吱吱嘎嘎地说话了:

"只要积下一百卢布就好!……那我就是死也放心了……"

"得啦!"有什么东西突然在廖恩卡的心里爆发了,"你闭嘴!说什么死啊,死啊……可是你并没有死……你做贼!"廖恩卡痛苦地大叫一声,突然浑身发抖地跳了起来,"你这个老贼!哼!哼!"他捏紧他那个小小的、干瘪的拳头,拿它在忽然静下来了的爷爷的鼻子前面晃了晃,又很重地一下子坐在地上,咬牙切齿地接下去说:"你偷小孩的东西……唉,很好!……已经老了却还要……为了这件事你在那个世界里得不到饶恕的!……"

---

① 科谢伊是当时流行的俄国童话的主人公,他是一个又丑又贪心的人。

整个草原突然震动了,一阵蓝得耀眼的光芒笼罩了它,它渐渐地扩大起来……压在它上面的暗雾抖了一下,马上就消失了……雷响了,隆隆地在草原的上空滚了过去,震摇着草原,也震摇着天空,在天空现在正有成团的黑色浓云很快地飞过,把月亮完全淹没了。

现在黑暗了。远远地在什么地方一道闪电默默地、可是吓人地亮了起来,过了一秒钟又轻微地响了一声雷……接着就来了仿佛没有尽头的静寂。

廖恩卡画着十字。爷爷动也不动地、一声不响地坐在那儿,好像他跟他背靠着的树干连在一块儿似的。

"爷爷……"廖恩卡在折磨人的恐怖中等待着新的雷声,他小声说,"我们到村子里去吧!"

天空又颤抖一下,又燃起了蓝色的火焰,向地面投下一个有力的金属的打击声。好像千万张铁片互相撞击地一齐落在地上。

"爷爷!……"廖恩卡叫起来。

他的叫声给响雷的回声盖住了,听起来就像有人在敲打一只破了的小钟。

"你怎么啦……你害怕吗?……"爷爷声音嘶哑地说,并不动一下。

大雨点落了下来,淅沥的雨声神秘地响着,好像在发出什么警告似的。在远处雨声已经变成了一片大的声音,好像一把大刷子在干地上擦着一样;可是这儿,在爷爷和孙子的近旁,每一滴雨落到地上的时候都发出短短的、断断续续的声音,而且没有回声就消失了。雷声越来越近,天空中时时闪着电光。

"我不到村子里去!让我这条老狗,贼……淹死在这儿雨里面……给雷劈了吧……"爷爷气喘地说,"我不去!……你一个人去吧……村子就在那儿……去吧!……我不要你坐在这儿……走开!去,去!……去!……"

爷爷已经叫得声音嘶哑,而且含糊不清了。

"爷爷!……饶恕我吧!……"廖恩卡靠近爷爷哀求道。

"我不去……我也不饶恕……我养了你七年!……一切都是为你……我活下去……也是为你。难道我还需要什么东西?……你瞧,我就要死了……我就要死了……你却说我——贼……我做贼是为了什么?为了你……全是为你好,你拿去……拿去……带走吧……为了你的生活……为你的一切……我积钱……我还做贼……上帝看见一切……他知道……我偷东西……他知道……他要惩罚我。他——他不会宽恕我这条老狗……的盗窃罪。他已经惩罚了……上帝啊!您惩罚了我了!……怎么?惩罚了?……您借孩子的手杀死我了!……真的,上帝啊!……做得对!……上帝啊,您是公平的!……您收了我的灵魂去吧……啊!……"

爷爷的声音升高到刺耳的尖声大叫,把恐怖注入了廖恩卡的心中。

震摇着草原和天空的雷声现在响得这么厉害,而且这么匆忙,好像每一声雷响都要告诉大地一桩对它非常重要的事情;雷声一个一个地互相追逐,差不多一直不停地在吼叫。给闪电拉破了的天空在打战,草原也在打战,一会儿有一道深蓝色的火光照亮了整个草原,一会儿草原又陷进一种冰冷的、沉重的、浓密的黑暗里去(这黑暗正在古怪地压缩着草原)。有时候一股电光照亮了远处。那个远远的地方仿佛正在急急忙忙地逃开喧闹和吼声似的……

雨倾盆地落下来,雨点在电光里像钢一样地发亮,它们遮住了那些正在欢迎的闪烁着的村里灯光。

恐怖、寒冷以及爷爷的叫声所引起的痛苦的犯罪感觉使得廖恩卡变呆了。他那对睁得大大的眼睛一直朝前面凝望,甚至在一滴一滴的雨水从他那给雨打湿了的头上流进眼里的时候,他还不敢眨一下眼睛,仍然在倾听早已沉没在一片巨响的海洋里面的爷爷的声音。

廖恩卡觉得爷爷一动也不动地坐在那儿,可是他以为爷爷一定会走开,到什么地方去,把他一个人留在这儿。他不自觉地渐渐挨近了爷爷,拿胳膊肘触了爷爷一下,他吃了一惊,他等待着一件就要发生的可怕的事情……

一道电光拉破了天空,照亮了他们两个人:并排坐着,蜷缩着,显得很瘦小,树枝上流下来大股的水,淋在他们的身上。

爷爷在空中挥着手,仍然在咕噜着什么,可是他已经没有一点气力,而且喘得厉害了。

廖恩卡望着爷爷的脸,吓得大叫起来……在闪电的蓝光里,这张脸就像是死人的一样,可是那对在脸上转动的昏暗的眼睛却是疯狂的了。

"爷爷!……我们走吧!……"他用脑袋顶了一下爷爷的膝盖,悲痛地叫起来。

爷爷朝着他俯下头去,用那两只瘦得见骨的胳膊抱住他,紧紧地搂在怀里,把他夹得紧紧的,一面拼命地尖声叫起来,就像一只落在陷阱里的狼一样。

廖恩卡差一点儿让这个叫声弄得发狂了,他挣脱了爷爷的手,一跳就站起来,眼睛张得大大的,箭一样地朝前面什么地方奔去;电光使他的眼睛看不清楚,他跌下去又站起来,越来越深地跑进黑暗里去了,这黑暗一会儿给蓝色电光赶走了,一会儿又把那个吓疯了的小孩紧紧包围着。

雨落下的时候声音还是那样冷酷、单调、凄凉。好像草原上除了雨声、电光和刺耳的雷鸣以外,就再没有过什么了。

第二天早晨村子里的小孩们跑到村外去,马上就回来了,在村子里引起一阵惊扰,他们说,看见昨天那个讨饭的人在一棵黑杨树底下,他一定给人杀死了,因为有一把短剑丢在他的身边。

可是那些上了年纪的哥萨克人去看是不是这么一回事的时候,他们发现事情并不是这样。老头子还活着。人走到他跟前去,他还想从地上站起来,可是他不能够了。他的舌头麻痹了,他只有用泪汪汪的眼睛向众人问什么话,他一直拿眼睛在人丛中找寻什么,可是什么都没有找到,也没有得到任何答复。

到傍晚的时候他死了,人们把他埋在他们找到他的地方,就在那棵黑杨树底下,他们认为不应该把他葬在公墓里面,因为:第一,他是个外乡人;第二,他是个贼;第三,他没有忏悔过就死了。他们在他身边污泥里找到了短剑同头巾。

过了两三天廖恩卡也给找到了。

离村子不远有一个草原的峡谷,一群乌鸦正在峡谷上空盘旋,有人到那儿去看一下,就发现了这个小孩,他两手摊开,脸朝下,躺在雨后淤积在谷底的污泥里面。

人们起先决定把他埋在公墓里,因为他还是一个小孩,可是后来想了想,他们还是把他葬在他爷爷的旁边,就在那棵黑杨树底下。他们还筑了一个土堆,并且在土堆上立了一个粗劣的石头十字架。

巴　金译

切尔卡什[*]

南方的蓝天由于尘土弥漫而显得昏昏沉沉、浑浊不清；炎热的太阳，宛似透过一层薄薄的灰色面纱，望着碧海。太阳几乎没有在水面上反映出来，因为水面被桨橹和轮船螺旋桨的拨击、被那些在狭小的港湾中朝四面八方航行的土耳其帆船和其他船只的尖头龙骨搅得支离破碎。被束缚在花岗岩堤岸里的海浪，受到在浪峰上驶过去的巨轮的抑压，冲击着船舷，冲击着海岸，它们冲击着，抱怨着，起着泡沫，被各种各样的垃圾弄得肮脏不堪。

锚链的锒铛声，运货车辆的联钩的碰撞声，从什么地方落到路面石块上的铁片的铿锵声，木料的闷声闷气的撞击声，运货马车的辚辚声，轮船的时而尖细刺耳、时而低沉地吼叫的汽笛声，装卸工人、水手和税警的叫喊声，——所有这些音响汇合成劳动日的震耳欲聋的音乐，骚乱地飘荡着，低低地滞留在港湾的上空。迎着这些音响，不断有新的声浪从地面上升起：这些音响时而是暗哑的、隆隆作响的，无情地震撼着四周的一切，时而是刺耳的、雷鸣般的，撕裂着充满尘埃的、炎热的

---

[*] 本篇写于一八九四年夏，最初发表于一八九五年第六期《俄罗斯财富》。译自《高尔基三十卷集》第一卷。

空气。

　　花岗岩、钢铁、木料、港口边的马路,船只和人们———一切都充满着歌颂墨丘利①的热情赞歌的强有力的音响。可是人的声音在这赞歌里几乎听不到,它是微弱而可笑的。而最先产生这喧声的人们本身,也是可笑而又可怜的:他们的沾满尘土、衣衫褴褛、动作麻利、被背上的货物的重量压得弯着腰的身形,在漫天的尘土里,在暑热与音响的大海中忙碌地来回奔跑着;比起他们周围铁制的庞然大物、堆积如山的货物、隆隆响着的车辆以及他们所创造的一切东西来,他们显得很渺小。他们创造出来的东西倒奴役着他们,使他们失去了独立自主的精神。

　　几艘沉重的巨轮正升火待发,发出咝咝嘘嘘的声音,深深地吁着气,在每一种它们所产生的声音里都可以感觉到蔑视这些满沾尘土的灰色人形的嘲笑的音调,这些人在轮船甲板上爬着,用自己奴隶劳动的果实去填满很深的货舱。令人笑出眼泪的是装卸工人的长长行列,他们用自己的肩膀把几千普特的粮食扛进船只的铁腹,目的只是为了弄到几磅同样的粮食来果腹。一面是衣衫褴褛,汗流浃背,由于疲倦、喧闹与炎热而变得迟钝的人们,一面却是这些人创造出来的强有力的、迎着太阳闪闪发光的又高又大的机器,——归根结底仍旧不是由蒸汽,而是由它们的创造者的筋肉与血液来推动的机器,——在这一对照里存在着整整一首残酷的讽刺诗篇。

　　喧闹声压迫着人,尘土刺激着鼻孔,使眼睛看不清,暑热烤着身体,使人疲惫不堪,周围的一切都显得很紧张,耐性逐

---

① 古罗马神话中的商业神,商人和旅客的保护神。

渐丧失，准备爆发一场大灾难，一场大爆炸，在这以后，在被爆炸弄得清新的空气里就可以自由地、轻快地呼吸，宁静将统治着大地，而这尘土中震耳欲聋的、激恼人的、使人苦闷得发狂的噪音则将消失，那时在城市里，在大海上，在天空中，将变得又宁静，又明朗，又可爱……

响起了十二下有规律的、响亮的钟声。当最后一下钟声消散之后，粗野的劳动音乐已经响得轻些了。不多一会，它已经变成了暗哑的、不满的嘟哝声。现在，人的声音和海水的拍溅声可以听得分明些了。这是午餐的时候到了。

一

装卸工人们放下工作，一群群吵吵嚷嚷地四散在港湾上，向女商贩购买各种食物，就在马路上遮阴的角落里，坐下来吃起来。正当这个时候，葛里什卡·切尔卡什出现了，他是港湾上的人都很熟悉的、经常被追捕的一头老狼，一个嗜酒成性的酒鬼，一个机灵大胆的偷儿。他光着脚，穿一条破旧的绒布裤，没有戴帽子，穿着一件肮脏的印花布衬衫，领口已经破了，露出他那干瘦的、嶙峋的、紧包着棕色皮肤的骨头。看了他那蓬乱的略带斑白的黑发和压皱的、瘦削而凶狠的脸，就可以知道他是刚刚睡醒。在他一边的栗色口髭上戳着一根稻草，还有一根稻草嵌在剃过的左边面颊上的胡楂里，耳朵后面他插了一根刚折下的椴树小枝。他身材很高，瘦骨嶙峋，有点驼背，他慢慢地在石板路上跨着步，动着他那凶相的鹰钩鼻，锐利的目光朝自己周围扫射着，冷冷的灰色眼睛时时闪着光，在装卸工人中间寻找着什么人。他那栗色的口髭，浓而且长，不时像猫须一样抖动着,背着的双手互相擦着,神经质地搓着弯曲有力的长手指。甚至在这里,在几百个像他一样引人注目的流浪汉中间,由于他的模样酷似草原上的鹞鹰,由于他凶猛而瘦削的身材,以及貌似从容平静,内心却亢奋激动、聚精会神,就像和他相似的猛禽的飞翔似的攫食步伐,顿时引起人家的注意。

当他走近一群坐在一大堆煤筐底下的阴影里的当装卸工的流浪汉时,站起来迎着他的是一个一副蠢相、满脸紫红斑痕的敦实的小伙子,他颈脖被抓破,大概是不久前被打伤的。他站起身来,挨着切尔卡什一起走,一面小声地说道:

"水兵们发现有两捆布失窃了……正在查呢。"

"唔?"切尔卡什泰然自若地用眼睛打量了他一下,问道。

"什么'唔'?说是在查。就是这么回事。"

"是不是有人问起我,要我帮着找?"

于是切尔卡什含笑向那边志愿船队①的仓库所在地望了望。

"见鬼去吧!"

伙伴回过身去走了。

"嗳,等一等!是谁给你装扮成这副模样的?瞧,把脸毁成这样……你没有在这里看见米什卡吗?"

"好久没有看见了!"那一个高叫了一声,就向自己的伙伴们走去。

切尔卡什举步向前,大伙都把他当作一个老相识来对待

---

① 志愿船队是一八七八年由私人集资开办的轮船企业,拥有大量的轮船、仓库与码头。

但是向来是高高兴兴、说话尖刻的他,今天显然情绪不好,回答别人问他的话都是有一搭没一搭,态度粗暴。

从什么地方的一堆货物后面突然拐出一个穿暗绿色衣服、灰尘满面、威武挺直的海关看守。他拦住切尔卡什的去路,在他面前摆出一副挑衅的架势,左手握着短剑的剑柄,右手要想抓住切尔卡什的衣领。

"站住!你上哪儿去?"

切尔卡什后退了一步,抬起眼睛望了望看守,冷笑了一声。

那军人的红润、温厚而又狡猾的脸要想装出一副恫吓的神气,因此鼓着腮,脸涨得滚圆、发紫,动着眉毛,圆睁着两眼,样子非常可笑。

"告诉过你——不许你在港口上走,否则就打断你的肋骨!可是你怎么又来了?"看守恫吓地叫着。

"你好,谢苗内奇!咱俩少见了。"切尔卡什神色不变地问了好,向他伸出手去。

"最好是一辈子不见你!走!走!……"

但是谢苗内奇还是握了握伸过来的手。

"告诉我,"切尔卡什继续说下去,不让谢苗内奇的手从自己的有力的手指中抽出去,并且像朋友似的亲热地摇着它,"你没有看见米什卡吗?"

"什么米什卡?什么米什卡我全不知道!走吧,老弟!要不然让仓库看守看见,他就会把你……"

"就是上次我同他在'柯斯特洛马'号船上一起干过活的那个红头发。"切尔卡什坚持要打听。

"同他一起偷过东西来的,你就这样说吧!他,你的米什卡,已经被送进医院了,腿给铁块压坏了。走吧,老弟,现在还是客客气气地请,走吧,要不我就要揪着颈脖把你带走了!……"

"哈哈,瞧你!你说'我不知道米什卡'……原来你是知道的。你干吗生这样大的气,谢苗内奇?……"

"听着,你别跟我胡扯,滚吧!……"

看守开始发火了,他四面张望着,要想把手从切尔卡什结实的手中抽出来。切尔卡什神色自若地从自己的浓眉下望着他,不放他的手,继续说道:

"你别催我。我要和你谈个痛快才走呢。来,告诉我,你近况如何?……老婆、孩子们身体好吗?"他眼睛炯炯发光,龇着牙齿,嘲弄地微笑着补充道,"我一直想到你家做客,可老没有工夫——一天到晚老喝酒……"

"得啦——别来这一套!你这瘦鬼,别开玩笑!我,老弟,实在是……你难道打算到大街上挨家挨户去抢劫吗?"

"那何必呢?这里的东西已经够你我享用一辈子了。说真的,足够了,谢苗内奇!你呀,似乎又偷了两捆布?……谢苗内奇,你可要小心点儿!别让人抓住!……"

谢苗内奇气得发抖,他涎沫四溅,要想说什么。切尔卡什放开他的手,悠闲地迈着长腿,转身向港口的大门走去。看守跟在他后面发疯似的咒骂着。

切尔卡什变得快活起来;他轻轻地、不屑地吹着口哨,把手插进裤袋,慢悠悠地走着,向左右投出挖苦的讥笑和笑话。人家也以同样的玩笑回敬他。

"你瞧,葛里什卡,首长把你保护得多好啊!"一群已经吃过午饭、正躺在地上休息的装卸工人中间有人喊了一声。

"我光着脚,所以谢苗内奇留意着,别让我的脚给戳破了。"切尔卡什回答说。

他们走近大门。两个兵士把切尔卡什搜了身,就轻轻地把他推到了街上。

切尔卡什穿过大路,在一家酒店对门的石桩上坐下。从港口的大门那边隆隆地驶出一长串满载货物的大车。迎着它们另有几辆空的大车驶过,车上的车夫被颠簸得跳动着。港口吐出哀号似的轰隆声和刺鼻的灰尘……

在这疯狂的混乱中切尔卡什觉得自己很自在。前面,一笔很可观的收入在对着他微笑,需要花的力气不多,但要很多机智。他深信机智他有的是,于是眯缝起眼睛冥想着明天早晨,他口袋里有了钞票的时候,该怎样去乐一下……想起了朋友米什卡——今天夜里他倒是很有用的,如果他没有把腿折断的话。切尔卡什暗自咒骂着,思量着孤零零的一人,没有米什卡,他恐怕孤掌难鸣。今天夜里天气怎样呢?……他望了望天空,又顺着街道望了一下。

离他六步光景,人行道旁,一个年轻小伙子背倚着石桩坐在马路上,他穿一件蓝色粗布衬衫和同样布料的裤子,脚上穿着树皮鞋,头戴一顶破旧的棕黄色便帽。他身旁放着一个小小的背囊和一把无柄镰刀,镰刀上绕着用一根精细地和细绳搓在一起的草辫。小伙子阔肩,敦实,淡褐色头发,风吹日晒的脸上的那对蓝色的大眼睛,信赖而温厚地望着切尔卡什。

切尔卡什龇了龇牙,伸出了舌头,做出一副可怕的嘴脸,用圆睁的眼睛盯着他。

小伙子起初不解地眨了眨眼睛,但是接着突然哈哈大笑起来,边笑边高喊道:"啊,你这个人真怪!"然后他几乎没有从地上站起来,就笨拙地把屁股从自己坐的石桩上挪到切尔卡什坐的石桩上,在尘土里拖过自己的背囊,镰刀的背碰着石板发出响声。

"喂,老兄,看来你是喝多了!……"他拉一拉切尔卡什的裤子,同他攀谈起来。

"是的,娃娃,是这么回事!"切尔卡什微笑着承认了。他立即看中了这个壮健、忠厚,长着一对孩子般明亮的眼睛的小伙子。"是割完草回来的吧?"

"可不是!……割了好大一片——只挣得几文小钱。事情糟透了!人多得数不清!逃荒的人拥过来——他们就压低价钱,你爱干不干!在古班付六十戈比。还算不错啦!……可是从前,据说,价钱是三个卢布,四个卢布,五个卢布哩!……"

"从前!……从前单是看一眼俄罗斯人,他们也会付三个卢布。我十来年前就曾干过这行当。你走进一个哥萨克村庄,说'我是俄罗斯人!'——马上就会有人来看你,摸你,对你惊叹不已,你就可以得到三个卢布!他们还让你吃饱喝足。你愿意住多久就住多久!"

小伙子听着切尔卡什,起初张大了嘴,在圆圆的脸上现出困惑莫解的赞赏的神气,但是过了一会,明白了这个衣衫褴褛的家伙是在吹牛,就咂了一下嘴巴,大笑起来。切尔卡什却保持着一本正经的面孔,把微笑隐藏在他的口髭里……

"怪人,你说得好像真的一样,我听着听着,竟相信了……不过,说实在的,从前那儿……"

"嘿,我说的是什么?我不是也说那儿从前……"

"你得了吧!……"小伙子挥了挥手,"你是鞋匠呢,还是裁缝①?……你到底是什么人?"

"我吗?"切尔卡什反问道,接着,想了一想,说道:"我是个打鱼的。"

"打鱼——的! 真有你的! 怎么,你捉鱼?……"

"捉鱼干什么? 这儿打鱼的不光捉鱼,捉得更多的是淹死的人、旧铁锚、沉没的船——什么都捉! 有特制的钓竿……"

"撒谎! 撒谎!……也许你是那种打鱼的,他们关于自己是这样唱的:

> 我们把网
> 撒在干燥的岸上,
> 也撒到贮藏室和粮仓……"

"那么你见过这种人吗?"切尔卡什问,一面带着讥笑望着他。

"没有,哪里能见到! 只是听说……"

"你喜欢他们吗?"

"他们? 怎么不喜欢!……这些家伙真不错啊,自由自在,无拘无束……"

"你要自由干啥?……难道你爱自由?"

"当然啰! 自己做自己的主人,你爱去哪儿就去哪儿,爱干啥就干啥……可不是! 要是你能规规矩矩地过日子,又没有亏心事,——这是头等好事! 你可以爱怎么着就怎么着,只是时刻要记住上帝……"

~~~~~~~~~~

① 旧俄时代,鞋匠和裁缝最喜欢喝酒,所以小伙子这样猜测。

切尔卡什鄙夷地吐了一口唾沫,转过身去不理睬这个小伙子。

"现在,来说说我的事情吧……"小伙子说道,"我爹已经死了,家产很少,我妈是个老太婆,地又被榨干了——我该怎么办呢?得活下去。可是怎样活法呢?不知道。到有钱人家去招女婿吗?行啊,要是他们肯分一笔财产给女儿!……不会的——丈人这个老鬼不肯分。这样我就只好替他卖命了……要干很久……要干好多年!你瞧,事情就是这样!要是我能挣到一百五十个卢布,我马上就可以翻身了,那时候那个老鬼安吉普,就什么也得不到!你愿意分给马尔法一笔财产吗?不愿意?那就别给!谢天谢地,村子里的姑娘又不是只有她一个。就是说,我是完全自由的,谁也管不了我……就是这样!"小伙子叹了口气,"可是现在,毫无办法,只好去招女婿,我曾经想过:到库班去,捞它两百卢布,就够了,我就是一个地主了!……可是不成功!现在只好去当雇农了……我永远也搞不好自己的家业!唉,唉!……"

小伙子非常不愿意去招赘。甚至他的脸色都悲伤得阴暗起来。他坐在地上显得烦躁不安,心情沉重。

切尔卡什问道:

"那么现在你到哪儿去呢?"

"是啊,到哪儿去呢?自然是回老家。"

"唔,小兄弟,这个我可不知道,也许,你打算去土耳其……"

"去土——耳其!……"小伙子拖长声音说,"正教徒有谁愿意到那边去?你居然说出这样的话!……"

"你真是个傻子!"切尔卡什叹了口气,又转过身去,不理睬这个对话者。这个健壮的农村小伙子在他心中引起了某种想法……

　　一种模糊的、缓慢成熟的、懊丧的感觉在他内心深处起伏着,妨碍他集中思想去考虑今天夜里该干些什么。

　　挨了骂的小伙子低声嘟哝着什么,偶尔向这个流浪汉投出怀疑的目光。他的两颊可笑地鼓起,嘴唇张开,眯缝着的眼睛不知为什么过度频繁而可笑地眨巴着。他显然没有料到他同这个留口髭的流浪汉的谈话会结束得这样快、这样可恼。

　　流浪汉不再理他了。他坐在石桩上,沉思地吹着口哨,一只肮脏的光脚后跟在石桩上打着拍子。

　　小伙子想向他报复。

　　"喂,你这个打鱼的!你常喝酒吗?"他正要发作,但是就在这时候那个打鱼的很快地转过脸来冲着他问道:

　　"听着,娃娃!今天夜里你愿意同我一起干吗?快说!"

　　"干什么啊?"小伙子怀疑地问道。

　　"唔,什么?……我叫你干啥你就干啥……我们去捉鱼。你可以划船……"

　　"原来是这样……行吗?也好。干就干。不过……但愿别跟你一起遇到麻烦。你这个人实在叫人看不透……摸不清你的底细……"

　　切尔卡什感到胸口好像被烧伤似的,就怀着冷冷的激愤压低声音说道:

　　"你不懂的事,就别多嘴。我把你的脑袋敲一下,你就会开窍了……"

　　他从石桩上一跃而起,左手捋了捋他的口髭,右手握成结实的、青筋凸起的拳头,眼睛闪闪发光。

　　小伙子害怕了。他迅速地四面环顾了一下,胆怯地眨巴着眼睛,也从地上跳起。他们互相打量着,都不开口。

"怎么样?"切尔卡什厉声问道。这头非常年轻的小牛犊给他的侮辱使他怒火如焚,浑身发抖,在同他谈话时他瞧不起这头小牛犊,可是现在却一下子变得憎恨他了,因为他长着一双这样纯洁的蓝眼睛,一张健康的、被太阳晒黑的脸,一双短短的、结实的胳膊,因为他在什么地方的村子里有一个家,因为有一个富裕农民要招他做女婿,——因为他整个过去的和未来的生活,而尤其是因为他,同他切尔卡什相比不过是个娃娃,竟敢爱他所不懂得其价值和他所不需要的自由。如果看见一个你认为比你不如、比你低下的人居然也要爱或恨你所爱或恨的东西,因而显得和你一样的时候,总是不舒服的。

小伙子望着切尔卡什,已经认他是主人了。

"可是我……没有反对啊,"他说话了,"我不是在找活干吗?给谁干活,给你或者给别人,对我还不是一样。我不过是说你不像一个做工的人罢了,——你穿得太……破烂。其实,我知道随便谁都可能穿得这样。主啊,难道我没有看见过酒鬼吗!唉,见得多啦!……而且还有比你更不如的。"

"行啦,行啦!你同意吗?"切尔卡什再问一遍,口气已经比较温和了。

"我吗?去!……好得很!你说个价钱吧。"

"我是按工作出价钱的。什么样的活儿,就是说,捕多少鱼……你可以得到五个卢布。明白吗?"

但是现在一谈到钱,农民就要认真对待,而且要求雇主也同样认真。小伙子又起了疑心和怀疑。

"这对我不合适,老兄!"

切尔卡什就摆起雇主的架子:

"别多嘴,等会再说!现在我们上馆子去!"

于是他们俩就肩并肩地沿街走去。切尔卡什——带着主人的威严的神色,拈着口髭;小伙子——带着一副完全准备服从的表情,可是依然充满疑心和害怕。

"你叫什么名字?"切尔卡什问。

"加弗里拉!"小伙子回答。

他们来到一家肮脏的、熏得乌黑的小饭馆,切尔卡什走到柜台跟前,用老主顾的亲昵口吻要了一瓶伏特加,要了菜汤、煎肉和茶,他算了算账,就简短地向侍者投过一句"都记在账上!",侍者听了也默默地点了点头。这样一来加弗里拉就立刻对自己的主人充满了敬意,这个主人,别看他样子像骗子,竟享有这样的声望和信用哩。

"来吧,现在我们可以吃点东西,好好地谈一谈了。你先坐一会,我到一个地方去一下。"

他走了。加弗里拉环顾了一下四周。小饭馆设在一个地下室里;里面又潮又暗,整个充满了变味的伏特加、烟草的烟雾、松脂以及还有一种什么刺激品的气味,使人窒闷。加弗里拉对面的另一张桌子旁边,坐着一个水手装束的红胡子醉汉,浑身都是煤灰和油污。他不断地打嗝,一面呜噜呜噜地唱着歌,歌词没头没尾,不合语法,一会充满了可怕的嗞嗞声,一会发出喉音。显然,他不是俄罗斯人。

他的后面坐着两个衣服破烂的摩尔达维亚妇人,她们的头发乌黑,面孔也晒得黑,也在用醉醺醺的声音刺耳地唱着歌。

后来从昏暗中又出现各色各样的身形,全是怪样地蓬头乱发,都喝得半醉,吵吵闹闹,不肯安静……

加弗里拉害怕起来。他盼望主人快些回来。馆子里的喧闹声融成一种音调,似乎这是一只巨兽在咆哮,它,有着几百种不同的声音,正怒气冲冲地、盲目地要想从这个石砌的陷阱里冲出去,但是又找不到出路……加弗里拉觉得有一种使人昏昏欲醉的难受的东西渗入他的身体,使他的脑袋旋转起来,使他的好奇而又恐怖地朝馆子里扫射着的眼睛蒙眬起来……

切尔卡什回来了,他们开始吃喝,交谈。三杯落肚,加弗里拉有了醉意。他变得快活起来,想对自己的主人说几句讨好的话,因为他——真是个好人!——请他吃一顿这样的美餐。要说的话像滚滚而来的波浪涌到他喉咙口,可是舌头突然发硬,不知怎的,总不能把它说出来。

切尔卡什望着他,嘲弄地微笑着说:

"醉了吗!……唉,你这窝囊废!才五杯!……那你怎么干活呢?……"

"朋友!……"加弗里拉嘟嘟囔囔地说着,"别害怕!我尊敬你!……让我亲亲你!……行吗?……"

"得啦,得啦!……来,再来一点!"

加弗里拉喝着,喝着,到末了,所有的东西都以均匀的波浪似的动作在他眼前晃动起来。这很不舒服,使他要呕吐。他的脸露出一副兴奋的傻相。他可笑地颤动着嘴唇,发出哞哞的声音,要想说出什么。切尔卡什凝视着他,仿佛在回忆什么,一面拈着自己的口髭,老是阴沉地微笑着。

小饭馆里仍旧乱哄哄的,充满酒醉的喧声。红胡子的水手把臂肘撑在桌子上睡着了。

"喂,我们走吧。"切尔卡什站起来说。

加弗里拉试了试要想站起来,但是做不到,于是把自己臭骂一顿,发出醉汉的无意义的大笑。

"醉倒了！"切尔卡什说，重又在他对面的椅子上坐下。

加弗里拉不住地哈哈大笑着，用迟钝的眼睛望着主人。主人机警地、沉思地凝视着他。他看见他面前这个人的性命已经落入他的狼爪。他，切尔卡什，觉得自己能够任意摆布这条性命。他能够像撕一张纸牌那样地把它撕碎，他也能帮助它在稳固的农民的小天地里成家立业。他一面感到自己是另一个人的主人，一面想，这个小伙子大概再也不会去喝命运让他切尔卡什喝过的那杯苦酒……他羡慕和怜惜这年轻的生命，嘲弄它，却又替它担忧，怕它会再一次落到像他那样的手中……所有这些感觉最后都在切尔卡什心里融成一种父亲和主人般的感情。这个小伙子是可怜的，可是这小伙子是需要的。于是切尔卡什就扶着加弗里拉的胳肢窝，轻轻地用膝盖从后面抵着他，把他搀到小饭馆的院子里，放到柴垛阴影下的地上，自己也在他身旁坐下抽起烟来。加弗里拉稍稍转动了一会，哼唧了一阵，就入睡了。

二

"喂，准备好了吗？"切尔卡什低声问正在摆弄桨的加弗里拉。

"马上就好！桨架有点松了，可以用桨敲一下吗？"

"不——不！不能出一点声音！用手把它压紧些，它自然会回到原位。"

他们两人在悄悄地收拾一只小船，小船系在一队帆船和土耳其式大帆船中间的一只船的船尾上，帆船装的是橡木桶板，土耳其式大帆船上放着棕榈、檀香木和粗大的柏树原木。

夜是漆黑的,天空中浮动着一团一团厚厚的乌云,海是平静的、黑色的,浓得像油。海散发着湿润的、咸味的芳香,发出温柔的声音,拍打着船舷和堤岸,微微摇晃着切尔卡什的小船。在离岸很远的空间,从海上矗立起黑幢幢的船只的骨架,顶端挂有五颜六色的小灯的尖尖的桅杆伸向天空。海水反射出灯火,好像上面撒满了无数黄色的斑点。它们在天鹅绒般柔软的、暗黑色的海面上颤动着,非常好看。海像一个白天劳累不堪的工人一样甜蜜地睡熟了。

"我们出发吧!"加弗里拉说,把桨放到水里。

"是!"切尔卡什用力掉转舵,把船送到小帆船中间的一条窄窄的水道,小船在平滑的水面上疾行,海水在桨的拨击下激起了淡蓝色的磷光,它长长的光带在船尾后面飞舞,闪耀着柔和的光辉。

"喂,头怎么样?疼吗?"切尔卡什亲切地问道。

"疼得要命!……像铁罐子在嗡嗡地响……我得马上用水把脑袋淋一淋。"

"干吗?你,把这拿去,淋一淋肠胃,也许可以快些清醒过来。"接着他就把一个瓶子递给加弗里拉。

"真的吗?主保佑我!……"

只听到轻轻的饮酒声。

"嗨,你啊!开心吗?……够了!"切尔卡什止住他。

小船又疾驶起来,无声地、轻快地在大船中间回转着……突然它从船堆中钻了出来,大海——无边无际,雄伟有力——在他们面前展现,通向碧蓝的远方,那边,从海面向天空涌起高山般的云层和使人烦闷的、铅色的乌云;云层有的是淡紫暗蓝的,边上镶着黄色的柔毛,有的是浅绿的,像海水的颜色,乌云则从自己身上投出忧郁的、沉重的暗影。壮丽的或者阴沉的云片缓缓地爬动着,时而汇合成一片,时而互相追逐,它们的颜色和形状很难分得清楚,它们自己吞掉自己,重又形成新的轮廓。在这些无生命的块体的缓慢运动中蕴藏着某种不祥的东西。似乎,在,海天相接的地方,云片多得不可胜数,它们总是这样冷漠地爬向天空,怀着凶险的目的:永远不让天空再用它千千万万的金睛——活泼的、梦幻似的闪耀着的绚烂的星星——在沉睡的大海上空发出闪光,在那些珍视它们纯洁的光辉的人们心中激起崇高的愿望。

"海美吗?"切尔卡什问道。

"真不错!只是在海里有点害怕。"加弗里拉回答,一面平稳而有力地在水中划着双桨。海水几乎听不见地发出轰轰的声音,在长桨的重击下溅起水花,不断闪耀着淡蓝色的、柔和的磷光。

"害怕?你这小傻瓜!……"切尔卡什带着嘲笑的口吻咕噜道。

他,一个偷儿,却是喜欢海的。他那激烈的神经质的天性,渴望得到种种印象的天性,喜欢对着这黑沉沉的、无垠的、自由而有力的广大空间沉思冥想,从不感到腻烦。所以听到对于他心爱的事物美不美作出这样的回答,他很生气。他坐在船尾,掌着舵,好像在劈着水,一面镇静地向前眺望,充满了要在这天鹅绒般平滑的水面上久久地而且远远地航行的愿望。

在海上,他心中总是涌起一种开阔的、温暖的感觉,这种感觉充溢着他整个灵魂,稍稍洗涤掉他灵魂中尘世的丑恶。他珍视这种感觉,喜欢在水天之间看到较为美好的自己,在这里,对生活的挂虑总是丧失尖锐性,生活本身也总是丧失它的价值。夜间,睡梦中的大海的柔和的呼吸声在海上无拘无束地飘荡着,这无边无际的声音把安宁注进人的灵魂,而在温柔地遏止着灵魂中罪恶的冲动时,就孕育出雄伟的想望……

"渔具在哪里?"加弗里拉突然问道,一面不安地环视着小船。

切尔卡什震颤了一下。

"渔具吗?在我旁边,在船尾。"

但是他觉得在这个毛头小伙子面前说谎心里不好受,又因为这个小伙子的问话打断了他的遐想和感觉而惋惜。他发怒了。他感到胸口和嗓子里有一种他所熟悉的剧烈的灼痛,他威严地厉声对加弗里拉说:

"你听着——坐着就好好地坐着!别多管闲事。雇你来划船,你就划。你要是多嘴多舌,会有你瞧的。明白吗?……"

船震动了一下,停住了。桨停在水里,激起了泡沫,加弗里拉不安地在凳上挪动着。

"划啊!"

粗暴的咒骂声震动了空气。加弗里拉用双桨一划。小船似乎吃了一惊,就哗啦啦地划破海水,急速地、神经质地跳动着前进。

"放稳一点!……"

切尔卡什从船尾略微站起,手中的桨并不放下,冷酷的眼睛盯住了加弗里拉的苍白的脸。他弯下腰,俯身向前,活像一只准备跳跃的猫。听得到狠狠的咬牙切齿声和骨头的轻轻的挤压声。

"谁在喊叫?"海上响起了严厉的吆喝声。

"嗳,鬼东西,摇啊! ……轻一点! 我要打死你这条狗! ……嗳,摇啊! ……一,二! 你敢说个不字! ……我就把你撕成两半! ……"切尔卡什低声骂道。

"圣母啊……童贞女……"加弗里拉喃喃地说着,由于恐怖而直打哆嗦,由于用力而疲惫不堪。

小船平稳地掉转头,向港口回驶,那里,灯火聚集成五光十色的一簇,桅杆也可以望得见了。

"喂! 谁在喊叫?"又传来了这声音。

现在声音比第一次要远些。切尔卡什放心了。

"那是你自己在喊叫!"他朝着喊叫的方向说,接着就向还在喃喃祷告的加弗里拉说道:

"啊,小兄弟,算你走运! 如果这些魔鬼追上我们,你就完蛋了。懂吗? 我会马上把你喂了鱼! ……"

现在,切尔卡什说得很镇静甚至很温和,加弗里拉却因为恐怖仍旧在哆嗦,他哀求道:

"你听我说,放了我吧! 我用基督的名义求你放了我吧! 让我到什么地方上岸吧! 唉,唉,唉! ……我彻底完蛋了! ……啊,看在上帝的分上,放了我吧! 我对你有什么用呢? 我干不了这种事! 我从来没有做过这种事……这是第一次……主啊! 我真的要完蛋了! 老兄,你是怎么骗我的? 啊? 你太不应该了! ……要知道,你是在毁掉一个人! ……唉,这样的事情……"

"什么样的事情?"切尔卡什厉声问道,"啊? 你倒说说,什么样的事情?"

小伙子的恐惧使他觉得好玩,加弗里拉的恐惧和他切尔卡什为人的厉害使他感到莫大的乐趣。

"不明不白的事情,老兄……看在上帝的分上放了我吧!……我对你有什么用呢?……啊?……亲爱的……"

"喂,不准作声!不需要,我就不会带你来了。明白吗?——别出声!"

"主啊!"加弗里拉叹了口气。

"得啦,得啦!……别给我愁眉苦脸的!"切尔卡什打断他说。

但是加弗里拉现在已经不能自制了,他悄悄地呜咽着,哭着,擤着鼻涕,在板凳上不安地挪动着,但仍用力地、拼命地划着。小船箭似的疾驶着。途中又是黑幢幢的船身耸立着,小船就在这些船只的船舷中间的一条条狭窄的水道上像陀螺般旋转着,消失在其中了。

"喂,你!听着!要是有人问你什么——你别作声,如果你想活命的话!明白吗?"

"唉,我的妈啊!……"加弗里拉绝望地叹息了一声,算是回答这一严厉的命令,接着又悲伤地加了一句:"我的命完了!……"

"别诉苦!"切尔卡什威严地低声喝道。

这一声低喝,使加弗里拉丧失了思考的能力,冷冰冰的大祸临头的预感攫住了他,他一下子发呆了。他机械地把双桨投入水中,身子往后一仰,把桨提起,重又放下,同时一直目不转睛地望着自己的树皮鞋。

充满睡意的浪涛声阴沉地响着,很是可怕。已经到港口了……在港口的花岗石墙后面可以听得到人声、水的拍溅声、歌声以及尖细的汽笛声。

"停!"切尔卡什低声喝道,"放下桨!两手扶着墙!轻

85

些,鬼东西!……"

加弗里拉用手攀着溜滑的石块,使船挨着墙走。小船的船舷挨着生长在石块上的苔藓的黏液滑过去,一无声息地移动着。

"停!……把桨拿过来!拿到这里来!你的身份证在哪里?在背包里吗?把背包拿过来!喂,快些拿过来!这,亲爱的朋友,是为了使你不能逃走……现在你可逃不掉了。没有桨你还能想办法逃,可是没有身份证你就不敢逃了。等着我!小心,要是你敢说个不字,就是跑到海底我也能找到你!……"

突然,切尔卡什双手抓住什么东西,身子腾空而起,就在墙上消失了。

加弗里拉震抖了一下……这来得如此的快。他觉得,他在这个留着口髭的、瘦削的偷儿面前感到的可诅咒的重压和恐怖已经从他身上卸下来了,移开了……现在逃走吧!……于是他松了口气,环顾了一下四周。左面,耸立着一个没有桅杆的黑压压的船身——很像一口很大的、没有装人的空棺材……浪涛每一次冲击着它的两侧,里面就发出一种喑哑的、空洞的回声,像是沉重的叹息。右面,在水上蜿蜒着防波堤的潮湿的石墙,宛似一条冷冰冰的、沉重的蟒蛇。背后,也露出了一些黑幢幢的骨架,而前面,在石墙和这口棺材的一侧中间的空隙里,可以看见沉默的、空旷的、上面挂着黑云的大海。大片的、沉重的黑云慢慢地移动着,从黑暗中散发出恐怖,准备用自己的重量把人压碎。一切都是冷冰冰的、黑压压的、不祥的。加弗里拉害怕起来。这种害怕比切尔卡什在他的心中引起的害怕还要厉害;它紧紧攫住加弗里拉的心胸,压得他害怕地缩做一团,使他坐在小船的板凳上不敢动弹……

可是四周的一切都默不作声。除了海的叹息,一无声息。乌云还是像先前那样慢腾腾地、无聊地在天空中爬动着,但是从海上升起的乌云愈来愈多,当你仰望天空的时候,会以为它也是海,只不过是一个波涛汹涌的,覆盖在另一个沉睡的、宁静的、平滑如镜的海上的海罢了。乌云宛如用灰色的、蓬松的浪峰冲向地面的波涛,宛如深渊(这些波涛就是被大风从深渊里刮起来的),也宛如新生的、还没有被狂暴和愤怒的淡绿色泡沫所覆盖的巨浪。

加弗里拉觉得自己已被这阴森森的寂静和美压倒了,又觉得他想快些见到主人。可是如果他在那边留下来呢?……时间过得很慢,比在天空爬行的乌云还要缓慢……而寂静却渐渐变得更不祥了……但就在这时,堤墙后面传来了拍溅声、窸窣声和像是耳语的声音。加弗里拉觉得他马上要死了……

"喂!睡着了吗?接住!……小心点!……"响起了切尔卡什的喑哑的声音。

从墙头上放下一包沉甸甸的立方形的东西。加弗里拉把它接到船上。又有一包同样的东西放下来。跟着,切尔卡什长长的身形就翻过墙头挂下来,桨也从什么地方出现了,加弗里拉的背包也落到他的脚旁,喘着粗气的切尔卡什也已经坐到船尾上了。

加弗里拉望着他,快活地但是胆怯地微笑着。

"累吧?"他问道。

"哪能不累,小傻瓜!现在你好好摇吧!使劲摇吧!小兄弟,你可以大大地赚一笔了!事情已经完成了一半。现在只要趁魔鬼们不备,偷偷溜过去,你就可以拿了钱去见你的玛什卡①了。你有一个玛什卡吗？喂，孩子？"

"没——有！"加弗里拉用他那风箱般的胸膛和钢条般的双臂，使出全身的气力摇着。海水在船底下发出低沉的轰轰声，船尾后面的蓝色水带现在更宽阔了。加弗里拉浑身冒汗，但仍继续使劲摇着。这一夜两次经历了这样的恐怖后，他现在害怕再来第三次，他只希望：赶快了结这该死的工作，到岸上去，避开这个人，趁他现在还没有真的把自己杀害或是拖进监狱。他打定主意无论什么都不跟他谈，也不违背他，他吩咐干啥就干啥，如果能顺顺当当地把他摆脱掉，明天马上就向显灵的尼古拉去还愿。热情的祈祷词已经要从他胸中冲出。但是他克制着，像火车头似的喘着气，默不作声，只是不时皱起眉头望望切尔卡什。

可是那个家伙，干瘦、细长，向前曲着身子，好像一只准备飞到什么地方去的鸟儿，用鹰隼似的眼睛望着船前的黑暗，动着凶猛的鹰钩鼻，一只手紧握舵柄，另一只手捋着因为微笑而颤抖着的口髭，微笑使他的薄嘴唇歪扭了。切尔卡什对他的成功、对他自己和这个被他吓得要死并且变成他的奴隶的小伙子，都感到满意。他望着加弗里拉在卖命，不禁起了怜悯心，想鼓励鼓励他。

"喂！"他含笑轻声说道，"你吓得够呛吧？是吗？"

"没——什么！……"加弗里拉呼了口气，干咳了几声。

"现在你可以不必这样使劲摇了。现在已经完事了。只要再通过一个地方……你休息一下吧……"

加弗里拉听话地停下来，用衣袖抹掉脸上的汗，又把桨投

---

① 玛什卡是玛丽亚的卑称，俄国妇女最普通的名字。

入水中。

"现在,轻些摇。别让水发出声音。有一个闸门要通过。轻些,轻些,……不然的话,小兄弟,那边的人可厉害哪……他们正巧会拿枪闹着玩。你连叫喊都来不及,他们就会把你的额头打出一个大疙瘩。"

现在小船几乎全无声息地在水上偷偷地行驶。只有从桨上滴下一滴滴淡蓝色的水珠,当水珠落到海面上,在水珠落下的地方就短暂地激起也是淡蓝色的小涡纹。夜逐渐变得更黝暗、更寂静了。现在天空已经不像波涛汹涌的大海——乌云在天空向四外扩散,用一张均匀厚实的帐幕覆盖着大海,低低垂到水面上,一动也不动。大海也变得更为平静,更为深黑,更强烈地散发出温暖的、盐腥的气味,而且显得没有以前那样浩瀚无边了。

"啊,要是下场雨就好了!"切尔卡什喃喃地说,"下了雨我们就可以像在帘子后面那样溜过去了。"

小船的左右两边,从深黑色的水中升起了好像一座座的建筑物——原来是几只平底船,静静地停在那里,阴森可怕,也是深黑色的。在一只平底船上有火光在游动,是有人拿着灯在走动。大海抚摸着这些平底船的船舷,发出有所请求的、暗哑的声音,可是它们却以空洞的、冷漠的回声答复它,仿佛在争论,不愿向它让步似的。

"巡逻队!……"切尔卡什几乎听不见地低声说。

自从他吩咐加弗里拉摇得轻些的时候起,加弗里拉重又被一种有所等待的极度的紧张控制住了。他全身俯向前面的黑暗中,他觉得他在长大,骨头和血管在身体里面伸张着,使他感到钝痛,老在转一个念头的脑袋感到疼痛,脊背上的皮肤战栗着,脚上好像有又尖又冷的小针在扎。眼睛也因为紧张地注视着黑暗感到酸痛,他预料黑暗中马上会有什么人出现并向他们厉声吆喝道:"停下,偷儿!……"

现在,当切尔卡什低声说出"巡逻队!"的时候,加弗里拉哆嗦了一下:一个强烈的、灼痛人的念头钻进他的心,钻进去,触及了绷紧的神经,他想大声呼喊,叫人来搭救他……他已经张开嘴,在座位上略微欠身站起,挺起胸脯,吸了一大口气,再张开嘴准备叫喊,可是突然之间,一种恐惧心理像鞭子般抽了他一下,使他吃了一惊,他闭起眼睛,从座位上滚了下来。

……在小船的前面,远远地在地平线上,从深黑色的海水中升起一柄带有火光的淡蓝色的巨剑,它升起来,劈开了黑夜,用剑尖在天空的乌云上划了一下,就像一条宽阔的蓝色绸带似的横在大海的胸脯上。它横在那里,在它的光带上从黑暗中浮出了以前看不见的、黑压压的、默然无声的、笼罩着轻柔的夜雾的船只。似乎它们长期沉在海底,是被风暴的强大的力量刮沉的,现在却奉了大海所产生的火箭的敕令而从那里升了起来,——升起来看看天空和水面上的一切……它们的索具缠绕着桅杆,好像是附着力很强的水草,连同这些布满水草的黑压压的巨怪一起从海底升起。现在,这柄可怕的淡蓝色的巨剑,又从大海深处朝上升起,闪闪发光地升了起来,又劈开黑夜,又落了下去,但已经是在另外一个方向了。跟着,在那边,在它落下的地方又浮起了在它出现之前看不见的船只。

切尔卡什的小船停了下来,在水面上晃荡着,似乎感到困惑不解。加弗里拉躺在船底,双手掩住脸,切尔卡什用脚踢他,暴怒但是低声地说道:

"傻瓜,这是海关缉私船……这是探照灯……起来,笨蛋!灯光马上就要照到我们这里来了!……鬼东西,你会毁了你自己,也会毁了我!嗳!……"

最后,当靴后跟最重的一脚踢到加弗里拉背上时,他跳起来了,但仍不敢睁开眼睛,他坐到座位上,摸到了桨,把船向前摇去。

"轻些!看我不打死你!喂,轻些啊!……傻瓜,你这该死的……你怕什么?啊?丑八怪!不过是只探照灯罢了。桨划得轻些!……可恶的鬼东西!……这是监视走私的。不会来碰我们——它们已经走得远远的了。别害怕,不会来碰我们的。现在我们……"切尔卡什扬扬得意地四面环顾了一下,"完事了,我们溜出来了!……呸!……唔,你的运气不错,你这笨头笨脑的家伙!……"

加弗里拉一声不响,只顾划桨,他沉重地喘着气,斜眼望着这柄火剑仍在起落的地方。他说什么也不能相信切尔卡什,说这不过是探照灯。这冷飕飕的蓝光,能劈开黑暗,使大海发出银色的闪光,一定蕴藏着某种神秘的东西,所以加弗里拉重又陷入了苦恼的恐怖的催眠状态。他像机器似的划着,老是蜷缩着,仿佛等待着上面来的打击,他心里已经没有任何东西也没有任何愿望了——他成了一个空空的、没有生命的人。这一夜的激动,最后已经把他身上一切人性的东西都吞噬掉了。

可是切尔卡什却得意扬扬。他的习惯于震动的神经已经安静下来。他的口髭热情地颤抖着,眼睛闪闪发光。他情绪好极了,他高傲地轻声吹着口哨,深深地吸着海上潮润的空气,环顾着四周,当他的眼光停在加弗里拉身上的时候,他温和地微笑着。

一阵风吹过,惊醒了大海,海上陡地起了密密的波纹。乌云仿佛薄了一些、透亮一些,可是天空仍旧被乌云布满。尽管风——虽然还是微微的——已经在海面上自由地吹动,乌云却仍旧一动不动,仿佛在转着一个无聊的乏味的念头一般。

"喂,小兄弟,你清醒清醒吧,是时候了!瞧,你怎么啦,好像整个灵魂都从你的皮囊里榨出来了,只留下一包骨头了!一切都完成了。嗳!……"

对加弗里拉说来,这时只要听别人的声音,哪怕是切尔卡什在说话,也是很高兴的。

"我听见了。"他轻轻地说。

"这样就好了!软骨头……好吧,你来掌舵,我来划桨,你大概累了吧?"

加弗里拉机械地换了位置。切尔卡什和他交换位置的时候,看了看他的脸,发觉他摇摇晃晃,两条腿哆嗦个不停,他就格外可怜起这个小伙子来了。他拍了拍他的肩膀。

"嗳,嗳,不要怕!这一来你挣了笔大钱了。我,小兄弟,要重重地赏你。你愿意到手二十五卢布的票子吗?啊?"

"我——什么都不要。只要到岸上去……"

切尔卡什挥了挥手,吐了口唾沫,就用自己的长胳膊把双桨远远地向后投过去,开始划起来。

海醒了。它翻起细浪,它一面孕育着波浪,用泡沫镶起边,一面却又使波浪互相撞击,碰得粉碎。泡沫在消融的时候发出咝咝的声音和叹息的声音,于是四周的一切都充满了悦耳的音响和拍溅声。黑暗似乎比较有生气了。

"来,告诉我,"切尔卡什开口说,"你回到乡下去,讨了老婆,你翻地,种庄稼,老婆会生上一群孩子,吃的东西会不够;这样你就得一辈子劳碌了……啊,怎么样?这里面有很大的乐趣吗?"

"这算是什么乐趣!"加弗里拉畏缩地、战栗着回答说。

风在什么地方突破了乌云,几小块蓝天和上面的一两颗星星从裂口中俯视着。这几颗星星被嬉戏的海面反射出来,在波浪上跳跃着,一忽儿消失,一忽儿又发出光来。

"向右一点!"切尔卡什说,"我们快到了。好!……事情完了。干得真棒!你瞧见了吗?……一夜工夫——我就捞到了五百!"

"五百?!"加弗里拉怀疑地拖长声音说,但他马上就害怕起来,用脚踢踢船里的货包,急急问道:"这到底是啥玩意儿啊?"

"这玩意儿可值钱啦。要是照价出卖,就能到手一千卢布。可是我不要大价钱……妙吗?"

"哦?……"加弗里拉询问地拖长声音说,"我要是也能这样该多好!"他叹了口气,马上想起了自己的村子、微薄的家产、自己的母亲以及一切辽远的但很亲切的东西,为了这些他才出来做工,为了这些他才在今夜受这般的折磨。一阵对故乡的怀念向他袭来,他记起了自己那个村子,它沿着陡峭的山坡往下,朝一条小河延伸,隐藏在白桦、白柳、花楸、稠李的丛林里……"唉,那多好啊!……"他悲哀地叹了口气。

"是啊!……我想,你马上就可以乘火车回家去……村子里的姑娘们都会爱上你,真的!……随你挑!你还可替自己盖一所房子——唔,要盖房子,钱似乎还嫌少一点……"

"这倒是确实的……盖房子钱不够。我们那边木料很贵呢。"

"那咋办呢？把旧的修一修吧。马怎么样？有吗？"

"马吗？马倒是有，不过已经老掉牙了，他妈的。"

"好，就是说要一匹马。要一匹好马！牛……羊……各种家禽都要……是不是？"

"别说了！……噢，主啊！如果能过这样的日子就太好了！"

"是啊，小兄弟，要是那样，你的小日子就蛮不错了……这种事我也懂得。我也有过自己的窝……父亲是村子里的一个大财主……"

切尔卡什缓缓地摇着。小船在顽皮地拍打着船舷的波浪上摆荡着，在这黑沉沉的海上几乎没有移动，而海水却玩得愈来愈欢了。两个人都陷入幻想，他们在水上摇晃着，沉思地眺望着自己的周围。切尔卡什开始把加弗里拉的思想引到思乡上，希望借此对他稍加鼓励，稍加安慰。起初他一面说，一面还暗自觉得好笑，但是过了一会，当他简短地回答了几句，使他的对话者回想起农村生活的快乐，那种他自己对之早已失望了的、忘掉了的、只在这时才回想起来的快乐时，他自己也逐渐心向神往了，于是，他不去向小伙子询问关于农村和农业的情况，不自觉地自己向他讲述起来了：

"农村生活中最主要的，小兄弟，就是自由！你是你自己的主人。你有自己的房子，哪怕它只值一文钱，可它是你自己的。你有自己的地，哪怕只有巴掌大，可它也是你自己的！在自己的土地上你就是一个皇帝！……你有面子……你能要求随便什么人尊敬你……是不是？"切尔卡什兴奋地结束了他的话。

加弗里拉好奇地瞅着他,也兴奋起来。在这次谈话中他竟忘掉是在跟谁打交道,他在自己面前只看见一个像他一样的农民——这农民被世世代代的汗水永远粘在土地上,被童年的回忆同它联系在一起,但却擅自离开了它,不去照料它,因而遭到应得的惩罚。

"这,老兄,是确实的!啊,是千真万确的!只要看一看你自己,失去了土地你现在成了什么样子?土地,老兄,就好比是母亲,你是不能长期忘掉的。"

切尔卡什醒悟过来……他觉得胸口有一种刺痛;只要他的自尊心——一个不顾一切的勇敢汉子的自尊心——受到别人的触犯,尤其是受到一个在他心目中没有价值的人的触犯时,这种刺痛总要出现。

"唠叨!……"他恶狠狠地说道,"你大概以为,我说这些都是当真的……别给我做梦啦!"

"嗳,你真是一个怪人!……"加弗里拉又害怕了,"难道我是在说你吗?我想,像你这样的人多得很!唉,世上有多少不幸的人啊!……那些流浪汉!……"

"你来划桨,笨蛋!"切尔卡什简短地发出命令,不知为什么他竟抑制住了冲到他喉头的一连串激烈的咒骂。

他们又对换了位置,当切尔卡什越过货包爬到船尾时,他觉得心里有一股强烈的愿望,要把加弗里拉一脚踢到水里去。

短短的谈话终止了,但是现在,甚至加弗里拉的缄默也撩起了切尔卡什的乡思……他想起了过去,忘掉了掌舵,小船被浪打得改变了方向,在海上漫无目的地漂浮着。浪涛似乎知道这只小船已经迷失了目标,就不断地把它抛得越来越高,轻轻地戏弄它,在桨下面闪烁着温柔的蓝光。而在切尔卡什面前,这时正飞快地闪过一幅幅过去的画面,和现在相隔着整整十一年流浪生活的高墙的遥远的过去的画面。他看到了自己在孩提时的情景,看到了自己的村子、自己的母亲,一个身材丰满、两颊红润、长着一对和蔼的灰色眼睛的妇人,还有父亲,一个脸色严峻的红胡子大汉,他还看见了自己做新郎时的情景,看见了妻子,黑眼睛、梳着长辫、丰满、温柔、快活的安菲莎,又看见自己是一个美男子、一个近卫兵时的情景;又看见了父亲,已经须发灰白,因为劳累而驼着背,还有母亲,也皱纹满面,身子弯向地面;他还看见他服役归来全村欢迎他的场面;看见父亲如何在全村面前夸耀自己的葛里戈里——蓄着口髭的健儿,机警的美男子……回忆,这苦命人的鞭子,甚至使过去的石块也复活了,甚至在以前喝下去的毒药里也注进了几滴蜜糖……

切尔卡什觉得自己被一股故乡的令人心平气和的、温柔的气流笼罩住了,这气流使他听到母亲的亲切的话语,听到规规矩矩的农民父亲的庄重的话,听到刚刚解冻、刚刚翻耕过,并且是刚刚覆盖着绿绢般的秋播作物幼苗的大地母亲的很多被忘怀了的声响,闻到它的许多浓郁的气味……他觉得自己孤孤单单,永远脱离了他血管中奔流的血液赖以形成的生活秩序,被扔了出去。

"咦!我们这是往哪儿去啊?"加弗里拉突然问道。

切尔卡什震颤了一下,以猛禽的惊慌的目光环顾了一下。

"啊,鬼把我们带到这里来了!……用力些摇……"

"在想心事吗?"加弗里拉含笑问道。

"累了……"

"那么,我们现在不会和这些东西一起落网了吧?"加弗里拉用脚踢踢货包。

"不会……你只管放心。马上我就送去换钱……唔!……"

"五百?"

"少不了。"

"这——好大一笔钱啊!如果给我这个苦命人哪!……唉,那我就要好好利用它一下了!……"

"买地?"

"当然!我马上……"

于是加弗里拉展开幻想的翅膀飞了起来。切尔卡什却不作一声。他的口髭下垂着,右半边身子受波浪拍打已经湿了,眼睛陷下去,失去了光芒。他身上的一切凶猛的气质都变得柔和了,都被抑郁的沉思冲淡了,这沉思甚至从他的脏衬衫的褶皱里都透露出来。

他陡地掉转了船头,把它驶向一个黑黝黝的、露出水面的东西。

天空又布满了乌云,下着温暖的细雨,雨落在浪峰上,愉快地发出淅沥声。

"停!轻些!"切尔卡什命令道。

船头撞到了一艘帆船的船身。

"是不是在睡觉,这些鬼东西?……"切尔卡什一面抱怨,一面用钩竿钩住从船舷上挂下来的什么绳索,"把舷梯放下来!……还落着雨,不能早一点下吗!唉,你们这些家伙!……唉!……"

"是谢尔卡什[①]吗?"上面发出了温柔的鼻音。

[①] 即切尔卡什,外国人发音不准,把"切"念成"谢"。

"喂,把船梯放下来!"

"卡里梅拉①！谢尔卡什!"

"放下舷梯来,你这黑炭鬼!"切尔卡什咆哮起来了。

"啊,今天你的火气怎么这么大……哈啰!"

"爬上去,加弗里拉!"切尔卡什对他的伙伴说。

转眼之间,他们已经到了甲板上,那里有三个大胡子的暗色身形,用一种奇怪的语言在热烈地聊天,一面望着船舷外面切尔卡什的小船。第四个人,披着一件长长的厚呢斗篷,走到他跟前,默默地握了握他的手,后来又怀疑地打量了一下加弗里拉。

"明天早晨把钱准备好,"切尔卡什简短地对他说,"现在我要去睡了。加弗里拉,走吧！你想吃点东西吗?"

"睡吧……"加弗里拉回答说,过了五分钟,他已经鼾声如雷了,切尔卡什则坐在他旁边,把不知是谁的一只靴子在自己脚上试着,沉思地朝一边吐着痰,忧郁地轻轻吹着口哨。过了一会他躺到加弗里拉身边,双手枕在头下,不时动着口髭。

帆船轻轻地在嬉戏着的水上摇晃,不知在什么地方,木头发出抱怨的吱吱声,雨点轻柔地洒在甲板上,波浪拍着船舷……一切都是忧郁的,发出的声音就像一个对自己儿子的幸福失去希望的母亲的催眠曲一样……

切尔卡什龇着牙,略微抬起头,四面环顾了一下,接着喃喃说了几句什么,又躺了下去……他叉开两腿,活像一把大剪刀。

---

① 希腊语:"晚上好!"

三

他第一个醒来,惊愕地向周围环视了一下,但立即镇定下来,望了望还在熟睡的加弗里拉。那一个正甜蜜地发着鼾声,在梦中用他整个稚气、健康、被太阳晒黑的脸孔对什么东西微笑着。切尔卡什叹息了一声就攀着狭窄的绳梯爬上去。一块铅色的天瞅着船舱的洞孔。天已经亮了,但却像秋天一样令人烦闷、单调乏味。

约莫过了两小时,切尔卡什回来了。他的脸是红红的,口髭雄赳赳地朝上翘着。他穿着结实的长筒靴子,穿着短上衣和皮裤,很像一个猎人。他全部的服装都是破旧的,但很结实,而且非常合身,使他的身躯显得宽阔一点,掩盖了他的棱棱瘦骨,使他具有一种威武的风度。

"喂,小犊儿,起来吧!……"他用脚推了推加弗里拉。

加弗里拉跳了起来,睡梦中一时认不出他,只是害怕地用蒙眬的眼睛瞪着他。切尔卡什哈哈大笑起来。

"瞧你变成这副样子!……"加弗里拉终于张开嘴笑了,"成了个老爷了!"

"对我们来说,这费不了多少时间。你的胆子真小!昨天夜里你有多少次想死啊?"

"可是你自己想一想,干这种事我还是第一遭啊!要知道,可能良心要痛苦一辈子呢!"

"嘿,再干一次怎么样?啊?"

"再干一次?……这——怎么对你说呢?有什么样的好处?……问题就在这儿!"

"唔,要是两张红票呢?"

"就是说两百卢布吗?还不错……这倒可以……"

"且慢!那么良心痛苦怎么办呢?……"

"要知道,也可能……不会痛苦!"加弗里拉微笑了。

"不会痛苦,那就一辈子可以做人了。"

切尔卡什高兴地哈哈大笑着。

"好!玩笑开够了。我们上岸去吧……"

于是他们又到了小船里。切尔卡什掌舵,加弗里拉划桨。他们的头上是均匀地布满着乌云的灰色的天空,暗绿色的大海耍弄着船儿,用波浪唰啦啦地颠簸着它,波浪暂时还很小,它们兴冲冲地把亮晶晶的、盐腥的白沫掷向船舷。船头前方的远处,看得见一带黄色的沙岸,在船尾后面退向远方的大海被一堆堆镶着轻柔、雪白的泡沫的波涛搅得凸凹不平。就在那边的远方,看得见许多船只;左边的远处,桅杆林立,还有城里一簇簇白色的房屋。从那边有暗哑的隆隆声向海面涌来,这种隆隆声和波涛的拍击声一起形成了优美雄壮的音乐……一切都给一层灰色迷雾的薄暮罩住,使物体与物体之间的距离加大了……

"啊,晚上可有得瞧了!"切尔卡什朝大海点点头。

"暴风雨吗?"加弗里拉问,一面用力地用双桨划着波浪。这些被风刮得在海面上四溅的水沫,已经使他从头到脚都湿透了。

"对!……"切尔卡什证实道。

加弗里拉探究地望了望他……

"喂,他们给了你多少?"看见切尔卡什并不准备谈话,他终于问道。

"你瞧!"切尔卡什边说边把从口袋里掏出来的什么东西递给加弗里拉看。

加弗里拉看见了花花绿绿的钞票,于是在他的眼睛里一切都带有绚烂的红票的色调。

"啊!……我还当你向我吹牛哩!……这是多少?"

"五百四十!"

"真能干!……"加弗里拉轻声说,贪婪的眼睛伴随着重又藏进口袋的五百四十卢布,"唉,我的妈!……我要是有这么多钱哪!……"他抑郁地叹了口气。

"咱俩去玩个痛快,小伙子!"切尔卡什快活地喊了起来,"唉,我们去好好地喝一次……别担心!我,小兄弟,要分给你的……分给你四十!好吗?满意吗?要不要我马上给你?"

"如果你不觉得可惜的话……那好。我会收下的!"

加弗里拉浑身都因为一种使他胸口隐隐作痛的强烈的期望而战栗起来了。

"啊,你这鬼东西!'我会收下的!'小兄弟,请收下吧!我真心诚意地求你收下吧!我不知道把这许多钱往哪里藏!你帮帮我的忙,收下吧,呐!……"

切尔卡什把几张钞票递给加弗里拉。加弗里拉用颤抖的手接过去,扔下桨,把钞票藏进怀里的什么地方,贪婪地眯起眼睛,大声地吸进空气,仿佛在喝什么滚烫的东西。切尔卡什含着嘲弄的微笑望着他。加弗里拉已经重新抓起桨,神经质地、急急忙忙地划着,好像害怕什么似的,垂下眼睛。他的肩膀和耳朵都在哆嗦。

"你很贪财!……这不好……可是,有什么办法呢？……农民嘛……"切尔卡什沉思地说。

"要知道,有了钱,好办事啊!……"加弗里拉突然兴奋起来,感叹地叫道。他急急忙忙,好像在追赶自己的思想,来不及考虑用词就断断续续地大谈起农村里有钱和无钱的生活。有了钱,就受人尊敬,生活富裕,充满乐趣!……

切尔卡什注意地听着他,脸色严肃,眼睛因为在想什么念头而眯缝着。他时不时地露出满意的笑容。

"我们到了!"他打断加弗里拉的谈话。

一阵浪头把小船托起,巧妙地把它推上沙滩。

"唔,小兄弟,现在完事了。把船往上拖些,免得给水冲走。有人会来找它的。现在我要跟你分手了!……这里离城里大约有八里地。你怎么样,再回到城里去吗?啊?"

切尔卡什的脸上露出和蔼而狡猾的微笑,他的神气好像是打算要做一件使自己非常愉快而对加弗里拉则是意外的事情。他把手插进口袋,把钞票弄得窸窣作响。

"不……我……不去……我……"加弗里拉喘着气,似乎喉头被什么卡住一样。

切尔卡什看看他。

"你难道不舒服吗?"他问道。

"这……"加弗里拉的脸一会儿发红,一会儿又变成灰色,他逡巡不前,不知是想向切尔卡什扑过去呢,还是又被另外一种他觉得难以实现的愿望所打断。

切尔卡什看到这小伙子这样激动,觉得很不痛快。他等待着这激动的爆发。

加弗里拉开始发出怪异的笑声,就像号哭似的。他的头下垂着,他脸上的表情切尔卡什看不见,隐约可见的只是加弗里拉的耳朵,一会儿发红,一会儿又变得苍白。

"见你的鬼!"切尔卡什挥了挥手,"你爱上我了吗?像姑娘一样扭扭捏捏!……难道同我分手心里难受吗?唉,你这娃娃!说啊,你怎么啦?不然,我可要走了!……"

"你要走吗?"加弗里拉响亮地叫了起来。

荒凉的沙岸因为他的喊声而震抖了一下,被海浪冲洗过的波浪似的黄沙似乎也晃动了一下。切尔卡什也震抖了。加弗里拉猛地站起来,扑到切尔卡什脚下,用双手抱住后者的两腿,用力往自己这边拉。切尔卡什晃了一晃,重重地坐倒在沙上,他咬了咬牙,攥起拳头,用他的长臂在空中猛挥了一下。但是他还没有来得及打下来,就被加弗里拉的羞愧的、恳求的低语声止住了:

"亲爱的!……把这些钱给我吧!为了基督,给我吧!这些钱对你算得了什么呢?……要知道,一夜工夫——只不过一夜……可是我呢,就得好几年……给了我——我会替你祷告!永生永世——在三个教堂里——祈祷你的灵魂得救!……要知道,你会把钱随便乱花……而我却是用到地里去!唉,把钱给我吧!钱对你有什么意义呢?……难道你在乎这些钱吗?一夜工夫——就发财了!行行好事吧!你是毁了的人……你是没有前途的……可是我——噢!你把钱给我吧!"

切尔卡什吓了一跳,又是惊讶,又是痛恨,他坐在沙滩上,身子后仰,双手撑在沙上,他坐着,不作一声,可怕地睁大眼睛瞪着小伙子。小伙子把头埋在他的膝上,气喘喘地低声哀求。切尔卡什终于推开他,跳起来,一只手伸进口袋,把钞票扔给加弗里拉。

"呐！吞下去吧……"他叫道,由于激动,由于对这贪婪的奴隶的强烈的怜悯与憎恨而浑身哆嗦着。他扔出钞票以后,觉得自己是一个英雄了。

"我本来就想多给你一点。昨天我起了同情心,我想起了农村……我想:让我来帮助这个小伙子吧。我等着,看你怎样办,会不会求我?可是你……唉,你这软骨虫!叫花子!……难道为了钱就可以这样折磨自己吗?傻瓜!贪婪的魔鬼!……你简直发疯了!……五个戈比就会出卖自己!……"

"亲爱的!……愿基督拯救你!现在这算是我的了吗?……我现在……是一个富翁了!……"加弗里拉欣喜若狂,尖叫了一声,他哆嗦着把钱藏进怀里,"唉,你,真是个好人!……我永世不会忘掉你!……永远不会!……老婆、孩子,我都叫他们替你祈祷!"

切尔卡什听着他快乐的号叫,望着那容光焕发的、因为贪婪的喜悦变了形的面孔,他觉得,尽管他是一个贼,一个和一切亲属断了关系的流浪汉,却永远不会这样贪婪、这样下贱、这样忘乎所以。永远不会这样!……这种想法和感觉,使他充分意识到自己的自由,使他留在荒凉的海岸上,站在加弗里拉旁边。

"你赐给我幸福了!"加弗里拉高喊道,随即抓住切尔卡什的手,用它戳自己的脸。

切尔卡什不作一声,像狼一样龇着牙。加弗里拉还是滔滔不绝地讲下去:

"你可知道我是怎么想来的?我们向这里划的时候……我想……我用桨打他——就是打你……着!……钱就是我的了,把他——就是你——扔到海里去……啊?有谁会来找他?

即使找到了,也不会查究是怎么死的,是谁弄死的。不值得为这种人惊动大家!……一个世界上不需要的人!谁肯为他出头呢?"

"把钱拿过来!……"切尔卡什一把抓住加弗里拉的喉咙,大喝道……

加弗里拉一再想挣脱,但是切尔卡什的另一只手像蛇一样绕住他……发出衬衫被扯裂的声音——加弗里拉便倒在沙滩上了,他发狂似的圆睁着眼,手指向空中乱抓,双腿乱蹬。身子笔直、干瘦、凶狠的切尔卡什恶狠狠地龇着牙,断断续续地冷笑着,他的口髭在高颧骨的尖削的脸上神经质地颤动着。他有生以来从未受过这样厉害的打击,他也从来没有这样激怒过。

"怎么样,你幸福了吧?"他边笑边问加弗里拉,跟着就掉转身子,背向着他,朝着城市的方向走了。但是他走了不到五步,加弗里拉已经像猫一般地弓起背,跳了起来,手臂用力在空中一挥,向他掷去一块圆石,恶狠狠地叫道:

"着!……"

切尔卡什哼了一声,双手捧住头,朝前一个踉跄,向加弗里拉转过身子,扑倒在沙滩上。加弗里拉望着他,愣住了。过了一会儿,他动了一下腿,试着抬起头来,但是又像琴弦似的抖了一下,直挺挺地躺下了。这时加弗里拉拔腿就跑,向着远方跑去,那边,毛茸茸的黑云高悬在雾气腾腾的草原上,天色昏暗。波浪涌向沙滩,和沙子混合起来,又向上涌去,发出沙沙的声音。泡沫发出咝咝的声音,水花在半空飞舞。

下雨了。起初稀稀疏疏,但很快就变成稠密的、大点的雨,就像细流一样从天空倾泻下来。这些细流交织成一张水

105

线的网——一张立即遮住草原的远方和大海的远方的网。加弗里拉在网后面消失了。除了大雨和躺在海边沙滩上的那个高个子以外,好久看不见别的东西。但是再过一会,雨中又出现了奔跑的加弗里拉,他像鸟儿般飞着;他跑到切尔卡什跟前,伏倒在他面前,把他在地上翻来翻去。他的手触到了温暖的、血红的黏液……他哆嗦了一下,脸色发白,好像发疯似的,往后退了一步。

"老兄,起来吧!"他在哗哗的雨声中凑着切尔卡什的耳朵细语着。

切尔卡什恢复了知觉,把加弗里拉从自己身旁推开,嘶哑地说道:

"滚开!……"

"老兄!饶恕我吧……这是魔鬼叫我……"加弗里拉哆嗦着低声说,一面吻着切尔卡什的手。

"走……滚……"切尔卡什声音嘶哑地说。

"消除我灵魂中的罪孽吧!……亲爱的!饶恕我!……"

"该死……给我滚开!……滚到魔鬼那里去!"切尔卡什突然叫了一声,在沙滩上坐起。他的脸是苍白的、恶狠狠的,眼睛是浑浊的,常常闭上,仿佛他困得要命似的。"你还要什么?你已经干完了你的事……走!滚吧!"他想用脚去踢那悲痛万分的加弗里拉,但是不行,要不是加弗里拉抱住他的双肩,扶住他,他又要倒下去了。现在切尔卡什的脸和加弗里拉的脸并在一起了。两张脸都苍白可怕。

"呸!"切尔卡什对着自己的伙计的张得很大的眼睛吐了一口唾沫。

加弗里拉温顺地用袖子擦干净,喃喃地说:

"随你怎么着……我绝不回嘴。为了基督,饶恕我吧!"

"贱坯!……连偷东西都不够格!……"切尔卡什鄙夷地叫了一声,从短上衣里面的衬衫上撕下一块布,默默地、偶尔咬着牙,开始包扎自己的脑袋,"钱拿了吗?"他傲慢地透过牙缝说道。

"钱没有拿,老兄!我不要了!……钱会惹祸的!……"

切尔卡什把手伸进短上衣的口袋,掏出一沓钞票,只把一张红票放回口袋,其余的都塞给了加弗里拉。

"拿了走吧!"

"我不拿,老兄……我不能拿!饶恕我吧!"

"拿去,我说!……"切尔卡什咆哮起来,可怕地转动着眼珠。

"饶恕我!……那我才拿……"加弗里拉胆怯地说,接着就跪倒在切尔卡什脚前被雨水慷慨地冲洗过的湿漉漉的沙滩上。

"你撒谎,你会拿的,贱坯!"切尔卡什有把握地说,接着就用力抓住他的头发,把他的头提起来,把钞票塞到他的脸上。

"拿去,拿去!你不能白干!拿去,别害怕!不要因为差点打死人不好意思!为了像我这样的人谁也不会来追究。他们知道了,还要谢谢你呢。呐,拿去!"

加弗里拉看见切尔卡什笑了,他觉得轻松一些。他把钞票紧紧地握在手中。

"老兄,你饶恕我吗?不肯吗?啊?"他哭着问道。

"亲爱的!……"切尔卡什模仿着他的腔调回答,一面慢慢站起来,身子摇摇晃晃,"为了什么呢?没有什么可饶恕!

今天你打我,明天我打你……"

"唉,老兄,老兄!……"加弗里拉摇着头,悲伤地叹了口气。

切尔卡什站在他面前,异样地微笑着,他头上的布片有点染红了,变得像土耳其菲斯卡①。

大雨倾盆。海喑哑地发出抱怨的声音,浪涛狂暴地、愤怒地冲击着海岸。

两个人都沉默了半响。

"那么,再见了!"切尔卡什一面动身上路,一面嘲弄地说。

他摇摇晃晃地走着,他的腿在哆嗦,他异样地捧着头,仿佛怕它丢了似的。

"饶恕我,老兄!……"加弗里拉再一次请求道。

"没关系!"切尔卡什冷冷地回答,一面上了路。

他踉踉跄跄地走着,一直用左手手掌按住头,右手轻轻地捋着他那棕褐色的口髭。

加弗里拉目送着他,直到他消失在大雨中。雨愈来愈密地像无穷无尽的细流般从乌云里倾注下来,用不透光的银灰色浓雾罩住草原。

过了一会,加弗里拉脱下淋湿的便帽,画了个十字,望了望攥在掌中的钞票,舒畅地、深深地舒了口气,把钱藏进怀里,跨着坚定的大步,沿着海岸,向着和切尔卡什离去的相反方向走去。

海呼啸着,把又大又重的浪头抛向沿岸的沙滩,把浪头粉

---

① 菲斯卡是一种平顶圆锥形的带穗的小帽子。

碎成水花和泡沫。雨起劲地抽打着海水和土地……风怒号着……四周的一切都充满了咆哮声、呼啸声、轰轰声……隔着雨,看不见海,也看不见天。

不多一会,雨水和浪花就洗去了切尔卡什躺过的地方的红斑,洗去了沿岸沙滩上切尔卡什和那个年轻小伙子的足迹……在这荒凉的海岸上,丝毫没有留下什么痕迹,可以令人想起这两个人之间展开的一出小小的悲剧。

水　夫译

伊则吉尔老婆子*

一

　　这些故事是我在比萨拉比亚的海岸上,靠近阿克尔曼①的一个地方听到的。

　　有一个晚上,我们做完了一天的采葡萄工作以后,那一群跟我在一块儿做工的摩尔达维亚人都到海边去了。我和伊则吉尔老婆子却留下来,我们躺在葡萄藤浓荫里的地上,默默地望着到海边去的人们的身影渐渐溶化在蔚蓝的夜色里面。

　　他们一边走,一边唱着,笑着。男人都有青铜色的脸和又浓又黑的胡髭,他们的浓密的鬈发一直垂到肩上;他们都穿扣领短上衣和宽大的裤子。妇人和少女都是又快乐又灵活,她们有深蓝色的眼睛,她们的脸也是青铜色的。她们的丝一样的黑发松松地垂在她们的背后,暖和的微风吹拂着它们,把那些结在发间的铜钱吹得叮当地响。风吹得像大股的均匀的波浪,可是有时候它仿佛在跳过什么看不见的障碍似的,产生一

---

* 本篇写于一八九四年,最初发表于一八九五年四月十六、二十三和二十七日《萨马拉报》。译自《高尔基三十卷集》第一卷。

① 比萨拉比亚的一个小城。

股强劲的气流,把女人的头发高高地吹起来,成了奇形怪状的鬣毛,在她们的头上飘动。这给她们添了一种奇怪的、仙女似的样子。她们离我们越去越远;夜和幻想给她们披上了一身美丽的衣裳,使她们越来越美了。

有人在拉提琴……一个少女唱起了柔和的女低音。传来一阵一阵的笑声……

空气里渗透着海的有刺激性的盐味和太阳落山前刚刚给雨水滋润过的土地所蒸发出来的浓烈的泥土味。现在还有几片残云在天空飘浮,非常漂亮,而且形状和颜色都是极其怪诞的——有的是轻柔的,像一缕一缕的烟,有暗蓝色的,也有青灰色的;有的陡凸尖峭,像断崖绝壁,有暗黑色的,也有棕色的。一片一片的深蓝色天空从这些云朵中间和善地露出脸来窥探,它们上面点缀了一颗一颗的金星。所有这一切——声音啦、气味啦、云啦、人啦——都显得不可思议地美丽和忧郁,好像是一个奇妙的故事的开场一样。一切都像是停止了生长,快要死去似的。嘈杂的人声消失了,往远方逝去,变成了悲哀的叹息。

"你为什么不跟他们一块儿去呢?"伊则吉尔问我道,她朝着人们去的那个方向点一点头。

时间使她的身子弯成了两截;她那对曾经是乌黑的眼睛现在黯淡了,而且总是泪涔涔的。她那干枯的声音听起来很奇怪;它轧轧地响着,好像这个老婆子在用骨头讲话似的。

"我不想去。"我答道。

"哎!……你们俄罗斯人生下来就是老头子。你们全是像魔鬼那样地阴沉……我们的女孩子怕你……可是你年轻,强壮……"

月亮升起来了。月轮很大,而且像血一样的红,它好像是从草原的深深的地层中钻出来的,这个草原当年曾经吞过那么多的人肉,喝过那么多的人血,大概就因为这个缘故变得极富饶,极肥腴了。月光把葡萄叶的花边形的影子投在我们的身上,我和老婆子都仿佛给盖上了一张网似的。在我们的左边,云的影子在草原上飘浮着;这些云片渗透着浅蓝色的月光,显得更光亮,更透明了。

"你瞧!腊拉来了!"

我朝老婆子用她那指头弯曲的颤抖的手所指的方向望过去,我看见一些黑影在那儿浮动,影子很多,其中有一个比其他的影子更暗更浓,而且动得更快,也更低——这是从一片离地面较近,而且动得较快的云上面落下来的影子。

"我看不见一个人。"我说。

"你的眼睛比我这个老婆子的还差!你瞧!在那边!那个黑黑的东西,正在草原上跑着的!"

我再看那边,除了影子以外我还是什么也看不见。

"这是影子!你为什么叫它做腊拉?"

"因为这就是他。他现在已经只是一个影子了!是该成影子的时候了!他已经活了几千年了;太阳晒干了他的身子、他的血同他的骨头,风又把它们像尘土似的吹散了。你瞧:上帝为了一个人的高傲就会这样地对付他!"

"告诉我这是怎么一回事!"我向老婆子央求道,这时候我已经在期待着一个在草原上编成的出色的故事了。

她给我讲了下面的这个故事。

"这是好几千年前的事了。在海的那一边,很远的,很远的,太阳出来的地方,有一个大河的国家,在那个国家里太阳可热得厉害,那儿的每一张树叶、每一片草叶都投射出够给一个人遮蔽日光的影子。

"可见那个国家的土地是多么的富饶!

"在那儿有一族强悍的人,他们靠牧畜为生,并且把他们的气力同勇气消耗在打猎上面,打过猎以后,他们便设宴庆祝,大家唱歌,并且跟女孩子调情。

"有一回在他们的宴会当中,一只鹰从天空飞下来,把一个像夜一样柔和的黑头发的女孩子抓走了。男人们拔出箭来向鹰射去,那些可怜的箭都落回在地上。他们跑到各处去找那个女孩子,却始终找不到她。他们渐渐地忘了她,就跟人忘掉世界上的一切事情一样。"

老婆子叹一口气,她不响了。她那刺耳的声音好像是那一切给人忘记了的时代变成回忆的影子在她胸中复活起来,现在在这儿哀诉一样。海轻轻地给这个古老传说的开场白伴奏(这一类的传说也许就是在这个海岸上创造出来的)。

"可是过了二十年,她自己回来了,已经成了衰弱、憔悴的女人。她带来一个年轻人,强壮而漂亮,就像她在二十年以前的那个样子。他们问她这些年中间她在什么地方,她说鹰把她带到深山去,她跟他一块儿住在那儿做他的妻子。这个年轻人便是他的儿子;父亲已经死了。他看见自己一天一天地衰老了,便最后一次高高地飞到天空去,然后收起翅膀让自己从空中摔下来,重重地跌在峻峭的山岩上撞死了……

"众人惊奇地望着鹰的儿子,他们看出来他跟他们并没有什么差别,只除了他的眼睛是冷冷的,高傲的,跟那个百鸟之王的眼睛倒很相像。他们对他讲话,他高兴就回答,否则便一声不响;族里的长辈们过来对他讲话,他像对待平辈一样地回答他们。这使长辈们很不高兴,他们说他是一根箭头还没有削尖也没有装上羽毛的箭,他们告诉他,成千的像他这样年纪的人以及成千的年纪比他大一倍的人都尊敬他们,服从他们。可是他却大胆地望着他们,回答道,世界上并没有一个跟他相等的人,要是大家都尊敬他们,他也不愿意这样干。啊!……这时候他们真的生气了,他们气冲冲地说:

"'我们中间没有他的地方!他高兴上哪儿去,就让他上哪儿去。'

"他大笑,便到他高兴去的地方去——到那个一直出神地望着他的美丽的少女那儿去;他走到她跟前,搂住她。她的父亲就是刚才训斥过他的那些长辈中间的一位。虽然他很漂亮,可是她把他推开了,因为她害怕她的父亲。她把他推开,自己走开了;可是他打她,等她倒在地上的时候,他又拿脚踏在她的胸口上,踏得那么厉害,从她的嘴里喷出鲜血来朝天空溅去。这个少女喘一口气,像蛇一样地扭动一下,就死了。

"所有在场看见这件事情的人都惊呆了,——一个女人让人这样地杀死在他们的面前,这还是第一次。他们默默地站了许久,他们一会儿望着那个少女,她躺在那儿,眼睛睁开,满口是血,他们一会儿望着她旁边那个年轻人,他一个人站在那儿,高傲地面对着大家——他不肯埋下头,好像他要他们来处罚他似的。后来他们清醒过来了,捉住他,把他绑起来,放在那儿;因为他们觉得,马上就杀死他,未免太简单了,这不会使他们满意的。"

夜色在增长,在加浓,夜充满了奇异的、轻柔的声音。草原上金花鼠凄凉地吱吱叫着,葡萄藤的绿叶丛中响起了蟋蟀的玻璃一样的颤声;树叶在叹息,在窃窃地私语;一轮血红色的满月现在变成苍白色了,它离地越高,就显得越苍白,而且越来越多地把大量的浅蓝色暗雾倾注在草原上……

"他们聚在一块儿,要想出一个足以抵偿他的大罪的刑罚……有人建议用几匹马把他分尸,然而他们觉得这个太温和了。有人主张每一个人射他一箭射死他,但是这也让人反对掉了。有人提议把他活活地烧死,可是烟雾会叫人看不见他的痛苦。意见已经提得很多,却始终找不到一个可以叫大家满意的来。他的母亲跪在他们的面前,一声不响,她找不到眼泪同语言来哀求他们宽恕她的儿子。他们谈了很久,最后一位贤人想了好一会儿,便说道:

"'让我们来问问他为什么要做这件事!'

"他们这样问了他。他说:

"'先给我松绑!你们绑住我,我是不说的!'

"他们给他松了绑以后,他反倒问他们:

"'你们要什么?'他对他们发问好像把他们当作他的奴隶一样……

"'已经对你讲过了。'贤人答道。

"'为什么我要向你们解释我的行为呢?'

"'为着我们可以了解你。你这个高傲的人,你听着!反正你要死了……你让我们了解你所做的事情吧。我们还要活下去,我们能够多知道一些我们现在还没有知道的事,对我们会有好处。……'

"'好吧,我说,虽然也许连我自己还不十分明白先前发生的那件事情。我杀死她,因为我觉得——她好像在推开我……我却要她。'

"'可是她不是你的人呀!'他们对他说。

"'那么你们使用的就都是你们自己的东西吗?我明明看见每一个人就只有言语和手、脚是他自己的……可是他们却有牛羊、女人、土地……还有许多别的东西。'

"对他这个问题,他们回答他说,一个人占用任何一件东西,都是用他自己作代价换来的:譬如用他的智慧、他的气力,有时候甚至用他的生命。可是他说,他要保持一个完整的自己,不愿意分一点给别人。

"他们跟他谈了很久,后来终于看出来他把自己看作世界上的第一个人,而且除了他自己以外,他什么都不放在眼里。他们明白他给他自己安排了怎样孤独的命运的时候,他们觉得可怕极了。他没有种族,没有母亲,没有牲畜,没有妻子,而且他也不要这些。

"他们看到了这一点,便又讨论究竟用什么样的方法处罚他。可是这一次他们谈得并不久,那个贤人听了他们的意见以后,便出来说:

"'等着!刑罚已经有了。一个很可怕的刑罚。你们想一千年也想不出这个来!他的刑罚就在他自己身上!放他去吧,让他自由。这就是对他的刑罚!'

"就在这个时候发生了一件神奇的事情。无云的天空中忽然响起一声霹雳。天上的神明同意了贤人的话。在场的人全躬身行礼,随后便散去了。然而这个年轻人(他现在得到了"腊拉"这个名字,这是"被抛弃""被放逐"的意思)却望着那些把他抛在这儿的人高声大笑,他笑着,他现在是单单的一个人了,他是自由的,跟他的父亲完全一样。不过他的父亲并不是人……他却是一个人。现在他开始过起鸟一样的自由生活来了。他时常跑到那一族人住的地方去,抢走他们的牲畜和女孩子——以及一切他要的东西。人们用箭射他,可是箭头射不进他的身体,因为有一层最高刑罚的无形的外皮保护着它。他动作敏捷,贪得无厌,又强壮,又残酷,可是他始终没有跟人面对面地遇到过。人们只有在远处看到他。他就这样孤独地在人群附近荡来荡去,一直荡了好久,好久,——已经好几十年了。可是有一回他走近了人们,等到他们向他冲上来的时候,他却站住不动,连一点儿自卫的动作也没有。有一个人猜到了他的心思,便大声嚷起来:

"'不要挨他!他想死!'

"大家全站住不动了,他们都不愿意减轻这个对他们做过许多坏事的人的厄运,都不愿意杀死他。他们就站在旁边,笑他。他听到这些笑声,浑身抖起来,伸出两只手抓他自己的胸口,在胸口上找寻什么东西。他忽然拿起一块石头,向人们冲过去。他们避开他的攻击,却不还手打他;等到他疲乏了发出一声痛苦的哀号倒在地上的时候,人们退在一边,望着他。他站起来,拿起那把他们先前争斗的时候从一个人手里落下来的刀,朝他自己的胸口刺进去。可是刀折断了,好像它砍在一块坚硬的石头上一样。他又倒在地上,拿脑袋去撞地,撞了好久,可是地只是在退让,他的脑袋撞到哪里,哪里便留下一个洞。

"'他不能够死!'人们高兴地嚷着。

"他们丢下他走开了。他朝天躺着,看见一些雄壮的鹰像黑点似的高高地在天空飞翔。他的眼睛里充满着痛苦,多到可以毒死全世界的人。从那个时候起他就在等待死——永远是孤独的,永远是自由的。他一直在飘来荡去,到处都去过了。……你瞧,他已经变成影子一样的了,而且他会永远是这样的。他不懂得人的话,也不懂得人的动作,他什么也不懂。他只是在找寻,飘来荡去……他不知道生,死也不欢迎他。人们中间没有他的地方了。……看,这就是一个人由于高傲而受到的惩罚!"

老婆子叹了一口气,不响了,她那个垂在胸前的头奇怪地摇了几下。

我望着她。我觉得这个老婆子给睡魔征服了。不知道为什么,我非常可怜起她来。她的故事的结尾的一段是用一种庄严的、警告的声音说出来的,可是这里面仍旧有畏怯的、奴隶性的调子。

海岸上有人唱起歌来了,唱得很奇怪。起初听见的是女低音,它唱了一支歌子的前两三节,然后另一个声音又把这支歌子从头唱起,而同时第一个声音仍旧继续领头唱着……于是第三个、第四个、第五个声音又照这样的次序一个跟一个地从头唱起。突然间一个男声合唱队又把这同样的歌子从头唱起来。

每一个女人的声音都是可以跟别的声音很清楚地分别出来的,它们像是五颜六色的溪水从上面什么地方流下来,流过一些阶状的山坡,带跳带唱地流进那个涌上来迎接它们的深沉的男声的浪涛里,它们沉在浪涛中,又从那里面跳出来,把它盖过了,然后它们,清澈而有力,一个接连一个高高地升腾起来。

海浪的喧响在这歌声的掩盖下再也听不见了。

二

"你在别的什么地方听见过这样的歌唱吗?"伊则吉尔抬起头来,张开她那没有牙齿的嘴笑问道。

"我没有听见过。我从来没有听见过……"

"你不会听到的。我们爱唱歌。只有美的人才能够唱得好——我说的美的人,就是爱生活的人。我们爱生活。你瞧,难道在那儿唱歌的那些人做完一天的工作以后就不会疲倦吗?他们从太阳出一直做到太阳落,可是一到月亮出来,他们就已经在——唱歌了!那些不会生活的人就会去睡觉的。那些喜欢生活的人就——唱歌。"

"可是健康……"我刚一开口说。

"我们都有可以活下去的足够的健康。健康!倘使你有钱,难道你就不花掉它?健康就是金子一样的东西。你知道我年轻时候做过些什么事情吗?我织地毯从太阳出织到太阳落,差不多就不站起来。我那个时候就像太阳光那样地活泼,可是我却不得不整天在家坐着,像石头一样动也不动。坐得我全身的骨头都发痛了。可是一到夜晚,我就跑到我爱的人那儿去,跟他接吻。我的爱情还没断的时候,我就这样一直跑了三个月;在那个时期我每夜都在他那儿。你瞧,我一直活到了现在——我的血不是足够了吗!我不知道爱过了多少!我不知道受过了多少吻,也吻过了多少!……"

我看她的脸。她那对黑眼睛暗淡无光,连她的回忆也不曾使它们发亮。月亮照亮了她那干枯的、破裂的嘴唇,她那长满了灰白色柔毛的尖下巴,和她那猫头鹰嘴一样的弯曲的、满是皱纹的鼻子。她的脸颊现在是两个黑洞,有一个洞里面还搁着一缕灰白色头发,那是从她头上缠的红布底下掉出来的。她的脸,她的颈项和她的手全起皱了,而且只要她动一下,我就担心这干枯的皮肤会裂成碎片,在我面前就只有一副赤裸裸的骷髅和它那两只暗淡无光的黑眼睛了。

她又用她那刺耳的破声讲下去:

"我跟我母亲一块儿住在法尔密附近,就在伯尔拉德河的岸上;他第一次到我们田庄上来的时候,我才只十五岁。他是高个子,身子灵活,长着乌黑的胡髭,他又是个多快活的人!他坐在一只小船里,朝我们窗口大声嚷着:'喂!你们有酒吗?……有什么给我吃的东西吗?'我向窗外看,我的眼光穿过桦树枝看见在月光下发蓝色的河面。他穿着白衬衫,束一根宽腰带,带子头松松地垂在腰间,他站在那儿,一只脚踏在船里,另一只脚踩在岸上,身子摇摇晃晃,一面在唱什么歌。他瞧见我,便说:'一个这样标致的美人儿住在这儿!……我以前怎么不知道!'好像除了我以外所有的美人儿他都知道似的。我给了他一点儿酒和煮好的猪肉……四天以后我已经把我自己完全给了他了。我们常常在夜里一块儿划船。他划着小船来,像金花鼠似的小声吹口哨。我就像鱼似的从窗口跳到河里去。随后我们就划起船走了……他是普鲁特河上的渔人,后来母亲知道了一切,打了我一顿。他拼命劝我跟他一块儿到多布罗加①去,然后再走远点到多瑙河口。可是那个时候我已经不喜欢他了——他只会唱歌,接吻,就再没有别

---

① 在今保加利亚境内。

的！我已经感到厌烦了。当时有一群古楚尔人①漂流到了这一带地方来,他们在这儿也有一些情人……现在那些女孩子要好好地快活一下了。她们里面有一个在等待,等待她那个喀尔巴阡②的年轻人,她担心他已经给关在牢里,不然就在什么地方跟人打架给杀死了——突然间他一个人,或者同两三个朋友一块儿来了,好像是从天上掉下来似的。他带给她多丰富的礼物——他们的一切东西全来得可容易啦！——他常常在她的家里请客,对他的朋友们夸奖她。这使得她非常高兴。我的一个女朋友也有个古楚尔的情人,我求她让我见见那些古楚尔人……她叫什么名字？我已经忘记了……我现在开始把什么都忘记了。这是很久以前的事情,全忘记了！她给我介绍了一个年轻人。是个漂亮的家伙……他是个红头发的人,他的胡髭和鬈发全是红的！真是个火一样的脑袋！可是他老带着忧愁的样子。有时候他也很温柔,不过有的时候他却像一匹野兽似的叫吼,跟人打架。有一回他打了我的脸……我就像猫一样地扑到他身上去,用牙齿咬他的脸蛋……从那个时候起他那边脸蛋上就有了一个酒窝,而且他喜欢让我亲这个酒窝……"

"那个渔人到哪儿去了呢？"我问道。

"那个渔人吗？啊……他……他加进那一群古楚尔人里面去了。起初他老是劝我,而且威胁我,说要把我丢到水里去,可是后来也就没有什么了;他加进那一群人里面,并且找到了另外一个女孩子……他们两个人——那个渔人和那个古

---

① 住在喀尔巴阡的乌克兰山民,以骁勇善战著名。
② 喀尔巴阡山是中欧的山脉。

楚尔人,一块儿给人绞死了。我去看过他们给人绞死的情形。这是在多布罗加。渔人上绞架的时候脸色惨白,而且一路上哭哭啼啼,可是那个古楚尔人却从从容容地抽着烟斗。他一边走一边抽烟,两只手插在他的口袋里面,他的两撇胡髭一撇搭在他的肩膀上,另一撇在他的胸前摇来晃去。他见了我,把烟斗从嘴上取开,大声说了一句,'再见!'……我为他整整伤心了一年。唉!……这件事情发生的时候,他们正要动身回自己的家乡喀尔巴阡去。他们参加一个罗马尼亚人家里的送行会,就在那儿给人抓住了。只抓到了两个人,有几个人给杀死了,其余的全逃走了……不过后来那个罗马尼亚人也偿还了这笔债……庄子给烧掉了,磨坊和全部粮食都烧光了。他变成一个乞丐了。"

"这是你干的吗?"我顺口问道。

"古楚尔人的朋友多着呢,并不单是我一个……只要是他们的好朋友,就会祭奠他们……"

海岸上的歌声已经停止了,现在只有海浪的喧响给老婆子的声音伴奏——那种忧郁的、骚动不息的喧响正是这个骚动不息的生活的故事最好的伴奏。夜越来越柔和了,它给浅蓝色的月光照得越发亮了,它那些看不见的居民[1]的忙碌生活的含糊不清的声音也渐渐地消失,给逐渐增大的海浪声掩盖了……因为风紧起来了。

"我还爱过一个土耳其人。我在斯库塔里[2]他的内院[3]里住过。我住了整整一个星期,——还不坏……不过我觉得

---

[1] 大约指金花鼠和蟋蟀之类的小生物。
[2] 土耳其故都君士坦丁堡郊外的工商业区,那儿还有漂亮的花园。
[3] 土耳其等国的宫院或大户人家的女眷的住房。

厌烦了……就只有女人,女人……他有八个女人……整天只是吃啦,睡啦,讲些无聊话啦……不然就吵架啦,叽里呱啦,跟一群母鸡一样……这个土耳其人已经不年轻了。他的头发差不多全白了,他却很神气,也很有钱,讲起话来像主教一样……他有一对乌黑的眼睛……它们对直地看着你……一直看到了你的灵魂里面。他很喜欢祷告。我是在布加勒斯特第一次看见他的……他在市场里走来走去,活像一位沙皇,样子很威严,很威严。我对他笑了笑。就在这天晚上我在街上给人抓走,送到他那儿去了。他是个贩卖檀香和棕榈的商人,到布加勒斯特来买东西的。'你到我那儿去吗?'他问我。'啊,对,我去!''好!'我就去了。这个土耳其人,他很有钱。他已经有一个儿子了——一个黑黑的小孩子,很灵活。他大约有十六岁。我带着他一块儿又离开那个土耳其人逃走了……我逃到保加利亚,逃到隆·帕兰加……在那儿一个保加利亚女人拿刀子在我的胸口上刺了一刀,是为了她的未婚夫,或者是为了她的丈夫的缘故,我已经记不得了。

"我在修道院里病了很久。这是一所女修道院。一个波兰女子看护我,她有一个兄弟,是一个修士,他常常从另一个修道院(我记得它是在阿尔采尔·帕兰加的附近)来看她……那个人老是像蛆一样地在我面前扭来扭去……等到我的身体好了起来,我就跟他一块儿……到他的波兰去了。"

"等一下!那个小土耳其人到哪儿去了呢?"

"那个小孩子吗?他死了,那个小孩子。我不知道他是为了想家,还是为了爱情,可是他憔悴下去了,好像一棵还没有长结实就受到太多阳光的小树那样……他就这样地枯萎了……我还记得,他躺在那儿,浑身发青,而且透明,好像是一块冰似的，可是爱情仍旧在他的心里燃烧。……他老是求我弯下身子去吻他……我爱他，我记得，我吻了他不知多少次……后来他已经完全不行了——差不多不能动了。他躺在床上，像一个乞丐哀求施舍那样，可怜地求我睡在他身边，使他的身体暖和。我睡下去。我刚睡到他身边……他马上浑身发烧。有一回我醒过来，可是他已经冷了……死了……我哭了他一场。谁能说呢？也许就是我把他害死的。那时候我的年纪比他大一倍。而且我是那么壮，又是精力饱满……可是他是什么呢？一个小孩子啊！……"

她叹了一口气，而且——我第一次看见她这样做——在胸前画了三次十字，她那干瘪的嘴唇在喃喃地念着什么。

"啊，那么你动身到波兰去了……"我提醒她道。

"是……跟着那个小波兰人去的。这个人又可笑，又下贱。他需要女人的时候，他就像雄猫那样来跟我亲热，说许多甜蜜蜜的话；可是他不要我的时候，他就用鞭子一样的话抽我。有一回我们正在河边走着，他对我说了一句傲慢无礼的话。啊！啊！……我生气了！我像柏油似的滚热了！我像抱小孩似的把他抱在手里（他的身材本来就矮小），朝上举起来，我使劲捏紧他的腰，弄得他的脸完全变青了。我这样转了一下，就把他从岸上丢到河里去了。他嚷着，很可笑地嚷着。我从上面看他，他不停地在水里挣扎。随后我就走开了。以后我也就没有再见到他。这倒是我的运气：我从来没有再碰到那些我爱过的人。像这样碰见是不好的，就跟碰见了死人一样。"

老婆子不讲话了，她在叹气。我想象那几个因她而复活起来的人。这儿是那个生着火一样的红头发、留着胡髭的古楚尔人,他从容地抽着烟斗走上绞架。他的眼睛多半是冷冷的、蓝色的,它们对任何人、任何东西都用一种坚定的、集中的眼光在看。那儿,站在他旁边的就是那个生着黑胡髭的普鲁特河的渔人;他在哭,他不愿意死,他的脸因为临死前的痛苦变成了惨白色,脸上那对本来是快乐的眼睛现在也显得黯淡无光,他的胡髭给眼泪打湿了,悲惨地搭在他那扭歪了的嘴角上。这儿是他,那个上了年纪的神气十足的土耳其人,他一定是定命论者,又是专制的暴君,他的儿子就在他的旁边,这是给接吻毒死了的一朵又苍白、又柔嫩的东方的花。那儿又是那个自高自大的波兰人,多情而残忍,会讲话却又冷酷……他们都只是些模糊的影子,然而他们所吻过的这个女人现在正坐在我旁边,她还活着,可是时间把她快消耗光了,她没有肉体,也没有血,心里失掉了欲望,眼睛里没有火——也差不多是一个影子了。

她继续讲下去:

"我在波兰的生活艰难起来了。住在那儿的人是冷酷的,虚伪的。我不懂得他们那种蛇的语言。他们全咝来咝去①。……究竟咝些什么呢?一定是上帝因为他们虚伪才给了他们这种语言。那时候我到处飘荡,不知道去哪儿好,我看见他们在准备反抗你们俄罗斯人的暴动②。我一直走到波黑尼亚城。一个犹太人把我买了去,他不是为他自己买的,他是拿我的身体去做生意的。我同意了这个办法。一个人要生活,总得会做点事情。我什么事也不会做,所以我就得拿自己

---

① "咝咝"是蛇叫声。
② 指一八六三年波兰人反抗帝俄统治的起义。

的身子去抵偿。不过当时我还这样想:要是我弄到一点儿钱够我回到伯尔拉德河上自己家去的话,那么不管我身上的链子怎样坚牢,我也要挣断它。我就在那儿住下了。有钱的老爷们常常到我这儿来,在我这儿摆宴请客。他们花了很多的钱。他们常常因为我打架,甚至倾家荡产。他们里面有一个人缠了我很久,你瞧,他就是这样的做法:有一天他到我这儿来,后面跟着一个听差,提了一个袋子。老爷拿过袋子,把袋子里的东西朝我的脑袋上倒下来。一个个的金钱敲着我的脑袋,我很高兴听它们落在地上的声音。然而我还是把那个老爷赶走了。他有一张浮肿的胖脸,他的肚皮就像是一个大枕头。他看起来活像一口喂饱了的猪。是的,我把他赶走了,虽然他告诉我,他卖掉了他所有的田地、房屋和马匹,来把金钱撒在我的身上。我那个时候爱上了一个脸上有伤疤的很体面的老爷。他的脸上有好多道刀疤,这都是他不久以前帮希腊人跟土耳其人打仗的时候,让土耳其人砍伤的。就是这么一个人!……他是个波兰人,希腊人跟他有什么关系呢?可是他去了,他跟他们一块儿打他们的敌人。他给刀砍伤了,打掉了一只眼睛,左手上也砍掉了两根指头……他是个波兰人,希腊人跟他有什么关系呢?原来是这么一回事:他喜欢英雄豪杰的行径。要是一个人喜欢英雄豪杰的行径,他总可以做出这种事来,而且也会找到可以做这种事的地方。你知道吧,生活里总有让人做出英雄行径的地方。凡是找不到这种地方的人要不是懒虫便是胆小鬼,不然就是他们不懂得生活,因为凡是懂得生活的人,都想死后在生活里留下自己的影子。那么生活才不会把人不留一点儿痕迹地吞光了……啊,那个脸上有伤疤的人真正是个好人!为了做一件事情,就是走到天涯海角他也甘心。我想他大概是在暴动中给你们的人杀了的。可是为什么你们去打马扎尔人①呢？哦，哦，你不用讲什么！……"

伊则吉尔老婆子盼咐我不要讲话，她自己忽然也不作声了，她在思索。

"我也认得一个马扎尔人。有一天他离开我走了，这是冬天的事，一直到春天雪化了的时候他才给人找着了，他躺在田上，脑袋给子弹射穿了。原来就是这样！你瞧，爱情杀死的人并不比瘟疫杀死的少；要是你计算一下，我相信一点儿也不少……我正在讲什么？讲波兰……是的，我在那边玩了我最后一次的把戏。我遇见了一个波兰小贵族……他真漂亮！就跟魔鬼一样。我那个时候已经老了，唉，老了！我不是有了四十岁吗？大概是这样的……而且他还很骄傲，他给我们女人惯坏了。不错……我在他身上很花了些工夫。他想马上把我弄到手，可是我不肯。我从来没有做过奴隶，什么人的奴隶也没有做过。并且我已经跟那个犹太人完事了，我给了他很多的钱……我已经住在克拉科夫了。那个时候我什么都有，马啦、金子啦、听差啦。……他到我那儿来，那个骄傲的魔鬼，他老是想着我自己投到他的怀抱里去。我跟他吵架……我记得我甚至于为这件事情憔悴了。这种情形拖延了很久……可是我终于胜利了：他跪下来求我……然而他把我弄到手以后，马上就扔掉了……那个时候我才明白我老了……啊，这对我可不是愉快的事情！真不是愉快的事情！……你知道，我爱他这个魔鬼……可是他呢，他遇见我的时候总是笑我……他真

---

① 匈牙利人自称为马扎尔人。

下贱!而且他也在别人那儿笑我,我知道的。我对你说,这叫我苦透了!可是他就在离我很近的地方,而且我仍旧高兴看见他。到后来他出去跟你们俄罗斯人打仗的时候,我真难过极了。我努力管住自己,可是总没有办法……我便决定去找他。他在华沙附近的树林里。

"可是等我到了那儿以后,我才明白他们已经给你们的人打败了……他也给人抓住了,就关在一个没有多远的村子里。

"我暗中在想:这样看来,我不会再见到他了!可是我很想再见他一面。所以,我就设法去见他……我装扮成一个讨饭女人,假装瘸一只腿,脸也给包起来,我就这样到那个村子里去。到处都是哥萨克人和军人。……我费了很大的气力才走到那儿!我打听出来波兰人给关在什么地方,同时我也明白要到那儿去是很困难的。可是我得去一趟。夜里我爬到他们在的那个地方去。我经过一个菜园,正在畦沟中间爬着,却突然看见:一个哨兵站在那儿拦住了我的路……可是我已经听见波兰人在唱歌,在高声讲话了。他们唱的是一首……赞美圣母的歌……那个人也在那儿唱……我那个阿尔卡德克。我想到从前是人家爬着来求我……现在却轮到我像蛇一样在地上爬着找一个男人,而且也许还是爬着去送死,不由得我不伤心。哨兵已经听见了我的声音,他弯着身子走过来。啊,我怎么办呢?我从地上站起来,向他走过去。我身边没有刀子,除了一双手和一根舌头,我什么也没有。我后悔没有带一把刀子来。我小声说:'等一下!'可是那个兵已经拿他的枪刺对准我的喉咙了。我小声对他说:'不要刺我,等一下,听我说,倘使你有良心的话。我没有什么东西可以给你,不过我求你……'他把枪放低,也是小声地对我说:'走开,你这个女人!走开!你要什么?'我告诉他,我的儿子给关在这儿……'你明白吗,老总,——儿子!你也是什么人的儿子,对不对?那么请你看我一眼——我也有一个像你这样的儿子,他就在那儿!让我去见见他吧,也许他很快就要死了……也许你明天就会给人杀死的……你的母亲会哭你吗?你要是不看见她,不看见你母亲就死掉,你不会难过吗?所以我的儿子也会难过。你可怜可怜你自己,也可怜可怜他,还有我——一个母亲啊!……'

"唉,我跟他讲了多么久的话!天下着雨,我们都给淋得一身湿透了。刮起风来,而且叫吼得厉害,它一会儿吹打我的背,一会儿吹打我的胸口。我摇晃不定地站在这个石头一样的兵的面前……然而他总是说'不!'每一回我听到他这个冷冰冰的'不'字,我心里那种想看见阿尔卡德克的欲望倒越发强烈了。我一边讲话,一边用眼睛打量那个兵——他又瘦又小,而且在咳嗽。我倒在他面前的地上,抱住他的膝头,不住地用热烈的话求他,我把他推倒在地上。他倒在污泥里。我连忙把他翻过身去脸朝着地,把他的脑袋按在一个泥水塘里,不要他叫出声来。他并不叫,只是拼命地在挣扎,竭力想把我从他的背上弄开。我拿两只手用力把他的脑袋在泥水里按得更深些。他就给闷死了。……这个时候我就朝那座有波兰人歌声的仓库跑过去。'阿尔卡德克!……'我从墙壁缝里小声说。这些波兰人,他们机灵得很。他们听见我的话,还在不住嘴地唱。现在他的眼睛正对着我的眼睛了。我小声问道:'你能够从这儿出来吗?'他说:'能够,从地板下面!'我说,'那么就出来吧。'他们四个人就从仓库底下爬出来了:我的阿尔卡德克和三个别的人。'哨兵在哪儿?'阿尔卡德克问道。我说,'他躺在那边!……'他们把身子朝地上弯下去,静悄悄地、静悄悄地走着。雨下大了,风大声地叫吼。我们走出村子,默默地沿着树林走了好久。我们走得很快。阿尔卡德克握住我的手,他的手很热,而且在打战。啊!……他一声不响地跟我在一块儿走着的时候,我觉得真好。这是最后的几分钟——我那贪得无厌的一生里最后几分钟的好时间了。可是我们走出来到了一个草地上,就站住了。他们四个人全向我道谢。喔,他们对我讲了好久的我不大明白的话,而且讲了那么多。我一边听着,一边望着我那位老爷。瞧着他怎样对待我。他把我抱住了,郑重地对我说……他的话我已经记不得了,不过他的意思是这样:现在他为了感谢我搭救他的恩德,他要爱我了……他跪在我的面前带笑地对我说:'我的女王!'就是这样虚伪的狗!……哼,我就用脚踢他,本来我想踢他的脸,可是他躲开了,他一下子跳了起来。他站在我面前,脸色惨白,并且带着威胁的神气……那三个人站在旁边,也板起脸看我。大家都不讲话。我望着他们……我还记得,那个时候,我只觉得非常厌恶,而且一种倦怠的感觉重重地压在我的身上……我对他们说:'你们走吧!'他们这些狗还问我:'你要回到那儿去,向他们指出我们的去路吗?'他们就这样下贱!哼,他们到底还是走了。随后我也走了……第二天我就让你们的人抓住了。可是不久他们就放了我。那时候我就看出来我已经到了应当给自己造个窝的时候了,像布谷鸟①那样的生活我过得够了!我已经变得不灵活了,我的翅

---

① 伊则吉尔说她从前没有定居在一个地方,就像布谷鸟春来秋去一样。

膀也没有气力了,我的羽毛也失掉光彩了……不错,到了时候了,到了时候了!随后我就到加里西亚去,从那儿又到了多布罗加。我已经在这儿住了将近三十年了。我有一个丈夫,是摩尔达维亚人;他在一年前死掉了。我还活着!我一个人活着……不,不是一个人,我是跟那些人在一块儿。"

老婆子向海边挥了挥手。在那边现在一切声音都没有了。偶尔也飘起来一个短短的、隐隐约约的声音,但是它马上又消逝了。

"他们很爱我。我给他们讲了许多各种各样的故事。这倒是他们需要的东西。他们大家都还很年轻……我觉得跟他们在一块儿也很好。我一边看一边想:我从前就是这个样子……不过在当时,在我那个时候人们有更多的气力和更多的热情,所以生活也更快乐,更好……是的!……"

她不响了。我在她的身边,突然感到了悲哀。她把头一摇一摆地打起瞌睡来了,同时她小声地在念着什么……好像在做祷告似的。

从海上升起来一朵云——又黑又浓,而且外形险峻,看起来好像是山脊一样。它正向草原上爬过去。在它移动的时候,有几片小云从它的顶上离开了,它们急急地走在它的前面,把星子一颗一颗地弄灭了。海大声吼着。在离我们没有多远的葡萄藤里,有人在接吻,在小声讲话,在叹息。远远地在草原上响起了一只狗的叫声……空气里有一种搔人鼻孔的古怪气味,刺激着人的神经。云投下很多浓密的影子到地上来,它们在地上爬着,爬着,一会儿不见了,一会儿又现出来……在月亮的位置上只有一个朦胧的乳白色的点子,有时候连这个也让一朵暗蓝色的云完全遮住了。草原现在变得又黑又可怕,好像隐藏着什么东西在里面似的,在这草原的远处,闪亮着一粒一粒的蓝色小火花。它们一会儿在这儿,一会儿在那儿,亮了一下,马上又灭了。好像有几个人散在草原上,彼此隔得远远的,他们点着火柴在那儿找寻什么东西,火柴刚点燃,马上又让风吹灭了。这些奇怪的蓝色的火舌头使人想到一种不可思议的东西。

"你看见火星吗?"伊则吉尔问我道。

"什么,你说那些蓝色的吗?"我指着草原对她说。

"蓝色的? 不错,就是它们……那么它们还是在飞了! 哦,哦! 我已经再看不见它们了。现在我有好多东西都看不见了。"

"这些火星是从哪儿来的?"我问老婆子道。

我从前听见人讲过一点这些火星的来源,可是我却想听听伊则吉尔老婆子对这个怎样地讲法。

"这些火星是从丹柯的燃烧的心里发出来的。从前在世界上有一颗心,它有一天发出火来了……这些火星就是从哪儿来的。我现在把这个讲给你听……这也是一个古老的故事……古老的,完全古老的! 你瞧,古时候一共有多少东西? ……可是现在,像那样的东西连一个也没有——像古时候那样的伟大的行为啦、人物啦、故事啦,全没有……为什么呢? ……哼,你说吧! 你说不出的……你知道些什么呢? 你们这班年轻人知道些什么呢? 唉! ……要是你们好好地去看看古时候,——那么你们所有的谜都找到解答了……可是你们不去看,所以你们就不懂得怎样生活了……难道我没有见过生活吗? 啊,我全见过的,虽然我的眼睛不好! 我看见人们并不在生活,却只是在盘算来,盘算去,把一生的光阴全花在这上面。等到他们发觉一切有一点儿价值的东西全弄光了,他们白白地活了一辈子的时候,他们就悲叹起自己的命运来了。命运跟这个有什么相干?各人决定各人自己的命运!各种各样的人我现在都见过了,就只没有见到强的人!他们在哪儿呢?……美的人也是一天一天地少起来了。"

老婆子在沉思了,她在想,那些强的、美的人躲到哪儿去了呢?她一边想,一边凝望着黑暗的草原,好像在那儿找寻一个回答似的。

我在等待她的故事,我一声不响,我害怕,要是我问她一句话,她又会岔到一边去了。

后来她又讲起故事来。

三

"古时候地面上就只有一族人,他们周围三面都是走不完的浓密的树林,第四面便是草原。这是一些快乐的、强壮的、勇敢的人。可是有一回困难的时期到了:不知道从什么地方来了一些别的种族,把他们赶到林子的深处去了。那儿很阴暗而且多泥沼,因为林子太古老了,树枝密密层层地缠结在一块儿,遮盖了天空,太阳光也不容易穿过浓密的树叶,射到沼地上。然而要是太阳光落在泥沼的水面上,就会有一股恶臭升起来,人们就会因此接连地死去。这个时候妻子、小孩们……他们静默沉思,他们让悲哀压倒了。他们明白,他们要想活命就得走出这个林子,这只有两条路可走:一条路是往后退,可是那边有又强又狠的敌人;另一条路是朝前走,可是那儿又有巨人一样的大树挡着路,它们那些有力的枝丫紧紧地抱在一块儿,它们那些虬曲的树根牢牢地生在沼地的黏泥里。这些石头一样的大树白天不响也不动地立在灰暗中,夜晚人们燃起篝火的时候,它们更紧地挤在人们的四周。不论是白天或夜晚,在那些人的周围总有一个坚固的黑暗的圈子,它好像就想压碎他们似的,然而他们原是习惯了草原的广阔天地的人。更可怕的是风吹过树梢、整个林子发出低沉的响声、好像在威胁那些人、并且给他们唱葬歌的那个时候。然而他们究竟是些强的人,他们还能跟那班曾经战胜过他们的人拼死地打一仗,不过他们是不能够战死的,因为他们还有未实现的夙愿,要是他们给人杀死了,他们的夙愿也就跟他们一块儿消灭了。所以他们在长夜里,在树林的低沉的喧响下面,泥沼的有毒的恶臭中间,坐着想来想去。他们坐在那儿,篝火的影子在他们的四周跳着一种无声的舞蹈,这好像不是影子在跳舞,而是树林和泥沼的恶鬼在庆祝胜利……人们老是坐着在想。可是任何一桩事情——不论是工作也好,女人也好,都不会像愁思那样厉害地使人身心疲乏。人们给思想弄得衰弱了……恐惧在他们中间产生了,绑住了他们的强壮的手,恐怖是由女人产生的,她们伤心地哭着那些给恶臭杀死的人的尸首和那些给恐惧抓住了的活人的命运,这样就产生了恐怖。林子里开始听见胆小的话了,起初还是胆怯的、小声的,可是以后却越来越响了……他们已经准备到敌人那儿去,把他们的自由献给敌人;大家都给死吓坏了,已经没有一个人害怕奴隶的生活了……然而正是在这个时候出现了丹柯,他一个人把大家全搭救了。"

老婆子分明是常常在讲丹柯的燃烧的心。她讲得很好听,她那刺耳的破声在我面前很清楚地绘出了树林的喧响,在这树林中间那些不幸的、精疲力竭的人给沼地的毒气害得快死了……

"丹柯是那些人中间一个年轻的美男子。美的人总是勇敢的。他对他的朋友们这样说：

"'你们不能够用思想移开路上的石头。什么事都不做的人不会得到什么结果的。为什么我们要把我们的气力浪费在思想上、悲伤上呢？起来，我们到林子里去，我们要穿过林子，林子是有尽头的，世界上的一切都是有尽头的！我们走！喂！嘿！……'

"他们望着他，看出来他是他们中间最好的一个，因为在他的眼睛里闪亮着很多的力量同烈火。

"'你领导我们吧！'他们说。

"于是他就领导他们……"

老婆子闭了嘴，望着草原，在那边黑暗越来越浓了。从丹柯的燃烧的心里发出来的小火星时时在远远的什么地方闪亮，好像是一些开了一会儿就谢的虚无缥缈的蓝花。

"丹柯领着他们，大家和谐地跟着他走——他们相信他。这条路很难走。四周是一片黑暗，他们每一步都碰见泥沼张开它那龌龊的、贪吃的大口，把人吞下去，树木像一面牢固的墙拦住他们的去路，树枝纠缠在一块儿；树根像蛇一样地朝四面八方伸出去。每一步路都要那些人花掉很多的汗和很多的血。他们走了很久……树林越来越密，气力越来越小。人们开始抱怨起丹柯来，说他年轻没有经验，不会把他们领到哪儿去的。可是他还在他们的前面走着，他快乐而安详。

"可是有一回在林子的上空来了大雷雨，树木凶恶地、威胁地低声讲起话来。林子显得非常黑，好像自从它长出来以后世界上所有过的黑夜全集中在这儿了。这些渺小的人在那种吓人的雷电声里,在那些巨大的树木中间走着;他们向前走,那些摇摇晃晃的巨人一样的大树发出轧轧的响声,并且哼着愤怒的歌子,闪电在林子的顶上飞舞,用它那寒冷的青光把林子照亮了一下,可是马上又隐去了,来去是一样的快,好像它们出现来吓人似的。树木给闪电的寒光照亮了,它们好像活起来了,在那些正从黑暗的监禁中逃出来的人的四周,伸出它们的满是疙瘩的长手,结成一个密密的网,要把他们挡住一样。并且仿佛有一种可怕的、黑暗的、寒冷的东西正从树枝的黑暗中望着那些走路的人。这条路的确是很难走的,人们给弄得疲乏透顶,勇气全失了。可是他们不好意思承认自己的软弱,所以他们就把怨恨出在正在他们前面走着的丹柯的身上。他们开始抱怨他不能够好好地带领他们——瞧,就是这样!

"他们站住了,又倦又气,在树林的胜利的喧响下面,在颤抖着的黑暗中间,开始审问起丹柯来。

"他们说:'你对我们只是个无足轻重的、有害的人!你领导我们,把我们弄得精疲力竭了,因此你就该死!'

"'你们说:领导我们!我才来领导的!'丹柯挺起胸膛对他们大声说,'我有领导的勇气,所以我来领导你们!可是你们呢?你们做了什么对你们自己有益的事情呢?你们只是走,你们却不能保持你们的气力走更长的路!你们只是走,走,像一群绵羊一样!'

"可是这些话反倒使他们更生气了。

"'你该死!你该死!'他们大声嚷着。

"树林一直不停地发出低沉的声音,来响应他们的叫嚷,电光把黑暗撕成了碎片。丹柯望着那些人,那些为着他们的缘故他受够了苦的人,他看见他们现在跟野兽完全一样。许多人把他围住,可是他们的脸上没有一点高贵的表情,他不能够期望从他们那儿得到宽恕。于是怒火在他的心中燃起来,不过又因为怜悯人们的缘故灭了。他爱那些人,而且他以为,他们没有他也许就会灭亡。所以他的心又发出了愿望的火:他愿意搭救他们,把他们领到一条容易走的路上去,于是在他的眼睛里亮起来那种强烈的火的光芒……可是他们看见这个,以为他发了脾气所以眼睛燃烧得这么亮,他们便警戒起来,就像一群狼似的,等着他来攻击他们;他们把他包围得更紧了,为着更容易捉住丹柯,弄死他。可是他已经明白了他们的心思,因此他的心燃烧得更厉害了,因为他们的这种心思使他产生了苦恼。

"然而树林一直在唱它那阴郁的歌,雷声仍在隆隆地响,大雨依旧在下着……

"'我还能够为这些人做什么呢?'丹柯的叫声比雷声更大。

"忽然他用手抓开了自己的胸膛,从那儿拿出他自己的心来,把它高高地举在头上。

"他的心燃烧得跟太阳一样亮,而且比太阳更亮,整个树林完全静下去了,林子给这个伟大的人类爱的火炬照得透亮;黑暗躲开它的光芒逃跑了,逃到林子的深处去,就在那儿,黑暗颤抖着跌进沼地的龌龊的大口里去了。人们全吓呆了,好像变成了石头一样。

"'我们走吧!'丹柯嚷着,高高地举起他那颗燃烧的心,给人们照亮道路,自己领头向前奔去。

"他们像着了魔似的跟着他冲去。这个时候树林又发出了响声,吃惊地摇动着树顶,可是它的喧响让那些奔跑的人的脚步声盖过了。众人勇敢地跑着,而且跑得很快,他们都让燃烧的心的奇异景象吸引住了。现在也有人死亡,不过死的时候没有抱怨,也没有眼泪。可是丹柯一直在前面走,他的心也一直在燃烧,燃烧!

"树林忽然在他们前面分开了,分开了,等到他们走过以后,它又合拢起来,还是又密又静的;丹柯和所有的人都浸在雨水洗干净了的新鲜空气和阳光的海洋里。在那边,在他们的后面,在村子的上空,还有雷雨,可是在这儿太阳发出了灿烂的光辉,草原一起一伏,好像在呼吸一样,草叶带着一颗一颗钻石一样的雨珠在闪亮,河面上泛着金光……黄昏来了,河上映着落日的霞光,显得鲜红,跟那股从丹柯的撕开的胸膛淌出来的热血是一样的颜色。

"骄傲的勇士丹柯望着横在自己面前的广大的草原,——他快乐地望着这自由的土地,骄傲地笑起来。随后他倒下来——死了。

"充满了希望的快乐的人们并没有注意到他的死,也没有看到丹柯的勇敢的心还在他的尸首旁边燃烧。只有一个仔细的人注意到这个,有点害怕,拿脚踏在那颗骄傲的心上……那颗心裂散开来,成了许多火星,熄了……

"在雷雨到来前,出现在草原上的蓝色火星就是这样来的!"

现在老婆子讲完了她的美丽的故事,草原上开始了一阵可怕的静寂,这草原好像也因为勇士丹柯所表现的力量而大大地吃惊了,那个为了人们烧掉自己的心死去,并不要一点酬报的丹柯。老婆子在打瞌睡。我一边瞧着她,一边在想:她的记忆里还剩得有多少故事,多少回忆啊?我想到丹柯的伟大的燃烧的心,又想到创造出这一类美丽而有力的传说的人类的幻想。

　　起了一阵风,把这个睡得很熟的伊则吉尔老婆子身上穿的破衣服刮起来,露出她的干瘪的胸膛。我把她的年老的身子又盖上了,自己躺在她旁边的地上。草原上黑暗而静寂。云仍旧缓慢地、寂寞地在天空飘移……海发出了低沉的、忧郁的喧响。

巴　金译

个儿小——小的！……*

……"她呀,老弟,那个儿小——小的！……"

每当我回忆起这句话时,从过去遥远的地方,总有两对近视的老花眼在向我微笑。笑得那样恬静,是又爱又怜的亲切的微笑,同时耳朵里响着两个颤巍巍的声音,它们同样鲜明地刻画出这样一点:"她"个儿小——小的！……

这个回忆,是我整整十个月来在我们那么辽阔和那么凄凉的祖国的坎坷的道路上徒步游历中最好的一次。由于这回忆,我心头变得非常舒畅和轻松了……

从扎顿斯克到沃罗涅日的路上我赶上了两个朝圣者——一个老头儿和一个老太婆。他们俩的模样大约都有一百五十岁了;他们走得那么缓慢又那么拙笨,在路上滚烫的尘土里艰难地移动着脚板,他们俩的面容和衣服都带着一种不易捉摸的东西;这不可捉摸的东西使人立刻看出这两个老人来自远方。

"是从托博尔斯克省一步步走来的……靠了上帝的帮

---

* 本篇最初发表于一八九五年八月十三日《萨马拉报》。译自《高尔基三十卷集》第二卷。

助!"老头儿证实了我的推测。

老太婆一边走着,一边用善意的、曾经是蔚蓝色的眼睛瞧了瞧我,和蔼地微笑着,上气不接下气地补充说:

"我跟老爷子是从雷萨村,直接从H厂来的!"

"这么说,一定很累了吧?"

"我们吗?没什么!我们还可以往前走,……托上帝的福慢慢地走!……"

"是为了还愿,还是为了老年求福呢?"

"为了还愿,老弟……就是说,我们向基辅和索洛维茨克的圣徒们许过愿,……是啊……"老头儿又一次肯定了我的问话。"妈妈!坐一会儿,稍微歇一下行吗?"他对老伴说。

"嗯,怎么不行呢?"她表示同意。

我们就在道旁一棵老柳树的树荫里坐了下来。天气很热,天空清澈无云,道路在我们的前后方蜿蜒伸展着,消失在远处隐隐的热腾腾的烟雾里。四周静悄悄的一片荒漠。道路两侧田里枯萎的黑麦纹丝不动。

"田里都给吸干了!……"老头儿把摘下来的几根麦穗递给我说。

我们谈论着土地和农民命运对土地的残酷的依赖关系。老太婆听着我们谈天,还叹着气,偶尔在我们的谈话里插进几句得体的、内行的话。

"要是她还活着,看到这样的庄稼,心里该多么难受啊!"老太婆向周围长着低矮枯萎的、好多地方还是光秃秃的黑麦的田垄看了一眼,突然说。

"是——啊!她一定要伤心的……"老头儿摇了摇头说。

他们俩忽然沉默了。

"你们说的是谁呀?"我问道。

老头儿和善地微笑了。

"这会儿……我们是在回想一个……"

"我们以前的女房客……一个小姐……"老太婆叹着气说。

忽然间,他们俩眼睛都望着我,仿佛彼此商量定了似的,缓慢而凄婉地拉长着声音一齐说道:

"那个儿小——小的!……"

这很奇怪而且很剧烈地刺痛了我的心。在他们年迈的声音里流露出某种为亡灵祈祷的音调……可是他们忽然互相打断对方的话头,争先恐后地开始讲起来,他们讲得那么快,使坐在他们中间的我只能一会儿朝这一个,一会儿又朝那一个转动着脑袋。

"是一个警察把她带来交给我们的,就是说,交给村长的。他交代说:'派个地方给她住。'……"

"就是说,派一家住的地方!"老太婆解释说。

"他们把她派到了我们那儿……"

"我们一看,她全身冻得通红……冷得直哆嗦……"

"她个儿是那么小——小的!……"

"那模样我们看了简直要掉眼泪……"

"我们心里想,天哟,要把她发配到哪儿呀?"

"要拿她怎么办呀?犯了什么罪呀?……"

"她呀,你瞧,是从哪儿过来的……"

"就是说,从俄罗斯……"

"我们第一件事,就是把她安顿在炉台上……"

"我们那炉子又大——大……又暖——暖……"老太婆

伤心地叹了口气。

"嗯,后来,就是说……让她吃了些东西!"

"她还在笑呢!"

"小眼珠儿黑——黑的……就像耗子的……"

"她整个儿,就像耗子……又光滑,又滴溜儿圆……"

"她歇了会儿……就哭起来了……多谢你们,她说,亲人呀!"

"就开始转呀转的!!"

"居然开始转动起来了!……"老头儿赞叹地叫喊着,又眯细着眼睛笑起来了。

"她像个皮球似的在屋里滚来滚去,忙乎起来,忙个不停……又是这个,又是那个……把这个那样摆,又把那个这样摆……'泔水桶拿出去,喂猪,'她说,'你们来拿出去……'她自己也用那双小手拿着,可是滑了一下……那双手扑通一家伙往泔水里直浸到肩膀! 嘿你……"

一下子他们俩笑得前仰后合的,还呛得直掉眼泪。

"还有那些小猪崽……"

"她干脆亲它们的嘴脸!……"

"她说:'吃奶的猪崽不可以放在外面!'"

"她一个星期累得那个样子!"

"有时浑身是汗……"

"她哈哈大笑,叫喊着,一双小脚跺着……"

"有的时候脸色却忽然暗下来,感到不好意思……"

"像要晕过去似的!……"

"还淌着眼泪……她哭呀,哭呀,像抽风似的。我们围着她转,团团转……她到底怎么啦? 弄不明白……只好跟着哭。

143

有时候哭着哭着……也不知道到底为了什么。我们抱着她,跟她一块儿伤心落泪……"

"可见……简直是个娃娃……"

"我们孤独地过日子。一个儿子送去当了兵,另一个在金矿里……"

"她大概有十八岁……"

"哪儿的话!如果看外表,怎么样也到不了十二岁……"

"哼,你太邪乎了!……十二岁!哪儿能!……"

"你说,还大些吗?……不会的!"

"什么?她已经是个大姑娘……要说她个儿小,那难道能够怪她吗?"

"难道我在怪她吗?真是!"

"算了!……"老太婆和气地让步了。

争吵了一阵以后,两个老人又一下子沉默了。

"那么,后来怎样啦?"我问。

"后来吗?……没什么,老弟!……"老头儿叹了口气。

"她死了……一场寒热病把她烧死了。"满是皱纹的两颊流下两行眼泪。

"是——的,老弟,她死了……和我们一块儿生活了不过两年……全村都认识她。哪里止全村呀!……许许多多人都认识。她是识字的人。常常上村会去……有时只顾自己叫喊着……没什么说的,是个聪明的姑娘!……"

"要紧的是那颗心!……唉,真是天使般的心!……一切事情她都能理解,对一切东西,她那颗心都明白!……本来是大城市里的小姐,穿着天鹅绒的短袄……缎带……皮鞋……念着书呀什么的,可是她懂得农民,啊,多么单纯!她什么都懂得!'亲爱的,这一切你打哪儿知道的?'——她说:'书本上都写着的!……'你瞧!……她要这来干啥,有啥用呀?她不如出嫁了,当个太太,可是给打发到我们这个地方,就这么死了!……"

"也真奇怪!……她教我们大家学……那么小小的!……可对大家却那么认真……这个不对,那个不对……"

"她是个有文化的……这没什么可说的……对什么事,对什么人都肯帮忙……哪儿有谁病了,她就去,哪儿有谁……"

"她临死那会儿一直神志昏迷……尽说胡话。她叫着'妈妈,妈妈!……'那么可怜见儿的……人家去请牧师,心想也许她会醒过来……可是呀,亲人呀,等不及……就过去了。"

老太婆脸上流着眼泪,我心头感到一阵舒畅,仿佛眼泪是为了我才流的……

"全村的人都集合到我们家来了……在街上,在院子里挤来挤去……怎么啦?!怎么啦?!……大家都爱她,都喜欢她……"

"嘿,真是个好心肠的小姑娘!……"老头儿叹息着说。

"大家全都来参加葬礼……等到谢肉节时,她已经过去了四十天,大家动了念头……说,我们来为她祈祷祈祷!……街坊们也一样想……'你们真的要这样?那就去吧!本来嘛,你们是自由自在的人,不是干活儿的……祷告也许能超度她。'我们这就上路了。"

"这么说,你们是为了她?"我问。

"是为了她,为了小姑娘,我的亲人,是为了她!我们说,也许天老爷会接受我们这些罪人的祷告而宽恕她的！于是在斋戒的头一天,正好是星期二那天我们出发了……"

"为了她！……"我重复说。

"是为了她,我的朋友!"老头儿证实说。

我还想反复听他们说,正是要为她祈祷,他们这才走上几千里地的。在我看来,这简直好到令人难以置信。我向他们试探了一些别的动机,希望更能肯定他们这番长途跋涉正是"为了她",为了那个有一双乌黑的眼睛的小姑娘……当我终于确信是这样的时候,我就感到了极大的满足。

"难道你们一直是步行吗?"

"不,那哪儿成呀!……有时也搭搭车……我们坐天把车子,然后又再走路……我们是有点儿辛苦。我们太老了,老这样往前步行可受不了……上帝可以做证,我们是太老了……要是我们有她那样的脚……嗯,那就不一样了!"

他们俩又抢着谈论起她这个被命运抛弃,不得不远离家庭和妈妈而死于发高烧的小姑娘来了。

两小时后,我们站起身来向前走了。我想着那小姑娘,但想象不出她的模样……我的想象力这么贫乏,使我感到十分苦恼。

俄罗斯人是不大会想象美好的、光明的东西的……

一个驾着大车的乌克兰农民很快赶上了我们,他闷闷不乐地看了我们一眼,稍稍抬了抬帽子来回答我们的招呼,又向两个老人喊道:

"坐上来,我送你们进村!"

他们坐上车,就隐没在尘雾里了……我长久地在尘雾里走着,凝望着远处逐渐消失的大车,那上面载着两个老人,他们为了那个惹得他们非常热爱的小姑娘而跋涉了好几千里路……

伊　信译

科 柳 沙[*]

速 写

在公墓的最穷的一角,在那些经过多年风吹雨打塌下来的坟墓中间,在两棵枯萎的白桦树的花边形的阴影里,一座坟墓上面,坐着一位上了年纪的女人,她身上穿一件印花布旧衣服,头上束一条黑色围巾。

一缕灰白的头发垂在她那干瘪的布满皱纹的左边脸颊上,薄薄的嘴唇闭得紧紧的,嘴角垂下来,在嘴的两边形成一些悲哀的皱纹;她的眼睑也往下垂,一般哭得太多而且在许多愁闷的长夜里失眠的人都有这样的眼睛。

我站得远远地观察她的时候,她一直坐着不动,我后来朝着她走过去,她还是不动一下;她只是抬起她那对没有眼神的大眼睛看了看我,并不曾表示一点疑问或者惊惶,又冷淡地把它们埋下去了,连一点表情也没有,叫我没法猜出来,她究竟愿意不愿意我走到她面前去。

---

[*] 本篇最初发表于一八九五年八月二十九日《萨马拉报》。译自《高尔基三十卷集》第二卷。

我招呼了她,问她,埋在这儿的是她的什么人。

她很客气地、冷淡地答道:

"我的儿子……"

"年纪大吗?"

"十二岁……"

"死了很久吗?"

"四年前……"

她叹了一口气,把脸颊上一缕头发掠回到围巾下面去了。天很热。太阳毫无怜悯地烤着这个死人的城市;日光和尘土使得坟头的枯草变成了棕黄色;长得不好的树木,没精打采地耸立在十字架中间,树上也厚厚地盖上了尘土,它们站在那儿,动也不动一下,好像已经死了一样……

"他是怎样死的?"我朝着她儿子的墓点一下头,问道。

"马踏死的……"她伸了一只起皱纹的手抚摸坟头,短短地答道。

"这是怎么一回事呢?"

我觉得,我这样问是没有礼貌的,可是这位母亲的冷淡的态度一方面挑动了我的好奇心,另一方面又使我很不高兴。我起了一个没法解释的古怪念头,我想看见她流眼泪。她的这种冷淡是很不自然的,然而同时我看得出这又不是故意装出来的。

我的问话使她又抬起眼睛来看我。她默默地把我从头到脚打量了一番,然后轻轻地叹了一口气,就开始沉思地、平心静气地讲起她的故事来……

"您瞧,就是这样一回事情。他的父亲因为盗用公款给判了一年半的徒刑,在这个时期我们就把我们的积蓄吃光了。

我们的积蓄本来就很少。到我丈夫出监牢的时候,我已经在用辣菜根当柴烧了。一个种菜园的人送给我一车没用的辣菜根——我把它晒干了跟干牛粪掺在一块儿烧。气味很不好闻。做出来的粥汤也有怪气味。科柳沙那时候在上学。他是个灵活的孩子……也懂得节省。他放学回家,路上捡到木头、木板,总要带回家来。是啊……春天来了,雪已经融化了,可是他还穿着毡靴。靴子常常湿透了……他把它们脱下来,他那双小脚全红——红了。就在这个时候他们把他父亲从牢里放出来,用出租马车送回家来了。他在牢里得了瘫病。他就躺在那儿望着我苦笑,我站在床前,埋下眼睛看他,心里想:'我拿什么来养活他,养活我这个害人精呢?最好是把他扔到街上泥水坑里去。'可是科柳沙看见了,哭了。他脸色完全白了,望着他父亲,大颗大颗的眼泪顺着他脸蛋滚下来。他说:'好妈妈,他怎样了?'我说:'他已经不中用了。'……是啊,从这一天起,就这样过下去了。就这样过下去了。老爷。我一天忙得像疯子一样,可是就是在运气好的时候,也不过收进二十个戈比……我真愿意死……哪怕自尽也好。科柳什卡①看见了这一切……他脸色很难看……有一回我实在忍受不下去了……我说:'这种该死的生活!能够死掉多好……哪怕你里面死掉一个也行……'我是指他们,指父亲同科柳沙说的……父亲点点头,好像他想说:我快要死了,不要骂我,忍耐点吧。可是科柳沙……把我望了一下,就走出去了。等到我清醒过来……啊,已经太晚了。是啊,太晚了。因为您老爷,他,科柳沙出去以后还不到一个钟头——一位警察坐着

---

① 科柳沙的爱称。

马车来了。他说：'您是希申宁娜太太吗？'我马上就猜到有什么祸事了……他说：'请您就到医院去。'他说：'您儿子给商人安诺欣的马踏伤了……'我就坐车到医院去。在马车里我就像坐在烧红的铁钉上面一样。我心里想：'你该死的女人，该死的！'我们到了。科柳沙，他躺在那儿，全身都给绷带包扎着。他对我微笑着……眼泪从他眼睛里流出来了……他小声对我说：'好妈妈，饶恕我！钱在巡官那儿。'我说：'科柳沙，上帝保佑你。你说什么钱呢？'他说：'街上那些人扔给我的，还有安诺欣给的……'我问：'他们为什么给钱？'他说：'因为这个……'他发出了一声轻轻的……呻吟。他的眼睛睁得很大……我说：'科柳申卡①，好儿子，你怎么会没有看见马跑过来呢？'可是，啊，老爷，他清清楚楚地对我说：'我看见了它……马车……不过……我不愿意跑开。我想——要是我给压坏了，他们会给钱的。他们真的给了钱……'这就是……他说的话……我明白这个，我懂得他的心思，他真是个天使，可是晚了。第二天早晨他就死了……他临死还是很清醒的。他一直在说：'好妈妈，给爸爸买这个，买那个，也给你自己买……'好像有很多钱似的。钱——的确有四十七个卢布。我到安诺欣家里去，可是他给了我五个卢布……他还骂人，他说：'大家全看见，是小孩自己跑到马脚底下来的，你还来向我要钱？'我以后就没有再到他那里去过。您老爷，就是这样一回事情。"

她不作声了，她又像先前那样地冷淡、呆板了。

公墓是清静的、荒凉的；十字架，耸立在十字架中间的干

---

① 科柳沙的爱称。

枯的树木，坟堆，悲伤地坐在一座坟上面的毫无表情的女人，——这一切使我想起了人的痛苦，想起了死。

然而无云的天空是晴朗的，它在散布干燥的炎热。

我从衣袋里掏出一点钱来，把它们拿给这个人还活着、心却让不幸弄死了的女人。

她点了点头，声音特别慢地对我说：

"老爷，不要麻烦您了，我今天已经够了……我需要的实在不多，现在……就我一个人……孤零零活在世界上……"

她深深地叹了一口气，又把她那两片给悲伤扭歪了的薄嘴唇紧紧地闭上了。

巴　金译

可汗和他的儿子*

"从前在克里米亚有一个可汗①,叫作莫索拉伊马·阿里·阿斯瓦布,他有一个儿子叫托拉伊克·阿尔加拉……"

一个瞎眼的鞑靼乞丐背靠在一棵杨梅树的鲜褐色的树干上,他用上面这段话开始讲起这个有着很多回忆的半岛②上的一个旧传说来。在说故事人的四周,围了一群鞑靼人,他们穿着颜色鲜艳的长袍,戴着金线绣的圆帽,坐在那个给时光毁坏了的可汗故宫的残石碎片上面。已经是傍晚了,太阳静静地沉到海里去;它的红光穿过在废墟四周丛生的阴暗的绿树,把明亮的光点射在那些生着青苔和爬着常春藤绿叶的石头上。风在古老的枫杨树③树枝间发出喧嚣声,枫杨树的叶子沙沙地响着,好像有眼睛看不见的溪水在空中流动一样。

瞎眼乞丐的声音很弱,而且一直在颤抖,可是他那张石头一样的脸在皱纹中间所表现的就只有安静;记熟了的字句一个跟着一个地流出来,在听众的眼前,绘出了一幅过去那些充

---

* 本篇最初发表于一八九五年一月十四至二十四日《尼日戈罗德报》。译自《高尔基全集》第二卷。
① 鞑靼王的称号,或译作"汗"。
② 即克里米亚半岛。
③ 法国梧桐一类的树木。

满情感力量的日子的图画。

"可汗老了,"盲人说,"可是在他的内院里有很多女人。她们都爱这个老头子,因为他还有充分的精力和热情,他的抱吻还是温柔的、热烈的,女人总是爱那些能够把她们抱吻得挺有劲的男人,不管他的头发白了,不管他的脸上有了好多的皱纹——美是在力气上,而不是在柔嫩的皮肤和红润的脸颊上。

"她们全爱可汗,可是他单爱一个他从第聂伯草原带来的哥萨克女俘虏,在内院里所有的女人中间他总是更高兴抱吻她。他的内院里一共有三百个从各地方来的女人,她们全是美人儿,好像春天的鲜花一样,她们都过着舒适的生活。可汗叫人给她们预备了许多香甜可口的吃食,又让她们随意地跳舞游玩,一点儿也不干涉……

"可是他常常把哥萨克女子叫到他的塔里去,从塔里可以望见海,他在那儿给哥萨克女子预备了使得女人生活快乐所必需的一切东西:甜食、各种织物、黄金、各样颜色的宝石、音乐和从远方来的珍奇的鸟,再加上情人的火一样热的抱吻。在塔里,他整天跟她在一块儿取乐,丢开他一生的勤劳休息了,他知道他的儿子阿尔加拉不会丧失可汗领土的光荣。这个儿子像一只狼似的在俄罗斯的草原上跑来跑去,他从那儿回来的时候,总是带着很多的战利品,带着新的女人,带着新的光荣,却给那儿留下恐怖和灰烬、血腥和死尸。

"有一回,他,阿尔加拉抢劫了俄罗斯人回来,人们举行许多盛大的庆祝来欢迎他,半岛上所有的贵人全出来参加这些庆祝大典。有游戏,有宴会。大家用弓箭射俘虏的眼睛来比手劲,随后他们又喝起酒来,赞美阿尔加拉的勇敢,阿尔加拉,这个敌人的灾星,可汗领土的栋梁。年老的可汗看到儿子的光荣,心里非常高兴。知道自己死后可汗领土会掌握在坚强的手里,这对于他,一个老头子,倒是一件快活的事情。

"这使他非常快乐,他为了对他儿子表示他的爱力起见,便当着所有的贵人和长者的面,——就在这儿筵席上,手拿着酒杯,说道:

"'阿尔加拉,你是好儿子!真主①的光荣,他的先知的名字要受到赞扬!'

"众人使用有力的声音合唱了一首赞美先知名字的诗篇。然后可汗说道:

"'真主是伟大的!就在我还活着的时候,他在我这个勇敢的儿子身上复活了我的青春,现在凭我的老眼也看得出来:等到它们看不见阳光、等到蛆虫吃我的心的时候,我也会活在我的儿子的身上!真主是伟大的,穆罕默德是他的先知!我有一个好儿子,他的手很坚强,头脑聪明……你想从你父亲的手里拿到什么,阿尔加拉?你说吧,你要什么,我全给你……'

"老可汗的声音还不曾消失,托拉伊克·阿尔加拉就已经站了起来,他眨了眨他那像黑夜的海一样黑的、像山鹰眼睛一样燃烧的眼睛,说:

"'把俄罗斯的女俘虏给我,父王。'

"可汗沉默了——他沉默了一会儿,只有为着压下心里战栗所需要的那一点儿时间——在沉默以后,他坚决地大声说:

"'拿去!等宴会完了,——你带她去。'

"勇敢的阿尔加拉高兴得脸通红,他的鹰眼射出来狂喜

---

① 全世界穆斯林崇拜的唯一主宰,相当于基督教中的上帝。

的光,他直挺挺地站在那儿,对可汗父亲说:

"'我知道你给我的是什么,父王!我知道这个……我,你的儿子是你的奴隶。抽我的血,每点钟一滴地抽去吧——我愿意为你死二十次!'

"'我什么也不要!'可汗说,他那个戴着无数年代和许多功业的荣冠的白头低垂在胸口上。

"宴会不久就完了,两个人肩膀靠肩膀默默地从宫里出来,朝内院走去。

"夜是黑沉沉的,在厚毯似的盖着天空的浓云后面看不见星星,也看不见月亮。

"父亲和儿子在黑暗中走了许久,忽然阿里·阿斯瓦布可汗说话了:

"'我的生命一天一天地衰弱下去——我年老的心跳得越来越弱了,胸膛里的火越来越少了。那个哥萨克女子的热烈的抱吻便是我生命中的光和热……告诉我,托拉伊克,告诉我,你的确少不了她吗?把我的妻子拿一百个去,把她们全拿走,来抵她一个吧!……'

"托拉伊克叹口气,他不作声。

"'还给我剩得有多少日子呢?我在世界上的日子不多了……我一生的最后的快乐就是这个俄罗斯女子。她了解我,她爱我,要是没有她,现在谁会爱我——爱一个老头子呢?谁?在我所有的女人中间没有一个,没有一个,阿尔加拉……'

"阿尔加拉不作声……

"'当我知道你在拥抱她,知道她在吻你时,我怎么能活得下去呢?在女人面前没有父亲也没有儿子,托拉伊克!在女人面前我们都是——男人,我的儿子……我会痛苦地度过

我的余生……还不如让我所有的旧伤口全裂开,托拉伊克,还不如就流尽我的血,还不如不让我活过这一夜,我的儿子!'

"他的儿子不作声……他们停在内院门口,头埋在胸前,他们在门前站了许久。四周是一片黑暗,云在天上奔跑,风摇撼树木,好像在唱歌,把树木吹得响个不停……

"'我爱她很久了,父亲……'阿尔加拉轻轻地说。

"'我知道……我还知道她不爱你……'可汗说。

"'我一想到她,我的心就碎了……'

"'然而我这颗年老的心里现在充满着什么呢?'

"他们又不响了。阿尔加拉叹了一口气。

"'看起来那个聪明的阿訇对我讲的是真理了——女人对于男人始终是有害的:她生得美的时候,她会引起别人生出占有她的欲望,让她丈夫去受妒忌的痛苦;她生得丑的时候,会使她的丈夫羡慕别人,受到羡慕的痛苦;要是她生得不美也不丑的时候,——男人就把她打扮得漂亮,后来知道他弄错了,又会因为她,因为这个女人受到痛苦……'

"'智慧不是治心痛的药。'可汗说。

"'我们彼此可怜可怜吧,父亲……'

"可汗抬起头来,悲哀地望着他的儿子。

"'我们杀死她。'托拉伊克说。

"'你爱你自己胜过你爱她同我。'可汗想了一会儿,小声地喃喃说。

"'我看你也一样啊。'

"于是他们又不响了。

"'是啊!我也一样。'可汗悲哀地说。这哀痛使他变得像一个小孩了。

"'怎么样——我们杀死她吗?'

"'我不能把她送给你,我不能。'可汗说。

"'我再也忍受不下去了——把我的心挖出来吧,不然就把她给我……'

"可汗不作声。

"'我们把她从山上抛到海里去。'

"'我们把她从山上抛到海里去。'可汗重说着儿子的话,好像是儿子声音的回声一样。

"他们走进了内院,她已经在地上,在华美的地毯上睡着了。他们站在她面前,看着,他们看了很久。老可汗眼睛里淌出泪水,流到他的银白的长须上,像珍珠似的在那儿发光;他的儿子站在一边,眼睛闪露出光芒,咬紧牙齿来压下激情,一面唤醒哥萨克女子。她醒来了,在她的像朝霞一样娇美、一样粉红的脸上开放了她那对像矢车菊一样的眼睛。她没有注意到阿尔加拉在这儿,就把她的鲜红的嘴唇伸给可汗。

"'亲我,老鹰!'

"'你准备好……跟我们一块儿去。'可汗小声说。

"现在她看见阿尔加拉了,还看见了她的老鹰眼里的泪水,她是一个聪明人,马上就明白了一切。

"她说:'我去,我去。不归这一个,也不归那一个——就这样决定了吗?意志坚强的人应该像这样决定的。我去。'

"于是他们,所有这三个人,一声不响地动身到海边去了。他们顺着窄狭的小路走,风在吼叫,大声地吼叫……

"她是一个娇嫩的女孩子,不到一会儿工夫就累了,可是她很骄傲——不愿意把这个告诉他们。

"等可汗的儿子注意到她落在他们后面的时候,他对她说：

"'害怕吗？'

"她向他闪一下眼睛，给他看她的血淋淋的脚……

"'我来抱你走！'阿尔加拉说，把两只手伸给她。可是她却抱住她的老鹰的颈项。可汗把她举在自己的胳膊上，好像举起一根羽毛，他抱着她走；她坐在他的胳膊上，一边把树枝从他的脸上拨开，害怕它们会戳伤可汗的眼睛。他们走了好久，而且已经听见远处海的喧响了。本来一直跟在他们后面顺小路走着的托拉伊克这时便对父亲说：

"'让我到前面去，不然我会拿剑砍你的颈项。'

"'你过去吧，真主会满足你的欲望，或者会宽恕它——这是他的意思，而我，你的父亲，我宽恕你。我知道爱情是怎么一回事。'

"突然它，海，就在他们面前了，那儿下面，浓浓的，黑黑的，无边无际的。海浪在悬崖脚下唱出低沉的歌声，那儿下面很暗，很冷，而且很可怕。

"'再见！'可汗吻着女孩子说。

"'再见！'阿尔加拉说，向她鞠一个躬。

"她埋下头看那波浪在唱歌的地方，把身子往后一缩，两只手紧紧按住胸口。

"'把我扔下去吧。'她对他们说……

"阿尔加拉向她伸出两只手，发出一声呻吟。可汗却把她抱在自己的胳膊里，紧紧搂在自己的胸前，吻了她，然后将她高举在自己的头上——从悬崖上扔了下去。

"波浪在那儿飞溅，在那儿唱歌，声音响得厉害，所以他们两个人都没有听见她是在什么时候落到海里去的。一声叫

159

喊也没有听到,一点儿声音也没有。可汗倒在石头上,默默地看下面,望着黑暗,望着海和云汇合的远方,密密的浪花正从那儿喧响地奔流过来;风吹过,吹拂着可汗的白胡须。托拉伊克站在他身边,双手蒙着脸——像石头一样地不动也不响。时间在消逝,云让风赶得一片接一片地在天空飞过。它们是黑暗的,沉重的,跟这个躺在大海上空高崖顶上的老可汗的思绪一样。

"'我们走吧,父亲。'托拉伊克说。

"'等一会儿……'可汗喃喃说,他好像在倾听什么似的。又过去了许多时间,波浪在下面飞溅,风飞上悬崖来,把树木吹得响个不止。

"'我们走吧,父亲……'

"'再等一会儿……'

"托拉伊克·阿尔加拉不止一次地说:

"'我们走吧,父亲。'

"可汗还是不离开这个他失去他晚年的欢乐的地方。

"然而——凡事总有一个结束!——他,有力的,骄傲的,站了起来,皱着眉头,声音低沉地说:

"'我们走吧……'

"他们动身走了,可是不到一会儿工夫可汗又站住了。

"'可是我为什么走,我到哪儿去,托拉伊克?'他问他的儿子,'为什么我现在还要活着,既然我整个的生命都在她身上?我老了,已经没有人再会爱我了,要是没有人爱你的话——活在世界上也就没有意思了。'

"'你有光荣同财富啊,父亲……'

"'我只要你给我她的一吻,那一切你都可以当作报酬拿去。那一切全是死的东西,只有女人的爱是活的。人没有这样的爱——也就没有生命,他便是一个乞丐,他的生活是可怜的。再见,我的儿子,望真主降福在你头上,他的祝福跟着你一生一世。'可汗转过身来,脸朝着海。

"'父亲,'托拉伊克说,'父亲!……'他不能再说什么了,因为对一个死亡正在向他微笑的人,是没有什么话可说的,是没有任何语言能使他对生命的爱又回到他的心里去的。

"'让我去……'

"'真主……'

"'他知道……'

"可汗迈着快步走到绝壁的边缘,纵身跳下去。他的儿子没有阻止他,而且也来不及了。又是什么声音也听不见——没有一声叫喊,也没有可汗摔下去的响声。只有波浪一直在那儿飞溅,风在狂歌。

"托拉伊克·阿尔加拉朝下面看了许久,随后他大声说:

"'真主啊,也给我一颗这样坚强的心吧!'

"说完他便走进夜的黑暗中去了……

"……莫索拉伊马·阿里·阿斯瓦布就这样死了,在克里米亚是托拉伊克·阿尔加拉做可汗了。"

巴　金译

科诺瓦洛夫[*]

我漫不经心地用眼睛在一张报纸上掠过,见到了科诺瓦洛夫这个姓氏,它引起了我的注意,我于是读到了下述一条新闻:

"昨夜,在本市监狱第三号狱室,穆罗姆城小市民亚历山大·伊凡诺维奇·科诺瓦洛夫,在炉子通风口处自缢身死。自杀者年四十,系在普斯科夫城因漂泊流浪而被捕,并被押送遣返原籍者。据监狱当局声称,此人素性平和,沉默寡言,生性忧郁。经狱医诊断,促使科诺瓦洛夫自杀之原因,谅系患忧郁症所造成。"

我读完这条短讯之后,觉得我也许能把促使这个爱沉思的人轻生的原因解释得更清楚,因为我认识他。再说,我恐怕也没有理由对他的事保持沉默:他是一个非常好的小伙子,这样的人在人生旅途上是不常遇见的。

……我是在十八岁那年遇见科诺瓦洛夫的。那时我在一家面包房里当一个面包师的"下手"。这个面包师曾在"军乐队"里当过兵,他爱喝酒,常常把和好的面团弄坏,他喝醉了

---

[*] 本篇最初发表于一八九七年三月《新语》杂志第六期。译自《高尔基三十卷集》第三卷。

酒,喜欢用嘴唇吹曲子,用手指随便在什么东西上敲击出各种曲调。每当面包房老板因为产品做坏了或者到早晨不能及时出货而训斥他的时候,他就大发脾气,对着老板破口大骂,同时总要向他标榜一番自己的音乐才能。

"说我把和好的面发得过头了!"他翘起红色的长胡须,掀动那不知为什么总是湿漉漉的厚嘴唇喷喷作声地嚷叫,"说面包皮烤煳啦!面包生啦!嘿,活见鬼,你这个斜眼丑八怪!难道我是为了干这种活才生到世界上来的吗?去你妈的这种该死的活,我是音乐家!懂吗?想当年,吹中音铜号的喝醉了,我就吹中音铜号;吹双簧管的被捕了,我就吹双簧管;吹短号的病倒了,谁能代替他?我!丁——塔——朗——达——底!你这个大老粗,喀查普①!给我结账!"

老板是个肥胖丰满的人,长着一双杂色的眼睛和一副女人似的面容,他晃动着肚子,跺着又短又粗的脚,尖声嚷叫道:

"害人精!败家子!出卖基督的犹大!"他叉开短短的手指,把两手伸到天空中去,忽然用刺耳的嗓音高声喊叫道:"要不我就把你送警察局,告你捣乱!"

"把沙皇和祖国的忠仆送警察局?"那当兵的咆哮起来,举起双拳要向老板扑上去。老板后退了,他不断啐着唾沫,气得直喘气。他也只好这样,无能为力。因为正当夏天,那时候在这个伏尔加河畔的城市里是很难找到有经验的面包师的。

这样的活剧几乎天天闹。那当兵的喝酒,弄坏和好的面团,吹奏各种进行曲、圆舞曲或者像他说的所谓"节目";而那老板气得咬牙切齿,我却因此不得不一人干两人的活儿。

---

① 喀查普是沙俄时代乌克兰民族沙文主义者对俄罗斯人的蔑称。

有一次,老板和那当兵的又闹了这样一出活剧,我非常高兴。

"喂,当兵的,"老板到面包房里来,他容光焕发,踌躇满志,眼睛里闪耀着讥讽的微笑,说道,"喂,当兵的,鼓起嘴唇,吹进行曲吧!"

"又怎么啦?!"当兵的阴沉地说,他正躺在装面团的木柜上,照例又是喝得半醉了。

"开步走吧!"老板兴高采烈地说。

"到哪儿去?"当兵的一面问,一面把两腿从木柜上放下来,感到事情不妙了。

"随便你到哪儿去……"

"这是什么意思?"当兵的暴跳如雷地叫了一声。

"这意思就是说,我不想再用你了。结了账,爱上哪儿就上哪儿——开步走吧!"

那当兵的一向以为自己很有本事,老板拿他没有办法,现在老板的声明使他有点清醒了:他心里明白,靠他这点不高明的手艺,是很难找到活儿干的。

"哦,你胡扯!……"他站起身来,惊慌地说。

"走吧,走吧……"

"走?"

"滚吧。"

"给你干活儿干够了,就……"当兵的痛苦地摇摇头,"你吸我的血,血吸干了,就把我赶走。好呀!哼,你这吸血鬼!"

"我是吸血鬼?"老板大怒。

"你是!就是吸血鬼!"当兵的斩钉截铁地说,摇摇晃晃地向门口走去。

老板冲着他的背影尖刻地笑着,他的小眼睛愉快地闪烁着。

"走吧,瞧你现在到别家去找活儿!哼,我已经把你这个宝贝的所作所为到处给人家说了,你就是不要工钱白干活儿,也没人要你!到哪里去也没人要……"

"您雇到新师傅了吗?"我问。

"什么新师傅——是个老伙计。他当过我的下手。啊,是个出色的面包师!手艺好极了!可惜也是个酒鬼!他喝酒的毛病可厉害呢。……可他一来,拿起活就干,一干就是三四个月,像一头熊似的!他不睡觉,也不休息,工钱一点不在乎。他一面干,一面唱!他唱起歌来,我的老弟,简直唱得叫人听不下去——搅得人心里难受死了。他唱啊,唱啊,随后又喝酒!"

老板叹了口气,绝望地挥了挥手。

"他一犯起喝酒的毛病来,就怎么也阻挡不住他。一直喝到生病或者把钱喝得精光才罢休……到那时候,他就好像是害臊了,像鬼躲开神似的不知躲到哪儿去了。瞧,他来了……决定上工了吗,廖萨①?"

"决定上工了。"门口有一个低沉的声音回答说。

一个三十岁左右的高个子、阔肩膀的男人,肩膀靠着门框站着。从他的服装来看,这是个典型的流浪汉,从他的脸型来看,是个道地的斯拉夫人。他身上穿着一件脏得不像样子的红布破衬衫和一条肥大的粗麻布灯笼裤,一只脚上穿着只剩半截的高勒胶靴,另一只脚上穿着一只破皮鞋。淡褐色的头

---

① 廖萨是亚历山大的爱称。

发乱得一团糟,头发里夹着一些刨花和干草;这样一些东西也夹杂在他那把扇形的遮住了胸膛的淡褐色的大胡子里。椭圆形的、苍白的、疲惫不堪的脸,由于有了蓝色的大眼睛而显得颇有光彩,那对眼睛温柔地看着。他的嘴唇很美,不过有点苍白,也在淡褐色的胡子下面微笑着,他那微笑的样子仿佛表示他想抱歉地说:

"瞧我这样子……别见怪。"

"过来,萨绍克①,这就是你的下手。"老板搓着手,亲热地打量着这位新来的面包师的强壮的身体说。面包师一声不响地朝前走了一步,向我伸出一只有巨人般大手掌的长臂;我们互相问了好;他坐在凳子上,两腿向前伸直,他望着自己的腿对老板说:

"你得给我,瓦西里·谢苗内奇,买两件替换的衬衫,一双旧皮鞋……一块做工作帽用的粗麻布。"

"都会有的,不必担心!工作帽我有的是;衬衫和粗麻布到晚上就有。先干起来再说;我知道你是什么样的人。不会亏待你的……科诺瓦洛夫这样的人,谁也不会亏待他的,因为他自己也不亏待别人。难道老板是野兽吗?我自己也干过活,我知道干活有多累多苦……哦,那你们就留下吧,弟兄们,我走了……"

我们两人就留下了。

科诺瓦洛夫坐在凳子上一声不响,含笑向四处看看。面包房设在一间有拱形天花板的地下室里,室内的三扇窗户都比地面低,光线很弱,空气也不好,很潮湿、肮脏,粉尘飞扬。

---

① 萨绍克也是亚历山大的爱称。

墙旁放着几个长形的木柜:一个木柜里放着和好的面团,一个木柜里放着刚发酵的面团,再一个木柜里是空的。微弱的光线穿过窗口照在每一个木柜上。庞大的炉灶几乎占了面包房三分之一的地方;炉灶旁边肮脏的地上放着几袋面粉。炉膛里熊熊地燃烧着一些长长的木柴,炉火的火苗映射在面包房的灰色的墙壁上,摇曳着、抖动着,仿佛在无声地诉说着什么。

拱形的熏黑了的顶棚沉重地低压着,日光和炉火合在一起形成一种不稳定的、照得眼睛发花的亮光。从窗外街上传来嗡嗡响的喧闹声,飞进来一些尘土。科诺瓦洛夫看看这一切,叹了口气,声音沉闷地问道:

"你在这儿干了好久了吗?"

我对他说了。我们沉默了一会儿,皱着眉头,面面相觑。

"简直是牢房!"他叹了口气,"咱们到街门口去坐一会儿吧。……"

我们出去走到大门口,在凳子上坐下。

"这里可以透口气。我还不能马上习惯这个深坑,不能习惯。你想想,我是从海上来的……我在里海的捕鱼队里干过……忽然一下子从那样开阔的地方扑通一下掉进了这个深坑!"

他面带悲哀的微笑看了我一眼,不作声了,他凝神注视着那些步行和乘车路过的人们。他的明亮的蓝眼睛闪着悲哀的光辉……到了傍晚时刻,街上又闷又闹,尘土飞扬,街上横陈着房屋的影子。科诺瓦洛夫坐着,背靠着墙,双手搁在胸部,手指拨弄着他那柔软如丝的大胡子。我从侧面望着他椭圆形的苍白的脸,心里想:"这是一个什么样的人呢?"可是我不敢同他攀谈,因为他是我的上司,而且还因为他使我产生了一种奇怪的敬重他的心理。

他的前额上刻着三条很细的皱纹,不过这些皱纹常常舒展开来,看不见了;我很想知道,这人在想些什么……

"咱们进去吧,到时候了。你揉第二个面团,我来做第三个。"

我们把一大块和好的面团按分量分成好多份,又揉好了另一个面团,然后坐下来喝茶;科诺瓦洛夫伸手到怀里去,问我:

"你认字吗?喏,拿去给念一念。"说完,他递给我一张又皱又脏的小纸。

"亲爱的萨沙①!"我念道,"你好,我在信上吻你,我日子不好过,不是滋味儿,我等不到我跟你一起出走或者和你共同生活的那一天了;这种该死的生活我过得厌烦透了,虽然起初我也喜欢过这种生活。这你自己是很理解的,和你认识以后,我也开始理解了。请你快些给我写信;我很想接到你的信。现在我说:再见了,但我不说:别了,我的亲爱的,我的大胡子知心朋友。我不给你写任何责怪的话,虽然你伤透了我的心,因为你这蠢猪——竟对我不辞而别。但是不管怎么说,我从你身上除了好的地方之外再没有看到别的什么:只有你才是第一个这样的人,这我是忘不了的。萨沙,你就不能想想办法为我赎身吗?有些姑娘对你说,我赎了身,就要离开你。这是胡说,完全是造谣。只要你怜惜我,我赎身以后就和你在一起,像你的狗一样。对你来说,这是很容易做到的,可是对我来说,却是很难做到的。你在我这里的时候,我想到我迫不得

---

① 萨沙是亚历山大的爱称。

已要过这样的日子,我哭了,不过我没有把这种想法告诉你。再见。你的卡皮托莉娜。"

科诺瓦洛夫从我手里把信拿回去,心事重重地将它在一只手的手指之间转动,另一只手捻着胡子。

"你会写吗?"

"会……"

"你有墨水吗?"

"有。"

"你给她写封信,好吗?要不,她恐怕会把我看作是个坏蛋,以为我把她忘了……你写吧!"

"请问。她是什么人?……"

"是个妓女。你看,她信里不是说到赎身的事吗?那就是要我向警察局作保,答应娶她为妻,那样就可以把护照发还给她,收回她的妓女执照,从那时起她就自由了!懂吗?"

半小时以后,给她的一封动人的信写成了。

"哦,好吧,念给我听听,写得怎么样?"科诺瓦洛夫迫不及待地问道。

信是这样写的:

"卡芭①!别以为我是坏蛋,把你忘了。不,我没有忘,只是又犯了喝酒的毛病,把什么都喝光了。现在我又找到活儿干了,明天向老板预支到工钱,就把钱寄给菲利普,让他来替你赎身。钱足够你路上的花费。再见吧。你的亚历山大。"

"哼……"科诺瓦洛夫搔搔脑袋说,"你写得不行。你信里没有同情,没有眼泪。还有,我请你用各种话骂我,这你就

---

① 卡芭是卡皮托莉娜的爱称。

没写上……"

"为什么要这样呢?"

"为的是要让她知道,我在她面前感到惭愧,让她知道我明白我多么对不起她。你却写成了这个样儿!像撒豆子似的,噼里啪啦,几家伙就写成了!你得洒点眼泪进去嘛!"

我只好在信里洒了点眼泪,因此我写得很成功。科诺瓦洛夫很满意,把手放在我肩上,恳切地说:

"现在这样就好了!谢谢!看来你是个好样儿的,咱们可以共事下去。"

这我毫不怀疑,我请他给我讲讲有关卡皮托莉娜的事。

"卡皮托莉娜吗?她是个姑娘,——完全是个孩子。她是维亚特卡省一个商人的女儿……可是走错了路。越往后越糟,最后进了妓院。……我一看哪,完全是个孩子嘛!我的老天爷,我想这怎么行呢?哦,于是和她认识了。她老是哭。我说:'没关系,忍耐一下!我救你出去——慢慢来!'那时候我什么都准备好了,钱啊等等……可是忽然我喝酒的毛病发了,流落到了阿斯特拉罕。后来又来到这里。有一个人把我的情形告诉了她,她就给我写来了这封信。"

"那你打算娶她吗?"我问他。

"娶她,我怎么成!我有喝酒的毛病——我怎么能做丈夫呢?不,我只能这样办:帮她赎了身,随她上哪儿去。她会给自己找个出路的,——可能做一个正派人。"

"她想跟你一起过日子……"

"这只是她胡思乱想。她们都那样……这些娘儿们……我很了解她们。我和许多各种各样的女人打过交道。甚至有一个商人的老婆……当时我在马戏班里当马夫,她竟看上了我。'当马车夫去吧。'她说。我那时候正好在马戏班里待腻了,所以我同意了,去了。哦,也就……她对我亲热起来。他们家有房屋,有马,有仆人,生活过得像贵族一样阔气。她的丈夫又矮又胖,模样儿就像我们这个老板,可她自己却是那么瘦,那么灵活,像只猫,还那么热情。有时候抱住我亲嘴,简直像在心头撒了一把滚烫的火炭。弄得我浑身发抖,简直可怕极了。有时候她吻着我,自己却哭个不停:连她的肩膀都发抖了。我问她:'你怎么了,薇伦卡①?'可她说:'你真是个孩子,'她说,'萨沙,你什么也不懂。'她可爱极了……不过她说得也对,我什么也不懂——我很蠢,我自己知道。我不懂我在干什么,也不想想我该怎么生活!"

他不再往下说了,他眼睛睁得大大地看着我;眼睛里流露出来的既不是恐惧,也不是疑问,而是一种不安,他的漂亮的脸因此变得更悲哀、更好看……

"哦,你和那个商人的老婆后来结果怎么样?"我问道。

"我吗?你瞧,烦恼极了。我告诉你吧,我的老弟,那时候我烦恼得简直活不下去了,根本没法活了。好像全世界就只有我一个人,除了我之外,哪儿也没有活人了。我那时候对一切都讨厌,我对我自己也讨厌了,我讨厌所有的人;即使他们都死去,我也不会哼一声!这多半是我有病了。打那时起,我开始喝酒……所以我对她说:'薇拉·米海洛芙娜!你放了我吧,我再也受不了啦。''怎么,'她说,'你讨厌我了吗?'她说着就笑了笑,你知道,她笑得多么不自然。'不,'我说,'不是我讨厌你,是我自己受不了啦。'起初她没有懂得我的

---

① 薇伦卡是教名薇拉的爱称。

意思,甚至开始对我叫嚷,乱骂一通……后来她懂了。她低下了头说:'既然这样,那你就走吧!……'她哭了。她的眼睛乌黑乌黑的。头发也是乌黑的,卷曲的。她不是商人家出身,是做官人家的……嗯……我很可怜她,那时候我自己也讨厌我自己。她和那样的丈夫在一起过日子当然是苦恼的。那人简直就像一袋面粉。……她哭了好久;她跟我处熟了……我很爱她:常常把她抱在手里摇荡。她睡着了,我就坐在她身旁看着她。人睡着的时候常常是很好看的,是那样的纯朴;只有呼吸和微笑,没有别的。也有时候——我们住在别墅里的时候——常常和她一同坐车出去玩,这是她最喜欢的。我们乘车到了树林里,把马拴在一个角落里,走到草地上阴凉的地方。她叫我躺下,把我的头枕在她的膝上,给我念一本什么书。我听着听着,睡着了。她念的是些有趣的故事,非常有趣。有一个讲哑巴盖拉辛和他的狗的故事①,我是永远忘不了的。他是个哑巴,是个受迫害的人,除了一条狗之外,没有人爱他。别人嘲笑他捉弄他的时候,他马上就到狗那儿去……这是一个很悲惨的故事。……那是农奴制度时代发生的事……女主人对他说:'哑巴,去把你那条狗淹死了吧,要不然它老是叫。'哦,哑巴就去了……他驾了一条小船,把狗放在小船上,就走了……我听到这里浑身发抖。我的天!一个活生生的人在世界上唯一的一点乐趣被扼杀了!这是什么世道……那是个极动人的故事!真实,好就好在这里!常常有这样人,在他们心目中,整个世界只有一件什么东西,比如说,一条狗。为什么是一条狗?因为没有任何人爱这样的人,

---

① 指俄国作家屠格涅夫(1818—1863)的短篇小说《木木》。

可是狗却爱他。没有一点爱,人是活不下去的:人天生有个灵魂,就是为了使他能够爱……她念给我听了许多各种各样的故事。这是一个很可爱的女人,至今我还怜惜她……要不是命运的摆布,我是不会离开她的,除非她自己要这样,或者她的丈夫知道了我和她的关系。她很温柔——这是最主要的,她的温柔不是像施舍似的,而是出自内心的。她和我接吻,不过女人总是女人……有时候在她身上可以发现那么一种柔情……简直美极了,那时候她是个多么好的人。有时候她看着你一直看到灵魂深处,讲起故事来,好像是个保姆或者母亲。这样的时候,我在她面前常常简直像个五岁的孩子。不过我最后还是离开她走了——多么烦恼啊!我老想到别的什么地方去……'别了,'我说,'薇拉·米海洛芙娜,原谅我。''别了,'她说,'萨沙。'接着,这个不可思议的女人,她把我的衣袖卷到胳臂肘以上,在我手臂上咬了一口!我差一点要号叫起来!几乎把整整一块肉给咬下来了,——手臂痛了三个来星期。到今天还留着那个疮疤。"

他把他那只肌肉发达的又白又美的手臂露出来给我看,善良而又悲哀地微笑了。在胳臂肘附近的皮肤上清楚地看见一处伤疤——两个半圆形的、末梢几乎连接在一起的齿痕。科诺瓦洛夫看着这些齿痕,微笑着摇摇头。

"真是个怪女人!她这是咬一口留作纪念的。"

我从前也曾听见过这一类的故事。几乎每个流浪汉过去都有过一个"商人的老婆"或者"一位出身高贵的夫人",而且所有的流浪汉,他们虽然讲法多种多样,可是他们所讲的商人老婆和夫人完全是一些离奇的人物,在他们身上奇怪地把各种截然相反的肉体上和心理上的特点结合在一起。如果她今天是蓝眼睛的,凶恶而快活的,那么可以预料,一个星期之后,您又会听说她是黑眼睛的,善良而爱哭的。而且,那些流浪汉讲到她时,常常带着怀疑的口气讲许许多多贬低她的细节。

但是在科诺瓦洛夫讲的故事里听起来却使人感到有一些真实的东西,其中有些是我所不熟悉的特点:念书给他听,在科诺瓦洛夫这样体格强壮的人身上加上"孩子"这样的称呼……

我想象着一个灵巧的女人,她睡在他的手臂上,头紧贴在宽阔的胸怀里,那该是多美,这使我更加相信他讲的故事的真实性。此外,他回忆"商人的老婆"时的哀愁而温柔的声调也是非常动听的。真正的流浪汉无论是谈论女人或是谈论别的事都从来不用这样的声调,——他们喜欢显示,在他们看来,世界上没有一样东西是他们不敢骂的。

"你干吗不开口,你以为我撒谎吗?"科诺瓦洛夫问,他的声音里流露出不安的情绪。他坐在面粉袋上,一手拿着一杯茶,一手慢条斯理地捋着胡子。他的蓝眼睛试探地和询问地看着我,脑门上清晰地横着一条条皱纹……

"不,你要相信我……我干吗要撒谎呢?假定说我们的流浪汉弟兄们都是讲故事的好手吧……不行啊,朋友:要是一个人在一生中没有什么美好的东西,他自己替自己编一个故事,把它当作真的事情讲给人家听,他对谁也不会有什么害处。他讲给人家听,自己也相信似乎确有其事,——他这样相信了,哦,他心情也就愉快些。许多人靠这样过日子。没有办法啊……不过我讲给你听的,那倒是真的事情——的确是这样的。难道这里有什么特别的东西吗?一个女人活着,她觉得苦闷。比方说,我是个马车夫,可是这对于女人是无所谓的,因为不论是马车夫,是贵族老爷,还是军官——反正都是男人……在她们看来所有的男人都是下流坯,追求的都是一码子事儿,而且每个人都老是想多捞进点,少付出点。普通人还有点良心。我就是个普通人……娘儿们在这一点上对我很了解,——她们知道我不会欺侮她们,不会嘲笑她们。女人要是有了罪过,不怕别的,就怕别人嘲笑她、挖苦她。她们比我们有廉耻心。我们达到了目的,可以到处去讲,炫耀自己有本事,说:瞧,我们勾搭上了一个傻娘儿们!……可是女人没地方去说,谁也不会把她的罪过看作是有胆量……老弟,她们之中即使是最堕落的人,也比我们有廉耻心。"

我听了他这一席话,心里想:"这人说的这些话对他来说是很不体面的,难道他说的是真心话吗?"

可是他却沉思地用他那明亮得像孩子似的眼睛凝视着我,越来越使我对他的话感到惊异。

炉子里的木柴烧完了,一堆火红的木炭在面包房的墙上投下了一圈粉红色的光……

一小块点缀着两颗星星的蓝天向窗里观望着。其中一颗星——大的那颗——像绿玉似的闪着光,另外一颗离它不远,却看不大清楚。

过了一个星期,我和科诺瓦洛夫成了好朋友了。

"你是个老实的小伙子!这样好!"他一面说,一面咧开嘴微笑着,举起他的大手拍拍我的肩膀。

他干活干得真是手艺高超。看着他怎样对付一块七普特重的面团,把它擀薄,或者俯身在木柜上揉面,把强壮的手臂齐胳臂肘伸进一大块富有弹性的面团里去,那面团在他钢铁般坚硬的手指中间吱吱地响,那是很有看头的。

起初,看见他把我好不容易赶上从盘子里分批投在他的铲子上的生面包迅速地扔到炉子里去,我生怕他把它们堆在一起了;但是当他烤出了三炉面包,一百二十个松软的、暗红的、鼓得高高的大圆面包中,没有一个是"挤坏了"的,那时候我才明白,和我共事的是一位行家里手。他喜欢干活,干得入迷了,炉子烤得不好,或者面团发得慢了,他就垂头丧气,如果老板买了潮湿的面粉,他就要生他的气和骂他;如果出炉的面包是圆圆的、鼓得高高的,"发得很足",颜色红得恰到好处,面包皮又薄又脆,他就像个孩子似的又快乐又满意。有时他从铲子上取下一个烤得最好的面包,烫得从一只手里倒到另一只手里,高兴地笑着对我说:

"啊,咱们做出了多漂亮的家伙……"

看到这个巨人般的孩子一心一意扑在他的工作上,我也感到非常愉快,——每一个人干任何工作也都应该这样……

有一次我问他:

"萨沙,听说你唱歌唱得很好?"

"我会唱……不过我只是有时候唱唱……唱一阵子。我一烦闷就唱歌……如果我一开口唱歌,那就是我感到烦闷了。这你可别提了,别撩惹我。你自己不会唱歌吗?唉,你呀——你这家伙!你还是耐心等着我吧……将来咱们俩一起唱。好吗?"

我当然同意了,我想唱歌的时候,就吹吹口哨。但是有时候在揉面团和做面包的时候,忍不住轻轻哼几句。科诺瓦洛夫听见我哼,他的嘴唇也微微动着,过了一会儿,他提醒我应许过的诺言。有时候他粗鲁地对我嚷叫:

"得啦！别哼啦！"

有一次我从我的箱子里取出一本书,靠窗口坐下,开始读起来。

科诺瓦洛夫直挺挺地躺在装面团的木柜上打瞌睡,我在他耳旁翻书的簌簌声使他睁开眼睛来。

"什么书？"

这是一本叫《波德利波沃村的人们》①的书。

"大点声念,好吗？……"他请求我。

于是我就坐在窗台上念起来,他坐在木柜上,头靠在我的膝上听我念……有时我的视线越过书本看到他的脸,和他的眼光相遇,我至今还记得,他那双眼睛睁得大大的,很紧张,很用心地听着……他的嘴也是半张着,露出两排整齐、洁白的牙齿。他那向上掀起的眉毛,那高脑门上的弯弯的皱纹,那抱住膝头的两只手,那整个凝然不动、聚精会神的神态,使我感到温暖,我也竭力把瑟索伊卡和皮拉②的悲惨的故事讲得更清楚和更生动。

最后,我累了,把书合上。

"完了吗？"科诺瓦洛夫低声问我。

"还不到一半呢……"

"把它全部念完,好吗？"

"好吧。"

"唉。"他坐在木柜上,抱住自己的脑袋摇来摇去。他想

---

① 俄国作家费·米·列舍特尼科夫(1841—1871)的著名的中篇小说。书中描写的是帝俄农奴制改革前彼尔姆的农民和卡马河上纤夫的悲惨生活。

② 瑟索伊卡和皮拉是中篇小说《波德利波沃村的人们》中的男女主人公。

说什么话,嘴巴一开一合,像拉风箱似的透着气,而且不知道为什么眯着眼睛。我没有料到会有这样的效果,也不理解它的意义。

"你念得多好啊!"他低声说,"用各种不同的语气念……他们都像是活生生的人……阿普罗斯卡!皮拉……多傻呀!我听了觉得可笑……后来怎么样啦?他们到哪儿去了?我的天哪!这可都是真事啊。这可都是些真正的人……实实在在的庄稼人。……声音和相貌也完全是活生生的……喂,马克西姆!让我们把面包放到炉子里烤上——你再念下去!"

我们放好了一炉子面包,准备好了另外一炉,我又把书念了一小时四十分钟。然后又停一阵子——一炉子面包烤好了,我们把面包取出来,放上另外一炉,还揉了面团,发了面……这些活儿都是以狂热的速度进行的,而且几乎是一声不响就干完了。

科诺瓦洛夫皱着眉头,偶尔向我温和地发出简短的命令,自己也拼命地赶……

到早晨,我们把书念完了,我觉得我的舌头也发麻了。

科诺瓦洛夫骑在一袋面粉上,用奇怪的眼神望着我的脸,双手撑在膝上默不出声……

"好吗?"我问道。

他眯缝眼睛摇着头,不知道为什么又放低了声音说:

"这是谁写的?"他眼光里露出一种非言语所能形容的惊异样子,脸上忽然冒出一股热烈的感情。

我告诉他这书是谁写的。

"哦,他是个了不起的人!写得多好啊!嗯?简直可怕。能抓住人的心——生动极了。他这位作家怎么啦,他写这本书得到了什么?"

"这是什么意思?"

"哦,比如说,给了他奖赏或者别的什么?"

"为什么要给他奖赏呢?"我问道。

"怎么为什么? 一本书……就像是一份警察局的告示。现在人们读它……议论它:皮拉、瑟索伊卡……这是些什么人啊? 大家都会同情他们……老百姓没有知识。他们过的是什么日子? 哦,不过……"

"不过什么?"

科诺瓦洛夫腼腆地看看我,怯生生地说:

"总该有个规定。这是人啊,应该支持他们才是。"

为了答复这一点,我对他发表了一大篇议论……但是,唉! 这些议论没有产生我所希望的效果。

科诺瓦洛夫沉思起来,他低下了头,摇摆着整个身体,不时地叹息,他没有说一句话来妨碍我说话。最后我累了,就住口不说了。

科诺瓦洛夫抬起头,忧郁地看看我。

"那么,看来他什么也没有得到?"他问道。

"说谁啊?"我问道,早把列舍特尼科夫给忘了。

"我说那作者。"

我没有回答他,我很生这位听众的气,他显然并不认为他自己有能力解决世界性的问题。

科诺瓦洛夫不等到我回答,就把书拿在自己手里,小心地翻了翻,把它打开又合上,然后放回原处,深深地叹了口气。

"这一切多么聪明啊,我的天!"他轻声说,"一个人写了一本书……就是纸,在纸上写上各种各样的圈圈点点——就成了书。写完以后就……他死了吗?"

"死了。"我说。

"人死了,可是书留下来了,大家还念它。人们用眼睛看书,口里念出各种各样的话。你听了,就懂得:原来世界上有过皮拉、瑟索伊卡、阿普罗斯卡这样一些人……你同情这些人,虽然你从来没有见过他们,他们和你也毫无关系!也许街上就有几十个活生生的这样的人在走动,你见了他们,他们的事儿你却一点也不知道……他们的事情和你毫无关系……他们走他们的,来来去去的……可是在书里边,你对他们却同情得简直心都碎了……这是怎么回事呢?……可是作者没有得到奖赏就死了?他什么也没有得到吗?"

我生气了,我告诉他作家们得到的报偿……

科诺瓦洛夫吃惊地睁大眼睛听我说,深表同情地啧啧地咂着嘴唇。

"是这样。"他深深地叹了一口气,咬住了左面的小胡子,忧郁地低下了头。

于是我开始讲述酒店在俄罗斯文学家生活中所起的祸害的作用,讲述一些杰出的真诚的天才怎样被毁于伏特加酒——伏特加酒是他们非常困苦的生活中的唯一慰藉。

"唉,难道这样的人也喝酒吗?"科诺瓦洛夫低声问我,他那睁得大大的眼睛里闪烁着对我的不信任,对那些人的恐惧和同情,"喝酒!他们怎么啦……写了书以后喝起酒来了?"

在我看来,这是一个提得不得体的问题,所以我没有回答。

"当然啰,以后,"科诺瓦洛夫找到了答案,"有些人活着,看着人家生活,感受着别人生活中的痛苦。他们的眼睛准是特别的……心也是特别的……他们把生活看透了,烦恼起来……就把烦恼写到书里去……可是这已经没有用了,因为心被触动了,心中的烦闷拿火来烧也烧不掉……只有一个办法:以酒浇愁。哦,于是就喝酒……我说的可对?"

我同意他的看法,这似乎给他增添了勇气。

"哦,说实在的,"他继续发挥有关作家心理的议论,"为了这一点就应该奖励他们。对吗?因为他们比别人懂得更多,而且给别人指出各种不合理的事。比如说,现在我是什么呢?是流浪汉、穷光蛋、酒徒、神经病。我过的生活一点意思也没有。除了看看世界之外,我为什么要活在世界上,在这个世界上有谁需要我呢?没有落脚的地方,没有老婆,没有孩子,甚至对这些也毫无兴趣。过一天,烦恼一天……为什么呢?不知道。我心里毫无打算,懂吗?这怎么说呢?心里没有那种火花……没有那种……力量,是不是?哦,我身上缺少一种东西——就是这么回事!懂吗?我活着,我寻找这种东西,想念这种东西,但这是种什么东西呢?……我也不知道……"

他一手支撑着脑袋看着我,他脸上表现出他在努力思索,想替自己的思想寻找表达的方式。

"哦,还有呢?"我追问他。

"还有?……我也讲不清楚……但是我想,如果有哪位作家仔细观察我一番,他是能对我解释我的生活的,对吗?你说呢?"

我想,我自己就能够给他解释他的生活,于是我立即着手来做这件在我看来是轻而易举的明显的事。我从生活的条件和环境说起,说到人世间不平等的现象,说到成为生活的牺牲品的人和成为生活的主宰的人。

科诺瓦洛夫注意地听着。他坐在我对面,一手撑着面颊,他那蓝色的大眼睛睁得大大的,显出若有所思和很聪明的样子,渐渐地仿佛蒙上了一层轻雾,前额上的皱纹越来越深,他似乎屏住了气息凝神倾听,努力想理解我的话。

这一切使我很高兴。我热烈地给他描绘他的生活,并且证明,他之所以成为这样的人,并非是他的过错。他是生活条件所造成的悲惨的牺牲品,本来是和大家一样的生来就有平等权利的人,但是被一系列历史的不公正的事驱赶到了社会的底层。我结束时说:

"你对你自己是没有什么可以责备的……你是受欺侮的……"

他默默无言,目不转睛地盯着我,我看到他眼里泛起善良的明亮的微笑,急切地等待着他对我说的那些话的反应。

他温柔地笑起来,以一种女性似的温柔的动作挨到我身边,把一只手放到我的肩膀上。

"老弟,你讲得多轻松啊!不过你是从哪儿知道这些事的?都是从书上看来的吗?你的书读得真多。唉,要是我也能读那么多的书,那该多好!……不过主要的原因还是你是怀着很大的同情心讲的……我还是第一次听到这样的话。好极了!大家都把自己的不幸归罪于别人,可是你却归罪于整个生活、整个制度。这样看来,照你的意思,人本身是没有什么罪过的,天生该当流浪汉,他就当流浪汉。你讲那些囚犯讲得很好:他们所以盗窃,是因为没有活干,可是要吃饭……你把这些事说得多么叫人同情!你的心肠看来是很慈善的!……"

"且慢,"我说,"你同意我的看法吗?我说得对不对?"

"对不对,你知道得更清楚——你识字……要是拿别人来说——那恐怕是对的……可要是我……"

"你怎么?"

"哦,我可与众不同……我喝酒,那是谁的过错呢?我的弟弟巴维尔卡,他不喝酒,他在彼尔姆开了一家面包房。我干活比他强,可我却是个流浪汉、酒鬼,我再没有别的称呼,没有别的份儿……然而我们是同一个母亲生的孩子!他还比我年轻。可见,我自己身上准是有什么不对的地方……那就是说,我生下来就和别人不一样。你却说,所有的人都是一样的。可是我走的是一条特别的生活道路……而且不单是我一个人,像我们这样的人多得很。我们是一些不同寻常的人……无论哪一类都包括不进去。我们是另外一类……对我们法律也是要特别的……要很严格的法律——才能从生活中把我们连根铲除!因为我们没有用处,可是我们却在生活中占着一个位子,站在别人的生活道路上……有谁对不起我们呢?我们自己对不起自己……因为我们对生活没有兴趣,我们对自己没有感情……"

他,这个有着孩子般明亮眼睛的大人,带着那么轻松的口气把自己从生活中划出来,放到生活所不需要、因而应当连根铲除的一类人中去,说的时候,还带着那样的苦笑,使我对这种自卑大为吃惊。在这以前,我还没有在流浪汉身上见过这种自卑,这些人和一切都隔绝,对一切都敌视,他们时时刻刻想对一切事物试试他们的凶狠的怀疑论的力量。我遇见过的只是这样的人,他们总是责怪一切,埋怨一切,一再表白自己个人是无辜的,而却顽固地闭口不谈许多足以推翻他们的论据的明显事实,——他们总是把自己的不幸遭遇归罪于冥冥中的命运,归罪于坏人……科诺瓦洛夫却不责怪命运,也不谈论别人。对于他个人生活中的那一切乱七八糟的事,他只是责怪他自己。我越是顽强地竭力想向他证明,他是"生活环境和条件的牺牲品",他越是固执地要我相信,他之所以遭到悲惨的命运,都要怪他自己……这是很奇特的,但是因此我很生气。可是他却以鞭挞自己而感到满足;当他以响亮的男中音对我喊出下面的话的时候,他的眼睛里闪耀的正是这种满足的光辉:

"人人都是能自己做主的,如果我是坏蛋,那不能怪别人!"

这样的话如果出自一个有文化的人之口,就不会使我感到惊奇,因为在号称"知识分子"的复杂而混乱的心理状态中,是不乏这种弱点的。但是这些话出自一个流浪汉之口,——虽然在肮脏的城市贫民窟中那些被命运所凌辱的、饥寒交迫和粗野的非人非兽的人里头,他也是一个知识分子,——从一个流浪汉的口中听到这些话是很奇怪的。因此只能得出一个结论,科诺瓦洛夫的确是一个特别的人物,但是这却不是我所希望的。

从外表上看,科诺瓦洛夫完全是一个非常典型的流浪汉;但是我对他观察得越深,我越相信,我接触到的是另外一种流浪汉,他打破了我对一些人的看法;这些人我本来认为早已应该算作一个阶级而值得注意的,是因为他们贪得无厌的欲望非常强烈,他们很凶恶,但是决不愚蠢。

我和他争论得越来越热烈。

"喂,等一等,"我叫道,"一个人,各种黑暗势力从四面八方向他扑来,他怎么站得住脚呢?"

"使劲顶住!"我的论敌激动地闪动着眼睛说。

"往哪儿顶呢?"

"找到自己的立足点顶住!"

"那你为什么不顶住呢?"

"我说过了嘛,你这个人真怪,我的不幸要怪我自己嘛!……我没有找到我的立足点!我还在找,我想找,可是找不到!"

然而应该照料一下面包了,于是我们就一边干活,一边继续互相证明自己见解的正确性。当然,谁也没说服谁,我们俩都很激动,干完活就躺下睡了。

科诺瓦洛夫摊开手脚躺在面包房的地板上,很快就入睡了。我躺在面粉袋上,从上面向下看着他那强健的长着大胡子的身躯,巨人似的伸开四肢躺在一条铺在木柜旁边的席子上。屋里散发着一阵阵热面包、酸面团和碳酸气的气味……天亮了。灰色的天空透过盖着一层面粉的玻璃窗望进来。大车轰隆隆地响着,牧人吹着笛子,招呼畜群集合起来。

科诺瓦洛夫打着呼噜。我看着他那宽阔的胸脯在起伏,思忖着各种各样能最快地使他和我的信仰一致起来的方法,但是什么方法也没有想出来,就睡着了。

早上,我和他起来发了面,洗了脸,坐在木柜上喝茶。

"怎么,你有书吗?"科诺瓦洛夫问道。

"有……"

"能读给我听听吗?"

"可以……"

"那就好!你说这么办好吗?我干一个月活,从老板那里领到了钱,拿一半给你!"

"干什么?"

"你拿去买书……给你自己买你喜欢的书,也给我买一些——买两本也好。给我买些讲庄稼人的书。讲像皮拉和瑟索伊卡这类的书……要带着同情心写的,知道吗?不要为了逗人发笑的那种……有些书完全是扯淡!潘菲尔卡和菲拉特卡——第一页上还有图画——那糟透了。都是些庸庸碌碌的人,各种各样的神话。这我不喜欢。我不知道你那里有些什么书?"

"你想听听讲斯坚卡·拉辛的书吗?"

"讲斯坚卡的?写得好吗?"

"写得好……"

"去拿来吧!"

不久我就念给他听科斯托马罗夫①的《斯坚卡·拉辛之乱》②。开头有一段才气横溢的专论,几乎像一首史诗,但是没有引起我那大胡子听众的兴趣。

"为什么这里没有对话?"他一面向书里张望,一面问我。我解释了为什么没有对话,他甚至打了一个哈欠;他本想掩饰一下,但是没有做到,他有点不好意思,抱歉地对我说:

"读下去——没关系!我不过是……"

但是随着那位历史学家用画家的笔法描绘出斯捷潘·季

---

① 尼·伊·科斯托马罗夫(1817—1885),俄国历史学家、人种学家、作家。
② "斯坚卡·拉辛之乱",指一六七〇至一六七一年间在俄国发生的由斯捷潘·拉辛领导的农民起义。起义被沙皇政府镇压,拉辛于一六七一年六月被处死。

莫费耶维奇①的形象,使这位"伏尔加自由民②之王"从书页上栩栩如生地站立起来时,科诺瓦洛夫的表情也完全变了样。起初他露出厌烦而无动于衷的样子,眼睛昏昏欲睡,后来他渐渐地,在我不知不觉中,以令人吃惊的新姿态在我面前出现了。他坐在我对面的木柜上,双手抱住膝部,把下巴颏放在上面,因此他的大胡子盖住了他的腿,他那双渴望的、奇怪地燃烧着的眼睛,从严峻地紧皱着的眉毛底下望着我。他身上那种常常使我惊奇的孩子般的天真,此刻一点都没有了;本来对他那双善良的蓝眼睛非常相衬的纯朴而温柔得像女性似的一切,现在都消失得无影无踪了。他那双蓝眼睛现在变得暗淡而细小了。在他那缩成一团的肌肉丰满的身体里有一股雄狮般的火热的气息。我停下来不念了。

"念下去!"他轻声但却庄重有力地说。

"你怎么啦?"

"念下去!"他重复说,语气之间除了请求之外还有点生气的味道。

我继续往下念,有时我看看他,看见他越来越激动。他身上发出一种使我兴奋和陶醉的气息——像一阵炽热的云雾。接着我念到了斯坚卡被捕的一段。

"被捕了!"科诺瓦洛夫叫喊起来。

在这喊声中响彻着痛苦、屈辱、愤怒。

他脑门上出汗了,眼睛异样地睁得很大。他从木柜上跳下来,个子高高的,激动得不得了,站在我对面,把一只手放在

---

① 斯捷潘·季莫费耶维奇是拉辛的教名和父名,斯坚卡是斯捷潘的爱称。
② "自由民",指不堪虐待而逃亡到伏尔加流域去的农民。

我肩膀上,急促地高声说:

"等一等!别往下念……告诉我,后来呢?不,停一停,别说!他被处死了吗?是不是?快点念下去,马克西姆!"

可以认为,拉辛的亲兄弟是科诺瓦洛夫,而不是弗洛尔卡。好像有一种三百年来一直没有冷却、没有中断的血缘关系至今还把这个流浪汉和斯坚卡联结在一起,这个流浪汉以他那活生生的、强壮的身体的全部力量,以他那"无限"苦闷的心灵的全部激情,感觉到了那位三百年前被捉住的自由的山鹰的痛苦和愤怒。

"看在基督的分上,念下去吧!"

我兴奋而激动地念着,我感觉到我的心在怦怦跳动,我和科诺瓦洛夫一起体会着斯坚卡的苦恼。接着我们念到了刑讯的一段。

科诺瓦洛夫把牙齿咬得咯咯响,他的蓝眼睛像火炭似的闪着光。他从我身后扑到我的身上,也是眼不离书。他的呼吸声在我耳边响着,把我的头发吹到眼睛上去了。我摇了摇头,把头发甩上去。科诺瓦洛夫看见了,把他那沉重的手掌放在我的头上。

"这时拉辛咬紧牙关咯咯作响,把牙齿和着鲜血一起吐在地上……"

"够啦!……妈的!"科诺瓦洛夫叫了一声,从我手里把书夺过去,使出全身的力气把它扔在地上,随后自己也瘫下来坐在地上。

他哭了,因为他羞于流泪,他号叫着,免得哭出声来。他把脑袋藏在膝间,一面哭,一面在肮脏的斜纹布裤子上擦眼睛。

我坐在他面前的木柜上,不知道说什么话来安慰他。

"马克西姆!"科诺瓦洛夫坐在地上说,"太可怕啦!皮拉……瑟索伊卡。还有斯坚卡……啊?是什么命运啊!……他把牙齿都吐了出来!……是吗?"

说着说着,他全身都发抖了。

特别使他吃惊的是斯坚卡把牙齿都吐出来了,他不时痛苦地抽动肩膀,谈论那牙齿。

在我们面前出现的那幅折磨人的酷刑场面的影响下,我们俩仿佛喝醉了酒似的。

"你给我把它再念一遍,好吗?"科诺瓦洛夫从地上把书捡起来递给我,说服我道,"好吧,指给我看看,什么地方写到牙齿?"

我指给他看,他的眼睛盯住了这几行字。

"他把他的牙齿和着鲜血一起吐出来,是这样写的吗?就是那么几个字,和别的所有的字一样……老天爷!他多么痛啊,是吗?连牙齿也……不过最后的结果怎样?处死刑?啊呀!好极了,老天爷,他们到底把人处死了!"

他表现这种喜悦的心情时,怀着极大的激情,眼睛里流露出非常满意的神情,这种强烈希望备受折磨的斯坚卡速死的恻隐之心真使我不寒而栗了。

整整这一天我们是在奇怪的浓雾中度过的:我们老是谈论斯坚卡,回忆他的一生、有关他的歌曲和他受到的酷刑。科诺瓦洛夫有两三次用嘹亮的男中音唱起歌来,后来又中断不唱了。

从这一天起,我们彼此更加亲近了。

我又给他念了几次《斯坚卡·拉辛之乱》《塔拉斯·布尔巴》和《穷人》①。对于塔拉斯,我们这位听众也挺喜欢,但是塔拉斯不如科斯托马罗夫的小说给他的印象鲜明。对于马卡尔·杰符施金和瓦丽娅②,科诺瓦洛夫不能理解。马卡尔的信里的语言,他只觉得可笑,而对于瓦丽娅,他则抱着怀疑的态度。

"唉,你啊!对老头儿那么入迷!狡猾的女人!他呢,这么个丑八怪!马克西姆,你别再念这个玩意儿浪费时间啦!这有什么意思?男的给女的写信,女的给男的写信……净是糟蹋纸……让他们见鬼去吧!既不可怜,又不可笑:写它干什么?"

我向他提出波德利波沃村的人们,可是他不同意我的看法。

"皮拉和瑟索伊卡——那是另外一种人!他们是活生生的人,他们活着,挣扎着……可是这些人干什么?光是写信……多无聊!这简直不是人,写得不怎么样,是编出来的。瞧塔拉斯和斯坚卡,要是叫他们站在一起……我的天!他们会干出多么好的事业来。那时候皮拉和瑟索伊卡——也会鼓起精神来,是不是?"

他弄不清时代,在他的想象中,凡是他喜欢的英雄人物都是同时存在的,只是其中两个在乌索利埃③,一个在"霍霍尔"④中

---

① 《塔拉斯·布尔巴》是俄国作家果戈理的小说,《穷人》是俄国作家陀思妥耶夫斯基的小说。
② 马卡尔·杰符施金和瓦丽娅都是《穷人》中的男女主人公。
③ 该城在乌拉尔地区,卡马河上流。
④ "霍霍尔"是俄国人对乌克兰人的称呼,这里指乌克兰。

间,一个在伏尔加河上……我费了九牛二虎之力才使他相信,即使瑟索伊卡和皮拉沿着卡马河顺流而下"走一遭",他们和斯坚卡也是碰不到一起的,即使斯坚卡"越过顿河哥萨克地区跑到霍霍尔那儿去",他在那儿也找不到布尔巴①。

科诺瓦洛夫明白了是这么回事,他很苦恼。我想让他听听普加乔夫暴动②的事,看他对叶美尔卡③的态度如何。科诺瓦洛夫对普加乔夫却百般挑剔。

"唔,这个大骗子,嗤,你瞧!冒充沙皇造反④……毁了多少人,狗东西!……斯坚卡吗?老弟,这是另一码事。可是普加奇⑤——不过是个卑鄙小人。真够味儿的!还有没有像斯坚卡这一类的书?你找找看……不过这个肉麻的马卡尔,你把他扔在一边吧——没味儿。最好你还是再念一遍,斯坚卡是怎么被处死的……"

在假日里,我和科诺瓦洛夫过河到草地去。我们随身带了点伏特加酒、面包和书,一清早就动身"到自由的空气里去",——科诺瓦洛夫是这样称呼这些远足旅行的。

我们特别喜欢到"玻璃厂"⑥去。不知道为什么这样称呼那座盖在离城不远的田野上的建筑物。这是一座三层楼的石

---

① 因为这几个人物分别生活在十七、十九世纪,所以不会碰到一起。
② 指一七七三年至一七七五年间在俄国发生的叶美连·普加乔夫(1742—1775)领导的农民起义。
③ 叶美尔卡是叶美连的爱称。
④ 当时俄国农民很相信有一个"好皇帝"就能改善他们的生活,因而普加乔夫也就冒称为彼得三世皇帝。
⑤ 普加奇是对普加乔夫的蔑称。
⑥ 喀山城近郊的一家老玻璃厂,原属旧教徒商人萨维诺夫,厂址后来成了教派的礼拜堂,十九世纪五十年代为政府下令封闭。其后,这里便成了无家可归者的栖身之所。

砌房屋,屋顶已经塌了,窗框也都弄得弯弯曲曲的,有几个地窖,一到夏天,就到处是臭气熏天的泥泞。这座房子是绿灰色的,一半已经坍毁,仿佛要倒下来的样子。它从田野上用它那些黑洞洞的凹进去的、残缺不全的窗户眺望着城市,像是一个残废者受到了命运的折磨,被驱逐到城外去,奄奄一息地非常可怜。春汛时节,河水年复一年地冲刷着这所房屋,可是整个建筑物,从屋顶到屋基盖上了一层绿苔,却巍然耸立着,周围都有水洼,挡住了经常光顾的警察,——它耸立着,虽然没有屋顶,却给各种形迹可疑和无家可归的人们提供了一个栖身之所。

栖身在这所房子里的人总是很多的;他们衣衫褴褛、食不果腹、害怕阳光,像猫头鹰似的住在这个废墟里。我和科诺瓦洛夫在他们中间是受欢迎的客人,因为他和我从面包房出来的时候,总是带来又大又圆的白面包,路上还买上几升伏特加酒和一大盘"热菜"——肝啦、肺啦、心啦、肚子啦。我们只要花两三个卢布就可以请这些被科诺瓦洛夫称之为"玻璃厂住户"的人们饱餐一顿。

他们用讲故事的办法来报答我们的款待。在他们讲的故事中,骇人听闻、惊心动魄的真事同最朴素的谎言离奇地交织在一起。每个故事在我们面前都好像一条花边,其中占多数的是黑线——那就是真事,也有些地方是色彩鲜艳的线——那就是谎言。这种花边落到脑子和心里去,用它粗鲁的、种种恼人的画面紧压着脑子和心,压得它们疼痛难当。那些"玻璃厂住户"按照他们特有的方式爱我们——我常常给他们念各种各样的书,他们也几乎总是全神贯注地、专心地听我念书。

这些被排斥在生活之外的人对生活的了解深刻得使我大为惊讶,我聚精会神地听他们的故事,但是科诺瓦洛夫听他们讲故事,却只是为了反驳讲述者的高论,并且把我也拉到争论中去。

科诺瓦洛夫听了一个服装奇特、模样儿很不好惹的汉子所讲的生活和堕落的故事,——听了这种总是带着辩护性质的故事,他若有所思地微笑着,摇着头。这被大家发觉了。

"不相信吗,廖沙?"讲故事的人嚷道。

"不,我相信……怎么可以不相信人呢!即使你知道他在撒谎,你也得相信他,听他讲,尽力了解他为什么撒谎。有时候谎话比真话更能说明一个人……再说,我们对于自己有什么真话可说的呢?只能说一些最肮脏的……可是撒谎却可以撒得很好……对吗?"

"对。"讲故事的人表示同意,"那你为什么摇头呢?"

"为什么?因为你讲得不对……你讲得使人听起来,好像你的一生不是你自己而是你的同伙们和各种各样的过路人所造成的。可是这时候你在哪里呢?为什么你不拿出力量来反抗你自己的命运呢?我们老是埋怨人家,我们自己也是人啊,怎么会弄成这样?这样说来,人家也可以埋怨我们喽?这样说来,人家妨碍我们生活,我们也妨碍别人生活,对吗?哦,这怎么解释呢?"

"应当建立一种人人都有自由,谁也不妨碍谁的生活。"他们对科诺瓦洛夫说。

"可是应该由谁来建立生活呢?"他得胜似的问道,生怕别人抢先答复,又立即回答说:"我们!我们自己!如果我们不会建立生活,我们的生活建立得不好,那我们怎么建立生活呢？可见,我的弟兄们,关键全在于我们！唔,可是大家知道,我们是些什么人……"

大家反对他的意见,为自己辩护,可是他顽强地坚持自己的主张:谁也没有在哪方面对不住我们,每个人都是自己对不起自己。

要他放弃采取这种立场的根据是极端困难的,同时要接受他对人们的看法也是很困难的。一方面,在他的观念中,他们在法律上是有权利建立自由的生活的,另一方面,他们是些软弱的、脆弱的人,除了互相埋怨之外对什么都是无能为力。

这样的争论,大多是从中午一直争到半夜,然后我和科诺瓦洛夫离开那些"玻璃厂住户",摸黑踩着没到膝部的泥泞回去。

有一次我们差一点淹没在一个泥塘里,另外有一次我们碰上了围捕,在警察局里和"玻璃厂"里二十个各式各样的朋友过了一夜,这些人在警察局看来都是一些可疑的人物。有时候我们不想高谈阔论,我们就远远地走到河对岸的草地上去,那里有一些小湖,湖里有很多春汛时游过来的小鱼。我们在其中一个小湖岸上的灌木林中点起篝火;我们所以要点上篝火,只是为了让环境更美,然后我们念念书或者谈谈人生。有时科诺瓦洛夫沉思地建议:

"马克西姆,让我们看看天空吧！"

我们仰卧着,望着我们头顶上深邃的青天,起初我们还听见四周树叶的飒飒声和湖水的拍击声,感觉到自己身体底下是大地……后来渐渐地那青天仿佛把我们吸引到它那儿去了,我们失去了存在的感觉,仿佛离开了大地,在广漠的天空中飘浮,我们处于似睡非睡、无牵无挂的境界中,竭力不讲话,也不活动,以免破坏它。

我们这样一连躺几个钟头,然后回家去工作,精神和肉体都感到焕然一新。

科诺瓦洛夫深沉地、无言地爱着大自然,他在田野里或者在河上时,总是全身充满了一种平和而温柔的情绪,使他更像一个孩子。有时他望着天空深深地叹息着说:

"啊!……多好啊!"

而在这赞赏声中,总是比许多诗人的辞藻有着更多的含意和感情;诗人们赞赏大自然,与其说是出于对大自然的无法形容的柔和的美的真正崇拜,不如说是为了保持自己作为感情细腻者的声誉……

像一切事物一样,作诗成为职业,诗也就失去了它神圣的纯朴性。

一天一天地过去,过了两个月。我和科诺瓦洛夫谈了许多事,念了许多书。我经常反复地把《斯坚卡之乱》念给他听,以至于他已经可以流利地用自己的话来一页一页地从头到尾讲述这本书了。

这本书对于他有时候好像成了一个富有魔力的神话对于一个敏感的孩子那样。他用书中人物的名字来称呼他所接触到的对象。有一次,一只盛面包的盘子从架子上掉下来打碎了,他就懊恼地、恶狠狠地喊道:

"唉,你这个普罗佐罗夫斯基将军!"

他把烤得不好的面包叫作弗罗尔卡,把酵母叫"斯坚卡的小枕头",而斯坚卡本人则成了一切非凡的、巨大的、不幸的、不成功的东西的同义词。

关于那个卡皮托莉娜,就是我第一天认识科诺瓦洛夫时读到她的信和替他给她写复信的那个女人,在整个这段时间里几乎没有提到过。

科诺瓦洛夫给她寄钱是寄给一个叫菲利普的人,请他到警察局去替那个姑娘作保,但是无论是菲利普,还是那个姑娘,都没有什么回音。

忽然,有一天晚上,我和科诺瓦洛夫正准备烤面包的时候,面包房的门打开了,从黑洞洞的潮湿的门廊里传来一个女人的战战兢兢的同时又很热情的低语声,她说:

"对不起……"

"找谁?"我问。这时候科诺瓦洛夫把铲子放下,搁在腿旁,不好意思地拉扯着自己的胡子。

"科诺瓦洛夫师傅是在这里干活的吗?"

现在她站在门口,吊灯的光直照在她戴着毛线织的白头巾的头上。头巾底下露出一张圆圆的、可爱的、鼻子微微翘起的小脸,面颊鼓起,丰满的红嘴唇微笑着,因而面颊上显出两个小酒窝儿。

"在这里!"我回答她说。

"在这里,在这里!"忽然科诺瓦洛夫高兴得大声说,他扔下铲子,大踏步向那位女客走去。

"萨申卡!"她迎着他深深地舒了口气。

他们互相拥抱,为了拥抱,科诺瓦洛夫向她低低地俯下了身子。

"哦,怎么啦?好吗?来了好久了吗?瞧你!自由了吗?好极了!你瞧?我早说过嘛!……现在你又有了路了!大胆地走吧!"科诺瓦洛夫还是站在门口,双手搂住了她的脖子和腰不放,对着她急急忙忙地诉说着。

"马克西姆……老弟,今天你一个人奋斗吧,我要去办点女人家的事……卡芭,你在哪儿落脚?"

"我是一直就上你这儿来的……"

"这——儿?这儿来可不行……这儿是烤面包的地方……怎么也不行!我们的老板是一个非常严格的人。得另外去找个地方过夜……比如说,开一个房间。走吧!"

说完,他们就走了。我一个人留下来对付这些面包,预料科诺瓦洛夫天亮以前是不会回来的,可是我不胜惊讶的是,大约过了三个小时,他回来了。使我更为吃惊的是我本来希望在他的脸上看到喜悦的光彩,可是我看了他一眼,看到他的脸色却是沮丧、烦恼和疲乏。

"你怎么啦?"我问他,我非常关心我的朋友这种反常的情绪。

"没什么……"他萎靡不振地回答,沉默了一会儿,气鼓鼓地啐了一口口水。

"到底怎么啦?……"我坚持要问清楚。

"怎么对你说呢?"他伸直身子躺在木柜上,没精打采地回答说,"到底……到底……到底是娘儿们!"

我费了很大力气才从他口里打探到事情的原委。最后,他对我说出了大致这样一番话:

"我说嘛——就是个娘儿们!如果我不是傻瓜,这种事就怎么也不会发生。懂吗?你不是说过:娘儿们也是人!谁都知道,她们光会用后腿走路,她们不吃草,会说会笑,那就是说,不是牲口。可是究竟不是咱们弟兄一伙的人……为什么?那……我就不知道了!我觉得不合适,可是我不明白为什么你瞧她,卡皮托莉娜想干什么。她说:'我要像妻子一样地和你同居……'又说:'我情愿做你的看家狗……'根本不对头!'哦,你这可爱的姑娘,'我说,'你这个傻丫头;哦,你想想,你怎么能和我同居呢?第一,我好喝酒;第二,我什么房子也没有;第三,我是个流浪汉,不能老住在一个地方……'还有诸如此类的事,很多很多……可是她说:'好喝酒,那没关系!'又说:'所有做工的男人都是大酒鬼,可是他们都有老婆。'还说:'房子会有的,只要有了老婆,'她说,'你就哪里也不会去了……'我说:'卡芭,这件事我可是怎么也不能同意,因为我知道——这样的生活我不会过,也学不会。'可是她说:'那我就要跳河了!'我对她说:'你这个傻——丫头!'她就破口大骂,骂得好凶啊!她说:'唉,你这个捣蛋鬼,不要脸的东西,骗子,长腿鬼!……'她骂了一遍又一遍……简直对我大发脾气,骂得我几乎要逃走了。后来她哭起来。一面哭一面埋怨我:'你既然不要我,'她说,'何必把我从那个地方弄出来呢?'她说,'你何必把我从那里骗出来呢,现在,'她说,'叫我到哪儿去呢,'她说,'你这个红头发的傻小子……'你看,现在把她怎么办呢?"

"说实在的,你为什么要把她从那里弄出来呢?"我问。

"为什么?唉,你真是个怪人!还不是我可怜她!一个人陷进了泥塘……随便哪个过路人都会可怜他。至于成家……以及诸如此类的事,那不行,这我是不能同意的。我怎么能有家呢?要是我能做到这样,我早就决定做了。理由多着呢!我还可以找个有陪嫁的……其他等等。既然我没有力量做,我怎么能干这种事呢?她哭了……那当然……不好……可是怎么办呢?我做不到呀!"

他甚至用摇脑袋的动作来肯定他那句烦恼的"我做不到"的话。他离开木柜站起来,两手把胡子抓乱了,低下了头,啐了一口,开始在面包房里踱来踱去。

"马克西姆!"他用请求的口吻不好意思地开口说,"要不然你去她那儿走一趟,想办法对她说说,为什么我不能那样做……好吗?去吧,老弟!"

"我能对她说什么呢?"

"把实话告诉她!……就说,他做不到。这对他不合适……再不然就说……他有脏病!"

"这不是说谎吗?"我笑起来。

"是呀……是说谎……不过倒是个很好的理由,是吗?唉,你呀,见鬼去吧!瞧,多么糟糕!啊?我哪里能娶老婆呢?"

他说这些话的时候是那样踌躇而惊愕地摊开两只手,使人明白——他没有地方安顿老婆!虽然他把这件事讲得很可笑,可是这件事的悲剧的一面却使我深深地思考着那个姑娘的命运。他在面包房里不停地踱来踱去,好像自言自语地说:

"我现在也不喜欢她了,简直可怕!她这样缠住我,要把我拉到什么地方去,好像是个无底洞。唉,你啊,给自己选中了一个丈夫!她不大聪明,却是个狡猾的姑娘。"

看来这是在他身上开始表现出一个流浪汉的本能:他感觉到他追求了一辈子的自由受到了侵犯了。

"不,我是不会上钩的,我是一条大鱼!"他自吹自擂地叫喊起来。"我就这么办,嗯……可是究竟怎么办呢?"他在面包房中央站住,微笑着沉思起来。我注意着他那兴奋的面部表情的变化,竭力猜测他会作出什么决定。

"马克西姆!我们到库班去吧?!"

这我可没有料到。我曾经有过对他进行文化教育工作的想法:我希望教会他识字,把我自己当时所知道的一切都传授给他。他答应过我,整个夏天不离开这里,这使我感到我的任务减轻了一些,可是现在突然……

"哦,你这简直是胡闹。"我有点为难地对他说。

"那我有什么办法呢?"他嚷叫道。

我开始对他说,卡皮托莉娜对他提出的要求完全不像他想的那么严重,他应该再看一看,再等一等。

结果没有等多久。

我们背向窗子坐在炉子前的地上聊天。时间已经临近午夜,离科诺瓦洛夫回来之后大约过了一两个小时。忽然我们背后传来一阵丁零当啷打碎玻璃的声音,一块分量相当重的石头轰然一声掉在地上。我们俩吃惊地跳起来,跑到窗口去。

"没有打中!"有人对着窗口尖声叫道,"扔的不准!可惜……"

"咱——咱们走吧!"一个男低音粗野地叫着,"咱——咱们走吧,我以后再收拾他!"

一阵绝望的、歇斯底里的、醉醺醺的、尖厉得刺激神经的哈哈大笑声,从街上冲进打破了玻璃的窗里来。

"这是她!"科诺瓦洛夫苦恼地说。

这时我只看见两条腿从墙壁上挂下来伸向窗前凹进来的地方。它们向下挂着,奇怪地摇摆着,而且用脚跟敲着砖墙上的坑,仿佛在给自己寻找立足点似的。

"咱——咱们走吧!"一个男低音含糊不清地说。

"放开手!别拉我,让我出口气。永别了,萨什卡!永别了……"接着是一阵相当不堪入耳的咒骂。

我走近窗口,发现是卡皮托莉娜。她低头向下,双手扒住了墙壁,竭力向面包房里边张望,她那蓬乱的头发披散在肩头和胸前。白头巾歪在一边,紧身衣的前襟扯破了。卡皮托莉娜喝醉了,摇来摆去地打着嗝,咒骂着,歇斯底里地尖声叫喊,全身发抖,蓬头散发,通红的醉醺醺的脸上流满了眼泪……

一个身材高大的男人俯身向着她,他一只手撑在她的肩膀上,另一只手撑在房屋的墙壁上,不停地吼叫着:

"咱——咱们走吧!"

"萨什卡!你把我给毁了……你可要记住!你这该死的,红毛鬼!再也不要见你了。我对你抱过希望……可你这个坏蛋倒嘲笑我……好吧!咱们以后再算账!你倒躲起来了!真不要脸,可恶的家伙……萨沙……亲爱的!"

"我没有躲起来……"科诺瓦洛夫走到窗口,爬到木柜上去,闷声闷气地、沉重地说,"我不会躲起来的……你何苦呢……我是要你好;我想你会好起来的,你却讲些完全没有道理的话……"

"萨什卡!你能把我杀掉吗?"

"你干吗喝得这么醉?难道你知道……明天会发生的什么事吗?……"

"萨什卡!萨沙!把我淹死得啦!"

"得啦!咱——咱们走吧!"

"流——氓!你干吗假装好人?"

"这是什么声音,啊?什么人?"

守夜人的警笛声干扰了这场对话,而且盖过了它,然后又安静下来。

"鬼东西,我怎么会相信你呢……"姑娘在窗外号啕大哭。

后来她的两条腿忽然抖动了一下,迅速地向上一晃就在黑暗中消失了。传来一阵低沉的说话声和喧闹声……

"我不愿去警察局!萨——沙!"姑娘悲伤地号叫。

马路上传来沉重的脚步声。

警笛声,沉闷的吼叫声,哀哭声……

"萨——沙!亲——爱的!"

看来,有人遭到了毒打。这一切渐渐离我们远去,声音更加低沉,像噩梦似的消失了。

这场非常迅速地演出的活剧使我和科诺瓦洛夫愣住了,我们望着黑暗中的街道,无法从哭泣、号叫、咒骂、盛气凌人的吆喝、痛苦的呻吟中清醒过来。我想到其中个别的声音,很难相信这一切不是做梦。这场难受的小小的活剧异常迅速地结束了。

"完了!……"科诺瓦洛夫再一次听了听那无声而严峻地向窗里窥视他的寂静的黑夜,不知为什么特别温和而简单地说。

"她把我折腾得这样!……"过了几分钟,他用惊讶的口吻接着说道。他仍然保持着原来那个姿势:跪在木柜上,双手撑在有些倾斜的窗台上。"她落到警察手里了……她喝醉了……跟一个鬼东西在一起。她这么快就完了!"他深深地叹了口气,从木柜上爬下来,坐在面粉袋上,两手抱住脑袋,摇晃着身子低声问我:

"马克西姆,你给我说说,现在这样的结局,你怎么看?……对这件事,我到底有什么错?"

我说了我的看法。首先要弄清楚你想做的那件事,事情开始的时候就该想到它可能会有什么结果。这一切他都不清楚,也不知道,因此从哪一方面说都是他的过错。我对此很恼火。卡皮托莉娜的呻吟和呼叫声,醉汉说的"咱——咱们走吧",这些声音还在我耳边回响着,我不能原谅我的伙伴。

他低下头听我说,等我说完了,他抬起头来,我在他的脸上看到了恐惧和诧异的表情。

"是这么回事!"他感叹地说,"解说得好!哦,可是……现在怎么办?啊?怎么办?我对她怎么办?"

他说话的语气中饱含着诚恳地意识到自己对不起这个姑娘的纯真的感情,饱含着无能为力、犹豫不决的情绪,以致我立刻转而同情起我的伙伴来,我想,大概我对他说得太尖锐了。

"是呀,我干吗要把她从那个地方弄出来呀!"科诺瓦洛夫后悔起来,"唉!瞧她现在这样对待我……我要到那儿去,到警察局去,想想办法……我一定要见她……还要……我要对她说……说点什么。去不去呢?"

我觉得他去同她见面不会有什么好结果。他能对她说什么呢?何况,她喝醉了,恐怕已经睡着了。

但是他的主意拿定了。

"我要去,等着瞧吧。不管怎么样,我到底是希望她好……可是那儿她周围的都是些什么人?我要去。你留在这儿吧……我很快就回来!"

说完,他戴上便帽,甚至连平时喜欢穿的破靴子也不穿,迅速离开面包房出去了。

我干完活就躺下睡了。第二天早上,我醒来后,照平时的习惯看了一眼科诺瓦洛夫睡觉的地方,他还没有回来。

直到傍晚的时候他才回来——他愁眉苦脸,蓬头散发,脑门子上皱纹很深,蓝眼睛里蒙上了一层云雾。他看也不看我,走到木柜那儿,看看我干的活,一声不响地躺在地上。

"怎么啦,你见到她了?"我问。

"就是为了见她才去的。"

"那怎么样啦?"

"没什么。"

很明显——他不想说。估计他这样的情绪不会持续很久,我也就不再拿这些问题去使他烦恼。他整天不说话,只是在必要的时候才向我说几句和工作有关的简短的话,他垂头丧气地带着和他回来时一样迷茫的眼睛在面包房里踱步。他心里仿佛什么东西熄灭了;他干活干得慢腾腾的,萎靡不振,只顾想他的心事。到了夜里,我们把最后一批面包放进炉灶里去,怕它们烤过头了,我们没有躺下睡觉,他请求我:

"好吧,念一点有关斯坚卡的什么东西吧。"

因为关于拷打和死刑的描写最使他激动,我就开始给他念这一段。他胸部朝天伸开四肢躺在地上一动不动地听着,眼睛直愣愣地望着被烟熏黑了的拱形天花板。

"就这样把一个人弄死了,"科诺瓦洛夫慢吞吞地说,"不过那时候到底还可以活下去。自由自在。有地方好去。现在是一片安静和顺从……如果这样从旁边看看,现在的生活简直安静极了。念书,认字……可是人们生活还是没有保障,对人们没有一点照顾。他们要犯罪是禁止的,可是不犯罪又不可能……街上挺有秩序,可是心里却乱糟糟的。谁也不能理解谁。"

"那么你和卡皮托莉娜的事儿怎么样啦?"我问。

"啊?"他震动了一下,"和卡芭的事儿?完啦……"他坚决地挥挥手。

"那就是说,你把事了结啦?"

"我?不……是她自己。"

"怎么了结的?"

"很简单。她还是那一套,没有什么别的……一切照旧。不过以前她不喝酒,现在喝起酒来了……你去把面包取出来,我要睡了。"

面包房里变得静悄悄的。灯罩熏黑了,炉挡儿偶尔毕剥地响着,烤焦的面包皮在架子上也发出破裂的声音。在我们窗户对面的街上,守夜人在那里谈话。还有一种奇异的声音不时从街上传入耳鼓——又像是什么地方的招牌在吱吱地响,又像是有人在呻吟。

我取出面包,躺下睡觉,可是睡不着,我半闭着眼睛躺着,谛听着夜间的一切声息。忽然我看见,科诺瓦洛夫不声不响地从地上起来,走到架子跟前,从上面取下科斯托马罗夫的书,把它打开来,凑到眼睛跟前。我清楚地看到他那沉思的脸,我注视着,看他怎样用手指在书上一行一行地移动,摇摇头,翻过一页,又聚精会神地看着书,后来眼光移到我身上。他那沉思的、瘦削的脸上流露出一种奇怪的、紧张而疑虑重重的神气,他的面部表情使我感到新奇,他的眼睛对着我望了好久。

我克制不住好奇心,问他在干什么。

"我以为你睡了……"他不好意思起来;随后走到我跟前,手里拿着书,在我旁边坐下来,讷讷地说:"我,你看,想问你一件事……有没有什么讲讲生活守则之类的书？教人怎样生活的书？我要弄清楚，哪些行为是有害的，哪些是还可以的……我，你看，被我自己的行为搞糊涂了……有的事情起初我觉得是好事，结果却成了坏事。像卡芭的事就是这样。"他透了口气，用恳求的声调接下去说："你给找找，看有没有讲人的行为的书？找到了念给我听听。"

沉默了几分钟。

"马克西姆！……"

"啊？"

"卡皮托莉娜可把我抹黑啦！"

"唉，得啦……你就算了吧……"

"当然啰，现在已经没办法了……不过，你说说……她有权这样做吗？"

这是一个微妙的问题，但是我想了想，还是给他作了一个肯定的答复。

"我也这么想……她有权这样做……"科诺瓦洛夫沮丧地拉长声音说，然后又沉默了。

他在他那条直接铺在地面的席子上忙了好久，几次站起来，抽烟，在窗口坐坐，重新又躺下来。

后来我睡着了，等我醒来时，他已经不在面包房里，直到晚上他才露面。他仿佛浑身蒙上了一层尘土，他那迷茫的眼睛里凝结了一种一动不动的东西。他把便帽扔在架子上，叹了口气在我旁边坐下来。

"你到哪儿去了？"

"去看了看卡芭。"

"怎么样？"

"完啦,老弟!我不是已经对你说过了……"

"看来对这种人是没有什么办法了……"我试着想平复平复他的情绪,便开始谈谈强大的习惯势力以及其他等等在这种场合可以谈的话。科诺瓦洛夫怎么也不吭一声,只是望着地上。

"不,哪是这么回事!这和习惯势力没关系!就因为我是一个有传染病的人……我没有在这个世界上生活的份儿……我身上有毒气散发出来。只要我走到人跟前,他立刻就会被我传染了。对于任何人,我只能给他带来痛苦……只要想一想:我这一生给谁带来过乐趣?没有给谁!可是,我和许多人打过交道。我是个烂掉了的人……"

"这是胡说八道!……"

"不,这是真话!"他坚信不疑地点点头。

我劝他改变这种想法,可是他从我的话里却找到了更多的深信自己不配生活的根据。

他不久就发生了急剧的变化。他变得沉郁、萎靡,失去了对书的兴趣,干活也已经不如以前那样起劲,沉默而孤僻。

空闲的时候他躺在地上,执拗地瞧着拱形的天花板。他的脸瘦削了,眼睛失去了孩子般明亮的光彩。

"萨沙,你怎么啦?"我问他。

"喝酒病又要犯了,"他解释说,"我很快就要大喝伏特加……我身体里面烧得慌……像是得了胃灼热症,你知道……到时候了……要不是这件事,我大概还可以拖些时候。唔,这件事可刺激了我……怎么会这样?我希望给人做好事,可是忽然之间……结果根本不是那么回事!不错,老弟,非常需要为生活定些规矩……难道就想不出这样一种规矩,使所有的人的行动像一个人似的,并且使大家都能互相了解吗?要知道人跟人互相距离这么远,是根本不能生活的呀!难道聪明的人们不懂得,需要在世界上定些规矩,而且,要使人人清楚吗?……唉!"

他专心致志地思考着生活必须有规矩的问题,我的话他也不听了。我甚至注意到,他似乎开始避开我了。有一天,他第一百零一次地听了我的改造生活的设想之后,他对我生气了。

"哦,你得了吧……这我听说过了……这不是生活的问题,是人的问题。首先的问题是人,懂吗?哦,再没有任何别的问题了……照你的意思办,结果就会这样:这一切都在那里改造的时候,人却依旧像现在这样。不行,你得先改造人,给人指出道路……使他们觉得在这个世界上是光明的而不是憋得慌——这才是需要为人们做的事。教他们找到自己的路……"

我不同意他的看法,他不是发火就是变得阴郁起来,烦恼地嚷叫说:

"唉,别唠叨了!"

有一天,他傍晚出门去,夜里没有回来干活,第二天也没有回来。他没来,老板来了,脸上露出担心的神色说:

"我们的列克萨哈①大喝起酒来了。在'斯坚卡'酒店里待着呢。得另找一个面包师傅了……"

"他也许会恢复过来的吧?!"

"哦,好吧,那你等着……我可了解他……"

---

① 列克萨哈是亚历山大的蔑称。

我到"斯坚卡"酒店去——这是一家巧妙地设在石头围墙里的小酒店。它的特色是里面没有窗户,光线是透过天花板上的一个窟窿射进来的。实际上这是在地里挖出来的一个方坑,顶上盖着一层薄板。里面一股泥土味、马合烟的烟味和酿坏了的伏特加的酒味,里面坐满了常去的顾客——一些愚昧无知的人。他们整天泡在那里,等待来酒店吃吃喝喝的工人。想把他们的钱喝个精光。

科诺瓦洛夫坐在小酒店中央的一张大桌子旁,周围有六个衣衫褴褛得出奇的、面孔像霍夫曼①小说中的人物似的先生,他们恭敬地、奉承地听他说话。

他们喝啤酒和伏特加酒,吃点什么像干土块似的下酒菜……

"喝吧,弟兄们,喝吧,尽量喝吧。我有的是钱和衣服……足够喝上三天。喝光了……完事!我不想再干活了,也不想在这儿待下去了。"

"这是个最糟糕的城市。"一个活像约翰·福斯塔夫②的人说。

"干活?"另一个人狐疑地望着天花板,诧异地问道,"人生在世,难道就是为了这个吗?"

于是大家立刻闹起来,他们向科诺瓦洛夫证明他有权把一切都喝光,甚至把这种权利说成是应尽的义务——和他们一起把一切都喝光。

"啊,马克西姆……他还背着背包!"科诺瓦洛夫见到我,

---

① 霍夫曼(1776—1822),德国浪漫主义作家。
② 约翰·福斯塔夫是莎士比亚的剧作《温莎的风流娘们》和《亨利四世》中的主要人物。

说了一句双关语,"喂,读书人和法利赛人①,来喝一杯!老弟,我完全离开正路了。完了!我要喝它个精光……喝到身上只剩下毛发。你也来吧,啊?"

他还没有醉,只是他的蓝眼睛闪耀着兴奋的神色,像绸扇子似的垂在他胸前的漂亮的大胡子不时地抖动着,这是因为他的下颚在神经质地哆嗦的缘故。衬衫的领口敞开着,雪白的前额上闪动着小粒的汗珠,那拿着一杯啤酒向我伸过来的手颤抖着。

"别喝了,萨沙,我们离开这儿吧!"我把手放在他的肩膀上说。

"别喝了?"他笑起来,"要是你早十年上我这儿来说这句话,也许我会不喝了。可是现在我还是喝的好……我有什么办法?要知道,我感觉到,一直都感觉到,生活中的任何活动……可是我怎么也不能理解,不知道我的路在哪儿……我感觉到,所以我才喝酒,因为此外我没有事情可干……来干一杯!"

他的伙伴们怀着明显的不满的神情看着我,十二只眼睛极不友好地上下打量着我。

这些穷苦人怕我把科诺瓦洛夫带走——这顿酒宴,他们也许已经等待了整整一个星期了。

"弟兄们!这是我的朋友,一个有学问的人。见鬼!马克西姆,你能在这里念一段斯坚卡的故事吧?……啊,弟兄

---

① 法利赛人是古代犹太的一个政治派别,曾对早期基督教做过斗争,因此在《圣经·新约》里被贬称为伪君子,后人即以"法利赛人"为伪君子的同义词。

们,世界上有多么好的书啊!有讲皮拉的……马克西姆,是吗?……弟兄们,这不是书,是血和泪。可是……这个皮拉——可不就是我吗?马克西姆!……还有瑟索伊卡——也是我……真的!现在一切都明白了!"

他圆睁着眼睛,带着惊愕的神气看着我,他的下嘴唇奇怪地颤动着。他的伙伴们不大乐意地在桌旁给我腾出了一个座位。我在科诺瓦洛夫旁边坐下来,恰巧就在这个时刻,他拿起一杯兑了一半伏特加的啤酒。

他显然是想用这杯混合酒尽快把自己灌醉。他一饮而尽,从盘子里拿起一块外表像土块实际是熟肉的下酒菜,朝它看了看,就扔到肩膀后面酒店里的墙上。

他的伙伴们低声叽里咕噜地说话,像一群饿狗。

"我是一个堕落的人……我母亲干吗要生我?我一点也不明白……黑暗!……憋气!……马克西姆,既然你不愿意跟我喝酒,那就永别了。面包房我是不去了。我还有钱在老板那里,你去把它取来给我,我要把它喝光……不!你拿去给自己买书吧……要不要?不想要?那就算了……还是拿去吧?你这个蠢猪,要是这样……给我走开!走——开!"

他喝醉了,他的眼睛野兽似的闪着光。

他的伙伴们已经完全准备好要揪住我的脖子把我从他们圈子里赶出去,我不愿等到他们动手,就走了。

大约过了三个小时以后,我又到"斯坚卡"酒店去。这时科诺瓦洛夫的伙伴又增加了两个人。他们都喝醉了,他不如他们醉得那么厉害。他唱着歌,臂肘撑在桌子上,穿过天花板上的窟窿望着天空。醉鬼们摆出各种不同的姿势听他唱,有几个在打嗝。

科诺瓦洛夫用男中音唱着,唱到高音的地方就用假嗓子,像所有内行的歌唱家那样。他一手支撑着面颊,深情地唱出了华彩乐句,他的脸激动得发白,眼睛半闭着,喉头向前挺起。八张醉醺醺的、没有表情的、通红的脸望着他,只是有时听见咕噜声和打嗝声。科诺瓦洛夫的歌声颤动着、哭泣着、呻吟着。看到这个可爱的小伙子唱着他的忧伤的歌曲,真是令人难受得要落泪。

难闻的气味,汗涔涔、醉醺醺的面孔,两盏冒着黑烟的煤油灯,给煤烟熏染得发黑的酒店的板壁,酒店的泥土地和充满了这泥坑的昏暗——一切都是阴郁和病态的。仿佛这是一群被活埋在墓穴里的人在大张盛宴,其中有一个人临死前在唱最后一支歌,和上天告别。我的伙伴的歌子里发出了无望的哀愁,平静的绝望和没有出路的忧伤。

"马克西姆在这儿吗?你愿意上我这儿来当队长吗?"他中断了他的歌唱,向我伸出手来说,"老弟,我完全准备好了……我自己召集了一帮人……喏,就是这些人……以后还有人要来……我们会找到的!这没——没有关系!把皮拉和瑟索伊卡也招来……我们每天给他们吃米饭和牛肉……好吗?你来吗?把书随身带着……你可以念斯坚卡和别人的故事……朋友!哎哟!我要吐啦,我要吐啦,……要——吐——啦!……"

他举起拳头使出全身的力气在桌子上捶了一下。玻璃杯和酒瓶丁零当啷地响起来,他的伙伴们清醒过来,酒店里立刻掀起了一片可怕的喧闹声。

"喝吧,伙计们!"科诺瓦洛夫喊道,"喝吧!解解愁——喝个痛快!"

我离开他们走了,在街门口站了一会儿,听见科诺瓦洛夫正在口齿不清地大发议论,当他重新开始唱歌的时候,我动身到面包房去,在我后面,那拙劣的酒醉的歌声在寂静的夜间还呻吟和哭泣了好久。

过了两天,科诺瓦洛夫离开城市到别的地方去了。

一个人必须出生在有文化的社会里,才能有耐心在这个社会里度过一生,而不想离开这个一切都被琐碎、恶毒、虚伪的风习固定下来的艰难环境,不想离开这个充斥了病态的自尊心、思想上的宗派观念和形形色色的虚情假意的环境,一句话,不想离开这个使情感冷淡、头脑腐化的四大皆空的环境,而到别的什么地方去。我不是在这样的社会环境里出生和受教育的,正是由于这个使我感到愉快的原因,我在大量地接受了这个社会环境的文化之后,经过一段时间就感到迫切需要离开它的圈子,摆脱这种过于复杂和文雅得病态的生活,稍稍清新一下耳目。

在乡村里,几乎也是像在知识分子中间那样,难受得令人作呕和发闷。最好是到城市的贫民窟里去,那里的一切虽然也都很肮脏,但却总是那么纯朴而真诚,或者到故乡的田野里和大路上去走走,这是最吸引人的,很能令人心旷神怡,而且除了一双能够耐劳的好腿以外又不需要任何钱财。

大约五年前我计划要做的正是这样的旅行。我漫游神圣的罗斯①,到了费奥多西亚②。当时那里正动工修筑一道防

---

① 罗斯是古代俄罗斯的国名。
② 一八九〇年,黑海滨的塞瓦斯托波尔重新成为俄国黑海舰队的重要基地,为此在费奥多西亚城兴建巨大的海港。高尔基于一八九一年八、九月间到该地去找工作。

波堤,我想挣一点钱做盘缠,便到建筑工地去了。

我希望先看看这个工程的全景,就爬到山上,坐在那里,俯视那浩瀚、澎湃的大海和为它制造镣铐①的小小的人们。

在我眼前展开了一幅辽阔的劳动的图画:海湾前面整个岩石海岸都被挖掘开了,到处都是石坑、一堆堆的石头和木材、手推车、圆木、铁条、打桩机,还有些用木材制造的各种设备,人们正在这些东西之间奔忙着。他们用炸药炸山,用丁字镐砸碎岩石,为铁路线清除场地,在巨大的灰池里搅拌混凝土,用它做成一俄丈见方的石块,投入海中,筑起一道堡垒,抵挡奔腾不息的海浪的猛烈冲击。他们在那被他们的双手破坏得支离破碎的深褐色的山岭的衬托下,显得很小很小,像一些小虫子似的。他们在一堆堆碎石块和一垛垛木料中间,在云雾似的石粉的尘埃里,在南方白天三十度的炎热中,像一些小虫子似的忙忙碌碌地蠕动着。他们周围是一片混乱,他们头顶上的炎热的天空给他们的忙忙碌碌的活动增添了这样一种景象:仿佛他们正在往山里掘进去,竭力要钻到山里去,以躲避灼热的炎阳和他们周围那幅凄凉残破的景象。

在闷热的空气中响着嘟哝声和隆隆声。传来丁字镐敲击石头的声音。手推车的轮子哀怨地唱着。铁锤沉闷地落在木桩上。唱《杜比努什卡》②的歌声如泣如诉。斧头砍着圆木,把它们削光。灰暗的忙碌的人们用各种声音叫喊着。

有一处地方,有一小群人响亮地吆喝着,他们正在对付一块巨大的山石,努力把它推开去;另外一处地方,有些人正在

---

① 指修筑防波堤。
② 旧俄工人劳动时唱的歌曲。

把一根沉重的木材抬起来,他们用力地叫喊着:

"起——来——来哟!"

被挖掘出了许多裂缝的山,低沉地回响着:

"来——来——来!"

有一队人弯腰推着满载石头的手推车,沿着用木板铺垫成的弯斜不正的路线缓慢地移动着。朝他们迎面过来另外一队推着空车的人,他们走得很慢,走一段歇上一两分钟……打桩机旁边有一群密密麻麻的身着各种颜色衣服的人,其中有一个人用男高音拖长了声音唱道:

伊——唉赫——马,弟兄们,热得很哪!

伊——唉赫!谁也不可怜咱们哪!

奥——奥伊,杜——比努什卡,

乌——乌赫宁!

人群发出有力的吼叫声,他们紧拉绳索,铁锤沿着打桩机的框架,飞也似的向上升起,然后从那里落下来,发出低沉的轰隆声,打桩机也抖动起来。

那些灰色的小小的人们在山和海之间的场地上奔忙着,空气中响彻着他们的叫喊声,充满了尘土和人们身上的汗酸味儿。穿着有金属纽扣的白制服的调度人员,在他们中间走动,那金属纽子在阳光下闪闪发光,像一些人的冷淡的黄眼睛。

大海静静地伸展到烟雾茫茫的地平线,晶莹的波浪轻轻地拍打着活跃的海岸。海在阳光下闪闪发光,它好像是在用格列佛①式的善意的微笑笑着,格列佛意识到,如果他想动的

---

① 英国讽刺作家斯威夫特(1667—1745)的主要作品《格列佛游记》中的主人公。

话,只要动一动,小人国居民的工作就要化为乌有。

大海躺着,海的光辉耀眼欲花。浩瀚、强大、和善的海,它的强劲的气息吹拂到岸上,使疲惫不堪的人们神清气爽;他们正在用自己的劳动限制海浪的自由,海浪现在也是那么驯顺地、声音嘹亮地爱抚着那被挖得坑坑洼洼的海岸。大海仿佛很可怜他们:它生存的那些年代教它懂得,不是那些正在从事建设的人们蓄意反对它;它早就知道,这不过是一些奴隶,他们的作用是和大自然面对面地斗争,而在这斗争中,也准备好承受大自然对他们进行的报复。他们只顾埋头建设,永远不停地劳动,他们的血汗就是大地上一切建筑物的混凝土;可是他们自己却什么也得不到,他们把自己的全部精力献给了从事建设的永不衰竭的愿望——在大地上创造奇迹的愿望,但是到头来却没有给予人们以栖身之处,而且给他们的面包也太少了。他们——也是大自然的一分子,所以大海并不是愤怒地,而是爱抚地看着他们那种得不到好处的劳动。这些如此用力地蚕食着山头的灰色小虫——他们也是大海的一点一滴的水,它们怀着大海的永远要扩张自己领域的愿望,首先冲向海岸上无法攀登的冰凉的岩石,又首先在岩石上撞得粉身碎骨。这些点点滴滴的水大多与大海有着血缘的关系,只要暴风雨掠过它们,它们就完全像大海一样强大,一样想要破坏。大海自古以来就熟悉在荒漠中建造金字塔的奴隶们以及薛西斯[①]的奴隶们。薛西斯这个可笑的人物,因为大海冲垮他的玩具桥,他竟想把大海打三百下来惩罚它。奴隶从来是

[①] 公元前四八五年至前四六五年的波斯国王,曾亲自率领波斯军远征希腊,结果全军覆没。

相同的,他们总是服从,他们总是吃得很坏,却又总是在完成宏伟的、奇迹般的事业,有时把强迫他们工作的人们奉为神明,更经常的是诅咒他们,偶尔也奋起反对自己的统治者……

波浪静悄悄地跑到布满着人群的海岸上来,人们正在建筑石头屏障来阻止海浪的永不停息的活动,波浪跑上岸来,唱着它们嘹亮的、亲热的歌:它们歌唱过去,歌唱它们几世纪来在这大地的海岸上所看见的一切……

……工人中间有一些奇怪的、干瘪的、紫铜色的身影,他们缠着红头巾,戴着土耳其帽,穿着蓝色短上衣和裤腿窄小而后裆宽大的灯笼裤。据我所知,这是安纳托利亚①的土耳其人。他们的喉音很重的口音混杂着维亚迪奇人②的拖长的口音,以及伏尔加流域的坚定而急速的语句和霍霍尔的柔软的语调。

那时俄罗斯发生了饥荒,饥饿几乎把所有遭到厄运的省份的人们赶到这里来了。他们分成一个个小集体,竭力保持着同乡人和同乡人在一起,只有那些四海为家的流浪汉,由于他们独立不羁的外貌、服装和特殊的说话方式,因此在那些依附于土地的、只是因饥荒所迫暂时和土地断了关系而又不能忘记土地的人群中间,一下子就能被认出来。在所有的灾民集体里都有流浪汉:在维亚迪奇人中间,在霍霍尔中间,他们到处为家,但他们大多数却聚集在打桩机旁,因为那是比推手推车和干铁镐活要轻一些的活儿。

我走近他们的时候,他们正好放下手里的绳索,站在那

---

① 安纳托利亚是小亚细亚的别称,在今土耳其境内。
② 古代俄国的部族之一,居住在奥卡河流域。

里,等待工头把打桩机的滑轮上的机件修理好;多半是它把绳索"咬住"了。工头在木塔顶上摸索,不时地在那里叫喊:

"拉!"

他们懒洋洋地拉着绳索。

"停——停!……再拉。停——停!拉!……"

领唱人是个好久没有刮脸的小伙子,一脸麻子,像士兵一样立正站着。他耸耸肩膀,眼睛向旁边瞟了一下,清了清嗓子,开口唱道:

"吊——锤把木桩打进地里去哟……"

下面一句甚至连最宽大的检察官也通不过,因此引起了全场一致的哄笑,显然这是领唱者的即兴之作,他在伙伴们的笑声中表现出像一个早已习惯于在观众面前获得这样成功的艺术家似的神气,捻了一下自己的小胡子。

"拉——拉!"工头在打桩机顶上愤怒地吼叫,"笑什么!……"

"米特里奇,别把嗓子喊破喽!"有一个工人警告他。

这声音我很熟悉,我在什么地方见过这个长着椭圆形的脸和蓝色大眼睛的、高身材、阔肩膀的人。这不是科诺瓦洛夫吗?不过科诺瓦洛夫没有像这个小伙子那样在高耸的前额上从右太阳穴到鼻梁之间横过一道伤疤;科诺瓦洛夫头发的颜色要淡一些,也没有这个小伙子那样细小的发卷;科诺瓦洛夫有一口宽阔、漂亮的胡子,而这个小伙子却刮了脸,留着霍霍尔式的两撇下垂的浓须。尽管如此,他身上有些东西却是我非常熟悉的。我决定同他扯一扯,问问他"要找活干"该找谁,于是我开始等待他们把这根桩打完。

"噢——噢——乌赫!噢——噢——噢赫!"人群更有力

地喘息着,他们拉住绳索蹲下来,又立即站直身子,好像准备脱离大地飞到空中去似的。打桩机吱吱地响着和抖动着,许多赤裸裸的、晒黑了的、毛茸茸的手臂,同绳索一起拉直了,在人群的头顶上举起来;手臂上的肌肉像瘤子般地鼓起来,但是那个四十普特重的铁锤上升的高度越来越小,它打在木桩上的声音也越来越低。看着他们干活的样子,可以使人联想到这是一群偶像崇拜者在祈祷,在绝望和狂热中向他们的冥冥中的上帝高举双手,顶礼膜拜。流着汗的又脏又紧张的面孔,紧粘在潮湿的前额上的凌乱头发,深褐色的脖子,紧张得发抖的肩膀——所有这些人都穿着勉强盖住身体的五颜六色的破衬衣和破裤子,使他们自己周围的空气充满了热烘烘的气息,并且融合成一堆沉重的筋肉,在充满着南方的炎热和浓烈的汗酸味的潮湿的气氛中笨拙地忙碌着。

"停!"有人用恶狠狠的吃力的声音喊道。

工人们放下了手里的绳子,绳子无力地挂在打桩机旁边,工人们沉重地就地坐下,擦着汗水,艰难地喘着气,活动着背脊,抚摸着肩膀,空中充满了絮絮叨叨的埋怨声,像一头被激怒了的巨兽在咆哮。

"老乡!"我对着我看中的那个小伙子说。

他懒洋洋地转过身来看看我,他的眼睛在我脸上扫了一下,眯缝着眼睛对我凝视着。

"科诺瓦洛夫!"

"我看看……"他用一只手把我的脑袋向后推了一下,好像要抓住我的喉咙似的,忽然爆发出一阵欣喜的、善良的微笑。

"马克西姆!啊,是你……这个死鬼!老朋友……啊?

你也落到这种地步啦?加入流浪汉一伙了?哦,那也好!好极了!你来了很久了吗?你从哪儿来?咱俩现在可以一起走遍所有的地方了!从前……那是什么生活?只有烦恼,无聊;那不是生活,是一天一天地烂掉!我呢,老弟,从那时起就在人间漫游。我到过些什么样的地方啊!呼吸过什么样的空气啊……不,你装扮得多么巧妙……认不出了:从服装看,是个大兵;从脸上看,是个大学生!哦,从一个地方到另一个地方,这样的生活好吗?斯坚卡我可还记得……还有塔拉斯、皮拉……都记得!……"

他用拳头在我腰里捅了一下,又用他那宽大的手掌拍拍我的肩膀。他连珠炮似的提出问题,我连一个字也插不进去,我望着他那张因重逢的喜悦而发光的和善的脸,只是微笑着。我也很高兴能见到他,非常高兴;和他相会,使我想到这是我生活的开始,这开始,毫无疑问,比继续原来的生活要好。

最后我终于能问问我的老朋友,他前额上的伤疤和头上的鬈发是怎么来的。

"这个,你瞧……可有着一段历史呢。我们三个伙伴想偷越罗马尼亚边境,去看看罗马尼亚那边是什么样子。哦,比萨拉比亚有这么一个小地方,紧靠边界,叫卡古尔,我们就从那里出发。那是在夜里,当然啰,我们偷偷地走着。忽然听到一声喊叫:站住!那是海关警戒线,我们竟然爬到那儿去了。唔,跑吧!可马上有个兵朝着我的脑袋就是一家伙。砍得不那么厉害,可我还是在医院里躺了个把月。是怎么回事啊!那个士兵原来是同乡!是我们穆罗姆城的人!……他不久也被送进了医院;有一个走私贩把他打伤了,在他的肚子上捅了一刀。我们清醒过来,弄清楚了是怎么回事。那个兵士问我:

'是我把你砍了一下吗？''就是你，如果你承认的话。''可能是我，'他说，'你可不要生气——那是我的职务。我们以为你们走私。你瞧，'他说，'人家也回敬了我一下——把我的肚子捅开了。真没办法：生活可不是闹着玩儿的。'这样，我和他就成了朋友。他是一个很好的士兵，叫雅什卡·马金……那鬈发吗？鬈发吗？我的老弟，那是让一场伤寒病害的。我害过一场伤寒病。在基希涅夫我被关进监狱，要判我偷越边境罪，我就是在那里得了伤寒。……我害这个病躺倒了，躺了一些时候，勉强起来了。要不是那女护士照料我，恐怕我就起不来了。老弟，我真觉得奇怪：她为我忙忙碌碌，像对待孩子一样，可我对她有什么用呢？'玛丽娅·彼得罗芙娜，'我对她说，'你不要来那一套啦，我实在不好意思！'可是她却暗地里笑我。那姑娘心肠真好……有时她给我念一些劝人为善的书。哦，我就说，有没有什么有趣的东西？她拿来了一本书，是讲一个英国水手的故事的。这个水手，他的船失事沉没了，他逃生到一个没人的荒岛上去，他在这个岛上安置下来过日子。很有意思，多可怕！这本书我非常喜欢，我真想也这样地到他那儿去。你知道这是什么样的生活？海岛，大海，天空——你一个人自己过日子，你什么都有，你自由自在！那里还有一个野人。哦，要是我，就把那个野人淹死——他对我有屁用！我就是一个人也不会寂寞。你读过这样的书吗？"

"哦，可是你是怎么从监狱里出来的？"

"啊——是放出来的。审问了一下，说我没有罪，就放出来了。很简单……这样吧：我今天不再干活了，去他妈的！得啦，干得够多了。我有三个卢布，今天干了半天，还有四十个戈比可拿。瞧有多少本钱!所以跟我一起到我们那儿去……我们不住工棚,就住在附近,在山里……那边有一个住人是很舒服的山洞。我们有两个人住在那里。那一个伙伴病了——疟疾把他折磨得够呛……哦,你在这里坐一会儿,我去找工头……我马上就来!……"

他迅速地站起来走了,恰巧正是打桩工人拉起绳索开始干活的时候。我留下来坐在石头上,看着在我周围闹哄哄的奔忙的景象和宁静的墨绿色的大海。

科诺瓦洛夫的高大的身体在人群、石堆、木头和手推车中间穿过去,在远处消失了。他一面走,一面挥着手,他穿着对他来说显得又短又小的蓝色的粗布衬衫,粗麻布裤子和笨重的破旧不堪的靴子。一头蓬松的淡褐色鬈发在他的大脑袋上飘动着。有时他回过身来,用手向我做些什么信号。他整个人好像变成另外一个人了,他变得生气勃勃、沉着自信而又坚强有力。他周围到处都在工作,木头发出破裂的声响,石头分裂开来,手推车萎靡不振地吱吱嘎嘎地叫着,扬起了云雾般的尘土,什么东西轰隆一声巨响掉落下去,人们叫喊着、咒骂着、哼哼着、歌唱着,好像在呻吟似的。在这乱成一团的响声和活动中,我那跨着坚定的脚步远去的朋友的漂亮的身影,非常清晰地显现出来,仿佛是暗示出科诺瓦洛夫的为人似的。

我们见面以后过了两个小时,我和他躺在那"住人是很舒服的山洞"里。事实上这个"山洞"确实非常舒服——很久以前有人在山里开采石头,掘了一个四方形的大壁龛,里面可以十分宽敞地容纳四个人。不过洞很低,洞口上面悬着一块大石头,像屋檐似的,因此要进洞里去,就要在大石头前面的地上卧倒,然后把身子塞进去。洞深三俄尺①左右,不过连头都爬进去是不必要的,而且也有危险,因为出口上的那块大石头会坍下来把我们完全埋在里面。我们不希望这样,所以采取这样的办法:把腿和身体伸到洞里,里面非常凉爽,头部留在太阳光底下,在山洞的隙缝里,这样,如果我们头顶上的大石头掉下来,它只会砸烂我们的头盖骨。

那个生病的流浪汉全身都爬到阳光底下去,躺在我们旁边两三步以外的地方,所以我们听得见他在疟疾发作时牙齿相击的声音。这是一个干瘪而瘦长的霍霍尔:"从波尔塔瓦来的②。"他沉思地对我说。

他在地上滚动,竭力想把自己紧紧地裹在那完全用破布缝成的灰色的长袍里,他非常形象地咒骂着,他看到他的一切努力都白费,就骂起来,不过他仍然继续往身上裹那长袍。他有一对小小的黑眼睛,一直眯缝着,仿佛他永远在全神贯注地察看什么东西似的。

太阳热不可当地烤着我们的后脑,科诺瓦洛夫在地上插了几根棍子,把我的军大衣张在棍子上,做成一张类似幕帷的东西。从遥远的地方传来海湾上隐隐约约的干活的喧闹声,可是我们看不见海湾:我们右边岸上是一座布满了像一块块沉重的石头似的白色房屋的城市,左面是大海,我们前面也是大海。大海伸展到无边无际的远方,在那里,有一些奇异而温柔的、从未见过的色彩,淡淡地融合成神奇的海市蜃楼似的美景,由于它们那些不可捉摸的美丽的色调而令人赏心

---

① 三俄尺合两米多。
② 原文为乌克兰语。

悦目……

科诺瓦洛夫望着那边,幸福地笑着对我说:

"太阳要落山了,我们生起篝火来,煮一壶茶,我们有面包,有肉,想吃西瓜吗?"

他用脚从一个坑里钩出一个西瓜来,从口袋里拿出一把刀子,一面切西瓜,一面说:

"每次我一到海边,我总是想:为什么人们很少住到海边来?他们要是这样做就会好些,因为大海是那样温柔可爱……人们见了它心里就会产生好思想。哦,你讲讲,你自己这几年是怎么过来的?"

我开始对他讲。大海在远处已经蒙上了一层紫色和金黄色,迎着太阳升起了形状柔和的粉红中带着烟色的云。仿佛从海底升起了白色的群峰,那些山峰披着皑皑白雪的盛装,被落日的余晖映成了绯红色。

"马克西姆,你在城市里混是完全白费力气,"科诺瓦洛夫听了我的业绩以后,坚信地说,"是什么东西吸引你到城市里去的?那里的生活腐败。没有空气,没有活动的天地,人需要的什么都没有。人呢?到处都是人……书呢?哦,你书也读够了!得啦,你不是为了读书而生的……而且书——也都是胡说。哦,你买了书,放进背包就走。你愿意跟我到塔什干去吗?到撒马尔罕或者别的什么地方去吗?……然后我们去阿穆尔河……干不干?我嘛,老弟,我打定主意要走遍大地——这是最美的事。你走啊走,总是看到新东西……什么也不用想……微风向你迎面吹来,把心里的各种尘埃吹得干干净净。又轻松,又自由……谁也不会给你添麻烦:想吃——就停下来,干点什么活,挣半个卢布;没有活干——就讨一点面包,人家会给的。这样——就可以见识见识许多地方……可以看到各种美好的东西。走吧?"

夕阳西下。海上的云渐渐变暗,海也变得阴暗起来,天气凉快了。有的地方已经出现星星,海湾里干活的嘈杂声停止了,只是偶尔从那里传来人们的呼喊声,轻轻的,像叹息似的。风向我们吹来,带来了波浪冲击海岸的忧郁的低语声。

漆黑的夜色迅速地增浓,那霍霍尔的身影在五分钟前还有着明显的轮廓,现在已经成了模糊的一团……

"要是生起篝火就好了……"他咳嗽着说。

"可以生……"

科诺瓦洛夫不知从哪儿拿来一堆木片,用火柴把它们引着了,小小的火舌开始亲昵地舐着黄色的有树脂的木头。一缕缕轻烟在充满大海的潮湿和清新的气息的夜空中袅袅升起。周围越来越宁静:生活仿佛离开我们退到别处去了,它的声音在黑暗中融化、消失了。云散了,星星在深蓝色的空中发出灿烂的光辉。在丝绒般的海面上也闪烁着渔船上的灯火和星光。我们面前的篝火烧旺了,像一朵红黄色的大花……科诺瓦洛夫把茶壶放到篝火上,他抱着膝盖,若有所思地望着火。霍霍尔像一只大蜥蜴似的爬到火边来。

"人们造了许多城市、房屋,一堆一堆地聚集在那里,给大地造成了祸害,气也喘不过来,大家互相挤来挤去……多好的生活!不,这才是生活,像我们这样……"

"噢,"霍霍尔摇摇头,"要是我们过冬时再能搞到两件羊皮袄,要不然弄到一所暖和的小屋,那就完全是老爷似的生活了……"他眯缝着一只眼笑了一声,看看科诺瓦洛夫。

"是啊,"科诺瓦洛夫不好意思地说,"冬天是一个讨厌的季节。为了过冬,城市确实是需要的……那是毫无办法的事……不过大城市终究是没有什么意思……两三个人都不能和和睦睦住在一块,为什么人们还要这样一堆一堆地聚集在一起呢?……我说的是这个!当然,如果仔细想一想,无论在城市里,在草原上,无论什么地方,都没有人的活路。不过这些事儿最好还是不要去想它……想也想不出什么办法,反而叫人伤心……"

我以为科诺瓦洛夫过了一段流浪生活会有所变化;我还以为,我们刚认识时他心头烦恼的疙瘩,由于这些年来他呼吸了自由的空气,已经像果皮一般地从他身上脱落了;但是他最后一句话的语气使我那位朋友在我面前又恢复到我所熟悉的那个仍然在寻找自己的"立足点"的人。仍然是那样的对生活困惑不解的疙瘩和思考生活的那种毒素,侵蚀着这个强健的,可是不幸生来就有一颗敏感的心的人。在俄罗斯的生活中有许多这样"喜欢思考"的人,他们比任何人都不幸,因为他们思考的重担被他们头脑的盲目性加重了。我惋惜地看看我的朋友,可是他却仿佛为了证实我的想法似的,忧郁地喊道:

"马克西姆,我想起了我们的生活和那儿发生过的……一切事儿。打那以后,我走过多少地方,看到过许多各种各样的事情……世界上没一件事使我称心!我找不到安身的地方!"

"为什么生就这样一个脖颈,没有一个轭套可以配得上呢?"霍霍尔冷淡地问,一面把沸腾的茶壶从火上取下来。

"不,你告诉我……"科诺瓦洛夫问道,"为什么我不得安宁?为什么人们生活得不错,他们干自己的事,有老婆、孩子等等?……而且他们总是兴致勃勃地干这干那。可是我就不能。难受。为什么我要难受呢?"

"人就是爱发牢骚,"霍霍尔惊讶地说,"难道你发发牢骚就好过一些吗?"

"对……"科诺瓦洛夫忧郁地同意了。

"我向来不大说话,不过我知道怎么说。"这个坚忍不拔的人怀着自尊心说,他正在不倦地和他的疟疾斗争。

他咳嗽起来,翻动了一下身子,狠狠地朝篝火里吐了一口唾沫。我们周围万籁无声,张起了浓重的夜幕。我们头顶上的天空也是黑暗的,月亮还没有出来。大海,与其说我们是看见了,还不如说是感觉到了——我们面前的黑暗是那样的浓重啊。仿佛有一层黑雾降到大地上。篝火熄灭了。

"咱们睡吧!"霍霍尔提议说。

我们钻到"山洞"里去,躺下来,把头从里面伸到外面空气中。大家都沉默着。科诺瓦洛夫一躺下去,就一动不动,好像变成了石头一样。霍霍尔不停地翻动着身子,牙齿一直在打战。我久久地看着篝火里的柴火逐渐熄灭下去:起初那柴火又大又旺,随后渐渐变小变弱,蒙上一层灰烬,终于在灰烬下面熄灭了。很快火堆里除温暖的气息之外就什么也没剩了。我看着它想道:

"我们大家也是这样……要是能燃烧得更旺些就好了!"

……三天以后,我和科诺瓦洛夫告别。我到库班去,他不愿意去。但是我们俩分手时都相信我们还会见面。

结果却没有……

陈 冰 夷 译

玛　莉　娃[*]

海——在笑。

热风轻轻吹拂,海在颤动,阳光下,海面微波粼粼,光耀夺目,无数银光灿烂的笑涡在向蔚蓝的天空微笑。海波一浪追着一浪直奔平缓而狭长的沙滩,欢乐的浪花激溅声荡漾在海天之间寥廓的空间。这声音和海面上千万层粼波反映出的灿烂阳光,和谐地融汇成生生不息、充满欢腾的运动。太阳是幸福的,因为它光芒四照;海也是幸福的,因为它反射着太阳欢乐的光芒。

风温柔地抚摸着大海软缎似的胸膛;炽热的阳光温暖着它,大海在温存的爱抚下,睡意蒙眬地喘息着,使炎热的空气中充溢着海水蒸发的咸味。淡绿色的海浪奔上黄灿灿的沙滩,抛出白花花的泡沫。泡沫发出轻微的响声,渐渐消失在滚烫的砂砾上,润湿着沙土。

狭长的沙嘴像一座从岸上倒在海里的巨大塔楼。尖尖的塔顶插入在太阳下波光熠熠的浩瀚无边的海水中。塔基消失在陆地上暑气弥漫的远方。从那边,随风吹来阵阵重浊难闻

---

[*] 本篇最初发表于一八九七年第十一和十二期《北方导报》杂志。译自《高尔基三十卷集》第三卷。

的气味,在明净的海上,在晴朗的蓝天下,这种气味是不可思议而又大煞风景的。

在遍布鱼鳞的狭长沙滩上插着几根木桩,上面挂着渔网,它们在沙地上投下蛛网般的影子。几条大船和一只小船在沙滩上排成一行,海浪涌上岸来,仿佛在召唤它们。沙滩上有一间用柳条、树皮和草席搭成的高高的窝棚,窝棚周围散乱地放着篙竿、船桨、筐子和木桶。在窝棚门前的一根满是枝丫的木棍上靴底朝天挂着一双毡靴。一根长竿竖立在这一切杂乱无章的东西上空,竿顶系着一块红布,随风飘动。

瓦西里·列戈斯捷夫躺在一条木船的阴影里。他是格列边希科夫捕鱼场前沿——沙嘴上的看守人。他趴在地上,两手托住脑袋,凝神眺望着大海远处隐约可见的海岸线。在那边水面上有一个小黑点时隐时现,瓦西里看到那黑点越来越大,越来越近,心里很高兴。

波浪上阳光耀眼欲花,他眯起眼睛,满意地微笑着:这是玛莉娃来了。她一来,就会咯咯地笑,她的胸脯会诱人地一起一伏,她会用柔软的双臂拥抱他,亲吻他,接吻的声音清脆得连海鸥也会受惊。她会讲那边岸上的各种新闻。他们一起煮一锅鲜美可口的鱼汤,喝上点儿烧酒,在沙滩上躺一会儿,闲聊一阵,亲热地嬉戏一番。等到夜幕降临,他们烧壶茶,就着美味的小面包圈喝个痛快,然后躺下睡觉……每逢礼拜日和节日都是这样。翌日清晨,黎明前天色朦胧,空气清新,他从还在睡梦中的海上把玛莉娃送到对岸去。玛莉娃坐在船尾打盹儿,瓦西里划船,望着她。这时她的样子总是很可笑,像一只饱餐后的猫,可笑而又可爱。她有时还从座位上滑进船舱,蜷缩成一团,睡着了。她常常是这样的……

这一天连海鸥也热得倦乏了。它们一排排站立在沙滩上,张开嘴,垂着翅膀,有的在海面上懒洋洋地随波荡漾,不叫,也不像平常那样凶猛,活跃。

瓦西里觉得船上好像不止玛莉娃一个人。难道又是谢廖什卡缠住她了吗?瓦西里在沙地上笨重地翻过身子,坐了起来,用手掌遮在眼睛上方,怀着焦灼不安的心情仔细观望:还有谁在船上?玛莉娃坐在船尾掌舵。划船的人不是谢廖什卡,那人不太会划,要是和谢廖什卡一起,玛莉娃就用不着掌舵了。

"嗨!"瓦西里急不可待地喊了一声。

沙滩上的海鸥被惊得颤抖了一下,警觉地提防着。

"嗨——嗨……"从船上传来了玛莉娃清亮的声音。

"你跟谁在一起呀?"

他得到的回答却是一阵笑声。

"妖精!"瓦西里低声骂道,啐了一口唾沫。

他急于想知道来人是谁;他卷着烟,目不转睛地盯着那划船人的后脑和脊背。空中传来了船桨击水的响亮声音,沙子在看守人的赤脚下发出嘎吱嘎吱的响声。

"是谁跟你在一块儿呀?"当他能看清玛莉娃俊美的脸上他所熟悉的笑容时,他大声喊道。

"再等一会儿你就知道了!"玛莉娃笑着回答。

划船的人转过脸来对着岸上,也含笑看了瓦西里一眼。

看守人皱起眉头,回想着:这个看来似曾相识的小伙子是谁呢?

"使劲儿划!"玛莉娃吩咐道。

船猛地一冲,差不多有半个船身随着海浪冲上了沙滩,往侧面一歪就停住了；浪退回到海里去了。划船的人跳到岸上，说：

"爸爸，你好！"

"亚科夫！"瓦西里压低了声音喊道，与其说是高兴，还不如说是惊讶。

他们拥抱着，在嘴上和脸颊上亲吻了三次。瓦西里的脸上流露出惊奇、喜悦和羞惭交集的神情。

"怪不得我看着……觉得有点儿眼熟，心里老嘀咕……嘿，原来是你，怎么会是你呢？真没想到！可我一直在猜想：是不是谢廖什卡？不，我看真了，不是谢廖什卡！原来是你！"

瓦西里一只手捋着胡须，另一只手在空中比画着。他想看一眼玛莉娃，但是儿子那双微笑的眼睛注视着他的脸，炯炯的目光使他局促不安。他为有这样一个健壮漂亮的儿子感到满意，但这种心情却掩盖不住他内心由于情妇在场所产生的羞惭。他站在亚科夫面前，不停地倒换着两脚，接二连三地，没等回答，就问了一连串的问题。他脑子里好像乱成一团，当听到玛莉娃的话里带着讥讽时，他更觉得不是滋味儿。

"你呀，别高兴得……连说话都颠三倒四的！带他进窝棚吃点儿东西吧……"

瓦西里向她转过身来。她的嘴角挂着讥笑，瓦西里还从未见她这样笑过。她整个人和往常一样，丰满、柔嫩、容光焕发，同时又有点新奇和异样。她把淡绿的眼睛从父亲身上移到儿子身上，用雪白的细牙嗑着西瓜子。亚科夫也面带微笑地端详着他们，有几秒钟三个人都默不作声，瓦西里感到很尴尬。

"我马上去弄!"瓦西里突然手忙脚乱起来,向窝棚走去,"你们别待在太阳下面,我去打点水,然后……咱们煮鱼汤吃!亚科夫,我要让你吃上最鲜的鱼汤!你们在这儿那个……随便坐,我就来……"

他从窝棚旁边的地上拿起一口小锅,快步向渔网走去,隐没在一片灰色的皱褶的渔网中。

玛莉娃和瓦西里的儿子也朝窝棚走去。

"好小子,我可把你带到你爸爸身边了。"玛莉娃说道,斜眼打量着亚科夫敦实的身体。

亚科夫朝她转过脸来,脸上长着深褐色的鬈曲胡须,两眼闪出炯炯的光芒,说道:

"是的,咱们到了……这儿真好,多美的海啊!"

"多么宽阔的大海……怎么样,你爸爸老多了吧?"

"不,不怎么见老。我以为他已经满头白发,可白头发还很少……身子骨也很结实……"

"你说说,你们有多长时间没见面了?"

"恐怕……有五六年了吧。他离开乡下那会儿,我才十七岁……"

他们进了窝棚,里面很闷热,草席上散发出一股咸鱼味。他们坐下来:亚科夫坐在一个树墩上,玛莉娃坐在一堆草袋上。在他们中间放着一个拦腰截断的木桶,桶底朝上当作桌面。坐好后,他们默默地互相凝神端详了一会儿。

"这么说,你是想在这儿干活啰?"玛莉娃问。

"这个嘛……我不知道……要是能找到活儿——我就干。"

"在我们这儿准能找到!"玛莉娃很有把握地说,同时神秘地眯起那双绿眼睛,打量着他。

亚科夫没有看她,用衬衣的袖子擦着脸上的汗水。

突然她笑了。

"大概你妈让你给你爸捎口信,还向他问好吧?"

亚科夫瞧了她一眼,皱起双眉,简短地说:

"那当然……怎么?"

"没什么!"

亚科夫不喜欢她的笑:就像在揶揄他似的。小伙子转过身去,不看这女人。他想起了母亲让他捎的口信。

那时母亲送他出村口,扶着篱笆,不住地眨着干涩的双眼,匆匆地叮嘱他说:

"告诉你爹,亚沙……你一定要告诉他,说,爹!……娘说,她就一个人在那儿……都五年了,她还是孤孤单单一个人!就说,她老了!……亚科武什卡,你一定要跟他说,娘眼看就要变成老太婆了……总是孤零零的,一个人!整天干活。你千万告诉他……"

说到这里,她用围裙掩住脸,默默地哭起来。

当时亚科夫并不怜悯她,可现在却可怜起她来了……他瞟了玛莉娃一眼,严肃地扬了扬眉毛。

"瞧,我回来了!"瓦西里一手提着鱼,一手拿着刀,走进窝棚,大声说道。

他已经恢复了常态,把羞愧深深地掩藏在心底。现在,他若无其事地看着他们,只不过在他的动作中流露出一种他从未有过的慌乱。

"我马上去烧火……一会儿就回来……咱们聊聊!好吗,亚科夫,啊?"

说完,他又走出了窝棚。

玛莉娃不停地嗑着瓜子,毫无顾忌地盯着亚科夫,亚科夫虽然也很想看看她,却尽量克制自己不这样做。

后来,由于沉默使他感到窘迫不安,他就说:

"我的背包忘在船上了,我去拿!"

他不慌不忙地站起身来,走了出去。他前脚出去,瓦西里后脚就进来了。他向玛莉娃弯下腰,匆忙而且生气地说:

"咳,你干吗跟他一起来?我怎么向他介绍你呢?你我是什么关系?"

"来了就来了呗!"玛莉娃干脆说。

"咳,你……好糊涂的婆娘!叫我现在怎么办?就这样当面对他直截了当说,那个……马上就说?我家里还有老婆呢!就是他娘……你应该想到这一点!"

"我想这干什么!我怕他不成?还是怕你不成?"她问道,轻蔑地眯起那双绿眼睛,"瞧你刚才在他面前手忙脚乱的样子!我觉得真可笑!"

"你还觉得好笑!可我怎么办?"

"这你早就该想到了!"

"我怎么知道他会这样突然从海里钻到这儿来呢?"

沙子在亚科夫脚下发出嘎吱嘎吱的声音,他们随即中断了谈话。亚科夫拿来了一个很轻的背包,把它往角落里一扔,用恶狠狠的眼光横了那女人一眼。

玛莉娃一个劲儿嗑着瓜子,瓦西里坐到树墩上,用手搓了搓膝盖,然后微笑着开口说:

"这么说,你来了……你怎么想起要来的呢?"

"就这么来了……我们给你写过信……"

"什么时候？我什么信也没收到过！……"

"真的吗？可我们写了……"

"信兴许丢了，"瓦西里感到很懊丧，"你瞧，真见鬼……是吗？要它的时候，它偏偏丢了……"

"那么说，我们的情况你都不知道啰？"亚科夫问道，半信半疑地看了父亲一眼。

"我打哪儿知道？我没接到信！"

于是亚科夫告诉他：他们的马死了；早在二月初，他们的粮食就都吃完了；又找不到活儿干。草料也不够，牛差点儿没饿死。勉强挨到了四月，后来就决定这样办：耕完地，亚科夫上父亲那儿找点工作，干上三个来月。他们就写信把这些打算告诉他了。后来卖掉三只羊，买了点粮食、草料，亚科夫就这样来了。

"原来是这样！"瓦西里扬声说道，"是这——样……那……你们怎么……我给你们寄钱去了……"

"那才多点儿钱呀？修房子……嫁玛丽娅，……我买了一张犁……你可知道，五六年……都过了这么长的时间！"

"是——呀！这么说，是不够用？原来是这样……哎哟，我的鱼汤要潽了！"他站起来跑出去了。

瓦西里在火堆前蹲下，火堆上挂着一个正在开滚的小锅，他一面把汤沫撇到火上，一面在沉思。儿子讲的一切并没有引起他多大的同情，相反，他对老婆和亚科夫却产生了不满。五年来他给他们寄去了多少钱，可是他们还是没有把家业料理好。要不是玛莉娃在场，他就会数落亚科夫几句。没有得到父亲的允许就自作主张地从乡下跑出来——干这种事倒顶有能耐，可是家业却管不好！到今天为止，瓦西里一直过着轻松愉快的生活,很少想到家业,现在,突然使他想起来了,这家业像个无底洞,五年来他一直把钱往里扔,成了他生活中毫无用处的累赘。他叹了口气,用汤匙搅和着鱼汤。

在灿烂的阳光下,柴火堆淡黄色的小小火焰显得渺小可怜,苍白无力。火堆上升起一缕缕透明的青烟,迎着浪花向大海飘去。瓦西里凝视着这缕缕青烟,暗自想道,从今天起,他的生活不会再那么舒服,那么自由自在了。亚科夫大概已经猜到这个玛莉娃是什么人了……

玛莉娃坐在窝棚里,眼睛一直含着微笑,她那充满热情,富有魅力的目光使小伙子局促不安。

"我想,你可能把未婚妻扔在乡下了吧?"她突如其来地问道,一面观察着亚科夫的脸庞。

"也许是吧!"亚科夫爱搭不理地说。

"顶漂亮,是吗?"她随便问道。

亚科夫没有吭声。

"干吗不说话呀?……她比我好看吗?"

亚科夫不由自主地看了看她的脸。她的脸颊黝黑而丰腴,红润饱满的嘴唇半开半闭,挂着寻衅的微笑,微微颤动着。粉红色的小布褂看上去特别合身,显现出圆圆的肩膀和高高隆起的丰满的胸脯。但亚科夫不喜欢她那双眯缝着的狡黠含笑的绿眼睛。

"你干吗这样说?"亚科夫叹了口气,以一种恳求的语气说道,虽然他想对玛莉娃说得严厉些。

"那该怎么说呢?"她笑问道。

"还有,你笑……笑什么?"

"笑你……"

"嗯！我跟你有什么相干？"他委屈地问，在玛莉娃的目光下他又低下了眼睛。

她没有回答。

亚科夫多少猜到了她和父亲的关系，这使他和玛莉娃说话时感到拘束。这个猜测并没有使他感到惊奇：他听人说过，离乡在外干活的人都很放荡；他也知道，像他父亲那样身强力壮的男人，离了女人是很难生活这么长时间的。尽管如此，在玛莉娃和父亲面前，他还是感到很不自然。随后他想起了母亲——一个在农村累死累活、终日操劳、总爱叨叨的农妇。

"鱼汤做得了！"瓦西里走进窝棚时说，"玛莉娃，把汤匙拿来！"

亚科夫瞟了父亲一眼，心想：

"她连汤匙放在什么地方都知道，可见她是经常到他这儿来的！"

她拿了汤匙，说要去洗一洗，还说她有烧酒放在船尾上。

父子俩目送她离去。只剩下他们两人，沉默了片刻。

"你怎么碰到她的？"瓦西里问。

"我在办事处打听你，正好她在那儿……她说：'从沙滩上绕过去还不如坐船去，我也到那儿去。'我们就这样来了。"

"唔——唔……我常常想：'亚科夫现在怎么样了？'"

儿子望着父亲的脸亲切地微笑了一下，这一笑使瓦西里增添了一点儿勇气。

"我说……这个女人还不错吧？"

"还可以。"亚科夫眨了眨眼，说得有点模棱两可。

"实在没有办法，我的伙计！"瓦西里挥动着两手，大声说

237

道,"开始我还忍着,可是不行啊!习惯了……我是结了婚的人。再说,她还能补补衣服,做一些其他的事……总之……哎!就像少不了要死一样,少不了女人呀!"他坦率地做了一番解释。

"跟我有什么关系?"亚科夫说,"这是你的事,我管不着你。"

但他心里却暗想:

"哼,这样的女人才不会给你补裤子呢……"

"再说我才四十五岁……在她身上也花不了多少钱,她又不是我的老婆……"瓦西里说。

"那当然。"亚科夫表示同意,心想:"恐怕,她少花不了你的钱!"

玛莉娃手里拿着一瓶烧酒和一串8字形的小面包圈回来了。他们坐下来喝鱼汤,默默地吃着鱼,大声地吮着鱼骨头,然后把它们吐到门旁的沙地上。亚科夫狼吞虎咽地吃着。这大概使玛莉娃很高兴:她温存地微笑着,望着亚科夫晒得黝黑的两腮在鼓动,两片厚大、湿润的嘴唇很快地在嚅动。瓦西里的胃口欠佳,但他竭力装出一副专心吃喝的样子,他这样做是为了不让儿子和玛莉娃觉察,不让他们打搅他,他正在考虑自己该怎样对待他们。

海鸥凶猛的号叫不时打断海浪发出的温柔悦耳的音乐声。灼热的暑气渐渐消去,这时,一股股含着大海气息的凉爽气流不时吹进窝棚。

在喝过鲜美的鱼汤和烧酒后,亚科夫的眼睛变得呆滞无神,他在傻笑,打嗝,接二连三地打呵欠,并带着那样一种神情看着玛莉娃,以致瓦西里认为有必要对他说:

"亚舒特卡①,喝茶以前……你在这儿躺一会儿吧,到时候我们叫醒你。"

"这可以——以……"亚科夫同意说,往草袋上一躺,"那……你们上哪儿?哈——哈!"

瓦西里被他这一笑弄得很不好意思,急忙走了出去。玛莉娃把嘴一撇,紧蹙双眉,回答亚科夫说:

"我们上哪儿去,你管不着!你算老几?你连怎么向上帝祷告都还不懂呢!你不过是这么个玩意儿,小伙子!……"

"我?好吧!"亚科夫冲她离去的背影嚷道,"你等——等着吧……等我给你点厉害看看!瞧你那德行……"

他又嘟哝了一阵,然后就睡着了,通红的脸上带着酒足饭饱后的微笑。

瓦西里把三根篙竿插在沙地里,把顶端系在一起,盖上一块草席,搭了一个凉棚。他躺在阴影里,两手垫在头下,仰望着天空。当玛莉娃在他身旁坐下时,他向她转过脸来,玛莉娃看到他满脸委屈和闷闷不乐的样子。

"怎么,看见儿子还不高兴吗?"她说着笑了起来。

"他是在……笑话我呢……就因为你!……"瓦西里忧郁地说。

"嗯?因为我?"她狡狯地表示惊讶。

"难道不是吗?"

"唉,你这个可怜虫!现在该怎么办呢?是不是别上你这儿来了?啊?好,那我以后就不来了!……"

---

① 亚科夫的爱称。

"瞧你,真是个妖精!"瓦西里责怪她说,"哎,你们这些人呀!他笑话我,你也……你们还算是我最亲近的人呢!有什么好笑的呢?你们这些鬼东西!"他背过脸去,不作声了。

玛莉娃手抱双膝,慢悠悠地摇晃着身体,那双绿眼睛看着波光闪闪的欢乐的大海,露出那种懂得自己美丽的魅力的女人所常有的扬扬自得的微笑。

一艘帆船,宛如一只长着灰翅膀的笨拙的大鸟,掠过海面。船离岸很远,正向更远的地方,向湛蓝的一望无际的海天相接的地方驶去。

"怎么不说话?"瓦西里问。

"我在想。"玛莉娃说。

"想什么?"

"随便想想。"她耸了耸眉毛,停了片刻,又说道:"你的儿子是个好样的小伙子……"

"这跟你有什么关系?"瓦西里嫉妒地大声问道。

"关系大着呢……"

"你给我小心点!"他用充满猜疑的严厉目光扫了她一眼,"你别胡闹!我虽然是个老好人,可你别惹我就是了!"

他紧握双拳,咬牙切齿地继续说:

"你今天一来就在耍什么把戏……我现在还不清楚,你搞的是什么名堂……哼,你当心点儿!我要是知道了,就没你好过的!你笑得也有点儿特别……还有……我也会对付你们这样的女人的……"

"瓦夏①,你别吓唬我……"她连瞧也不瞧他一眼,满不在

---

① 瓦西里的爱称。

乎地说。

"那好！可你别闹着玩儿……"

"你也别吓唬人……"

"你要是胡搞,我就揍你……"瓦西里恶狠狠地威胁说。

"你要动手打人?"她朝他转过身来,好奇地看着他那激动的脸。

"你以为你是个什么阔太太吗？我就是要揍你……"

"我是你的什么人？难道是你老婆不成？"玛莉娃毫不含糊地、神情自若地反问道。她没等回答,又继续说:"你无缘无故打惯了老婆,所以也想这样来对待我,是吗？哼,办不到。我是谁也管不着的太太,谁也不怕。你看你呢,怕儿子:看你刚才在儿子面前说话颠三倒四的样子,真丢人！可你还要来威胁我！"

她轻蔑地摇摇头,不作声了。她这一番冷静而又傲慢的话压倒了瓦西里凶狠的气焰。瓦西里还从未见过她像现在这样俊美。

"你倒来劲了,唠叨个没完……"他说道,一边生气,一边却欣赏着她。

"我还有话要跟你说。你对谢廖什卡吹,说我没有你,像没有面包一样,就活不下去了！你这是白搭……可能,我爱的不是你,我来也不是为了你,我爱的只不过是这个地方……"她用一只手在周围画了一个大圈,"也许,我喜欢的是,这儿很空旷,只有大海和天空,没有任何卑鄙无耻的人。至于你在这儿,这对我来说是无所谓的……这好像是我为这个地方所付的代价……要是谢廖什卡在这儿,我也会来他这儿的,以后你儿子在这儿,我也要来他这儿……如果你们一个也不在,那

241

就更好……我讨厌死你们了！……只要我愿意,凭我的美貌,我随时都可以挑到合我心意的男人……"

"原来是这——样?!"瓦西里怒不可遏地咬牙切齿说,猛地卡住她的喉咙,"是这——样啊?"

他使劲地摇晃着她,虽然她的脸涨得通红,眼睛也充满血丝,但她没有挣扎。她只是把自己的双手放在瓦西里那只卡住她喉咙的手上,两眼盯着他的脸。

"你心里原来是这么想的?"瓦西里满腔怒火,声音嘶哑地说,"你还一直瞒着不说,贱货……还拥抱我……还跟我亲热……我要给你点厉害看看!"

瓦西里把她按到地上,用握紧的拳头痛快地朝她脖子上狠狠地打了一下、两下。每当抡起的拳头落到她富有弹性的脖颈上时,他就感到一阵心满意足。

"让你尝尝……你这条蛇,怎么样?……"他扬扬得意地问她,把她往旁边一扔。

她一声也没哼,默默地、平静地仰面倒了下去,头发散乱,满脸通红,但还是很美丽。她的绿眼睛含着冷淡无情的仇恨看着他。瓦西里激动得气喘吁吁,他发泄了怨恨,感到高兴和满足,但没有看到她的目光。当他得意扬扬朝她瞥了一眼时,却发现她在微笑,她丰满的嘴唇颤动了一下,两眼闪射出一道光芒,脸颊上出现了笑窝。瓦西里愕然地看了看她。

"你怎么了,妖精!"他粗暴地拽了一下她的手,嚷道。

"瓦西卡①!……这是你打的我?"她低声问道。

"那,还有谁?"瓦西里望着她,无法理解这一切,一时也

---

① 瓦西里的爱称。

没了主意。是不是再揍她一顿？然而他的气已经消了，他也不会再举手打她了。

"这么说，你是爱我的啰？"她又问道。她的低语声使瓦西里感到了一股热流。

"算了，"他闷闷不乐地说，"这次算便宜了你！"

"可我还以为你已经不爱我了……我心想：'现在儿子到他这儿来了……他就会赶我走了。'……"

她奇怪地、异乎寻常地大声笑了起来。

"傻瓜！"瓦西里说着也禁不住笑了，"儿子，他管得着我吗？"

在玛莉娃面前他感到歉疚，觉得她可怜，但他一想起玛莉娃说的那些话，就又厉声说道：

"这跟儿子毫不相干……我打你，是因为你自己不好，你干吗要惹我？"

"我这是故意的，想试试你……"说着玛莉娃把肩膀紧贴在他身上。

"试试？有什么可试的？这下可试着了吧。"

"没什么！"玛莉娃眯起眼睛，自信地说，"我不生气，打是爱嘛，是不是？我会报答你的……"她盯着瓦西里看了一会儿，随后放低声音重复了一句："是啊，我会好好报答你的！"

在瓦西里听来，这话是一种诺言，使他高兴、激奋、心里觉得甜滋滋的；他含笑问道：

"怎么报答？……嗯？！"

"等着瞧吧！"玛莉娃平心静气地说，但她的嘴唇却颤抖了一下。

"哎，你呀，我的宝贝！"瓦西里大声说道，他用情人的双

243

手紧紧地搂住她,"你要知道,我打了你,觉得你更可爱了!说真的!更亲了……要我怎么说呢?"

海鸥在他们头上翱翔。温柔的海风把浪花几乎一直送到他们的脚下,大海一刻不停地喧笑着……

"嗨,这叫什么事儿!"瓦西里如释重负地舒了口气,若有所思地爱抚着紧贴在他身上的女人,"世界上的事安排得真叫人纳闷:凡是见不得人的事反而都是甜蜜的。你什么也不懂……有时候,我一想到生活,就感到可怕!特别是半夜三更……睡不着的时候……抬眼看看:在你面前是大海,在你头上是天空,四周漆黑一团,真吓人……你呢,孤孤单单一个人在这儿!你会觉得自己变得很——小、很小……你身下的土地在摇晃,除了自己以外,没有任何别的人了。在这种时候,哪怕有你在也好啊……到底是两个人嘛……"

玛莉娃闭眼躺在他的膝上,默不作声。瓦西里那张饱经风霜、粗糙而善良的古铜色的脸俯在她的头上,他的黑灰色的大胡子擦得玛莉娃的脖子痒痒的。玛莉娃却一动不动,只有她高高的胸脯在均匀地起伏。瓦西里的眼睛时而看看大海,时而停留在面前这胸脯上。他开始不慌不忙地吻玛莉娃的嘴唇,吻得那么响亮,仿佛他在喝滚烫的、漂浮着厚厚一层黄油的稀粥似的。

他们就这样在一起过了将近三个小时。当太阳开始沉到海里去的时候,瓦西里郁闷地说:

"嗯,我去煮茶……客人快醒了!"

玛莉娃像只撒娇的猫,懒洋洋地把身子挪到一旁,瓦西里恋恋不舍地站起来,向窝棚走去。那女人稍稍抬起睫毛,看了看他离去的背影,像人们在卸下使他们疲惫不堪的重负时那样,叹了口气。

过了一会儿,他们三人围坐在火堆旁喝茶。

落日的霞光给大海涂上了绚丽活泼的色彩,淡淡的绿波上泛起朱红玛瑙和晶莹珍珠交相辉映的闪光。

瓦西里用一只白色的陶制杯子喝着茶,向儿子详细打听家乡的情况,一边回忆着故乡的往事。玛莉娃没有插嘴,静听着他们从容不迫的谈话。

"这么说,老乡们还可以过得下去喽?"

"好歹凑凑合合地过呗……"亚科夫回答说。

"咱们农民要求高吗?一座木房,一点够吃的粮食,过节的时候能喝上一杯烧酒……可是连这一点也没有……要是在家乡能混饱肚子,难道我会跑到这儿来吗?在家乡,我和大伙儿一样,自己当家做主,可是在这儿呢,得听人家吆喝……"

"可是这儿吃得饱,活儿也轻……"

"唔,你也别这么说!有时候累得浑身筋骨酸痛。再说,这儿总还是替别人干,那儿是为自己干。"

"不过钱挣得多呀!"亚科夫平静地反驳说。

瓦西里心里同意儿子的看法:在农村,无论是生活还是劳动都比这儿艰苦;但出自某种原因,他不愿意让亚科夫知道他心里的想法。于是他严肃地说:

"你算过这儿的工钱吗?在农村,伙计……"

"就像在洞里一样,又黑又挤,"玛莉娃笑了笑,接茬说,"尤其是女人的生活:只有眼泪。"

"女人的生活到处是一样……光线也没什么两样,只有一个太阳嘛!……"瓦西里紧锁双眉,瞅了她一眼。

"这你可是胡扯!"玛莉娃兴冲冲地提高嗓门嚷道,"要是在农村,不管我愿意不愿意,都得嫁人,嫁了人的女人一辈子都是奴隶。收庄稼啦、纺纱织布啦、喂牲口啦、生儿育女啦……她自己还剩下什么呢?只有男人的打骂……"

"不见得就是打。"瓦西里打断她的话说。

"在这儿呢,谁也管不着我,"她没理睬瓦西里,继续说,"像只海鸥,想飞到哪儿就飞到哪儿!谁也不能阻拦我,谁也不来碰我!……"

"要是碰了呢?"瓦西里冷笑着用提醒的口吻问道。

"哼,那我就回敬他!"她低声说,眼里炽热的光芒消失了。

瓦西里温厚地笑了。

"嘿,你倒顶勇敢,可惜没力气!净说些女人见识的话。在农村,女人是生活中有用的人……可是在这儿,她就……只不过为了寻欢作乐活着……"他稍停了一会儿,接着说:"为了作孽。"

他们的谈话到此突然中断,亚科夫若有所思地叹了口气,说:

"这海好像没边没际……"

三个人都默默地看了看跟前的茫茫大海。

"要是这儿都是土地该有多好啊!"亚科夫大声说道,张开胳臂挥动了一下,"要是都是黑土,都开垦了该有多好啊!"

"原来你想的是这个啊!"瓦西里和蔼地笑了,赞许地看了看儿子的脸,儿子为了表达自己强烈的愿望连脸都涨红了。他的话里充满了对土地的热爱,瓦西里听了很高兴。他想,这种对土地的热爱也许很快就会力促亚科夫回到农村去,不至于使他受到自由自在的捕鱼场生活的诱惑。那他和玛莉娃就还留在这儿,一切又会照旧下去……

"亚科夫,你这话说得好!庄稼人就应该这样。庄稼人就因为有土地才有力量:只要他在土地上,就有活路,离开土地,就会完蛋!没有土地的庄稼人,就像没有根的树:没了根的树作木料是可以的,要它长久活下去就不行了:它会烂掉的!它失去了树木的美,光秃秃、赤条条,真难看!……亚科夫,你的话说得很好。"

大海敞开胸怀沐浴着阳光,波涛奏出深情的乐曲迎着太阳,夕阳的余晖给海浪染上了奇妙斑斓的色彩。生命的缔造者——光的神圣源泉,在自己发出的极为协调柔和的霞光中向大海告别,以便在远离凝视着落日的这三个人的地方,射出万道欢快的曙光,去唤醒睡梦中的大地。

"我看到太阳落下去的时候,我的心都软了,说实话,真的!"瓦西里对玛莉娃说。

玛莉娃没有搭理。亚科夫那双淡蓝色的眼睛含着微笑向遥远的海面眺望。三个人都陷入沉思中,久久地望着白昼最后一刹那即将逝去的地方。在他们面前,火堆的余烬还在微微燃烧。在他们身后,夜幕徐徐笼罩着天空。黄沙渐渐变黑,海鸥已无影无踪,四周的一切变得宁静而又像梦幻般地可爱……连一刻不停的海浪在奔向沙岸时发出的声音也不像白天那样欢快和喧闹。

"我干吗坐着?"玛莉娃说,"该走了。"

瓦西里踌躇片刻,看了儿子一眼。

"忙什么?"他不满地嘟哝了一句,"等一会儿,月亮就要升上来了……"

"有月亮又怎么样?就这样我也不怕,我又不是第一次在夜里从这儿回去！"

亚科夫瞧了父亲一眼，微微眯起眼睛，在窃笑，随后又看了看玛莉娃，正好玛莉娃也在看他，这使他感到不好意思。

"那好，走吧！"瓦西里口里答应，心里却感到不满和惆怅。

她站起来告别后，就沿着沙岸慢步走去；海浪滚到她的脚下，仿佛在和她嬉戏。满天星斗像金灿灿的花朵发出颤悠悠的闪光。瓦西里和儿子目送玛莉娃离去，她鲜艳的衣衫在苍茫的暮色中失去了光泽。

　　我的心上人……快来！
　　啊，快来！紧贴我的胸怀！

——玛莉娃放开嗓子尖声唱了起来。

瓦西里觉得她似乎站住了，在等候。他狠狠啐了一口，心想："她这是在故意挑逗我，妖精！"

"你听，她在唱呢！"亚科夫笑了笑。

这时他们看到，玛莉娃在夜色中变成了一个灰色的斑点。

　　尽情享有我的双乳，
　　像一对雪白的天鹅在我胸脯！

她的歌声在海面上回荡。

"瞧她唱的！"亚科夫扬声说，他的整个身躯向飘来诱人的歌词的地方探了过去。

"这么说，你在乡下没有把家业料理好喽？"响起了瓦西里严厉的声音。

亚科夫大感不解地瞥了他一眼，又恢复了原来的姿势。

那热情奔放的歌曲被波涛声所淹没，只有片言只字传到了他们的耳际。

……啊……在这样的夜晚

……孤寂一人……我难入梦乡!

"真热!"瓦西里郁郁不乐地大声说道,在沙地上翻来覆去,"都到了夜里……还这么热!真是个鬼地方……"

"这是沙子……白天晒热了……"亚科夫朝一旁转过身去,说话时像是有点结巴。

"你怎么?……好像在笑?"父亲厉声问道。

"我?"亚科夫天真地反问道,"笑什么?"

"我说也是,根本没什么……"

他们两人都沉默了。

不知是叹息声还是轻柔的喊人的声音,透过海浪的喧哗声传到了他们这儿。

两个礼拜过去了,礼拜天又来到了,瓦西里·列戈斯捷夫又躺在自己窝棚旁边的沙地上,遥望大海,等待玛莉娃的到来。辽阔的大海笑着,在阳光下熠熠闪烁,层层海浪推涌着、追逐着,向沙滩扑来,在岸上溅起朵朵浪花,随后又退回去,消失在海里。一切依旧和十四天以前一样。不过,从前瓦西里总是坦然而又放心地等待自己的情人,今天却心急如焚地在等候她。上个礼拜天她没有来,今天该来了!瓦西里相信,她今天会来,但他急于想见到她。今天亚科夫也不会来打搅了:前天他和另外几个工人一起来拿渔网时,说他礼拜天一早要进城去给自己买件衬衣。他在渔场上做工,每月挣十五个卢布,已经下海捕过几次鱼,现在看上去,他精力充沛,心情愉快。像所有打鱼的工人一样,他身上散发出一股咸鱼味,也和大家一样,衣服又破又脏。瓦西里一想到儿子就叹了口气。

"他在这儿要是不出什么意外……变得放荡起来……到那时,恐怕就不想回农村去了……那我自己就不得不离开了……"

海上除了海鸥,什么也没有。在海天之间隔着细细的一条沙岸的地方,不时有一些小黑点在移动,不一会儿又消失了。虽然太阳光已经直射海面,但还不见船的踪影。往常,在这个时候玛莉娃早就在这儿了。

两只海鸥在空中搏斗,厮打得连羽毛都从它们身上纷纷落下。凶残的叫声冲破了海浪欢乐的歌声。这歌声永恒不息,和光芒四射的天宇间的庄严寂静和谐地融成一片,犹如阳光在茫茫万顷的大海上欢乐嬉戏的声音。海鸥落到水里,互相厮打,由于疼痛和激怒发出狂叫,又飞到空中,互相追逐……它们的同伴——一群海鸥——就像没有看到这场搏斗似的,出没在绿色透明、波光闪闪的水面上,贪婪地捕食海鱼。

大海空旷辽阔。在远离岸边的海面上一直没有出现那个熟悉的黑点……

"你不来呀?"瓦西里自言自语地说,"好,那就别来!你以为怎么着?……"

他朝岸那边轻蔑地啐了一口。

海在笑。

瓦西里打算做饭,便起身向窝棚走去,可是他又觉得他并不想吃东西,于是又回到原来的地方躺下了。

"就是谢廖什卡来了也好啊!"他在内心大声说道,迫使自己去想谢廖什卡。这是个心狠手辣的家伙,见谁就嘲笑,见谁都想动手。他身体健壮,有点文化,饱经世故……不过是个酒鬼。跟他在一起很快活……女人都为他倾倒,虽然他新来不久,可是女人都在追他。只有玛莉娃一个人离他远远的。……可是玛莉娃没来,真是个该死的婆娘!也许因为他打了她,所以她生气了?不过,这对她来说难道还稀罕吗?说不定,别人还不知怎么打的呢!……现在他也要给她点厉害看……

就这样瓦西里在沙地上翻来覆去,还在等待,一会儿想到儿子,一会儿又想到谢廖什卡,可是想得最多的是玛莉娃。他忐忑不安的心情不知不觉被阴沉、猜疑的思想所代替,可是他不愿这样去想。他有意不去解开这个疑团,忽而起身在沙滩上徘徊,忽而又躺下,一直等到傍晚。暮色已经笼罩着海面,但他仍然在凝视遥远的海面,期待小船的出现。

这天玛莉娃没有来。

瓦西里躺下睡觉时,懊丧地诅咒自己的工作,这工作不允许他离开这儿到对岸去。好几次他刚要入睡,又跃身而起,因为在睡意蒙眬中他仿佛听到远处有船桨击水的声音。他用手像帽檐似的遮在眼睛上方,向黑魆魆、雾蒙蒙的大海眺望着。在渔场那边的岸上,有两堆篝火在燃烧,海上空无一人。

"好啊,女妖精!"他用威胁的口吻说。没过多久他就昏昏沉沉地入睡了。

原来这天在渔场那边发生了这样一件事。

亚科夫一清早就起来了,太阳晒得还不那么厉害,海上不断吹来令人心旷神怡的新鲜空气。他走出工棚,到海边去洗脸,当他走近岸边时,看到了玛莉娃。她坐在一艘停靠在岸边的大木船的船尾上,两只赤脚垂在船舷外面,正在梳理湿漉漉的头发。

亚科夫站住了,用好奇的目光打量着她。

布衫的前胸没有扣上,从一个肩膀上滑了下来,肩膀白皙而又诱人。

海浪拍打着船尾,随着船身起落,玛莉娃的身子时而在海面上抬起,时而又低低地落下来,使她的赤脚都快要碰到水面了。

"洗澡了,是吗?"亚科夫大声问道。

玛莉娃向他转过脸来,瞥了他一眼,接着又梳起头发,回答说:

"洗澡了……干吗起得这么早?"

"你比我还早……"

"难道你能学我吗?"

亚科夫没有答话。

"你要是跟我一样过日子,你的脑袋都难保啦!"玛莉娃说道。

"哦?瞧你,多可怕!"亚科夫莞尔一笑,便蹲下洗脸。

他用手捧起水往脸上擦,感到海水清凉爽人,他不时发出呼哧呼哧的声音,洗完后用衬衣的下摆擦擦脸,问玛莉娃:

"你干吗老是吓唬我?"

"那你干吗瞪大眼睛瞧我?"

亚科夫记得,他并没有比看渔场上别的女人多看她,但这时他却对玛莉娃突然脱口说:

"谁叫你……长得这么暄乎乎的!"

"要是你爸爸知道你的这德行,他准会把你的脖子拧下来!"

她狡黠而又迷人地看着亚科夫的脸。

亚科夫笑了,爬上了大木船。他并不明白,玛莉娃说的是他的哪些德行,不过,她既然这样说,就意味着他是不断地盯着她看了。亚科夫感到欣喜、高兴。

"爸爸又怎么的?"他说着沿船舷向玛莉娃走去,"你是他买的不成?"

他在玛莉娃身旁坐下,两眼盯着她裸露的肩膀、半敞开的胸口、她的整个身体——鲜洁、健壮、散发着海水气味的身体。

"瞧你,像条白鳝鱼那样白!"他仔细地打量了她一番,然后发出一声赞叹。

"没你的份儿!"她干脆说,眼皮也不抬,也不去整理敞开的衣衫。

亚科夫叹了口气。

在清晨的阳光照耀下,他们面前的大海一望无际。微风吹起的跳荡的细浪轻轻地拍击着船舷。在遥远的海面上可以隐约看到对岸的沙嘴,它宛如大海光滑的胸膛上的一道伤痕。篙竿像一条纤细的画线从沙滩上伸向柔和的蔚蓝天空,还可以看到那块布在随风飘荡。

"是的,小伙子!"玛莉娃说,还是没有看他,"我是很迷人的,可就是没你的份儿……谁也没有买下我,你父亲也管不着我。我过我自己的日子……你可别来缠我,因为我不想站在你和瓦西里的中间……我不要争吵和纠纷……懂吗?"

"我又怎么了?"亚科夫感到十分诧异,"我根本没碰你……"

"你不敢碰我!"玛莉娃说。

她说这话的口气和对亚科夫的蔑视态度,使得他,无论是作为一个男子汉,还是作为一个普通人,都受到了侮辱。一种冲动,近乎恼怒的感情涌上了他的心头,两眼霎时变得通红。

"哦?我不敢?"他嚷道,向她更靠近了些。

"你不敢!"

"嗯?要是碰了呢?"

"碰碰看!"

"碰了又怎样?"

"我给你后脑勺一下,你就会翻进水里。"

"好,来吧!"

"那你就碰碰看!"

亚科夫两眼喷射出火热的光芒,打量了她一眼,冷不防用一双有力的大手从旁把她抱住,紧紧压住她的胸和背。由于接触到她火热、健壮的身体,亚科夫全身腾的一下仿佛燃烧了起来,他的喉咙好像受到窒息而感到一阵紧缩。

"就这样!来……打吧!嗯……怎么样?"

"放开,亚什卡!"她镇静地说,试图从他颤抖的双手中挣脱出来。

"你不是要打我的后脑勺吗?"

"放开!小心,没你好的!"

"得了,你别吓唬我了!嘿,你呀……长得真甜!"

亚科夫紧紧地搂住她,把厚厚的嘴唇贴在她绯红的脸颊上。

玛莉娃兴奋地发出一阵咯咯的笑声,紧紧抓住亚科夫的双手,全身猛地用力向前一挺。他们两个互相抱着,扑通一声沉重地掉进水里,淹没在溅起的浪花和泡沫中。过了片刻,亚科夫湿淋淋的脑袋在波动的水面上冒了出来,脸上露出惊慌失措的神色,玛莉娃在他旁边也钻出了水面。亚科夫拼命挥动双手,拍打着身旁的水,又吼又叫,玛莉娃却放声大笑,在他周围游来游去,用手把咸海水泼到他的脸上,时而潜入水中,避开他抡得老远的胳臂。

"妖魔!"亚科夫大声叫嚷,鼻子发出呼哧呼哧的声音,"我要淹死了!行了!……真的……我要淹死了!水……真苦……嘿,你呀……我要淹死了!"

但玛莉娃离开了他,像男人一样用手划水,向岸边游去。在岸边她敏捷地又爬上了木船,站在船尾上,含笑看着向她慌忙游过来的亚科夫。湿淋淋的衣服贴在她身上,显露出她从肩膀到膝盖的整个体形。亚科夫游到船边,抓住了船,双眼贪婪地盯着这个几乎是裸体的、正在高兴地取笑他的女人。

"喂,爬上来,笨家伙!"她笑着说,然后跪下来,向他伸出一只手,另一只手扶着船边。

亚科夫抓住她的手,兴冲冲地喊道:

"好……当心!我给你洗——洗个澡……"

他站在水里,水齐肩膀。他把玛莉娃往自己身边拉过来。波浪越过他的头顶,撞在船上,水花四溅,洒在玛莉娃的脸上。她眯起眼睛,咯咯笑着,忽然尖叫一声,就扑到水里,她身体的冲力把亚科夫撞倒了。

他们像两条大鱼,又开始在淡绿的海水中嬉戏:互相泼水,尖声叫喊,发出鼻嗤声,不时潜入水里。

太阳含笑俯视着他们,渔场房屋的玻璃窗反射出阳光,也在笑。海水在他们有力的手臂拍击下发出哗哗的声音。被人的这种嬉笑声弄得惊恐不安的海鸥,发出刺耳的尖叫,在他们头上盘旋,他们两人的脑袋不时被从天际滚滚而来的排浪所淹没……

最后,他们弄得精疲力尽,喝够了海水,爬到岸上,坐在太阳下休息。

"呸!"亚科夫皱眉蹙额,直吐唾沫,"嘿,这水也不好!难怪有那么多!"

"世界上不好的东西总是很多,就拿小伙子来说吧,真是太多了!"玛莉娃笑着,拧着头发里的水……

她的黑发虽然不长,可是浓密而又鬈曲。

"难怪你看中了老头子。"亚科夫反唇相讥,笑着用胳膊肘捅了捅玛莉娃的腰部。

"有的老头儿比年轻人好。"

"要是父亲好的话,那儿子就会更好……"

"真有你的!哪儿学来的吹牛本领?"

"在乡下时姑娘常对我说,我这个小伙子真不错。"

"姑娘们懂什么?你得问我……"

"那你是什么?难道不是姑娘?"

她定睛瞧了瞧他,亚科夫厚着脸皮在笑。玛莉娃突然变得一本正经,气冲冲地对他说:

"从前是,不过后来生过一次孩子了!"

"表面好,不见得真好!"亚科夫说完哈哈大笑起来。

"傻瓜!"玛莉娃冲口而出,说完就扭过身去,背对着他。

亚科夫胆怯了,把嘴一撇,不说话了。

他们两个沉默了差不多有半个小时,不时朝太阳转动身体,好让太阳把他们的湿衣服晒干。

屋顶往一侧倾斜的工棚又长又脏。工棚里的工人已经相继醒来了。从远处看去,这些工人的模样都很相像:个个衣衫褴褛,头发蓬乱,赤着双脚……他们嘶哑的声音不断传到岸边,有人在敲一个空桶的桶底,像在擂一面大鼓,发出低沉的隆隆声。两个女人尖声相骂,狗在吠叫。

"他们醒了,"亚科夫说,"我本来想今天早一点进城去……没想到跟你在这儿打闹了一阵……"

"跟我在一起没什么好处。"玛莉娃半开玩笑半正经地说。

"你干吗老是吓唬我?"亚科夫困惑不解地笑了笑。

"你瞧着吧,你父亲会把你……"

这一次提到父亲使亚科夫勃然大怒。

"父亲又怎么的?嗯?"他粗声粗气地嚷道,"父亲!我又不是小孩子……有什么了不起……这儿的规矩不一样……我又不是瞎子,我能看得见……他自己就不是个圣人……他在这儿想干什么就干什么……那,他也别来管我。"

她带着讥讽的神情朝他的脸看了一眼,好奇地问:

"别管你?那你打算干什么呢?"

"我?"他像在搬沉重的东西时那样,鼓着双颊,挺起胸脯,"我吗?我能干的事多着呢!这儿清新的空气整天吹着我,把我身上的乡土气都吹跑了。"

"真够快的!"玛莉娃用讥讽的口吻大声说道。

"那怎么的?我不管三七二十一可以把你从父亲那儿抢过来。"

"嗯,真的?"

"你以为我怕吗?"

"真的不怕?"

"我说,你呀,"亚科夫激动而又热烈地说道,"你别来挑逗我！我……你小心点！"

"什么？"她平静地问。

"没什么！"

他转过身去,不说话了,摆出他是个勇敢、自信的小伙子的架势。

"你真神气活现！这儿掌柜的有条小黑狗,见过吗？它就跟你一样。它在远处汪汪叫,看样子就要咬人了,可你一走近,它夹起尾巴就溜跑了！"

"哼,好吧！"亚科夫气急败坏地嚷道,"你等着吧！你会看到我是怎么个人的,会看到的！"

玛莉娃却冲着他的脸笑了笑。

一个身材高大,筋脉突露,皮肤呈现出古铜色的人,披着一头火红色蓬乱的头发,摇摇晃晃、慢慢地向他们走来。他没有系腰带,身上的红布衬衣从背上几乎一直破到领子,为了不让两只袖子滑落下来,他把袖子一直挽到肩膀。他的裤子上满是大大小小的破洞,脚上没有穿鞋。在他长满雀斑的脸上,一双蓝色大眼睛无所畏惧地闪烁着,那宽大的翘鼻子使他的整个模样儿显得无忧无虑而又粗野。他走到他们跟前就站住了。从他百孔千疮的衣服下露出的肉体,在太阳下闪着油亮的光,他用鼻子大声地吸了口气,以探询的目光注视着他们,做了个滑稽的鬼脸。

"我谢廖什卡昨儿个喝了点酒,今儿个谢廖什卡的口袋就像个没底的篮子……借我二十个戈比！我反正不会还……"

亚科夫听了他这几句大胆、直爽的话,毫无恶意地哈哈笑了,玛莉娃打量着他那身破烂,也笑了。

"给吧,鬼东西!给我二十个戈比,我就替你们举行婚礼,要不要?"

"咳,你真会开玩笑!难道你是神甫?"亚科夫笑了。

"傻瓜!我在乌格利奇给神甫看管过院子……给我二十个戈比吧!"

"我不要举行婚礼!"亚科夫拒绝了他。

"那反正你也得给!你给了,我就不告诉你父亲,说你追他的美人了。"谢廖什卡坚持说,用舌头舔着干裂的嘴唇。

"胡说,他才不会信你的……"

"我要是说了,他准信!"谢廖什卡很有把握地说,"他还会狠狠揍你一顿,叫你够受的!"

"我不怕!"亚科夫笑了笑。

"好,那我自己来揍你!"谢廖什卡眯细眼睛,用平静的口吻说。

亚科夫本来是舍不得花那二十个戈比的,但是有人提醒过他,不要跟谢廖什卡发生什么瓜葛,对他最好是有求必应。他要的也不多,要是不给他,在干活的时候他就会暗中跟你捣乱,或者无缘无故地打你一顿。亚科夫想起了这些劝告,叹了口气,把手伸到口袋里。

"这就对啦!"谢廖什卡表扬着他,在他身旁的沙地上坐下,"永远听我的话,你就会成为一个聪明人。你呢,"他转向玛莉娃说,"打算马上嫁给我吗?赶快准备准备吧,我可不愿等得太久。"

"你这个破烂货……先把破窟窿补好,咱们再谈吧!"玛莉娃回答说。

谢廖什卡用不满的眼光看看自己衣服上的窟窿,摇了摇头。

"你最好把你的裙子给我。"

"想得倒美!"玛莉娃说完就笑了。

"说真的!你总有旧裙子吧?给我一条。"

"你自己去买一条裤子嘛!"玛莉娃劝说道。

"我宁可花钱买酒喝……"

"宁可买酒喝!"亚科夫笑着,手里拿了四个五戈比的钱币。

"那还用说?神甫告诉我,人应该关心的是自己的心灵,而不是外表。我的心灵需要烧酒,不要裤子。把钱拿来!好,我现在就去喝……你的事,我到了儿还是要跟你爸爸说的。"

"去说好了!"亚科夫把手一挥,毫不在乎地向玛莉娃挤了挤眼,碰了一下她的肩膀。

谢廖什卡看在眼里,吐了口唾沫,进一步威胁说:

"我也忘不了还得揍你一顿……等我一有空,就让你尝尝我的厉害!"

"那为什么?"亚科夫惊恐地问。

"我怎么知道。……喂,你是不是马上就嫁给我?"谢廖什卡问玛莉娃。

"你还是先跟我说说,我们以后干些什么,怎么过日子,然后我再考虑考虑。"她郑重地说。

谢廖什卡看了看海,眯起眼睛,舔了舔嘴唇,解释说:

"我们以后什么也不干,就闲逛。"

"吃的哪儿来?"

"咳,"谢廖什卡一挥手,"你跟我妈一样,唠叨个没完。不是'什么'就是'怎么'。我怎么知道?我这就去喝酒了……"

他站起来,离开他们走了。玛莉娃嘴角上挂着奇异的微笑,小伙子眼里含着敌意目送他离去。

"瞧,好一个喜欢吆喝的人!"当谢廖什卡走远时,亚科夫说道,"要是在我们村上有这么个野汉子,早就给制服了……给他一顿痛打就行了……这儿却怕他……"

玛莉娃瞅了他一眼,透过牙缝轻蔑地嘟哝着说:

"咳,你这个小猪崽!你根本不理解他这人的价值。"

"有什么可理解的?像这样的人一堆值五戈比,而且一堆就有一百个呢。"

"瞧你说的!"玛莉娃用嘲弄的口气大声说道,"这是你的价值……他呀……哪儿都去过,走遍了天涯海角,谁也不怕。"

"难道我怕谁了吗?"亚科夫气壮如牛地说。

玛莉娃没有搭理他,若有所思地凝视着互相追逐着奔上岸来的波浪。沉重的大木船被海浪冲击得摇摇晃晃,桅杆左右摆动,船尾一起一落,拍溅着海水,发出响亮的、如怨如诉的声音,仿佛想离开海岸,回到宽阔、自由的大海里去,犹如在对缚住它的缆绳大发雷霆一样。

"我说,你干吗不走啊?"玛莉娃问亚科夫。

"我上哪儿去?"他反问道。

"你不是要进城去……"

"我不去了!"

"那就到你父亲那儿去。"

"你呢?"

"什么?"

"你也去?"

"不……"

"那我也不去。"

"你就准备整天杵在我身边吗?"玛莉娃淡漠地问道。

"我才不稀罕你呢……"亚科夫像被刺痛了似的回答说,随着站起身来就走开了。

他说不稀罕她,这可说错了。没有玛莉娃,他感到很烦闷。在和玛莉娃谈话以后,他心里产生了一种奇异的感觉:对父亲有一种模糊的反抗,暗中对他不满。昨天,甚至就在今天和玛莉娃见面以前都没有这种感觉……可现在他却觉得父亲在妨碍他,尽管父亲在遥远的海上,在肉眼隐约可见的沙滩上……后来他感觉到,似乎玛莉娃怕他父亲。要是她不怕的话,那他和玛莉娃的关系就完全不会像现在这样了。

他在渔场闲逛,观察着人们。看见谢廖什卡坐在工棚的阴影里的一个木桶上,一面乱弹着三弦琴,一面在唱,还做着各种鬼脸:

> 警察老爷!
> 请客气些……
> 把我送到局子里,
> 免我摔个狗啃泥……

有二十来个穿得和他一样破烂的人围着他,他们所有人身上,像这儿的一切东西一样,都散发出咸鱼和硝石的味道。四个又丑又脏的女人坐在沙地上,从一把大洋铁壶里倒茶喝。尽管还是早晨,可是有个工人已经喝得酩酊大醉,在沙地上打滚,试着想站起来,但每次都跌倒了。不知在什么地方,有个女人在尖声哭叫,还不断传来坏了的手风琴奏出的乐声。到处是闪闪发光的鱼鳞。

中午,亚科夫在一堆空木桶中间找到了一块阴凉的地方,他躺在那儿一直睡到傍晚。他醒来后,又开始在渔场上转悠,有一种模糊的想到什么地方去的愿望。

他溜达了约莫两个小时,在远离渔场的小白柳树丛下,发现了玛莉娃。她侧身躺着,手里拿着一本破旧的书,含笑看着他走过来。

"哦,你待在这儿!"他说着就在她身旁坐下。

"你找了我半天吧?"她很自信地问。

"难道我找你了吗?!"亚科夫提高嗓门问道,遽然间他明白了,是的,他是在找她。小伙子莫名其妙地摇了摇头。

"你识字吗?"她问。

"识字……不过识不了几个,都已经忘了……"

"我也是,识不了几个字……你上过学吗?"

"上过农村小学。"

"我是自学的……"

"是吗?"

"真的……我在阿斯特拉罕一个律师家里当过厨娘,是他儿子教会我读书的。"

"那不算自学……"亚科夫解释说。

玛莉娃看了看他,又问:

"你想看书吗?"

"我? 不……有什么看头?"

"可我喜欢,瞧,我从掌柜的老婆那儿借到一本,我正在读……"

"讲什么的？"

"讲圣徒阿列克谢的。"

于是,她一边沉思着,一边给他讲:有一个青年人,是个富贵人家的子弟,离开父母,抛弃自己的幸福出走了,后来他回到父母身边,已成了个衣衫褴褛的叫花子,就在他们院子里和狗住在一起,一直到死也没有说出他是谁。说完,玛莉娃低声问亚科夫:

"他为什么要这样？"

"谁知道他？"亚科夫无动于衷地回答说。

由于风吹浪打而堆积起的一个个沙丘环绕着他们。从远处传来隐约可闻的低沉的声音——这是渔场上的喧闹声。夕阳西下,它的余晖把沙地染成一片玫瑰色。微风从海上徐徐吹来,可怜的白柳树丛上稀疏的叶子在轻轻抖动。玛莉娃沉默不语,在倾听着什么。

"你今天怎么没到那边……沙嘴上去？"

"你问这干吗？"

亚科夫用贪婪的眼睛不时斜睨着这个女人,心里在琢磨,该怎么对她说要说的话。

"每当我一个人而又清静的时候……我总想哭……或者想唱歌。可是好歌我又不会,哭呢,又太丢人……"

亚科夫听见她的声音轻微而又温柔,但她的话并没有打动他的心弦,只不过使他的欲望更为强烈罢了。

"我说你呀,"亚科夫用喑哑的声音说,一面往她身边移近,但没有看她,"你听我跟你说……我是个年轻小伙子……"

"年轻而且愚蠢,愚——蠢!"玛莉娃摇着头,深信不疑地拉长声音说。

"好,就算我愚蠢!"亚科夫扫兴地说,"难道干这种事也需要聪明吗?愚蠢就愚蠢吧!你听我说,你愿不愿意跟我……"

"不愿意!……"

"为什么?"

"没什么!"

"你别胡闹……"他小心翼翼地抓住她的肩膀,"你好好想想……"

"滚开,亚什卡!"她严峻地说,把他的一只手从自己身上甩开,"滚!"

亚什卡站起来,向四周看了看。

"好……你要是这样,我不稀罕!像你这样的这儿多的是……你以为你了不起?"

"你这个狗崽子。"她平静地说,随即站起来,抖掉衣服上的沙粒。

然后他们肩并肩向渔场走去。他们走得很慢,因为脚老是陷到沙里。

亚科夫粗野地劝她满足他的欲望,玛莉娃冷静地笑了一阵,对他说了些讽刺挖苦的话。

当他们已走近渔场的工棚时,亚科夫突然停住了脚步,一把抓住她的肩膀。

"你这是故意在挑逗我的欲望?!你为什么这样?你给我小心点!"

"放手,听见没有!"她挣脱亚科夫的手,走了。这时谢廖什卡从工棚拐角的地方出来,向玛莉娃迎面走来,他晃动长满

265

红发的脑袋,不怀好意地说:

"逛过了?好啊!"

"你们都见鬼去吧!"玛莉娃恶狠狠地说。

亚科夫在谢廖什卡面前站住了,愁眉苦脸地望着他。他们之间相距大约十步。

谢廖什卡盯着亚科夫的眼睛。就这样站了一分钟左右,犹如两头准备用额角互相顶撞的公羊。最后他们不声不响地分开了,各走各的路。

大海静悄悄,被夕阳染得通红。渔场上一片低沉的喧闹声,有个酒醉后的女人的声音特别清晰,她歇斯底里地喊着一些颇为荒唐的话:

……塔——啊加尔加,马塔加尔加,

我——我的玛塔尼奇卡!

喝醉酒来又挨打,

衣服破烂,披头散发!

这些污言秽语,像海蛆一样,在充满硝石和烂鱼味的渔场上向四面八方传播开来,玷污了海浪音乐般的轰响。

远处的海面在清晨柔和的霞光中安静地微睡着,映出珍珠般的云影。沙嘴上,睡眼惺忪的渔工忙活着把渔网搬上船去。

一溜灰色的渔网沿着沙滩向船上逶迤而去,在舱底盘成一堆。

谢廖什卡像往常一样,没戴帽子,半裸着身体,站在船尾,用酒后沙哑的声音催促着渔工们。风嬉弄着他破烂的衬衣和火红的鬈发。

"瓦西里！绿桨在哪儿？"有人大声问。瓦西里的脸色像十月的天气那样阴沉,他在船上堆放渔网,谢廖什卡瞅着他弯下的背,舔着嘴唇,这是他想喝点酒以解宿醉的表示。

"你有烧酒吗？"他问。

"有。"瓦西里闷声闷气地说。

"那我就不去了……留在岸上看渔网。"

"好了！"沙岸上有人喊道。

"来吧,把船推下水去！"谢廖什卡从船上下来,吩咐说,"你们去吧……我留在这儿。留神,网撒开些,不要缠乱了！……撒得均匀些,不要让它打结！……"

渔工们把船推下水后就跨过船舷爬上了船,大家拿好桨,举到空中,准备划水。

"一！"

船桨一起落到水波上,船就朝前一冲,冲向映着朝霞的万顷碧波。

"二！"掌舵的指挥着,船桨酷似一头大龟的脚爪,举向船舷……"一！……二！……"

留下五个人看守岸上的渔网:谢廖什卡、瓦西里和另外三个人。其中一个人坐在沙地上,说:

"再睡一会儿……"

另外两个人也跟着躺下睡了。三个人穿着肮脏的破烂衣衫在沙滩上蜷缩着。

"礼拜天你怎么没来呀？"瓦西里在和谢廖什卡一起走向窝棚的路上问道。

"来不了……"

267

"喝醉了?"

"不是,我看着你的儿子和他的后妈。"谢廖什卡不动声色地说。

"要你操这份心!"瓦西里撇嘴冷笑了一下,"难道他们是小孩子不成?"

"还不如小孩……一个是傻瓜,另一个是疯婆娘……"

"玛莉娃是疯婆娘?"瓦西里问道,眼里冒出一道怒火,"她早就这样了吗?"

"老兄,她的灵魂和她的肉体可不相配……"

"她的灵魂下贱。"

谢廖什卡瞟了他一眼,接着轻蔑地哼了一声。

"下贱!嘿,你们……这些愚蠢的土包子!狗屁也不懂……你们只要娘们儿的奶子大,她的性格怎样你们就不管了……可是性格是一个人的全部精华……没有性格的女人,就像没放盐的面包一样。你能从一个没有弦的三弦琴上得到什么乐趣吗?你这条野公驴!……"

"瞧你,昨天喝酒喝出了那么些话来……"瓦西里反唇相讥。

他很想问问谢廖什卡,昨天在什么地方并且怎么看见亚科夫和玛莉娃的,可是他羞于开口。

进屋后,他给谢廖什卡斟了一茶杯烧酒,希望谢廖什卡会立即被这杯酒灌醉,自动把他们的情况吐露给他。

可是,谢廖什卡喝完后满意地咳了一声,整个神志十分清醒,在窝棚门口坐下,又伸懒腰又打呵欠。

"喝这么一杯真像是吞下了一团火!……"他说。

"你真能喝!"瓦西里扬声说,他对谢廖什卡一口气把烧酒吞下感到惊讶。

"我能喝……"这流浪汉点了点满头红发的脑袋,用手掌擦去沾湿的胡须,以一种颇有教训意味的口吻说:"我能喝,老兄!我干什么事都干净利落,直截了当。不拐弯抹角,说干就干,痛痛快快!至于上哪儿干事,那都无所谓!除了入土,跑不出地上这个圈儿……"

"你要到高加索去吗?"瓦西里问,悄悄地把话题引到自己想要了解的事上……

"什么时候想走我就走。我想走的时候,干脆,抬脚就走!……要么如愿以偿,要么碰得鼻青脸肿……很简单!"

"再简单不过了!你过得像个没头脑的人……"

谢廖什卡用嘲笑的目光瞟了他一眼。

"就你是聪明人!你在乡里挨过多少次鞭打?"

瓦西里看了他一眼,没有吭声。

"你们那儿当官的用鞭子打你们的屁股,使你们的头脑变聪明了……这倒不错。你呀,你有那个头脑又顶什么用呢?到哪儿不都一样吃不开?你能想出什么来?还不是那样!我呢,没有头脑,可一直往前闯,没二话可说!恐怕,我会比你走得远。"流浪汉夸口说。

"这倒可能!……"瓦西里冷冷一笑,"你还会走到西伯利亚①呢……"

谢廖什卡爽朗地哈哈大笑。

事与愿违,他没有醉,这使瓦西里很恼火。他又舍不得再给谢廖什卡一杯酒,可是谢廖什卡清醒时,就别想从他那儿得

---

① 在沙俄时代,西伯利亚为流放地,此处含有讽刺意味。

到什么。……然而这流浪汉却自己帮了他的忙。

"你怎么不问问玛莉娃的情况?"

"我干吗要问?"瓦西里毫不在乎地拖长声音反问道,某种预感使他打了个寒噤。

"她礼拜天不是没来这儿吗?……你该问问,她这些日子是怎么过的……恐怕你会吃醋的,老鬼!"

"她们这样的女人多的是!"瓦西里鄙夷地一挥手。

"她们这样的女人多的是!"谢廖什卡学着他的腔调说,"咳,你们这些野蛮地主手下的笨乡巴佬!不管给你们蜂蜜还是焦油,你们都当成是黑麦糊……"

"你干吗那么夸她呀?你是来说亲还是怎么的?我自己早就跟她说成这门亲事了。"瓦西里嘲弄着说。

谢廖什卡打量了他一眼,稍稍停顿了一会儿,然后一只手搭在他肩上,语重心长地说:

"我知道她跟你同居。在这方面我没有妨碍你,没有必要……但是现在你儿子亚什卡老缠着她,得打他个皮开肉绽!听见吗?要不,我来打……你这个乡下人顶好,像木头疙瘩一样傻……我没有妨碍你,这个你要记住……"

"原来这样!你也在追她?"瓦西里闷声闷气地问。

"也在追!要是我知道我也在追,那我干脆早把你们大伙儿踢到一边儿去,不让你们挡我的道,这样也就完事大吉了。……再说,我追她干吗?"

"那你干吗要来掺和呢?"瓦西里满腹狐疑地问道。

看来,谢廖什卡被这个简单的问题问得目瞪口呆。

他睁大眼睛看了看瓦西里,就放声笑了起来。

"我干吗要掺和?咳,鬼才知道干吗……不过,这婆娘那么……泼辣……我喜欢……也可能我是可怜她,还是怎么的……"

瓦西里疑惑地看着他,但心里却感到,谢廖什卡的话是真诚的,出自内心的。

"要说她是个黄花闺女那还值得可怜,像现在这样,可就有点怪了!"

谢廖什卡默不作声,看着木船在遥远的海面上画了一个大弧形,把船头转向岸边。谢廖什卡的目光坦率,脸上的表情善良而又纯朴。

瓦西里瞧着他,心里软了下来。

"你说得对,她是个招人爱的女人……就是太轻佻!……亚什卡,我来收拾他!这狗崽子!……"

"我不喜欢他……"谢廖什卡郑重说道。

"他跟她亲热来着?"瓦西里捋着胡须,透过牙缝说。

"你瞧着吧,他会挑拨你们的关系,"谢廖什卡深信不疑地说。朝阳在遥远的海上喷薄而出,射出扇面形的万道金霞。透过喧嚣的波涛声从海上的木船那边传来了一声隐约可闻的喊叫:

"拉网!……"

"起来吧!伙计们!唉!到渔网那儿去!"谢廖什卡吩咐道。

他们五个人敏捷地各自抓好了网的一边。一根长绳,像绷紧的弦一样,从水里伸到岸上,渔工们套上曳索,不时吆喝着,拉着绳子。

木船随着波浪滑行,把网的另一端向岸边拉过来。

太阳在海面上冉冉升起,灿烂辉煌,奇丽非凡。

"见到亚科夫,让他明天到我这儿来一趟。"瓦西里求谢廖什卡捎句话。

"行。"

木船靠岸了,渔工们从船上跳到沙滩上,拉着自己那一端的网索。两组渔工互相渐渐靠拢,网上的浮标在水面上跳动,形成了一个匀称的半圆形。

当天夜晚,渔场上的工人们已经吃过晚饭,倦容满面的玛莉娃心思重重地坐在一只船底朝天的破船上,凝望着暮色苍茫的大海。远处有个火光在闪烁;玛莉娃知道,这是瓦西里点燃的篝火。那孤独的篝火,仿佛在昏暗的遥远海面上徘徊踯躅,时而亮光闪闪,时而奄奄一息,即将熄灭。玛莉娃满腹惆怅地看着这个迷失在茫茫大海里、在不停的波涛声中微弱地颤抖着的火光。

"你干吗坐在这儿?"她的背后传来了谢廖什卡的声音。

"你问这干吗?"她反问道,没有回过头来看他。

"我想问问。"

他默默地打量着她,卷支烟抽了起来,骑到船背上,然后和气地说:

"你真是个怪女人:一会儿躲开所有的人,一会儿又几乎见了谁都亲热。"

"难道跟你亲热了吗?"她满不在乎地问。

"不是跟我,是跟亚什卡。"

"你吃醋啦?"

"唔,咱们别拐弯抹角,说心里话好吗?"谢廖什卡建议说,拍了拍她的肩膀。她侧身坐着,所以他看不见她的脸,只听见她对他简短地说：

"说吧。"

"你怎么，把瓦西里扔了？"

"不知道。"她稍停了一会儿回答说，"你干吗问这个？"

"唔，随便问问……"

"我在生他的气。"

"为什么事？"

"他打我了！……"

"是吗？……是他？你就让他打了？哎呀——呀！"

谢廖什卡感到惊讶。他从侧面瞧着她的脸，嘲讽地咂咂嘴唇。

"要是我不愿意，我就不让他打。"她怒气冲冲地反驳说。

"那你干吗让他打呢？"

"我乐意。"

"那么说，你是死心塌地爱上那只公猫了？"谢廖什卡讥讽地说，把烟喷到她脸上，"嗯，真有这样的事！我还以为你不是那种人呢……"

"你们我谁也不爱。"她又冷冷地说，用手把烟挥开。

"得了吧，你撒谎？"

"我干吗要撒谎？"她问，谢廖什卡从她的音调里也听出她真的没有必要撒谎。

"你既然不爱他，那你怎么让他打你呢？"谢廖什卡一本正经地问。

"我哪里知道呀？你干吗缠着我？"

"真怪！……"谢廖什卡摇了摇头，说。

接着他们两个沉默了半天。

夜幕降临。云朵在天上缓缓地移动,云影投落在海面上。涛声阵阵。

瓦西里在沙滩上点的篝火已经熄灭,但玛莉娃依然在向那边眺望。谢廖什卡看着她。

"听我说!"谢廖什卡说,"你知道你想要的是什么吗?"

"要是知道就好了!"玛莉娃深深地叹了口气,说话的声音很低。

"这么说,你是不知道啰?这可不好!"谢廖什卡自信地说,"可我总知道!"他带着一种忧郁的口气又说,"不过我很难得想要些什么。"

"我倒总想要点儿什么,"玛莉娃沉思着说,"可是要什么呢?……我不知道。有时想坐上船出海去!去得远远的!这样可以永远见不到任何人。可是有时候又想把每个人都迷惑住,让他像陀螺似的围着我转。我可以看着他哈哈笑。有时我可怜所有的人,可是最可怜的是我自己,有时又想把大家杀死。然后自己……来个横死……我时而悲伤,时而快活……可是周围的人都那么呆头呆脑。"

"周围的人都糟透了。"谢廖什卡表示也有同感,"难怪我看着你,发现你既不是猫,又不是鱼……也不是飞鸟……但这些在你身上又都有……你不像一般女人。"

"那真该谢天谢地了!"玛莉娃笑了。

一轮明月从他们左边的一排沙丘上出现,银光在大海上一泻千里。温柔的大月亮沿着湛蓝的天幕徐徐上升,灿烂的星光在皎洁的梦幻般的月光中变得黯然失色了。

玛莉娃微微一笑。

"可是……你知道吗?……我有时觉得,要是半夜里放把火把工棚烧着,那乱起来就热闹了!"

"不知会乱成什么样呢!"谢廖什卡大声赞叹道,突然碰了一下她的肩膀,"听我说……我教给你,咱们来玩个有趣的把戏!愿不愿意?"

"真的?"玛莉娃兴致勃勃地问。

"你把那个亚什卡逗弄得神魂颠倒了吧?"

"像团火一样在燃烧。"她笑道。

"叫他跟他老子去相斗!真的!那才好玩呢……父子两个会像狗熊一样互相厮打起来……你去挑一挑老头子,再挑一下这小子……然后让他们两个去斗……好吗?"

玛莉娃朝他转过身来,定神看了看他那张红彤彤的、兴高采烈的笑脸。在月光下,他脸上的雀斑不像白天在阳光下那样明显。那脸上看不出有什么恶意,只有温和的、带着几分调皮的微笑。

"你为什么不喜欢他们?"玛莉娃困惑不解地问。

"我?……瓦西里没什么,是个顶好的乡下佬。亚什卡倒是个坏东西。你可以看出,我不喜欢所有的乡下人……这些混蛋!他们哭穷装苦,就给他们粮食,给他们一切!……他们还有地方自治会①呢,什么都为他们办……他们有家业,有土地,有牲口……我在地方自治会的一个医生那儿当过马夫,这号子人我见的可多啦。……后来我流浪了很久。有时候,到村子里去要一点面包,他一下把你抓住!你是谁,干什么的,把身份证拿出来看看。……我挨过不知多少次打……有

---

① 十九世纪六十年代成立的所谓自治机构,代表地主利益从事经济事务方面的咨议活动。

时把我当偷马贼,有时无缘无故地……把我关起来。……他们诉苦装穷,可他们能够过下去:他们有个金饭碗——土地。我和他们怎么能比呢?"

"你难道不是乡下人吗?"玛莉娃注意地在听他讲,忽然打断了问。

"我是个小市民!"谢廖什卡带着几分自豪的口气否认说,"是乌格利奇城的市民。"

"我是帕夫利什人。"玛莉娃沉思着说。

"没有任何人来为我说话!可是乡下人……他们这些鬼东西能过得下去。他们有地方自治会和其他类似的各种名堂。"

"地方自治会是什么?"玛莉娃问。

"什么?鬼才知道它是什么!为乡下人办的,他们的机构……去它的吧……你还是讲正事,让他们俩斗一场,好吗?不会出什么事儿的,最多打一架!……瓦西里不是打了你吗?那就正好让他儿子替你向他报复。"

"可不是吗?"玛莉娃笑了笑,"这倒不错……"

"你想想……别人为你打得头破血流,难道看着没有趣吗?只不过为了你的几句话?……你只要搬弄两下舌头,事就成了!"

谢廖什卡颇为起劲地跟她说了半天她所扮演的角色的妙处。他半开玩笑半认真地说着。

"唉,我要是个漂亮的女人就好了!我就会在这个世界上闹它个天翻地覆!"他最后提高嗓门嚷道,双手抓住脑袋,紧紧地抱住,眯起眼睛,就不作声了。

当他们分手的时候,明月已高挂在中天。他们走后,夜显得更加美丽了。现在只有在月光下银波闪烁、广阔无垠、庄严肃穆的大海和洒满繁星的湛蓝夜空。还有些沙丘,白柳树丛和沙滩上的两排长长的又破又脏的房子,活像两口巨大的、粗糙的棺材。在大海面前,这一切显得可怜而又渺小,俯视着这一切的星星也闪闪地发出冷光。

父子两人面对面坐在窝棚里喝烧酒。烧酒是儿子带来的,为的是在父亲那儿不至于沉闷,并且以此还可以讨好父亲。谢廖什卡对亚什卡说了,父亲正为玛莉娃生他的气,并威胁说要把玛莉娃打个半死;还告诉他,玛莉娃知道这一威胁,所以不肯向他亚科夫屈服。谢廖什卡还嘲笑了他一番。

"因为你调情,他要收拾你!他会把你的耳朵扯得二尺来长!你最好不要让他看见。"

这个讨厌的红头发家伙的嘲弄使亚科夫对父亲产生了强烈的愤懑。再说玛莉娃态度暧昧,一会儿诱惑地看着他,一会儿又愁容满面,这更使他急不可待地想占有她……

现在亚科夫来到父亲这儿,把他看作是自己道路上的绊脚石,一块不可逾越又不能绕过的石头。但是亚科夫觉得自己丝毫不怕父亲,蛮有把握地凝视着他那忧郁、凶恶的眼睛,仿佛在说:

"来吧,你碰碰看!"

他们已经喝了两次酒,但是除了几句关于渔场生活的无关紧要的话以外,彼此什么也没说。在茫茫的大海上只有他们两个人,各自心里都在酝酿着对对方的仇恨,两人都知道,这仇恨很快就会爆发,使他们两败俱伤。

窝棚上的草席被风吹得簌簌作响,树皮发出噼啪的拍打声,杆子顶端的红布像在喋喋不休地嘟囔着什么。所有这些声音都怯生生地,好像是远处的喁喁私语,时断时续,吞吞吐吐地在请求着什么。

"怎么,谢廖什卡还是一个劲儿地喝酒吗?"瓦西里闷闷不乐地问。

"喝,每天晚上都喝得醉醺醺的。"儿子回答说,又倒了点儿烧酒。

"他不会有什么好结果的……这就是自由放荡的生活,天不怕地不怕!……你也会变成这样的!……"

亚科夫很干脆地回答说:

"我不会!"

"你不会?!"瓦西里皱起眉头说,"我知道我在说什么……你在这儿住了多长时间了?已经是第三个月了,再过些时候就该回家了,你能带很多钱回去吗?"他气呼呼地把杯子里的烧酒往嘴里一倒,把胡须攥在手里,用力一拽,连他的头也跟着点了一下。

"这么短的时间不可能挣许多钱。"亚科夫理直气壮地回答说。

"既然这样,那你就用不着在这里吊儿郎当瞎胡闹。回乡下去!"

亚科夫默默地冷笑了一下。

"你撇嘴斜眼干什么?"瓦西里被儿子的镇静所激怒,气势汹汹地嚷道,"老子在说话,你却笑!当心点儿,你放肆得太早了吧?瞧我管不管得住你……"

亚科夫斟了酒,一饮而尽。这种粗暴的挑剔使他感到委屈,但他强忍着,不愿说出他想要说的话,免得父亲大发雷霆。

在父亲那冷酷威严的闪闪目光下,他有点儿胆怯。

瓦西里看到儿子自斟自饮,没给他倒酒,火气更大了。

"老子对你说:回家去,你却对他冷笑?礼拜六就去结账,结完账快回乡下去!听见了吗?"

"我不去!"亚科夫斩钉截铁地说,执拗地摇了摇头。

"你这是怎么了?"瓦西里咆哮起来,双手撑在木桶上,站了起来,"我在跟你说话,你不知道吗?你这个狗东西,干吗冲着父亲叫?你忘了我可以怎样对付你吗?你忘了吗?"

他的嘴唇在颤抖,脸在抽搐,都气歪了,两鬓青筋暴起。

"我什么也没忘。"亚科夫低声说道,眼睛没有看他的父亲,"可你是不是什么都记住了?当心!"

"用不着你来教训我!我劈死你……"

亚科夫躲过了父亲举在他头上的手,咬牙切齿地说:

"你别碰我……这儿可不是乡下。"

"住嘴!到哪儿我也是你的老子!……"

"在这儿你别想弄我到乡里去挨鞭打,这儿没有乡公所。"亚科夫直冲父亲的脸冷冷一笑,也不慌不忙地站起来。

瓦西里的眼睛布满血丝,他向前伸着脖子,紧握双拳,向儿子脸上喷着夹有酒味的热气;亚科夫把身子向后一仰,用忧郁的眼光注视着父亲的每个动作,时刻准备挡住对方的打击,他表面上镇定自若,实际上却出了一身热汗。他们两人之间隔着一个当桌子用的木桶。

"我打不得你吗?"瓦西里声音嘶哑地问,酷似一只正要蹿出去的猫一样弓起了脊背。

"这儿人人平等……你是工人,我也是。"

"原来是这样啊?"

"对,那又怎么样?你干吗冲我骂呀?你以为我不懂?是你自己先……"

瓦西里吼叫了起来,他迅雷不及掩耳地把手一挥,亚科夫甚至没来得及躲避。一拳打在他的头上,他的身子晃悠了一下,对父亲那张凶神恶煞的脸龇着牙,这时他父亲又举起了手。

"你小心点儿!"亚科夫捏紧双拳,警告说。

"我给你瞧!"

"去一边儿吧,我说!"

"好哇……你!……你要打老子?……打老子?……打老子?……"

这个地方对他们来说太窄小了,盐包,翻倒的木桶和树墩在脚下妨碍着他们。

亚科夫脸色煞白,汗流浃背,眼睛像狼一样闪着亮光,他咬紧牙根,用拳头抵挡着袭击,在父亲面前慢慢后退,父亲却向他步步逼近,怒不可遏,他忘乎所以,疯狂地挥舞拳头,不知怎的霎时间不可思议地气得头发都立了起来,宛如一头背毛竖起的疯狂的野猪。

"住手,得了,别这样了!"亚科夫用一种威吓而又平静的口气说,一面从窝棚的小门朝外走。

父亲还在咆哮着要打他,但都碰在儿子的拳头上。

"瞧你那样儿……瞧……"亚科夫知道自己比较灵活,便拿话来气他。

"你等着……你别动……"

亚科夫往旁边一跳,飞快地向海边跑去。

瓦西里低着头,向前伸开两手,紧追他不放,可是,脚被什么东西绊住,一跤摔倒在沙滩上。他立即跪着爬起来,坐下,两手撑在沙滩上。这一番折腾,使他精疲力尽,由于未能消解他心头的无限仇恨,由于痛苦地意识到自己年老力衰,他悲伤地发出了哀号……

"你这个该死的!"他声音嘶哑地咒骂道,向亚科夫那边伸着脖子,从颤抖的嘴唇中喷出狂怒的唾沫。

亚科夫靠在船上,目不转睛地盯着父亲,用手揉着被打的脑袋。他的衬衣的一只袖子扯脱了,只有一根线连着,领子也撕破了,汗淋淋的白色胸脯,如同涂了一层脂油似的,在太阳下发出油亮的光。此刻他心里产生了一种对父亲的轻蔑感;亚科夫过去认为他比自己强,而现在,他看见父亲头发散乱,可怜巴巴地坐在沙滩上,用拳头威吓他,亚科夫笑了,这是一个强者对弱者发出的宽宏大量的、令人难堪的笑。

"我永生永世……要诅咒你!"

瓦西里那样声嘶力竭地破口大骂,使亚科夫不由得回头看了看大海远处的渔场,他好像以为,那边有人听见这无力的叫喊似的。

然而那边只有浪涛和太阳。于是他往一旁啐了口唾沫,说:

"你嚷吧!……你能损害谁一根毫毛呀?还不是你自作自受……既然我们已经闹到这种地步,那你就听我说……"

"住嘴!……给我滚……滚开!"瓦西里叫喊道。

"我不回乡下去……我要在这儿过冬……"亚科夫说,仍然盯着父亲的一举一动,"我觉得这儿好。这我懂,我不是傻瓜。这儿过得松快些……在乡下你想把我怎样就怎样,可在这儿——给,你咬吧!"

他对父亲做了个轻蔑侮辱的手势,便笑了,笑声不大,可是使瓦西里又暴跳如雷,他一跃而起,抓到一支桨就向亚科夫扑过去,嘶哑地喊道:

"竟敢侮辱父亲?对父亲这样?我宰了你……"

他气得失去了理智,当他跑到船跟前时,亚科夫已离他很远了。亚科夫跑着,那只从衬衣上脱落下来的袖子在他身后甩着。

瓦西里把桨朝他扔去,可是没够着,这个庄稼人又有气无力地扑倒在船上,用指甲抓着木头,看着儿子。儿子却在远处对他喊道:

"你真不害臊!头发都白了,还为一个婆娘像头野兽那样凶狠……嘿,你呀!乡下我可不回去……你自己回去吧……你在这儿没用啦……"

"亚什卡!住嘴!"瓦西里大声吼道,压过了亚科夫的喊声,"亚什卡!我宰了你……给我滚!"

亚科夫不慌不忙地走了。

父亲睁着呆滞失神的眼睛看着他离去。他的身影渐渐缩小,他的双脚好像沉没在沙里……然后没到腰部……肩膀……连头都淹没了。现在已经看不到他了……可是,过了片刻,在离他刚才消失的地方不远,先是他的头,肩膀,然后是整个人又出现了……不过现在身影更小了……他回过身来往这儿看,大声喊了几句话。

"你这个该死的!该死!该死!"瓦西里用诅咒回答了儿子的叫喊。儿子挥了一下手,又走了……接着又消失在沙丘后面了。

瓦西里半躺着靠在船上,久久地望着那边,直到由于姿势不适引起了腰酸背痛为止。他全身瘫软无力,由于筋骨酸痛,刚站起来就打了个趔趄。腰带也滑到了腋下;他用僵直的手指解开带子,拿到眼前看了看,把它扔到沙地上去了。随后,他朝窝棚走去,在一个沙坑前停下了,他想起来,就是在这个地方摔了一跤,他要是不跌倒的话,就会抓住儿子了。窝棚里所有的东西横七竖八,扔了一地。瓦西里用眼睛寻找酒瓶,在草袋中间找到了,把它拾了起来。瓶塞紧紧卡在瓶颈里,烧酒倒不出来。瓦西里慢慢地把塞子撬开,把瓶口塞到自己嘴里就喝。可是瓶口碰在他的牙齿上,酒就从嘴里流到胡须和胸口上。

瓦西里的脑子里闹哄哄的,心里感到很沉重,腰酸背痛。

"到底我是老了!……"他自言自语地说着,往窝棚门口的沙地上坐下。

他的面前是大海。那永远喧嚣、嬉戏的海浪在笑。瓦西里久久地凝视着海水,想起了儿子贪婪的话:

"要是这儿都是土地该多好啊!都是黑土,都耕种了该多好啊!"

这庄稼汉感到难受极了,他用力揉搓了一阵自己的胸脯,向四周望了望,深深叹了口气,他的头垂得低低的,背弯得像负着什么重担似的。喉咙由于一阵阵窒息而发紧。瓦西里咳着,仰望苍天,画了个十字。阴郁的思绪笼罩着他。

……为了一个浪荡女人,他抛弃了与他朝夕相处、辛勤劳动了十五年多的妻子;为此,上帝用他儿子的叛逆行为来惩罚了他。就是这样,啊,上帝!

儿子粗暴地侮辱了他,深深刺痛了他的心。……使父亲的心灵蒙受这样的痛苦,真是死有余辜!为了什么呢?为了一个下贱的、过着无耻生活的女人！……他这个老头子忘记了自己的妻室儿女,和她鬼混,实在是罪孽……

所以上帝动了天怒,为了提醒他,通过他儿子给他心上一击作为正义的惩罚……就是这样,啊,上帝！……

瓦西里佝偻着坐在那里,画着十字,频频地眨眼,好让睫毛把迷住他眼睛的泪水拂去。

太阳渐渐沉到海里。天空上绯红的晚霞渐渐消逝。从寂静的远方吹来阵阵暖风,吹在这个庄稼汉老泪纵横的脸上。他被忏悔的思绪所缠绕,一直坐到入睡。

和父亲发生争吵后过了一天,亚科夫和一批工人坐了一艘轮船拖着的平底货船到离渔场大约三十俄里的地方去捕捉鲟鱼。过了五天,他一个人驾着帆船回到渔场,他是被派回来取食物的。他到的时候是中午,工人们已吃过午饭,正在休息。天气炎热难当,滚烫的沙砾灼人脚板,鱼鳞和鱼骨也扎着脚。亚科夫小心翼翼地向工棚走去,责怪自己没有穿上靴子。他懒得回船上去拿,何况他急不可待地想赶快吃些东西好去见玛莉娃。在海上度过的沉闷日子里,他经常想起她。现在他想知道,玛莉娃是否见到了他的父亲,父亲又对她说了些什么……说不定父亲打了她？打她一顿没什么坏处,她会变得顺从些！不然她实在太放肆,太泼辣……

渔场上寂静而又荒凉。工棚的窗户都敞开着,这些巨大的木匣好像也热得难受。在工棚之间的那间掌柜的办公室里,有一个婴儿在哭叫。在一堆木桶后面可以听到有人悄悄说话的声音。

亚科夫大胆地朝有人说话的地方走去:他似乎听到玛莉

娃在说话。可是,当他走近木桶,朝后面一看,他退了回来,紧蹙双眉,站住了。

在木桶后面的阴影里仰面躺着红头发的谢廖什卡,他两手垫在头下。他的一侧坐着父亲,另一侧坐着玛莉娃。

亚科夫看到父亲,心想:

"他干吗在这儿?莫非父亲为了寸步不离地守着玛莉娃,不让自己接近她,离开了那平静的工作调到渔场这儿来了?啊,鬼东西!要是妈知道他在这儿的一切行径的话!……要不要走到他们跟前去呢?"

"是这样!……"谢廖什卡说,"那么说,要分手了?那,好吧!回去刨地吧……"

亚科夫喜出望外,眨了眨眼。

"我回去……"父亲说。

于是亚科夫果敢地走上前去,打招呼说:

"向好伙伴们致意!"

父亲匆匆瞟了他一眼,就转过身去了,玛莉娃不动声色,谢廖什卡蹬了一下腿,用浑厚的声音说:

"宝贝儿子,我们的亚什卡从远道回来了!"然后用平常说话的口吻又说了一句:"应该像剥羊皮那样,把他身上的皮剥下来作鼓面……"

玛莉娃悄悄地笑了。

"真热!"亚科夫说着坐了下来。

瓦西里又瞟了他一眼。

"亚科夫,我正等着你呢!"他开口说。

亚科夫觉得他的声音比平时低沉,脸上的神情也与往日大不相同。

"我是来拿吃的……"他说,并向谢廖什卡要烟丝卷烟。

"你这个傻瓜甭想从我这儿得到烟丝。"谢廖什卡一动不动地说。

"亚科夫,我要回老家去了。"瓦西里意味深长地说,用一个手指挖着沙土。

"这是干吗呀?"儿子天真地看了看他。

"你怎么样……留下吗?"

"是,我留下……家里的活干吗要两个人干?"

"好……我不想说什么。随你便……你已经不是个孩子了!不过你那个……记住,我的日子不会太长了。活嘛,说不定还可以活一阵,至于干活我就说不好了……恐怕地里的活儿我已经不习惯了。……你要记住,你妈还在那儿。"

他看来有口难言,话不知怎的像是粘在牙齿上似的。他捋着胡须,手却在颤抖。

玛莉娃目不转睛地看着他。谢廖什卡眯起一只眼,另一只眼却睁得圆圆的盯着亚科夫。亚科夫欣喜万分,由于担心会流露出欣喜的心情,他就一声不响,凝视着自己的双脚。

"别把你妈忘了……你记住,她就你这么一个。"瓦西里说。

"这还用说?我知道。"亚科夫瑟缩着说道。

"那好,知道就好!……"父亲怀疑地瞅了他一眼,说:"我只是说,别忘了。"

瓦西里深深叹了口气。四个人沉默了片刻,后来,玛莉娃说话了:

"马上要打钟上工了……"

"好,我走了!……"瓦西里说着站起身来。其余三个人也跟着他站了起来。

"再见了,谢尔盖①……你要有机会到伏尔加河去,也许能顺便过来看看吧?……辛比尔斯克县,尼科洛-雷科夫乡,马兹洛村……"

"好吧!"谢廖什卡说,握住他的手摇了摇,把他的手握在自己长满红色汗毛的青筋嶙嶙的手中不放,含笑看了看他那愁眉不展而又严肃的脸。

"尼科洛-雷科夫是个大村子,远近都知道。我们离它有四俄里地。"瓦西里解释说。

"嗯,好……我一定去看看,要是有机会……"

"再见!"

"再见,好朋友!"

"再见,玛莉娃!"瓦西里没有看她,用深沉的声音说。

她从容不迫地用袖子擦了擦嘴唇,把自己两只雪白的手搭在瓦西里的肩上,不声不响地、庄重地在他的脸颊和嘴唇上吻了三次。

他很不好意思,含含糊糊咕噜了几句。亚科夫低下头在窃笑。谢廖什卡仰面朝天轻轻地打了个呵欠。

"你现在上路可够热的。"他说。

"没关系。……亚科夫,再见了!"

"再见!"

他们站着,面面相觑,不知如何是好。"再见"这个含有悲哀意味的字眼在这几秒钟里单调地重复了多次,唤醒了亚科夫心里对父亲的温情,但是他不知道该怎么来表达:像玛莉

---

① 谢尔盖是谢廖什卡的本名。

娃那样拥抱父亲,还是像谢廖什卡一样握握他的手?儿子的姿态和脸上所表现出来的踌躇使瓦西里很伤心,同时在儿子面前,他还感到某种类似羞惭的心情。这种心情是由于想起了在沙滩上的情景和玛莉娃的亲吻而引起的。

"你可得记住你妈!"最后,瓦西里终于说道。

"行了!"亚科夫提高声音说,热情地笑了笑,"你不用担心……我一定记住!……"

父亲点了点头。

"好……就这样!老天爷保佑你们在这儿万事如意……别念我的坏处……对了,谢廖什卡,那口锅我埋在一条绿船船尾下的沙土里。"

"他要那口锅干吗?"亚科夫连忙问。

"他接替我的工作……在沙嘴那儿!"瓦西里解释说。

亚科夫看了看谢廖什卡,又瞧了瞧玛莉娃,然后低下了头,不让别人看见他眼睛里喜悦的光辉。

"再见了,伙计们……我走了!"

瓦西里向他们弯腰行了个礼,就上路了。玛莉娃跟在他后面。

"我送你一程……"

亚科夫本想也跟随玛莉娃去送行,谢廖什卡往沙地上一躺,抓住了他的一只脚。

"吁,站住!往哪儿去?"

"慢着!你松手……"亚科夫想拔腿就走。

但谢廖什卡揪住他的另一条腿了。

"跟我坐一会儿……"

"瞎扯!你胡闹什么?"

"我不是胡闹……你坐下!"

亚科夫气得咬牙切齿,坐了下来。

"你想干吗?"

"别忙!你先住嘴,等我想想,然后告诉你……"

他用威胁的眼光虎视眈眈地看了小伙子一眼,亚科夫只好对他屈服了……

玛莉娃和瓦西里默不作声地走了一会儿。

她从侧面看着瓦西里的脸,她的眼睛里闪着奇异的光彩。瓦西里愁容满面,沉默不语。他们的脚不时陷进沙里,步履缓慢。

"瓦夏①!"

"干什么?"

他看了玛莉娃一眼,又立即转过脸去了。

"这是我有意让你跟亚什卡闹翻的。……你本来可以不跟他闹僵,在这儿待下去。"她平心静气、不紧不慢地说。

"你这是干什么?"稍等了一会儿,瓦西里问道。

"不知道。……就这样做了。"

她笑着耸了耸肩。

"你干的好事!哎,你呀!"他愤愤地责备她说。

她没有吭声。

"你会害了我的孩子,会把他彻底害了!哎!妖精,你这个妖精……上帝你都不怕……不要脸……你在干些什么?"

"那该干什么呢?"玛莉娃问他。她的问话声中像是有些恐惧,又像是有些懊丧。

---

① 瓦夏是瓦西里的爱称。

"该干什么?哎,你呀!……"瓦西里怀着满腔怒火嚷道。

瓦西里真想揍她一顿,把她打翻在脚下,踩到沙土里去,用皮靴踢她的胸和脸。他握紧一个拳头,回头看了看。

在木桶那边,站着亚科夫和谢廖什卡的身影,他们的脸都对着他。

"滚开,滚!我真恨不得把你砸烂……"

他几乎是用耳语的声音直冲她的脸咒骂着。他两眼血红,胡须在抖动,两只手不由自主地向玛莉娃露在头巾外面的头发伸去。

她却若无其事地用那双绿眼睛看着瓦西里。

"我真该打死你,你这个淫妇!你等着……你要是碰上个别人也这么干,准保把你脑袋砸烂!"

她冷冷一笑,沉默了一会儿,随后深深叹了口气,对瓦西里匆匆说道:

"好,算了……再见!"

说完,她蓦地转过身,往回走了。

瓦西里朝她的背影咆哮着,咬得牙齿咯咯作响。玛莉娃走着,竭力想踩着瓦西里留在沙地上的清晰而又深深的脚印,每次踩过一个脚印,她就认真地用脚把它擦掉。她就这样慢慢地一直走到一堆木桶跟前,站在那儿的谢廖什卡迎着她问:

"怎么样,送走了吗?"

她对他点了点头,然后在他身旁坐下。亚科夫看着玛莉娃,笑容可掬,他嘴唇翕动着,仿佛他在低声细语地说着只有他自己才能听得见的话。

"怎么,送走又难过了?"谢廖什卡引用了一首歌中的歌词问道。

"你什么时候到沙嘴那儿去?"她问,向海那边摆了摆头。

"晚上。"

"我也跟你一块儿去……"

"太好了!这我很高兴……"

"我也去!"亚科夫毫不迟疑地说。

"谁请你了?"谢廖什卡眯起眼问。

这时一口破钟当当敲响了,这是召唤人们去上工的声音。急促的钟声一下接着一下向空中传了开来,又消逝在波涛欢乐的喧闹声中。

"她会请的!"亚科夫说,用挑衅的眼光看着玛莉娃。

"我?我要你干吗?"她惊异地说。

"亚什卡,我们直话直说吧!……"谢廖什卡站起来厉声说,"你要是再纠缠她,我就把你砸个粉碎!你敢碰她一根毫毛,我就像打苍蝇那样把你打死!在你脑瓜上一拍,就让你上西天!这对我来说算不了一回事!"

他的脸,他的整个身体以及向亚科夫喉咙伸过去的青筋突起的双手,极其令人信服地说明这一切对他来说都是轻而易举的。

亚科夫朝后退了一步,压低声音嗫嚅着说:

"慢着!可她自己……"

"嗨,没二话可说!你是什么玩意儿?你这狗东西不配吃肉:扔给你几块骨头啃啃,你就得说声谢谢……嗯?……你瞪着眼珠子干吗?"

亚科夫看了看玛莉娃。她冲着他的脸在笑,她那双绿眼睛里流露出一种令人难堪和屈辱的冷笑。她那样亲热地侧身紧贴着谢廖什卡,使亚科夫浑身冒汗。

　　他们俩离开了他,肩并肩地走了,走了没多远,他们俩放声呵呵大笑起来。亚科夫把右脚使劲儿往沙土里一伸,气急败坏地喘着粗气,一动不动地保持着那种紧张的姿势,呆立在那儿。

　　在远处死气沉沉的黄沙浪上,有个小小的黑色人影在移动;在它的右面,欢乐、壮阔的大海在太阳下闪烁,在左面,一片单调、凄凉、荒无人烟的沙漠一直延伸到天边。亚科夫望了望那个孤独的人影,眨眨饱含委屈和疑惑的眼睛,用两手使劲地搓揉自己的胸口……

　　渔场上一片热闹繁忙的景象。

　　亚科夫听到玛莉娃用响亮的胸音在大声喊:

　　"谁拿了我的刀子?……"

　　涛声阵阵,阳光普照,海在笑……

周　圣译

因为烦闷无聊[*]

……客车喷着大股的灰色浓烟,像一条大爬虫似的消失在草原的远方,淹没在黄色的麦海中去了。火车的闹哄哄的响声跟烟雾一块儿化入了闷热的空气,它在很短的几分钟内打破了这个广阔、荒凉的平原的淡漠的静寂,在这个平原当中有一个小小的火车站,孤零零的给人一种哀愁的印象。

火车的低沉的、富有生气的喧响朝四面散去,在无云的晴空下面消失了,于是车站的四周又恢复了那种压迫人的静寂。

草原是金黄色;天是湛蓝色;它们广阔得无边无际。火车站的褐色建筑立在它们的中间,正像一位缺乏想象的画家在他苦心绘出的忧郁的景物中偶然涂上一笔,因而破坏了画的中心似的。

每天十二点钟和午后四点钟的时候都有通过草原的火车到站,每次在站上停两分钟。这四分钟便是车站上重要的而且唯一的娱乐时间:它们给站上职员带来各种的印象。

每一班车都有一大群穿着各种服装的各样的人。他们只出现一会儿:在车窗里露出他们那些疲倦的、不耐烦的或者没

---

[*] 本篇最初发表于一八九七年十二月二十五日《萨马拉报》。译自《高尔基三十卷集》第三卷。

有什么表情的脸,一下子就过去了。铃声响了,汽笛叫了,他们又随着火车的轰隆声越过草原,去得远远的,向着城市飞去,在城市里有的是一种热闹、紧张的生活。

对站上几个职员来说,看看这些乘客的面孔倒是挺有趣味的事;火车开走以后,他们就互相交换他们方才匆匆抓到的印象。在他们的四周躺着静静的草原,在他们的头上是那淡漠的天空,在他们的心里有一种隐隐约约的妒忌:他们妒忌那些乘客每天经过这儿赶到某一个他们不知道的地方去,可是他们却留在这儿,给关在荒原里,好像与人生完全隔离了一样。

火车开走以后,他们还留在月台上,眼光追着那根消失在金黄色麦海中的黑带子,他们默默地回想着在他们眼前飞去的生活的印象。

他们几个人差不多全在月台上:站长,这是一个忠厚的、金黄色头发的胖子,有两撇哥萨克人的长胡髭;他的副手,一个头发浅红的年轻人,生着尖尖的小胡子;看守员路卡,身材瘦小,是一个灵活的、狡猾的汉子;一个扳道员叫戈莫左夫的,身体结实,长着一部大胡子,是一个沉默寡言的农人。

站长太太坐在车站门口一条长凳上,她是一个矮胖女人,很怕热。她怀里睡着一个婴孩,婴孩的脸蛋跟母亲的一样滚圆,一样红。

火车下了斜坡不见了,它好像钻进地里去了一样。

这个时候站长就转身向着妻子说:

"我说,索尼娅,茶炊生好了吗?"

"当然好了。"她懒洋洋地小声答道。

"路卡!你这儿来,去把路基同月台打扫干净……你瞧——他们把什么东西都扔在这儿……"

"我知道,马特维·叶戈罗维奇……"

"好……喂,怎样?尼古拉·彼得罗维奇,我们喝茶吗?"

"好吧,免得破例。"副站长回答。

四点钟的火车开走以后,站长马特维·叶戈罗维奇便对妻子说:

"我说,索尼娅,午饭好了吗?"

于是他向路卡发出命令,总是一样的命令,他又招呼那个在他那儿搭伙的副站长道:

"喂,怎样?……我们吃饭吗?"

副站长回答得很得体:

"照常吧……"

他们从月台走进屋子去,屋子里花很多,家具却很少,在这儿还可以闻到厨房的味道和婴孩包片的气味;他们围着餐桌坐下,谈起刚才在他们眼前一下子飞过去了的种种景象。

"尼古拉·彼得罗维奇,二等车里一个穿黄衣服的褐色小女人[①],您注意到没有?真是个要命的尤物!"

"不坏,不过打扮得没有风趣。"副站长答道。

他说话总是说得短,而且很有把握,他认为自己是一个既熟悉人生,又受过教育的人。他念完了八年制的文科中学。他有一个黑色细布面的笔记本;他喜欢把他偶尔读到的书上和报纸副刊上发表的知名人物的名言警句抄在笔记本上。在与职务无关的一切事情上面站长完全承认他是一个权威,而且很认真地听他讲话。站长尤其喜欢尼古拉·彼得罗维奇的

---

① 指眼睛、头发、皮肤褐色的女人。

笔记本上那些聪明的警句,而且总是不断地真心称赞它们。这一回副站长批评褐色女人的话却引起了马特维·叶戈罗维奇的疑问:

"那么您以为黄色对褐色女人不相宜,是不是?"

"我说的是衣服的样式,不是颜色。"尼古拉·彼得罗维奇解释道,他小心地从玻璃罐子里拿出些蜜饯来放在一个小碟子里面。

"至于衣服样式——那又当别论。"站长同意道。

他的妻子也参加谈话,因为这个题目跟她有关系,她也能够理解。可是这种人素来不大肯用脑筋,所以他们谈得很慢,而且也很少动感情。

给静寂迷住了的草原,还有那在宁静中显得异常庄严的蓝天从窗外向室内张望。

差不多每一点钟都有货车来;不过押车人员全是熟人。所有这些车长都是昏昏欲睡,让这种草原上旅行的寂寞弄得无精打采。他们有时候也讲一点路上发生的事故:在某地轧死了一个人啦,或者工作上的什么新闻啦,例如某人罚了钱,某人调了工作。这类新闻并没有引起人去讨论——人们把它们全吞下去了,就像好吃的人吞下一样稀有的美味似的。

太阳慢慢地从天空落到草原的尽头,它刚刚要挨到地面,马上就变成了紫色。一片红光罩住了草原,给人唤起一种苦闷的感觉,唤起一种对于在这个荒原以外的远方的模糊的渴望。于是太阳挨到了地面,懒洋洋地走进大地里面或者大地后面去了。太阳消失以后许久,天空中还轻轻地奏着晚霞的色彩绚烂的音乐,不过它的颜色越来越淡,温暖、静寂的黄昏来了。星星亮起来,它们在打战,好像让地上的寂寞吓坏了似的。

黄昏一来,草原就缩小了;黑暗的夜色静悄悄地从四面八方爬到站上来。夜来了,漆黑而忧郁。

站上点起了灯火;臂板信号机的带绿色的灯光比所有的灯光更亮、更高。在它的周围是黑暗和静寂。

有时响起钟声:这是火车到来的信号;匆忙的钟声飞过草原,很快地在那儿消失了。

钟鸣后不多久,一道灼灼的红光从黑暗的远方飞奔过来,火车的低沉的响声使静寂的草原颤抖起来,列车正向着黑暗包围中的孤寂的车站滚滚前进。

车站上这个小小社会中,下层人员的生活和前面那种贵族的生活稍有差别。看守员路卡整天只想跑开去看他的妻子和兄弟,他们住的村子离这儿有七俄里。那儿有他的"家务",每次他叫那个老成、寡言的扳道员替他"值班"的时候,他总是这样对戈莫左夫说。

戈莫左夫听到"家务"两个字,总要重重地叹口气,向路卡说:"行,你去吧……的确,一个人应该照应自己的家务……"

另一个扳道员阿法纳西·亚戈德卡,是一个老兵,有一张红红的圆脸和一头白色的硬头发,他喜欢取笑人,作弄人。他不相信路卡的话。

"家务!"他讥笑地嚷起来,"他的老婆!我知道这是什么意思。你的老婆是不是一个寡妇?不然就是一个兵的老婆吧?"

"闭嘴,你这个鸟总督!"路卡轻蔑地答道。

路卡给亚戈德卡起了个诨名,叫作鸟总督,因为这个老兵非常喜欢鸟。他的小屋子里,里里外外都是鸟笼、鸟窝;整天到处听得见鸟叫,一直叫个不停。给他关起来以后,鹌鹑天天不倦地唱着它们的单调的"快割,快割",白头翁在哼它们的长篇演说,五色鸟不倦地叽叽喳喳,又唱又叫——这就是老兵的孤独生活中的一点安慰。他工作以外的空闲时间全花在这些小鸟身上,他很亲切地、很关心地照料它们,可是对同事们他却感觉不到一点兴趣。他把路卡叫作"黄颔蛇",叫戈莫左夫作"喀查普"。而且当面对他们说,他们两个都是"色鬼",应当挨一顿鞭子。

路卡不大注意他的话;不过要是兵真的把路卡惹得动气了,路卡就会用最刻毒的话骂他好久:

"你这个军队里的老畜生,耗子吃剩的东西!你懂得什么,你这个光棍?你一辈子就在赶大炮底下的田鸡,不然就看守团里的卷心菜……还有你来发议论的道理?快回到你的鹌鹑那儿去吧,你这个鸟司令!"

亚戈德卡安静地听完看守员的辱骂以后,就到站长那儿去告状,可是站长大吼一通,说不应当拿这种小事情来麻烦他,就把兵赶走了。亚戈德卡找到了路卡,就开始回骂一顿,他并不动气,安安静静地骂出一些厉害的粗话,路卡受不住连忙吐一口痰跑开了。

戈莫左夫用叹息回答老兵的责骂,他不太好意思地替自己辩护道:

"你能够做什么呢?跟这种人是没有办法的……不用说……这太不像话了……可是,话又说回来,你们不要论断人,免得你们被论断①……"

---

① 见《新约·马太福音》第七章第一节。

有一回老兵冷笑地回答他道：

"雅各的喜鹊对任何人都是老唱一个调子！① 不要论断人，不要论断人……然而要是谁都不论断别人的话，人们就无话可说了……"

车站上除了站长太太以外还有一个女人——厨娘。她的名字叫阿琳娜，年纪不到四十，生得很丑；身材矮胖，奶子下垂着，身上弄得很脏，而且穿得破破烂烂。她走起路来摇摇摆摆，她那张麻脸上有一对老是带着害怕的表情的细小眼睛，眼睛四周全是皱纹。她那长得并不端正的面貌上有一种奴隶性顺从的、受委屈的表情。她的两片厚嘴唇老是卷起来，好像她想哀求一切人的宽恕，跪在他们的脚边，却又不敢哭出声来似的。戈莫左夫在站上住了八个月，并没有特别注意到阿琳娜；他无论什么时候遇见她，只是简单地跟她说一声"你好！"她也同样地回答他一声。他们交谈了两三句话，便各自走开了。可是有一天戈莫左夫走到站长的厨房里，请阿琳娜给他补衬衫。她答应了，衬衫补好，她亲自给他送去。

"啊，真是多谢了！"戈莫左夫说，"三件衬衫，每件十个戈比，我一共欠你三十个戈比，——对不对？"

"是这样的。"阿琳娜答道。戈莫左夫在想什么心事，他沉默了好一会儿。

"你从哪一省来的？"他后来问那个女人道，她这些时候一直在仔细地看他的胡子。

"从梁赞省来的。"

---

① 这是一句成语。

"远得很,你是怎样到这儿来的?"

"是这样的……我一个人……孤零零的一个人——"

"那还可以叫人走得更远呢!"戈莫左夫叹息道。

两个人又沉默了好些时候。

"我也是这样。我是从尼日戈罗德省谢尔卡奇县来的。……"戈莫左夫开始说,"我也是孤零零的一个人……孤零零的。我从前安过家,有过老婆……两个孩子。老婆得霍乱死了,孩子们呢,也就这样完结了……我呢,我让悲痛弄垮了。不——不错……后来我又想安家,可是也没有成功。机器松了;它不中用了。所以我就……离开了正路……现在我已经挣扎了三年了。"

"没有一个自己的窝真不好!"阿琳娜小声说。

"我也是这样想。也许你是一个寡妇吧?"

"我还是个大姑娘。"

"不会吧!"戈莫左夫不相信地老实说。

"真的是个大姑娘。"阿琳娜说服着他。

"你怎么没有嫁人呢?"

"谁要我呢?我什么也没有……能带给谁好处呢……再说,我又生得难看……"

"不——不错。"戈莫左夫沉吟地说,他摩着胡子,开始很注意地把她打量了一番。然后他又问,她的工钱多少。

"两卢布五十戈比……"

"好吧。哦……我不是有三十戈比要给你吗?听我说……你今天夜里来拿钱……十点钟光景,好吗?……我会把钱给你……我们喝点茶,聊聊天来消愁解闷……我们两个都寂寞……你来吧!"

"我来。"她简短地说,就走了。

后来,她在晚上准十点钟来到他这里,到天亮才离开。

戈莫左夫并没有请她再来,也没有给她那三十个戈比。她自己到他这里来了,她恭顺而呆板,默默地站在他面前。他正躺在床上,便望了望她,身子掉向墙壁说:

"坐下。"

她坐下以后,他便警告她:

"你听我说……保守这个秘密。不要让人——人看出来,不然,对我很不好……我的年纪不小了,你也不年轻……明白吗?"

她点头答应。

他们分别的时候,他又拿他的衣服给她带去补,并且再提醒她:

"不要让一个人知道——不要一个人——人!"

他们就这样地过下去,不让任何人知道他们的关系。

阿琳娜夜里偷偷地到他的屋里来,她差不多是爬着走来的。他却装出尊贵的样子,拿俯就的态度对待她,有时他会明白地对她说:

"你生得多么丑!"

她只是默默地微笑——这是没精打采的、犯罪的微笑,她离开他的时候,她总要带一点他交给她的活儿回去做。

他们并不常常见面。不过有时候他在车站上什么地方遇见她,就会小声对她说:

"今晚上来。"

她就恭顺地到他那里去,她的麻脸上带着一种严肃的表情,好像去执行一个任务,而且她自己也知道这个任务是非常重要的。

她回家的时候,脸上又现出平日那种呆板的犯罪与惊惶的表情。

有时她会停留在某一个角落里,或者一棵树后面,久久地望着草原。夜色笼罩着那个地方,在万籁无声的静寂里恐怖使她的心发紧了。

有一天,晚车开出以后,站领导们在马特维·叶戈罗维奇住宅的窗前,在花园中白杨树的浓荫里举行了一个茶会。

他们在热天常常举行这种茶会,——这样给他们的单调的生活带来了一点变化。

他们谈完了火车给他们带来的各种印象以后,就慢慢地喝茶,不作声了。

"今天比昨天还要热。"马特维·叶戈罗维奇说,他用一只手把空茶杯递给他的妻子,又用另一只手揩脸上的汗。

妻子接了茶杯,说:

"今天觉得更热,是因为闷得无聊的缘故……"

"哼!……也许是这样……真的……在这种时候打打纸牌倒是好的……可是——我们只有三个人……"

尼古拉·彼得罗维奇耸了耸肩头,眯了眯眼睛,发音很清楚地说:

"叔本华说,打纸牌是各种思想的破产。①"

"说得真好!"马特维·叶戈罗维奇感动地说,"怎么说

---

① 叔本华(1788—1860),德国哲学家。他的原话是这样说的:"打纸牌在世界各国已经成了各个社交界的主要活动:打纸牌是衡量各个社交界的价值的标准和各种思想的公认了的破产。"(叔本华:《箴言与格言》)

呢？思想的破产……不——不错。谁说的？"

"叔本华，一个德国人，哲学家……"

"哲——哲学家？呣……"

"这些哲学家干什么——在大学里做事吗？"站长太太索菲娅·伊凡诺芙娜好奇地问道。

"这是……我怎么好向您解释呢？……这不是官衔，这是……姑且说，这是天赋……每个人都可以做哲学家……每个人，只要他生来就爱用思想，就有把一切事情穷根究底研究的习惯。自然，大学里有哲学家……不过你要做哲学家，也可以非常简单……哪怕你在铁路上工作也好。"

"在大学里的人，是不是收入多一点？"

"那要看他们的……智慧了。"

"啊，可是只要再多一个人，我们就可以痛快地打一场'文特'①了。"马特维·叶戈罗维奇叹息道。

他们的谈话又中断了。

云雀在蓝天里唱歌，知更鸟在白杨树枝间穿梭，轻轻地叫着。小孩在房里哭起来。

"阿琳娜在那儿吗？"马特维·叶戈罗维奇问道。

"当然在。"他的妻子短短地回答。

"阿琳娜这个女人真奇特；您注意到吗，尼古拉·彼得罗维奇？……"

"奇特是平凡的最初征象。"尼古拉·彼得罗维奇带着沉思的、做梦的样子讲起警句来了。

"怎么说？"站长感兴趣地问道。

---

① 当时在俄国很流行的一种纸牌戏。

尼古拉·彼得罗维奇带着说服的调子把这个警句再念了一遍,他满意地眯起他的眼睛;索菲娅·伊凡诺芙娜懒洋洋地小声说:

"您读过的东西都记得多么好……可是我读过的东西,第二天即使打死我,我一点也记不起来……譬如我不久以前在《田野》①上读到一篇很有趣味、很滑稽的故事——可是究竟是什么呢?我连一个字也记不得了!"

"这是习惯。"尼古拉·彼得罗维奇短短地解释道。

"不,这要比那个人说的好……他叫什么名字?叔本华……"马特维·叶戈罗维奇带笑地说,"可以说一切新的东西都要变旧。"

"反过来说也行,因为有一位诗人说过:'是,生活的智慧就是节省:一切新的东西都是从旧的做出来的。'"

"呸,见鬼,怎么您讲这种话……就像从筛子里筛出来一样!"

马特维·叶戈罗维奇满意地笑了,他的妻子温和地微笑着,尼古拉·彼得罗维奇受到了恭维,没法掩藏心里的高兴。

"关于平凡的话是谁说的?"

"巴里亚京斯基②,诗人。"

"另外的一句呢?"

"也是诗人,福法诺夫③。"

---

① 当时在彼得堡刊行的有插画的周刊。
② 亚·彼·巴里亚京斯基(1798—1844),俄国十二月党人诗人。
③ 康·米·福法诺夫(1862—1911),俄国诗人,他的诗充满绝望和颓废的情调。他在《皇村沉思》一诗中用"唉,生活的智慧就是节省……"代替了巴里亚京斯基的原诗句"是,生活的智慧就是节省……"。下文所说的"两个对句"就是指的这两句。

"都是聪明人。"马特维·叶戈罗维奇称赞两个诗人道,他脸上露出满意的微笑,又拖长声音把两个对句念了一遍。

烦闷好像故意在作弄他们,——它一会儿把他们放松,一会儿又紧紧抓住他们。于是他们都不开口了,天气本来就热,喝了茶更使他们热得喘起气来。

在草原上——只有太阳。

"啊,不错,我刚才讲阿琳娜,"马特维·叶戈罗维奇忽然记起来了,"她真是个古怪的女人,我近来留心看她,我觉得很奇怪。她好像有什么大的忧愁似的,她不笑,又不唱歌,也很少说话……你可以说她是一块木头!可是她做起事来又了不起,你们知道,她很小心地照料列利亚,对那个孩子很尽心……"

他低声说着,他不愿意阿琳娜隔着窗听见他的话。他知道不应当夸奖老妈子,免得她骄傲起来。妻子含着深意地皱起眉头打岔道:"哼,不要讲了……你一点也不了解她!"

> 我是爱情的奴隶,
> 我太软弱无力,
> 我的魔鬼,
> 我斗不过你!

尼古拉·彼得罗维奇一面用茶匙在桌上敲拍子,一面轻轻地用朗诵的调子哼起来。他微微笑了。

"什么,你们在说些什么?她……啊,啊,你们两个人已经在编造什么了!"

马特维·叶戈罗维奇哈哈大笑起来。他的两颊不停地颤动,一颗一颗的汗珠接连地从额上落下来。

"这个一点儿也不可笑!"他的妻子打岔道,"第一,照应小孩是她的本分;第二,你没有看见她做的什么样的面包?又酸,又焦……这是什么缘故呢?"

"不——不错,面包,的确不好……应当跟她讲一下。不过,倒霉!这个……我并不希望有这种事情!她真的在害相思病!啊,真见鬼!可是男的是谁呢?路卡什卡①吗?我得痛快地对付他一下,这个老魔鬼!或者是亚戈德卡吧?那个嘴剃得光光的老混蛋!"

"是戈莫左夫。"尼古拉·彼得罗维奇简短地说。

"啊——啊?是那么庄重的人?哦——哦?您不是在——编造故事吧,嗯?"

马特维·叶戈罗维奇对这个滑稽的故事很感兴趣。他一下子大笑起来,连眼泪也笑出来了,一下子又正经地说应当把那一对情人叫来训斥一通,后来他想象他们两个讲些什么样的情话,又忍不住哈哈大笑。

后来他出神了。尼古拉·彼得罗维奇也做出严肃的面孔,索菲娅·伊凡诺芙娜却鲁莽地打断了丈夫的话头。

"啊,这些妖精!哼,我还要拿他们开个大玩笑!这个很有趣……"马特维·叶戈罗维奇没法安静下来了。

路卡出现了,他报告:

"有电炮(报)……"

"我就去。给四十二次列车发信号。"

他连忙同副站长一块儿到车站去,路卡在站上敲出短短的钟声发信号。尼古拉·彼得罗维奇坐在电报机前,发电报

---

① 即路卡。

问下一站:"我可以开出四十二次列车吗?"站长在办公室里踱来踱去,微笑地说:

"你我得跟这对妖精开一个玩笑……总之,实在烦闷无聊,哪怕笑一下也好……"

"这当然可以。"尼古拉·彼得罗维奇同意道,一面叩着电键。

他知道,哲学家应当用简洁的句子表达自己的意思。

这个让大家笑一下的机会不久就来了。

有一天夜里戈莫左夫到阿琳娜的地窖里去,原来阿琳娜服从戈莫左夫的命令,又得到站长太太的许可,在各种各样的旧家具堆中间安放了一张床。这个地方又潮,又冷;破椅子,破桶,破木板以及各种破旧东西在黑暗中都现出可怕的形状;阿琳娜一个人在这些东西中间——她害怕得不得了,她简直没法睡觉,她躺在麦秆捆上,睁大眼睛,一直在低声背诵她记得的祷告文。

戈莫左夫来了,默默地压紧她,搂住她过了好久,后来他倦了,就睡着了。可是不久阿琳娜就惊惶地小声唤醒了他:

"季莫费·彼得罗维奇。季莫费·彼得罗维奇!"

"什么事?"戈莫左夫半梦半醒地问道。

"我们给锁在里面了……"

"你说什么?"他跳起来,又问道。

"有人来过……门锁上了……"

"你撒谎!"他恐怖地、愤怒地咕噜道,把她从自己身边推开了。

"你自己去看看吧!"她恭顺地说。

戈莫左夫站起来,一路上撞到各种各样东西,走到了门口,推着门,沉默了一会儿,便悻悻地说:

"是那个兵干的事……"

门外有人快活地笑起来。

"放我出去!"戈莫左夫大声恳求道。

"什么?"这是兵的声音。

"我说,放我出去……"

"明天早晨放你出去……"兵说,就走开了。

"魔鬼,我当班,有工作!"戈莫左夫同时带着愤怒和请求地嚷起来。

"我替你工作……听我说,你安心坐下吧!……"

兵走开了。

"啊,你这条狗!"扳道员苦恼地咕哝道,"等一会儿看吧……总之,你不能把我锁起来……还有站长……你怎么对他说呢?他要问:'戈莫左夫在哪儿——嗯?'看你怎样回答他……"

"我看这是站长本人吩咐的。"阿琳娜绝望地低声说。

"站长?"戈莫左夫吃惊地再问一遍,"他为什么要这样做?"他静了一会儿,又向她叫起来:"你撒谎!"

她回答他一声长叹。

"这样会闹出什么事情呢?"扳道员在离门口不远的一个木桶上坐下来,问自己道。"我多丢脸!全是你,你这个丑妖婆,这全是因为你……哼,呸!"

他捏紧拳头,朝着她的呼吸声出来的方向做出恐吓的样子。她并不作声。

潮湿的黑暗包围着他们,——这种黑暗还含得有腌白菜气味和霉味,还有刺鼻的辛辣气味。从门缝里射进来一条一条月光。门外一列货车开出站喧闹地往前飞奔了。

"妖精,你干吗不作声?"戈莫左夫充满愤怒和轻蔑地说,"我现在该怎样办呢?你干过了好事现在就不作声吗?魔鬼,你想想看,我们该怎么办?我躲到什么地方去遮羞呢?啊,主啊!我怎么会跟这个女人搞上了啊!……"

"我会恳求饶恕。"阿琳娜小声说。

"以后呢?"

"也许,他们会饶恕的……"

"这对我又有什么好处?就说他们饶了你,以后呢?还不是该我丢脸,是不是?我不是要让大家耻笑吗?"

他静了一会儿以后,又责备她、骂起她来。时间过得非常慢,可以说是慢得残酷无情。后来女人用颤抖的声音哀求他:

"季莫费·彼得罗维奇,原谅我吧。"

"要原谅你就得把你脑袋敲一顿!"他吼道。

接着又是一阵长久的静寂,对于这两个关在黑暗里的人,这种静寂是阴郁的、折磨人的,而且充满了麻木的痛苦。

"主啊!只要快点天亮啊。"阿琳娜苦痛地哀求道。

"你闭嘴……我就要叫你看见天亮的!"戈莫左夫威胁她道,他又狠狠地骂起她来。随后静寂和沉默又来折磨他们了。离天亮越近,时间越是残忍,好像每一分钟都故意走得很慢,好来欣赏这两个人的可笑的处境似的。

戈莫左夫后来睡着了,可是地窖旁边一只公鸡的叫声惊醒了他。

"喂,你……巫婆!你睡着吗?"他声音不大清楚地问道。

"没有。"阿琳娜长长地叹一口气,答道。

"你最好再睡一会儿?"扳道员带着讥讽地出主意道,"喂,你……"

"季莫费·彼得罗维奇!"阿琳娜差不多哀声叫道,"你不要生我的气!你可怜我吧!请你看在上帝儿子基督的面上——可怜我吧!我就只有一个人,孤零零的一个人!你是我的……你是我的亲人——你是我的……"

"不要号——不要做人家的笑柄!"戈莫左夫严厉地打断了女人的歇斯底里的低声哀诉,这哀诉使他的心肠软了些,"不要作声……当上帝降罚……"

他们又静静等着慢慢地到来的每一分钟。可是一分钟、一分钟过去了,并没有给他们带来一点消息。后来从门缝里射进来了太阳光,那些发光的细线切断了地窖里的黑暗。不久地窖外面响起了脚步声。有人走到门口,站了一会儿就走开了。

"刽——子手!"戈莫左夫开始叫起来,他吐了一口痰。接着又是沉默的、紧张不安的等待。

"主啊!……饶恕我吧……"阿琳娜喃喃地说。

好像有人轻脚轻手地走到地窖跟前来了。……锁在响,接着响起来站长的严厉的声音:

"戈莫左夫!牵着阿琳娜的手走出来——唔,快点!……"

"你来!"戈莫左夫小声说。阿琳娜埋着头走到他跟前,站在他旁边。

门打开了;站长立在门口。他鞠躬行礼,并且说:

"恭喜你们新婚!请出来,音乐——奏起来!"

戈莫左夫走出门槛,就站住了,一阵乱糟糟的闹声把他吓昏了。路卡,亚戈德卡,尼古拉·彼得罗维奇都站在门外。

路卡拿拳头敲一只提桶,用一种羊叫似的男高音在喊着什么;兵吹他的信号笛,尼古拉·彼得罗维奇却向上伸起两只手,鼓起两边脸颊,用嘴唇吹出喇叭一样的声音:

"砰!砰!砰!砰!"

提桶发出震动的响声,信号笛叫着,号着。马特维·叶戈罗维奇按住腰哈哈大笑起来。他的副手尼古拉·彼得罗维奇看见戈莫左夫张皇失措地站在他们面前,脸色灰白,颤抖的嘴唇上露出羞愧的微笑,他也忍不住大笑起来。阿琳娜像石头一样地站在戈莫左夫后面,头埋在胸上。

> 阿琳娜对季莫费
> 讲不完她的情话……

路卡胡乱地唱着,一面向戈莫左夫做出种种难看的怪相。兵走到戈莫左夫跟前,把信号笛放在他的耳边吹着、吹着。

"喂……你们朝前走吧……啊……挽住她的手!……"站长大声说,他笑坏了。他的妻子坐在台阶上,身子摇来晃去,尖声叫起来:

"莫佳①……够了……啊!我要笑死了。"

> 为着见面的一瞬间
> 我甘愿忍受痛苦!

尼古拉·彼得罗维奇对准戈莫左夫的鼻子底下唱道。

"新郎新娘万——岁!"马特维·叶戈罗维奇看见戈莫左夫向前走了一步,便领头大声喊道。四个人齐声高呼"万

---

① 马特维的爱称。

岁",兵用一种干吼的低音在嚷。

阿琳娜跟在戈莫左夫的后面,她抬起头,张开嘴,两只膀子垂在两边。她的眼睛茫然朝前看,可是它们是不是看见了什么,还是一个疑问。

"莫佳,你叫他们亲嘴吧!……哈,哈,哈!"

"新郎新娘,苦啊!①"尼古拉·彼得罗维奇大声说。马特维·叶戈罗维奇笑得站不稳了,就靠在一棵树上。提桶一直隆隆地响着,信号笛还在叫,还在号,还在开玩笑,路卡一面跳舞,一面唱:

> 阿琳娜,啊你这个好厨娘,
> 给我们做一份多浓的汤!

尼古拉·彼得罗维奇又用嘴唇吹出喇叭的声音:

"朋——朋——朋!特拉——达——达!朋——朋!特拉——拉——拉!"

戈莫左夫走到职工宿舍门口,就不见了。阿琳娜还站在院子里,让那些疯狂的人包围着。他们大嚷,大笑,在她耳朵边吹口哨,而且高兴得发狂地在她四周乱蹦乱跳。她站在他们面前,脸上毫无表情,头发蓬松,又脏,又可怜,又可笑。

"新郎逃走了,可是……她还在。"马特维·叶戈罗维奇指着阿琳娜对他的妻子说,忍不住又大笑起来。

阿琳娜朝着他掉过头来,突然跑过职工宿舍门前,逃到草原里去了。口哨、叫唤、笑声从后面追上去。

"够啦!让她去吧!"索菲娅·伊凡诺芙娜叫道,"让她慢

---

① 在旧俄婚宴中,来宾要新人接吻时,就举杯祝他们健康,说:"苦啊!"意思是"酒很苦,客人喝得没有兴致"。

慢地清醒过来。她还得做午饭呢。"

阿琳娜跑进了草原,在那儿,在铁路征用土地的后面突出来一长条麦穗高耸的麦田。她慢慢地走着,好像在专心想事情一样。

"怎么样,怎么样?"马特维·叶戈罗维奇又向那几个参加这场玩笑戏的人问道,他们正在谈论关于新婚夫妇行为的各种详细情节。大家都笑了。尼古拉·彼得罗维奇居然临时找到了一句应景的名句:

> 看见可笑的事便笑,老实说,
> 这不是一桩罪过!①

他说给索菲娅·伊凡诺芙娜听了,接着又强调地加上一句:"可是笑得太多——对健康有害!"

这一天站上的人的确笑得多,可是吃得坏,因为阿琳娜没有回来做饭,只好由站长太太亲自动手了。然而这一顿味道不好的午饭也不曾减少大家的兴致。戈莫左夫一直躲在职工宿舍里面,到他当班的时候才走出来。他一出来就让人叫到站长办公室去。在那儿尼古拉·彼得罗维奇便向戈莫左夫发出种种问题,要他讲他怎样"勾引"他的美人,引得马特维·叶戈罗维奇和路卡不停地哈哈大笑。

"因为事属创举,它便是第一等罪过。"尼古拉·彼得罗维奇对站长说。

"这是罪过。"那个庄重的扳道员勉强做出不自然的笑容

---

① 出自俄国作家尼·米·卡拉姆辛(1766—1826)的《致亚·亚·普列晓耶夫》一诗。

说。他明白,要是他讲起来把阿琳娜形容得很可笑,别人就会少笑他了。他便讲道:

"起初她向我做媚眼。"

"做媚眼?!哈——哈——哈!尼古拉·彼得罗维奇,您想象看,像她这样丑的面孔居然做起媚眼来?妙极了!"

"就是说,她做媚眼,我看见了,就在心里想道:我不上你的鬼当!后来她就对我说,'你要我给你缝衬衫吗?'"

"可是'缝纫在那里并不重要'……"尼古拉·彼得罗维奇插嘴说,他又向站长解释道:"您知道,就是涅克拉索夫①的诗句,他的诗《富女与贫女》里的句子……季莫费,讲下去吧!"

季莫费便继续说下去,起初他还很勉强,后来这些谎话渐渐地使他兴奋起来了,因为他看出来他的谎话对他有好处。

然而他所讲到的那个她这时候却躺在草原里。她已经走进了麦海的深处,重重地扑倒在那儿的地上,一动也不动地在地上躺了好久。后来太阳把她的背烤得再也不能忍受火烧一样的日光了,她便翻过身来,胸口朝上地躺着,两只手蒙住脸,不要看见天,天太清明了,也不要看见天上的太阳,太阳太光辉了。

在这个被耻辱压倒的女人的四周,麦穗发出来沙沙的喧噪,数不清的蟋蟀担心地唧唧叫个不停。天很热。她拼命想背诵祷告文,可是她记不起来了:在她的眼前那几张笑成了怪相的脸一直转来转去,在她的耳边响着路卡的男高音,信号笛

---

① 涅克拉索夫(1821—1877),俄国诗人,这里的一句诗是从他的《贫女与富女》(尼古拉·彼得罗维奇说成了《富女与贫女》)中引来的。

的叫吼和人们的哈哈大笑。也许是这个,也许是炎热把她的胸口压得紧紧的,她便拉开短衫,让她的身体露在日光下面,她希望这样她会呼吸得更畅快些。太阳烤着她的皮肤的时候,好像有一种类似胃热的感觉在钻她的心。她一阵一阵地深深叹气,喃喃说:

"主啊!……饶恕我吧……"

传到她耳里来的回答就只有麦穗的沙沙的响声和蟋蟀的唧唧的哀鸣。她把头抬到麦浪上面的时候,看见麦浪的金色光波,看见离车站远远的峡谷里耸立着的水塔的黑烟囱,还看见车站的屋顶。天空的蔚蓝色圆顶罩着无边无际的黄色平原,平原上再没有别的东西,阿琳娜觉得大地上就只有她孤零零一个人,她就躺在大地的中心,绝不会有一个人来分挑她这个沉重的孤寂的担子——绝不会有一个人……

到了傍晚,她听见有人在叫:

"阿琳娜——娜!阿里什卡,见鬼——鬼!"

一个声音是路卡的,另一个是兵的。她愿意听到第三个人的声音,可是他没有唤她,她就伤心地哭起来,连串的眼泪很快地从她那长麻子的脸颊上流到了她的胸口。她哭着,把她的光着的胸膛在干燥、温暖的地上擦来磨去,只是为了不要再感觉到这种越来越使她难过的胃热。她哭了一阵又不哭了,她极力忍住她的呻吟,好像她害怕别人听见了会禁止她哭似的。

后来夜来了,她站起来,慢慢地走回车站去。

她到了车站,背靠在地窖的墙上,眼睛望着草原,在那儿站了许久。货车来了又去了;她听见兵向着车长们讲她的丑事,又听见车长们的哈哈大笑。笑声在荒凉的草原上远远地散发出去,草原上金花鼠的吱吱叫声还隐隐约约地听得见。

"主啊!饶恕我吧……"女人叹息地说,她紧紧靠在墙上。可是这几声叹息并没有减轻压在她心上的那个重量。

快到早晨的时候,她很小心地偷偷走进了车站的顶楼,用她平日晾衣服的绳子结成圈套在那儿吊死了。

两天以后人们闻到尸首的气味,才发现了阿琳娜。起初大家害怕得不得了,后来便动手研究这件事情里面究竟谁有错。尼古拉·彼得罗维奇确确实实地证明这是戈莫左夫的错。站长便对着扳道员的嘴打了一拳头,严厉地命令他不要声张出去。

官厅派了人来进行审讯。后来查明阿琳娜患了忧郁病……就叫线路工人把她抬到草原上去埋在那儿。这个命令执行了以后,车站上又恢复了秩序和宁静。

车站上的居民又开始过他们那种一天四分钟的生活,让烦闷、孤寂、闲懒、炎热折磨得没有办法,而且带着羡慕的眼光望着在他们面前飞奔过去的火车。

……冬天,暴风雪怒号着、狂吼着在草原上奔驰,把小小的车站包围在雪片和风声里的时候,站上居民的生活越发烦闷无聊了。

巴　金译

草　原　上[*]

我们离开彼列科普的时候,心里不痛快极了——饿得跟狼一样,恨全世界的人。在接连十二个钟头里面,我们用尽了我们的本领同努力,想偷一点儿或者挣一点儿东西来,都不行。到最后我们相信不论是这件事或者那件事我们都办不到,就决定再朝前走。到哪儿去呢?总之——再朝前就是了。

我们准备完全顺着我们已经走了很久的生活的道路再朝前走——这是我们每个人默默地决定了的,而且也明白地表露在我们饥饿的愁苦的眼神里面。

我们一共三个人;我们大家认识还不久,是在第聂伯河岸上赫尔松的一家小酒店里碰见的。

一个是铁路上护路队的兵,后来——好像做过线路领工员,是一个红头发、肌肉发达的人,有一对冷冷的灰色眼睛;他会讲德国话,而且有很丰富的监牢生活的知识。

我们这位兄弟不爱多讲自己过去的事情,在这上面他多多少少总有些充足的理由,所以我们大家互相信任——至少在外表上是信任的,因为在内心,我们每个人连自己都不大信

---

[*] 本篇写于一八九七年春,最初发表于同年《南方生活》杂志副刊第一期。译自《高尔基三十卷集》第三卷。

任呢。

我们的第二个伙伴是个清瘦、矮小的人,他老是带着怀疑的样子瘪着两片薄嘴唇。他讲起自己来,还说他以前是莫斯科大学的学生——我和那个兵都把这个当成事实。实际上不管他从前什么时候做过大学生也罢,侦探也罢,小偷也罢,在我们看来,那完全是一样的,——只有一件事是重要的,那就是在我们认识的时候,他是跟我们平等的:他挨饿,在城里受到警察的特别的注意;在乡下受到农人们的猜疑,他怀着那种被追赶得精疲力尽的饥饿的走兽的怨恨恨这两种人,梦想着普遍地对所有的人和所有的东西报仇——总之,不管从他自己在大自然的皇帝和生命的主宰们中间的地位来说,或者从他的心境来说,他跟我们都是一路人。

第三个是我。由于我从小生就的谦虚,我决不讲我的长处,可是我不愿意在你们面前显得天真坦白,所以我也不讲自己的缺点。不过,也许可以供给一点关于我的鉴定材料吧,我得说,我一向都以为自己比别人高明,而且一直到今天还好好地保持着这个见解。

就这样地,我们离开了彼列科普,朝前走去,我们在打牧羊人①的主意,人在他们那儿总可以讨到面包,而且他们很少拒绝过路人的这种要求。

我跟兵两个人并排走着,"大学生"跟在我们后面。他的肩膀上挂着一件类似短外衣的东西;在他那瘦得见骨头的、剪得光光的尖脑袋上面,安放了一顶破烂不堪的宽边帽子;一条有各种颜色补丁的灰裤子紧紧贴在他的瘦腿上,他还用他的

---

① 特别指鞑靼人的牧羊人。

衣服里子搓成了细绳,把他从大路上拾来的靴筒子绑在脚掌上,他管这个制造品叫作"草鞋"①。他默默地走着,踢起很多的尘土,一面闪着他那对带绿色的小眼睛。兵穿一件红布衬衫,据他自己说,这是他"亲手"在赫尔松弄来的;他还在衬衫上面加了一件暖和的棉背心;脑袋上戴了一顶褪了色的军帽,而且照着军队的规矩把帽檐斜扣在右眉上面;一条宽大的乌克兰牛车赶车人穿的紧口灯笼裤在他的腿上摇来晃去。他光着脚。

我也是穿得破破烂烂,而且光着脚。

在我们的四周,草原像巨人张开两只胳膊似的向四面八方伸展开去,无云的天空的炎热的蓝色圆顶罩在它上面,它像一个滚圆的黑色大盘子,摆在那儿。灰色的、满是尘土的大路像一根宽带子似的把草原切断了,这条路绕着我们的脚。我们常常看见一块一块硬得像鬃毛似的新割的谷田,像那个兵的好久没有修过的脸颊像得很出奇。

兵一边走,一边用沙哑的低音唱着:

……我们唱歌赞美你的神圣的复活……

从前在军队里服役的时候,他在营部礼拜堂中担任过礼拜堂司事一类的职务,他知道数目多得数不清的赞美诗、诗篇和短颂歌,而且每逢我们聊天聊得不起劲的时候,他就滥用起他的这种知识来。

在我们的前面,地平线上生出来一些轮廓柔和、浓淡适中的从浅紫色到淡红色的形体。

～～～～～～～～

① 古希腊人穿的一种草鞋。

"不用说,这是克里米亚群山。""大学生"说。

"群山?"兵叫起来,"朋友,你看见它们未免太早一点儿。这是云。你瞧,这就跟加了牛奶的蔓越橘果子羹一样。"

我说,倘使那些云真是果子羹做成的话,那是多快活的事。

"啊,见鬼!"兵吐一口唾沫,骂起来,"哪怕碰上一个活人也好!一个人也没有……只好像冬天的熊那样舔自己的脚掌了……"

"我早说过我们应当到人烟稠密的地方去。""大学生"用教训的口吻说。

"你早说过!"兵生气了,"你也是个就会耍嘴皮子的学者。这种人烟稠密的地方在哪儿?鬼才知道它们在哪儿!"

"大学生"噘着嘴,不响了。太阳落下去了。地平线上的云变幻出各种各样的色彩,都是用言语形容不出来的。空气里有一种土同盐的气味。

这种干燥适口的气味越发增加了我们的食欲。

胃里隐隐作痛。这是一种古怪的而且不舒服的感觉:好像我们身上全部肌肉里的汁水慢慢地流到什么地方去,发散了,于是肌肉失掉了它们的有生机的伸缩性。一种刺痛的、干燥的感觉填满了口腔和咽喉,我们的脑袋发昏,眼前有好些黑点子时隐时现。有时候这些黑点子变成了几块冒热气的肉和几大块圆面包的形状;回忆给这些"过去的幻象,无声的幻象"带回来它们所特有的香味,这时候胃里真像有一把刀子在绞着一样。

然而我们仍旧朝前走着,互相描述我们的感觉,一边用锐利的眼光望着四面八方——看看是不是什么地方有羊群,同时还小心地倾听着——是不是有运水果到亚美尼亚市场去的鞑靼人的车子的尖锐的嘎吱声。

可是草原是空的,静寂的。

在这个艰苦的日子的前一天,我们三个人一共只吃了四磅黑面包和五个多西瓜,却走了四十俄里的光景——入不敷出啊!我们在彼列科普的市场上睡去以后就让饥饿弄醒了。

"大学生"很有道理地劝我们不要躺下睡觉,要在夜里干点事情……可是在规矩人的社会里不便大声谈起侵害私有财产的计划,所以我现在不讲了。我只想做个说老实话的人,说粗野的话对我也没有好处。我知道在我们这个文化水平很高的时代,人一天比一天地变得心软了;即使在他们掐住自己亲人的喉咙、明明要勒死他的时候,他们也是竭力要做得尽可能地和善,并且还要遵守这种场合中所应有的一切礼节。我自己的喉咙的经验使我不得不指出这种道德上的进步,我怀着一种愉快的确信的感觉承认,在这个世界上一切都在发展,都在改善。这种可惊的进步特别是从监牢、酒店、妓院的数目每年都在增加的这个事实上得到了有力的证明……

这样,我们咽下了饥饿的口涎,竭力试用友情的谈话来制止胃里的剧痛,一面在落日的带红色的光辉里继续走过这荒凉、静寂的草原;在我们的前面,太阳慢慢地落进那些被日光渲染成绚烂的彩色的轻云里去;在我们的后面和两边,一片浅蓝的暗雾从草原升向天空,使我们四周阴沉沉的地平线显得更窄小了。

"弟兄们,我们拾点柴火来生堆火吧!"兵说,他在大路上捡起一小块木头来,"我们得在草原上过夜了——有露水!干牛粪,随便什么树枝——都拿来!"

我们便散开到路旁去拾枯草和一切可以燃烧的东西。每次我要朝地上躬下身子的时候,我身体里面就发生了一种强烈的欲望,想扑下去吃这又黑又肥的土,吃它许多,吃到我不能再吃了,然后——睡去。即使长睡不醒,也还只是要吃,要嚼,要感觉到又热又浓的粥从嘴里慢慢地经过干瘪的食道,达到那个正在给一种想吸收点东西进去的欲望折磨着的胃。

"即使找到点什么草根也好……"兵叹口气说,"可以吃的草根倒是有的……"

可是在这已经耕过的黑色土地上什么草根也没有。南方的夜来得快,太阳的最后的光线还没有消失,星星就已经在深蓝色的天空闪耀了,我们四周的黑影越来越密地合在一块儿,把无边无际的平坦的草原弄得更窄小了。

"兄弟们,""大学生"小声说,"那儿左面有一个人躺着……"

"一个人?"兵带着怀疑的口气说,"他为什么躺在那儿呢?"

"去问一下吧。他多半有面包,既然他在草原上待下来了。"

兵朝躺着人的那一面望了望,坚决地吐了一口唾沫说:

"我们到他那儿去。"

只有"大学生"的尖利的绿眼睛能够辨认出来:在大路左边大约五十俄丈远的地方隆起的一堆黑东西是一个人,我们朝他那儿走去,踏着耕地上的土块急急走着,同时我们感觉到在我们身上新产生的得到食物的希望反倒加强了饥饿的痛苦。我们已经走近了,——那个人一动也不动。

"也许,这不是人。"兵不痛快地说出了大家共同的思想。

可是就在这个时候我们的疑惑马上消散了,因为地上那堆东西突然动起来,长起来,我们看见这是一个真正的活人,他跪着,朝我们伸出一只胳膊,用一种低沉的、颤抖的声音说:

"不要走近——我开枪了!"

昏暗的空气里传来干巴巴的、短促的上枪声。

我们好像得到了命令似的站住了,这种不客气的迎接使我们惊愕地沉默了几秒钟。

"这个混……混蛋!"兵意味深长地喃喃说。

"嗯——是的,""大学生"沉思地说,"带着手枪上路……分明是一尾鱼子很多的鱼……"

"喂!"兵叫道,他显然打定了主意了。

那个人不改变一下他的姿势,也不作声。

"喂,你!我们不来碰你,——只要你给我们面包——有吗?给吧,兄弟,为了基督的缘故!……你这个坏蛋,该挨咒的!"

兵的最后一句话是轻轻地讲出来的。

那个人不响。

"听见没有?"兵又说,声音里带着愤怒和失望的战栗,"跟你说,给面包!我们不走近你……把面包扔给我们……"

"好。"那个人短短地说。

他很可以对我们说:"我亲爱的兄弟们!"而且倘使他在这几个字里面注进了一切最神圣、最纯洁的感情,它们使我们兴奋,使我们恢复人性的程度也赶不上这个简单的、低沉的"好"字!

"你不要害怕我们,好人。"兵温和地微笑道,也不管那个人能不能看见他的笑容,因为那个人跟我们相隔至少也有二十步。

"我们是些老实人,从俄罗斯到库班去……路上钱花光了,身边带的东西能换吃的也都换光了——现在已经是第二天什么也没有进嘴了……"

"接住!"那个好人说,他的手往上一挥。一块黑色的东西飞过来,落在离我们不远的耕地上。"大学生"马上冲过去拾起它来。

"再接住!再多就没有了……"

"大学生"把这珍奇的布施聚在一块儿的时候,看来我们有将近四磅硬的小麦面包。它上面沾了泥土,而且很硬。硬面包比软面包容易使人饱,它里面含的水分不多。

"这一份……又这一份……又这一份!"兵专心地在分那几块面包,"等一下……不平均!学者,应当把你的掰一小块下来,不然他就少了……"

"大学生"没有争辩地忍受了一小块大约五左洛特尼克①重的面包的损失;我接过它来,放进了嘴里。

我开始嚼它,慢慢地嚼,很不容易制止我那可以咬碎石头的上下颌的痉挛性的摇动。感觉到食道的搐动并且逐渐地一点一点地去满足它,这给了我很大的快乐。暖和的、形容不出地好吃的小东西,一口一口地渗进胃里去,好像立刻就化成血和脑髓了。一种快乐——这么奇怪的、平静的、苏生的快乐温暖了我的心,而且这是跟我的胃充实的程度成正比例的。我忘记了那些可诅咒的经常挨饿的日子,我忘记了我那两个同样地沉浸在我所体验到的快感里的同伴。

---

① 左洛特尼克,旧俄重量单位,等于4.266克。

可是我把手掌里最后几小块面包丢进嘴里的时候,我还是想吃得不得了。

"他这个坏蛋那儿一定还剩得有油或者肉一类的……"兵不满意地咕噜道,他坐在我对面的地上,两只手在揉他的胃。

"一定有,因为面包上有肉的气味……而且面包一定也剩得有。""大学生"说,他又小声地加上一句:"要是没有手枪……"

"他是什么人?"

"分明是我们一类的人……"

"一条狗!"兵断定说。

我们大家靠近地坐在一块儿,望着我们那位带手枪的恩人坐的地方。从那儿并没有声音,也没有任何生命的征象传到我们这边来。

夜在四周聚拢它的黑暗的力量。草原上是死一般的静寂,——我们听到了彼此的呼吸声。有时候从什么地方传来了一只金花鼠的忧郁的吱吱声。星星——天上的鲜花——在我们的上空发光……我们想吃。

我现在骄傲地说——在那个有点古怪的夜里,我既不比我那两个偶然遇到的同伴坏,也不比他们好。我向他们提议,起来找那个人去。我们用不着碰他,不过我们可以把在那儿找到的东西吃它一个精光。他也许会开枪,让他开吧!三个人里面他只能够打中一个——要是果然打中的话;而且即使打中了,连发手枪的子弹也不见得会致命的。

"我们去!"兵跳起来说。

"大学生"起来得慢一点儿。

我们便走去了,差不多是跑去的。"大学生"总是走在我们后面。

"朋友!"兵带着责备的口气对他嚷道。

迎着我们传来喃喃的抱怨声和扳机的尖锐的声音。于是火光一亮,响起一下干巴巴的枪声。

"没有打中!"兵快乐地嚷道,他一跳就跳到那个人面前了,"喂,魔鬼,我这回要给你个厉害瞧……"

"大学生"扑到背包上面去。

可是"魔鬼"跪不稳了,他仰天倒了下去,摊开两只手,喉咙呼呼地响……

"捣什么鬼!"兵惊愕地说,他已经提起脚来,想踢那个人一下,"难道是他自己在呻吟?你!你怎么了?你是开枪自杀了吗?"

"又是肉,又是什么饼,又是面包……多得很,兄弟们!""大学生"欢喜得大声嚷起来。

"那么,见你的鬼去!你死吧……我们来吃!"兵大声说。我拿开那个人手里的连发手枪,他的喉咙已经不响了,现在静静地躺着。手枪里还有一颗子弹。

我们又吃起来,一声不响地吃着。那个人躺在那儿,他也不作声,四肢动也不动一下。我们不去理他。

"亲弟兄们,难道你们这么干就只是为了面包吗?"忽然传来了嘶哑、颤抖的叫声。

我们大家都吓了一跳。"大学生"甚至于呛住了,弯下身子咳嗽起来。

兵嚼完了一块,开始骂道:

"你这狗东西,叫你像干木头一样地裂开才好!你想我们会剥你的皮吗？你的皮对我们有什么用处？你这头蠢猪，黑心肝。哼！——随身带着武器，开枪杀人！你这个坏蛋……"

他边骂边吃，因此他的咒骂就失掉精彩和力量了。

"你等一下，我们吃完了再来跟你算账。""大学生"不怀好意地警告道。

这时候在夜的静寂中响起了使我们惊颤的哭号声。

"弟兄们……难道我早知道吗？我开枪……因为我害怕。我从新阿丰①来……到斯摩棱斯克省去……天呀！热病弄得我苦死了……太阳落下去的时候——我的灾难就来了！为着热病，我才离开了阿丰②……我在那儿做细木匠……我是个细木匠……家里有个老婆……两个女儿……有三年，近四年没有看见她们了……弟兄们！都吃掉吧……"

"会吃光的，不用你请。""大学生"说。

"上帝爷！要是我知道你们是和平、良善的人……难道我还会开枪吗？可是这儿，弟兄们，是草原，夜……是我的罪过吗？"

他边说边哭，说得正确点——他发出一阵颤抖的、恐惧的哭号。

"号个没完没了！"兵轻蔑地说。

"他身上一定带得有钱。""大学生"提出来说。

兵眯起眼睛，望着他，微笑了。

"你啊，——眼力倒不坏……现在我们生起火来，大

---

① 新阿丰是帝俄时代黑海岸上库塔依城的一个修道院。
② "新阿丰修道院"又叫作"阿丰修道院"。

家睡吧……"

"他呢?""大学生"问道。

"让他见鬼去!难道我们要把他烤起来吗?"

"倒应当这样。""大学生"摇晃着他的尖脑袋说。

我们去聚拢柴火,那是我们已经拾好了、听见细木匠的喊声才扔下来的,我们把它们拿了来,不多久我们就围了火堆坐起来。火在这无风的夜里慢慢地燃着,照亮了我们占的一小块地方。虽然我们还可以再吃一顿,可是我们却渐渐地入睡了。

"弟兄们。"细木匠唤道。他躺在离我们三步远的地方,有时候我还觉得他好像在低声讲着什么似的。

"嗳?"兵说。

"我可以到你们那儿……到火旁边来吗?我的死期到了……骨头痛!天呀!我知道我到不了家了……"

"你爬到这儿来吧!""大学生"允许道。

细木匠好像害怕失掉一只手或者一只脚似的慢慢靠着地面爬到火堆旁边来。这是一个身材高大却瘦得可怕的人;他身上的各部分好像都在摇动似的,他那一对昏暗的大眼睛反映出来那个正在折磨他的病痛。他那张扭歪的脸瘦得见骨,而且就是在火光的照耀下也现出一种土黄色的、死人的颜色。他浑身打战,使人对他起一种轻蔑的怜悯心。他把他的又长又瘦的手向着火伸过去,一面在搓他那些只剩骨头的手指,它们的关节迟钝地、缓慢地弯曲着。总之,瞧他一眼就使人起一种厌恶的感觉。

"为什么你——是这种样子——步行的?不肯花钱吗?"兵不高兴地问道。

"有人劝我……他们说,不要走水路……还是走克里米亚——他们说空气好。可是现在我不能够再走了……我要死了,兄弟们!我会孤单地死在草原上……给鸟来啄吃,没有一个人知道……我老婆……女儿会等着我——我给她们去过信的……可是我的骨头会给草原上的雨水冲洗了……天呀,天呀!"

他像一只受伤的狼似的哀号着。

"啊,魔鬼!"兵生气了,跳起来,叫道,"你号叫什么?你为什么不让人安静?要断气吗?好,就断气吧,不过你给我闭嘴……"

"我们躺下来睡吧!"我说,"你呢,要是你想待在火旁边,那么就不要号,给你讲老实话……"

"听见吗?"兵凶狠地说,"喂,你要明白点。你以为我们因为你对我们扔过面包、开过枪,就会来照顾你吗?你这个哭丧脸的魔鬼!要是遇到别人的话……呸……"

兵不作声了,他直挺挺地躺在地上。

"大学生"已经躺着了。我也躺下来。那个受惊的细木匠缩做一堆,移近火旁边,默默地望着火。我听见他的牙齿打战的声音。"大学生"躺在左边,蜷做一团,好像马上睡着了。兵把两只手枕在脑袋下,望着天空。

"多好的夜晚,啊?多少星星……"他对我说,"天空——是一幅被子,不是天空。朋友,我爱这种流浪的生活。它又冷又饿,可是却非常自由……你上面没有什么上司……就是你要咬掉自己的脑袋——也没有人跟你讲一句话。这几天我挨饿得够呛,生了不少气……可是现在呢,我却躺在这儿,望着天空……星星在对我眨眼,好像说:不要紧,拉库京,去走走,见识见识,在这个世界上对谁都不要退让……我心里快活……可是你,——你怎么啦?喂,细木匠,你不要生我的气,也不要怕什么。我们吃了你的面包,这不算什么——你有面包,我们却没有……我们就吃了你的……可是你这个野人却向我们开枪……难道你不懂子弹能够打伤人吗?我刚才很生你的气,要不是你自己摔倒了,兄弟,我就会为了你的无礼揍你一顿。至于面包——你明天走到彼列科普,就在那儿买吧,——不用说,你是有钱的……你这个热病得了很久吗?"

兵的低沉的声音和害病的细木匠的颤抖声在我的耳朵里还响了好久。阴暗的、差不多是漆黑的夜越来越低地朝地面降下来,新鲜的、潮润的空气流进了我的胸中。

篝火散出平稳的光和令人感到舒适的热气……我的眼睛困得睁不开了。

"起来!快!我们就走!"

我吃惊地睁开眼睛,兵拉住我的手,用力把我从地上一拉,我趁势迅速跳了起来。

"喂,快!大步走!"

他的脸上带着严重的、惊惶不安的表情。我朝四周一看。太阳正在上升,粉红色的晨光已经射在细木匠的凝住不动的发青的脸上。他的嘴开着,眼睛远远地突出在眼眶以外,眼光呆板地望着,现出恐怖的样子。他胸前的衣服全给撕破了,他躺在那儿,身子弯曲得很不自然。"大学生"不在了。

"喂,看够了吧!我说,走!"兵拖着我的手激动地说。

"他死了?"我问道,早晨的凉气使我颤抖起来。

"当然。要是勒你,你也会死的。"兵解释道。

"勒他的……是'大学生'吗?"我嚷起来。

"不是他还有谁? 也许是你吧? 不然就是我吧? 原来是那位学者……他很巧妙地解决了这个人……却把自己的同伴扔在陷阱里面。要是我早知道这个,我昨天就把这个'大学生'打死了。只要一下就可以把他打死了。一拳打在他的太阳穴上……世界上就少了一个坏蛋了! 你瞧他干的好事,你懂吗? 现在我们得悄悄地走,不要让一只人眼看见我们在草原上。你懂得了? 因为——今天人们就会找到这个细木匠,就会发现他让人勒死了,还抢走了钱。他们就会来追究我们这一类人……从哪儿来,在哪儿过夜? 就说你我身上什么也没有……可是他的手枪在我的怀里! 这个玩意儿!"

"扔掉它吧!"我劝兵道。

"扔掉?"他沉吟地说,"这是值钱的东西……不过也许我们还不会给人抓到吧? ……不,我不扔……谁又知道细木匠身上带得有武器呢? 不扔……它大概值三个卢布。里面还有一颗子弹……唉,可惜! 我只想把这颗子弹打进我们那个亲爱的同伴的耳朵里去! 他这条狗抢去了多少钱,啊? 该死的!"

"还有细木匠的女儿……"我说。

"女儿? 什么女儿? 哦,这个人的……啊,她们会长大的,她们又不会嫁给我们,我们用不着去谈她们……兄弟,快点走吧……我们应当朝哪儿走呢?"

"我不知道……朝哪儿走都是一样。"

"我也不知道,我也知道都是一样。还是朝右面走吧——海应当在那边。"

我们就朝右面走了。

我回过头来朝后面瞧。离我们远远的,草原上突起一个黑黑的小堆,太阳光正照在那上面。

"你是在瞧他有没有活起来吗?不要害怕,他不会站起来追我们的……那个学者明明是个熟手,他把他彻底解决了……啊,这个好同伴!他可害够我们了!唉,兄弟!人在变坏,坏人一年比一年地多起来了!"兵悲哀地说。

草原静寂而荒凉,洒满了早晨的鲜明的太阳光,在我们的四周伸展开去,在地平线上跟明朗、柔和和充满阳光的天空融合在一块儿,使人觉得在蓝色圆顶覆盖下面的这一片自由的原野的广大地区中间,不可能有任何黑暗的不公平的事情。

"真想吞点什么东西进去,兄弟!"我的同伴一边卷纸烟一边说。

"今天我们吃什么,又在哪儿吃,又怎么吃呢?"

这是一个问题!

············

说故事的人(我的病床旁边的邻人)在这儿结束了他的故事,他还对我说:

"这是全部故事。我跟这个兵非常要好,我们一块儿一直走到卡尔斯省①。这是一个善良的、有经验的家伙,一个典型的流浪汉。我敬重他。一直到小亚细亚,我们都是一块儿走的,可是到了那儿我们就失散了……"

"您有时候会记起那个细木匠吗?"我问道。

"就像您刚才看见的,或者应当说——就像您刚才听见的那样……"

---

① 以前是帝俄外高加索的一省。

"那么……不觉得什么吗？"

他笑了。

"关于这件事我应当有什么感觉呢？在他遇到的事情里面我并没有责任，就像在我遇到的事情里面你也没有责任一样……而且不论哪一个人在任何一件事情里面都没有责任，因为我们大家都一样地是——畜生。"

巴　金译

二十六个和一个[*]

诗　篇

我们是二十六个人,是二十六台活机器,被关闭在阴湿的地窖里。我们从早到晚在地窖里揉面粉做面包卷①和面包圈②。我们地窖里的窗户都对着一个挖出来的土坑,坑边砌着潮湿得发绿的砖头;窗框打外面钉上了很密的铁丝网,太阳光穿不透蒙着一层粉尘的玻璃,照不进我们的地窖来。我们的老板把窗户都用铁网钉死,使我们不能把他的小片面包递给外面的乞丐和我们的那些因为失业而挨饿的伙伴。我们老板说我们是小偷,伙食里不给肉,只给我们吃些发臭的杂碎。

我们在石头箱子里生活又憋气又拥挤,头顶上是又低又重的天花板,上面满是油烟和蜘蛛网。在沾满了污泥和霉斑的厚厚的墙壁中间我们感到沉重而恶心……我们每天早上还没有睡够,五点钟就得起床,昏昏沉沉,没精打采,到六点时已

---

[*] 本篇写于一八九八年十二月,最初发表于一八九九年十二月《生活》杂志第十二期。译自《高尔基三十卷集》第四卷。
① 原文крендель,是一种用发面拧成像 8 字形的面食,一般是甜的。
② 原文сушка,是一种薄而干的小面包圈,先煮熟了再烘烤成的。

经在桌台旁边坐下来用发面做面包卷,发面是伙伴们在我们还在睡觉时给我们准备好了的。每天从早晨直到晚上十点钟,我们中的一些人坐在桌台旁边用手搓着有弹性的发面,还要摇晃着身体,使它不至于麻木;同时另一些人用水调着面粉,锅里煮着面包卷,锅里的开水整天沉闷而忧愁地鸣咽着,烤面包司务的铁铲蛮狠而迅速地把炉底捅得沙沙作响,把一块块煮得溜滑的面团抛到滚烫的砖头上。炉子的一边从早到晚烧着木柴,火焰通红的反光在作坊的墙壁上跳跃,仿佛在无声地嘲笑我们。巨大的炉子活像神话里怪兽畸形的脑袋,它像是从地下伸出来,张开了满是明晃晃的火焰的大嘴,向我们喷吐着热气,还用顶上活像两只黑黝黝的眼窝的通风口望着我们没完没了地干活。这两个深窝好比两只眼睛——怪兽残忍而冷漠的眼睛,老是用同样暧昧的眼光瞅着,仿佛对奴隶们瞅得厌烦了,已经不再指望从他们那儿能得到任何有人性的东西,所以才用智慧的冷眼鄙视着他们。

　　我们日复一日在面粉的尘雾里,在被我们双脚从院子里踩进来的污泥里,在臭气扑鼻的闷热里搓面团和做面包卷,我们的汗珠滴进面团里,我们对自己的工作怀着强烈的憎恶。我们从来不吃自己亲手做出来的东西,我们宁愿吃黑面包而不愿吃面包卷。我们面对面坐在长桌旁,九个对九个,一连好几个钟头机械地摆动着胳膊和手指,对自己的工作熟练到已经再也不必用眼睛看自己的动作了。我们彼此熟而又熟,以致我们每个人都知道伙伴们脸上所有的皱纹。我们已经没有什么可交谈的了,我们对这已经习以为常,因此常常保持着沉默,要不就开口骂人,——因为总有什么由头可以骂人,尤其可以骂自己的伙伴。然而我们连骂人也很难得:要是一个人已经半死了,要是他成了一个木偶,或者他的一切感觉都被沉重的劳动压垮了的话,那这个人还有什么可指责的呢?但是沉默只有对于那些把一切话都已经说完、再也没什么可说的人才是可怕和痛苦的;对于还没有开始说自己要说的话的人,沉默对于他们是简便和轻松的……我们有时也唱歌,我们唱歌是这样开始的:在工作中间突然有人像匹困乏的马一样沉重地叹息起来,接着就轻轻地唱着一支慢悠悠的歌,那如怨如慕的曲调总是可以使唱的人减轻些心头的郁闷。我们当中一有人唱歌,大家开始总是默默地听着他独唱,歌声在地窖沉重的天花板下面湮灭、消失了,正好像当铅皮屋顶似的灰暗的天空笼罩了大地时,在潮湿的秋夜的草原上出现的一小点篝火。后来另一个跟上来了,于是有两个声音轻轻地、哀怨地在我们狭隘的地窖的闷热的空气里荡漾着。突然又有好几个声音接上了歌声,它就像浪涛一般汹涌起来,变得更强、更响,似乎在把我们这所石牢房的潮湿沉重的墙壁推开去……

我们二十六个人都唱开了;歌声嘹亮,早已协调的歌声充满了作坊;歌声在作坊中感到太挤了,在石墙上撞来撞去,它在呻吟、啜泣,也给大伙儿的心以一种轻轻搔着痒处直到发痛的刺激,触动心里的旧创伤,惹起它的烦恼……唱歌的人们深沉而艰难地叹息着;有的人突然停止歌唱,有好一会儿听着别人的歌声,然后又把自己的声音加入合唱的波涛里,还有人伤心地喊了声:"呃吓!"就闭起眼睛唱着,他大概把这稠密而辽阔的声浪当作一条通向远方的阳光灿烂的道路,当作一条宽广的大道,他看到自己就在这条大道上走着……

炉子里的火焰老在跳跃,烤面包司务的铁铲碰着砖头沙沙作响,锅里的水抽泣着,炉火在墙上的反光也老在颤抖和不出声地笑着……而我们却用他人的词句唱出自己隐忍的悲哀,唱出活着却被剥夺了太阳的人们的沉痛,那是奴隶们的沉痛。我们二十六人在这巨大的石屋的地窖里就是这么生活的,我们的生活是那么沉重,仿佛整个这座三层楼的石头建筑就直接盖在我们肩膀上似的……

然而我们除了唱歌之外,还有着一种美好的、我们所喜欢的,而且也许是我们把它当作太阳看待的东西。在我们房子的二楼上还有一家金绣作坊,作坊里的许多女工中间有个十六岁的使女叫塔妮娅,每天一清早,在我们作坊通过道的门上开的小窗洞里,就有一双快乐的蓝眼睛和一张玫瑰红的小脸蛋儿贴着小窗玻璃,一个爽朗亲切的声音向我们喊着:

"囚犯们!给点面包卷儿呀!"

我们大家都向爽朗的声音转过身去,高兴而和善地望着对我们妩媚地笑着的纯洁的少女的脸。我们一看到那贴在玻璃上被压扁的鼻子和因微笑而张着的玫瑰红嘴唇里两排整齐、洁白、晶莹的牙齿,就觉得非常愉快。我们一窝蜂去给她开门,互相推推搡搡,于是她又快活又可爱地跨进门向我们走来,拎起她的围裙,微微歪着脑袋站在我们面前,老是在微笑。一头栗色的头发,梳成一条又长又粗的辫子,绕过肩头在胸前垂着。而我们这些丑八怪似的人,又脏又黑,从下面瞅着她——因为门槛比地面高出四级,我们抬头瞅着她,向她问好,还说些只有对她才会说的话。我们跟她说话时,声音要比平时柔和,玩笑也开得比平时要轻松些。我们对待她的一切都和对别人不一样。烤面包司务从炉子里拿出一铲烤得最好的红彤彤的面包卷,利落地扔到塔妮娅的围裙里。

"看着点儿,别碰见老板!"我们提醒她。她狡黠地笑着,快活地向我们喊着：

"囚犯们，再见！"就像小耗子一般很快溜掉了。

只是……在她走后很久，我们彼此还在愉快地谈论她。谈的仍旧是昨天和以前谈过的老一套，因为连她、连我们、连我们周围的一切，也都是跟昨天、跟以前一模一样……当一个人活着，而他周围什么都不起变化的时候，那是很难受和痛苦的，如果这种情况不让他的心灵给活活憋死，那么他生活得越久，周围的凝滞状态对他就越不能忍受……我们平常谈论起女人来，话总是非常粗野无耻，有时连我们自己听了也觉得恶心。这是可以理解的。因为对于我们认识的那些女人，也许根本不配用另一种话来谈论。然而我们不讲塔妮娅坏话；我们中间不仅从来没有人会让自己用手去碰她，而且她也从来没有听到我们对她说过任何放肆的俏皮话。这也许是因为她跟我们待在一起的时间不长：在我们眼里她就像天上掉下来的星星，一眨眼就不见了；也可能她个儿小，又很美，而一切美的东西，即使对于一个粗人，也是会引起尊敬的。还有一点：那就是苦役般的劳动虽然使我们变得像迟钝的牲口，可我们毕竟还是人，因而也像所有的人一样，总得崇拜一种东西——什么东西都行。而比她更好的人，我们这儿却一个也没有。虽然在这所房子里还住着几十个人，可是除了她，再没有谁来注意我们这伙住在地窖里的人了。最后——这多半是主要的原因——我们大家都可以说是把她当成了自己人，当成一个仿佛只靠我们的面包卷才能生存的人；我们把给她热面包卷当作自己应尽的责任，这件事对我们已经成了每日向偶像贡献的祭品，几乎成了神圣的典礼，因此使我们一天天更依附于她了。除了面包卷，我们还给塔妮娅许多劝告，叫她穿暖和些,不要在楼梯上跑得太快,不要扛大捆的劈柴。她笑嘻嘻地听着我们的劝告,报之以一阵笑声,可从来不肯听从我们,我们也并不因此见怪她,因为我们所需要的,只是为了表明我们很关心她罢了。

她常常向我们提出各种请求,譬如替她开酒窖笨重的门,替她劈木柴。我们高兴地,而且甚至带了几分骄傲去替她干这一类和其他一切她想干的事。

可是当我们中有人要求她缝补他唯一的衬衣时,她却鄙夷地哧了哧鼻子说:

"去你的吧!我才不干呢,真是!……"

我们把那家伙着实地嘲笑了一阵,从此以后便再没有人求她什么事了。我们爱她,这话就够说明一切了。一个人总是要把自己的爱寄托在什么人身上,虽然有时他的爱会使人苦恼,会玷污人,也还有人可能会用自己的爱使亲人烦得要命,因为当他爱的时候,没有尊重被爱的人。我们非爱塔妮娅不可,因为我们实在没有别的人可以爱了。

有时候我们中有人不知为什么突然开始这么议论:

"我们为什么要宠这个姑娘?她算个什么?嗯?我们为她忙得够呛了!"

对于那个敢说这种话的人,我们马上不客气地把他顶了回去。我们必须有所爱:我们不仅给自己找到了,而且还爱上了。我们二十六人所爱的,对于每个人都应被当作圣物一样不可动摇,谁要是反对我们这样做,谁就是我们的敌人。我们所爱的也可能并不真的是好的,但要知道我们有二十六个人,我们当然希望我们所宝贝的,在人家也应该是神圣的。

我们的爱并不比恨来得轻松……可能正因为这样,有些傲慢的人就断言我们的恨更值得称道……如果真是这样的话,他们为什么不躲开我们呢?

除了面包卷作坊,我们老板还有个面包作坊,它也开设在同一所房子里,和我们的地窖只隔一堵墙;不过那儿的面包工——一共是四个人——跟我们不是一伙儿,认为他们的工作比我们的干净,因此自以为比我们强,他们不到我们作坊来,在院子里碰见我们时,总是轻蔑地嘲笑我们;我们也不上他们那儿去,因为老板不准我们去,生怕我们会去偷甜面包。我们不喜欢面包工,我们妒忌他们,因为他们的工作比我们要轻松,工钱比我们多,他们的伙食也比我们来得好,他们有宽敞明亮的作坊,他们全都那么干净、健康,叫我们看了就讨厌。而我们大家总是那样黄黄的和灰不溜丢的;我们中有三个害着梅毒,有几个有疥疮,有一个害风湿病,连身体都完全弯曲了。他们每到过节和没有活儿的时候,都穿上整齐的衣服和咯噔咯噔作响的皮靴,其中有两个还有手风琴,他们全都上城市公园去逛,我们却身穿肮脏的破衣服,脚穿破靴子或草鞋,警察不准我们进城市公园,我们怎么能去喜欢面包工人呢?

有这么一天,我们忽然知道他们中有一个烤面包工喝多了酒,老板把他开除了,另外又雇来了一个,这个人是个大兵,他穿着缎子背心,挂着带金链的表。我们为了好奇,都想去瞧瞧这个花花公子。我们抱着能看到他的希望,便不断轮流跑到院子里去。

可他自己却上我们作坊里来了。他抬脚一踢就把门踢开了。他让门敞着,笑哈哈地站在门槛上,向我们说:

"上帝保佑!弟兄们,好哇!"

凛冽的空气像浓重的烟雾般冲进门来,在他的脚边翻滚,他老是站在门槛上,从上往下瞅着我们,一口又大又黄的牙齿在他卷得很巧妙的淡黄色的小胡子下闪着亮。他身上的背心真有些奇特:蓝色的,绣着花,整个显得鲜艳夺目,上面的纽扣是用什么红色宝石做的。那表链又是那么……

这个大兵,他真漂亮,个儿高高的,很结实,脸颊红润,一双又大又明亮的眼睛看起人来很动人——既亲切又明朗。他头上戴着浆得很硬的白色便帽,在雪白的没有一点斑点的围腰底下露出一双擦得锃亮的时髦的尖头皮靴。

我们的烤面包司务恭恭敬敬地请他关上门;他不慌不忙把门关上,向我们打听起老板的事情来。我们大家抢着告诉他说,我们的老板是个骗子手,是个恶棍,是混蛋和阎王,总之我们能够和需要说的咒骂老板的话都说到了,不过在这里写出来却不大方便。那大兵不出声地听着,抖动着小胡子,用温和明亮的目光望着我们。

"你们这里姑娘可真不少……"他突然说。

我们中间有些人恭敬地笑了起来,另一些人扮着甜滋滋的鬼脸,有人还向他说明这里的姑娘总共有九个。

"你们跟她们胡搞吗?"大兵眯起一只眼睛问。

我们又笑开了,笑得不太响,有些不好意思……我们中有好些人本来想向大兵表明自己也是像他一样的英雄好汉,可是没有人能这样做,没有人做得到。有人承认了这一点,低声说:

"我们哪儿会……"

"是呀,干这种事你们可不容易!"大兵凝神注视着我们,很有把握地说,"你们不像……那种……你们没耐性……像样的派头……模样,是这么回事!而女人呢——她喜欢人的外表！她希望身材魁梧……希望一切都端正！而且她看得上有力气的……胳膊肘得——你瞧！"

大兵从口袋里伸出右手，衬衫袖子一直卷到臂弯，把光胳膊给我们瞧……手臂白皙、强壮，长着闪亮的金黄色汗毛。

"脚，胸脯，一切都得是硬邦邦的……而且人还要穿得像个样子……好比漂亮的东西就需要这样……拿我来说吧，娘儿们都爱我。我不用叫唤，不用招手，她们自己一下子就会有好几个吊到我的脖子上来……"

他一屁股坐到面粉袋上，有好久讲着娘儿们怎样爱他，他又怎样大胆跟她们周旋。后来他走了。等到门在他背后吱呀一声关上后，我们沉默了好一阵子，琢磨着他和他讲的故事。后来大家不知怎么一下子七嘴八舌扯开了，而且立刻发现我们大家都喜欢他——这样一个又单纯又讨人喜欢的家伙，他来了，坐了一阵，又聊了一会儿天。我们这里是没有人来的，也没有人跟我们那么热乎地谈过话……于是我们不断谈论他和他将会在金绣女工那里的胜利。这些女工在院子里遇见我们时，不是像受了委屈地噘起嘴靠边躲躲闪闪地走，就是直冲着我们，好像她们面前压根儿没有我们一样。而我们呢，无论她们在院子里也好，从我们的窗前走过也好，——她们冬天穿戴着怪里怪气的皮帽和皮大衣，夏天戴着有花的草帽，手里拿着花花绿绿的阳伞——我们对她们都只有赞赏的份儿。不过我们在背地里谈起这些姑娘来，要是被她们听见了，那她们全都会羞恼得暴跳如雷的。

"可是别让他也把塔纽什加①给糟蹋了！"烤面包司务突

---

① 塔纽什加是本名塔季亚娜的爱称，塔妮娅是本名的小称。

然很担心地说。

我们大伙儿都被他的话吓住，就全都不吱声了。我们不知怎么会把塔妮娅给忘了，好像那个大兵用壮实漂亮的身影把她给遮住了似的。后来爆发出一阵嘈杂的争论：有些人说，塔妮娅不会答应这样的事，另一些人硬说她抵挡不住大兵的进攻，也还有一些人表示要是大兵对塔妮娅胡搅蛮缠，那就打断他的肋骨。最后，大家决定注意大兵和塔妮娅的行动，提醒那姑娘要提防他……争论就这么结束了。

时间过去了一个月，那大兵每天烤面包，陪着金绣女工们游荡，也常到我们作坊里来，不过绝口不谈他对姑娘们胜利的事，只是一个劲儿捻着小胡子，而且津津有味地舐着嘴唇。

塔妮娅每天早晨到我们这里来讨"面包卷"，像平时一样快活、可爱，对我们很亲热。我们试着跟她聊起大兵来，她只管他叫"爆眼睛的牛犊子"和别的滑稽的外号，这使我们放下了心。看到那些金绣女工死乞白赖追求那大兵，我们因此为我们的塔妮娅骄傲；塔妮娅对他的态度仿佛使我们大家的地位抬高了，我们学她的样，大家对大兵的态度也开始怠慢了。对她呢，大家却越发喜欢，每天早晨都更为高兴而和颜悦色地欢迎她。

但是有一天，大兵喝了点酒来看我们，他坐下后就开始笑，等到我们问他笑什么时，他解释说：

"两个女的为了我打起架来了……莉季卡和格鲁什卡……她们互相打得那么稀里哗啦的，啊？哈……哈！一个揪住另一个的头发，把她按在过道的地上，又骑在她身上……哈……哈……哈！两个的脸都抓开了……都撕破了……太有意思了！这些娘儿们干吗不规规矩矩地打？干吗要乱抓

343

呢？啊？"

他坐在长凳上，显得那么健康、干净、开心，他坐着笑个不停。我们都不吱声。这一次我们不知道为什么觉得他很讨厌。

"瞧，我在女人身上多走运，啊？太有意思了！只消眨眨眼，就成功了！真叫见鬼！"

他那蒙着发亮的汗毛的一双白皙的手往上举起，又重新落到膝盖上，发出清脆的响声。于是他用那么快活、惊讶的目光瞅着我们，就好像他真的不明白自己在女人身上怎么会那么走运。他那又胖又红的嘴脸得意而幸福地放着光，他啧啧不停地舐着嘴唇。

我们的烤面包司务气呼呼地使劲用铁铲捣了一下炉灶的炉台，忽然嘲笑地说道：

"弄倒几棵小杉树费不了多大的劲，可是你弄倒一棵松树瞧瞧……"

"这么说，你这话是冲我说的？"大兵问。

"是冲你说的……"

"什么意思？"

"没什么……不谈了！"

"不，你等一等！怎么回事？什么松树？"

我们的烤面包司务没有搭理，他朝炉子里迅速挥动着铁铲，把煮熟的面包卷贴到炉子里去，把烤好的铲起来，稀里哗啦扔到地板上，让小伙计们用麻线把它们穿起来。他好像忘了旁边的大兵，也忘了跟他说过的话。那大兵却忽然有些烦躁起来了。他站起身走近炉子，顾不得自己的胸脯会撞着正在空中紧张地挥舞的铁铲把儿。

"不行,你得说出来——她是谁？你丢我的人……我吗？没有一个女人逃得出我的手,逃不了的！可你对我说了这么气人的话……"

看样子他确实像受了侮辱。大概他除了自己那套勾引妇女的本事,再没有什么可以看重自己的了；除了这个本事,他大概再也没有别的有活力的东西,也只有这种本事才使他感到自己还是个活着的人。

有这么一种人,在他们看来,生命里最有价值和美好的东西,就是他们灵魂或身体的某种疾病。他们一辈子带着这种疾病,而且只靠它过日子；他们让这种病纠缠着,但又靠它来取得营养,他们向别人抱怨这种病,而且靠它来引起亲近的人们注意他。他们靠它争取人们对自己的同情,除此之外,他们可就一无所有了。如果从他们身上除掉这病,给他们把病治好了,他们就会感到不幸,因为他们被剥夺了生活的唯一的手段,于是他们就会变得十分空虚。一个人的生活有时竟会那样贫乏,以致他不得不珍视自己的缺德,并且以此为生；因此可以说,人的缺德常常是出于无聊。

那大兵感到受了侮辱,他缠住了我们的烤面包司务,嚷嚷起来：

"不行,你得说出来是谁？"

"说出来？"烤面包司务突然转身向他。

"怎么样？"

"你认识塔妮娅吗？"

"怎么样？"

"就是这样！你试试看……"

"我？"

"你!"

"试她?这对我简直是——呸!"

"我们倒要看看!"

"你会看见的!哈……哈!"

"她会把你……"

"给一个月时间!"

"你真是吹牛大王,你这个当兵的!"

"两个礼拜!我让你们看!她是什么样的?坦卡①!呸!……"

"好吧,走开……你碍手碍脚的!"

"两个礼拜——准会成功!嘿,你,……"

"跟你说,走开吧!"

我们的烤面包司务突然狂怒起来,他挥起了铁铲。大兵惊讶地从他身旁倒退,看了我们一眼,又沉默了一会儿,接着恨恨地轻轻咕噜了一句:"那好吧!"然后离开了我们。

在争吵当中,我们大伙儿都不吱声,虽然心里很关心这场争吵。但当大兵一走,我们中间立刻开始了活泼响亮的议论和喧哗。

有人喊烤面包司务:

"巴维尔,你捅娄子了!"

"干你的活儿,告诉你!"烤面包司务恼火地回答。

我们知道这回可伤了大兵的自尊心了,说不定塔妮娅要倒霉。我们预感到这一点,同时大家都产生了焦灼而又兴奋的好奇心:到底会怎么样呢?塔妮娅对付得了大兵吗?我们

---

① 坦卡是塔妮娅的蔑称。

差不多全都蛮有信心地喊道：

"塔妮娅吗？她对付得了！赤手空拳是逮不到她的！"

我们非常想考验一下我们的女神,看她是不是坚强；我们彼此急于要证明我们的女神是坚强的,她在这场搏斗中一定是胜利者。最后我们觉得我们把大兵刺激得还不够,他会忘掉这次的争论,所以我们应该狠狠地刺伤他的自尊心。从这天起我们开始了一种神经紧张的异样的生活,这是我们过去从来没有经历过的。我们成天彼此争论,大家都好像变得聪明起来,话也说得更多更有意义了。我们觉得我们是在跟魔鬼进行着一场赌博,我们这方面下的赌注就是塔妮娅。当我们从面包工人那里打听到大兵正在开始"勾引我们的坦卡"时,我们心里感到说不出的痛快,生活变得那么有趣,居然让老板利用了我们的兴奋,乘机给我们每天多添十四普特面坯的工作量,我们也没觉察。我们干活也好像不觉得累了。我们嘴里整天念叨着塔妮娅的名字。我们每天早晨特别急不可耐地等候着她。有时候我们仿佛看到走进来的她已经不再是从前的那个塔妮娅,而是另外一个人了。

然而我们对她绝口不提发生过的争论。我们什么话也没问她,而且照旧亲热和善地对待她。不过在这态度里已经掺杂有某种和我们过去对塔妮娅完全不同的新的感情,这是一种尖锐的好奇心,它像钢刀似的尖锐和寒冷……

"弟兄们！今天到期了！"有一天早晨烤面包司务动手干活儿时说。

这件事即使他不提醒,我们也知道得很清楚,但大伙儿仍然吃了一惊。

"大家都看好……她马上要来了！"烤面包司务提议说。

347

有人惋惜地嚷了一声:

"眼睛又能看出个什么来!"

于是我们中间又爆发了活跃而嘈杂的争论。今天终于可以知道我们的宝贝是多么纯洁,多么一尘不染,而在这宝贝身上寄托着我们最好的一切。这天早晨我们怎么突然初次感到我们确确实实在进行一场重大的游戏,又感到这次对我们女神的贞洁的试验可能在我们心目中竟是她的毁灭。这些天来我们总听说那大兵顽强地和死皮赖脸地追求着塔妮娅,可是不知为什么我们谁也没有问过她对他究竟抱什么态度。她还是继续准时来向我们要面包卷,而且模样儿完全跟平常一样。

这一天我们很快就听到了她的声音:

"囚犯们!我来了……"

我们赶忙放她进来,但当她进来后,大家一反常态,用沉默来迎接她,我们瞪大眼睛望着她,却不知道怎样跟她攀谈,问她些什么话。我们黑压压的一群人站在她面前鸦雀无声。她对这种异乎寻常的迎接她的态度显然感到很惊讶,我们忽然看到她脸色变得苍白了,神色也不安起来,身体站着摆动个不停,她用压抑的声音问:

"你们这……是怎么回事?"

"那你呢?"烤面包司务目不转睛地盯着她,阴郁地反问她。

"什么——我吗?"

"没——什么……"

"得,快些把面包卷给我……"

她以前从来没有催促过我们……

"着什么急!"烤面包司务说,他站着一动也不动,眼睛盯住了她的脸。

于是她突然转过身一溜烟走出门去了。

烤面包司务拿起铁铲,转身向着炉子,平静地说:

"看样子——吊上了!……这大兵可真行!……混账东西!……"

我们像群绵羊,彼此推推搡搡地走到桌台旁,一言不发地坐下来,没精打采地开始干活。不一会儿有谁说:

"也可能,还……"

"得了吧!你倒说说看!"烤面包司务喊道。

我们大家都知道他是个聪明人,比我们聪明。我们把他这声喊叫理解成为对大兵胜利的肯定……我们变得忧郁而且不安了……

中午吃饭的时候大兵来了。他像平常一样干净漂亮,也像平常一样直溜溜地望着我们的眼睛。我们却不好意思望他。

"好啦,正派的先生们,要不要我把大兵的闯劲给你们瞧瞧?"他得意扬扬地笑着说,"只要请你们到过道里去,从板缝里瞧瞧……明白了吗?"

我们出去了,彼此挤来挤去,贴在过道的板墙缝上朝院子里瞧着。我们等了没多久……很快就看见塔妮娅走过院子,她脸带心事,步子急促,不断地跳过一些融雪和泥泞的水洼。她消失在通酒窖的门洞里,随后,大兵吹着口哨,不慌不忙地也走进去了。他双手插在口袋里。小胡子颤动着……

正在下着雨,我们看见雨点落在水洼里,水洼被雨点打起了皱纹。天是潮湿的、灰色的,那是非常沉闷的天气。屋顶上还有积雪,地上已经出现了污泥的黑斑。房顶上的雪也蒙着薄薄的一层褐色的尘土。雨慢慢地下着,雨声很凄凉。我们等待着,又冷又难受……

首先从酒窖里出来的是大兵;他慢腾腾地走过院子,掀动着小胡子,双手照旧插在口袋里。

后来,塔妮娅也出来了。她那眼睛呀……她那眼睛闪耀着快活和幸福的光芒,而嘴唇呢——在微笑。她走起路来像在梦里,摇摇晃晃,步子一点儿也不稳……

我们没法平静地忍受这个。大伙儿一下子都冲到门口,跑到院子里,愤怒地、高声地、粗野地向她嘘着,向她叫嚷。

她一见我们,身体哆嗦了一下,像木桩一样,在满脚的污泥里站定。我们围住了她,幸灾乐祸地不断用下流话骂她,向她说出好些不要脸的话。

我们骂的声音不大,也不慌不忙,因为看到她给我们包围住了,已经无路可走,我们尽可以痛痛快快地侮辱她。我不知道为什么我们竟没有打她。她站在我们中间,听着我们骂她,脑袋一会儿转向这边,一会儿扭向那边。我们却越发来劲地把我们的肮脏、毒辣的话向她扔过去。

她脸上的红晕消失了。她那双一分钟以前还是幸福的蓝眼睛突然睁得大大的,胸脯沉重地起伏着,嘴唇也在颤抖。

我们围住了她,向她报复,因为她掠夺了我们。她本来是属于我们的,我们把最好的,虽然只是乞丐的一丁点儿东西,都花费在她身上了。可是我们是二十六个,她却是一个,因此我们给她的痛苦无法抵消她的罪过!我们是怎样地羞辱了她呀!……她始终沉默不语,老是用野兽般的眼睛注视着我们,全身颤抖着。

我们放声大笑,吼叫,叱责……还有些人从别处向我们跑拢来……我们中间有人拉了一下塔妮娅的衣袖……

突然间她的眼睛闪出了亮光;她不慌不忙地把手举到头上,一面整理着头发,一面直对着我们的脸镇静地大声说:

"嘿,你们这伙倒霉的囚犯!……"

她笔直地向我们走来,那么不在乎地走过来,就好像她面前没有我们存在,也好像我们没有挡着她的路,因此我们中还真没有人挡在她的路上。

她直到走出我们的圈子后,也没有朝我们回转身来,只是照样骄傲、轻蔑地高声说:

"嘿,你们这些畜——生……混——蛋……"

就这么走了——挺拔、美丽、骄傲。

我们却留在院子里,站在泥泞里,淋着雨,在灰色的、没有太阳的天空下……

我们后来沉默地回到自己潮湿的石洞里。和往常一样——太阳从来没有照进过我们的窗户,塔妮娅也从此不再来了!……

伊　信　译

同　志！[*]

童　话

一

在这个城市里，一切都是奇怪的，一切都使人感到莫名其妙。许多教堂将它们色彩斑斓的圆顶托入天空，可是工厂的墙壁和烟囱比教堂的钟楼还高；而那些礼拜堂被鳞次栉比的商行密实的店面遮挡，隐没在死气沉沉、密如织网的石墙里，恰似栽在尘土和废墟上的奇花异卉。当教堂的钟声召唤人们去做祈祷的时候，那铜钟声便飘落在铁皮房顶上，无力地渐渐消逝在房屋之间的狭窄的陋巷中。

房屋高大而且往往是华丽的，人们却显得丑陋而且总是卑微的。他们从早忙到晚，在弯弯曲曲的小街小巷里东奔西窜，睁大贪婪的眼睛，有的是为了寻食糊口，有的是为了消闲解闷，还有的站在十字路口，带着敌意的目光锐利地监视着，

---

[*] 本篇写于一九〇六年一月中旬，同年在德国出版俄文单行本。译自《高尔基三十卷集》第七卷。

好使弱者乖乖地屈从于强者。强者是指财主。人人都相信，只有金钱才能给人以权势和自由。个个都权欲熏心，因为他们全是奴隶。富人的穷奢极欲导致了穷人的嫉妒和憎恨，谁也不知道还有比金子的叮当声更悦耳的乐声，因此，人人互为仇敌，个个被残暴所统治。

尽管太阳有时在城市上空照耀，但这里的生活却暗无天日，人们也像影子一样。入夜，万家灯火通明，然而那些忍饥挨饿的女人为了讨得几个小钱却走上街头，出卖色相；满街散发着各种食品扑鼻的油香味儿，到处默默地闪烁着饥民们贪婪的凶狠目光；城市上空轻轻地浮动着被压抑的苦难的呻吟；那呻吟显得微弱无力。

大家都生活在苦闷和不安中，他们都是仇敌，都是罪人，只有少数人觉得自己是无罪的，然而他们却像牲口一样粗野。这是一些最大的残暴者……

大家都想活着，可是谁也不会、谁也不能自由地沿着自己愿意走的道路迈步前进，而且朝前跨出的每一步，都迫使人不由自主地回到现实中，现实便用贪心的恶魔般威力无比的铁掌阻挡住人的去路，把他紧紧缠住不放。

面对丑恶不堪的生活，人在痛苦和迷惑之中无可奈何地止步了。生活用成千只因绝望而悲愁的眼睛透视着人的心，乞求着什么，于是未来的光辉形象在人的心目中渐渐消失，随之，人的无力的呻吟便湮没在受尽生活折磨的、可怜的、芸芸众生的一片混乱的哀号、呼喊声中。

无穷的苦闷，无尽的焦虑，有时还有恐怖。这个阴森黑暗的城市、那些吞没着教堂的一堵堵整齐得令人讨厌的石墙活像一座人间地狱，遮住了太阳的光辉，死死地把人们团团围住。

生活的音乐是苦痛和愤恨交织成的低沉哀号,是宣泄内心仇恨的窃窃私语,是残酷所发出的狂吠,是暴力所发泄的淫荡的尖叫……

二

在痛苦和不幸造成的死气沉沉的忙乱中,在贪婪和贫困引起的紧张争夺中,在猥琐的自私自利的泥潭里,有几个单独行动的理想家,人不知鬼不觉地出没在房屋的地下室;这里聚居着创造本市财富的穷苦人。这些理想家充满着对人的信赖,他们在公众眼里是志向不同的异己者,是造反的鼓动者,是来自遥远的真理火焰的叛逆火种。他们带着平凡而又伟大的学说的小小种子,把它播进地下室,使之开花结果。他们的神态时而严肃,眼睛里闪着寒光,时而和蔼可亲,把光辉的、振奋人心的真理播撒在奴隶们蒙昧的心田里;奴隶们已经被贪财者的权势和暴虐者的意志变成了发财致富的盲哑工具。

而这些蒙昧的、吓破了胆的人们半信半疑地倾听着音乐般悦耳的新词句(他们坦荡的心早就依稀在期待着能聆听这音乐般的新词句了),渐渐抬起头来,并挣脱凶残贪婪的,暴君酷吏用来束缚他们的狡诈谎言的锁链。

在他们充满了隐忍的、压抑的、仇恨的一生里,在蒙受种种屈辱的心灵上,在被强者用花言巧语的欺骗充塞的头脑中——就在这个含垢忍辱的苦难生活里,投下了两个朴素而光辉的字眼:

"同志!"

这两个字眼对他们来说并不新鲜,他们曾经听见过,还亲口说过,可是在这以前,这两个字同其他许许多多听惯了的老生常谈一样,听来空泛无味,即便把它忘掉,也无关重要。

但是现在,它却有了新的声韵,明白而坚定,它有了新的命意,像金刚石那样坚硬、光芒四射。奴隶们接受了这两个字眼,并且开始小心谨慎地用起它来,温柔地把它珍藏在心里,就像母亲一面摇着摇篮里的新生婴儿,一面欣赏着他。

他们越是深刻地探索这两个字眼的含义,就越发觉得它光辉无比、意味深长。

"同志!"他们这样互相称呼着。

他们感觉到这两个字眼的主旨是联合全世界,使全人类达到自由的高峰,并且用互相尊敬、尊重人的自由、争取人的自由这些崭新的、牢固的纽带把人们联合起来。

当这两个字眼在奴隶们的心里扎下了根的时候,他们就不再是奴隶了。所以有一天,他们向全城和全城各种势力发出了人类伟大的宣言:

"我不愿做奴隶!"

于是,生活停顿了,因为给生活以动力的是他们,是奴隶们,而不是别的什么人。水停了,灯灭了,满城一片黑暗,强权者也变成了无能的孩子。

他们吓得丧魂落魄。在被自己粪便的臭气熏得喘不过气来的时候,在面对强大的暴动者而陷于困惑不解、胆战心惊的时候,他们抑制着自己胸中的愤恨。

他们面临着饥饿的威胁,他们的孩子在黑暗中哭哭啼啼。

房屋和教堂笼罩在愁云惨雾中,融会成一堆杂乱无章、死气沉沉的石头和钢铁。不祥的沉寂像死水充溢着大街小巷。生活停滞了,因为产生生活的力量已经觉醒,被当作奴隶的人找到了富有魅力而又充满力量的字眼,来表达自己的意志:他已经从压迫下解放出来,亲眼看到了自己的权力——创造者的权力。

日子变成了那些自命为生活主宰的强权者们的痛苦日子;每一个黑夜仿佛变成了一千个漫漫的长夜,黑暗是那样浓重,死城里的灯火是那样暗淡、微弱;这座费了数百年工夫建造起来的城市,这个吸吮着人们鲜血的怪物,像一大堆难看的砖木在人们的眼前显露出它那丑陋不堪的原形。房屋那漆黑的窗户冷漠而阴森地望着大街,生活的真正主人在街头昂首阔步地行走。他们也在挨饿,而且比谁都饿得厉害,不过他们挨惯了饿,因此,比起旧日的生活主人来,他们更能忍受肉体的痛苦,饥饿熄灭不了他们胸中的烈火。他们因为觉醒到了自己的力量而精神振奋,他们的目光闪露出对胜利的信心。

他们在城市的街头,在这个他们曾经遭到不平等待遇、饱受欺凌的黑暗而窄小的人间地狱里走着,他们看到了自己劳动的伟大意义,从而充分认识到了充当生活的主人、立法者和创造者的神圣权利。于是,这生机勃发、召唤人们团结一致的字眼便更加有力地、异常清晰地响彻在他们耳际:

"同志!"

在举世滔滔的谎言声中,这两个字眼是关于未来、关于新生活的喜讯,这未来的新生活又一视同仁地展示在每一个人的面前。至于是远是近,完全取决于他们的意志。他们既能够加速走向自由的进程,也可以推迟它的到来。

三

妓女,昨天还是半饥饿的动物,惆怅地徘徊在肮脏的街头,等候着有人走近她,用几个小钱粗暴地收买她的强颜欢笑;而今,妓女也听到了这两个字眼,她只是难为情地报以微笑,自己不敢重复一声。一个过去她从未遇见过的人走到她跟前,这个人把一只手放在她的肩上,亲切地称呼她:

"同志!"

她那颗受尽唾骂的心灵破天荒第一次领略这样的喜悦,为了不使自己高兴得哭出声来,她羞羞答答地小声笑了。她那双眼睛,昨天还是用动物一样的呆板目光厚颜无耻地、饥饿地望着尘世,今天第一次闪烁着纯洁的喜悦的泪花。街头巷尾到处呈现出被鄙弃的人们加入全世界劳动者的大家庭里来的欢腾景象,城市房屋那一扇扇的窗户像黯淡的眼睛越来越冷酷、越来越狰狞地窥视着街头欢天喜地的场面。

乞丐,昨天还有饱汉为了摆脱纠缠和表表他们的怜悯之心而把一个小铜子儿扔给他的那个乞丐,也听见了这两个字眼。对他来说,这可是有生以来第一次的施舍:他那颗穷得干枯了的可怜的心感激得突突跳动起来。

马车夫,那个滑稽可笑的小伙子,被乘客推搡着脖子,为的是要他鞭打他那匹又饿又乏的马儿,——这个常常挨揍的、在石头路上被车轮的辘辘声震得愚钝了的人也笑得合不拢嘴,他对过路人说:

"同志,捎你回去好吗?"

他刚说完又怯阵了,于是抖起缰绳,准备赶紧躲开,他两眼凝视着行人,收不住他那通红的宽脸膛上的愉悦笑容。

行人用和善的目光朝他望了望,点点头说:

"谢谢,同志!我走不多远就到了。"

"嘿,我的妈呀,你可真是的!"马车夫精神振奋地慨叹了一声。他喜气洋洋地眨着那双睁得大大的眼睛,在车座上扭动起身子,嘴里一面吆喝着,驾着轧轧响的马车继续往前赶路。

人行道上,人们成群结队,熙熙攘攘;在他们中间,"同志!"这两个负有团结全世界的使命的伟大字眼犹如火星一样愈来愈多地迸发出来。

"同志!"

一个派头十足、蓄着小胡子的警察阴沉着脸来到街口那团团围住一位演说老人的人群跟前;他听了一会儿之后,便慢声慢气地说了一句:

"在街头集会是犯法的。……诸位,解散。……"

他顿了一顿,垂下眼睛,小声地加了一句:

"同志们。……"

人们把这两个字眼深藏在自己的心里,和它们发生了血肉相连的关系,把它们当作嘹亮的团结号角;在人们脸上,就在他们脸上,闪耀着青年创造者的骄傲的神采。显然,他们为这两个充满生机的字眼而慷慨献出的力量是不可阻挡的、取之不尽的。

一群愚昧盲从的武装暴徒已经集结队伍,他们默默无声地排成了整齐的行列。这是凶恶的强权者在准备反击正义的浪潮。

在这座大城市拥挤而狭窄的街道上,在那无名创建者用双手筑成的、无声无息的、冷清清的房屋里,人们对人类友好的伟大信念不断增强,更加坚定。

"同志!"

这儿那儿,到处都在迸发足以燎原的星火,它将在全球燃起四海之内皆兄弟的炽烈情谊。是的,在全球。熊熊的烈火将把那些使我们变成畸形儿的邪恶、仇恨、残暴统统烧光,化为灰烬。它将点燃所有的心,把所有的心熔成一颗全世界团结一致的心——一颗正直、高尚的心,融合成一个自由劳动者的亲密无间的大家庭。

在奴隶们建造的这座死城的街头,在残暴统治者的这座城市的街头,一种对于人类的信念,一种抱着人类必定战胜自己、战胜世界邪恶的信念正在增长和巩固。

在一片混沌的、水深火热的苦难岁月里,两个像心灵一样纯朴、含意深刻的字眼,有如一颗灿烂欢快的星斗、一盏烛照未来的指路明灯,闪耀着光芒,这两个字眼就是:

"同志!"

蒋望明译

一个人的诞生*

　　这是发生在饥饿的一八九二年①苏呼米和奥查姆奇列之间科多尔河畔②的一件事。这里离海不远,透过明净的山涧的欢悦絮语,可以清楚地听到海浪推涌的沉闷声响。

　　秋。桂樱的黄叶,宛如一群群灵巧的小鲢鱼,在科多尔河白色的浪花中回旋、闪烁。我坐在岸畔的石块上遐想:也许,海鸥和鱼鹰也把落叶当成了鱼儿,受了骗,怪不得它们在右侧树后,在那海浪溅击的地方,如此抱怨似的鸣叫。

　　我头上的栗树已着上金黄色的秋装。我脚边有许多落叶,像一只只被砍下来的手掌。对岸千金榆的枝条已经光秃,仿佛撕破的渔网挂在空中。褐红色的山鸳③,像落了网似的,蹦跳着,用黑黑的尖嘴儿叩击着树皮,惊起了蛰伏的昆虫;机灵的山雀和瓦灰色的鸸鸟,这些遥远的北方来客,在啄食着它们。

　　我左侧的山峰上,低悬着浓烟似的乌云,预示着大雨将

---

*　本篇写于一九一二年三月,最初发表于同年四月第一期《约言》杂志。
①　指发生于一八九一至一八九二年几乎遍及俄国半数省份的大饥荒。
②　苏呼米和奥查姆奇列均在格鲁吉亚西北部,现属阿布哈兹自治共和国。科多尔河,在阿布哈兹境内,注入黑海。
③　一种啄木鸟。

临。乌云的阴影,在苍翠的山坡上蠕动。那里生长着老态龙钟的黄杨,而在山毛榉和椴树的古树洞里,却可以找到一种"醉蜜"。古时候,它那醉人的甜汁曾醉倒过钢铁般的罗马人的整个军团,几乎毁掉了伟大的庞培①的士兵。这种蜜是蜜蜂用月桂花和杜鹃花酿成的,"过路人"常把它从树洞里取出来,抹在大饼②上吃。

我也干过这种事。当时,我被发怒的蜜蜂螫得很痛,坐在栗树下的石块上,把一片片面包在盛满蜂蜜的瓦罐里蘸上蜜汁,一边吃着,一边欣赏着秋日里倦怠的太阳,在空中懒洋洋地闪耀。

秋天在高加索,就仿佛置身于大圣人修建的富丽堂皇的大教堂——大圣人也往往是大罪人,他们用黄金、土耳其玉、绿宝石营造这庞大的圣殿,只是为了使自己的过去避开良心的犀利目光。他们把撒马尔罕③和舍马哈④的突厥人制作的最好的丝绒地毯铺在群山之上;他们掠夺了整个世界,把一切都搬到这里,放在光天化日之下,就仿佛想对世界说:

"你的东西——取之于你的——还给你!"

……我看见,好像有一群皓首长髯的巨人,闪着愉快的孩童般的大眼,从山上飘然而下。他们在各处慷慨地撒下五彩缤纷的宝物,把大地装点得漂漂亮亮。他们用一层层厚厚的白银,覆盖群山的峰巅;用千姿百态、生机盎然的树木的织锦,

---

① 庞培(前106—前48),古罗马统帅和政治家,公元前六十六年奉命东征,使罗马的版图扩展到小亚细亚地区。
② 原文是 лаваш:高加索大饼。
③ 撒马尔罕,小亚细亚古城,现属乌兹别克。
④ 舍马哈,城市,位于大高加索山南麓,现属阿塞拜疆。

铺满高高低低的山坡。在他们的手下,这块富饶的土地,变得无比的秀丽。

在大地上做一个人,真是好福气。在这里能看到多少奇妙的东西,而面对这使人酣醉的美景,心儿又是多么激动和甜美啊!

当然,有时候也难过,——整个胸膛注满了炽热的仇恨,痛苦贪婪地吮吸着心里的血液,但是,并非永远如此。要知道,就连太阳也常常忧愁地俯视着众生:它为他们不辞辛劳,而可怜的人们并不遂心……

无疑,也有不少的好人,然而,就连他们也应当修整,或者,最好是重新改造。

……我左边的灌木丛上方,晃动着黑黑的头影:在海浪的击溅与河水的潺潺声中,隐隐约约听得见人们的说话,——这是"饥民们"从苏呼米到奥查姆奇列去上工,到那里去修筑公路。

我认识他们这些奥尔洛夫①人。昨天,我和他们在一起做过工,一起算的工钱。为了到海边迎接日出,我赶在他们前头,在夜里就上路了。

他们是四个庄稼汉和一个颧骨突出的女人。这女人是位年轻的孕妇,腆着一个快要鼓到鼻子尖的大肚子,惊恐地瞪着一双暗蓝色的眼睛。我看到她那扎着黄头巾的脑袋,像秋风里一朵盛开的葵花在灌木丛上方摆动。她的男人由于大量吞食野果,在苏呼米死了。我曾混在这些人中,住在同一个板棚里。按照俄罗斯人的好习惯,他们一提起自己的不幸来,总是

---

① 奥尔洛夫,在俄罗斯欧洲部分的中央地带。

那样满腹牢骚,絮絮叨叨,声音高得也许方圆五俄里都能听到。

这是一群郁闷的、颠沛流离的人。他们像秋风里的落叶,被苦难从衰竭、贫瘠的故土上卷起,刮到这里。在这里,从未见过的富饶的大自然,使这些人感到惊讶、眩惑,而沉重的劳动条件,又终于使他们沮丧万分。他们望着这里的一切,惘然若失地眨巴着黯淡忧愁的眼睛,互相苦笑着,低声说:

"啊呀……多么好的土地……"

"庄稼简直是打地里往上蹿。"

"是啊……不过,石头可也……"

"照实说,这地也不怎么样……"

于是,他们回忆起自己的故乡:科贝里峡谷①、苏霍贡②、莫克连科耶③。在那里,每一抔土,都是他们祖先的骨灰;在那里,他们用汗水浇灌过的一切,是那样难于忘却,那样熟悉、亲切。

过去,还有一个女人跟着他们。那是一个身体僵直,扁平得像一块木板似的高挑个儿,长着一张马脸,一双无神的黑得像乌煤似的斜眼。

每晚,她和这个扎黄头巾的女人一起走出板棚。她坐在一堆碎石上,一只手托着脸颊,头歪向一侧,用高亢而愤怒的声调唱道:

　　在墓地那边……

---

① ② ③　均为中部俄罗斯城镇的名称:科贝里峡谷在今库尔斯克省尔戈夫市,苏霍贡在今奥尔洛夫省耶列茨克县,莫克连科耶在今奥尔洛夫省勃良斯克县。

  灌木丛里绿茵茵——
    在沙土上面……
    我铺开了白围巾……
    我等得来吗……
    我那亲爱的情人……
    意中人一到……
    我点头儿把他迎……

  扎黄头巾的女人通常总是沉默不语,弯着脖儿打量着自己的大肚子,但是,有时她也突如其来地用男子般的有点儿嘶哑的嗓音,懒懒地、低沉地、号哭似的附和几句:

    哎呀呀,意中人……
    唉唉,亲爱的意中人……
    命运不把我成全……
    让我能更多和你相见……

  在昏黑闷热的南方夜晚,这哭泣似的声调,使人想起了北方,——大雪弥漫的荒野,暴风雪刺耳的呼啸,和远处传来的狼嚎……

  后来,斜眼女人得了疟疾,人们用帆布担架把她送进城去。她躺在担架上,哆嗦着,哼哼着,仿佛还在唱着自己那支关于墓地和沙土的歌。

  ……那扎黄头巾的脑袋在空中时隐时现,忽然消失了。

  我吃完早点,用树叶盖好瓦罐里的蜜,系好行囊,然后不慌不忙地跟在走过去的那群人的后面,一路上用山茱萸木的手杖叩击着小径上坚硬的泥土。

  后来,我来到一条灰色带子似的狭窄的道路上。右侧,深蓝色的海洋激荡着,恰似有一群看不见的木匠用几千个刨子刨它,白色的刨花,被一阵阵宛如健康妇女的呼吸似的潮润、温暖、芬芳的风儿追逐着,喧喧嚷嚷地向岸上奔来。一艘土耳其的帆船,向左舷倾斜,朝苏呼米驶去。它那鼓起的风帆,就像苏呼米一位傲慢的工程师鼓起的肥厚的脸颊。这是一个非常严厉的人,不知为什么,他把"安静些"说成"安轻些",把"虽然"说成"非然"。

"安轻些!非然你是个炮筒子,但是,我可以马上把你抓进警察局……"

他喜欢把人送进警察局。想起来真痛快:现在,他也许早已被坟墓里的蛆虫啃得只剩下一把骨头了。

……走路很轻松,就仿佛在空中飘浮。愉快的思绪,五彩缤纷的回忆,在脑海里跳着柔美的环舞。这种心灵里的环舞,就像海洋里的白色浪峰,是表面上的东西,而在那心灵深处,却很宁静,明快欢悦和变幻无穷的青春的憧憬,像海洋深处银色的鱼群,在那里悄悄地漫游。

道路朝海边伸去,蜿蜒地爬近了一个沙滩。海浪向沙滩上涌来。小树丛儿也想张望张望海浪的面容,它们俯身探过绦带似的路面,恰似在向那蔚蓝色的浩渺的水面点头致意。

风从山上吹来,——快下雨了。

……灌木丛里传来一阵轻微的呻吟,这是一种永远令人震撼和同情的,人的呻吟。

我拨开树丛一看:那个扎黄头巾的女人,正背靠着一棵胡桃树干坐在那里,头垂到肩上,十分难看地大张着嘴,瞪着眼睛,像个疯子似的。她双手按在大肚子上,那样不自然地、可怕地喘着气,以至整个肚子都像发羊角风似的在跳动。女人用手按住它,低沉地哼哼着,露出一口狼一般的黄牙。

"怎么,中暑了?"我俯身问她。她像一头苍蝇似的,两条赤裸裸的腿在浅灰色的尘土里乱蹬乱踹,摇着沉重的头嘶哑地说:

"走开……不要脸的……走——走开……"

我明白是怎么回事了。这种事儿,我已见过一次。自然,我害怕起来,闪向一边;然而,那女人拉着长音哀号着,从她那快要绽裂开来的眼角里,混浊的泪水喷涌而出,在绷得紧紧的紫红色脸膛上流淌。

这情景,使我又回到她跟前。我把行囊、水壶、瓦罐往地上一撂,将她仰面朝天地放倒,想给她把腿蜷起来。她推开我,打我耳光,捶我的胸脯,并且翻过身去,像一只狗熊,四肢着地,一面爬进灌木林的深处,一面吼叫嘶喊:

"强盗……魔鬼……"

手吃不住劲,她倒下了,脸撞在地上,又抽筋似的伸着双腿,哀号起来。

情急智生,我迅即想起我对这种事儿所懂得的一切,我把她翻转过来仰卧着,蜷起她的双腿,——羊水已经流出来了。

"躺好,就要生了……"

我跑向海边,卷起袖子,把手洗干净,反转身来,——我已是一名产科医生了。

这女人身子扭曲着,像烈火中的桦树皮。她一面用手拍打着身边的土地,一面揪下打蔫的野草,一个劲地想往嘴里塞。泥土撒满了这张可怕的、失去人相的脸,眼睛变得粗野了,布满了血丝。羊水已经涌出,一个小脑袋瓜儿钻了出来。我得抑制住她两条腿的抽搐,帮助婴儿,还得盯住她别将野草塞进那张歪歪扭扭的、不住哼哼的嘴里……

我们对骂了一阵子,她话音含混不清,我也声音不大,她是因为疼痛,也许还因为害羞,我却是由于腼腆和对她的极度怜悯。

"上帝啊!"她嘶哑地喊着,紧紧咬住冒着白沫的发紫的嘴唇,而从她那在阳光里仿佛突然褪色的眼睛里,不停地流淌着一位母亲的难忍的、痛楚的眼泪。她那正在分娩的躯体,也完全瘫软了。

"走开,你这恶魔……"

她用无力的、脱臼似的手一直推我,我恳切地说:

"傻大嫂,生吧,得快一些……"

我十分可怜她,似乎她的眼泪溅入了我的双眼,我的心苦闷得收缩起来,情不自禁地想喊叫,于是,我喊道:

"喂,快些呀!"

就这样,我手里有了一个人,一个肉红色的人。虽说是泪眼迷离,但是,我看得真切:他浑身通红,而且,别看他还连着母体,已经是不满意这个世界了,——他手抓脚踹,粗着嗓门儿大喊大叫,毫不安分。他的眼睛呈浅蓝色,起皱的红脸蛋上,有一个压扁了的引人发笑的鼻头,嘴唇颤颤着,拉着长声哭喊:

"哇……哇……"

多么光滑啊,——一不留神,他就会从我手里滑出去。我跪着,望着他,哈哈大笑,——瞅着他真叫人高兴!我竟忘记了我应该做的事情……

"割断吧……"母亲轻轻低语,她紧闭双眼,面容憔悴,像死人似的呈土灰色,发紫的嘴唇勉强地微微颤动:

"用小刀……割断……"

刀在板棚里给人偷走了,我用牙咬断了脐带。婴儿用奥尔洛夫人的男低音哭喊着。母亲微笑了。我看见,她那深不可测的眼里燃烧着蓝色的火焰,焕发出奇异的光彩。一只黝黑的手在裙边摸索着,寻找着衣兜,咬破了的、沾满污血的双唇发出簌簌的声音:

"没……没有……气力……小带儿在衣兜里……把肚脐儿包扎好……"

我取出带子,包扎停当。她微笑得越发开朗了。这笑容是这样美好,这样明快,几乎使我目眩。

"你整理整理,我去给他洗洗……"

她担心地喃喃说:

"当心,要轻点儿……要当心啊……"

这个红通通的小家伙根本用不着细心照料,——他攥紧拳头,哇哇地喊叫着,喊叫着,仿佛是在向谁挑战:

"哇……哇……"

"你呀,你!要把脚跟儿站稳些,小兄弟!不然,别人会立即揪掉你的脑袋……"

当泛起泡沫的浪花欢快地向我们两人涌来,第一次溅在他身上时,他的喊声分外庄严,分外洪亮。后来,我开始拍打他的胸脯和脊背,他眯起眼睛,挣扎着,发出刺耳的尖叫。海浪一个接着一个,溅遍了他的全身。

"闹吧,奥尔洛夫人!使劲喊吧……"

当我抱着婴儿回到母亲那里时,她躺着,又闭上了双眼,咬紧嘴唇,在忍受着排出胞衣时的阵痛;但是,尽管如此,我还是透过她的呻吟和喘息,听到了她那像快要死去的人一般的

低语:

"给……把他给我……"

"让他等一会儿。"

"给我吧……"

于是她用颤抖着的、不听使唤的手解着胸前的短褂。我帮她裸露出那对天赐的、足够哺育二十个孩子的大乳房,把这个暴躁的奥尔洛夫人贴放在她那温暖的躯体上。他立刻明白了一切,安静下来了。

"至圣至洁的圣母啊!"母亲哆嗦着,叹了口气,蓬乱的头在行囊上翻来覆去。

突然,她轻轻地叫了一声,沉静了下来。然后,她重新张开了那双分外美丽的眼睛。蔚蓝的双眼,望着蔚蓝的天空,善良而欢悦的微笑,在眼里闪烁,融化。母亲举起沉重的手,徐缓地为自己的婴儿画着十字……

"最纯洁的圣母啊,托您的福……啊……托您的福……"

眼睛又失去光彩,陷了下去。她长久地默默不语,勉强地喘着气。突然,她用变得坚决起来的声调,郑重其事地对我说:

"年轻人,把我的行囊解开……"行囊解开了。她凝视着我,微微一笑,仿佛有一阵刚能察觉到的红晕,浮现在凹下去的面颊和汗津津的前额上。

"请走开一下……"

"你可别太折腾自己……"

"唔,唔……走开吧……"

我向不远的灌木丛走去。我的心似乎疲倦了,而我的胸中,却仿佛有一些可爱的鸟儿在轻轻地啼啭,这声音,和不绝的海浪的溅击声应和在一起,是如此的优美,真可以听上一年……

不远的地方,溪水潺潺,宛如一位姑娘在向女友夸说自己心爱的人儿……

灌木丛上方,伸出一颗头来,头上已规规矩矩地扎上了黄头巾。

"唉,唉,你呀,老嫂子,你折腾得太早了!"

她用一只手扶住一根灌木枝条,坐在那里,像醉了似的,死灰色的脸上没有一点儿血色,眼窝里似乎是两汪蔚蓝的湖水。她温柔地低语着:

"瞧,他睡得多好……"

他睡得是好,不过,依我看,比起别的婴儿来,也没有什么好得出奇的地方,如果说有什么区别,那就是所处的环境不同:他躺在灌木林下一堆色彩绚丽的秋叶上,——这样的灌木丛,在奥尔洛夫省是长不出来的。

"你这做母亲的也该躺一躺了……"

"不了,"她摇了摇在疲惫不堪的脖子上已经支持不住的头,说道,"我得收拾收拾,赶上去,跟这群人一起……"

"到奥查姆奇列去?"

"对,对!我们的人想必已经走出好几俄里了……"

"难道你还能走路吗?"

"不是有圣母吗?她会保佑的……"

嗯,既然她与圣母同在,我就别说了。

她瞧着灌木丛下的小东西,瞧着他那不满地绷起的小脸,眼里迸发出慈祥温柔的光芒,舔着双唇,用一只手慢慢地摩挲着乳房。

我点燃篝火,就近摆上几块石头,好把水壶放上去。

"做母亲的,我这就请你喝茶……"

"啊,就请我喝吧……我的奶都干了……"

"你的同乡为什么丢下你?"

"他们没有丢下我,干吗要丢下我?是我自己落在后面的。何况,他们喝得懵懵懂懂的。这样……也好,不然,当着他们的面,我怎么好摊开身子……"

她用胳膊挡住脸,瞅了我一眼,吐出一口带血的唾沫,羞怯地微微一笑。

"这是你的头生子吧?"

"头生子……你是谁?"

"似乎是一个人吧……"

"当然是人啦!娶媳妇了吗?"

"没人赏脸……"

"你撒谎!"

"干吗要撒谎?"

她垂下眼帘,想了一下:

"那你怎么懂女人家的事儿?"

现在我只好撒谎了。于是我说:

"我学过这个。大学生——听说过吗?"

"瞧你说的!我们神甫的大少爷也是个大学生,他学着当神甫……"

"我就是这种人。好吧,我打水去了……"

女人向儿子俯下身去,倾听着他是否在呼吸。然后,她向海那边张望了一下。

"我想洗一洗,不过,这种水我怕不服……这是什么水?

又咸又苦的……"

"你就用它洗吧,这可是健身水!"

"是吗?"

"没错儿!比溪水暖和,这地方的溪水——像冰一样……"

"你什么都知道……"

一个阿布哈兹人骑着马儿,头挂在胸前,打着盹儿,一步一步走过来。那匹小马儿,浑身肉鼓鼓的,它耸动着耳朵,用圆溜溜的黑眼珠瞟了我们两眼,打了个响鼻;骑马人警惕地仰了仰戴着毛蓬蓬皮帽的脑袋,也朝我们这边张望了一下,随即又垂下头去。

"这里的人怪模怪样的,真难看。"奥尔洛夫女人轻轻说。

我走了。像水银一般闪亮而活泼的水流,唱着歌儿,在石块间欢蹦乱跳,秋叶在水中愉快地翻着筋斗,真是美妙极了!我把手和脸洗干净,舀了满满一壶水往回走。透过灌木林,我看见那女人双膝着地,在乱石间爬动,不安地环视着四周。

"你这是干什么?"

她吓了一跳,面色苍白,往身下掩藏着什么。我终于猜到了。

"给我吧,我来埋……"

"啊,你真是我的亲人!这怎么行呢?本来应当埋在澡堂更衣室的地下的……"

"等在这里盖好澡堂,早着呢!真有你的!"

"你就会开玩笑。我这是害怕呀!会突然被野兽吃掉的……要知道,胞衣是应该归还给大地的……"

她背转脸儿,把湿乎乎、沉甸甸的一包小东西递给我,羞

怯地、低声恳求着:

"看在基督的分上,你最好弄深点儿……可怜可怜我的小宝贝,千万埋得牢靠点儿……"

……当我回来时,我看到她从海边蹒跚而来,身体每一摇晃,手就向前一伸。她的裙子湿到腰际。脸上泛出了一点儿红润——仿佛是从内心里流露出来的。我帮助她走到篝火旁,诧异地想道:

"真有一股野兽般的力量!"

后来,我们就着蜜儿喝茶。她低声问我:

"学业扔下了吧?"

"扔下了。"

"喝酒喝得没钱花了,是不是?"

"老嫂子,全喝光了!"

"瞧你这个人!我可是记得的,在苏呼米我看到你为伙食的事儿和头儿打架,那时候我就想:准是个酒鬼,这样胆大包天……"

她津津有味地舔着肿大的嘴唇上的蜂蜜,蓝色的眼睛不住地斜睨着灌木丛下,那新生的奥尔洛夫人安睡的地方。

"他怎么活下去啊?"女人叹息一声,瞧着我说,"你帮了我的忙,谢谢你了……不过,这对于他是吉是凶,我就不知道了……"

她喝足了茶,吃了点儿东西,画了个十字。当我收拾自己的用品时,她睡眼蒙眬地摇摆着身子,打着盹儿,一面想着什么心事,一面用再次失去光泽的眼睛,不时地望一望地上。随后,她站起身来。

"难道你真的要走?"

"走。"

"唉,老嫂子,可得当心啊!"

"不是有圣母吗?……把他给我吧!"

"我来抱他……"

我们争执了一会儿,她让步了,于是,我们肩并肩地走了起来。

"我不这么一步一趔趄就好了。"她说着,抱歉似的微笑一下,把手搭在了我的肩上。

俄罗斯大地的新居民,一个命运未卜的人,躺在我的手里,沉重地打着鼾。大海浪花拍溅,哗哗作响,整个海岸镶上了刨屑似的白色的花边。树丛在低语,太阳当空照耀,快到正午时分了。

我们默默地走着。有时,母亲停下步来,仰天长叹。她环视了一下大海、树林、高山,又望一望自己儿子的脸。她那双用痛苦的泪水冲刷得干干净净的眼睛,又一次显得格外明亮,又一次放射出异彩,蓝莹莹的,闪烁着无限的慈爱。

有一次,她停下来,说:

"上帝啊,上帝!果真这样,可太好了,太好了!最好老是这么走啊,走啊,一直走到天边,我的小宝贝就这么自由自在地依偎在母亲的身旁,长啊,长啊,长大起来……啊,我的心肝……"

大海在咆哮,咆哮……

刘 伦 振 译

莫尔德瓦姑娘[*]

每逢礼拜六,当城里的七座钟楼钟声齐鸣,召唤人们去做彻夜祈祷的时候,工厂嘶哑的汽笛声犹如忧郁的哀号从山脚下接应着洪亮的钟声。这两股迥然不同的声音在空中飘荡回响了几分钟,互不相让:钟声亲切地召唤着人们,汽笛声却不乐意似的把人们赶走。

钳工巴维尔·马科夫每个礼拜六走出工厂大门时,心里总有一种犹豫和羞愧的悲戚感觉。他总是慢慢腾腾地走回家去,让同志们赶到他的前面。他走着,不时揪一揪自己的山羊胡子,用抱歉的眼光看着绿荫掩映的山坡,那里是一片茂密的果园。在黑压压的果树后面,可以看见灰色的三角形屋顶、天窗、烟囱,高踞树梢的椋鸟巢。再往上,是那被雷电烧焦了的黑色松树的树梢。鞋匠瓦夏金的家就在这棵松树下面。巴维尔的妻子、女儿和丈人都在那里等候着他。

"当——当……"庄严有力的钟声从山顶上倾泻下来。

而下面,在山脚下,是汽笛愤怒的吼声:

"呜——呜——呜——呜……"

---

[*] 本篇写于一九一〇年底,最初发表于一九一一年一月《当代世界》杂志第一期。译自《高尔基三十卷集》第十卷。莫尔德瓦是苏联的一个少数民族。

巴维尔两只手插在裤袋里,身子向前躬着,顺着一条铺满大块鹅卵石的山路慢慢走上山,同志们却抄着近路,像黑山羊似的蹦跳着,穿过菜园,从一条小路蹿到另一条小路上去。

铸工米沙·谢尔久科夫从山坡上面叫道:

"巴维尔,你来不来?"

"我不知道,老兄,也许……"巴维尔答道,随即停步看着工人们磕磕绊绊地爬上险峻的陡坡。响起了人们的笑声、口哨声,大家对假日的休息都很高兴,油黑的面庞发出光亮,洁白的牙齿快活地闪烁着。

菜园的篱笆发出咔嚓的响声,女主人伊凡尼哈照例用难听的鼻音把工人们大骂一通。太阳落到河对面遥远的公爵林背后,阳光把那个气势汹汹的老太婆的褴褛衣衫染上一层紫红,照得她的花白头发泛着金光。

从山坡下飘上来的是焦煳味、油腻味、沼泽的潮湿味,而山坡上却散发着嫩黄瓜、莳萝、黑酷栗的芬芳;教堂里所有的钟快活地交相轰鸣,老太婆的叫骂声淹没在钟声里。

"是呀,"马科夫痛苦地想,"性格软弱是很丢人的,真是丢人!……"

他登上山顶,往下眺望:那里竖立着五座烟囱,它们好像是沉没在对岸沼泽里的一个妖怪,张开了沾满绿苔的五个爪子。

那条狭窄迂回的小河,点缀着许多轮廓模糊的小岛,在夕阳的照耀下,河水变成了红色;沼泽地上长着一些矮小的杉树,杉树间的一片片水洼看起来就像许多红色的斑点:这是夕阳照在土墩之间的赤褐色水面上造成的景象。

阳光没有使沼泽地变得好看一些。阳光消耗得太可惜了,终于隐没在酸臭腐烂的水洼里,没有留下任何痕迹。"该回家了!"马科夫催促着自己。

但他又陷入了沉思,继续站了一分钟、两分钟……

在大门口迎接他的,是瓦列克,一个秃顶、独眼、瘦骨嶙峋的老头。为了掩盖他右眼那个丑陋难看的窟窿,他上街时总戴着一副黑眼镜,因此工人村的人给他起了个绰号,叫他"鼓鼓眼瓦列克"。在他的鹰钩鼻子下面,长着一些乱糟糟的花白的硬胡须,过节的时候他不知用什么东西把它们粘得齐齐整整,成为一溜像样的唇髭。这时瓦列克给人一种印象,仿佛他努着嘴唇,在一个劲儿地吹着热汤。

可是这会儿瓦列克却咧开嘴,露出殷勤的笑容,低声向女婿说:

"请——请给点钱过礼拜六!"

巴维尔塞给他一枚二十戈比的硬币,然后走进杂草丛生的小院。在院子角落里的一棵花楸树下,放着一张桌子,上面摆着晚饭。老狗丘尔金坐在桌子底下,正在舐自己尾巴上粘的牛蒡子。妻子摆开两腿,坐在台阶上。三岁的女儿奥莉娅①在踏平了的草地上打滚,她一看见父亲,就伸出两只肮脏的小手,张开指头,唱道:

"爸爸——爸!爸爸回来啦!"

"怎么这么晚呀?"妻子问道,怀疑地看了他一眼,"大伙儿早就回来了……"

他悄悄地叹了口气。一切都像往常一样。他用手指在女

---

① 奥莉娅是奥莉卡的别称。

儿的鼻子下面弹了一下,抱歉地瞟了一眼妻子突出的大肚子。

"快去洗脸吧!"她说。

他洗脸去了,背后却传来一长串怨气冲天的话:

"你又给老爷子酒钱了吧?跟你讲过一千遍了:'别给!'哼,当然啰,你把我的话当成耳旁风……我不是你们的女同志,不像你们的那些骚娘儿们,整夜在外面开会……"

巴维尔洗完脸,尽量用肥皂沫堵住耳朵,免得再听见那套听腻了的老话。可是这些乏味的话在他耳边回旋,像刨花似的簌簌作响。他觉得,他的妻子似乎在用一个很钝的刨子刨着他的心。

他想起同妻子刚认识的那些日子:在严寒的月夜里,他俩在城市的街上漫步,坐着雪橇从山上往下滑雪,在剧院的楼座看戏以及在电影院度过的那些美好的时光。他俩紧紧地依偎着,坐在黑暗中,无声电影展现的一幕幕生活景象在眼前闪过,这种生活有时催人泪下,有时又令人捧腹大笑,——那一切是多么好啊。

那时的日子也是痛苦的:他刚刚出狱,眼见一切都破坏了,糟蹋了,那些曾经热烈喝彩的人,现在却恶意地嘲笑过去使他们兴奋过的一切……

灰眼睛、鬈头发的奥莉贡卡①在他的脚边转来转去,嘴里唱着……

"爸哀(爱)哦(我),爸迈(买)娃娃,迈(买)马儿,明颠(天),明——颠(天)……"

他把手指上的水珠弹在女儿的小脸蛋上,小女孩咯咯笑

━━━━━━━━━━

① 奥莉贡卡是奥莉卡的爱称。

着,跑掉了,他亲切地对妻子说:

"得了,达莎①,别唠叨了!"

奥莉贡卡很吃力地把老狗丘尔金沉重的头抬起来,命令它:

"你看!喂,你看——看!"

狗不乐意地摇摇头,仿佛它已经看厌了!它张开大口,短短地吠了几声。

"丈夫是个聪明人,竟把同志看得比家里人还重……"妻子忍不住又在刨他的心。巴维尔站在院子当中,从敞开的院门向外望,可以看见远处一望无际的树林。曾几何时,他同达莎坐在山坡的凳子上,眺望着远方说:

"哎嘿!咱俩会过上好日子的……"

"现在她所以这样,是因为怀孕的缘故。"巴维尔抱起女儿,安慰着自己。

马科夫默默地坐在桌旁,女儿爬到他的膝上,用她的小手指把父亲潮湿鬈曲的胡须理顺,喃喃说道:

"奥莉娅明颠(天)去,跟爸爸妈妈去,远远的!坐马车去——嘟!"

"别吵,奥莉卡!你整天吵得我都烦了!"母亲严厉地对她说。

巴维尔恨不得操起那把大汤匙来敲妻子的额头,狠狠地敲,让整个院子,甚至让街上都听得见那清脆的响声。但是他压住了一时的冲动,皱着眉,责备自己:

"你是个有觉悟的人啊……"

---

① 达莎是达丽娅的别称。

老丈人回来了,坐在桌旁,心满意足地咧开着瘦脸上的薄嘴唇,从衣袋里掏出半瓶酒。

"又开场了!"达莎说,像猫似的,鼻子呼哧了一下。

马科夫低下头去,想遮掩他脸上的笑容;他料定瓦列克一定会这样答道:

"有开场——才有收场嘛!"

果然如此。老头的那只独眼可笑地转动着,看着伏特加酒怎样咕嘟咕嘟地倒出来。他干了一杯,津津有味地咂了一下舌头,老狗丘尔金死死地盯着他的脸,鞋匠对它说:

"不给你喝。你要是喝酒,人家就该骂你了。"

这些话也是巴维尔听惯了的。这里的一切都是老一套。

妻子又在唠叨:

"忙呀,忙呀,整天忙个不停,缝缝补补,浆浆洗洗,还要做饭,可是奥莉卡那个废物,只会在篱笆那边叫唤,'有人偷黄瓜啦……'"

她身材高大,体态丰满,一张圆脸,好看的前额白皙而平滑。一双尖尖的小耳朵可爱地颤动着。

可是现在她不大漂亮了:她披头散发,脑袋显得很大;总是沾着汗和灰尘的乱发盖着前额和耳朵,鼻翼鼓起,生气地发出呼哧呼哧的声音,两片大大的红嘴唇好像由于愤怒而肿了似的。要是有一缕头发掉进嘴里,达莎就用汤匙柄把它撩开。上衣很脏,胳肢窝的地方已经破了,前胸的扣子也没扣好。滚圆粉红的手臂,一直裸露到肘部,也是污迹斑斑的。下巴尖上挂着一滴赤褐色的克瓦斯。

"梳梳头,洗洗脸,也要不了多少时间嘛。"巴维尔闪过一个念头。

她要到第二天吃过午饭才梳头,穿上黄绿条纹的上衣和紫丁香色的裙子。裙子吊在她的大肚子上,这样就能看见有扣襻的短筒靴,还露出一段黑底黄点的袜子,那是她最喜欢的一双袜子,她当初买来的时候就很中意。

到晚上,她便挺着大肚子同他并肩在城里的大街上走着,嘴抿得紧紧的,庄严地皱着眉。这使得她很像一个小店的老板娘,每当遇到同志们的时候,巴维尔总觉得他们的目光中闪露出讥笑和使人难堪的神情。

他愈想愈觉得浑身燥热,仿佛有个看不见的笨重的人非常讨厌地搂住了他,使他窒息、发热。他情愿想点别的事,边想边把它大声说出来。

"今天吃午饭的时候,考勤员库利加给我们讲法国的电气技术……"

妻子匆匆忙忙地吃起来,丈人却吃得很慢。他的嘴唇颤抖着,脸上泛起一丝不怀好意的笑容。

"那才是组织呢!"巴维尔沉入幻想地说。

"那么,德国又怎么样呢?"瓦列克用甜蜜的声音问道,抬头仰望着天。

"那里很好;那里党的机关像机器似的转动着……"

"感谢上帝!"老头子说,"可我还担心着,德国人的事情是不是都很顺利呢?"

瓦列克说话尖刻,巴维尔听了觉得很不舒服,他已经知道,老头子透过那两排松动的黑牙,又要说什么话了。只见他鼓起腮帮,像乌鸦似的歪着头,一只眼睛盯住女婿,尖声挖苦说:

"这么说来,德国什么都好啰?可是口袋里怎么样呢①?"

说完这话,他哈哈大笑,在凳子上颤动着。奥莉贡卡也很高兴,她一拍手,汤匙便掉到桌子底下去了,母亲用手指弹着她的后脑勺,叫道:

"捡起来,废物!"

小女孩低声哭了,哭得很可怜,父亲把她搂在怀里,看看四周,天色已近黄昏,正是黑暗和光明融成一片朦胧灰色的时刻。不知在什么地方,有几个单身汉在唱歌,传来了缠绵的手风琴的声音,老丈人的话,像蝙蝠一样,回旋在巴维尔的周围。

"不行,你们别管德国,还是多想想自己的口袋吧,我求求你们!你们既然娶了亲,就该多想想钱袋,对——对了!假如孩子已经一个接一个地生出来,那就要为他们安排一个牢靠的家庭,这就要让口袋里装满钱,是的,是呀!"

马科夫一边拍着正要入睡的女儿,一边想着他的丈人。四年前,他所看到的瓦列克,完全是另外一个人。记得有一次在砖砌的棚子里开大会,这位老鞋匠一面揩着眼睛上的泪珠儿,一面叫道:

"孩子们!你们真可怜,嗯,反正一个样!一直往前冲吧!勇敢地往前冲!我们太怜惜自己了,任人摆布着过日子,我们为你们受了苦,现在你们也为你们的孩子受点苦吧……"

有一次,老鞋匠对巴维尔说:

"老弟,我一看见你,一听你说话,我就可怜自己没有儿

---

① 在俄文中,"德国"(Германия)和"口袋"(карман)两个字的发音近似,这里含有双关的意思。

子,只有一个女儿!唉,要是我有你这么个儿子的话……"

可是,自从城里一帮"爱国分子"打瞎了瓦列克的右眼,这老头子就猛然往后缩了。

"也不光他一个人往后缩。"巴维尔忧郁地想。

妻子很不耐烦地收拾着桌上的脏碗碟,弄得碗碟当啷作响,汤匙掉在地上,她嚷着:

"捡起来! 你知道我弯腰很费劲啊。"

"不行,你们让外国去搞政治好了,你们自己管管家里的事吧!"

马科夫把睡熟的女儿抱回屋里去,踩得阶梯嘎吱嘎吱直响,妻子用同样的声音唠叨着:

"要不是这些蠢事……"

"是、是、是!"老丈人用死板的声调说。

从黑乎乎的树林后面升起一轮红黄色的圆月。巴维尔·马科夫同妻子并排坐在阶梯上,他抚摸着妻子的头发,几乎是耳语般地对她说:

"万一出了事,把我关进监狱,同志们会帮助你的……"

"那还用说,你就等着吧!"达莎气呼呼地说。

"我们大家必须组织起来……"

"你去组织好了。可是你干吗要讨老婆呢?"

在他的心头和脑际闪烁着一些他所珍惜的思想,他没有听见达莎那些烦闷的反驳的话,达莎也不听他的。

"你别跟我讲废话! 你以前每月拿回一百卢布,可是现在呢?"

"这怪不得我,大伙儿的情况都这样……"

"你别管什么大伙儿的情况……丢开那些同志们,好好干你的活吧……"

她原想讲得和气一些,有说服力一些,但她整整忙了一天,已经很劳累,想睡觉了。这样的话已经讲了三年多,可什么变化也没有。她怜惜丈夫,为他担惊受怕,他差不多还是像过去那样,善良,愚笨而又倔强。她知道自己是拗不过他这种倔强劲的,因而在内心中愈来愈为自己也为女儿担心害怕。她对丈夫的怜悯愈来愈强烈,成为一种压力,但她找不到适当的语言来表达这种心情,于是怜悯变成了怨恨。

他看到,花楸树的影子沿着庭院爬到了他的脚边,张开数不清的尖指头,频频地抖动着。马科夫沉浸在对未来的向往中,神秘地对妻子说:

"你看:在法国已经……"

"别说了!"她愁眉苦脸地打断他的话,抬头仰望天空,用压抑的声音几乎嚷了起来,"要知道,咱们活不到那时候,咱们现在有孩子……"

他沉默了,仿佛被人从遥远的、光明的高处扔进这个小院子,扔到一些歪歪斜斜的拥挤不堪的破房子中间。

她想哭,但是愤怒烧干了她的眼泪,只是喉咙里哽咽着,她吃力地站起来,说:

"我要睡去了。你还要去找同志们吗?……"

"是的。"他迟疑了一会儿才回答。

她临走时,又大声唠叨着:

"倒不如快点把你们这些该死的东西抓走,反正早晚一个样!也许你们还会变得聪明点……"

月亮已经升高,影子变短了。狗在吠叫。

放荡的芬卡·卢科维察在菜园里用醉醺醺的哭声唱道:

我的情郎在伏尔加河上当船夫……
他淹——淹死了,我的冤家呀我真命苦……

有时候,这种谈话以大闹一场告终:达莎大叫大嚷,激愤得喘不过气来,她挥舞手臂,那对大乳房在肮脏的上衣里难看地抖动着。遇到这种时候,巴维尔看着她就感到恶心,但他默默地忍受着,不让那些使人难堪的粗话往心里去,却困惑地想道:

"当初我怎么没看出她是这么个女人呢?"

有一次,在这样的争吵之后,发生了一件事,使他心情非常矛盾,整整一年多的时间,他不得不弄虚作假,这使他非常痛苦,感到羞愧,但他又无法摆脱这种困境。

那是一个周末,他带回家的钱很少,这使得妻子暴跳如雷:她把钱往地上一摔,对着他大吵大闹。当时他也生气了,十分严厉而坚决地向她喝道:"闭嘴!"于是她把他推到门口,发疯似的嚷着:

"你滚,你这个叫花子!这个家是我爸爸的,是我的!你是个无赖,监狱才是你待的地方,快滚!"

他明白她这次发火的原因:收白菜的时候到了,但买白菜的钱不够。他受了这样的侮辱,简直气极了,就跑到外面,在别人家的菜园里坐了许久,竭力想抑制自己所受的委屈和痛苦。然后他进城去,在一家肮脏的小饭馆里喝了些伏特加酒,不知不觉走到了"教堂花园"——这是一座矮小的有五个圆顶的教堂旁的简陋的小花园。

那天刮着风,一根吊着的绳子不时碰着铜钟,那钟声宛如一声声轻微的叹息。教堂四周有一圈街灯,闪烁着暗淡的灯光。在教堂圆顶的十字架的上空,灰色的云像飘浮着的棉絮,云隙间露出一块块寒冷的蓝天,像一个个蓝色的窟窿;那阵阵的冷风仿佛就是从那里,从这些窟窿里呼啸着刮到地面上来的。

有时,从云隙间露出受惊的月亮,乌云就朝它扑过去,好像一群形容枯槁、面色苍白的乞丐朝扔给他们的十戈比硬币扑过去一样。潮湿而低沉的乌云擦过月亮,把它变成一个昏暗可怜的斑点。风摇撼着大地,好像一个狠心的奶娘摇着她所不喜欢的孩子的摇篮。

马科夫坐在一张长凳上,双手捧着醉醺醺的脑袋,断断续续地思忖着生活对他恶意的嘲弄:人越是想追求美好的东西,所得到的往往越糟。

这时有人在他身边坐下来。他抬头一看,不错,是个姑娘,他觉得,这是理所当然的:在这种阴雨的夜晚,这么荒凉的地方,除了小偷和妓女,还有谁会跑到一个孤独的人的身边来呢?

他们攀谈起来,随后又在城里的街道上走了很久,一路上,醉醺醺的巴维尔谈到自己不幸的婚姻,谈到他发现妻子不是他的知心人,他不能向她倾诉自己的心里话。

姑娘说道:

"这是常有的事……"

"常有的吗?"巴维尔问,"你怎么知道呢?"

"男人们经常抱怨……"

巴维尔朝她的脸看了一眼,没有什么特别的地方,这是一个娼妓的普普通通的脸。

他想起自己的妻子,心里恶狠狠地说:

"你自作自受!我这就跟这姑娘去……"

到了她的住所,他又谈起生活,谈到自己的想法,然后躺下睡觉,在她上床来陪他之前,他已经睡着了。

第二天早晨,他很难为情地同她一起喝茶,竭力避开那姑娘的目光,临走时,他给她三十五戈比,这是他身上仅有的钱。但她心平气和地推开了他的手,非常清楚地说:

"干吗?用不着给钱。"

他不喜欢她的动作,她的话也是令人不快的。

"得了,请收下吧!"

"好吧!"她同意了,拿了两枚银币,可是又耸耸肩,重复说,"真的,根本用不着……"

"她马上会请我再来,"巴维尔一边穿大衣,一边想道,"她还会说她叫什么名字,什么时候在家……"

可是她却看着地板,看着他脚下,若有所思地说:

"昨天晚上您讲得很好……讲到我们姊妹,讲到女人……"

这些话使他感到满意,霎时间消除了对她的厌恶感。他抱歉地笑着说:

"要是这样,我很高兴……昨天我喝醉了,平时我是不喝酒的……再见吧!"

她默默地伸出手来。

到了街上,他想:

"她没叫我去!钱也不想要,这是为什么呢?"

他记不清自己讲过什么话了,甚至连她的容貌也记不清了。

387

走近家门口,他带着既满意又惋惜的心情想道:

"要是再碰见她,会认不得的……"

天下着毛毛雨,他的大衣湿了,压在肩膀上,他感到头痛,很想睡觉。

妻子看见他,一声不响,甚至连瞧也不瞧他一眼。他在角落里坐了许久,看着她用有劲的双手揉面,看着她胳膊肘上迷人好看的小涡时隐时现。她整个身躯高大又结实。

为了要找话说,他问道:

"奥莉娅在哪儿?"

"在哪儿?!今天是好人的节日,她跟外公上教堂去了……"

巴维尔和蔼地说:

"这我可不懂了:为什么要把三岁的小娃娃带到那么闷气的地方去,况且天还下着雨?"

当他记起自己已经不止一次用同样的话来回答妻子的那句话时,他就不再往下说了。

妻子和面的声音更响了,连桌子都在吱吱作响。

"向她说:你看你把我逼到什么地步了?看见吗?你看你把我往哪儿推,——跟她说吗?"

他忽然感情冲动起来,走到妻子跟前,一只手搭在她圆圆的肩膀上。

"别碰我!"她叫了一声,抖掉他的手,脸孔涨得通红,甚至连脖子都涨红了,"滚你的吧,要不我狠狠给你一家伙!"

她挺直身子,用沾满发面和面粉的手理了理头发,头发变成了灰白色。

瓦列克抱着奥莉娅走进来,摘下眼镜,他的一只眼睛闪烁着,高声地说：

"上帝赐福,你可回来了……"

"爸爸——爸爸!"小姑娘叫着。

巴维尔本要去抱她,但是想起自己是在什么地方过的夜,就忧郁地弓着背,洗手去了。

妻子整天唠叨着,老丈人不断地嘲笑他：

"怎么样,社会政治家先生,您怎么不吃馅饼呀？您吃吧,现在离工人阶级取得胜利,离所有的叫花子都有馅饼吃的时候,还远得很呢!"

"您还是别惹我吧!"巴维尔怏怏不乐地说,"您知道这是没有用的……"

"是呀。说得对!"瓦列克表示同意,"没用……"

过了几分钟,他又问道：

"您的皮靴我修好了,看见了吗？"

"看见了。"

"满意吗？"

"谢谢。"

"达丽娅,把'谢谢'给腌起来,到没东西吃的时候,我好吃它……"

雨点沙沙地打在玻璃窗上,风在阁楼上刮得呼呼直响,敲打着什么东西。屋顶上的松树发出吱吱扭扭的声音,不知什么地方有一扇没关上的便门砰的一声,门闩响了一下,雨水像是唱着又像是哭着流进水桶里去。屋子里一片昏暗,散发着烤焦的葱、皮革和树胶的气味。

马科夫看出女儿受到了大人情绪的感染：她用询问的目

389

光害怕地看着大家,皱着眉头,似乎想哭。

"将来她会怎么样呢?"他想,一面注视着孩子,觉得自己对不起她。

"到我这儿来,好孩子!"他伸出胳臂叫她。可是当奥莉娅向他跑来的时候,母亲抓住她叫道:

"你敢去!"

奥莉娅哭了,小脸蛋埋在母亲的两膝中间,可是母亲站起身来,把她推到角落里去:

"去躺下,睡觉!别让我瞧见你……"

巴维尔也站了起来。他脸发热,背上感到一阵刺骨的寒冷。

"要是你下次再敢……"他说着向妻子跟前走了几步。

妻子把脸凑到他跟前,用充满痛苦和仇恨的低语催促道:

"喂,打吧!喂,打呀!"

可是老丈人手里拿着鞋楦头,跳着喊起来:

"你就这样呀!这就是你的团结——结呀!"

巴维尔推开妻子,抓起帽子,冲了出去。

他在雨里跑着,绝望地想:

"要不是丈人叫起来,我会把她……"

迎着他的是一股股肮脏的雨水,浇在他的脚上,秋风带着寒冷的、刺人的雨点扑面吹来。

他又到了那个姑娘那里,坐在桌旁,把淋湿了的上衣扔在地板上,一只手挥舞着,另一只手不断地揉着喉咙,急急忙忙地说:

"我又不是畜生!我懂得,不能怪她……"

姑娘忧心忡忡地在房间里转来转去,像一个被无形的力量驱赶着的陀螺;她生上茶炊,将劈柴顶在膝盖上折断,把煤炭拨弄得沙沙作响,她赤裸的肩膀上披着一条大围巾,围巾的下端像灰色的翅膀似的跟着她到处飘舞。

"您看,我到您这里来了,尽管我有一些同志,可是跟他们讲这种事是太难为情了,虽然他们大概也经历过这种一家人互相折磨的日子,为了什么呢?您倒说说看,为了什么?"

"我可不知道。"他听到她低声地回答。

"这种腐烂的生活渗透到每个人的骨髓和心里去了,忽然有天心会痛起来,痛得那么凶,简直想干坏事……"

姑娘走到他跟前,小心地摸摸他的衬衫,眨着眼说道:

"您淋湿了,可我什么衣服都没有……怎么办呢?"

"不用管它!"他一边说,一边抓住她的手。

她轻轻地抽出她的手指,担心地说:

"您会着凉,会生病的!这对工人来说,可是非常糟糕的!……"

她挣脱了手,走到过道里去,可是立刻就回来了,拿来一件破旧的花布衣,凑在茶炊的烟囱上烘暖,淡漠地劝着她的客人:

"您换一换衣服吧……尽管这是女人的衣服,不过是干的……"

她把破衣服扔在桌上,又走到过道里去,马科夫看着她的背影,仿佛在梦里一般:

"这是命运!命运就这么荒唐吗?不过,你又能到哪儿去呢?对她反正是一样。"

不知从旁边什么地方,隐隐约约地冒出了一些挖苦的话,就像他丈人的薄薄的嘴唇在低语：

"怎么，逼急了吧？你的同志们呢，啊？在这种困难的时候，你为什么不跑去找同志们，去找他们好了！啊哈，怕难为情吗？"

他用力压平自己的短发，委屈地笑了。

"您怎么啦？"女主人在门口探了探头，冷淡地问。

湿淋淋的衣服贴在他身上，引起一阵令人不快的寒战。巴维尔很快脱去衣服，裹在那件女人的长衫里。

"这样就好了。"姑娘说着走了进来。

"可笑吧？"他问。

"可笑。"姑娘表示同意，可是她的脸上却没有丝毫笑意。

巴维尔第一次没有礼貌地把她细细地打量了一番。她身材矮小壮实，高高的颧骨，有一双狭小难看的眼睛。

"可笑，可是您却不笑！"他一面说，一面环顾四周。

小小的房间里，摆着一张床，一张桌子，两把椅子，一个衣柜，门边还有个大炉子，挤得满满的。在面向入口的地方，供着一个小神像，神像上方插着一支带纸花的柳枝，黑乎乎的墙壁上挂着一些花花绿绿的图画，有些蟑螂在上面爬着，沙沙作响。墙壁的缝隙里嵌着麻布条。一扇四方形的小窗户，窗上的旧玻璃变得模糊不清了。

那姑娘俯身在茶炊上，没有回答巴维尔的话。他觉得很不自在，厌恶地暗自想道：

"这姑娘大概很蠢。"

但他嘴上却问：

"这是厨房吗？"

"是的。"

"屋子里还住着别人吗?"

她把滚开的茶炊放在桌子上,切了一大块裸麦面包,然后一面倒茶,一面低声地,用窗外的雨声那样单调的声音说:

"这儿还住着两个老太婆:老处女。不过她们差不多从来不在家里做饭,总是上有钱的朋友家里去,在那儿吃饭。她们也常常不回来过夜。真对不起,我这里除了面包,什么也没有!"

"我不想吃。"巴维尔说,感到越来越不自在:嗯,他干吗要上这儿来呢?

突然间,他出乎意料地严厉而大声地问她:

"您登记了吗?"

"上哪儿登记?"

"在警察局吧!"

她心平气和地答道:

"怎么,我的护照当然是登记了的!我是她们的厨娘,又是丫头。可是白天没什么事干……"

巴维尔觉得这话有点蹊跷,不对劲……

"我问的不是那个……"

她猜到了。她那颧骨突出的脸暗淡了,眼睛紧紧地闭着。

"哦,"她说,"嗯……这是指我昨天在街心花园。不,我不是干那一行的……"

他不相信。他猛然往后一仰,笑着,看着她,她隐瞒自己的职业,使他觉得好笑,他觉得她可笑而又可怜。

姑娘的斜眼忽然睁开了,那双眼睛是蓝莹莹的、柔和的,照亮了她那颧骨突出的脸,使那张脸显得漂亮一些了。

"昨天嘛,我就是这样,"她说,捏着面包屑,搓成小球儿,

"我心里也很不好受,就出去了。说不定我还想投河呢,可是您在那儿坐着。我心想,这是个男人,他也感到难受!我就走到您跟前。可您马上就数说起来,我看出您情绪坏极了。好像您也在想那种罪过的事……这种事差不多天天都有:自杀呀,上吊呀……"

他听着,不知道该不该相信她,暗自想道:

"'就出去了。''就走到您跟前。'讲得多不带劲。没意思的姑娘。"

那姑娘仍然用平淡的声音,简练地叙述着:她是莫尔德瓦人,出身有钱人家,有文化,上过教区学校。一场火灾使她家破了产,父亲去西伯利亚寻找土地,从此音讯全无,有人把她送到车站去当女仆,她在那里住了三年。站长有个兄弟,是个报务员。

"您讲话的时候,跟他一模一样。"

她那浅色的眼睫毛又遮住了眼睛,坚定地重复着。

"跟他一模一样……"

"他在哪儿呢?"巴维尔问。

姑娘沉默了一会儿才回答:

"被抓走了。"

她的声音里没有一点忧伤,但不知怎么奇怪地动了动脖子,她的颧骨变得更突出了,脸部也突然皱起来,像一只要吠叫的狗一样。

巴维尔已经不考虑,该不该相信她,因为他不愿意想这件事。

忽然她大声说:

"我有过一个孩子……"

"报务员的?"

"对了。生出来就是死的。"

"报务员是个好人吗?"

她开怀地笑了。

"是的。不过他老是一个人,他一讲话,大伙儿都笑他。就这么把他一个人抓走了。把我也赶跑了。"

风在烟囱里咆哮,恰似一只无家可归的老狗。

生活变成了彻头彻尾的欺骗,虚伪像铁锈一样腐蚀着马科夫的自尊心。

他爱妻子,喜欢拥抱她那强壮、温暖而巨大的身躯,她那双乌黑的眼睛射出的挑逗目光对他有一种不可抗拒的魅力。

有时,在她心绪好的时候,她娇声说话,不知为什么还带着一点鼻音:

"喂,你哪怕走到我跟前来,抱一抱、亲一亲你的老婆啊,你这个淘气包!"

有好些日子,有时好几个礼拜,他几乎忘记了城郊有那么一座黑屋子。它像窑洞,有两扇半明不暗的窗户,屋顶上盖着青苔,漆黑的房间像地窖,里面住的女人是个不吭声的、驯服的、夜间出没的生物。所有这些渐渐在他的记忆中消逝了,变成不需要的了。即使有时候这件事像乏味的梦一样,偶然出现在他的脑际,巴维尔也很满意地想道:

"那件事总算过去了!"

最初他非常想向妻子和盘托出,要讲得使她感到自己对不起他,使她明白,精神上的不和对他和她有着怎样的危险。

可是,进行这样的谈话委实叫人害怕,遇到她脾气和顺、可以接近的时候,光阴过得很快,快得抓不住,要是他从离题很远的地方谈起和家庭没有什么直接关系的话题,她总是尽情享受他的搂抱,懒洋洋地打着呵欠,用那种带着睡意的声音打断他的话:

"啊,你又讲这些废话了……"

于是她恳求着,命令着:

"就这么爱我好了,别讲你那些废话……"

如果他还继续讲,妻子的眉宇之间就会出现一道阴沉的皱纹,她的目光变得更清澈,更冷淡,她生气地训斥道:

"我说,你就丢开那些玩意吧。你要想想,你是有孩子的人啦!书也够多的了,整整一书架。……书也好,同志也好,这些东西对有老婆的人都用不着。……你看,那些有家室的人都离开了你们,安安分分地为老婆、为孩子干活。只有谢尔久科夫一个人同他的玛什卡跟你们这班人鬼混在一起,可是他怎么能跟你比呢?他上个月总共才拿回家三十六卢布,被罚了两次款……"

她很起劲地尽心在工人区收集一切逸言,她知道人们的许多坏事,从来不讲什么人的好话,总是扬扬得意、上气不接下气地把一大堆幸灾乐祸的,有时还是胡诌出来的无聊事情堆到丈夫的头上。

"没有这么回事,达丽娅!"他想制止她。

她声音哽咽着反驳他:

"嗯,当然啰!我知道,你只相信你的同志们,不相信老婆的话……"

由于妻子话语的压力,巴维尔丧失了力量,他原来的好意受到压抑,像血似的流掉,在他心中消失得无影无踪。他越来越习惯于在妻子面前沉默不语。

他不回答她的话,只是听她讲,一面轻轻地吹着口哨,一面忧郁地想:

"她现在不理解。难道就永远理解不了吗?"

他渴望着一种特别深沉而充实的女性的抚爱,这种抚爱能使热血沸腾,使心灵燃烧得更明亮,更炽热。但是要使心灵得到抚爱,就只有到城郊去,到长得难看的莫尔德瓦姑娘那里去。看来,她倒善于而且也喜欢倾听他关于生活的叙述和对于未来的憧憬。看到一个人坐在你的对面,贪婪地听着你的每一句话,如同昏厥很久的人苏醒过来时大口吸进空气一样,那是令人非常愉快的。

在她那干瘪的胸膛里也有一些巴维尔感到生疏和不大理解的东西:像是一只灰色的小鸟有时在那里唱歌似的。

"你去教堂吗?"有一次她偎着他问道。

"不去。你知道……"

巴维尔长久而热烈地向她解释,为什么他不去教堂,但等他讲完之后,莫尔德瓦姑娘却轻轻地说:

"意思是一样的:你讲的是人世间的和平,教堂里也在祈祷着'全世界的和平'……"

"不,你等一等!我讲的是斗争……"

"你要的斗争,就是为了大家言归于好……"

他又跟她争辩起来,兴奋地挥着手,用拳头砸桌子,他觉得他能愈来愈清楚、愈来愈容易地表达自己的思想。他感到很高兴,就讲得更起劲了。

可是莫尔德瓦姑娘温和而又固执地反驳他:

"不,我爱听祭司那深沉的低音:'上帝赐给你们和平。'

不管是谁说的,这对我都是一样,只要大家听得见:需要和平!"

她紧挨着他站着,望着他的眼睛,害怕地小声说:

"你看,人人都凶狠,到处在打架!饭馆里,集市上——哪儿都有!只要一玩起来就打,搞些娱乐消遣,也要打架。哪怕在教堂里,还要为争座位吵嘴。小小的孩子也要挨打。还把人抓起来,绞死,弄死了多少人啊!警察局打人打得多厉害啊!有的人还想毁掉自己,这也是忍无可忍,自己毁掉自己!我那次横下一条心想自杀,自己生自己的气:'贱货,你有什么好活的呀?'一个好人也没有,生活才这么可怕,是的,好人寥寥无几,这儿一个,那儿一个,简直找不到……"

他笑了她一阵,但她的话说得很朴实,一点不惹人讨厌,也没有一点强加于人的意思。这番话在巴维尔的心里引起了一种宽容的感情,仿佛在她朴素的信仰和他严肃的见解之间牵着一根细线,使他们接近起来。

很多次他回到这个话题上来,有时开玩笑,有时认真,但总是遇到她巧妙的抵抗:莫尔德瓦姑娘不反驳他,但也没有被他的道理所说服。

"你看得太远了,要求得太高了!"他笑着说,"我和你还看不见和平呢,咱们得生活在斗争中……"

她想了想,答道:

"要是你知道明天会很好,那么即便今天有些坏事,也不那么可怕,而且也不会显得那么严重了……"

巴维尔坐在莉莎那里,有时也想起妻子来:他的双手顿时垂了下来,心里感到剧烈的痛苦,他身上发冷,怀着羞愧和愤恨的心情责备自己:

"还自称是什么思想进步人士呢。你揭露资产阶级的腐化,可自己也不过如此……"

然而,这个烦人的想法往往被许多别的思想岔开去,它们向四面八方展开,然后深入到生活的底蕴,这些思想虽然还不太清晰,可是马科夫很想把它们表达出来。他又屡次在莉莎的面前倾吐自己痛苦的心事,谈论他的妻子,说他是爱妻子的,可是没有莉莎,他也很难生活下去。

"我跟任何人都不能像跟你这样谈话。看来男人大概有些心事是只能对女人讲的。可是我又不能跟妻子谈。跟同志们谈也不行……谈自己的私事,似乎难为情,很不好意思,可是又非说不可!"

她用粗糙的手掌和细长的手指抚摸着他的头,听着他的话。

"我试着跟人谈过,他们就按照书本来回答我,书我自己也会读!大家都不好意思坦率地谈自己……大概很多人像我一样痛苦,这种痛苦哪里也没有写过,只在心上写着,说出来又叫人难为情,可是应该讲出来,要不会折磨人的!"

这时,他的面前闪烁着一双碧蓝的眼睛,于是他忘记了这双狭长的眼睛是歪斜的。莉莎的一只手颤抖地摸着他的头、他的肩膀,仿佛以此来回答他激动的心情。

他抱起她来,放在自己的膝盖上,疼爱地,带着突然迸发的热情,吻着她热烈粗糙的脸颊和嘴唇。

"不要紧,亲爱的,"她低声说,眼睛睁得愈来愈大,"你能熬过去的,过些时候就好了……"

有时,他把头枕在她的膝盖上睡熟了,姑娘一动不动地坐着,直到该叫醒他的时候;她坐着,像个保姆似的,轻轻地抚摸着他的短发。

……巴维尔有时带来一张报纸,他把这张印着密密麻麻字迹的花花绿绿的报纸在桌上摊开,俯身在报纸上,带着庄重的神情读着关于欧洲和全世界的同志们的消息,读到他们不懈的斗争和工作,读到党的领袖们,读到日常斗争中那些孜孜不倦的战士。

姑娘一动不动地坐着,偶尔低声问他一些什么,但巴维尔断定,莫尔德瓦姑娘什么都懂。

他发现,只要一读到英雄或领袖的故事,她的脸就会奇怪地紧张起来,碧蓝的眼睛闪烁着,像一个听着迷人的神话故事的孩子。有时候,这种呆板的目光甚至叫人不舒服,叫人想起一只聪明而忠心的狗的目光,它似乎在深思,深深地思索只有它那不会讲话的牲畜的心灵才能够懂得的事。在这种时候,他觉得这个矮小温顺的姑娘能平心静气地做出任何事……

她常常问:

"你说,他叫什么名字来着?"

停了一会儿,她清晰地重复着那个名字,又问道。

"俄文那个名字怎么说?"

"我不知道。我们没有这样的名字。"

"难道我们没有这样的圣人吗?"她不相信地问,有点不高兴。

巴维尔哈哈大笑起来。

"好姑娘,圣人不是我们的事!我们生活在地狱里,我们这里是不会出圣人的……"

"会出的!"莉莎有一次说。

这句短短的话听来很奇怪,仿佛半夜响起的第一次钟声,

在黑暗里预告新的一天的诞生。巴维尔看了看女伴的面庞,可是并没有发现什么特殊的地方。他想了想问道:

"你为什么问起这些人的名字呢?"

她低头不语。于是巴维尔亲切地抬起她的脸,笑着又问:

"也许,你打算为他们祷告吧?是吗?"

"那又怎么样,"她说,"我也为他们祷告。不过我祷告的时候不说名字,只说:上帝,帮助那些为别人做好事的人吧!你笑好了,我不在乎。"

"祷告没有用,莉莎!"

"大家都尽自己的可能去帮助好人。"

"算了吧,莉莎!不行,你得学会用别的办法来帮助……"

"等我学会了,就用别的法子……"

于是她紧偎着他说:

"这没关系:这不会得罪他们……"

巴维尔抱着她,默不作声,他在想着一件还不十分明确的重大的事。

同志们发现,他有时候躲开他们,也躲开他的妻子,却在别处消磨时光,但是他们都不作声,假装相信他的解释。

只有快活的铸工米哈伊洛·谢尔久科夫有一次问他:

"巴沙[①],你怎么也轧上姘头了?"

巴维尔被问了个措手不及,难为情地反问道:

"你说谁呀?"

---

① 巴沙是巴维尔的别称。

米哈伊洛是个麻子,头发蓬乱,挥舞着两只烫伤的手,哈哈大笑起来。

"这下子可叫我抓住你的把柄了!老兄,怎么样,啊?嗯,这一下我要告诉你老婆去啦……"

"别这样,你别说!"巴维尔真心地恳求他。

"那你送给我什么?把涅克拉索夫的诗集送给我,怎么样?"

"不给。我自己会告诉她的……"

谢尔久科夫诧异地看了他一眼。

"你自己去告诉她?告诉你老婆?"

"嗯,是呀。"

"为什么?"

"该说嘛!"

米哈伊尔蹙起他那布满皱纹的额头,斜眼看着一旁,叹口气说:

"这么说,你真的要这么做了?没什么,那样也好!大伙都看得见,她配不上你。她生来就是小市民,深入骨髓了。你总不能把黑狗洗白,何必去浪费时间呢……"

"他不明白。"巴维尔想。

他又低声说:"你不喜欢她。"

"对!"谢尔久科夫嘲笑地表示同意,"这说得对:我喜欢另外一个,而不是她……"

于是巴维尔问他:

"你也是这样吗?"

"什么也是这样?哎,对啦……"

那个铸工不高兴地冷笑一下,简单地说:

"是呀,老弟,我也是这样。"

巴维尔奇怪地看着他,谨慎地问:

"这是怎么啦?你们俩不是过得很好吗……你的老婆不是同志吗……"

"说的正是啊,就因为她是同志!"谢尔久科夫愁眉苦脸地大声说,"问题就在这儿,她这位同志拼命咳嗽,一天天憔悴下去……"

他们两人在工厂院子里沾满煤烟的墙边谈话,在他们的头顶上,排气管不停地愤愤地喷着气:

"呜嘿,呜嘿。"

空气里饱含着煤烟,充满着痛楚的呻吟、尖叫和摩擦的声音,还有火的轰隆声和铁器的响声。

"三年生了两个孩子,"谢尔久科夫一面卷着烟,一面悲伤地抱怨,"我们这个阶层显然供养不起。医生说:'节制点儿吧。'嗯,我就开始躲开她,我也实在是可怜她!流眼泪的滑稽剧,我的好兄弟。躲开,躲开,最后跑到……跑到那种不该去的地方去了。也许我还会闹出什么乱子来。可是也没法回头了……而且,回头是什么意思呢?老婆应当下乡去,而不能生孩子。老弟,看来我们不配有孩子。那么,我们到底配有什么呢?"

他看看四周那一堆堆的废铁,因为堆过煤弄得乌黑的土地,还有那些冒着黑烟和蒸汽的车间的屋顶。

"在生活中咱们这些人输得可惨啦!没得着一张王牌,不妙啊,巴沙!"

他把烟头往背后一扔,走进自己的车间。他现在走路的样子,巴维尔还从来没有见过,他垂着头,不时东张西望,仿佛害怕有谁突然会向他猛扑过去。当他走进铸造车间的黑门洞之后,巴维尔记起,他过去是个快活、淘气、无忧无虑的家伙,爱讲漂亮话,又是个戏迷和歌手,他想到这些,不禁深深陷入了沉思。好像刚才同他讲话的不是过去的谢尔久科夫,而是另一个更加亲近的人。他第一次听见一个同志如此坦率地谈到自己内心的苦恼。巴维尔站在车床前,心里想:

"他现在会理解我的,我也会跟他更接近了,这是肯定的!我的生活不好……"

可是,这没能做到:不到一个礼拜,有人在砖厂附近的丛林中把谢尔久科夫抬了出来,他不知道被谁狠狠地揍了一顿,在医院里住了许久。

"这就是生活!"巴维尔说,在自己家的屋子里踱来踱去:

"唉,他真可怜,这么可怜。达莎,你想象不出来,他有多么可怜!他是个多好的小伙子啊……"

他坐在妻子身旁,放低嗓门接着说:

"你知道,不久前他还跟我说起他的老婆……"

"他这个坏蛋最好别提他老婆!"达莎阴沉地答道,"我可知道,人家为什么要揍他……"

"慢着,达莎!"

"当然,不管什么下流东西,只要是你的同志,你都要为他辩护……"

他厉声说:

"达丽娅!我的同志里面,可没有下流东西!"

"用不着大声嚷嚷!"

尽管老婆用臂肘推开他,他还是拥抱了她,向她讲了谢尔久科夫的事情。最初她很感兴趣,但后来生气地推开丈夫,骂

了起来:

"哎哟,这些死鬼!难道玛丽娅知道他的这些鬼把戏吗?"

"你可千万别告诉她呀!"巴维尔吓得喊了起来。

"我要告诉她!真的要告诉她!"达莎兴致勃勃地、得意地笑着喊道,"混账东西,读书读出什么来了,想出什么来了!你看,可怜她的老婆,怕她多生孩子,听着!呸!"

她生气的时候,总是直着身子,昂着头,鼻子使劲出气,她的鼻孔张开,扇动着,像马一样。这样一来,她就更有诱惑力,同时也更使巴维尔反感。这时,他非常希望她遭罪。他恨不得亲眼看见她生病,倒霉,或是由于害怕而沉默不语,或是看见她变成一个叫花子:穿着肮脏的破烂衣服沿街乞讨,低声下气地向谢尔久科夫瘦瘦的、聪明伶俐的妻子鞠躬,求她赏几个钱。或是祈求那些与她的心格格不入的人赏几个钱,她的心像个滚圆的铁球一样,又暗淡,又沉重。

礼拜六晚上,巴维尔坐在莉莎那里,低声说:

"把人弄到什么地步了,连好事、合乎人性的事,也被当成坏事了。我的心像系上了圈套,不知怎么才能解开!当然啰,我爱我的老婆,也爱我的女儿,可是,她能给我女儿什么好处呀!莉莎,没有你,我也活不下去。唉,莫尔德瓦姑娘,你的心真好,你是我的知己……"

她低头听着他说,然后认真地、小声地插上三言两语:

"我不知道你该怎么办。我想不出怎么才能帮你的忙……"

然而,她还是想出了办法。

有一天,巴维尔又同老婆、丈人吵了嘴,心情很不痛快,精疲力竭地在静悄悄的街上走着,走过一些篱笆,走过那些关得严严实实的院门和漆黑的窗户,春天的黑夜躲避着月亮的寒光,藏在家家户户的屋子里。

"面面都要考虑到!"他想,一会儿走在月光下,一会儿消失在树木和房屋的阴影里,"不,这些全得丢开!要么就按我想的那样生活,要么就像她所要求的那种爱情。可我真想过自己的日子……已经够受了!"

他走路很吃力,仿佛两条腿在阴影里黏住了,又像在浮沙或泥泞里走路似的。他穿过大街,到了对面,街那边完全沉浸在苍白的月光之中。

这座城市迟迟才进入春夜不安宁的梦乡。可是黑黝黝的人影仍在街头游逛,像是在寻找什么,又不抱能找到的希望似的。一个骑者的黑影闪过,骑者在马鞍上颠簸着,马蹄踏在石头上,迸发出两颗蓝色的火星。

一个粗壮的警察牵着一个长头发的工人走过,用皮带套着他的脑袋,那工人摇摇晃晃地走着,用手威胁着什么人,像只大野蜂似的,嘴里发出嗡嗡的声音:

"你等着吧,我会收拾你的……"

一个邮局的职员手挽一位身材窈窕的小姐走过,留下几句叫人费解的话:

"稍稍打开了一点,就那么一点,谁也走不过去……"

狗把嘴伸出大门,带着睡意懒洋洋地吠了几声;教堂的守夜人不慌不忙地敲钟报时:他敲一下停一会儿,慢慢等着钟声消失在蓝色的空中,如同泪水融化在一大碗冷水里。

"十点钟了。"巴维尔数着。

他想象着矮小的莫尔德瓦姑娘的模样:穿着一条灰裙子,

一件前胸有花边的黄色上衣。她有三件上衣,全是黄色的,只是深浅不同,而且她穿着都嫌短:当她抬起手来的时候,衣襟就从腰带里滑出来,当她弯腰的时候,腰部露出一截乡下土布做的衬衣。她的裙子也不合身,歪歪斜斜的。

"她的头发很好看,"他提醒自己,想在莉莎身上找到能和他妻子媲美的地方,"头发很好,软极了。眼睛也好看。很可爱……"

但仿佛有个人很不以为然地反驳他:

"她的膝盖是瘦削的。肩膀也是那样。"

莉莎房间的窗户是漆黑的,他把脸贴在玻璃上,像往常一样,用手指急促地不断敲打着通风窗子上的铁烟囱,气窗里的风车已经坏了。但很久没有人答应,后来有一个生疏、微弱的声音在烟囱口问道:

"找谁?"

"莉莎在家吗?"

有人闷声答道:

"她不在这儿了。"

"这是怎么回事呢?"

"她走了。"

"什么时候走的?"

"四天以前。您请走吧。"

"劳驾!"巴维尔大声说,把胸口紧贴着房子的墙壁,"也许她交代了要告诉我什么话吧?"

"您是谁呀?"

"马科夫,巴维尔·德米特里奇……"

"有个条子是给您的,我这就把它从通风窗口递出去。"

407

灯火亮了一下,又熄灭了。

灯又亮了起来,窗户像是一张又大又黄的面孔,上面有个十字形的黑伤疤。

从窗洞里露出一角白纸,窸窸窣窣地响着。巴维尔接住它,打开来,然后他贴在玻璃上,读着写在上面的又大又歪歪扭扭的字体。

> 巴维尔·德米特里奇,我敬重的人我很爱您这会很不好像您老婆一样。因为我已经忌妒起她恨起她来了也忌妒你恨你所以我走了不知到哪里去
>
> 莉莎维塔①

他把字条捏在拳头里,可是马上又展开,看了看上面写得歪斜潦草的字迹,然后把它撕得粉碎,发狠地冷笑着:

"想出这种花招,狗东西……"

他把那些纸屑抛撒在地上,呆望着田野,那里死气沉沉,空空荡荡,就跟他那颗由于恐惧而突然紧缩了的心一样。

"傻姑娘……"

然后,他肩膀擦着篱笆,慢慢地走回工人村去,他一边走,一边忧郁地嘟哝着:

"唉,莉莎,你到哪儿去了?"

谭 得 伶 译

---

① 莉莎维塔是莉莎的本名。

吃人的情欲[*]

一个闷人的夏夜,我在城郊僻静的胡同里看到了一幅奇怪的情景:有个女人走进一片大水洼,像孩子般地用双脚践踏泥水;一边跺脚,一边用难听的鼻音唱着下流的歌曲,歌里的人名"福姆卡"同"容量大"一词押着韵。

白天,城市里下过一场大暴雨,雨水泡湿了胡同里龌龊的黏土;积水很深,几乎没过这女人的两膝。听嗓音,唱歌的女人已经喝得醉醺醺的了。她若是跳得疲乏而倒在水中,是很容易被泥浆呛死的。

我向上提了提皮靴筒,走进水洼,抓住跳舞女人的手,想把她拖到一块干地上。起初,她有些惊慌,一声不响,顺从地跟我走着,但是后来,她全身用力一挣,挣脱了右手,朝我胸脯打了一下,大声喊叫起来:

"救命呀!"

于是又执拗地向水中走去,把我也拖进去了。

"魔鬼,"她嘟哝着,"我不去!我活我的……你过你的……救命呀!"

一个更夫从黑暗中走出,在离我们五步远的地方停了下

---

[*] 本篇写于一九一三年,最初发表于一九一七年第一期《年鉴》杂志。

来,气势汹汹地问道:

"谁在这儿胡闹?"

我对他说,我怕这女人会淹死在泥水里,想拉她出来,更夫瞅了女酒鬼一眼,大声咳了口痰,命令道:

"玛什卡,出来!"

"我不想出去。"

"我跟你说,出来!"

"我就是不出去。"

"我要给你两下,贱货。"更夫说道。他已不再发怒,接着主动搭讪着和气地对我说:"她是这儿搓麻绳的女人,叫弗罗莉哈·玛什卡。你有烟吗?"

我们抽起烟来。女人一边在水洼里迈着大步,一边喊道:"什么长官不长官,我就是我自个儿的长官……我想洗澡就洗澡……"

"我看你敢洗,"更夫警告她说,他是个长着大胡子、体格健壮的老人,"她差不多每天夜里都要在这里胡闹。家里还有一个下肢残废的儿子……"

"她住得远吗?"

"应当把她弄死。"更夫说道,没有回答我的问题。

"最好送她回家去。"我提议说。

更夫的嘴在胡须下咕噜了一声,用香烟头的光亮照一照我的脸,用靴子吃力地踏着泥泞扬长而去。

"你送她去吧,不过你先要看清她的长相。"

这时,女人又坐到泥水里,两手拨弄着泥浆,用难听的鼻音粗野地尖声唱了起来:

如同在海上……①

在我们头顶上的黑暗夜空里,有一颗巨星倒映在她身边的一汪油腻的污水中。水中鳞波泛起,影儿即刻消失。我又走进水洼里,抓住唱歌女人的腋下,用膝盖顶着,把她架了起来,向篱笆跟前走去;她死也不肯走,挥动双手,挑战似的对我说:

"哼,打吧!没有关系,打吧……你这个野兽……你这个恶魔……哼,打吧!"

我把她按到篱笆跟前,接着问她住在哪里。她微微抬起醉醺醺的脸,用两只深陷发黑的眼睛直望着我。我发现她的鼻梁骨塌下去了,鼻尖向上翘起,像颗小纽扣,伤疤把上唇绷得紧紧的,露出一排小牙,浮肿的脸上露出一种令人讨厌的微笑。"好吧,我们走吧。"她说。

我们扶着篱笆走了。她那湿漉漉的裙子下摆拍打着我的双腿。

"我们走吧,亲爱的,"她唠叨着,好像清醒了一些,"我招待你……我给你安慰……"

她把我领到一所两层楼的院子里。她在大车、木桶、箱子和零散的劈柴垛中间,像盲人一样小心翼翼地走着,最后在房基上的一个洞口前停了下来,对我说:

"钻进去吧。"

开始,我扶着黏滞的墙,搂住这女人的腰,后来,好不容易地扶着她缓缓向前移动的身体,沿着光滑的楼梯走到底下,摸

---

① 出自俄罗斯民歌《美妙的月亮》,歌词大意是:嘿,在海上,在蓝色的海上,漂浮着一只天鹅……

到门上的厚毛毡和把手,打开门,在黑洞的门槛上停住脚步,不敢往里面走。

"妈妈,是你吗?"黑暗中有人轻声问道。

"是我啊……"

朽烂物和树脂发出的热气,迎面扑来。突然火柴亮了,微弱的火光一瞬间照亮了一张苍白的小孩面孔,很快又熄灭了。

"是我,还有谁能到你这儿来呢?"女人说着整个身体都靠在我身上。

火柴又亮了,玻璃灯罩发出清脆的响声,一只纤细而又可笑的小手点燃了小小的白铁灯。

"我的宝贝呀。"女人说道,微微摇晃着身子,躺倒在角落里,那儿放着一张比砖地稍高的宽大的床铺。

小孩望着灯光。灯燃着,灯芯开始结花,他不断地拨动着灯芯。他的小脸很严肃,尖尖的鼻子,有着女孩儿一般圆润的嘴唇,——这张如妙笔勾画的脸庞,在这阴暗潮湿的洞里,显得极不相称。他拨了一下灯芯,便用毛茸茸的眼睛望着我,问道:

"她醉了吗?"

他的妈妈横躺在床上,又是抽咽,又是打鼾。

"应该给她脱掉衣服。"我说。

"那你就给她脱吧。"男孩子应声说道,垂下眼帘。

当我从女人身上脱下湿裙子时,他认真地低声问道:

"熄灯吗?"

"为什么?"

他沉默不语。我一面像搬动面袋似的搬动着他母亲的身体,一面注视着他。他坐在窗台旁地板上的一个厚木板箱子

里,木箱上面写着几个印刷体的黑字:

小 心 轻 放!

H. P. 股份公司出品

四方窗户的窗台同男孩子的肩一般高。墙上钉着几排窄木架,上面放着几摞香烟盒和火柴盒。男孩坐着的木箱旁边,还有一个木箱,上面铺着一层黄草纸,显然是当桌子用的。男孩将难看而又可怜的双手放在脖子后面,脸朝上向漆黑的玻璃窗外张望。

我给女人脱完衣服,把湿衣扔到壁炉上,又到角落里的一只瓦盆里洗了手,边用手帕擦手,边对男孩子说:

"好吧,再见了!"

他看了我一眼,含糊不清地问道:

"现在——要熄灯吗?"

"随你的便。"

"你要走,不躺下吗?"

他伸出一只小手,指着他的母亲说:

"和她一块儿。"

"为什么?"我莫名其妙地问道。

"你自己知道,"他满不在意地伸了伸腰说,"人家都躺下来的。"

我感到难为情,回头望了一眼:我的右边是一个简陋的炉子的炉口,炉口前边的小台上放着没有洗过的食具,箱子后面的角落里,堆放着几根涂过松脂的粗绳、麻秆、劈柴、刨花和扁担。

一个蜡黄的身躯,直挺挺地躺在我的脚下,不时发出鼾声。"可以同你坐一会儿吗?"我问男孩子。

他皱着眉头看着我,回答道:

"一直到明早她也不会醒过来。"

"我不需要她。"

我蹲在他的木箱跟前,讲述我同他母亲相遇的情景,尽量说得风趣一些:

"她坐在泥水里,两只手像双桨一样划着水,还在唱歌……"

他点了点头,苍白的脸上掠过一丝微笑,他不时地抓搔他那窄小的前胸。

"那是因为她喝醉了。她就是在清醒的时候也喜欢闹着玩,真像个小孩子……"

这时,我看清了他的一双毛茸茸的眼睛,长长的睫毛弯曲着,眼皮上也长着好看的浓密的汗毛,眼窝下面呈现一片淡淡的阴影,使得没有血色的皮肤显得更加苍白。淡栗色的鬈发像一顶破旧的帽子,盖着高高的前额和鼻梁上面的几道皱纹。他那全神贯注而又安详的表情是难以描述的,我勉强地忍受住这奇怪的非人的目光。

"你的腿怎么啦?"

他转动一下身子,一条像小火钩似的干瘪瘪的腿,从破被絮里裸露出来,他用手轻轻地把腿举起,放到木箱边上。

"你瞧这条腿。两条腿是一样的,生下来就是这个样子。不能走动,不是活的,——就是这个样子……"

"这些小盒子里装的是什么?"

"是兽笼。"他回答道,又用手举起那条木棍似的腿,放回木箱底上的破絮里,爽快、友好地笑着,提议说:

"要不要给你看看？哎，你好生坐着。这玩意儿怕你从来还没有见过呢！"

他灵巧地挥动着瘦弱的、过分细长的手臂，微微抬起上半身，从木架上取下各种小盒，一个一个地递给我。

"小心！不要打开，不然它们会跑掉的！你放在耳边听一听，怎么样？"

"什么东西在动……"

"嗯！里面是一只蜘蛛，是个坏蛋！它名叫鼓手。狡猾极了！……"

他那双美丽的眼睛射出温柔的目光，发青的小脸上露出微笑。灵巧的双手迅速地忙来忙去，从木架上取下一个个小盒，先放在自己的耳边听，然后又放到我的耳边，津津有味地讲起来：

"这是一只小蟑螂，名叫阿尼西姆，是个吹牛大王，像个当兵的。这是一只苍蝇，叫官太太，是个少有的坏蛋，整天嗡嗡叫，谁都骂，甚至还揪过母亲的头发呢。不是苍蝇，是一个官太太，就住在窗户朝街的屋子里，只是长相像苍蝇。这是一只黑色的大蟑螂，是个老板，它还说得过去，不过是个酒鬼，不要脸的东西。它喝足了，就赤着身子，毛茸茸的，像条黑狗在院子里爬来爬去。这里是甲虫，尼科季叔叔，我是在院子里捉到的。它是一个香客，是一个狡猾的家伙；好像在替教堂募捐；妈妈叫它'贱货'，也是她的情人。她的情人像苍蝇一样多。别看她没有鼻子。"

"她打你吗？"

"她吗？才不会呢！她没有我是活不下去的。她是一个好心肠的女人，只是喜欢喝酒。嘿，我们这条街上都是酒鬼。"

她很漂亮,是个快活的女人……喝得太凶了,娼妇!我对她说:'你呀,傻瓜!若是戒了酒,准会发财的。'她听了,哈哈大笑。一个愚蠢的女人!但她是个好人,等她醒过酒来,你自己会看到的。"

他令人着迷地笑了起来,他的笑是那样迷人,我出于对他的强烈的、难以忍受的怜悯心,真想大哭一场,并对全城呼喊。他那美丽的、像一枝不寻常的花朵的小脑袋,在细长的脖颈上微微摇动,眼里发出兴奋的光彩,以一种无法抵御的魅力吸引着我。

我倾听着他那稚气的、可怕的絮语,一时竟忘记了我在什么地方。突然我的目光又落到那扇矮小的、外面溅满泥浆的监狱式的窗子上,黑洞洞的炉口,角落里的一堆麻秆,门旁的破絮上躺着蜡黄色的女人躯体。

"兽笼好吗?"男孩子骄傲地问道。

"很好。"

"我就是没有蝴蝶,没有蝴蝶和灯蛾!"

"你叫什么名字?"

"列尼卡。"

"我们是同名。"

"真的?那你是怎样一个人?"

"喏,就是这样一个人,没什么特别的。"

"得啦,你撒谎!每个人都有个样。我知道,你是个好心人。"

"也许是这样。"

"我看得出来,你还是个胆小的人。"

"为什么?"

"我看得出来!"

他狡猾地笑着,还向我挤了挤眼。

"到底为什么说我是个胆小的人呢?"

"你看,你和我坐在这儿,就是说,你怕走夜路!"

"天不是已经亮了吗?"

"那么,你要走吗?"

"我还会到你这儿来的。"

他不相信,睫毛遮住了他可爱的毛茸茸的眼睛。沉默了一会儿,他问道:

"你来干什么?"

"来和你坐坐。你很有意思。可以来吗?"

"随你便,我们这儿什么人都来……"

他叹了口气,又说道:

"你不骗我吗?"

"真的,我一定来!"

"那么,你就来吧! 你是来找我,而不是找妈妈,别理她! 我们做个朋友吧,好吗?"

"好的。"

"好,就这样。你是大人,这不要紧;你有多大岁数?"

"二十一岁。"

"我十二岁。我没有朋友,只有卡季卡一个人,拉水车的女儿,因为她到我这儿来,常挨她妈妈打……你是小偷吗?"

"不是,怎么是小偷呢?"

"你的脸太可怕了,瘦瘦的,长着小偷一样的鼻子。有两个小偷常到我们家里来,一个名叫萨什卡,是个傻瓜,凶得很,另一个叫瓦涅奇卡,像狗一样听话。你有小盒子吗?"

"我带给你。"

"带来吧!我不告诉妈妈你要来……"

"为什么?"

"不为什么。男人第二次到我们这儿来,她总是很高兴的。她就是喜欢男人,自私的女人,——真倒霉!我妈妈,她是一个可笑的女孩。她在十五岁那年,连她自己也不知道怎么一来,就把我生下来了!你什么时候来?"

"明天晚上。"

"晚上她又要喝醉了。你不偷东西,那么是干什么的?"

"卖巴伐利亚克瓦斯。"

"啊,是吗?带一瓶来好吗?"

"当然,一定。好吧,我走啦。"

"走吧。还来吗?"

"一定来。"

他向我伸出一双长长的手,我也用两手握紧这两根细弱的、冰冷的小骨头,摇晃几下,然后也没有回头瞧他一眼,便像个醉汉那样爬到屋外去了。

天已破晓;渐渐消逝的金星,在一群潮湿的、半倒塌的建筑物上空若隐若现。地下室的玻璃窗子,既模糊又肮脏,仿佛是醉汉的眼睛,从房墙下污秽的洞里望着我。一个红脸大汉睡在门旁的大车上,舒展地叉开两条赤裸的大腿,浓厚坚硬的胡须向空中翘起,白色的牙齿在胡须里闪闪发亮。这条大汉好像闭上了眼睛,在那里狞笑。一条老狗走到我跟前,它脊背已经光秃,显然是开水烫的,嗅了嗅我的脚,接着有气无力地轻轻吠叫了几声,在我心中勾起了对它的毫无意义的怜悯。

清晨,蔚蓝的天空有几道玫瑰色的朝霞,倒映在街头沉积了一夜的水洼里。这些倒影给污秽的水洼增添了几分多余的、令人不快的、腐蚀心灵的景色。

第二天,我请街坊的小孩捕捉了一些甲虫、蝴蝶,又在药房里买了几个漂亮的小盒,带了两瓶克瓦斯、蜜糖饼干、糖果和甜面包,去找列尼卡。

列尼卡十分惊讶地收下了我的礼物,那双可爱的眼睛睁得大大的——它们在阳光下显得更加美丽。

"喔唷唷,"他用一种不像小孩的嗓音低声说道,"你带来这么多的东西啊!你果真是个有钱人?这是怎么回事?有钱的人却穿得这样破,还说不是小偷呢!多好的小盒啊!喔唷唷,我真不忍心去摸它,我没有洗手。那是什么?噉,小甲虫!像铜的一样,还发绿光呢,啊,你这个鬼东西……哎呀,它们会逃跑和飞走吗?这太好了……"

他突然快活地喊了一声:

"妈妈!下来呀!给我洗洗手。你看,他都带些什么来啦!就是昨天夜里来过的那个人,像看护一样把你拖了回来。这全是他带来的。他也叫列尼卡。"

"你要谢谢他。"身后传来一个低微而古怪的嗓音。

男孩子频频地点头:

"谢谢,谢谢!"

一团团毛茸茸的尘埃在地下室里飘动,我透过尘埃吃力地认出炉台上有个毛发蓬乱的人头,一个女人的丑脸,发亮的牙齿勉强装出来的、不由自主的微笑。

"您好!"

"您好!"女人重复道。她说话带有难听的鼻音,不大响亮,但很爽朗,几乎是愉快的。她微微地眯着眼睛望着我,似乎带着一种讥笑的表情。

列尼卡忘记了我,嘴里一边嚼着饼干,一边喃喃自语,小心翼翼地打开小盒。他的睫毛在面颊上投下了阴影,青眼圈变得更加明显。暗淡的、老人脸一般的太阳向污秽的玻璃窗里张望,柔和的阳光洒落在男孩子的栗色头发上。列尼卡的衬衣敞着怀,我看到,心脏在纤细的骨架里跳动,皮肤和不大明显的小乳头不断地一起一落。

他的母亲从炉台上爬下来,在洗脸盆里浸好毛巾,走到列尼卡跟前,拿起他的左手。

"跑了,站住,跑了!"他喊道,全身在木箱里转动起来,抛开身上有气味的破絮,裸露出发青的不能动弹的双腿。女人笑了起来,一边翻动着破絮,一边也喊起来:

"捉住它!"

她捉住甲虫,放在手掌上,用一双活泼的浅蓝色眼睛打量着我,又以老朋友的口气对我说:

"这样的虫子真多!"

"别压死它,"儿子严厉地警告她,"她有一次喝醉了酒,坐在我的兽笼上,压死了好多!"

"你忘掉这件事吧,我的小宝贝。"

"我埋了又埋……"

"后来我不又亲手给你捉了好多嘛。"

"捉了很多!你压死的那些都是有学问的,你这个小胡同里的傻瓜!我把死掉的虫子埋在炉底下,我自己爬过去埋的,那儿是我的公墓……你知道吗?我有过一只蜘蛛,名叫明卡,很像我妈妈过去的一个情人,现在他进了监狱,是一个肥胖而快活的人……"

"哎哟,我亲爱的小宝贝。"女人说道,不时地用指头短短的发乌的小手抚摩着儿子的鬈发,随后用肘部碰了我一下,眼中闪出微笑,问道:

"我的儿子好吗?你瞧那眼睛,啊?"

"你把一只眼睛拿去,把双腿还给我吧。"列尼卡说,冷笑了一声,又仔细地看起甲虫来,"多么好啊……是铁做的!多肥啊。妈妈,它像你给编结过绳梯的那个修道士,——记得吗?"

"怎能不记得呢!"

她于是笑着对我讲起来:

"你瞧,有一天,一个身材高大的修道士突然闯进我的家门,问道:'搓麻绳的女人,你能用绳子给我编一个梯子吗?'我生来还没听说过这样的梯子。我说:'不,我不会!'他说:'那么,我教你。'他解开法衣,满肚子缠着不太粗的绳子,——绳子又长又结实。我学会了,一面编,一面想:他要这种梯子干什么?是不是准备去抢劫教堂啊?"

她笑了起来,搂着儿子的肩膀,抚摩着。

"啊呀,都是些好寻欢作乐的人!他按时来了,我当时说:'如果你用这个去偷东西,我可是不干了!'他狡猾地笑了笑,说:'不是的,这是爬墙用的,我们那儿的墙又高又大,我们都是有罪孽的人,罪孽嘛,都在墙外,——你明白了吗?'嗯,我明白了:他这是用来夜里爬墙找女人的,我同他笑啊笑的笑了好半天……"

"你就喜欢在我这儿哈哈大笑。"男孩子用长辈的腔调说道,"还是把小茶炊生上吧……"

"家里可是没有糖了呀。"

"去买点儿吧……"

"钱也没了。"

"哎,全叫你喝光了!向他借吧……"

他对我说:

"你有钱吗?"

我给女人一些钱,她很快地站起来,从炉台上取下一个瘪瘪的脏茶炊,一边哼着歌,一边消逝在门外。

"妈妈!"儿子朝妈妈的身影喊道,"擦擦窗户吧,我什么也看不见!——我对你说,她是一个能干的女人!"他继续说着,把一个个装着昆虫的小盒整齐地摆在木架上——硬板纸做的小搁架用绳子吊起来。一头系在钉子上,钉子钉在潮湿的墙缝里。"她是个能干活的女人……撕起麻絮来,简直要呛死人,扬起那么多的尘土!我喊道:'妈妈,你把我抱到院子里去吧。我都快要呛死了!'可是她却说:'忍一忍吧,没有你,我会闷得慌的。'她爱我,就是这么回事!她一面撕麻絮,一面唱着歌,她会唱上千首歌儿呢!"

他活跃起来,扬起浓密的眉毛,一双秀目闪耀着可爱的光芒,用嘶哑的童音唱道:

　　有一个奥里娜躺在绒毛褥上……

我听了一会儿说道:

"这是一首很下流的歌曲。"

"这些歌全是这样的,"列尼卡自信地解释道,突然全身一动,"你听,乐队来了!喂,快些把我抱起来……"

我把他那裹在灰色细弱皮肤里的一把轻骨头举了起来,

他的头贪婪地伸到开着的窗外呆住了,干瘪的两腿无力地摇晃着,擦在墙上,发出沙沙的响声。手摇风琴在院子里怪声尖叫,传来一阵阵不连贯的曲调,一个小孩用低音欢快地喊着,狗在一边吠叫,——列尼卡听着音乐,和着它的调子,在牙缝里轻声地哼唱。地下室里的灰尘落了下来,变得明亮一些。他母亲床铺边的灰色墙壁上,挂着一座贱价的时钟,铜钱大小的钟摆一瘸一拐地摆动着。炉口前小台上放着没洗的食具,所有用品上面都落上了厚厚一层灰尘,角落里蛛网上的灰尘更多,像一块块脏抹布挂在那里。列尼卡睡觉的地方,好像垃圾坑,坑里的每一块方寸之地都是那样触目惊心的贫陋,令人感到一种极大的屈辱。

茶炊闷闷地咻咻作响,手摇风琴像被这响声吓着了似的,突然沉默了,一个嘶哑的嗓音喊道:

"坏蛋!"

"抱我下来,"列尼卡说道,一面叹着气,"被赶走了……"

我把列尼卡放到木箱里,他皱着眉头,双手轻轻地揉搓着前胸,小心翼翼地咳嗽起来:

"我的胸脯有些疼,外边的空气我不能呼吸得太久。喂,你见过鬼吗?"

"没有。"

"我也没有见过。夜里,我时常望着炉坑,想着会不会有鬼出来。没有出来。公墓里才有鬼,对吗?"

"你问这个干什么?"

"有意思。万一出现一个好心的鬼呢?拉水车的女儿卡季卡在地窖里看见过一个小鬼,吓得够呛,我可不怕吓人的东西。"他用破絮裹好腿,继续兴致勃勃地说道:

423

"我甚至还喜欢……喜欢噩梦。有一次,我梦见一棵树,根朝上倒长着,树叶朝地下,树根朝天挺立着。我吓醒了,出了一身冷汗。有时梦见妈妈:她光着身子躺着,狗吃她的肚子,咬一块,吐出来,又咬一块,又吐出来。有时梦见我们的房子突然摇晃一下,在街上走了起来,一边走,一边把门窗碰得砰砰响,官太太家的那只猫跟在它后面跑……"

他瑟缩着耸起瘦骨嶙峋的肩膀,拿了一块糖,剥下花糖纸,仔细把它弄平整,放到窗台上。

"我要用这些糖纸做出各种好东西来,送给卡季卡。她也喜欢各种好东西:小玻璃片、碎瓷片、小纸头等等。喂,你说说看:假如一只蟑螂总喂总喂,会不会长得像马那么大?"

看得出,他相信会是这样的,我回答说:

"假如喂得好,会长成那样子!"

"是吗?"他高兴地喊了起来,"可是,妈妈这个傻瓜,还笑我呢!"

接着,他又说了一句侮辱妇女的脏话。

"她真傻!猫很快就可以养成马一样,对不对?"

"当然啰,也可以的!"

"哎呀,我就是没有饲料!不然该有多好!"

他竟然紧张得战栗起来,手紧紧地按住胸口。

"也可以有狗那样大的苍蝇飞来飞去!还可以用蟑螂来运砖头呢,——假如它有马那样大,一定很有力气!是吗?"

"只是它们长着胡须……"

"胡须不碍事,可以做缰绳!或是一只蜘蛛在爬,大得像什么呢?蜘蛛不能比猫大,不然就太可怕了!我没有腿,否则就不是这个样子了。我要去做工,把我的兽笼里的东西都养得肥肥的。以后拿去卖,再在野外的空地上给妈妈买一所房子。你到野外去过吗?"

"自然去过!"

"讲一讲,田野是个什么样子,好吗?"

我开始给他讲田野、草地,他聚精会神地听着,从不打断我的话,睫毛垂到眼上,那张小嘴慢慢地张开,好像睡熟了似的。看到这情景,我放低嗓音。这时他母亲走进来,手里端着沸腾的茶炊,腋下夹着一个纸包,怀里揣着一瓶伏特加酒。

"是我来了!"

"太好啦,"小男孩叹了口气,睁大了双眼,"什么也没有,只是野草和鲜花。妈妈,你最好能找一辆小车,推我到野外去!不然我死了,那就再也看不到了。妈妈,你真自私!"他委屈地、闷闷不乐地说。

母亲和蔼地劝他:

"你不要骂,别这样!你还小……"

"'不要骂'!你倒好,像条狗,你倒随便,愿到哪儿就到哪儿去。你是个幸福的人……喂,"他转而对我说,"田野是上帝造的吗?"

"自然是的。"

"为的是什么呢?"

"让人们游玩。"

"野外!"小男孩叹了一口气,沉思地微笑着,"我要把兽笼拿到那里去,把它们都放出来:去玩吧,你们这些畜生!喂,你说,上帝是在哪儿造的呢?在养老院吗?"

他母亲尖叫一声,笑得前仰后合,一下子倒在床上,蹬动着两条腿,喊道:

"噢,把你……噢,老天爷!你真是我的小宝贝!是的,上帝嘛,也许是神像画匠造的……噢,这太可笑了,小怪物……"

列尼卡微笑地望着我,亲昵地骂了一句脏话。

"她像个小孩,很固执!就是爱笑。"

于是他又重复了一句骂街的话。

"让她笑好了,"我说,"这不会使你难看!"

"是的,这没有什么可难看的,"列尼卡同意道,"只有她不肯擦窗户的时候,我才生她的气,我求啊,求啊:'擦擦窗户吧,我看不见人世。'可她总是忘记。"

女人笑着擦洗茶具,一双明亮的蓝色眼睛朝我挤了挤,说道:

"我的小宝贝好吗?要不是他,我早就投水自尽了,真的!上吊死了……"

她微笑着说了这句话。

列尼卡突然问我:

"你是傻瓜吗?"

"不知道。怎么?"

"妈妈说,你是傻瓜!"

"我是这么说的,为什么呢?"女人毫无羞怯地喊道,"你从街上领来一个醉酒的女人,给她安顿好睡下,而自己竟走开了,你看,哪有这种人!我说这话没有什么恶意。你可好,却告起状来了,嗨,一个多么……"

她说话像小孩,语言的结构像未成年的少女,眼睛也像孩子一样纯洁幼稚。那张没有鼻子的脸,翘起的嘴唇,露在外面的牙齿,就越发显得丑陋。脸上浮现出不协调的嘲笑——一种可怕的然而又是愉快的嘲笑。

"好吧,我们来喝茶吧。"她郑重其事地提议说。

茶炊放在列尼卡身旁的木箱子上,一股股蒸气逗趣地从磕扁了的壶盖下面冒出来,直冲他的肩膀。他把小手放在壶盖下边,当蒸气浸湿了他的手掌,他富于幻想似的眯缝起双眼,用手抹擦着头发。

"我长大了,"他说,"妈妈一定能给我做一辆小车,我就坐着它到街上去要饭。要够了饭,就到野外去。"

"喔唷,"母亲叹了口气,立刻轻声地笑起来,"他把田野当成了天堂,亲爱的!其实那里到处是营房,到处是胡作非为的兵痞和醉汉。"

"你说谎,"列尼卡止住她,皱起眉头,"你问问他,田野是什么样的,他见过田野。"

"那么,我没有见过吗?"

"你是一个醉鬼!"

他们争论起来,简直像个孩子,那样热烈,那样不合逻辑。这时,温暖的夜晚已经降临在庭院,灰蓝色的密云,纹丝不动地挂在绯红的天际。地下室里渐渐暗下来。

男孩子喝了一杯茶,出了一些汗。他瞅瞅我,又望了望母亲,说道:

"吃饱了,喝足了,真想睡一觉……"

"那你就睡吧。"母亲劝道。

"他会走的!你走吗?"

"不要怕,我不会放他走的。"女人用膝盖碰了我一下,说道。

"你别走。"列尼卡恳求着,阖上眼睛,香甜地伸了个懒

腰,倒在木箱里。一会儿他突然抬起头来,以一种责备的口吻对母亲说:

"你要是嫁给他该多好啊,也像别的女人一样举行婚礼……不然和不三不四的人鬼混在一起……他们净打你……他是一个好心的人……"

"睡你的吧。"女人小声地说道,低头喝茶。

"他是一个有钱的人……"

女人默默地坐了一会儿,用不平整的嘴唇大口地喝着茶碟里的茶,然后像老朋友似的对我说:

"你瞧,我们就是过得这样冷冷清清,除了我和他,再没有什么人了。院子里的人都骂我是一个放荡的女人!这有什么?我没有什么可羞耻的。再加上,你已经看到,我的外貌全都被毁坏了。任何人一眼就会看到,我还有什么用呢?是啊,小儿子睡着了,我的宝贝儿子。我的孩子好吗?"

"是的,很好!"

"我真是看不够啊,很聪明,不是吗?"

"是个聪明的孩子。"

"啊,他的父亲是一个老爷,是个老头,他们叫什么来的?咳,对啦!事务所,书写公文。"

"公证人吗?"

"对,就是这个!一个可爱的小老头……人很和气。他爱我。我在他那儿当女仆。"

她把破絮盖在儿子的光腿上,整了整头下黑黑的枕头,接着又漫不经心地讲起来:

"可是他突然死了,在一个夜里,我刚离开他,他不知怎的咕咚一声栽倒在地板上,没有气了!你是卖克瓦斯的吗?"

"是的。"

"给自己卖吗?"

"给老板卖。"

她往我跟前凑了一下,说道:"年轻人,你不要嫌弃我,现在我已经不传染了,你随便问街上什么人都可以,他们都知道!"

"我不嫌弃你。"

她的小手放到我的膝盖上,手指上的皮肤业已磨破,指甲折断了。她继续亲热地讲:

"我替列尼卡谢谢你啦,今天是他的节日,你这件事做得太好啦……"

"我该走啦。"我说。

"到哪儿去?"她惊奇地问道。

"我还有点事儿。"

"你留下来吧!"

"不能……"

她看了看儿子,又看看窗外的天空,低声说道:

"还是留下来吧,我用手帕把脸遮上……我要替儿子谢谢你……我盖上,好吗?"

她用令人无法抵御的力量说,说得那样亲热,包含着那样美好的感情。她的一双眼睛——丑陋脸上的一双小孩似的眼睛微笑着,这微笑不是乞丐的微笑,而是足能给人以报偿的富人的微笑。

"妈妈,"小男孩突然喊了一声,浑身一动,欠起身子,"爬走啦! 妈妈……你来……"

"他在做梦。"她俯在儿子身上对我说。

我走到院子里，在沉思中停下来，——地下室敞开的窗子里飘出用鼻音唱出的快乐歌声，妈妈在拍儿子睡觉，清晰地唱出一些古怪的歌词：

> 吃人的情欲来了，
> 带来了不幸，
> 带来了不幸，
> 把心儿撕成碎片！
> 噢，苦命啊，苦命！
> 我们躲到哪儿去？

我急速地走出院子，紧咬住牙，不愿哭出声来。

韩玉良　赵顺仁 译

可笑的奇闻*

红头发、大鼻子的医生用冰冷的手指把叶戈尔·贝科夫周身摸了一遍之后,用低沉的不容争辩的声音说,病已经耽误了,病情很危险。贝科夫顿时感到自己像年轻时被送去当新兵那样委屈,在土耳其战争那年,他拖着一条受伤的腿,挣扎在耶尼扎格拉①附近的荆棘丛里,昏黑的夜雨把他淋得全身湿透,身上疼得像把皮肉从骨头上一点点撕扯下来一样。

"这是怎么啦?我难道要死了吗?"

医生坐在桌旁,准备开处方,试着生锈的笔尖,嘴里不知在说什么,但是伤心的贝科夫望着窗外没听他说话,只见风儿驱赶着羽毛、刨屑和灰尘,把它们刮得满街乱飞。

"你喝多了……"

病人暗自把医生骂了一通,反驳道:

"这不成其为理由,喝酒的人还少吗?可并不是个个都早死呀!"

然而理智却愤愤地向他提示:

"看那只母鸡,它将活下去,产许多蛋,孵出小鸡来,可你

---

* 本篇写于一九二三年年底以前,最初发表于一九二四年第三期《俄罗斯同时代人》杂志。译自《高尔基三十卷集》第十六卷。

① 保加利亚城市新扎戈拉,土耳其人称之为耶尼扎格拉。

却要死去!你在艰苦岁月中取得的所有劳动成果都将白白断送。"

贝科夫赤脚拖着便鞋,穿着内衣和灰色便袍,默默地把医生送到门口;他照了照镜子,镜子里异常清晰地映出一张瘦削的窄脸,两只发绿的眼睛神色阴郁,又长又直的胡须从两颊和下颏一直垂到胸前。这容貌着实难看。

贝科夫叹口气,轻轻呻吟一声,鼻子喷着粗气,坐在靠窗的皮圈椅上,只觉右肋下方病痛发作,肝脏一阵又一阵的钻痛,痛得他像喝醉酒一样周身无力,心中充满苦恼和怨恨。

"我喝多了!那么你用什么解闷呢,傻瓜?"他一面瞧着医生坐进轻便马车,一面在心里质问他。

"要把茶炊端上来吗?"

笨头笨脑的胖女人,厨娘阿加菲娅在门口问。

"我给你说过多少次了,红脸婆,叫你不要把圈椅放在窗口太阳底下!瞧,椅子都晒褪色了。怎么,你以为太阳发光就是为了晒毁家具吗?"

"这是您自己把它挪过来的。"阿加菲娅并不生气地答道。

贝科夫想起来了,在他把这只沉重的圈椅搬过来时有多么疼,这件事加上这个婆娘的不介意的态度越发惹恼了他。

"滚蛋!"

阿加菲娅退下去了。贝科夫目送着她,心想:

"这个女人还要活四十年,可我就要死了!财产怎么办呢?百事缠身,结婚也没来得及。本该战争一结束马上就结婚的,那么现在也会有孩子了。小心谨慎反误了事。病也治晚了。谁能料到我这样短命呢?"

他垂下头,大声抱怨道:

"咳,你呀,上帝呀上帝……"

最愚蠢、最令人懊恼的是,没人继承他花了二十年精力和心血积累下来的财产。把它捐给修道院或者什么别的宗教事业吗?理智不同意这样做。贝科夫很清楚,神甫、修道士以及其他掌管上帝的世俗产业的人,都是靠不住的,他们同他一样都是罪孽深重的人。就连上帝也不是清白的。贝科夫对上帝存有戒心和怀疑。他一直觉得上帝对他的全部事情和心思了如指掌,始终在机警地监视着他,而且不是别人,正是这个上帝一再地妨碍他,反对他那迫于生活、人人皆有的贪婪。往往有这种情况:一切都已安排就绪,准备停当,但心里仿佛突然燃起一根火柴,颤动着小小的火光,这火光唤起某种灰蒙蒙的云雾般的思想,唤起对罪孽与惩罚的恐惧,有时甚至引起一种对他所瞒哄和逼迫的人们的近似怜悯的感觉。

他非常明白,这并不是魔鬼在开玩笑,而正是上帝在捉弄他,迫使他违背理智去对人们作出让步;他怀着被嘲弄的怨恨情绪对自己的心腹和食客——生有一对鸟眼,胆小怕事的驼子基金说:

"我为什么必须怜悯别人呢?别人没有怜悯过我。没有一个人善意地对待过我。"

"当然啰,这是蠢事。"基金表示同意。

一想起他,叶戈尔·贝科夫便拿起一根棍子———一根地板刷子的把,用它捅了捅天花板,两三分钟之后,矮小的驼子突然悄悄地走进来,他迈着两条罗圈腿,跟跟跄跄地走着,身子像把螺旋拔塞器,一蹿一蹿地不住向上扭动。

"喂,怎么样?"基金怯生生地眨着瘟鸡似的眼睛,问道。

"看来,我要死了。"

基金用手掌摸了摸没有胡须的蜡黄的脸。

"兴许医生是胡扯?"

"不,我自己知道。"

"如果是这样,为时就过早了。"

"问题就在这里!是啊,算了吧;死就死吧,这也由不得自己。我是个兵。可财产怎么办呢?"

驼子一面倒着茶,两脚在地板上擦得沙沙响,叹了口气,说道:

"按照法律规定,财产将转归你的外甥亚科夫·索莫夫所有。"

"是的,他是我的堂房外甥!"贝科夫愤懑地发出嘶哑的声音,由于气愤肋骨下的疼痛更为加剧了,"可我连他是个什么样的人都不知道,我顶多见过他五次。"

"但是根据法律……"

"法律!"贝科夫把牙咬得咯咯响,狠狠地骂了一句。

"那就捐献给慈善事业吧。"基金不甚情愿地建议说。

"那可不行,我不能把我的种子往石头上种!"

"当然,这不是闹着玩的。"

贝科夫想了想,又气哼哼地嘟囔了一会儿,便委托驼子明天就去请外甥来做客。

"我要瞧瞧,他究竟是哪号人。"

亚科夫·索莫夫是傍晚来的,他恭恭敬敬地鞠个躬,没有伸出手来,说了一句:

"您好!"

他的声音不大,但是嗓门高昂而洪亮,语意中肯,显而易见这不是句空泛的客套,而是充满了良好祝愿的真心话。他的身量不高,体态匀称,在他那张风尘仆仆的脸上柔和而平静地闪耀着一双淡蓝色的眼睛,左耳上面直挺挺地翘起一撮哥萨克式的淡褐色头发,大鼻子底下蓄着鬈曲的浅色小胡髭。在他身上有一种坚强、纯洁而又吸引人的东西,贝科夫立即觉察到了这一点,但是他以惯常对人不信任的态度对自己说:

"长相很蠢。想必是个色鬼。"

贝科夫仔细打量着这个衣着寒酸的小伙子:蓝衬衫、帆布上衣、帆布裤子,裤管塞在靴筒里。贝科夫痛得呼哧呼哧地喘着粗气,一本正经地盘问外甥,做什么营生。原来,亚科夫十九岁,在一家木材商行当伙计,在教堂的合唱队里唱第一男高音,他喜欢钓鱼和看书。贝科夫一面听他不慌不忙地讲述,一面反感地思忖着:

"他说起话来好像做忏悔。他在撒谎。他猜到为什么叫他来了,装成个好人。"

随后他那张阴郁的面孔突然讥讽地歪扭一下,不由自主地急匆匆地说道:

"可是我就要死了。"

他听到的回答是:

"咳,那又何必呢?"

"怎么叫'何必'呀?"贝科夫又惊又气地问,"我有病啊!"

于是他坚决地对自己说:

"这小子真蠢!"

但是亚科夫·索莫夫侃侃而谈,听来既陌生而又亲切。

"任何病都有办法对付,比如用胡萝卜汁治。一年前,我得了肺痨,教堂里合唱指挥的母亲,一个非常善良、聪明的老太婆,让我每天早晨空着肚子喝一杯胡萝卜汁。结果就全好了。"

索莫夫笑眯眯地用手摩了摩脖子和胸口,而贝科夫觉得外甥的平静的话语似乎解除了他的疼痛。

"那是肺痨,可我得的是另一种病。"

"肺痨也是病。您无论如何一定要试一试胡萝卜汁或者用酒精泡的洋姜。洋姜的作用更好,洋姜里有石硝成分,而石硝是最好的防腐剂。腌鱼的时候,为了防腐都要在盐汤里加些石硝。任何疾病都是一种腐烂……"

亚科夫·索莫夫说得令人非常愉快,他的话一句接一句仿佛沙粒似的轻快地洒落出来,改变了贝科夫怀疑外甥年轻无知的观感。

"你从哪儿知道这些的?"

亚科夫像告诉老朋友一样津津乐道地向他讲述了他同一个有学问的、出色的钓鱼能手结识的过程,这个人去年秋天开枪自杀了。

"为什么呢?"

"因为失恋……"

"唔,开枪自杀,多蠢啊!"

"他太直率了。"

"这指的是什么?"

"他在感情方面是很直率的……"

"唔!"贝科夫应了一声,心想:"这小伙子真怪。爱多嘴。当然,还年轻……"

就这样,又轻松地交谈了好一会儿,后来索莫夫瞧了瞧挂钟上的懒洋洋的指针,说他该去练合唱了,便恭恭敬敬地告了别,离开了。

叶戈尔·贝科夫靠在沙发上沉思起来。同人家谈久了总是使他劳累——有什么可谈的呢?不谈就可以看出,人家需要你的是什么,你也一向清楚,你需要人家的是什么。可是这一位与别人不同,虽然他还是个毛孩子。他很谦虚,并不死皮赖脸地认亲戚,没叫过我一次舅舅,可能他知道我这个舅舅十分孤独。也许他耍滑头?可又不像。

基金收了麻絮从仓库里回来时已经非常疲乏,满头大汗,他往桌旁一坐,问道。

"来过了?"

"来过了。"

"你看,怎么样?"

"难道一下就摸得透吗?不过,看得出他很友好。"

基金倒着茶,饿得狼吞虎咽地嚼着面包和香肠,注意听着主人犹豫不定的话语。

"他喜欢安慰人。爱安慰人的都是骗子,我不信他们。友善态度也不是我需要的品质。人们已经习惯这样生活了,似乎是上帝让他们互相嘲弄的。"

"说得对!"由于丑陋,一生都受着无情嘲笑的驼子肯定了这个看法。

"问题就在这里!魔鬼像挑唆好斗的公鸡一样挑唆我们相斗。人们犯罪,魔鬼开心,上帝的想法谁也不知道。上帝像个坐在戏院里的警察局局长,只管看戏,不吭一声……"

贝科夫久久地诉着委屈,后来疲倦地合上眼,询问道:

"关于他,亚科夫的事,你都听到些什么?"

基金把蜂蜜涂到一块面包上,连同椅子一起转过身来,报告说:

"他的老板季托夫讲,这个小伙子很勤快,但是有时候爱胡思乱想。"

"这指的是什么?"

"季托夫说不清,可是我是这样理解的,亚科夫好干些多余的不该干的事。我还问了教堂的执事,这个人一个劲地夸他,当然,他的话不能信,他是他的好朋友。和他一块儿钓鱼。女房东讲,亚科夫只是同伙伴们在一起的时候才喝酒,他的伙伴净是些老粗:科诺诺夫那儿的铸工、钳工、理发师……"

"他和省长当然交不上朋友。"

"他不带女人回家,他非常爱干净,有条有理,心地也好。"

"他心地好?"

"是的。"

"这是因为年轻!唔……这么说,他是知道你在详细打听他,想必也猜到我为什么要叫他来啰?"

"未必知道,因为我干得很谨慎。"

贝科夫沉默下来,想了想。

"嗯,该怎么办呢?看来,就该这样。你还是再仔细打听一下他的情况。还要告诉他,让他上我这儿来,我好像忘记叫他了。"

贝科夫郁郁不快地叫了起来:

"不行,可你想想看,我这叫什么事啊?我干呀干的,做了多少亏心事,可是都为了谁呢?为了这个外人,这个乳臭未干的小子吗?"

"这是个糟糕、可笑的奇闻。"怯生生的驼子眨着圆圆的眼睛,十分肯定地说道。

疾病似乎在等待医生的认可,医生来过以后,病情急转直下,肋下撕裂般的疼痛越发厉害了,神智也因此模糊了起来。贝科夫觉得周身上下到处都有忧郁和委屈的小虫子在不停地啃啮和蠕动。

"怎么样了?"基金问道。

贝科夫声音嘶哑,气恼地回答说:

"真难,第一次死,没经验。"

他喜欢开玩笑,也会开玩笑;当被他欺侮的人们责难他、辱骂他时,这种本事常对他有所帮助。

"是上帝让我来折磨你的。"他常对这个或那个人说。

可是现在玩笑往往开不起来,他像平时一样只是出于习惯,拿基金开开心,可是基金已经听不进这些玩笑话了。贝科夫整天躺在沙发上,头冲着圣像下的屋角,感到脑袋里空空如也,思想越来越贫乏,只有一个念头像铃铛似的在里面丁零丁零地响着。

"我要死了。这是为什么呢?"

有时,为了冲淡这个问题,他回忆着差不多忘却的祷词:

> 主宰万物的上帝,万能的主啊……保佑我们免遭地狱的折磨,免遭一切横祸……免遭奸猾的魔鬼、日鬼、夜鬼的纠缠……

他感到,这些祷词无法使他屈从上帝的意志,甘心接受不可避免的早逝,反而加剧了他的委屈和愁闷。

他站起身来,把一件灰色的粗呢便袍披到肩上,经过镜子向着蓝色的、无底洞似的窗口走去,镜子里映出一个恍若囚犯一样的长长的身影,一张目光混浊的晦暗的脸和蓬乱的胡须。他从镜台上拿起梳子,坐到圈椅上,梳理头发、胡须,望着街道,望着那些被浓郁的花园隔开,为了百年大计而建造得非常体面和牢固的楼房。

街上阒无一人,十分炎热。主人们都到别墅避暑去了,看管院子的仆役偷闲待在大门旁。一片沉寂,只有花园里的鸟儿在忙忙碌碌、叽叽喳喳地叫着,这叫声并不妨碍人们去思考上帝的不公平。比如,这些地基打得很深的房屋,砖砌的人寰将无尽期地存在下去,可是亲手用劳动装点大地的人,房屋的建造者,却注定不要多久就要死去。这是为什么?为什么荣获乔治十字勋章的军人,二等商人叶戈尔·伊凡诺夫·贝科夫还没有活到五十岁,就要受到早亡的惩罚呢?难道他的罪孽比别人更多吗?难道为了这些罪孽人就该死吗?

每当傍晚,亚科夫·索莫夫到来的时候,病人便觉得轻松些,外甥的谈话能使他摆脱种种阴郁的念头,引起他对这个年轻人的强烈的好奇心,以及要了解这个年轻人的愿望,同时使他对外甥产生无比强烈的嫉妒:他将活得很久,过得安逸而又富裕,而且这一切都是依靠别人的力量;他可以清清白白地活着。这真是极不公平的荒唐事,甚至是对人的嘲弄!

亚科夫的话非常有趣;他那清新的言语使贝科夫经常而又愉快地感到惊奇,但是他发现在外甥的谈吐中愚蠢和聪明两种成分迥非寻常地交织在一起,这妨碍他对索莫夫采取明确态度,可是他又急需确定这一态度。

"他是生来就蠢还是由于年轻呢?"贝科夫一面听着亚科

夫讲述,一面自问,后者沉思地微笑着,说道:

"随大流地活着没有意思,过得与众不同又很困难。"

"是这么回事,"贝科夫表示同意,"可人与人是不同的呀!"

令人懊恼的是,这个漂亮的小伙子并不反驳,可还是执拗地说:

"只要仔细观察,所有的人在主要方面都是相同的。"

"什么是主要的呢?"

"指望别人的力量。"

贝科夫捋着胡须,默不作声,仔细地打量着对方。外甥说得对。然而他本人也将靠别人的力量,靠他贝科夫的力量生活,他明不明白这一点呢?要是明白,那么他的话是违背自己的利益的,这很蠢,如果不明白,同样是愚蠢的。

于是贝科夫努力寻找亚科夫性格中最本质的东西,说道:

"我的朋友,生活就好比打仗,它的规律很简单:不要坐失良机!"

"完全正确。一切不愉快的事情都是由此而来的。"

"没有这个,没有不愉快的事情是不可能的!"

亚科夫含笑不语。

贝科夫觉得,在外甥那张少女般的脸上,笑容来得既不是时候,又缺乏根据,而且多余,笑容里带有某种令人不快的迁就的成分。

"看来,他自认为是个聪明人。"他揣度着,眯起眼睛打量着亚科夫。

令人更加不快的是,索莫夫往往在谈话中间垂下眼帘沉默不语。他默不作声,拨弄着茶匙或者上衣上的骨头纽扣,仿佛是知道某种重要的事情又不愿意说出口似的。

有一天,这种沉默把贝科夫气得喘着粗气,大叫大嚷起来:

"你是怎么回事,你是不懂别人讲的话,还是怎么着?"

亚科夫彬彬有礼地,甚至有些抱歉地答道:

"我懂,只不过是不同意!"

"这又是为什么?"

"我有另外的想法。"

"什么想法?说出来吧!讲一讲,辩论辩论!你干吗不吭声?"

亚科夫还是那样彬彬有礼地说道:

"我不喜欢争论,也不会争论。依我看,争论只能确定人们的分歧。"

"这么说,人们应该不作声,是不是这样?"

但是外甥没有回答,继续发表自己的看法:

"要知道大家争论不是为了要找到真理,更多的是为了掩盖它。人要得到真理很简单:变成小孩子的样式①,又当爱人如己②。违背这个道理来进行争论是可耻的。"

"呆头呆脑的家伙。"贝科夫懊恼地想道,并且生气地笑了起来,虽然这一笑使他疼得更加厉害。

"那么你能像小孩子一样生活吗,能吗?你会爱别人吗,嗯?咳,你呀!自己还同意过,生活就好比打仗,可现在却

---

① 出自《新约·马太福音》第十八章第三节:耶稣叫一个小孩站在他的门徒当中,说,"你们若不回转,变成小孩子的样式,断不得进天国。"

② 出自《新约·马太福音》第十九章第十九节:耶稣训诫他的门徒,说,"当孝敬父母,又当爱人如己。"

说……唉,朋友,这太差劲了!"

然而,亚科夫并没有因为他的嘲笑而发窘,他委婉但又执拗地说:

"可是除此之外,就再没有别的办法可以消除生活中的不幸,所以应该往这个方面考虑。"

"往哪儿?往哪个方面?"

"生活得像小孩子一样单纯。"

"你可真是个蠢人!小孩子是世上头号的淘气鬼,你难道不知道吗?你瞧,这些小畜生是怎么互相打来打去的。"

外甥笑了笑,不作声了。

贝科夫很想骂他一顿,但是他忍住了,疼得哼了一声,阴沉沉地说:

"嗯,得了,你走吧!我累了。"

他坐到窗前,望着花园上空越来越浓的红云,深沉地思索起来:愚昧的年轻人!他的脑子就像一盆糨糊。难以捉摸的小子!让人摸不透,驾驭不了。

"噢,上帝啊!处处都是难题、闷葫芦……"

亚科夫吃东西很慢,这是个不吉之兆:懒汉才慢慢腾腾地吃东西。而且他吃得也少,虽然他的牙齿很好,一点毛病也没有,可是吃起东西来却像老爷那样一点儿一点儿地咬,像老头那样嚼上好半天。他总是在想心事,可在他这种年龄有什么好想的呢?走起路来也无精打采,心事重重,仿佛走在异乡客地。他脸上有一种"红颜少女"的神气,若不是那撮竖起的头发,看上去就完全是一张女人的脸蛋儿。

像小孩子一样生活……傻瓜!你这样过过看!也许他不是个傻瓜,只不过是个软心肠的小伙子,钉子碰得太少,心肠还没变硬？由于年轻无知，小伙子兴许指望既不亏待自己，也不得罪别人，清清白白地过上一辈子吧？这倒不坏，不过这无论如何是办不到的！

贝科夫回顾自己艰难的一生，不由得深深地可怜起自己来，以致使这悲切、怜悯之情也部分地转移到了外甥身上。

"他知道，很难过得与众不同，那么他也就应当明白，没有罪孽就像没有油一样：缺了油，稀饭没有味儿，干活没有劲儿！人总是想睡软铺的。不过，亚科夫毕竟是可爱的，他身上总该是有一滴贝科夫家的血液的。"

然而基金一来，贝科夫便讥讽开了：

"咳，老弟，我的继承人可真不怎么样！傻里傻气的。他说，应该像小孩子那样生活，你听说过吗？"

"这是《圣经》上的话。"驼子怯生生地说。

"什么？"

"《圣经》里说，基督在那儿……"

贝科夫气恼地咳了一声，摩挲着疼得火辣辣的腰，咬牙切齿地嘟囔道：

"基督是上帝的儿子，而我是庄稼汉伊凡·贝科夫的儿子，应该分清楚！基督不做大麻纤维的生意，没有在我们这伙人中间混过。"

他的火气越来越大，用拳头敲着圈椅的皮扶手。

"要是你打定主意为基督活着，那么就脱掉上衣，脱下靴子，穿上破衣烂衫，打赤脚吧！头发，把头发也剃掉！"

冲动使他疲惫不堪，他皱起眉头沉默了一会儿，然后板着脸责备基金说：

"你也基督长基督短地乱嘟囔！罗锅儿和基督可配不

上。是的,喏,听见了吗?无益的鸟在歌唱,可人却要死了。这一点基督并不知道。"

基金小心翼翼地提示说:

"在客西马尼花园里连基督也抱怨过自己的命运①……"

这使得贝科夫非常高兴,他又兴奋起来,急忙说道:

"那还用说?我记得!就是这么回事!早亡连他也感到痛苦。何况我是个人呢……"

他痛苦地呻吟一声,往圈椅里坐得更深些,伸直双腿,抱怨起来:

"怎么办呢,基金?我的财产会落到什么人手里呀?这简直是捉弄人,我攒来攒去,作了孽,可到头来全都要扔进泥坑里!是不是?"

他伸出一只手,用手指戳着窗台上的花盆,气冲冲地抱怨了好半天,基金低头听着,用几个手指叩击着他那罗圈腿上尖尖的膝头。

"可是从另一方面考虑,"他叹口气说道,"要是抛开亚科夫,也抛开慈善机关,那么财产成了绝户产,公家就要把它搂走了……"

贝科夫冷笑着,咬牙切齿地说:

"那么我就好比被剥夺了一切权利,被判处了终身苦役,是不是?"

"正是这样。这就是可笑的奇闻!"

"真巧妙,是吗?"

━━━━━━━━

① 出自《新约·马太福音》第二十六章第三十七节:基督在被害之前,知道了他面临的危险,夜里在客西马尼地方同几个门徒去做祷告,对他们说:"我心里甚是忧伤,几乎要死。"

"没办法……"

他俩沉默好久,还在寻找出路,最后,驼子建议把亚科夫·索莫夫请到家里来住,这样便于更仔细地观察他,教会他处世的学问,也许,年轻人意识到财产所赋予人的责任时,会变得严肃认真一些。

他们就这样决定了。

雨水哗哗地冲刷着窗上的玻璃,风在呜呜地吼叫,在那罩着一层玻璃似的昏暗街道被闪电照亮的一刹那,一道青灰色的光芒冲进半明半暗的房间时,盆花仿佛从窗台上跌落下来,所有的东西都像是震颤了一下,顺着地板向一块白斑似的门口滑去。

木柴在瓷砖面的壁炉里熊熊燃烧,叶戈尔·贝科夫对着炉门坐在那里,烘烤着发冷的双脚,沿着他那灰色的长袍膝部和胸部有一些色调和暖、微微发红的光斑在闪动,照亮了他的部分胡须,而他的整个面容,那张闭着双眼、模糊不清的脸仍留在阴影里。

基金躬着背蜷缩在一张矮脚凳上,两手藏在鸡胸下面,神色奇异的眼睛里闪动着炉火的反光,自下而上地望着亚科夫的脸;亚科夫的一只肩膀紧靠着壁炉的瓷砖,像讲故事一样轻声地讲着:

"要知道财产积攒得越多,越会招惹别人的痛恨和嫉妒。穷人见到巨大的财富……"

"喔喝。"贝科夫睁开眼,像牛一样哼哼,基金却叹了口气,把火钩子伸进炉膛,拨弄着木柴,火炭噼啪噼啪暴响了一阵,往炉前的铜片上喷溅着火星。

贝科夫用一只脚在铜片上沙沙响地抹来抹去,踩着火星,皱着眉头望着眼前这两个人,心想,这一切都是多么糟糕,多么令人不快啊!基金那副嘴脸就像一个玩了好久、撒了气的破皮球,头盖骨上支棱着一些长毛绒似的灰发,怪模怪样地张着蛤蟆嘴,像魔鬼一样长着一对野兽耳朵。亚科夫仿佛是画在白瓷砖上的一幅画,虽然衣着讲究,一身新,然而并不因此而变得更讨人喜欢。

"怎么,"贝科夫讥讽地问道,"依你的看法,这些穷人决心要抢劫富人啰,是这样吗?"

"一定要合理地分配财富……"

"是这样,"贝科夫说,"原来是这样!老弟,你想得不对头!"

"千百万人都是这样想的。"

"你数过吗?"

"老百姓确实发火了,"基金瞧着炉子,审慎地插了一句,"大家都很不满。"

贝科夫不自然地高高挑起双肩,嘶哑地喊道:

"你住嘴!看见吗,我也没作声!"

外甥搬到家来还没过两个月,但是贝科夫越来越常听到驼子小心翼翼地附和亚科夫的话。基金阿谀奉承地瞧着小伙子——狗东西,闻出新主子的气味了。

"咳,人哪,人……"

可是外甥要不是蠢得与众不同,就是狡猾得非同寻常。简直搞不清,他究竟需要什么?他说起话来温和、亲切,而且显然是想让人不知不觉就同意他以下的看法:财富是生活中一切不幸和一切混乱的根源。真是荒谬和不成体统的想法,它不符合亚科夫的身份,他这是弄虚作假。为了什么呢?他

447

已经知道舅父死后他会变富,他决不像一个会把财产分给穷人的、喜欢乞丐的人。他很有做主子的派头,他重视和爱惜财物,癖好有条不紊、干干净净。他一下子就把看院子的带好了,亲自帮他整理了无人照管的院子,走遍各处,察看了全部家产,发现了管家的偷窃行为。他显然不喜欢乞丐……

然而他毕竟还是一个让人琢磨不透不定的年轻人,无论怎样也琢磨不透,哪些是真的哪些是假的?他头上支棱着一撮头发,在他的脑袋里也有一种执拗的,像是一撮直挺挺的头发似的东西。

可他是否故意要讲这一套奇谈怪论,借以吓唬病人,招惹他生气,以便把他尽快送进棺材里去呢?这种猜测使贝科夫非常不安,因此有一天他直截了当地问亚科夫:

"你干吗要胡说八道呢?"

"为了弄清道理。"外甥瞪着一对绵羊似的眼睛答道。他的眼睛也是双重的:有时候这双眼睛使小伙子显得亲切、可爱,可是在更多的情况下,这双眼睛常常是呆滞不动,目光迟钝,视而不见似的,当他阐述他那套奇谈怪论时,他的眼睛就是这个样子。

"必须明确。要让所有人一致达成相互帮助的协议……"

"可是人们互相帮助去反对谁呢?"贝科夫喘着粗气愤愤地说,"可仇恨呢?你要明白,人们是相互仇恨的呀!"

"不和睦是无法生活的,"年轻人固执地强调,"常言道,不要种风,否则所收的是暴风。① 需要安抚全民的良心,不然

---

① 出自《旧约·何西阿书》第八章第七节,原话是:"他们所种的是风,所收的是暴风。"

就会爆发全民暴动……"

"你胡扯!"贝科夫怒气冲冲地喊道。

他日夜都在考虑:亚科夫作继承人是否合适?由于这些想法他已顾不得去想死的问题了,有时甚至觉得连病痛也在这些思绪面前退却了。

"愚昧的年轻人,愚昧啊!每一个叫花子都懂得财富和产业是生活的可靠保障,是人的坚强后盾。就连地底下的田鼠都懂得这一点……"

夜间,当大地上的万物都消声屏息,似乎在思念消逝了的白昼时,人的思绪则愈加凝重和清晰得几乎可以看见,理智恰似紧紧绕作一团的黑线,缓缓地捯开来,向四处伸延。贝科夫凝神细听,猜想楼上的人还没有入睡,他甚至觉得听得见亚科夫那些固执的言辞,看得到他的眼睛以及驼子那张惊讶的、皱巴巴的面孔。亚科夫大概在谈论应当改变国家法律和缩小沙皇权力的问题。毛孩子,他连这个都敢想敢说!

土耳其战争时期①,人们曾悄悄议论过,现在又重新提起,因为仗又打得厉害了。这是那些文职人员在蛊惑人心,他们不愿意打仗,害怕被征召入伍。那时候他们甚至企图杀死沙皇,可是动手迟了,战争结束后才杀掉的②。

"这一切多么愚蠢啊!约书亚③打过仗;大卫王④很仁慈,写了《诗篇》,可是他也没能避免战争。出家人打过仗.

---

① 指一八七七至一八七八年的俄土战争。
② A.K.索洛维约夫于一八七九年四月二日行刺沙皇亚历山大第二未遂;两年后,即一八八一年三月一日民意党人杀死了沙皇。
③ 《圣经》传说中的先知,以色列人的领袖,摩西的继承人。
④ 据《圣经》传说,大卫是第二个以色列王(公元前十一世纪)。

贤良的公爵同鞑靼人打过仗。圣主亚历山大·涅夫斯基①无情地打过瑞典人,但是他们讲义气,没有杀过自己人。多么愚蠢啊!"

贝科夫躺累了,坐在窗前,望着星星,望着像一张浮肿的女人脸似的月亮,从那炫耀着点点繁星的夜空里不断倾泻着缕缕愁情。

大教堂里的神甫费多尔老爹常说:

"人们不大欣赏奇妙壮丽的天空。"可他玩起纸牌来手脚总不干净,绝对不能同他玩朴烈费兰斯牌②。

贝科夫回忆起,他是怎样同这个神甫闹翻了的,他对神甫说,天上没有什么壮丽的东西,它只不过使人感到自身的渺小;白天,当太阳把空荡荡的天空照亮时要好一些。夜间,天空被云雾遮着看不见,似乎并不存在,就更好些。人是为大地而生的,当神甫引诱人们离开大地时,正仿佛把应征服兵役的新郎从婚礼上叫到兵营里一样。听了这话,神甫勃然大怒……

花园里的树木被昏黑的夜色连接得如此紧密,就像有人给它们灌注了焦油似的。城里沉寂得令人难受,沉寂得不禁使人要喊叫:

"着火了!我们要烧死了!"

"噢,上帝呀,上帝!"贝科夫在心中抱怨说,"这是怎么回事?你为什么单要欺侮我呢?是我比别人更有罪,还是怎

---

① 亚历山大·涅夫斯基(约1220—1263),诺夫戈罗德公爵(1236—1252)及弗拉基米尔大公(1252—1263)。一二四〇年在涅瓦河附近击退瑞典军,故得名涅夫斯基。

② 一种纸牌的打法。

么的?"

于是他想起了一些熟人的事情:他们都比他更坏、更贪心、更爱嫉妒。他有良心,因此他没有亲近的朋友,为了想和一个美貌、贤惠的妻子安安逸逸地过日子,他不慌不忙地准备着牢靠的安乐窝,从而孤孤单单地度过了一生。身边有个壮实、标致的女人该有多好啊,把她打扮得像个布娃娃,逢年过节带她出去游逛,乘着双套马车兜风,把她那艳丽的盛装和满身珠翠的娇柔体态炫耀一番,引起别的女人的妒羡该有多好啊,实在好……

他眯着眼,细细地打量着在朦胧夜色笼罩下的沉重的家具,回忆着购置它们时曾怀有何种希望。家具什物有很大意义,生活在它们当中恰如身居堡垒。如果把所有的摆设统统从房间里搬出去,那么这个房间就会像一口巨大的棺材。

"噢,上帝啊!为的是什么?"

亚科夫似乎一直在驼子的阁楼里唠叨着,像一台缝纫机似的,轻轻地用言语绣着他那异端邪说的花纹。

"他的思想非常固执。这并不坏,虽然都是些幼稚的想法。我年轻的时候也不清楚自己追求什么。"

贝科夫的头脑里不知不觉出现了另一种想法。横竖都一样,除了亚科夫没有其他的继承人了,这是他的运气!贝科夫作出这个决定后,又觉得它是违背自己的理智的,于是想方设法为这一决定辩护,但是除去认为这个年轻人谦虚谨慎、头脑清醒,有了钱就会变聪明些以外,什么也没想出来。

然而,当他暂时忘记索莫夫是他的继承人的时候,他就非常喜欢他了。他不胜惊异地发现,在外甥的执拗而古怪的思想里,存在着另一种使他感到陌生的、与他叶戈尔·贝科夫一向所具有的理智不同的理智,这是一种未被生活打上阴暗的印记,发自内心和基于某种坚定信念的理智。每当看到外甥的那些玄妙的、有时显得令人费解的言辞形成一些浅显易懂的思想时,贝科夫往往产生一种近似嫉妒的感情,于是便故意皱起眉头,掩饰着不由自主的微笑想道:

"真行啊!鸟儿不怎么起眼,唱起歌来倒挺悦耳。我这种鸟儿就唱不起这种调调。可对他这个小鬼来说却是轻而易举的……"

贝科夫特别喜欢听亚科夫谈论他过去的老板季托夫的生活和他酗酒时所出的洋相。他听着这些故事,张大了嘴,露着满口大牙,甚至笑将起来,满意得眯缝着眼睛,不住地哼哼着。他高兴地看到,自己的对手是这样可笑而又可怜,也高兴地确信,自己的继承人具有机警、敏锐的眼力,善于发现人们的弱点和丑态。

"你的眼力不错啊!这很有用。能看出一个人哪条腿瘸总是有益处的。他的左腿瘸,你就从右边揍,他的右腿瘸,你就从左边打!"

而亚科夫用他那清晰的嗓音讲得有声有色:

"季托夫的酒瘾一发作,便把巴尔季斯基工程师叫到他家里,他们变着花样,喝上十来天。有这样的把戏:傍晚把用人克里斯托夫派到花园里去,吩咐他把二十瓶酒分别埋在那里,要埋得连瓶颈都瞧不见。一大早他俩便带上手杖到花园里去找'蘑菇',一面用手杖挖土,一面找。找到一瓶伏特加,便高兴地嚷嚷:白蘑菇!在凉亭里把酒喝光以后,便又找起'蘑菇'来了;红葡萄酒是红蘑,香槟酒是洋蘑,白兰地是黄蘑,烈性甜酒是乳蘑。就这样整日里边找边喝,找着什么就喝什么。有时候他们开始喝的是甜酒,喝完一瓶再去找另外一瓶。一直喝到季托夫就像尼布甲尼撒王①一样,在草地上爬来爬去,吼着歌剧《恶魔》里的唱词:

> 我是个谁也不爱的人,
> 被所有生灵诅咒的人……

巴尔季斯基则躺在地上,痛哭流涕,哭他不能用牙齿咬着瓶子把它从土里拔出来,边哭边抱怨:'我的力气到哪儿去啦?'"

贝科夫哈哈大笑,虽然这一笑加剧了钻心的疼痛,可索莫夫却显然怀着惋惜的心情说:

"当然,这非常可笑,不过我还是可怜这些人,您知道吧,他们的力气很大,本可以去移山倒海,可他们却只用两个指头干事。说人们贪心这完全不对,不,我没见过对工作贪心的人!"

"你年轻,所以见得少。"贝科夫只是为了反驳才这样说,他心想:

"这小伙子真让人纳闷,可不是吗:他议论起来,蛮像个主人,说得也对:人们对工作并不贪心,都是些懒汉!但是,如果职员、工人痛心疾首地说,老板工作得不好,那就很荒唐很少见了!小伙子还说,应该诚实地工作。真要让所有人都诚实地、全力以赴地工作,那么就应该把那些天真幼稚的思想清除掉。"

"亚科夫,你真糊涂,"他阴郁而懊恼地对外甥说,"你想

---

① 出自《旧约·但以理书》第四章第二十五节:巴比伦王尼布甲尼撒受到上帝惩罚,"被赶出离开世人,与野地的兽同居,吃草如牛,被天露滴湿"。

453

得可不周到,太轻率了……"

索莫夫垂下眼帘,不作声了,他想把翘起来的一撮头发抚平,结果反而翘得更加厉害了。

商人们突然不安起来,他们神态威严地坐在车上,整天赶着马满街跑。贝科夫从窗户里观望着这些一向都不惯于仓促行事的人们慌慌张张地东奔西跑的情景,便问基金:

"他们跑来跑去干什么?"

只见驼子那张忧郁的面孔变得眉开眼笑,那双母鸡眼里的混混沌沌的痛苦神色也没有了;这个受尽嘲笑的可怜虫甚至走起路来也硬棒些了,不像往常那样怯生生地迈着两条罗圈腿转来转去;现在,他一走动,体内、驼背和鸡胸里就仿佛装上了弹簧一样一蹦一跳。他活泼地眨着眼,摊着双手,扯着裤子上的背带,讲着完全莫名其妙的事情,——城里出了从来没有过的大乱子,市杜马、手工业管理局、商人、贵族,甚至神甫都卷进去了。

"叶戈尔·伊凡内奇,这样可笑的奇闻就闹开啦……"

"等一等,省长在城里吗?"

"当然在……"

"沙皇还活着?"

"好好地……"

"还有哪?"

基金脸上露出一丝并非他固有的奸笑。

"您问的是什么?"

"傻瓜!"

亚科夫大概能把城里的事件讲得更有条理些,但是他告假到莫斯科去了,在那儿参观京城风光已经待了一周有余。而城里的不寻常的乱哄哄的局面愈演愈烈,犹如过复活节那样热闹,又像平日闹火灾时那样杂乱、喧嚣。

"出了什么事?"贝科夫生气地追问着。

"是这么回事,叶戈尔·伊凡诺维奇,老百姓要求……"

"等一等,别像爆豆子似的说得那么快!什么样的老百姓?乡下人?"

"乡下人也……"

"也什么?"

"要土地。"

"向谁要?"

"可您知道……"

接下去就完全不知其所云了,驼子就像丢进开水里的一只大虾在椅子上扭来扭去,抱歉似的笑了笑,喃喃地说道:

"大家要彼此来个清算……"

他搓着手,眼睛里闪露出醉心的喜悦,这同他那不安的叙述是矛盾的,他的两只八字脚令人讨厌地在桌子底下跺着,把地蹭得沙沙响。

"大家普遍表示了对生活的怨恨,理智开始觉醒了,大家一致认为再也不能容忍这样的生活了……"

"驼背鸡胸的魔鬼,什么样的生活?"

"就是眼前这种生活!大家无所畏惧地谈论这一切,有些人这样讲,在这以前好像在睡觉,过去的一切,就像做了一场梦,真的!既坚定又顽强……"

驼子坐在贝科夫的侧面,把光光的苍老的脸转过来对着他,身上那件红褐色的短上衣耸到尖尖的驼峰上,露出鼓鼓囊囊的白衬衫和裤子背带,两条裤腿几乎齐膝部都溅满了泥浆。

"我是跟什么样的废物住在一起啊。"贝科夫想道。

"这是一个地地道道的可笑的奇闻,叶戈尔·伊凡内奇,大家都跑到街上来,挤在杜马旁边……"

"见你的鬼去吧!"

贝科夫只剩下一个人的时候,郁闷地沉思起来:

"这样一条微不足道的蛆虫竟然闹得人心神不定!给他些钱,不让他住在我这儿了。现在有了亚科夫,我用不着他了……"

亚科夫是在一个雨天的黄昏回来的,他走下楼来喝茶,那副庄严的样子,仿佛从教堂里进完圣餐礼回来似的。他身上似乎有一种紧绷绷的东西,那撮头发翘得更加神气活现,他忧心忡忡地低皱着眉头,嗓音低沉而嘶哑。连他坐到椅子上时的神气都不像往常那样谦虚了,而是用脚把椅子移到桌子跟前。这使得贝科夫更加心神不宁,并产生一种不幸的预感。

"喂,说说看,莫斯科怎么样了?"

外甥令人不快地一字一句地讲开了,他若有所思,但是嗓音异常洪亮,好像在法庭上宣誓要讲真话之后,正在做证似的。他说得很久,没有理会贝科夫的气冲冲的问题,不时停下来回忆,或者搜索着词句。

"他撒谎,他在吓唬人。"贝科夫寻思着,由于亚科夫对他的问题置之不理而甚感屈辱。他看着驼子焦灼不安地坐在那里,张着蛤蟆嘴,显然想插上一句的样子,十分生气。

"他们串通在一起了,鬼东西……"

亚科夫讲了些难以置信的事情:各个阶层的人不知怎的都突然愤怒起来,每个阶层都根据自身的利益要求减轻生活负担,于是大家都像醉鬼一样互相厮打起来。

"那么,会怎么样呢?"贝科夫气愤而又不信任地问道。

索莫夫思索片刻,大声叹口气,说道:

"会很糟糕,如果民心得不到安抚,不能使人们相互帮助的话。叶戈尔·伊凡诺维奇,使您不安,我很过意不去,可我不能瞒您,兴许连发生手持武器的全面革命都是可能的。"

"胡扯!"贝科夫坚定果断地说,"从哪儿来的武器,什么样的武器?你瞎说。你这是欺我是个病人,自己上不了街……你这是在吓唬我,你想把我吓死。"

他用拳头敲着桌子,敲得茶碗叮当作响,他瞪大了眼睛,嘶哑地叫着:

"我不是老太婆,我不相信有世界末日!我不怕!什么也不怕!只要我活着,我就是财产的主人……"

看到外甥的脸涨得通红,连同椅子一起凑到他跟前,嘶哑地咳了一声,他没有再说下去……

"既然这样,请允许我开诚布公地解释清楚,"亚科夫斩钉截铁地说,"您怀疑我算计您的财产,这一点康斯坦丁·德米特里耶维奇①也跟我谈过。您错了,这对我是莫大的侮辱。我不需要您的财产,我拒绝接受它。我甚至可以写份声明,不接受遗产,今天就写了交给您。我搬到您这儿住,只因为您是孤孤单单的一个人,又有病,您很寂寞。我还知道,您性格直爽,还有其他好品德,比许多人都强。您完全可以合法地让中学老师别克尔破产,把他变成乞丐,同样也可以使卡济米尔斯基家的姑娘们这样,可是您没有这样做。这就是我尊敬您的

---

① 驼子基金的名字。

原因,也就是我为什么住在您这儿的答案。可是现在我不能再住下去了!告辞了!"

亚科夫的嗓子完全嘶哑了,说到末了声音低得几乎像耳语似的,他咳嗽着,站起身,往门口走去,边走边说:

"当然,我很感谢,但是我后悔……"

"等一等!"贝科夫叫道,他把便袍上的腰带束束紧,并且不知为什么把腰带穗高高地举到肩膀上,"等一等,你别发火!"

可是亚科夫·索莫夫已经消失在门外了。于是贝科夫站起身,向前伸着双手,手里攥着腰带穗,像拉着缰绳似的对基金喊了一声:

"把他叫回来!"

驼子跳起身,一摇一摆地走出去了。

"真没想到!"贝科夫大声嘟哝着,惊讶地望着房门,侧耳细听楼梯上的低语。他感到惊讶的并不是亚科夫拒绝遗产,而是亚科夫居然知道那个曾落进高利贷者的魔掌的蠢人别克尔,以及由于父亲的放荡而几乎濒于破产的、漂亮的卡济米尔斯卡娅姊妹。

"他说,我尊敬您!他生气了。还完全是个孩子。"

"怪人!"他尴尬地笑着,对索莫夫说,"你干吗生这么大气啊,嗯?好了,坐下吧!遗产是属于你的,这不只是我的意愿,而且是根据法律……"

亚科夫手扶椅背站在那里,轻声地,但坚定地说:

"我不愿意谈遗产问题。"

"为什么?你真的不愿意?"

"不愿意。而且也许一切遗产都会很快被消灭掉。"

"这是为什么?"贝科夫摆动着便袍腰带的穗子,问道,"你坐下!"

他感到很不平常:一个饥饿的乞丐,在意外地得到别人施舍给他的一顿美餐时,大概就是这种感觉。

"你不要生病人的气!谁也不能剥夺你的遗产。这有法律根据!"

亚科夫坐下来说道:

"这条法律应当废除,有了它只会产生不幸。"

"嗯,好吧,我们废除它。"贝科夫开着玩笑表示同意,一面打量着外甥。他觉得亚科夫似乎身体不太舒服:他那少女似的脸庞消瘦了,嘴唇发黑,不时地用舌头舔着它,双目下陷,神色阴沉而恍惚。

"你是不是在发寒热呀?"

"不是。"亚科夫抿了抿那撮竖起的头发,说道,"不过,您不要开玩笑,现在掀起了声势浩大的反对富豪的民众运动,而且有剥夺一切财产这样的主张……"

"你别怕,"贝科夫蛮有把握地安慰他,"别怕,剥夺不了的!"

"我——不怕;我本人赞成这个……"

贝科夫舒展胸脯呼哧一声,尽可能深地吸了一大口空气,接着又哼的一声伴着疼痛把它呼了出来,他像费多尔神甫传道那样,坚定有力、一句一顿地讲道:

"一个人没有财产就等于空有一副骨头架子,财产是人的肌肉,人的血肉,你懂吗?血肉!"

他用手掌拍了一下圈椅的皮扶手,又重复了一遍:

"是血肉。人活着就是为了长得血肉丰满,实现所有的愿望。世界就是要靠满足愿望来维持其存在的,人的全部工作就是为了这个。谁的要求少,谁就不值钱。"

"现在大家正是在要求获得一切。"亚科夫带着冷笑插了一句。

"你说什么？他们要求什么？你不要相信空话,要相信实干。光要不行,要去干。等到所有的东西都多了,够大家用了,那么大伙儿就会满意的。"

接着贝科夫尽可能温和地对外甥说:

"我并不蠢,我明白:你愿意照基督的意志行事,简简单单、毫不掺假。这是对的,基督主张一切均分,不过要知道,他活在一个贫穷的世界,而我们所在的世界却是富裕的。在基督的那个时代人也不多,要求得也很少,即便如此,还是不够大家分的。可现在我们要贪心得多,人也很多,而且不论谁什么都想要。所以,要工作、要攒钱、要多多地攒……"

贝科夫自己也对这些思想感到惊奇,它们突如其来,不以他的意志为转移,像是一个外人来到了这里,虽然是个外人,但很有意思。这把他窘住了,但是他认为,有一个想法是聪明而又正确的,它能轻而易举地解除生活中罪恶的混乱现象,于是他暗自忖量着它,又重复了一遍:

"就是说,首先应该多挣钱,把什么都积攒起来,然后平分给大家,甚至分给什么事也干不了的残废人,也分给他们:为了没有任何贫穷和污秽,没有丝毫的罪孽。就这样。大家都吃得饱,每个人能怎样生活就怎样生活,谁也不恨你,不嫉妒你。每个人都很自爱自重。对！正是这样：个个都是圣人！"

贝科夫说着说着,越来越感到惊讶,觉得这条思路能够轻易找到用以表达它的词句,永无止境地发展下去。他甚至觉得这一思想,犹如一个瓷瓷实实的线团,很早以来一直埋藏在他的心底,而今天它活跃和转动起来,放开一根牢固的绵绵不断的长线,这团放开的思想使贝科夫喘不过气来,他仿佛在冬天的坚硬、平滑的道路上飞驰。这些新的词句脱口而出,似乎他一向都是用它们来思索的。令人愉快的是,他觉得自己是个新式的聪明人,并且发现,驼子在带着醉心的微笑听他讲,而亚科夫坐在椅子上身体向前倾,用那双少女般的眼睛望着他,目光是那样亲热。所有这一切都是那样动人,并使人感到人与人之间的有力联系而那样激动,以致使贝科夫感动得热泪盈眶,他突然四肢一软,倒在圈椅背上,疲倦地闭上眼睛,喃喃地说道:

"谁高兴跟人们作对呢?可是需要是无法抑制的,啊呀,多么需要工作呀!要赶快工作,死亡在守候着每一个人……"

基金从椅子上跳起来,担心地说:

"叶戈尔·伊凡内奇,躺躺吧,您累了。亚沙①,我们扶他去!"

他们架着贝科夫的两臂,把他扶到床前,关切地伺候他躺下,便悄悄离去,驼子蹒蹒跚跚地走在前头,亚科夫抿着那撮竖起的头发,低着头,跟在他后面。

几天以来,贝科夫觉得自己就像过生日那样得意,在基金和亚科夫无微不至的照顾下,他仿佛浑身裹在温暖的云雾里

---

① 亚沙、亚什卡均为亚科夫的别称。

似的,情绪异常高昂。这些天他的身体变得十分虚弱,因此不得不请一位护士来看护他,这是一个像竿子一样又瘦又高,淡眼珠,麻脸,沉默寡言的女人。贝科夫无可奈何地眼看着自己一点点衰弱下去,他在心神恍惚之间,模模糊糊地看到:基金忧心忡忡地沉着蜡黄的脸,惶惶不安地东张西望,总是把目光避开;亚科夫愈发沉默寡言,他脸色苍白,愁眉不展;他一天里要出去几次,回来以后,又不大愿意谈及发生的事件,谈起来也很谨慎。

"他们可怜我,"贝科夫揣度着,"两个人都可怜我,不想惊动我。看来,我就要死了。"

但是想到死,他已不像先前那样害怕了,认为死得委屈的想法也不那样尖锐,那样痛苦了,尽管他还不由自主地这样想:

"现在要能同亚科夫过上一段该多好。基金也是个好人。现在他们理解我了,和他们推心置腹地谈了谈,他们也就明白了。"

接着他想到继承人,心中暗暗发笑。

"我已经向他证明,应该怎样来理解财产,小伙子心里很不安。可过去他还说什么:要分给穷人!咳,这伙人呀……"

"城里出了什么事?"他问护士,想检验一下基金那些颠三倒四的说法,和外甥小心谨慎的谈话。

"还在造反。"女人淡淡地说了一句,似乎造反同酗酒和做买卖一样,都是城里人司空见惯的消遣。她不时用掌窝捂着嘴打哈欠,打完哈欠,便匆匆画个十字,她那双淡色眼睛里始终带着睡意,而她的无声的步态就像猫一样轻捷。

城里的枪声是从星期天那个灰蒙蒙的阴霾的黎明开始

的。最初的几声枪响发自远处,在霏霏的细雨中听起来并不刺耳。

贝科夫听了几分钟的工夫,叭叭叭的枪声像乌鸦啄着潮湿的铁皮房顶一样。

"这是在敲什么?"他唤醒护士问道;护士像条蛇似的仰起头,望着灰色的方形窗户仔细听了听。

"不知道。给您药吗?"

"别作声。"

枪声越来越密,越来越近,好像一个会计能手拨弄下的算盘珠子一样噼噼啪啪地响个不停。

"像是在打枪,"贝科夫以一个老兵的听觉断定这正是枪声,他阴郁地说道,"去叫醒楼上的人……"

护士好像顶着风,一面用手指往头巾底下塞着头发,一面在昏暗中摇摇晃晃地走了出去。贝科夫坐在床上听着,也用颤巍巍的双手摩挲着头发和胡须。

"在放枪,狗崽子们!这是谁打谁呀?"

护士很快便从楼梯上跑了下来,还在门口便扯起嗓门愚蠢地尖叫起来:

"在打枪哪!冲着房顶,冲着您的……"

"蠢货,"贝科夫厉声说道,"放的是空枪。"

"哎哟,不是的……"

"住嘴!这是演习。城里是不准实弹射击的。"

"哎哟,不是啊!老天爷,不是的……"

那女人跑到窗前,一打开窗户,就有一阵零零星星的枪声飞进房间。贝科夫听出这是步枪和手枪的声音。轰的一声,一颗炸弹爆炸了。把玻璃震得呻吟起来。斜对着贝科

夫的窗口有一幢房屋,在它的几扇窗户里,突然令人心惊肉跳地燃起熊熊的火焰。护士画着十字蹲到地板上,也呻吟起来:

"上帝啊……"

基金穿着大衣戴着帽子踮着脚摇摇摆摆地走进屋来,他的脸在灯光照射下,像死人的一样铁青。

"出了什么事?"贝科夫叫了起来,"亚科夫在哪儿?"

"他走了。"

"什么时候走的?上哪儿去了?"

驼子摘下帽子,抱歉地摊了摊脱了臼似的双臂:

"叶戈尔·伊凡内奇,我对他说过,别管,不要管!虽然他们确实骗了人……"

"谁骗人?"

"当官的,政府。可是亚沙说:不行,同志们……他说,这太卑鄙了。他是同科诺诺夫的铸工们一道去的……"

贝科夫有点明白了,仿佛有人用鞭子抽了他一下,他把两只脚从床上放下,嘶哑地叫着:

"拿便袍来!把我扶到窗口!喂,婆娘……"

护士探头望望窗外,挥了一下手:

"您自己也知道!起火了。我要回家去……"

然而她不仅没有走,甚至仍旧在窗前没从地板上站起来。

基金一面给贝科夫穿衣服,一面喃喃地说:

"可别从窗外飞进什么来……"

"住嘴,"贝科夫厉声说道,"你这个拉皮条的!窝主……"

枪声很近。甚至听得见拖得很长的喊叫声:

"啊——啊——啊……"

大门上的铁闩哐啷啷地响着,屋门也砰砰作响,某处有两把斧头在砍着树木,一个女人的刺耳的声音惊慌不安地喊了一声:

"从花园里跑……"

贝科夫走近窗口,只见一匹黑马在街上跑过,一个人伏在马背上,使得那匹马活像一只骆驼,从不均匀的马蹄声中可以听出,这是一匹瘸马。在昏暗中紧贴着房子的篱笆和墙根很快闪过三个人影,他们一个跟着一个鱼贯而行,最后的一个身后拖着一根竿子,竿子的末梢沙沙地蹭着便道上的石板,碰着路边的短桩。

"贼。"贝科夫这样断定,只觉内心的静默和空虚在可怕地增长着,所有的声音都在这空虚之中发出隆隆的回响,而思想却在其中沉没和熄灭了。这时一颗子弹嗖的一声飞了过去,树上的枯叶微微颤动了一下。

"这是反跳回来的子弹。"贝科夫断定,并听到基金在怯生生地说:

"您最好离开窗户……"

他推了一下基金的肩膀。

"这就是说,造反了?"

"工人起义,叶戈尔·伊凡内奇……"

"亚科夫,亚什卡也去造反了吗?"

"他和科诺诺夫的工人在一起……"

"去,"贝科夫伸手指着窗口,指着街道说,"快去叫他!最好马上回家。你这个下流坯怎么搞的,一声不吭,瞒着我?……"

基金有愧似的嘟哝着：

"亚沙对您说过：手持武器……"

"快去！亚什卡要是有个好歹，我要你的命！"

贝科夫的下颌抖得好像胡须都要掉下来了似的。他那高大的灰色身影仿佛在战场上那样直挺挺地站在昏暗的窗口，他瞪着眼睛，牙齿咯咯作响，两腿在打战，他的便袍恰似从肩胛骨上淌下来的流水，在不停地抖动。

基金出去了。

"我要回家。"护士又说了一遍。

贝科夫目不转睛地盯着烟雾弥漫的街道，颓然地坐到了圈椅里。枪声疏落下来，斧头还在砍着，有个什么东西轰的一声，碰断了围墙或是大门上的木板倒了下来。不知为什么电线绷得这样紧，而且还在抖动？随后，街上十分突兀地响起了沉闷的嘈杂声、脚步声、木头的折裂声，还有一个熟悉的，高亢而又嘶哑的声音在喊：

"把大门卸下来！院子那边有几只木桶，把它们滚出来……"

"这是我院子里的那些木桶啊。"贝科夫想。

这时在临窗的街道上有人喊叫：

"把电线拴在路灯上！横着往街道对面拉……砍电线杆……脚，脚，鬼东西……"

"这是亚什卡的声音，"贝科夫说出声来，"是他的！"

贝科夫不愿想亚科夫在做什么，然而他还是胸脯趴在窗台上，嘟哝着：

"他在保护院子。不放他们进来。"

护士从一个屋角奔到另一个屋角，念叨着：

"噢,上帝呀!上帝……这帮强盗……"

"坐下!"贝科夫喊了一声,"瞧我拿棍子敲你!住嘴……"

他拿起平时敲天花板招呼基金的那根棍子吓唬护士。他的下颌还在颤抖着,胡髭耷拉到嘴里,他扯着唇髭、胡须,但是下颌直往下掉,内心的寂静变得更加可怕,空虚更加深沉,街上的喧嚣声、喊叫声、树木的断裂声和远处的枪声都冲了进来。

"竖着放!"大门旁有一个低沉的声音在指挥。

天已经亮了,人影的轮廓相当分明地在雾中显露了出来,他们总共不到一百人,正聚在贝科夫住宅的左边,用一些电线杆子隔断马路,堵塞着街道,他们像抓着鲇鱼的长须一样拽住电线拖着电线杆子。人们从邻家的院子里搬出一捆捆干草,推出一辆车子,吭唷、吭唷地摇撼着木篱笆。和这闹哄哄的场面对峙的是鸦雀无声的房屋,以及一个个紧闭着的玻璃窗。在那些玻璃后面偶尔可以看到憧憧的人影。

远处,刺耳地响起了军队的集合号。

"留神!"一个低沉的声音喊道,不知是什么发出一阵咔嚓嚓、咯吱吱的响声,轰然倒在石板马路上。

"他们在破坏,"贝科夫对护士大声地说,似乎在征求她的意见,"你听见了吗?他们在毁东西!"

他冷得发抖,裹紧便袍的前襟,将身体从窗子里向外探得更远些,只见亚科夫肩上扛着一把铁钎,向大门奔来,还有十来个人跟随他跑来,手里拿着步枪、斧子,其中一个扛着一根车辕,他们大家同时撞着大门,亚科夫像猫一样翻进院子,喊道:

"卸下门扇!拿桶……"

这一切像梦一般难以置信,看着这些,贝科夫不由得怀疑起自己的眼睛来。护士歇斯底里的号叫惊醒了他:

"哎哟,这些强盗……"

大门打开了,人们冲进了院子。

"站住!"贝科夫喊了一声,这一声是他使尽剩下的最后一点力气才喊出来的,"你们站住,魔鬼!亚什卡,把他们赶走!"

他看到了亚科夫那张仰起的薄饼般的圆脸,并且听到了他的喊叫:

"他们欺骗了我们,舅舅!他们开枪了……"

接着传来了驼子的哀求的声音:

"叶戈尔·伊凡内奇,离开窗口吧!"

左边的一扇大门被稍稍抬高了一点,摇晃一下,轰的一声倒在院子里,人们抓住它,往街上拖去。另一些人开始摇晃第二扇门,滚着木桶,只见矮小的驼子在这伙人中间无谓地奔忙着。

于是贝科夫一面粗野地骂娘,一面抓起一盆仙人掌朝院子里的那些人扔去。那个花盆落在离他们很远的地上,贝科夫看见了这种情况,但仍然向护士喊着:

"给我花盆,椅子也给我,所有的东西统统给我!"

他喊叫的声音十分可怕,那女人低低地弯着腰,在房间里一声不吭地奔来奔去,把花盆从窗台上拿下来,手脚并用,连推带踢地把椅子移过去,贝科夫摇摇晃晃,使着最后的力气,痛得哼哼唧唧,把他举得起来的所有东西都朝着人们扔了下去,一面扔一面呼哧呼哧地喘着气,破口大骂。

"亚什卡,我砸死你!科西卡①,丑八怪……"

━━━━━━━━━━
① 驼子康斯坦丁的别称。

有人放了一枪,玻璃发出刺耳的碎裂声,从天花板上落下一些灰泥,护士尖叫一声,两臂撑着地板坐到了地上,贝科夫向她转过身来叫喊着:

"装蒜,你还活着!快给我,坏蛋……"

与此同时,在街上很近的地方噼啪噼啪地响起了枪声,门洞下面有人尖叫一声:

"他们绕过来了……"

贝科夫看到外甥蹲下来,拖着一条腿爬进了院子。那个大胡子,把车辕一扔,脸朝下栽倒在地,把头碰得连帽子也飞掉了。这时一群穿着灰军装的士兵弯着腰,朝前端着刺刀从雾气里立刻钻了出来,出现在大门旁边,他们高声喊道:

"投降吧!躺下来……"

他们向奔跑的人们开枪。

贝科夫发出一阵狂笑,伸出一只手,指着下面,跺着脚,嘶哑地叫嚷起来:

"捅这一个,喏,正在爬哪,戴帽子的那个,捅他!捅那个驼背,坐在桶后面的那个,捅那个驼背呀……"

护士打开另外一扇窗户也叫着:

"捅吧!捅吧,把他们赶走……"

陆桂荣译

不平凡的故事*

在涅瓦河畔的一所公爵府里,有一间"摩尔"①式四壁布满彩绘的房间,眼下这房间又脏又冷,给人一种不舒适的感觉。有个身上紧裹灰色粗呢长外套的人坐在那里,微微摇晃着。这人四十出头,长得阔厚敦实。他坐着,左边的瘸腿向前伸直,脚上穿的是沉重的红皮靴,右脚稳稳当当地踩在镶木地板上,当他说话激动的时候,像马蹄一样宽大的靴后跟就随着在地板上顿响起来。

他头上的黄发像枯草似的蓬乱,两腮和下颔长着几撮稀疏的黄色胡楂。难看的鼻子底下留着短须,酷似磨损了的牙刷毛一样。

此人丑陋的脸上长着一张大嘴和满口尖利的牙齿;狗鱼似的灰脸上颧骨高高凸起,眼睛说不上是什么颜色,在俄罗斯中部几个省份,有这种相貌的人是很常见的。他们脸上的那双眼睛一般长得不大,不是瞧着地面,就是仰望天空,几乎从不看人;在他们的眼神中可以感到多次受到欺骗愚弄的人所

---

  * 本篇写于一九二三年底至一九二四年初,最初发表于一九二五年三月《笔谈》杂志第六一七期。译自《高尔基三十卷集》第十六卷。
  ① 指七八世纪至十五世纪盛行于西班牙、北非和西西里的摩尔人艺术,其特点,在建筑上突出表现在饰有丰富和复杂的纹彩。

流露出的那种内心困惑和疑虑。但是在那双眸子的深处常常射出冷峻锐利的目光,这目光以其深深蕴藏的理智力量像针似的可以一下子穿透对方的肺腑。正是这种锐利的目光唤起了我第欧根尼①似的强烈愿望,这种愿望是每个作家所固有的。经我再三请求,这个长着满口尖齿利牙的人才同意把他的身世讲给我听。

他讲话慢条斯理,有板有眼,好让我懂得,他深信自己是个相当了不起的人,并且他的故事已经不止一次使听众为之惊叹。时而,他讲得兴致勃勃,连胡子也跟着抖动,露出弯曲得有点可笑的黑紫嘴唇。时而,他又讲得很悲切伤感,这时他严峻地紧蹙本来已经布满皱纹的额头,眼白闪着像露珠般润泽奇异的光彩,两个瞳仁不知是因为害怕,还是由于诧异变大了。

除了那条瘸腿,他的身体一刻不停地在转动,这和他从容不迫的叙述很不合拍。黧黑的双手不安地动来动去,时而摸摸膝盖,时而摆弄桌上的公文夹、墨水瓶、烟灰缸,或碰碰木制的笔架。每当他把桌上的东西移动后,就眯起眼睛打量一番,随即又把这些东西按另外的摆法重摆一次。然后,怀着明显的不满心情把所有这些东西推开,用手掌抚摩或用手指抠挖色彩斑斓的——红的、蓝的——金黄的——墙壁,墙上刻满了奇妙的阿拉伯花纹图案。

看来,这不平常的房间对他来说有点狭小。他蓦地转过头去,看着窗外,窗框上装饰着棱角分明的各种形状的格子,

---

① 第欧根尼(约前404—前323),古希腊哲学家,据传说,有一次他白天提着灯走来走去,并说:"我找人。"

他默默地看了一两分钟,像在宽广的黑色涅瓦河面上寻找着什么。他解开长外套的纽钩,随即又扣上,仿佛想要脱去衣服,抖掉附在身上的重物似的。

他说话的声音发自胸腔的深处,低沉喑哑,像从远处传来的一样。

从我长期居住的地方和身份证来看,我是西伯利亚人,但按出生地点来说,我是俄罗斯人,来自梁赞省萨瓦季马县郊。从幼年起,我就记住了萨瓦季马这个地名,是从我父母那儿听来的,他们常常向人解释说:

"我们的老家在萨瓦季马附近。"

差不多十七岁以前,我一直说萨马季马,而不是说萨瓦季马,我还以为这是一条河名,把河水也想象得异乎寻常的黑①,可是这个想法我对谁也没说过,甚至对自己的朋友,对小伙伴也没说过。我非但没说过、没夸耀过,可能还觉得有点不光彩,因为西伯利亚的河水都是清澄碧绿的。

后来,一个卖农机的商人纠正了我的错误,他粗鲁地说:

"傻小子,不叫萨马季马,叫萨瓦季马,也不是一条河,是个城市,是座县城。"

我立即相信了他。听说萨瓦季马没什么不寻常的地方,我心里感到欣慰。

家乡是个什么样子,我一点印象也没有,也许是个普普通通的农村。我只记得山脚下高高的河岸上有个村镇,镇后的修道院三面为树林所环抱。至今,我对这个村镇还记忆犹新,

---

① 萨马季马(Саматьма)有"最黑暗"的意思,故云。

它不像是人居住的地方,而像玩具;这样的玩具我见过:小房子,小教堂,还有牲口,一切都是用木头雕刻成的,树木是用染成绿色的苔藓做的。小时候,我非常向往这个村镇。

大概在我十岁左右,父母搬迁到西伯利亚。在路上,我的母亲和弟弟从火车车厢里掉下去摔死了,不久,父亲也意外地去世了,因为他吃鱼吃得过多。我就跟一个老头儿一起沿村乞讨,这个老头儿性情温和,从不打我。我们俩相依为命,在一起流浪了将近一年。后来,在一个小城的集市上,有个庄稼人看中了我,他叫特罗菲姆·博耶夫,是个旧教徒。大概他给了老头儿一个卢布,老头儿就把我让给了他。

这人长得高大粗壮,性情怪僻。他是个守财奴,动不动就爱祈祷,但实际上非常虚伪,就像掌柜在上帝面前祷告忏悔一样:他自己无恶不作,弄得身旁的人连气都透不过来。他和他们全家人对我都很刻薄,个个贪得无厌,所以打一开始我就不喜欢他们,看不惯他们的所作所为。我当时还是个半大孩子,可我已经看出了那种不同一般的劳动是毫无意义的。博耶夫养了六匹马、十七头奶牛、一头种牛,还有羊群、家禽,应有尽有。他自己干活,还迫使别人跟他一样累死累活拼着命干。他们吃起东西来也让人看了恶心:肚子已经填饱,不想再吃了,可是还没完没了地吞咽,脸涨得通红,两腮鼓得高高的,一个劲儿吧嗒着嘴,硬往下塞。过于繁重的工作和毫无节制的饮食——这就是他们的全部生活。每逢节日,他们打扮得漂漂亮亮,全家老小一大群人赶到十二俄里外的教堂去。

这是个大家庭:除他本人外,有第一个老婆生的三个儿子,其中一个当兵去了,两个儿媳妇,一个哑巴女婿——他从大车上摔下来,把舌头咬断了,妻子也死了。第二个老婆生了一个女儿,叫柳芭莎,比我小两岁。第二个老婆是个母夜叉,眼睛大得像马眼一样,力气也像男人那么大。还有个雇农马克西姆,也是俄罗斯人。他是个瞌睡虫,连站着都能睡觉。另外有几个老太婆,像几只老鼠一样。

在我满十七岁那年,马克西姆不小心用粪杈扎穿了我的大腿,由于感染化脓,一年也不见好,从此这条腿走起路来就有点瘸。

有一天,在吃晚饭的时候,博耶夫的大儿子谢尔盖对他父亲说:

"亚什卡走路很吃力,应该给他治治腿。"

可是博耶夫却回答说:

"不治也会好的。要是瘸了,对他有好处,再也不会让他当兵去了。"

听了这话我非常伤心,我本来是个健壮的小伙子,在姑娘面前一瘸一拐实在丢人;她们已经在笑话我了。这时我想离开博耶夫。我告诉了柳芭莎,她也劝我说:

"你当然得走,要不然他们会让你干活,把你累死的。你不也瞧见,他们都是些该死的没良心的东西。"

柳芭莎是个体弱多病、闷闷不乐的女孩子。她弱不禁风,连摇动搅黄油机的力气也没有。可她是我的知心朋友,几乎是逼着我学会了识字读书。衣服破了她给补,连衬衣也是她做的。几个兄嫂不喜欢她,笑她跟我相好。

"他是个瘸子,怎么配当你的未婚夫呢!"

这一点她可从来没想过,她只不过在生活上帮助我就是了。她是个清白规矩的姑娘,看不惯骄奢淫逸的生活,她身体单薄,眼睛像她母亲,长得大大的,炯炯有神。她难得有笑容,但只要她微微一笑,我的心情马上会感到轻松一些。她也从来不哭;要是有人打她,她就缩成一团,闭上眼睛,簌簌发抖。全家人就数她最聪明,可别人说她傻气,中了邪。但她很残忍,喜欢折磨猫、狗和小动物,尤其使她特别开心的是掐小鸡;她抓住小鸡就用两手紧紧地挤压,直到把小鸡掐死。

"你干吗要这样?"

她默不作答,只是扭动一下肩膀。她这样做,可能是为了发泄对人们的怨恨吧。到了春天,我跟她告别走了。博耶夫想阻拦我,拖了很长时间不给我身份证。这时候又是柳芭莎帮了我的忙。

随后的两年过得一帆风顺,甚至没有什么可说的。我住在巴尔瑙尔一个医生那儿。他总算治好了我腿上的伤口,不过走路还是有点瘸。我可以这样说:我活到二十岁,好像一直在做梦,没有遇到过什么不寻常的事。有时由于寂寞无聊,就会想起那个村镇,我想:

"应该在那儿生活。"

可是那个村镇在什么地方呢?我不知道。过后又不去想了。只有柳芭莎我从来没有忘记过。有一次我还给她去了封信,可是没有回音。

我在亚历山大·基里雷奇医生那儿日子过得很平静。要干的事情不多:劈柴,生炉子,帮帮厨娘,擦皮靴,刷衣服,再就是赶车送他去看病人。我不是个贪杯的人,不过,为了对身体有好处,可以喝上一两杯;玩起牌来我很谨慎,女人爱我也白搭,因为我生性孤僻,别人又认为我傻头傻脑。这时候我已积攒了一点钱。

可是突然间,我像是滚下山坡一样,开始了不同寻常的生活。住在我隔壁的夫妻俩被人杀害了,那天晚上恰巧我没在家里过夜。我就被抓去了,偏偏这时我的身份证又出了问题,名字写错了:我的真实姓名是亚科夫·济科夫,身份证上都写着亚科夫·亚济科夫。那时候,正赶上日本人开始跟我们打仗①。侦查员就对我说:

"你自己承认,冒名顶替用了别人的身份证;这么说,你是为了逃避服兵役,或许还有别的更见不得人的原因。"

我指出:身份证上明明写着持证人的特征是瘸腿,可见这就是我,济科夫。

可是,在西伯利亚谁也信不过谁。他说:

"也许你没有参与杀人,不过还要调查一下你的来历。"

那几天医生出远门不在家,他到托木斯克和喀山去了;没有人可以为我说话。就这样我被关进了监狱,在牢房里几个盗贼拿我开心:

"你根本不是济科夫,也不是亚济科夫,而是亚焦夫②,因为你的嘴脸长得像条鱼一样。"

就这样别人给我起了个外号:亚焦夫。

这种不寻常的莫名其妙的事情使我感到委屈;夜里我睡不着觉,总在琢磨:怎么可以因为身份证上出了点小小的差错,就把人关进监牢里受罪呢?我向上帝申冤诉苦;那时候我非常相信上帝,尽管我在监狱里不做祈祷,因为在那儿信教是会受人讥笑的。我常常只好在躺下睡觉的时候,偷偷画十字,躺在床上,脑子里默默背诵两三段祷文——只能如此。本来

---

① 指一九○四年一月二十四日开始的日俄战争。
② 亚焦夫——язёв 是由 язь(圆腹鲦鱼)一词构成的姓。

我习惯于跪着毕恭毕敬地祷告。"我信仰","我们在天上的父"——各背诵一遍,"圣母娘娘"——背诵三遍。对圣母娘娘的颂词我背得滚瓜烂熟。柳芭莎教了我许多东西。最初我是用锥子在树皮上学着写字的。

当然,信教是件蠢事,可那时候我还年轻,除了上帝,我没有其他的兴趣爱好。

牢房里除了我还关押了七个人:四个盗窃犯,一个生痨病的已经奄奄一息的盗马贼,一个老年流浪汉,还有个要押解到俄罗斯某地去的铁路钳工。几个贼整天打牌、哼小曲,老头儿和钳工却在一旁争论不休。老头儿瘦骨伶仃,个子很高,像牧师那样留着长发,鼻梁有点歪,目光严厉而凶恶,长相十分难看。但他生活安排得井井有条:早上第一个醒来,用块浸湿的干净布擦把脸,梳好头发,理好胡须,扣上全部纽扣,然后长时间纹丝不动地站着祈祷,但不画十字,并且他不是面对放着圣像的角落,而是对着窗外的亮光,对着苍天。显然,他是个教派信徒①,不过没想到是个颇有心眼儿的教派信徒!

钳工长得黑黑的,像吉卜赛人或犹太人,比我大十岁左右。他虽然能说会道,但说的话跟人不一般,我连听都不爱听。他剪的平头像刺猬,牙齿洁白闪光,小胡子黑亮,眼睛长得像吉尔吉斯人。他就像马戏团里驯养的海豹那样全身光滑闪亮。他还喜欢吹口哨。

有一回,几个盗窃犯已经入睡,我听见老头儿在唠叨:

"现在要使一切简单化。大家为一些无谓的小事纠缠不清,互相之间要拼个你死我活。应该使生活简单点儿。"

---

① 指与占统治地位的正统教中分裂出来的教派。

钳工怨声怨气地嘟囔说:

"我说的也是这个意思。"

"胡说。你崇拜的是昨天。像你这样的人我不是第一次遇到。你们都是些骗子。你想方设法要得到特殊的、不寻常的东西,想与众不同。生活中所以有不幸和罪过,就因为每个人都想成为特殊的人、不平凡的人。这真是灾难啊!从这儿产生了各式各样的贵族习气、官气、强迫和命令。这样有人在衣食方面就很特殊,人跟人之间就出现了千差万别。应该让这一切统统都见鬼去,就该这样!哪儿有特殊,就会有权力,哪儿有权力,就会有仇恨,就会有水火不相容的矛盾,就会出现各种疯狂的行为。因此狂人们就互相仇恨。人应该只掌握自己的命运,而不应该去主宰他人。你瞧,给你立了案,你就任人驱赶,你的喜怒哀乐得听人摆布,不能自己做主。"

我听着,觉得老头儿说的句句在理,好像他说的都是我的心里话。要是你的道理确实站得住脚,那你的一切问题都可以迎刃而解,这道理的本质是那样实在,仿佛用手就能触摸得到一样。

几个盗窃犯都嘲笑我,认为我是个傻小子,不过我自己也乐得装傻。这样更安宁些,也能更快地了解人们,因为在傻子面前人们是无所顾忌的。这两个争论不休的人看见我就像没有我这个人一样。他们怒气冲天,牢骚满腹,而我却听着。在我看来,他们似乎没什么可争的,都一致认为:世界上一切都应该平等,特殊化、与众不同的现象应该消灭,不允许存在任何差别,只有这样,所有人——不管愿意与否——才能平等,万事才会变得简单而又容易解决。把地球上所有的人都变成普通人,用一道特别法令禁止,消灭各种阶层:牧师、商人、官吏和一切老爷。使任何人既不能买我的粮食,也不能买我的劳力和良心。

"应该打起精神来,"老头儿振振有词地说,"主要的是精神自由,没有这一点就谈不上是人!"

我如饥似渴地把这些思想都吞了下去,果然,我的精神立即振作了起来,感到豁然开朗。我想:

"主耶稣啊,人们之间的关系是多么简单,可他们却一生一世受着痛苦的煎熬!"

我想着想着不由得笑了,几个窃贼更加笑话我了。

"瞧,亚焦夫想媳妇喽!"

我不作声,装得更像个傻子,您知道,我却一直在听他们的谈话。他们只在一个问题上有争议:钳工挑逗说,也不要上帝,可想而知,老头儿为此就生他的气,连我对钳工的话也不满,他的话听来刺耳,那时候上帝对我来说还是块心病。他们俩无所畏惧,心里明白统治的全部危害。

不久,我被押到身份证上所填写的地方,在那儿博耶夫一家当然证明了我的身份。博耶夫本人躺在床上,生命垂危,好像是马伤了他。可他建议我:

"亚科夫,留下住在我这儿吧;你这个人挺和善,又傻头傻脑,过流浪生活对你不合适。"

我拒绝了。我已经见过一些世面,变得有头脑了,我向往城市,再说柳芭莎也劝我:

"去吧,去吧,亚科夫,找自己的幸福去吧。"

不用说,我把自己的遭遇一五一十都告诉了她,谈了整整一夜,我的思路有条不紊,说起来滔滔不绝,连我自己也感到奇怪。柳芭莎赞同说:

479

"说得都很对。就该这样。"

我对她说：

"柳芭莎，最好你跟我一起走吧！"

她害怕了：

"我对你有什么用呢？我会成为你的累赘，我身体不好。再说人生地不熟的，我过不来。这儿我已经习惯了。"

是啊，她没有跟我走。我已经说过，她是个多愁善感、心地善良的姑娘。她的心灵像面镜子，从她身上我看到了自己。临别时，她哭了……

我又回到了巴尔瑙尔的医生那儿。他是个好人，如果不按我的看法，按老眼光看，他还非常聪明。不过他脾气暴躁，他的习惯有时像财主老爷。长相像农村人：身板粗壮敦实，走起路来像只鹅那样神气十足，举止稳重，不随便摆动手臂；宽阔的脸膛红扑扑的，颔下留着一把胡须。他医术高明，能妙手回春。他的酒量很大，但从未喝醉过。比起伏特加来，他更喜欢喝红葡萄酒。他的目光正直，蕴含着一丝讪笑，这种笑容似乎在对每个人说：

"你别装模作样了，我知道你身上的毛病。"

虽然女人喜欢他，他也追逐女人，可是我看到，他的生活很枯燥。他总是愁眉不展，无病呻吟，透过牙缝哼着小曲，经常啐痰，像吃了什么腐臭的东西似的。我喜欢他坦率直爽的性格，但不喜欢他的冷笑，因为这种笑表明医生把我也看成傻瓜，丝毫不信任我。这使我感到难过。所以，我有点怕他。

他见到我的时候显得很热情，开玩笑说：

"啊，回来了，草包！"

"草包"是他经常挂在嘴上的口头语，他像对小孩儿似的带着玩笑的口吻同所有的人说话,常常两手往口袋里一插,就开起玩笑来了。他给我端来一杯伏特加酒,吩咐老妈子煮上茶炊,然后来到厨房:

"好吧,把情况说说!"

这是一个冬天的晚上,风雪交加,发出呜呜的吼声。我和医生坐在桌旁,像在酒店里跟一个老朋友聊天,他一边听着,一边抽烟,用手摸着颔下的胡须,胡须不长,像鸡尾巴似的。

在以前,除了柳芭莎,我没有和任何人推心置腹地谈过心,可那天晚上却心血来潮,产生了一股压抑不住的勇气。我在监狱里和旅途中学会了对一切问题都进行思考。有时我陷入沉思,似乎连自己也忘了,只有我的精神还存在。我那么健谈,连我自己也觉得奇怪。要是柳芭莎能听到就好了!

我当然也谈到了监狱里的老头儿和钳工,医生却呵呵笑开了:

"瞧你,把你都弄糊涂了!嗯,这不错:傻子活着容易,聪明人活得有意思。亚科夫,现在你该读点书了。嗯,不过书里证明的可相反,支配我们的是法则,它把简单普通的事物分解成特殊的。在有人类以前,地球上是一片不毛之地,全是石头,天长日久,渐渐分化成沙砾、黏土,后来形成了黑土。在远古,只有一种野兽,一类飞鸟,经过演变繁衍,到现在有了千万种不同的飞禽走兽。古时候的人类也一样,最初都是庄稼人,后来,从他们中间分化出王公、沙皇、商人、官吏、火车司机、医生。这是法则!"

他能说会道,说得我哑口无言。

当然他还开玩笑说:

"应该站在这个土墩上来看一切,因为在我们这块沼泽地里它是最高点了。"

他的这番话使我大失所望,甚至一时动摇了我的信念。他很狡猾,给了我一本小书,可我立刻发现,这跟他自己读的那些书不一样。他读的都是精装本的厚书,有两书柜,给我的却是薄薄的书,像儿童读物,还有插图。我读了。他给我这些书的目的是为了转移我的注意力,好让我摆脱我的那些想法;书里讲的是古代人们生活的情况,这意味着我应该懂得,古时候的生活不如现在。这些书是一种慰藉。但我心想:

"我怎么知道书里写得对不对呢?我不可能亲眼看见,而且我生活在今天,过去的生活同我有什么关系?过去的日子已经无可挽回,不可能使它变得好一些了,你还是告诉我,明天该怎么生活吧。"

医生问我:

"书看了吗?"

"看了。"

"有意思吗?"

"有意思。"

至于这些书不合我的胃口,我当然只字未提,我也没有解释,我感到有意思的不是书的内容,而是写这些书的目的。我只说,这些书是为了宽慰我的。

可是我已经养成了读书的习惯;当我埋头看书的时候,仿佛看见河面上的漩涡,书上的字在眼前晃动、流过,时间不知不觉地流逝;当醒悟过来时,会有一种奇怪的感觉!仿佛在这一段时间里,地球上没有我这个人。书本上的话我不爱记,也记不住,再说它们对我也毫无用处,我有我自己的话。有些话我压根儿就不懂:嘴里虽然在低声念着这些词,但对我来说,它们却没有任何意思。可是书的实质我总是很容易就能领会。只要头脑里有自己的思想,别人的思想就非常容易理解。自己的思想像圣火,在它的光芒照耀下,可以一眼看穿旁人的虚伪。别人的任何思想面对着我的思想,都像臭虫怕光一样,避开了。我可以为此而自豪。

对我来说,和医生谈话比读那些书有用得多。有时,医院的工作结束或从城里出诊回来,医生脱去上衣、皮鞋,换上拖鞋,往沙发上一躺,身旁放着一瓶红葡萄酒,他躺着抽烟,不时呷一口带酸味的葡萄酒,得意扬扬地微笑着,说些逗趣的话,总是重复他那几句:

"我们的生活呀,命中注定要受旧时代的影响,那些毫无意义的东西根深蒂固,要铲除这些深根的时候可得小心点,否则会损坏土地整个肥沃的表层。今天受昨天的支配,当今的生活又一定会支配未来,任凭你怎样挣扎,也摆脱不了这种漫无止境、周而复始的法则。"

有时候他苦闷到了极点,就会无意中不小心脱口而出:

"当然啰,最好让一切都马上完蛋……"

可是,他随即又补上一句:

"嗯,这是不可能的!"

我听他说话,心里感到不快。

我想:"他是个聪明人,样样事都知道,他懂得,什么该知道,什么不该知道。看来他对自己的生活也不满意,就是不敢做出简单的抉择。"我已经做出了抉择,并且坚定不移,决不改变:既然象征人类自由的极乐鸟被虚伪琐事之网所紧紧束缚,奄奄一息,那就应该把网割破、撕碎!

我甚至对这位医生暗示过,提醒他,除此没有别的办法使人获得解放,但我不想对他直言:不知是怕他嘲笑我,还是出于别的原因。我很尊敬他,因为他对我不摆架子,常在晚间和我交谈,尽管他有时对我出言不逊,有时由于什么东西没有收拾好而冲我叫嚷,但我不生他的气。

由于读了他给的书和跟他谈话,我得到的好处是,受到了潜移默化的影响,不信上帝了,就像有些人不知不觉秃了头一样:昨天摸摸头顶,还有头发,今天一摸,突然秃得光光的。当然我倒并不感到害怕,只觉得心头顿时变得冷落不适,不过,这段时间不长。很快我就意识到,在这以前我活在世上,就仿佛生活在另一个星球上。我是从黑暗的角落,从上帝的角度来看待一切,现在我眼前一下子变得开阔了,心里无所畏惧,思想上感到无比轻松。老实说,我同上帝告别丝毫不感到惋惜。后来我彻底看清了,只有毫不足取的人,我们的敌人才信仰上帝。

我学会了识破那些把我和别人的事牵连在一起所设下的种种圈套,不管他们隐蔽得如何巧妙,我都能识破。我也能看到那位医生生活中一些浅薄的微不足道的东西,他的外部生活。他积累了许多无用之物:书籍、家具、衣服、各种不平常的小东西。他振振有词地说,为了美化生活需要不平常的东西——要美,请到森林里去,到田野上去,那儿有花草树木,没有尘土飞扬。有星星,星星是不必用抹布去擦拭的。人世间的各种无谓的小东西十分有害,只能沾污生活,使人忙于琐碎的苦役般的劳动。

比如说,医生穿衣洗脸需要五分钟,扣衬衣袖子的纽扣、系领带也需要这么长时间。他一边扣纽扣、系领带,一边像个大老粗似的嘴里骂骂咧咧。他的皮鞋也带纽扣——这又要花多少时间呢?穿普通的俄国靴子,只要一伸腿,就穿上了。您懂吗?所有那些领带、扣子、饰带、花边以及点缀朴实生活的各种玩意儿我认为对人来说都毫无必要。屋子里摆上几件大东西,你自己也会显得高大。应该把小玩意儿扔掉,统统扫地出门……

我从医生的谈话中也感觉到了老爷们对无用之物的癖好。看来他口头上虽然说得对,可是要摆脱这些无用之物却缺乏理智。他也没有意识到,整个统治是靠无用之物维持的:书本呀、小玩意儿呀、各种文具小机器呀——人被文牍主义的锁链所束缚。当然喽,即使意识到了这一点,对他也毫无益处,因为他参与了统治。他的话常常是这样的:说了几句击中要害的话,他又编出各种花言巧语来掩盖住被击中的要害。都是为了谨慎小心。据说,什么事情都不能十全十美,一蹴而就。他言不由衷,不能自圆其说。有时我甚至可怜他。

在这期间,我结交了一个女人;她是医院里的助理护士,红头发,绿眼睛;她的情夫毛皮匠用针扎了她的左眼,整个眼球掉了出来,眼皮紧闭着,即使这样,她的脸并不显得特别难看。她瘦瘦的脸上鼻子显得有点肥大,不过这鼻子我也觉得无所谓。她总是眯着眼睛;沉默又严峻,可是人们说她是个放荡的女人。我被她迷住了,我感到她那只绿眼睛燃起了我的情欲,这种情况在我身上还从来没有过。虽然我是瘸腿,可是,你看,我身强力壮。那时候我的模样长得也还和善。女人们一个劲儿地夸我的眼睛好看。有一回,柳芭莎也说:

"亚科夫,你的眼睛长得跟小姐的那样秀气。"

尽管这样,塔季娅娜却不肯依我。我对她说:

"你是独眼,我是瘸腿,我们俩配个对儿吧。"

"不,"她说,"我不干,我对你们这些男人已经腻味了。"

她的执意不肯使我的欲望燃烧得更加炽烈起来。为了博得她的欢心,我把宝押在红桃爱司上,使出了卖弄痴情的一招儿,终于征服了她。我全身像开水一样沸腾了起来。这个女人的情感异常粗野、贪婪、炽烈!她的爱情简直像一场搏斗:我很快发现,与其说她为爱情所陶醉,还不如说她在消耗我的力气,把我弄得精疲力竭,到了丧失知觉的地步,为此她感到心满意足。要是达不到这个目的,征服不了我,她就生气。

她生性极为爽直;我曾问她:

"你会欺骗我吗?"

"不会。"她说。可是想了片刻,她忽然又补了一句:

"不过,你要知道……"

接着,我像挨了一记耳光,听到她说:

"会的。"

我差点儿没有揍她,她深深叹了口气,带着负疚的神色用那只独眼看了看我,好像欺不欺骗不取决于她似的。我当然很伤心。爱情是危险的勾当,说不定什么时候会染上见不得人的疾病。不过我还是很喜欢她的直率。不久,我就发现,她是我的知音,并且是个有头脑的人。

她的性格古怪;稍一触犯她,就会暴跳如雷,恶语伤人,那只眼睛也射出凶狠、仇视的目光。在她温顺的时候,我问她:

"你干吗那么凶呀?"

于是她给我讲了一段不寻常的经历:她没有父母,住在姐姐家,姐夫是个火车司机,一次酒醉后,奸污了她,那时她还不满十六岁;差不多有两个月的时间,她怀着羞愧和恐惧忍受着。对谁也不敢说,后来姐姐猜到了,就把她赶出了家门。将近三年的时间她靠卖淫为生,后来几个醉汉把她打伤了,在住院期间,医生看上了她,雇她当助理护士。当时引起了一场风波,要求把她赶走,但医生不同意。

"你跟他在一起过吗?"我问;她闭上眼睛,用嘲笑的口吻说:

"我们这种人怎么能嫁给这样的野兽呢!他一次也没碰过我。"

"那你为什么要嘲笑他呢?你应该感激他才是。"

她舔了一下嘴唇,不满地说:

"哼,我是要感谢他的。"

一句话,她是个少有的女人,往下你就知道了。她身材苗条,像松鼠那样灵活。休假日她的穿着虽然并不豪华,但很体面,打扮得像个真正的贵族妇女。是的,柳芭莎的脸长得比她好看,可身材不如她。

我就这样一天天地过日子,渐渐消磨自己的精力。那时战争正在激烈进行,像炉火一样吞噬掉无数人的生命。医生也应征上前线,他说:

"喂,草包,咱们一块儿走,去修理那些傻瓜的断胳臂折腿,怎么样?"

我们就一起走了。还带上了塔季娅娜,让她当护士,她唠叨说:

"说得也是:一群傻瓜蛋!要是把枪炮、车厢全毁了,看你们还打什么仗。"

大家知道,在战场上我军节节败退,一片混乱。我们那列火车从一个站开到另一个站,白白地开来开去,没有事干,无数载着士兵的列车从我们身旁驶过;去的时候唱着歌,回来的

487

时候却爬着,呻吟着。医生非常气愤,写报告、打电报,要求让他工作。他对我说:

"草包,你看,他们是怎么对待百姓的!"

他脸色阴沉,面孔瘦削,对所有人都怒声呵斥,无所顾忌地咒骂当局、诅咒战争、诅咒生活中的混乱的现象。他的胆量使我感到很惊讶:干吗要冒险呢?我对塔季娅娜说:

"你看,这个人拼命要工作,什么都不怕了!"

她却闭上眼睛,透过牙缝恶狠狠地说:

"这样他就会升官,得到勋章的。"

"嗯,我想,不对,他这准是另有打算。"

医生谈什么问题都诚心诚意,都很中肯,像头脑清醒的儿子谈论酒醉醺醺的父亲,像继承人对待财产那样。车站上的职员、卫队士兵以及平民百姓都完全相信他的话。连宪兵都表示同意:糟得很,一切都很糟!我想提醒亚历山大·基里雷奇,要他说话小心些,可是找不到适当的时机,再说,走近他也相当危险,弄不好,会无缘无故给你一巴掌,他完全到了狂怒的地步。

车站上忽然钻出了一个像猎犬似的老头儿,他戴着红十字袖章,穿着红衬里的军大衣,像个督察似的,瞪着眼睛,转来转去到处窜,冲着医生吼道:

"把他抓起来,把他抓起来!"

医生把文件塞到老头儿的啄木鸟似的鼻子跟前:

"瞧,这是什么?"

对上司来说,文件没有法律作用,正如对神像画匠来说,神像不是圣物一样。医生被抓起来,关进了宪兵队。我的塔季娅娜就在车站大闹起来。这时我才第一次看见,她真是个

天不怕地不怕的人,不管三七二十一,冲着所有人又是嚷又是跳。有人取笑她:

"医生是你什么人,是你的情人吗?"

他们笑我。这使我感到难堪。虽然我没发现她和医生一起欺骗过我,不过,话又说回来,难道会让你察觉吗?干这种事总是悄悄的,时间很短,女人的衣服也做得比我们的巧妙,为了好干这种淫乱的勾当。我只好安慰自己:

"她这是出于感恩才那样为医生出力吧。"

要不是那些日子风云突变,不寻常的事层出不穷,像日落西山时群鸦乱叫那样,真不知道塔季娅娜会闹出什么事来。就在这个时候,革命开始了①,士兵们从前线开小差。宪兵在车站上挥动手枪,用开枪来威胁人,累得精疲力竭。

一列火车向我们飞驰过来,冲出站台将近一俄里半,车上既没有列车员,也没有司机,全是士兵。他们蜂拥进站,顿时乱作一团,尘土飞扬,简直无法形容。他们掐住站长的脖子:

"派个火车司机!"

那个宪兵老家伙被打得半死,因为他最凶恶。所有的东西都被捣毁了,打碎了,砸烂了,遍地狼藉。士兵们抓了一个供水塔司机,又上车走了。只剩下我们,个个都吓得目瞪口呆,车站成了一片废墟,像刚经历了一场火灾。我们走着,碎玻璃在脚下发出脆裂声;医生被释放了,他两手插在口袋里,如梦初醒,不停地眨着眼睛。

"我们最好离开这儿。"我说。

他冲我伸出拳头威胁说:

---

① 指一九〇五年的革命。

"你敢走!"

他吩咐把遭到毒打和受伤的人都抬到我们车厢里去。我们刚来得及把这些人聚集在一起,又一列火车隆隆驶来,还是满载着疯狂的士兵,又像刚才那样闹腾开了,人们变得反常了。这没什么可多说的,您也知道,那时候到处像刮起了旋风似的,人们闹得天翻地覆。

在那些日子里我受惊不小,这是一辈子也忘不了的。特别害怕的是,我们的列车被士兵抢走后,医士、护士、卫生员都跑了,只剩下我们三个人:医生、我和塔季娅娜,还有几个被吓得魂不附体的车站职员。士兵们的列车不断从我们这儿经过,他们狂呼乱叫,您想想看,到了夜里是一种什么样的情景!车站不大,地方又很偏僻,周围都是森林,离车站不远,紧靠着森林有个村庄,住户都是移民;晚上村里的灯一亮,灯光酷似狼的眼睛,简直可怕极了!你就像待在洞里一样,周围漆黑,一片死寂。过不了一两个小时,又听见火车的隆隆声和人的狂呼乱叫声。变野了的士兵,像被魔鬼驱赶着似的,不断从那里经过。

我们在这种恐怖的气氛中度过了十来天。我弄不明白,干吗要待在这儿呢?我们的病人一共只有九个,死了四个,其他几个人要说有病,还不如说是被吓坏了。医生对大家说,革命开始了,政权要更换了。我心想:

"这是改朝换代,换汤不换药,老百姓照旧吃苦。"

那时候,我这个想法酝酿已久,而且到了坚信不疑的程度。塔季娅娜对医生的话是百般信赖。

关于这段时期在我的记忆中还留下了这么件小事:一次我走近宪兵的住房——病人都藏在那儿——我听见塔季娅娜

干巴巴的说话声:

"厌弃了吗?"

我往窗里一瞧,她在医生面前站得笔直,医生坐着,眼睛看着塔季娅娜的脚下,一面抽烟,一面喃喃地说:

"走吧,走吧……"

这个独眼的女人走出屋子,来到台阶前,用衣襟擦了擦手,说:

"我们没必要再在这儿待下去了。"

我心里暗自好笑,嘴里说:

"就是嘛,没有必要。"

我非常注意她的行踪,我想当场抓住她和医生。我就狠狠揍她一顿,因为她在我面前显得很傲慢,她为自己过去不幸的身世感到自豪。要是她没有过错,无缘无故打她,这样说不过去。反正我对她有点厌烦了。

我们告别了医生,漫无目的地上了路,塔季娅娜不同意乘火车,因为她心里明白,要是她落到士兵手里,就像肥油落到耗子嘴里一样。我们沿着铁路线走,每到一个村子,人们给我们吃喝。日子还过得下去。农民变得小心了,感到好奇:今后会怎样呢?塔季娅娜把医生的话告诉他们,我呢,遇到合适的机会,逢人就说:

"生活会变简单的,这就是今后的情况。统治势力摇摇欲坠,快完蛋了;瞧他们仗也不会打了。他们就靠些小玩意儿来统治我们。瞧着吧,我们出头的日子快到了。"

我们休息一阵,又继续上路,和人们聊天。我看到,塔季娅娜虽然对医生怀着满腔怨恨,可对他的话却句句相信,她把这次革命当作自己的节日。因此我对她说:

"你这个傻婆娘,可得记住一点:要是没有仆人,老爷们就活不成。"

她嗤之以鼻,不听我的话。

后来我们坐上一列没有士兵喧闹的火车,来到了赤塔市,那儿像开了锅似的正闹得欢①,大街小巷、各个广场一片喧闹声,人山人海,万头攒动,像箩筐里的螃蟹。中国人靠在篱笆上看热闹,扬扬得意地在微笑。顺便说一句:中国人是聪明人,他们和所有人和睦相处,可谁也信不过。你千万不要和中国人打牌,他会让你输得精光。

塔季娅娜像过节一样兴高采烈,那只绿莹莹的眼睛熠熠闪亮,她张开嘴,露出一口细小的牙齿,提高声音对大家说:

"过去老爷们不把我们当人看待,已经受够了,该结束了!"

我瞧着她,也像中国人那样得意地微笑着。几个小棋子当上了王棋,对我有什么好处?我找了个卖报的差事儿,到处走走看看。结识了一个年轻人,是刚从流放地逃出来的政治犯,他是个大力士,胳臂又粗又长,说来可笑,却是搞修钟表这类小手艺的匠人。他是这个城市夺取了政权的混合政府②的成员。据他说,他现在的造反是向人民自由迈出的第一步。我对他说:

"你步子迈得大一点!迈过这个混合政府。我说,你现

---

① 指一九〇五年十月中旬西伯利亚铁路大罢工开始,后来其他企业的职工也加入罢工。
② 一九〇五年十一月赤塔工人举行武装起义。俄国社会民主工党赤塔委员会、士兵和哥萨克代表苏维埃、铁路罢工委员会及各工会实际上夺取了政权。当时的赤塔革命运动是由巴布什金等著名布尔什维克领导的。

在和老爷们一起在杜马①开会,可别高兴得太早。"

"别急,"他胸有成竹地说,"我们会迈开大步的!"

这个年轻人不错,就是头脑简单了点儿。他过于匆忙地相信了党,那时候的党是什么党啊!我知道,当时有工人的党、农民的党,还有好几个老爷们的党,不过所有这些党那时候都在为取得政权,反对沙皇,而不是为人民的利益奔忙着。在这方面,现在我们的党就做得很对。

我亲眼看到,一场对人民空前的大屠杀开始了②。一个将军带着士兵来了,于是一切想法都成了泡影。疯狂残暴到了极点。医生告诉我,人民在彼得堡挨打③的情形,我想,嗨,那是在彼得堡,少见多怪,算得了什么。在赤塔,就像踩死蚂蚁似的,草菅人命,见人就杀,毫无顾忌④。只有在极度恐惧的情况下,才会这样不分青红皂白残杀人民。无论在士兵的脸上,还是在普通人的脸上都显露出这种恐惧。你随便看一眼,会觉得,人的眼睛像瞎子或死人一样呆滞,当你仔细察看时,会发现,眼睛在颤动。

修表匠有一个朋友,叫彼得,是个头脑敏锐的青年,好像是个水手,也是从流放地逃出来的;他右手上有六个指头;警方打算把他处死,他用十七个卢布赎免了死罪。他说:

"同志们,你们瞧:我们口头上说要毁掉一切,这说得容

---

① 一九〇五年十二月二十一日赤塔召开了杜马会议,有工人、城市居民、地方工会和各党组织代表参加。
② 一九〇五年十二月十三日,沙皇尼古拉二世密电指令"采取一切手段无情"镇压外贝加尔和西伯利亚铁路沿线的革命运动和赤塔起义。
③ 指一九〇五年一月二十二日(俄历一月九日)彼得堡冬宫前的枪杀事件。
④ 一九〇六年一月至三月反动当局在赤塔对起义者进行了大屠杀。

易,而实际上我们连弄死一只耗子都下不了手,不像那些警士,即使我们要杀死谁,心里也觉得厌恶,可他们杀我们,却像日本人弄死海豹一样。"

这话说得很对:我亲眼看到过,一些搞革命的人口头上说得好听,要他干一点小事却畏首畏尾,踌躇不前。总之,在赤塔期间我颇受教育,见得不少,想得也很多,我的思想更加成熟坚定了。

我是偶然没有被枪杀,幸存下来的;当时我和修表匠一起被捕了,把我们拉去枪毙;忽然一个军士仔细打量了我一番,问道:

"你这个瘸腿,是打哪儿来的?是不是从巴尔瑙尔来的?没错,"他对士兵说,"我知道他,这是个傻子!我很了解他,他给一个医生当过马车夫。"

我喜出望外,还打趣说:

"傻子干吗要枪毙?聪明人才应该统统杀死,免得他们把我们傻子的简单生活搅乱了。"

军士把我推进一个胡同,大声说:

"滚吧,龟儿子,为我们慈悲的上帝祈祷吧。"

我跑了,修表匠却被枪杀了。塔季娅娜还去看过,说他躺着,像活着一样,手里攥着一把土,靴子被人拿走了。

我和塔季娅娜分手了。她的长鼻子像鸡嘴,如同鸡啄食似的,从水手那儿拣来了许多革命思想,而且居然教训起我来了。我当然看得很清楚,那些搞政治的都没啥了不起,他们的理智被书本知识弄得晕头转向,他们不明白,怎么才能使生活真正简单化。任何人我都能看透。我跟您说:思想是衡量一切的准绳!政治也会导致统治和暴力。我看到,参加党派的人往往你争我夺,他们都为了一个目的:显得自己比别人高明。

塔季娅娜对我说:

"我知道该干什么,而你只是浑浑噩噩混日子,除了自己,你对什么都漠不关心。"

她这是胡说;她变得更凶了,人们常常由于凶恶而变得愚蠢。她的目光显得更敏锐了,草绿色的眼睛酷似眼球上有块铜锈,水汪汪的像含着毒液。她说话的时候发出铜一样的声音,她变得又难看又干瘪,鼻子更加突出,嘴唇也显得更薄了。

是的,她就是这样说的:

"除了自己,你对什么都漠不关心。"

她这个傻女人应该知道,我们每个人身上都有皮肤,它是最珍贵的,皮肤需要温暖、柔和。据说圣徒是睡在石头上的,可到头来谁也不需要他们。

最后,我对这个女人完全厌倦了,我就离开了她,在一个火车站当看守人,这个车站的站名很可笑,好像叫博塔斯昆。我在生活中注意观察周围。所有的人都垂头丧气、心灰意懒。我装疯卖傻,工作却兢兢业业地干,左右逢源,不得罪任何人,说些傻话:人应该一律平等啦,生活要简化啦等等。这是大家都明白的。甚至当着宪兵的面我也敢这么说。站上的宪兵是个霍霍尔[①],名叫基里连科,他是个身材高大的庄稼汉,那张脸长得像条鲇鱼,留着两撇中国式的八字胡。这是个地道的傻瓜。听人说话的时候,他瞪着两只大眼,鼻子里发出粗声粗气的喘息声。我是守夜的,有时他夜里上我这儿来,责备我:

---

① 革命前俄罗斯人对乌克兰人轻蔑的称呼。

"你们这号人说的话都一样,说这样的话是要掉脑袋的。这准是政治犯教给你的。"

我襟怀坦白地回答他说:

"奥西普·格里戈里奇,政治犯不是我们这些厚道人的老师,而是我们的敌人。他们要的是政权,我们要的是精神自由。"

基里连科喘着粗气说:

"根据这一段发生的事来看,你说的话很中听。不过你还是小心为妙,因为你虽然傻里傻气,可人家不管这一套。我看你的话像福音书里说的一样,但是现在连这么说也不行了。"

一句话,基里连科成了我的好朋友,这帮了我很大的忙。我讲出了人们的心里话,甚至其他站上的人也来听我讲话,有的还来开导我,要我入他们的党。在这些人面前,我就耍了各种花招来装傻,他们除了失望,什么也没捞着。基里连科几次提醒我说:

"你注意点儿!"

本来我日子过得顶顺当,太平无事,可是天知道怎么会忽然碰上了个叫先卡·库尔纳舍夫的润滑工。他满头鬈发,脸上的雀斑长得花里胡哨的,像个油漆工那样。他能歌善舞,还是个手风琴手,活像个小丑,可非常伶俐。他很快接受了我讲的道理。但是有人教他不干好事。一个春天的夜里,我突然听见啪、啪两声,有人在车站外的兵营附近开枪;我不慌不忙地跑到那儿,因为第一个跑到是没有什么好处的;我看见先卡朝水塔一溜烟跑去,算他走运,当时我没有喊他,我以为不是他开枪,而是别人打他。人们都在嚷嚷:

"基里连科被打死了!"

基里连科果真横躺在一条小路上,头朝着树丛,两手向前伸着。车站上的职员都跑来了,惊慌失色地互相告诫:

"别动尸体。"

大家都吓得面无人色,那时候犯杀人罪是要判重刑的:打死一个,要吊死三个人偿命。先卡手里拿着把锤子跑来了,就是用来敲车厢轮子的长把锤子,您知道吗?他拿的就是那种锤子。先卡比别人显得格外慌张,他一个劲儿说:

"我——在水塔那儿来着,忽然听见有人开枪,我是在水塔那儿……"

"我心想,好小子,狗胆不小哇!"

正在这时候,另一个上了年纪的宪兵瓦西里耶夫高声喊道:

"找到了一把勃朗宁手枪,上面有石油味,请大家记住,有石油味!"

人们都来闻手枪上的气味,先卡也闻了闻,然后笑着说:

"真的,有油味!"

瓦西里耶夫当即对他说:

"我们这儿只有两个人手上沾石油——你跟米茨克维奇,所以我怀疑你们。"

老头儿真笨,他不该吭声。我郑重其事地说,在枪响的时候,我看见先卡在水塔旁边,我这样说因为可怜这个小伙子,瓦西里耶夫却仍然坚持自己的看法:

"现在主要是有石油味和枪把上有油。你,亚科夫,我也要逮捕,因为你是守夜的,应该看到。"

先卡眼疾手快躲开了他,抡起锤子,唰的一下打在老头子

497

的太阳穴上,老头子连吭一声都没来得及。不用说,谢苗①被抓起来捆上了,我也被抓了,还有供水塔司机米茨克维奇,我们被锁在三等车厢候车室里,有人看守着,他们手里拿着棍子在窗外走来走去。

米茨克维奇直说冤枉,哭了一阵就睡着了,我悄声对先卡说:

"傻瓜,你干吗要这样干呢?"

他不承认,还气哼哼的;我马上把他的身子压弯,小伙子低头了,说是政治犯要他这么干的,因为到我这儿来的人中有几个是基里连科告发的。是呀,在这件事情上也有我的一份过错,我安慰了他,并劝他:

"什么也别说!"

那时候的法庭审判铁面无情,无论犯人在什么地方,都要缉拿归案,送法庭审判!小伙子被判处死刑,下令把他吊死。尽管我一再坚持说他没有参与这件事,我看见他当时在水塔旁。起诉的军官批驳了我,他说:

"这儿所有的人都说,看守是个疯子,不能信他的话。"

米茨克维奇压根儿没有受审,我被宣判无罪。朋友们都非常奇怪:

"你这样装疯卖傻实在太危险,我们还以为一定会让你吃官司!"

毫无疑问,车站把我解雇了,我像吉卜赛人一样流浪了将近七年,我什么地方没去过呀!到过乌拉尔、伏尔加河流域,去过两次莫斯科,在梁赞待过,在奥卡河的拖船上当过水手,

---

① 谢苗是先卡的正式名字。

还见到了萨瓦季马那个贫穷的小县城。日子一天天过去,我观察着周围,心里很是不安,我执着地期待着:一定会发生变化。

冬天我在梁赞当了马车夫,这辆轻便马车当然是从老板那儿租来的。有一回我在街上赶着空马车,看见一个修女在走路,那是柳芭莎!我当时惊呆了,停下马车,喊道:

"柳芭莎!"

但我又突然像被火烫了似的:那不是她!根本不像,脸显得很苍老,眼睛蒙蒙眬眬像没有睡醒一样。从那一刻起,我更加心神不安,想回到西伯利亚去。您大概会认为,我对柳芭莎的感情只是儿戏而已?那可错了,这完全是另一码事,我认为是孩提时的感情在心里萌发。人世间常有这样一种与众不同的人,他对你的一生起着最重要的作用,当你和他萍水相逢,你就像获得了新生一样,你的整个生活情调也变得与前不同了。我曾在彼尔姆为一位工程师看院子,这工程师是制造炮筒的,人很严肃,已经四十出头了,他有妻室儿女,可是家里的首要人物是老妈子。她有八十岁了,走路困难,人很凶,身上有股发霉的味道,可她却代替了工程师的母亲。但并不是所有的母亲都像他对待老妈子那样受到尊敬。

春天快结束的时候,我到了托木斯克,我到一所医院去找工作,一下子就碰到了亚历山大·基里雷奇医生。我非常高兴,虽然我不喜欢和以前认识的人相遇,因为这会让人发现,我还没混出个人样儿来。医生的头发已经花白,脸色蜡黄,镶了金牙;他也很高兴,像个多年不见的挚友,又是握手,又是拍肩膀;当然,他还开玩笑说:

"嗯,我说,草包,你是不是消灭了许多不平常的东西啦?"

他留下我在他身边工作,我又替他料理生活。他住在医院的厢房里,窗子对着花园,有两间屋子、一个厨房。我像老奶奶对孙儿讲故事那样,把我的经历从头至尾讲给他听,我一面说,一面听自己的讲话:觉得很有意思!而且看到,这对我也有好处,仿佛我把心灵上多余的东西放到贮藏室,隐蔽起来,这样我的心灵得到清除,留下了真正需要的东西。把一切都倾吐出来是大有益处的,说过以后也就忘了,自己又感到坦然了。我讲到了塔季娅娜,想试探一下,这会不会使医生有所触动?他完全无动于衷,一边喷着烟,一边微笑说:

"亚科夫,这一切可真不简单哪,是吗?"

我发现,医生的头脑是健全的,可思想却很僵化。他想千方百计地束缚我,想证明,到处都是"死胡同",我听他这样讲,感到大失所望,我弄不明白,他为什么要这样做?我跟他在一起很难相处。

可是突然,我全明白了:正确的思想往往是突如其来的。这事发生在马戏院,我经常去马戏院看角力士表演;有个芬兰人使我叹服。他力气不大,身材也不魁梧,却能战胜身体比他重、力气也比他大的角力士,他是靠自己非凡的灵活和巧妙的本领取胜的。一次,当我观看他是怎样制服一个虎背熊腰的俄罗斯角力士的时候,刹那间我恍然大悟,我明白了:

"本领就是最大的欺骗,其中隐藏着对生活的危害。"

我甚至出了一身冷汗,似乎全身的骨头颤抖了一下,全僵直了。下面这短短的一句话既揭示了人的心灵的宝藏,又道出了理解生活的秘诀:

"本领就是危害。"

弱者靠本领战胜强者,人民被有本领的人剥夺了自由。

这是一切异常的现象的根源,人们分化的起因,这像耀眼的光一样照得我心明眼亮。这意味着,要么一视同仁把本领教给所有人,要么宣布禁止任何本领,事情就该如此。我记得,那一天我小心翼翼地走回家去,仿佛头上顶着一篮生鸡蛋,还有一种喝醉了的感觉。

我请医生把他在巴尔瑙尔曾给我看过的那些书再给我看看。现在我读的时候就看得十分清楚:是本领造成了人们的分裂。从此我完全成熟了,并在今后的一生中坚定不移地相信自己。我这样说是对的:自己的思想是大海,别人的思想是江河,无论多少条江河流入大海,海水依然是咸的。

经常有客人来拜访医生,他们都是些庄重体面的人,谈的是政治问题,而且也不回避我;这使我感到荣幸。有时有个谨小慎微的老头儿也来做客,他平平庸庸,戴一副眼镜。他的背有点驼,脖颈不能活动,所以转头的时候,如同狼一样,连身子一起转动,他说起话来也像冬天的饿狼那样低声嗥叫。他总带着一只小箱子直接从车站来到医生这儿。他先搓搓手,摸摸谢了顶的脑袋、胡子,随后要人回答:

"我说,日子过得怎么样呀?"

我对老人一向不尊重,他们像律师一样,愿意为所有的罪过和行为辩护。除了前面提到过的那个流浪汉外,我从未遇到过一个头脑清醒的老头子。当然,我心里明白,这是个像狼一样阴险毒辣的政治犯。经过赤塔那段生活,我已经完全懂得政治是怎么一回事了。

一个夏夜,他提着小箱子又来了,满身黑烟,活像刚从炉子里钻出来似的,人显得干瘦,他把箱子往地上一放,不说"你好!"却说:

"嗯,要打仗了。"

的确,我们突然犯起傻来了,又打起仗来了①。钟声四起,人们捧着十字架和圣像举行宗教游行,高喊着"乌拉"去送死;医生对我使着眼色说:

"草包,这就是你要的生活简单化!"

我垂头丧气。在那时候,没有人懂得这次战争会带来什么好处,虽然那老家伙再三向医生证明说,战争一定会以革命告终,但是我没有看到这有什么可慰藉的。革命曾经发生过,但没带来任何好处;革命过后,一切变得更糟了。

有人要求医生入伍,可是上一次战争使他吃尽了苦头,因此他对这个老奸巨猾的家伙说了这样的话:

"倒不如我朝自己头上开一枪,恐怕这样更诚实一些。"

那老家伙却坚持己见,执拗地说:

"三个月就会把我们打垮,然后会爆发革命。"

关于这次战争期间的情况,没什么可说的。兵荒马乱一团糟,一群狂人在无谓地空忙。成千上万的西伯利亚庄稼人被赶到俄罗斯去,从那里,把捷克人、匈牙利人、德国人,还有鬼知道是些什么人,赶到西伯利亚来。可以听到不同国家的语言。瘟疫流行,人民怨声载道,出现了许多混血儿。女人们变野了。不瞒您说,我感到害怕。医生从一个城市调到另一个城市,从一个俘房营到另一个俘房营:他是管俘房的。我下不了决心离开他,是他使我免除了服兵役。他是个很出色的人,工作起来废寝忘食,我对他的工作佩服得五体投地。我不能理解,人们给了他什么好处,他对他们关怀备至是出于什么

---

① 指一九一四至一九一八年的第一次世界大战。

考虑？何况还是些外国人呢。他自己并不指望什么,他不求升官,也不想得到勋章,还跟上司激烈争吵。有过这么一件事:有一次人们把俘虏赶到一个地方,就把他们忘了。后来一个准尉来找我们,他抱怨说,他管的那些俘虏受冻挨饿,都快死了。医生利用职权,命令押送的士兵从开来的第一列火车上摘下两节装面粉、豆子的车皮,把东西全部分发给俘虏。为此他受到控告。不过审讯推迟到战争结束以后。总之,他为了关心人经常不顾一切地违反当时的规定。

在秋明我遇到了塔季娅娜,她穿着带有红十字标记的长褂,在俘虏中忙来忙去,鼻梁上架着副黑眼镜。她比以前长得丰满、俊俏。她说,在战前她就学到本领,当上了医士。不用说,医生又嘲笑我:

"本领,听见了吗,亚科夫?没有发现任何生活简单化的迹象,是不是,啊?"

而我那时候,不知是否由于疲劳,对自己的信念也发生了动摇,我的头脑也变得迟钝了。

突然间,仿佛鬼磨盘停止转动:在去托波尔斯克半路的一个车站上,有人给了医生一份电报,他念完电报,紧紧攥在手里,脸色煞白,他摸着喉咙说:

"亚科夫,沙皇被赶下台了……"

他的话使我也受到震动。我过去从来没有认真想过沙皇,要是别人说,沙皇是万恶之源的话,我是不相信的。因为我到处都看见了丑恶。不过,眼下我想:怎么,也许沙皇真是统治的头目吧?现在这个头目被揪下来了。

医生欢呼起来,他的助手奥库涅夫高兴得手舞足蹈。我看到,人人欢天喜地。莫非真的盼到了出头之日,这么说,百姓可以扬眉吐气了?我看到的情景确实如此,人民心花怒放,欣喜若狂,酷似热恋姑娘的小伙子那样,紧紧抓住土地不放。看来,他们是不会允许十年前的旧事重演,绝不会允许的!从前线回来的人也保持着清醒的头脑,心里有数,他们把枪支,有的甚至把机枪以及全部军事装备都带回家来。最主要的是,不管你对他们说什么,他们心里明白,他们高喊:"是的,我们受够了,出头之日到了。"恐怕这一年里我所说的话要比我一生四十三个年头说的话还要多。我的胸中响起了欢乐的钟声。这一年我感到了无比的喜悦,也受到人们极大的尊敬。

那儿地处偏远,广阔的原野一望无际,不像我们这里,村村相依,道路纵横,十里一村,百里一城,显得拥挤。那地方要穿过茂密的森林,不是所有的消息都能及时听到,因此,当旧制度死灰复燃,复辟的暴乱开始的时候,我最初还不肯相信。

医生奉命派往伊尔库茨克,我拒绝跟他同行,住在尼古拉耶夫斯克①附近的一个村子里。突然,来了一些骑兵,他们命令说:去打仗!可是跟谁打?为什么要打?一个鬈发、宽额的军官解释说:跟莫斯科打,似乎那儿的一些德国雇佣军夺取了统治权。他说得相当有理,可人们还是不信任他。西伯利亚人不喜欢莫斯科。庄稼人发了一通牢骚,无可奈何地去了,有二十来人经我一番劝说,没有去:这次战争对我们来说不明不白,我们不知道是谁发起的,伙计们,躲到林子里去,等着瞧瞧,是怎么回事,看老爷们站在哪边。

就在这时,算我走运,仿佛自天而降,来了两个城里的小伙子,他们立即向我们解释了老爷们的打算。

---

① 现名诺沃西比尔斯克。

"这次战争是反对人民的,要你们去当炮灰送死。都说是没有打死的蛇又抬起头来了。你们农民应该站在莫斯科这一边,那儿的人可靠,你们跟着布尔什维克走吧,从背后,从后方去打击老爷们,这才是你们应该做的事。"

他们俩说得非常好。庄稼人看见我和他们想的一样,对我也很满意。他们要求我说:

"你别离开我们,你这个人对我们很有用。"

高尔察克分子一直在骚扰农村,使庄稼人不得安宁,征收苛捐杂税,连拿带抢,把粮食、干草、牲口洗劫一空!我们听说,有些地方的农民起来反抗,保卫自己的财产,工人也来支援他们。我们村也来了一队工人,九个人,领队的叫伊夫科夫,是个年轻的伙夫,长得黑瘦,个子很高,骑在马上,两脚可以够着地面。这些年轻人要我们帮他们去打匪徒,这伙匪徒有四十来人,都骑着马,在三十俄里外的一个村子里胡作非为。由于我们村也不止一次遭到过欺凌,所以就同意了。集合了六十七个人,大部分是当过兵的,连上了岁数的老汉也参加了。当时我不是十分愿意去,可我还是拿起枪去了。

天亮的时候,我们已悄悄来到那个村边,接着战斗就打响了,战斗的规模不大,打死了三个,打伤了五个,我们也被打死了一个,另一人掉到井里淹死了。四个人受了枪伤,其中包括我,由于不小心,子弹打进肩膀的肉里。我是个蹩脚的射手,从来没有打过猎,但我也打得很起劲;枪是好斗的东西,你只要把枪瞄准,它自己就会射出子弹。庄稼人也为此感到很了不起,互相炫耀,回去的路上一直唱着歌。

可是我们回到自己的村子,一看,高尔察克匪徒也在烧杀抢掠,为非作歹,有两处火光冲天,只听得一片哀号和女人的喊叫声。这时出身伙夫的伊夫科夫真不愧是员干将,他把我们分成两组,巡视了村庄,然后出其不意地发起进攻。战斗相当残酷,双方被打死的就有三十七人。不过我们缴获了一门炮、两挺机枪,还有枪支和许多其他各种武器弹药。有十一名高尔察克分子倒戈转到了我们这一边。

这次战斗结束后,我们决定全部撤到森林里去过军事生活;去了五十七人。我们生活在野外,无拘无束,打仗、唱歌。就是这样。

任何生活方式总有它的不足之处;我们的生活也有缺陷:大伙儿习惯了在森林里和田野上的游荡生活,变得懒散了。破衣烂衫,连缝也懒得缝。衣服破得实在不能穿了,就扒死人身上的衣服,不过死人的衣服也不像老爷穿得那么好。人们脱离了家乡安居乐业的真正生活。我感到寂寞,夜里常想:这种动乱的生活什么时候才能结束呢?死人的气味我闻够了。我可怜人们,许多人由于愚蠢白白送了命,噢,这样的人太多了!

虽然我不是个好斗的人,但也变得好斗了,无论开枪射击,还是用刀劈刺,我都很起劲儿。不过我看到,战争是代价高昂的蠢事。主要是消耗大量的弹药,打了千百发子弹,才打死十来个人,其他人逃跑了。再说,战争也是害人的事:把人给毁了。

我们有个叫佩季卡的小伙子。有时候,我们抓到了一些俘虏,他为了开心取乐,总是纠缠不休地说:让我把他们都崩了吧!他请求伊夫科夫:让我毙了他们!他两眼射出火焰般的光芒,满脸通红。看外表,是个讨人喜欢、顶文静的人。要是伊夫科夫不答应,他还是会打死个把俘虏,然后辩解说:

"我这是偶然的！"

或者说：

"他受了伤，反正活不成了！"

为这事伊夫科夫打过他两次。像这种杀人取乐的人在我们中间不止佩季卡一个。

我们的队长伊夫科夫是个性格阴沉、不算聪明的人，他总喜欢夸海洋，因为他在军舰上当过伙夫，后来由于政治问题在阿穆尔河上服苦役。这个人天不怕地不怕。后来我发现，他是因为缺乏智谋才逞能的。他喜欢单枪匹马，跑在所有人的前面，像挥动棍子似的挥动着枪，威吓敌人，嘴里骂骂咧咧，所以敌人就朝他开枪。他并不珍惜别人的生命。

他说：

"正直诚实的人都生活在海上，陆地上剩下的都是些败类孬种。"

一般说，他少言寡语，总是哼哼唏唏，他有背疼的毛病，可能是在服苦役时挨打落下的毛病。要是我们抓到了一批俘虏，他就派我去给他们做工作：

"我说，亚焦夫-克尼亚焦夫，真不像话，你去启发启发他们的良心，让他们转到我们这边来，你就说，谁不同意，就枪毙谁。"

有一回，我们抓到了一个骑兵侦察班，有五个人，其中一个手上和头部受了伤，他同我辩论，说得我无言以对。我看出，他不是个普通人。我就问他：

"你是老爷出身吧？"

他承认了，是个少尉军官，是牧师的儿子。我威胁他说：

"我们要枪毙你。"

他很高傲,威风凛凛。他身材匀称,脸上的表情很严肃,力气也很大:抓他的时候,他很善于自卫。他目光坚定,眼睛虽然含着怒气,但长得很俊秀。

"他说,当然啰,应该枪毙,这是一场你死我活的战争,没有什么情面、客气可讲。"

听他说了这几句话,我反倒心软了。我跟他谈了很久,非常想把他拉到我们这边来。可他骂我们,尤其对伊夫科夫骂得最凶,原来他就是为了寻找伊夫科夫和我们这支队伍才出来的。在他们高尔察克白匪的心目中,我们的名声极坏。

"他说,你们的队长让你们这帮傻瓜白白去送命。"

他非常狡猾地指出了伊夫科夫的弱点,说他不会爱惜自己人,还有其他许多毛病,我立即感到,他说得有道理,伊夫科夫是个傻瓜。我也看出来,这个军官——他姓乌斯平斯基-库特尔斯基——恨所有的人,除了打仗,他什么也不需要,就像我们的佩季卡一样。我跟他开玩笑说:

"想打仗吗?那就上我们这边来,去打你们的人。"

他只扬了扬眉毛。我把他的情况汇报给伊夫科夫,夸他是个好汉!

伊夫科夫不满地说:

"不能指望他们。"

"我说,我们的人不会打仗。"

"这倒是。人手不少,可缺少智谋。再跟他谈谈。要枪毙还来得及。"

我请这位库特尔斯基先生阁下喝了自酿的白酒,让他吃饱喝足了,我对他说:真理在我们这边。

"鬼才知道真理在哪边!"库特尔斯基先生嘟囔说,"可能,真理是在你们那边,不在我们这边,这点我知道。"

简单说,库特尔斯基终于同意了担任伊夫科夫助手的职务。用军事术语说,相当于我们的参谋长。是呀,他可真是个行家。他对我们发号施令,过于苛求,有时我甚至感到后悔莫及:当时白饶了他,没把这家伙毙了。我们大家都愁眉苦脸,可他是个足智多谋的人,我们取得一个又一个的胜利,这下大家都明白了,他是个了不起的能干的人!他并不好表现自己,一人往前冲,也没显得多勇敢,他像狐狸一样,悄悄地,靠智谋,出其不意地取胜。他不仅在战斗中,就是在休整的时候,也爱惜大家,关怀备至。他甚至查看大伙儿的脚,是否磨破,常命令大家洗澡,还向不会射击的人传授技术,派人四处侦察。糟糕的是,叫人片刻不得安宁。

"谁长虱子,我就揍谁!"他郑重其事地说。

有了他,伊夫科夫大为逊色。老兵对他赞不绝口,年轻人却不怎么喜欢他。

我们有六十七名战斗人员,他带领我们这支人数不多的队伍却能干出这么多事来,令我惊讶不止。我们的胜利得来不费吹灰之力。

起初,他跟我谈得很多,但不久,就不谈了,因为他什么也理解不了,他的天性就是这样。他说:

"济科夫,你的神经有毛病。"

他不喜欢外国人:什么波兰人、捷克人、德国人,他都不喜欢。对俄罗斯人他略有怜悯之心。他很严厉。只要他眉头一皱,得意地一笑,俘虏就完蛋了!这是他接替了伊夫科夫以后的事,伊夫科夫牺牲了。当时他、别季卡和一个参加过日俄战争的士兵在河里洗澡,一伙白匪军官,有十来个人,偶然来到我们的营地。伊夫科夫听到枪声,没有躲进树丛,相反,却朝我们跑来,正巧白匪军官从我们这儿逃走,跟他迎面相遇,其中一个骑马的白匪开枪把他打死了。彼得鲁什卡①头部挨了一刀,也死了。说实话,佩季卡死了我并不难过,他杀人取乐,我早就讨厌他了。

伊夫科夫当时的模样至今还历历在目:他直挺挺地躺在草地上,有一俄丈那么长,两手像十字似的伸开,宛如在展翅飞翔!他只穿了件衬衣,手边有把那干式手枪。所有人都为他难过。库特尔斯基蹲下,亲手替他把衬衣的领子扣上,他蹲了许久,然后说了一番赞扬他的话:

"他是一个为了真理而受尽苦难的人,是个真正的英雄。"

他和伊夫科夫成了莫逆之交,他俩睡在一起。两个人都寡言少语,形影不离,互相关心爱护。库特尔斯基不喜欢我,我看,甚至还怕我。不过,他是该怕我,因为我总是不信任他。伊夫科夫说得对:那些背叛自己人的人是不能信任的。

我们这些武夫就过着这样一种生活。通过俘虏,我们得知,高尔察克分子在附近搜寻我们,对我们恨之入骨。库特尔斯基善于打听了解一切情况。一次,他带领我们到诺沃尼古拉耶夫斯克去,在路上碰到了辎重队,我们缴获了二十九匹马,同时有五辆卫生队的大车和我们被俘的九名游击队员。这是一次不愉快的遭遇。

没想到在一辆大车上躺着亚历山大·基里雷奇医生。在俘虏当中还有那个赤塔的水手彼得,他被打得遍体鳞伤,血肉

---

① 佩季卡的别称。

模糊,我从他手上多余的指头才认出了他。我当时压根儿就没认出医生,还是他先喊了我一声:

"喂,草包!"

我一看,躺着一个秃顶老头儿,全身浮肿,胡子花白,眼睛一动不动,看来,他再也不能说笑逗乐了。他要我给他弄些烟草,他嘶哑着声音说:

"三天三夜没吸上一口烟了,真见鬼……"

他点上烟,居然还问:

"你在搞简化吗?"

我看得出,虽说他是个医生,可他活不长了。他连说话都很困难。

那个水手问我:还记得塔季娅娜吗?原来,她躲在尼古拉耶夫斯克,他有许多事情要跟她面谈。经我请求,库特尔斯基派了一个人去找她。我心里好奇:见面后会怎样呢?到第三天,她坐马车来了,看样子,她见到我很高兴。

"是布尔什维克?"

"嗯,是的,"我说,"当然是。"

虽然那时候我还不完全相信布尔什维克。她把我们的人召集在一起,讲了话:高尔察克的处境很不妙,要尽快打倒他们,才能过太平日子。她提高嗓门,挥舞着双手,脸颊上的肌肉在跳动,镜片闪闪发光。她老了,显得干瘦,面有饥色。皮肤像墨镜一样黑,可声音还很尖。样子很难看。晚上她告诉我,她早就是个真正的党员了,还坐过两次牢。三个月前才遇到水手,当时他因受伤躺在医院里。嗯,这跟我没关系。她问:

"你的主人,那个医生也和高尔察克分子在一起,你知

511

道吗?"

我就告诉她:

"瞧,医生就躺在那边树丛下阴凉的地方。"

她浑身颤抖了一下,很遗憾,她戴着眼镜,我没能看见她的眼神;她不可能忘记,过去医生根本不把她这个女人的所好放在眼里,她绝不会忘记的!我早就知道,此刻完全得到证实。我当然嘲笑了她,而她却再三证明,医生是敌人。我跑去告诉医生:

"塔季娅娜在这儿!"

他只用舌头舔平了唇髭,喑哑地说:

"啊,在这儿……"

他别的什么话也没说。整个晚上我都在注视着:她是否会走近医生,去跟他攀谈?没有,她从医生身旁来回经过,手里挥动一根树枝,有时走到躺在大车上的水手跟前,说两句话,又像个哨兵似的来回走动。我两次走近医生,他似乎睡着了,没有搭腔。我不忍心叫醒他,可又想跟他谈谈。甚至在月光下也可以清楚看出,医生的脸烧得通红,健康人的脸在月光下是青色的。

午夜,我们准备继续上路。我问库特尔斯基:

"马特维·尼古拉耶奇,俘虏我们怎么处理?"

一共有六个俘虏:一个波兰军官,三个士兵,全是伤员,还有医生和一个犹太妇女,她也奄奄一息,快断气了,眼睛都翻白了。库特尔斯基嚷道:

"他们有什么用处?"

几个庄稼汉建议把他们统统打死,库特尔斯基却抚摸着马的脸在催促:

"集合!"

我说服他把伤病员抬在河岸边,让他们留下。那个军官当然枪决了。医生临别时非常勉强地打诨说:

"草包,你最好把我简单处理了吧。"

我回答说:

"亚历山大·基里雷奇,你自己很快就会死的。"

不管怎么说,我还是很可怜他。他的直率多次感动过我,他是个好人。结果他还是被打死了。那个叫"日本人"的老兵和另一个打熊的猎人悄悄地落在我们后面,是他们两人干的。后来,"日本人"追上来对我说:

"我打死了你的那个医生,我不喜欢医生。"

他们为了避免发出响声,用枪托把所有的俘虏都打死了。我埋怨他们,还骂了几句。库特尔斯基的一句话说得我很不好意思:

"要是侦察兵碰到他们还活着,怎么办?"

是呀,说得有道理。当然啰,杀人总不是好事,天地不容哪。也许,有时打死自己更容易些,不过战士的职责不允许这样做。责无旁贷,无法推卸。已经开始向生活中的残酷进行决战了,而这种无谓的残忍已经深入骨髓,这可怎么办呢?许多人染上了这种毛病,已经不可救药了,他们活着,为的是让别人也染上这种毛病。不,这是毫无办法的,我们将长期互相残杀,直到简单化取得彻底胜利为止。

不瞒您说,我曾想过,是不是塔季娅娜劝"日本人"把医生打死的呢?因为"日本人"原先没有烟,而现在他忽然有烟抽了,根据烟盒上的特征我看得出来,这是塔季娅娜朋友的烟。也许她是出于怜悯,免得医生活受罪。出于怜悯把人打死的情况也是有的。

您瞧,我是个软心肠的人,不过我也亲手打死过一个手无寸铁的老头儿,假定说不是由于怜悯,而是出于别的原因。我不是说过吗,我不喜欢老年人,认为他们是有害的。我常对自己人说:

"对付老头子不要手软,他们由于顽固不化,老朽无用,是些有害的人。年轻人可以转变,人老了,就无法转变。他们的自尊心很强,总是自我欣赏;每个老年人都认为:我老,所以我正确!他们是属于昨天的人,老人害怕去想明天,明天等着他的是死亡。"

我也教他们如何对待各种日用物品:

"大件的东西:橱柜、箱子、床,不要毁坏;至于小件的,各种小玩意儿,砸个粉碎!就是因为这些小玩意儿才造成了我们的不幸。"

是的,有一回,我和一个心狠手毒的老家伙发生了冲突。事情的经过是这样的:我得了伤寒,人们把我留在一个村子里。房东很好。我几乎躺了整整一个冬天。我病得很重,烧得不省人事,等我苏醒过来,什么也不记得了,好像无数个春秋从我身旁流逝。我听见,庄稼人在抱怨,诅咒莫斯科,把布尔什维克骂得狗血喷头。这是怎么回事呢?有个戴高皮帽子的老头子,手里拄着拐杖,常常从这个村子匆匆走过。这个老家伙动作很敏捷,两只黑眼睛上的睫毛长得又密又长,四周爬满了皱纹,眼睛动起来活像甲虫,像翅膀铁硬的甲虫一样。老头子的穿着并不特殊,可从老远就引人注目。

当时正是春天,我在养病,勉强能走动了。看看周围的人,全是些陌生人,有的目光忧郁,有的怒目相视,全然没有生气,没有信心。人们对征税,对当地干部不满。我当然劝说他们,向他们解释,虽然我也不十分清楚问题的实质在哪儿。一天,我坐在村外的畜牧场旁边,那个老头子匆匆走着,拄根拐杖,像在丈量土地一样,他看出是我,就把头扭到一边,啐了口唾沫。这引起了我的好奇,我问我住的木屋的主人:

"他是你们这儿的什么人?"

"他是个正直、聪明的人,他最讨厌欺骗。"

房东很严肃,不愿多说。

村里有个叫尼古拉·拉斯卡托夫的年轻人,是个失去双腿,左手没有手指的残废军人,他详细告诉我:

"那是个非常坏的老家伙,他早就住在我们这个地方,是流放到这儿然后定居下来的;以前养蜂,现在隐居在林子里,做木勺,装成圣人。革命一开始,他就唠唠叨叨,反对革命。后来毁了他的养蜂场,他就恨得咬牙切齿。他已闻名全区,无人不知,方圆百里以外的人也从远道来找他。他给人出主意,说在莫斯科都是些土匪强盗、不信教的人在发号施令,他讲的是一派胡言,翻来覆去总是嘱咐人们,要他们起来反抗。"

残废军人还说了这么件事:两个红军战士回到一个村庄,村子里的老人们召集了村会,他们说:"这两个人是坏蛋。一个纠集了同伙把自己父母打死了,而另一个把自己家的房子烧了,弄得父母无家可归,只好在城里要饭过日子;这两个人会带坏我们的年轻人,我们建议处决他们,好让我们的孩子们看到,胡作非为的人没有好下场!"两个小伙子被捆了起来,把他们的头放在圆木上,其中一个红军战士的叔叔用斧子砍下了他们的脑袋。

"原来是这么回事。"我想。我甚至有点灰心了。除了拉

515

斯卡托夫,那个村里还有十来个有新思想的小伙子,可是他们由于年轻和无聊,只会跟姑娘们鬼混。此外他们也没什么可干的,父亲、爷爷像盯小偷似的注视着他们,只要小伙子们稍有越轨的举动,就得挨打。我提醒他们:

"难道你们没发现,毒根在哪儿吗?"

他们胆小怕事,说:

"会把我们打死的。"

"哎,我想,这些鬼小子跟我们还不是一条心!"

我决心亲自去找这个举足轻重的老家伙谈谈。我心里明白,他在跟革命作对,想让时代倒退。我非常了解乡下人,他们很糊涂,这一点我早就看得很清楚。庄稼人对一切事都极有耐心,就是对自己的事刻不容缓,总是迫不及待地想站稳脚跟,想吃得更饱。

这个老头子住在离村子六七里地的一个山冈上,靠近一片树林;他的小房子像看林人的小棚子,只有一个窗子,菜园子也不大,六畦地,三箱蜜蜂,还有一条毛茸茸的小狗——这就是他的全部家业。白天我到了他那儿,老头子正坐在火堆旁的树墩上,火堆四周围着石块,火上的锅在滚开,锅里泡着一段圆木;在篱笆上挂着用树皮捆着的松树尖——是用来搅拌东西的。这个老头子有手艺;他弓着背,在做木勺,也不抬头看我一眼。他身上穿着蓝色粗布衣服,光着脚。秃顶闪着亮光,右耳上面有个肉瘤,像是刚长出来的第二个脑袋。我觉得,一看见这个肉瘤,就更掩不住我心头的怒火。

我说:"我是来找你聊聊的。"

"聊吧。"

他说完就不吭声了。他很快地用刀削着,木屑四飞,落在膝盖上,落在他的脚旁。浸湿的圆木很容易削,像涂了油一样,在刀下不发出吱呀的声音。锅里的水在翻滚,老头子身旁的狗在吠叫。即使这样,老头子的周围还是显得很安静。

"你干吗要搅乱人心?"我问道,"你相信什么,你想干什么?"

他还是不吱声。他低下头,眼睛也不抬,似乎他眼前根本没有我这个人。他像个聋子似的,不声不响地雕着木头。那条小狗叫得连声音都嘶哑了,可他也不对狗呵斥一声。他坐着,只有两只手和右肩在动,此外整个身子一动也不动,像块蓝色的石头。老家伙的周围风景优美,寂静无声;房子后面是一片散发出浓郁芳香的树林,屋前的山冈下是河谷,一条小河流过,阳光明媚。

我想:"真有你的,妖魔,你可真会找,找了这么个世外桃源。"

我束手无策。无论我骂他也好,威胁他也好,都毫无结果,他连一个字也没对我说。就这样,我像个傻瓜似的一无所获地走了。我走着,不时回头看看:火光在山冈上闪耀着。我心里在琢磨:

"一点儿不假,这个老东西是头害兽!"

不瞒您说,他对我故意装聋作哑,这触犯了我的自尊心。成千上万的人都听过我讲话,这倒好,碰上了这么个家伙!

可能是过了一天,房东像头牛似的固执地盯着地上,对我说:

"怎么样,克尼亚焦夫,你的病好了,现在你想上哪儿就上哪儿去吧。"

他的老婆、两个儿媳和一个德国雇工全都横眉冷眼地看着我,跟我说话也粗声粗气。我明白了,那个老家伙跟他们讲了我去找他的情况。后来全村人对我都绷着脸,像没看见我似的,可不久前他们还找上门来跟我谈话。我想,我是孤家寡人,他们要送我去见阎王还不容易,那会得罪谁呢?在这些对人们说来是非常严峻的日子里,谁会去告发?想到这儿,我心里燃起了一团怒火。

我找到拉斯卡托夫,对他说:

"我说,你找个不显眼的地方,让我藏两三天。"

我客客气气地告别了房东一家,天一亮就假装离开村子走了,实际上拉斯卡托夫把我锁在他阁楼上的澡房里。过了一天、两天、三天,等到第四天深更半夜,我出来了,把一块大圆石裹在毛巾里,这家伙像把短槌。我本来有一把手枪,卖给了拉斯卡托夫,因为孤单一人上路,带上这玩意儿太危险,它会暴露身份。

我来到老头子住的地方,大胆地敲着门,我想,他对夜访的客人大概已经习惯了,不会大惊小怪的。果然,他开了门,虽说一手还抓住门把,我当然毫不迟疑把脚伸到门和蜂箱的中间,可是已经来不及了;老头子霎时间明白了,来的是不速之客。他睡意蒙眬地嚷道:

"是谁?想干什么?"

他的狗一口咬住了我的腿,我眼疾手快,朝老头子手上打了一下,踢了狗一脚;踢狗要从它嘴下面往上踢,这样狗的头部立即和脊柱脱离。

我进了屋,插上门闩,不知道老头子是没认出我来,还是吓得丧魂落魄,嘟嘟囔囔说:

"凭什么把狗……"

他在擦火柴。我本来可以乘机打他,不过,您想,要这么做不那么简单,再说黑咕隆咚的,我也看不清。这时候他点亮了灯,他还是不瞧我一眼,可能是由于无所谓,也可能是因为害怕。那时我也感到害怕,两脚打战,特别是当他用手掌遮住灯光朝我看了一眼以后,身子往后一仰,跌坐在板凳上,两手撑在凳子上,一言不发,只见他那双像女人一样的眼睛瞪得老大,充满哀怨。顿时,我好像也可怜起他来了。不过,我还是对他说:

"好,老头子,你活到头了……"

但我的手却抬不起来。

他嗓音沙哑地喃喃说道:

"我不怕。我可怜的不是我自己,而是大伙儿,我一死,他们就没人安慰了……"

"我说,你的安慰是骗人的。你要不要向上帝祈祷?"

他一跪下,我就下手了。一股憎恶的感情涌上心头,令人作呕,我浑身在战栗。我当时简直痴呆了,差点儿没把灯打碎,一把火把房子烧了。幸好没这么做,要不然我就完蛋了!因为村里的农民要来救火,会在林子里找到我,追上我。我地形不熟,走不远。我当时只掩上门,穿过森林进山了,天亮以前走了将近二十俄里,然后躺下睡觉。我睡着的时候,有九个侦察兵,像是白匪,碰上了我。等我一觉醒来,已经落在他们手里了!不用说,他们立即嚷了起来:特务,吊死他!把我打了一顿,打得不太厉害。我说:

"你们为什么打人?你们嚷什么?离这儿六七俄里不远的地方,在山脚下有布尔什维克,一百五十人左右,我从他们那儿逃跑出来的,他们想拉我去……"

他们一听害怕了,我看出来,他们信了我的话。

519

"你包脚布上哪来的血?"

"这是,"我说,"他们用枪托砸我旁边一个人的脑袋时,溅在我身上的。"

就这样,我把他们骗过去了,还把他们吓得够呛。他们赶忙离开了那个地方,也把我带走了。这是我用惯了的非常妙的一招儿。在危险时刻我就装傻,这种做法多少次使我免遭不幸。到早上我和他们就不分你我、平起平坐了。我把那些士兵弄得晕头转向。嘿,当你了解他们以后,你就会知道他们是些多么愚蠢的人!在各方面:干事儿也罢,娱乐也罢,作恶也罢,遵守法规也罢,他们都很蠢。

就拿那个老头子来说吧……嗨,不说他了,够了。我不愿想起他来。不过这是个宁死不屈的老头子……

是呀,这些人都很愚蠢……可是,一切都为了什么呢?他们想要不平常的东西,而不能理解,只有简单化才能救他们。这种不平常的东西使我厌烦透了。要是我不知道该怎么生活,而且又信上帝的话,那我就求上帝把我变成田鼠,宁愿住在地下。您瞧,我烦恼到了什么地步啊。

嗯,现在这座鬼建筑已经摇摇欲坠,正在土崩瓦解。要不了多久时间,人们会建立起轻松的秩序。所有的人都已经懂得,生活的奥秘在于简单化,而我们生活中各种特殊的极为有害的东西都应该铲除掉,让它们见鬼去吧……不平常的东西是魔鬼为了置我们于死地而想出来的……

就是这样了,老弟……

周 圣译

"外国文学名著丛书"书目

第 一 辑

书 名	作 者	译 者
伊索寓言	〔古希腊〕伊索	周作人
源氏物语	〔日〕紫式部	丰子恺
堂吉诃德	〔西班牙〕塞万提斯	杨 绛
泰戈尔诗选	〔印度〕泰戈尔	冰 心 石 真
坎特伯雷故事	〔英〕杰弗雷·乔叟	方 重
失乐园	〔英〕约翰·弥尔顿	朱维之
格列佛游记	〔英〕斯威夫特	张 健
傲慢与偏见	〔英〕简·奥斯丁	王科一
雪莱抒情诗选	〔英〕雪莱	查良铮
瓦尔登湖	〔美〕亨利·戴维·梭罗	徐 迟
欧·亨利短篇小说选	〔美〕欧·亨利	王永年
特利斯当与伊瑟	〔法〕贝迪耶	罗新璋
巨人传	〔法〕拉伯雷	鲍文蔚
忏悔录	〔法〕卢梭	范希衡 等
欧也妮·葛朗台 高老头	〔法〕巴尔扎克	傅 雷
雨果诗选	〔法〕雨果	程曾厚
巴黎圣母院	〔法〕雨果	陈敬容
包法利夫人	〔法〕福楼拜	李健吾
叶甫盖尼·奥涅金	〔俄〕普希金	智 量
死魂灵	〔俄〕果戈理	满 涛 许庆道

书　名	作　者	译　者
当代英雄	〔俄〕莱蒙托夫	草　婴
猎人笔记	〔俄〕屠格涅夫	丰子恺
白痴	〔俄〕陀思妥耶夫斯基	南　江
列夫·托尔斯泰中短篇小说选	〔俄〕列夫·托尔斯泰	草　婴
怎么办？	〔俄〕车尔尼雪夫斯基	蒋　路
高尔基短篇小说选	〔苏联〕高尔基	巴　金等
浮士德	〔德〕歌德	绿　原
易卜生戏剧四种	〔挪〕易卜生	潘家洵
鲵鱼之乱	〔捷〕卡·恰佩克	贝　京
金人	〔匈〕约卡伊·莫尔	柯　青

第　二　辑

荷马史诗·伊利亚特	〔古希腊〕荷马	罗念生　王焕生
荷马史诗·奥德赛	〔古希腊〕荷马	王焕生
十日谈	〔意大利〕薄伽丘	王永年
莎士比亚悲剧五种	〔英〕威廉·莎士比亚	朱生豪
多情客游记	〔英〕劳伦斯·斯特恩	石永礼
唐璜	〔英〕拜伦	查良铮
大卫·科波菲尔	〔英〕查尔斯·狄更斯	庄绎传
简·爱	〔英〕夏洛蒂·勃朗特	吴钧燮
呼啸山庄	〔英〕爱米丽·勃朗特	张　玲　张　扬
德伯家的苔丝	〔英〕托马斯·哈代	张谷若
海浪　达洛维太太	〔英〕弗吉尼亚·吴尔夫	吴钧燮　谷启楠
哈克贝利·费恩历险记	〔美〕马克·吐温	张友松
一位女士的画像	〔美〕亨利·詹姆斯	项星耀
喧哗与骚动	〔美〕威廉·福克纳	李文俊
永别了武器	〔美〕欧内斯特·海明威	于晓红

书　名	作　者	译　者
波斯人信札	〔法〕孟德斯鸠	罗大冈
伏尔泰小说选	〔法〕伏尔泰	傅　雷
红与黑	〔法〕司汤达	张冠尧
幻灭	〔法〕巴尔扎克	傅　雷
莫泊桑中短篇小说选	〔法〕莫泊桑	张英伦
文字生涯	〔法〕让-保尔·萨特	沈志明
局外人　鼠疫	〔法〕加缪	徐和瑾
契诃夫小说选	〔俄〕契诃夫	汝　龙
布宁中短篇小说选	〔俄〕布宁	陈　馥
一个人的遭遇	〔苏联〕肖洛霍夫	草　婴
少年维特的烦恼	〔德〕歌德	杨武能
德国,一个冬天的童话	〔德〕海涅	冯　至
绿衣亨利	〔瑞士〕戈特弗里德·凯勒	田德望
斯特林堡小说戏剧选	〔瑞典〕斯特林堡	李之义
城堡	〔奥地利〕卡夫卡	高年生

第 三 辑

埃斯库罗斯悲剧二种	〔古希腊〕埃斯库罗斯	罗念生
索福克勒斯悲剧二种	〔古希腊〕索福克勒斯	罗念生
欧里庇得斯悲剧二种	〔古希腊〕欧里庇得斯	罗念生
神曲	〔意大利〕但丁	田德望
西班牙流浪汉小说选	〔西班牙〕克维多 等	杨　绛 等
阿拉伯古代诗选	〔阿拉伯〕乌姆鲁勒·盖斯 等	仲跻昆
列王纪选	〔波斯〕菲尔多西	张鸿年
蕾莉与马杰农	〔波斯〕内扎米	卢　永
莎士比亚喜剧五种	〔英〕威廉·莎士比亚	方　平
鲁滨孙飘流记	〔英〕笛福	徐霞村

书　名	作　者	译　者
彭斯诗选	〔英〕彭斯	王佐良
艾凡赫	〔英〕沃尔特·司各特	项星耀
名利场	〔英〕萨克雷	杨　必
人性的枷锁	〔英〕威廉·萨默塞特·毛姆	叶　尊
儿子与情人	〔英〕D.H.劳伦斯	陈良廷　刘文澜
杰克·伦敦小说选	〔美〕杰克·伦敦	万　紫　等
了不起的盖茨比	〔美〕菲茨杰拉德	姚乃强
木工小史	〔法〕乔治·桑	齐　香
恶之花　巴黎的忧郁	〔法〕波德莱尔	钱春绮
萌芽	〔法〕左拉	黎　柯
前夜　父与子	〔俄〕屠格涅夫	丽　尼　巴　金
卡拉马佐夫兄弟	〔俄〕陀思妥耶夫斯基	耿济之
安娜·卡列宁娜	〔俄〕列夫·托尔斯泰	周　扬　谢素台
茨维塔耶娃诗选	〔俄〕茨维塔耶娃	刘文飞
德国诗选	〔德〕歌德　等	钱春绮
安徒生童话选	〔丹麦〕安徒生	叶君健
外祖母	〔捷〕鲍·聂姆佐娃	吴　琦
好兵帅克历险记	〔捷〕雅·哈谢克	星　灿
我是猫	〔日〕夏目漱石	阎小妹
罗生门	〔日〕芥川龙之介	文洁若

第　四　辑

一千零一夜		纳　训
培根随笔集	〔英〕培根	曹明伦
拜伦诗选	〔英〕拜伦	查良铮
黑暗的心　吉姆爷	〔英〕约瑟夫·康拉德	黄雨石　熊　蕾
福尔赛世家	〔英〕高尔斯华绥	周煦良

书 名	作 者	译 者
月亮与六便士	〔英〕威廉·萨默塞特·毛姆	谷启楠
萧伯纳戏剧三种	〔爱尔兰〕萧伯纳	潘家洵 等
红字　七个尖角顶的宅第	〔美〕纳撒尼尔·霍桑	胡允桓
汤姆叔叔的小屋	〔美〕斯陀夫人	王家湘
白鲸	〔美〕赫尔曼·梅尔维尔	成　时
马克·吐温中短篇小说选	〔美〕马克·吐温	叶冬心
老人与海	〔美〕欧内斯特·海明威	陈良廷 等
愤怒的葡萄	〔美〕斯坦贝克	胡仲持
蒙田随笔集	〔法〕蒙田	梁宗岱　黄建华
悲惨世界	〔法〕雨果	李 丹　方 于
九三年	〔法〕雨果	郑永慧
梅里美中短篇小说选	〔法〕梅里美	张冠尧
情感教育	〔法〕福楼拜	王文融
茶花女	〔法〕小仲马	王振孙
都德小说选	〔法〕都德	刘 方　陆秉慧
一生	〔法〕莫泊桑	盛澄华
普希金诗选	〔俄〕普希金	高 莽 等
莱蒙托夫诗选	〔俄〕莱蒙托夫	余 振　顾蕴璞
罗亭　贵族之家	〔俄〕屠格涅夫	陆 蠡　丽 尼
日瓦戈医生	〔苏联〕帕斯捷尔纳克	张秉衡
大师和玛格丽特	〔苏联〕布尔加科夫	钱 诚
茨威格中短篇小说选	〔奥地利〕斯·茨威格	张玉书 等
玩偶	〔波兰〕普鲁斯	张振辉
万叶集精选	〔日〕大伴家持	钱稻孙
人间失格	〔日〕太宰治	魏大海

第 五 辑

书 名	作 者	译 者
泪与笑　先知	〔黎巴嫩〕纪伯伦	冰　心　等
华兹华斯　柯尔律治诗选	〔英〕华兹华斯　柯尔律治	杨德豫
济慈诗选	〔英〕约翰·济慈	屠　岸
汤姆·索亚历险记	〔美〕马克·吐温	张友松
大街	〔美〕辛克莱·路易斯	潘庆舲
田园三部曲	〔法〕乔治·桑	罗　旭　等
金钱	〔法〕左拉	金满成
果戈理小说戏剧选	〔俄〕果戈理	满　涛
奥勃洛莫夫	〔俄〕冈察洛夫	陈　馥
谁在俄罗斯能过好日子	〔俄〕涅克拉索夫	飞　白
亚·奥斯特洛夫斯基戏剧六种	〔俄〕亚·奥斯特洛夫斯基	姜椿芳　等
复活	〔俄〕列夫·托尔斯泰	草　婴
静静的顿河	〔苏联〕肖洛霍夫	金　人
谢甫琴科诗选	〔乌克兰〕谢甫琴科	戈宝权　任溶溶
维廉·麦斯特的学习时代	〔德〕歌德	冯　至　姚可崑
叔本华随笔集	〔德〕叔本华	绿　原
艾菲·布里斯特	〔德〕台奥多尔·冯塔纳	韩世钟
豪普特曼戏剧三种	〔德〕豪普特曼	章鹏高　等
铁皮鼓	〔德〕君特·格拉斯	胡其鼎
加西亚·洛尔卡诗选	〔西班牙〕加西亚·洛尔卡	赵振江
你往何处去	〔波兰〕亨利克·显克维奇	张振辉
显克维奇中短篇小说选	〔波兰〕亨利克·显克维奇	林洪亮
裴多菲诗选	〔匈〕裴多菲	孙　用
轭下	〔保〕伐佐夫	施蛰存

书　名	作　者	译　者
卡勒瓦拉(上下)	〔芬兰〕埃利亚斯·隆洛德	孙　用
破戒	〔日〕岛崎藤村	陈德文
戈拉	〔印度〕泰戈尔	刘寿康